동등한 우리

집 안의 천사, 뮤즈가 되다

메기 도허티 지음 · 이주혜 옮김

위즈덤하우스

표지 설명

색연필로 그린 듯한 한 장의 그림을 붉은색 바탕이 액자처럼 감싸고 있다. 응접실로 보이는 그림 속 공간 한쪽 벽면엔 책장이, 다른 쪽엔 반투명 흰색 커튼이 드리운 창이 있다. 오크빛 원목 바닥 위에 푸른색 격자무늬 카펫이 깔려있고, 검은색 수동타자기가 한쪽 바닥에 놓여있다. 그림 위쪽에 레몬색 스탠드가 놓인 탁자와 연둣빛 안락의자가 있다. 의자에는 검은 단발머리에 안경을 쓴 한 여자가 검은색 원피스를 입고 앉아있다. 그 앞쪽 바닥에 푸른색 상의와 붉은색 치마를 입고 오른손에 연필을 쥔, 역시 검은 머리칼에 단발머리인 여자가 앉아있다. 이들의 자세는 꽤 편안해 보이고 두 사람은 입가에 미소를 띤 채 그림을 바라보는 이의 시선을 향해 응시한다(그림을 보는 이로 하여금 그들과 한 공간에 함께 있다는 착시를 일으킬 만하다). 그림 위쪽 붉은색 바탕에 검은 글씨로 책의 대제인 "동등한 우리"와 부제 "집 안의 천사, 뮤즈가 되다"가 나란히 적혀있다. 대제 아래에 "매기 도허티 지음" "이주혜 옮김"이라는 지은이 및 옮긴이 정보가 적혀있다. 그림 아래쪽 붉은색 바탕에 책의 원제 "The Equivalents"가 적혀있고 오른편 가장자리 위쪽에 정방향으로 90도 기울어진 모양으로 출판사 위즈덤하우스 로고가 놓여있다.

이 책이 오디오북, 점자책 등으로 만들어지거나 전자책으로 제작돼 TTS(Text To Speech) 기능을 이용할 독자들을 위해 간단한 표지 설명을 덧붙인다.

부모님에게

차 례

일러두기

1. *The Equivalents: A Story of Art, Female Friendship, and Liveration in the 1960s*(2020)를 우리말로 옮긴 책이다.
2. 원문에서 이탤릭체로 강조한 부분은 기울임체로, 대문자로 강조한 부분은 볼드로 표시했다.
3. 후주는 저자의 첨언이고 각주는 옮긴이의 첨언이다.
4. 단행본·정기간행물에 겹낫표(『 』)를, 시·단편소설·희곡·기고문·연설 등에 홑낫표(「 」)를, 그림·조각 등의 미술 작품, 영화·방송 제목에 홑화살괄호(〈 〉)를 사용했다.

들어가며

시인 앤 섹스턴은 1962년 여름 내내 수영하며 시간을 보냈다. 두 번째 시집 출판을 몇 달 앞두고 명성을 얻기 직전 섹스턴은 물로 자신의 우울을 달랬다. 물에 들어갈 수 있을 만큼 날씨가 따뜻하면 집 밖으로 걸어 나와 알몸인 채 뒷마당 수영장으로 미끄러지듯 들어갔다. 그는 햇볕의 온기와 물의 부드러운 느낌과 아침의 고요를 즐겼다. 집 뒷마당에서 오래된 철로가 보였고 시야에서 조금 벗어난 곳에는 완만한 경사로 펼쳐지는 오래된 골프장 너머로 찰스강이 뉴턴 로어폴스를 가로질러 보스턴 항구까지 천천히 흘러갔다.[1]

섹스턴의 어린 딸 조이와 린다는 섹스턴이 벌거벗고 수영하는 것을 별로 좋아하지 않았다. 그러나 그해 여름 아이들은 베이비시터나 육아를 자주 도와주었던 시어머니와 함께 외출해 집을 비울 때가 많았다. 섹스턴에겐 작업할 시간이 필요했다. 충동처럼 진지하게 시를 쓰기 시작한 지 5년 반밖에 되지 않았지만, 첫 시집은 평단의 호평을 받았다. 동료 시인들은 섹스턴을 존경했고 일부는 위대한 작품을 기대했다. 섹스턴은 타고나길 무대 체질이었다. 긴 다리에 날씬한 몸매를 가진 우아한 모습으로 낭독회마다 청중을 사로잡았다. 그러면서도 그는 불안정하고 불안한 여성이었고 어머니 역할에서 벗어나 긴장을 풀 시간이 자주 필요했다. 그해 여름 섹스턴은 8미터 너비의 수영장을 한쪽 끝에서 반대편까지 천천히 가로지르며 헤엄치곤 했다.

섹스턴의 태양숭배 의식에는 시도 함께했다. 새로운 시들로 실험을 하고, 예전 시를 땜질하듯 고치고, 편지를 한두 통 썼다. 그해 여름 주요 계획은 다음 시집의 교정지를 검토하는 일이었다. 두 번째 시집은 10월 호턴 미플린 출판사에서 출간될 예정이었고 섹스턴의 친구이자 한때 스승이었던 명망 높은 시인 로버트 로웰에게 찬사 일부를 인용해도 좋다는 허락도 받아두었다. 섹스턴이 원했다면 케임브리지에 있는 하버드 스퀘어까지 차를 몰고 가 다른 여성 스물세 명이 각자 작은 작업실에서 창작하고 연구하고 작업하는 박공지붕 집에서 교정지를 살펴볼 수도 있었을 것이다. 그러나 섹스턴은 대체로 집에서 작업하는 쪽이 더 편했고, 식탁에서 작업할 필요가 없어져 남편이 안도하는 요즘은 특히 더 그랬다.[2]

집 서재는 지난여름에 지었다. 한 친구에게 '나무로 지은 탑'[3]이라고 묘사한 적 있는 서재는 한때 포치가 있던 자리에 지었고, 뒷마당을 면한 길쭉한 창문이 하나 있었다. 책상 쪽에서 그 창문 너머로 소나무들과 푸른 언덕이 보였지만 집필 중일 때는 창을 등지고 앉았다. "자연은…… 나의 적이 되었다."[4] 그는 이렇게 설명했다. 작업 중일 때는 등받이가 똑바른 책상용 의자에 앉거나 그보다 자주 부드러운 붉은색 의자에 앉아 여러 개의 책꽂이 중 하나에 발을 올려놓았다.[5] 이 자세로 몇 시간 동안 앉아 책장에 꽂힌 위대한 작가들에게서 영감을 끌어모을 수 있었다. 카프카, 릴케, 도스토옙스키 등 얼마 전에야 알게 된 작가도 많고, 사랑하게 된 작가도 많았다. "나는 책을 축적해."[6] 언젠가 한 친구에게 이렇게 고백하기도 했다. "그들은 떠나지 않는 사람들이니까."

집에서 일하면 좋은 점이 또 있었다. 섹스턴의 절친인 시인 맥신 쿠민이 차로 몇 분 거리에 살았다. 키가 크고 호리호리하고 머리가 검은 쿠민은 언뜻 섹스턴의 쌍둥이처럼 보였지만 운동선수 같은 체구와 살짝 내리깐 눈, 날카롭게 각진 얼굴이 달랐다. 쿠민 역시 교외에 사는 아이 어머니이자 시집을 출간한 작가였다. 또 섹스턴이 주로 감정적·창조적 지지를 구하는 원천이기도 했다.

1960년대 초반 두 시인의 삶은 긴밀하게 얽혀있었다. 매일 전화 통화를 했는데, 때로는 글쓰기에 관해 또 때로는 그저 사는 일에 관해 대화를 나누었다. 서로의 아이들을 봐주었고 상대방의 남편에게 칵테일을 대접하기도 했다. 섹스턴이 수영장을 새로 지은 후 두 친구는 일과 놀이를 병합한 행복한 일상을 꾸렸다. 쿠민은 자기 아이들을 데려와 함께 수영하게 했고 섹스턴과 나란히 수영장 가장자리에 앉아 다리를 물속에 담근 채 무릎에 타자기를 올려놓고 어른의 글쓰기에서 잠시 벗어나 어린이책을 함께 만드는 근사한 휴식을 즐겼다.[7] 섹스턴은 사교 모임을 두려워할 때가 많았지만 믿을 만한 쿠민이 동반한다면 거의 언제나 환영이었다.

그러나 아침이면 쿠민은 보통 자기 집에서 아이들을 보살폈고 섹스턴은 고독에 감사하며 혼자 남았다. 이런 여름 아침이면 아무도 섹스턴을 필요로 하지 않았다. 남편도 아이들도 시어머니도 심지어 친구도. 그런 날은 오직 아름답고 행복이 넘치는 그만의 것이었다.

수영장, 서재, 고독, 두 번째 시집, 글을 쓸 수 있는 두 번째 장소, 심지어 쿠민과의 동반까지 이 여름날의 모든 것이 여성의 고등교육에 관한 어느 참신한 실험의 산물이었다. 1960년 가을, 명망 높은 여자 대학이자 하버드의 자매학교인 래드클리프대학이 미국 어디에나 존재하지만 여전히 주변부에 머물러 있는 한 계층, 즉 어머니들을 대상으로 전례 없는 장학 프로그램을 발표했다. 이 장학 프로그램의 설립자인 래드클리프 총장이자 미생물학자 메리 잉그레이엄 번팅의 말을 빌리자면 래드클리프 독립연구소는 20세기 중반 미국 여성들에게 닥친 "기대받지 않는 풍조"[8]에 맞서기 위해 계획되었다. 번팅이 보기에 너무도 많은 뛰어난 여성 학부생들이 가족과 집안일을 보살 피면서 연구하고 집필할 방도를 찾지 못해 학자나 예술가가 되고 싶은 꿈을 포기하고 있었다. 이 새로운 프로그램은 이렇게 '지적으로 추방당한 여성들'[9]을 제 궤도로 돌려놓자고 제안했다.

'준★장학생' 자격으로 연구소에 입학한 여성들은 각각 3000달러 까지(오늘날 가치로 약 2만 5000달러)의 지원금을 받아 원하는 대로 쓸 수 있었다. 또 하버드 도서관에 들어갈 수 있었고 하버드 야드에서 몇 블록 떨어지지 않은 마운트 오번 스트리트 78번지의 작은 노란색 집에서 그 유명한 '자기만의 방'을, 즉 개인 작업실을 쓸 수 있었다. 네 아이의 어머니인 번팅은 대다수 여성이 전문적 관심사와 가정생활을 병행할 방법을 찾고자 한다고 보았다. 번팅 자신이 가장 행복했던 때도 코네티컷의 작은 농장에서 아이들을 키우면서 일주일에 두 번 예일대의 한 연구소에 다니며 연구했던 시절이었다. 대학 행정가이자 교육개혁가인 번팅은 교육기관이 여성의 전문적 야망을 지지할 수 있다고 여겼다. 이 세계가 여성들에게 도구와 자원을 주지 않으면서 계속 공부하고 열심히 일하라고 말할 수는 없는 법이었다.

1960년 11월 19일 래드클리프 독립연구소의 설립이 발표되었다. 『뉴욕 타임스』 기사가 전국에 소식을 전했다. "래드클리프, 재능 있는 여성들의 연구계획을 선도하다."[10] 곧바로 번팅의 사무실 전화가 쉴 새 없이 울려댔다. 열흘도 안 되어 번팅의 비서는 축하와 질문을 담은 160통이 넘는 편지 더미에 파묻혔다.[11] 지원 과정이 공식화되자 전국 곳곳의 여성들이 200통에 달하는 지원서를 연구소로 보내왔다. 지원에 관심 있더라도 필수 자격요건을 충족하지 못한 여성들의 지원서는 반려되었다. 1961년 9월, 연구소는 스물네 명의 뛰어난 여성으로 이루어진 1기 장학생들에게—그중 섹스턴과 쿠민이 있었다—성공에 필요한 자원들, 즉 장학금과 작업 공간, 그리고 가장 중요하게는 전문적이고 창조적인 여성 공동체의 회원 자격을 주었다. 이는 미국 역사상 전례가 없던 일이었다.

1960년대가 동틀 무렵 래드클리프 독립연구소에 입학한 이들처럼 '재능 있는 여성'은 어떤 모습이었을지 상상해 보자. 아마 '세븐 시스터스' 대학•을 졸업했을 것이고 졸업 후에는 뉴욕에서 '소소한 직업'을 택했을지도 모른다. 남편의 해외 군복무 중 연합군의 전시 협력자로 일했을 가능성도 있다. 그러나 일본에 원자폭탄이 떨어지고 얼마 지나지 않아 병사들이 본국으로 돌아와 직업을 되찾고 싶어 하거나 더 나은 직업을 위해 대학원에 진학하려 하면서 이 여성들의 직업 전망은 말라붙었을 것이다. 소련이 미사일을 개발하고 핵 폭발 위협이 다가오니 나라를 위해 할 수 있는 최선의 길은 행복한 가정을 꾸리는 거라는 소리를 들었을 것이다.

이제 어느 모로 보나 이 여성들은 완벽한 삶을 산다. 고소득 남편에다 장밋빛 뺨을 가진 아이들이 있으며 집 앞 진입로에는 뷰익 자동차가 서있다. 하지만 뭔가 잘못되었다. 집안일은 어쩐지 관심이 가지 않는다. 미소로 아이들을 흠뻑 감싸는 대신 아이들에게 으르렁거린다. 잡지에 등장하는 화려한 여성들과 자신이 얼마나 닮은 구석이 없는지 불평한다. 잡지 속 여자들은 싱크대가 언제나 깨끗하고 직접 케이크를 구우며 온몸으로 기쁨을 뿜어낸다. (그러한 광고들을 보면서 주부이자 프리랜서 작가였던 베티 프리단은 "부엌 바닥을 닦으며 오르가슴을 느끼지 않으니 내가 어쩐지 틀려먹었다고 느꼈다."[12])

• 미국 동북부에 있는 역사적인 명문 여자대학인 바사, 스미스, 웰즐리, 마운트 홀리오크, 바너드, 브린 모어, 래드클리프 대학을 총칭하는 말.

모두가, 모든 것이 그런 추측이 맞는다고 확인해 준다. 문제는 나에게 있다고. 성욕이 지나치고, 성욕이 너무 없으며, 교육을 너무 받았고, 너무 어리석다고 한다. 머리를 쪼그라뜨려야 한다. 수면제를 더 먹어야 한다. 요리를 더 잘해야 한다. 저 멋들어진 새 주방용품을 보라! 그러면서도 가진 것에 만족하고 감사해야 한다. 1950년대에 이런 문화적 압박이 너무나 강렬한 나머지 어떤 여성들은 살아남기 위해 순응하지 않는 자신의 일부분을 죽여버렸다.

섹스턴과 쿠민 같은 여성들은 자신의 열정을 잘라내고 싶지 않았다. 위대한 프롤레타리아 소설을 쓸 계획이었던 샌프란시스코 출신 공산주의 활동가이자 작가 틸리 올슨도, 뉴턴에서 자라고 보스턴의 예술학교에서 공부한 초상화가 바버라 스완도, 일리노이 에반스턴에서 태어나 미국과 유럽의 여러 아틀리에에서 실습받고 매사추세츠 브루클린에 정착한 조각가 마리아나 피네다도 마찬가지였다. 이 다섯 명의 여성은 1기생이나 2기생으로 래드클리프 독립연구소에 입학했다. 그들은 케임브리지에 모여 역사학자, 심리학자, 작곡가, 과학자, 시인, 화가 등을 만났는데 전부 여성이었다.

연구소 장학생 다수가 바사나 세라 로런스 대학에 다닌 이후로 이와 같은 여성 공동체를 경험하지 못했다. 대학에 다니지 않았던 섹스턴을 비롯한 다른 여성들은 이런 종류의 우정을 처음 경험했다. 연구소에서만큼은 집안일과 아이들을 잊고 그저 다른 사람들과 똑같은 지성인이 될 수 있었다. 적어도 저녁 시간까지는 그랬다. 연구소 설립자는 이곳을 실험실이라고 부르곤 했다. 이곳은 또한 새로운 성장이 일어날 수 있는 인큐베이터였다.

번팅이 '어수선한 실험'[13]이라고 부른 이 프로그램의 결과는 아무도 예상하지 못했다. 연구소가 지원하는 여성들에게 이곳은 다름 아닌 삶의 변화였다(누구는 '구원'[14]이라고도 불렀다). 연구소는 이 책에 등장하는 작가와 예술가에게 고독과 공동체의 결정적 배합을 제공했다. 예술적 성장을 위한 이상적 조건이었다. 이들은 처음으로 마음 맞는 사람들의 공동체를 발견했다. 함께 모여 최고의 출판사부터 최악의 부부싸움에 이르기까지 온갖 이야기를 나누었다. 서로의 작품을 읽고 다양한 프로젝트에서 협업했다. 남편의 무심함이나 과도한 집안일, 잘난 척하는 남자 동료 등 한때는 자신만의 문제라고 생각했던 게 사실 공동의 문제였고 심지어 구조적인 문제였음을 깨달았다. 다시 말해 자신의 잘못이 아니라 세상이 문제일지도 몰랐다.

연구소는 영향력 있는 페미니스트 예술과 사상의 개발 현장이 되었다. 작가와 예술가는 온갖 어렵고 복잡한 여성의 경험을 표현하도록 서로를 격려했다. 그들은 서정시의 알맞은 주제가 무엇인지에 관한 금기를 깨뜨렸고 여성으로서 자신의 경험을 돌에 새겼다. 다른 준장학생들과 함께 당대 논쟁적이었던 페미니즘 주제를 토론했다. (번팅이 도움을 주었던 책 『여성성의 신화』가 연구소 설립 2년 차에 출간되었다.) 또 초기 여성운동의 바탕이었던 이데올로기의 첫 번째 비평을 전개했다. 모성은 언제나 억압의 형태를 띠었을까? 인종, 계급과 상관없이 모든 여성은 같은 방식으로 고통받을까? 여성은 정말로 그 모든 것을 가질 수 있을까? 이들은 연구소에서 이렇게 중요한 문제들에 대한 가능한 답을 찾고자 함께 노력하기 시작했다.

더불어 연구소 여성들은 자기 자신을 진지하게 받아들이는 법을 배웠고 래드클리프를 떠날 무렵에는 이 세상을 향해서도 똑같이 하라고 주장했다. 페미니스트 활동가이자 인권운동가 캐럴 하니시는 1969년 페미니즘 제2 물결의 슬로건 "개인적인 것이 정치적인 것이다"[15]를 만들었다. 같은 1960년대에 래드클리프 독립연구소 여성들은 훨씬 먼저 스스로 이 진실을 발견했다.

이 책은 여성을 구속했던 1950년대와 여성해방의 1960년대 사이, 연결부였던 소규모 여성 작가 및 예술가 집단에 관한 이야기다. 1960년대 미국에서 페미니즘 운동이 어떻게, 그리고 왜 다시 나타났는지 설명하는 한 가지 방식으로 그들의 경력과 우정, 예술에 관해 말한다. 이 책은 그들만의 특별한 면들, 내면의 삶, 갈등에 관한 이야기이기도 하다. 흔히 검증되거나 인정받지 못하는 종류의 관계, 즉 여성들 사이에 형성되는 풍부하고 독특하며 애정 어리고 경쟁적인 관계에 집중한다.

1961년 가을부터 1963년 봄까지 연구소에서 지낸 2년 동안 섹스턴과 쿠민은 각자의 연구에 시동을 걸어준 이 기회에 전율하는 수많은 '지적으로 추방당한' 여성들을 만났다. 두 사람은 역사학자들과 친구가 되었고 심리학자들에게 배웠으며 교육연구자들의 말에 귀를 기울였다. 이들은 특히 첫 2년 동안 함께 연구소에 다녔던 다른 예술가 셋, 즉 작가 올슨, 화가 스완, 조각가 피네다와 가까워졌다. 이 다섯 명의 여성들은 친밀하게 협력하는 동맹을 형성했다. 연구소에 지원하려면 박사 학위가 있거나 창조적 성취에서 이와 '동등한' 자격을 갖춰야 한다는 연구소 지원 자격에 관해 농담하면서 이들은 이 친구 집단을 '동등한 우리'[16]라고 불렀다.

이 집단의 여성들은 여러 면에서 서로 달랐다. 활기차고 기분 변화가 심한 섹스턴은 자신의 정신질환과 모성 경험을 솔직하게 쓰면서도 이런 주제 때문에 성공을 거두지 못할까 걱정하는 부유층 출신의 와스프*였다. 쿠민은 자연 세계에 관한 깔끔하고 형식적인 시를 썼다. 평생 자신의 출신성분에 소속감을 느껴본 적 없는 필라델피아

---

* WASP, 백인 앵글로색슨계 개신교도의 줄임말로 미국의 주류 지배계급을 말한다.

출생 유대인 여성 쿠민은 보스턴 교외를 벗어나 뉴햄프셔 시골 지역으로 달아날 꿈을 꾸었지만, 그러면 친구 섹스턴을 버리는 끔찍한 일이 될까 봐 두려워했다. 올슨은 1930년대에 창의적인 르포르타주와 소설을 출간한 카리스마 넘치고 열정적인 활동가였다. 50세에 연구소에 들어온 올슨은 오래전부터 모든 인간의 삶이 중요하다는 사실을 강조할 위대한 프롤레타리아 소설을 쓰길 소망했다. 보스턴 교외 출신 화가 스완은 보스턴 미술관학교SMFA**에서 공부했고 유럽에서 그림을 그릴 수 있는 여행 장학금을 받았다. 스완은 자화상을 포함해 영혼을 드러내는 초상화를 그리고 스케치했다. 10대 시절부터 조각가였던 피네다는 특권층 가정에서 자랐고 전업 예술가로 생계를 꾸렸다. 피네다의 실물 크기 조형물은 전례 없는 방식으로 임신과 출산, 모성을 표현했다.

이 여성들은 각자 예술 경력의 결정적인 순간에 연구소에 들어왔다. 첫 시집으로 놀라운 성공을 거둔 지 얼마 되지 않은 섹스턴은 자칭 '영원한'[17] 시인이 되고자 했다. 그는 연구소 시절 가장 견고한 시집을 썼고 자기 자신과 경력에 더욱 확신을 품게 되었다. 역시 이제 막 시인으로 발을 뗀 쿠민은 연구소에서 학문적 관심에 다시 불을 지폈고 다른 장르를 실험했다. 쿠민은 이 장학 프로그램을 마친 직후 세 편의 장편소설 가운데 첫 번째 소설을 썼고 시만큼이나 산문으로도 유명한 작가가 되었다. 네 아이의 어머니인 올슨은 일과 가정이 압도하는 삶에서 벗어나 야심 찬 소설을 완성할 희망을 품고 연구소에 왔다. 그곳에서 올슨은 소설보다 훨씬 더 중요한 것, 즉 물질적 억압이 어떻게 문학의 정전을 형성했는가에 관한 혁명적 이론

** School of the Museum of Fine Arts, 보스턴에 있는 예술학교이다.

을 기술했다. 한편 스완은 오래전부터 연필과 유화 말고 다른 매체를 실험해 보길 원했지만, 연구소에 와서야 석판화를 탐험할 시간과 자원을 누리게 되었다. 스스로 '신화적'[18] 여성성이라고 생각했던 것에 매료되었던 피네다는 연구소에서 여성 신탁 조각상 시리즈를 창조했다.

연구소에서 보낸 시간은 이 예술가들에게 삶의 전환점이 되었다. 불안정하고 다작하는 편인 섹스턴에게 이 시기는 평생 유일하게 생산성과 고요가 혼합된 시간이었다. 그는 이제 상담 치료가 필요하지 않겠다고 생각하기도 했다. 그러나 연구소를 떠나자마자 정신질환이 악화하고 글쓰기가 단발적이 되면서 다시 전문가의 도움을 구했다. 쿠민은 연구소 생활을 마치고 남은 일생 평온을 추구할 방법을 모색했다. 연구소 시절부터 사교 생활 요구가 까다롭고 창조성을 짓누르는 보스턴 교외에서 벗어날 방법을 찾던 쿠민은 마침내 뉴햄프셔에 농장을 사 이후 삶과 작업을 변모시킬 기회로 삼았다. 올슨은 이미 수십 년 전 보여주었던 문학적 전망을 성공시켰다. 래드클리프에서 성취한 연구와 글쓰기로 문학적인 명성을 거머쥐었다. 연구소 시절을 계기로 올슨은 임금노동자에서 문학계의 유명 인사로 변신했다. 사교적이나 평소 홀로 작업했던 스완과 피네다는 연구소에서 경험한 협업 덕분에 다시 공동체에 이끌렸다. 훗날 연구소 시절을 "진정한 전환점"[19]이라고 불렀던 스완은 시인들과 협업을 시작했고(친구들의 책에 삽화를 그리고 표지를 디자인했다) 여성들에게 영감을 받은 피네다는 주요 조각상 연작을 작업하기 시작하는데, 이 가운데 한 작품이 훗날 래드클리프 야드에 설치된다. 연구소는 '동등한 우리'에게 피난처를 제공했다가, 이후 이들을 다시 세상으로 돌려보냈다.

이 시절 내내 가장 강력하고 꾸준한 관계를 유지한 사람이 섹스턴과 쿠민이었으므로 이 책 역시 이들의 관계를 중심으로 펼쳐진다.

두 사람의 창조적이고 친밀한 유대는 연구소 시절보다 먼저 시작되었다. 두 사람은 동시에 연구소에 지원서를 내자고 합의했지만, 연구소 행정가들에게는 원래 관계를 비밀에 부쳤고 연구년이 끝날 때까지 유대 관계를 이어갔다. 경력이 요동치고 주거지가 바뀌고 감정적 위기와 이혼이 찾아올 때까지도 유대는 계속되었다. 늘 쉽지만은 않았다. 쿠민은 때로 섹스턴의 요구를 부담스러워했고 섹스턴은 삶의 말미에 믿음직한 친구에게 자율권을 주고자 분투했다. 내가 이들의 인터뷰와 서로에게 보낸 편지, 상대의 작품을 칭찬하는 에세이에 의존해 그 유대를 살펴본 이유는 이런 양가성과 복잡함 때문이다. 쿠민과 섹스턴은 그들의 우정과 서로를 향한 사랑, 그리고 그 감정을 표현한 언어라는 풍부한 자료를 우리에게 남겼다.

『동등한 우리』는 미국 페미니즘 역사에서 중대한 역할을 차지했지만 종종 간과되었던 래드클리프 독립연구소의 출현에 관해 말하는 최초의 책이다.[20] 보통 페미니즘 제2 물결에 관한 이야기는 1963년 베티 프리단의 『여성성의 신화』 출간과 함께 시작되었다고 해도 과언이 아니다. 미국에서 성공의 상징이었던 교외의 가정을 "안락한 수용소"로 고쳐 말한 프리단의 충격적인 논쟁은 수천 명의 여성에게 반향을 불러일으키며 찬사와 감사의 편지를 쓰게 했다. 역사학자 스테퍼니 쿤츠에 따르면 "이 책은 양장본으로 대략 6만 권이 팔렸는데 오늘날 기준으로 봐도 엄청난 숫자이고 페이퍼백은 거의 150만 권이 팔렸다."[21] 책이 출간되고 3년 후 프리단과 한마음이었던 여성들이 NOW˙를 설립하고 여성 인권을 옹호하는 주장을 펼쳤다. 장벽이

• National Organization for Women의 약어로 전국여성단체, 전미여성기구 등으로 번역된다.

무너지기 시작했다. 피임이 합법화되고 낙태법 개혁이 시작되었으며 여성들이 성차별 사건들을 법정으로 끌고 갔다. 1960년대 말 급진주의 페미니스트 조직들이 생겨날 무렵 '여성해방'은 순조롭게 진행 중이었다.

그러나 이런 이야기에는 페미니스트 반란의 기본 토대가 어떻게 형성되었는지, 때로는 1950년대와 1960년대 초반의 여성 개혁가, 교육가, 예술가들이 부지불식간에 어떻게 기여했는지가 빠져있다.[22] 이 10년은 해방 정치의 사각지대로 보일 수도 있다. 몇 명을 제외하고 래드클리프 독립연구소의 여성들은 자신을 혁명가로 여기지 않았다. 심지어 일부는 스스로 페미니스트라고 생각하지도 않았다. 그들은 '행실이 바른' 여성들이었고 아직 역사를 만들지 않았다. 그러나 자신을 표현하려는 그들의 열렬한 노력은 후배 여성들에게 더 크고 과감한 변화를 가능하게 했다. 흔히 '고백 시'로 불리는 섹스턴의 시는 훗날 거리로 나갈 분노한 젊은 여성들에게 영감을 주었다. 노동계급 어머니의 어려움에 관한 올슨의 연설은 청중을 사로잡았고 빈곤 문학에 관한 그의 강의는 대학 영문과를 급진적으로 바꿔냈다. 번팅을 『여성성의 신화』 집필 작업에 초대했다가 번팅이 그만둔 뒤 어려움을 겪었던 베티 프리단도 이전 협업자의 프로젝트가 낳은 결과를 보고 분명 기뻐했을 것이다.

연구소 이야기는 또한 창조적 작업과 지적 생산물에 관한 페미니즘 사고의 오랜 역사로 거슬러 올라간다. 1929년 버지니아 울프는 1928년 10월 케임브리지대학교의 여자대학에서 진행한 두 차례의 강연을 바탕으로 『자기만의 방』을 출간했다. 책 제목은 에세이 앞부분의 선언에서 가져왔다. "여성이 소설을 쓰고자 한다면 반드시 돈과 자기만의 방이 있어야 한다."[23] 에세이의 나머지는 '옥스브리지'(옥스퍼드와 케임브리지의 합성어)에 있는 익명의 한 여성이 어떻게 절망스러운 하루를 보냈는지 묘사한다. 이 여성은 다가올 강연에 관해 생각하려고 하지만 계속해서 방해를 받는다. 잔디밭에서 쫓겨나고 도서관 입장을 거부당하고 여성 친구의 방에서 저녁 식사를 할 수가 없어서 어쩔 수 없이 형편없는 식사를 하게 된다. 에세이는 작가와 지식인에게 물질적 자원이 얼마나 중요한지 설파하고(울프는 이를 "사치와 사생활과 공간이 낳는 품위와 온정과 위엄"이라고 표현한다), 아마도 이 주장으로 가장 많이 기억될 것이다. 그러나 이 에세이는 여성 공동체와 세대를 뛰어넘는 지지의 욕구를 표현하기도 한다. 글 속 화자는 친구와 함께 앉아 친구의 어머니가 자식 열세 명을 낳는 대신 돈을 벌었다면 어떤 다른 역사가 펼쳐졌을지 상상해 본다.

> 시턴 부인과 그 어머니, 또 그 어머니의 어머니가 아버지와 할아버지처럼 돈을 버는 훌륭한 기술을 배워 자신의 성별이 사용할 만한 장학 프로그램과 강연과 상과 연구소를 설립할 돈을 남겼다면…… 우리는 지나친 자신감을 부리지 않아도 넉넉한 대우를 받는 전문직 쉼터에서 평생을 흡족하고 명예롭게 보낼 수 있으리라 기대했을 것이다. 우리는 탐험을 하거나 글을 썼을 것이다. 지상의 유서 깊은 장소에 관해 명상하거나 파르테논 신전 계단에 앉아 사색하거나 혹은 10시에 사무실에 갔다가 4시 반이면 시를 좀 쓰려고 편안하게 집으로 돌아왔을 것이다.

그들은 서로의 지적 성장을 지지하는 남성 작가들과 학자들처럼 살았을 것이다. 연구소는 울프의 가정을 현실로 만들었다.

20대 후반에 '동등한 우리'를 발견했다. 영문학 박사과정을 마무리하는 중이었고 미래를 고민했다. 내 경력보다 더 우선시되는 경력을 가진 남자와 사귀고 있었다. 1990년대 '걸 파워' 세대였던 나는 지적 관심사를 추구하고 경력에 몰두하는 동시에 행복한 가정도 꾸릴 수 있다는 생각에 골몰했다. 전부 할 수 있고 또 해낼 것이다! 그러나 직업적인 꿈과 어머니 되기 사이에서 하나를 선택해야 한다는 생각을 떨칠 수가 없었다. 내 어머니는 지지해 주는 배우자가 있었음에도 경력과 가족 사이에서 균형을 이루기 위해 분투했다. 아이들을 기를 생각을 할 때마다 나는 두려움에 사로잡혔다.

한때 '동등한 우리'가 걸어 다녔던 곳에 서있는 래드클리프 도서관에 혼자 앉아 서류철을 열고 오래된 문서들을 추렸다. 육아에 도움을 받을 수 없었던 여성들에 관해 읽었다. '이기적으로' 일하러 혹은 배우러 집 밖으로 나간 사이 아이들을 혼자 두었다고 사회적인 비난을 받을까 두려워한 여성들에 관해 읽었다. 질투하는 남편과 잘난 척하는 남자 선생들과 가정의 평화라는 제단에 희생당한 책들에 관해 읽었다. 메모를 많이 했다.

이후 연구소 첫해의 세미나가 녹음된 오래된 카세트테이프를 발굴했다. 55년이나 흘렀지만 술잔끼리 부딪치는 쨍강 소리와 치맛자락을 정돈하는 부스럭 소리가 들렸다. 이상하게 익숙한, 잃어버린 한 세계를 발견한 것 같은 기분이 들었다. 어머니가 쓴 책들을 모욕하면서 복수를 감행한 자신의 뾰로통한 10대 딸에 관해 이야기하며 쿠민이 청중을 사로잡는 소리가 들렸다. 사교적이고도 불안이 강한 섹스턴이 모순적으로 명징하고 큰 목소리로 자기 시를 낭독하는 소리가 들렸다. 스완이 보스턴 억양이 약간 섞인 말투로 석판화를 만드는 데 필요한 "허리가 부러지는 노동"에 관해 농담하는 게 들렸다. 피네다가 역사적으로 조각이 얼마나 중요한지 진지하게 말하는 게 들렸다. 올슨이 모성과 생계를 위한 직업과 소설 쓰기 사이에서 균형을 찾는 게 얼마나 어려운지 설명하는 소리가 들렸다. 올슨은 혼자 있는 시간이 얼마나 적은지, 시티버스 안에서나 늦은 밤에 어떻게 글을 쓰는지 말했다. 순간 나는 도서관에 혼자 있는 게 얼마나 행운인가 생각했다. 남자친구가 다른 도시에 산다는 사실은 훨씬 더 큰 행운이었다.

세월이 흘렀다. 남자친구와 헤어졌다. 학위 과정을 마쳤다. 텍사스 오스틴, 코네티컷 뉴헤이븐, 캘리포니아 팰로앨토, 워싱턴 DC의 다른 도서관들을 찾아갔다. 공책, 편지, 문서, 요리책, 영수증을 계속 읽었다. 육아의 어려움, 어머니로서 죄책감, 갚지 못한 빚, 실현되지 않은 꿈에 관해 읽었다. 이 다섯 명의 여성이 서로를 이해하고 지지하고 인정하는 방식에 관해서도 읽었다. 또 한계까지 밀려난 사람이 질투나 분노를 품고 친구에게 답장하는 편지들을 읽었다.

어떤 것이 희망적이고 또 어떤 것이 분노로 느껴지는지 알았다. 수십 년 전 시작된 젠더 혁명은 아직 미완인 상태로 남았다. '동등한 우리'가 래드클리프 야드를 거닐었던 나날 이래 너무도 많은 것이 변했다. 타이틀 나인Title IX˙에 관한 책들이 나오고, 여성 CEO들이 『포춘』 선정 500인에 들고, 여성들이 쓴 책이 전국 잡지에서 찬사를 받는다. 그러나 조사를 거듭해도 이성애자 부부 사이에서 여전히 여성들이 가사노동을 더 많이 한다는 결과가 나온다. 2018년 여성은 남성 소득 1달러당 80센트 조금 넘게 번다.[24] 아직 국가에서 지원하는 광범위한 보육 제도가 없다.

우리는 여전히 해결책을 찾으며, 싸우려는 중이다. 그리고 2016년 봄, 래드클리프 독립연구소의 1기생 중 한 사람과 대화를 나누었을 때 들은 말대로 여성들은 아직도 기관의 지원이 필요하다. 공동체와

˙ 1972년 제정된 미국 교육개정법 제9편. 미국 교육에서 성차별을 금지한 법이다.

영감을 발견할 수 있는 장소가 필요하고 꿈을 추구할 물질적 지원이 필요하다. 이 책은 50년도 더 전에 다섯 명의 여성이 성취한 것에 관한 이야기다. 부분적으로는 그들이 어떻게 세상을 바꾸었는가에 관한 이야기다. 또 할 일이 얼마나 많이 남았는가에 관한 이야기다.

대학 학위가 없는 소수의 지원자 중 하나였던 앤 섹스턴은 학력과 구사 가능 언어를 묻는 항목을 빈칸으로 남겨두었다. 그가 적은 유일한 재능은 시 낭독회 개최 능력이었다. 섹스턴은 후손을 위해 글을 쓰고 싶다고 했다. 동시대 독자의 덧없는 인정이나 판매량은 크게 신경 쓰지 않는다고도 했다. 단순한 숙녀 시인을 넘어서길 열망했고, "여성적 역할"을 초월하고 싶었다. 너무 큰 소리로 웃고 작품에 관한 말을 너무 많이 하는 문단 파티에 처음 온 어색한 손님처럼 섹스턴은 국가의 위대한 문인들 사이에 자리를 차지하고 싶다는 욕망을 강조했다. "저는 이미 자격 있는 시인이라고 생각합니다. 지금 제가 요청하는 것은 영원한 시인이 될 기회입니다." 여기 단연 특별한 사람이 되고자 했던 여성이 있었다.

1957 ~

1961

1장
작고 하얀 나무 울타리

1957년 겨울, 어느새 저물어가는 늦저녁에 스물아홉 살 앤 섹스턴은 긴장감으로 떨며 서류철을 꼭 붙들고 보스턴 백베이의 커먼웰스 애비뉴를 따라 걸었다. 빅토리아시대의 브라운스톤 건물과 지역 선구자들의 조각상과 크고 위엄 있는 가로수를 지나 곧 대로 북쪽에 면한 커다란 석조 건물에 도착했다.

섹스턴은 건물의 웅장한 정면을 통과해 안에 숨은 호화로운 무도회장을 가로질렀다. 최근 들어 뉴턴의 집을 나선 최초의 여정 중 하나였다. 이 나들이를 해내기 위해 섹스턴은 친절한 이웃 샌디 로바트에게 동행을 부탁했다. 언제나 긴장하는 편이었지만, 그즈음은 긴장을 넘어 불안하고 두려웠으며 자신에 대한 의심으로 숨이 막혔다. 공공장소라면 어딜 가나 몹시 불편해져서 웬만하면 집 밖으로 나가지 않았다. 최근 자살 시도가 있었고 불과 몇 달 후에 두 번째 자살 시도를 하게 된다.

섹스턴은 건물 로비를 지나며 여기서 뭘 하는 건가 생각했다. 누군가 물려받은 부의 흔적을 보고 겁을 먹지는 않았다. 부라면 그에게도 익숙했다. 겁을 먹은 것은 그 건물이 감추고 있는 것, 바로 보스턴 평생교육센터가 운영하는 소규모 시 워크숍 때문이었다. 진지하게 시를 쓴 지 몇 달도 안 되었고 대학 학위도 없었으며 교실과의 인연이 나빴던 섹스턴이 예외적으로 이 수업은 들어보기로 마음먹은 터였다. 그 겨울 저녁 전까지 섹스턴의 시를 읽어본 사람은 단 두 명, 정신분석의였던 마틴 오언 박사와 어머니 메리 그레이 하비가 전부였다. 다른 사람들, 특히 다른 시인들에게 자신의 시를 보여준다고 생각하면 오싹하게 두려웠다. 그럼에도 섹스턴은 어울리는 립스틱을 바르고 하이힐을 신고 검은 머리에 꽃 장식을 달고 10년 만에 처음으로 교실이라는 공간에 들어서려는 참이었다.

섹스턴이 교실로 들어서자[1] 사람들이 일제히 고개를 돌려 이쪽을 보았다. 워크숍이 시작된 지 몇 주일 지난 터라 신입이 등장하는 게 흔한 풍경은 아니었다. 강사 존 홈스가 길쭉한 참나무 테이블 상석에 앉아있었다. 홈스는 머리숱이 줄어가고 얼굴이 길쭉하고 심술궂어 보이는 완고한 뉴잉글랜드의 표상 같은 남자였다. 보스턴 시단의 '고인 물'로 워크숍에서 시를 가르치고 서평을 쓰고 터프츠대학교에서 교수로 일했다. 홈스의 제자 중 시집을 출간한 사람이 적지 않았는데, 역시 그날 저녁 수업을 듣던 서른한 살 여성이자 세 아이의 어머니도 그중 하나였다. 그의 이름은 맥신 쿠민이었다.

섹스턴과 쿠민은 서로를 유심히 살폈다. 마치 거울을 보는 것 같았다. 둘 다 마르고 검은 머리에 매력적이었다. 섹스턴과 달리 쿠민은 뉴잉글랜드 토박이가 아니었지만 두 사람이 만났을 무렵 보스턴이 고향과 다름없었다. 쿠민은 필라델피아 출신의 동화된 유대인 여성으로 전당포 업자였던 아버지는 돈을 벌어 딸을 처음에는 지역 학교에, 다음으로 래드클리프대학에 보냈다. 쿠민에게 교육이란 어머니의 기대로부터 탈출한 개인이 되는 길이었다. 이와 달리 섹스턴은 뉴잉글랜드 부유층 출신으로 부모에게는 재정 면을, 남편에게는 감정 면을 기댔다. 섹스턴은 정서적으로 격해지기 쉬웠고 불안과 우울, 자살 충동으로 고통받았다. 쿠민은 화를 억누르는 편이었고 불안정함을 피해 다녔다. 쿠민은 매혹적이면서 동시에 반발심이 느껴지는

28

이 긴장한, 매력 넘치는 이방인을 즉시 경계했다. 두 사람 모두 불확실하고 심지어 온당하지 않게 느껴지는 일을 하려고 여기 왔다. 다시 말해 시인이 되려고 왔다. 그러려면 둘 다 용기를 그러모아야 했고 명백히 고독한 노력을 기울여야 했다. 이 두렵기 짝이 없는 공간에서 두 사람이 서로를 만났다는 것은 어떤 의미였을까?

언젠가 섹스턴은 1957년 이전의 삶을 이렇게 요약한 적 있다. "나는 관습에 맞는 삶을 살려고 죽기 살기로 노력했다. 그렇게 길러졌고 남편이 원했다. 그러나 작고 하얀 나무 울타리를 친다고 악몽을 쫓아낼 수는 없는 법이다. 스물여덟 살 무렵 표면이 갈라졌다. 정신병이 발발했고 자살을 시도했다."[2]

인생의 상당 기간 섹스턴은 스스로 멍청하다고 생각했다. 살면서 수많은 사람이 그렇게 말해서 그렇게 믿었다. 1928년 안락한 보스턴 교외 뉴턴의 부유한 가정에서 세 딸 중 막내로 태어난 앤 하비는 품위와 예절을 중시하는 가문의 깡마르고 불안한 아이였다. 한시도 가만히 있질 않았다. 먹기를 거부할 때가 많았다. 머리카락이 엉킬 때까지 잡아당기고 배배 꼬았다. 청소년기에 여드름이 돋은 얼굴로 만찬 테이블에 나타나자 아버지는 역겨워하면서 딸과 함께 밥 먹기를 거부했다. 엘리트 사립학교에 다녔던 두 언니와 달리 앤은 대부분 공립학교에 다녔다. (낮잠 시간에 적응을 못 해서 발도르프 학교에서 쫓겨났다.) 고등기숙학교 로저스 홀에 갔을 때는 우둔하고, "끔찍할 정도로 불안정하고" "몹시 신경질적"이라는 이유로 교사들에게 세 번이나 유급당했다.[3]

앤이 멍청했다면 그의 어머니는 똑똑했다. 메인주 부유층 출신이었던 메리 그레이 하비는 몸집이 작고 매력적인 여성이자 진정한 숙녀였다. 신문사 편집장이자 발행인이었던 메리 그레이의 아버지는 딸을 공주처럼 애지중지했고, 가족 안에서 '빛나는' 사람으로 무럭무럭 자랐다. 남편이자 술을 지나치게 마셨던 사업가 랠프 하비는 메리 그레이를 매우 존경했고 딸들에게 끊임없이 "오, 너희 어머니는 똑똑해. 정말로 대단해"라고 일깨웠다.[4] "어머니는 '작가'이자 교양 있고 빛나는 사람이었어요." 1960년대 초반 어느 인터뷰에서 섹스턴은 이렇게 말했다. "뭐랄까, 때로는 우릴 압도하기도 했고요." (메리 그레이가 실제로 쓴 것은 남편의 사업용 서신들이었지만 랠프 하비는 편지마다 '걸작'이라며 추켜세웠다.) 메리 그레이는 교양 있는 분위기를 풍겼다. 하루에 책을 한 권씩 읽었고, 명망 높은 웰즐리대학에 다녔다. 졸업은 못 했지만 캠퍼스의 모든 여학생 가운데 IQ가 가장 높았다고 했다. 메리 그레이에게는 열심히 공부하는 것과 반대로 그저 영리하다는 사실이 중요했다. 지식이란 카나페를 집어 들 듯 자신에게 맞는 것을 집어 드는 것이었다.

앤은 어머니의 눈에 들고자 노력했고, 실패했다.[5] 앤이 10대가 되었을 때 학교 졸업앨범에 실린 자신의 시를 어머니에게 보여주었다. 메리 그레이는 딸의 시를 읽다가 도중에 멈추고 조사를 시작했다. 아무리 봐도 이건 딸이 쓴 작품이 아니었다. 분명 *어디선가* 베꼈을 것이다. 메리 그레이는 이 시를 포함해 앤이 쓴 다른 시들을 가족의 친지인 뉴욕의 한 교수에게 보내며 딸이 표절한 원본을 찾아달라고 부탁했다. (교수는 이 시들은 독창적이고 전망이 있다는 내용의 답장을 보냈다.) 이 경험으로 주눅이 든 앤은 다시는 어머니에게 시를 보여주지 않았고, 곧 시 쓰기를 완전히 그만두었다.

창조적 열정을 추구하다 저지당한 앤은 어머니의 안정적이고 우월한 가정생활을 모방하고자 노력했다. 그러나 그런 생활은 오직 메리 그레이의 엄청난 도움을 받아야만 성공할 수 있었다. 열아홉 살에 앤은 보스턴 교외 출신의 상류층 남자와 사귀고 있었다. 친구들과 가족은 케이오라고 부르는 앨프리드 뮬러 섹스턴 2세였다. 당시 앤은 임신했을까 봐 두려워했고 메리 그레이는 합법적인 결혼 연령이 남녀 모두 열여덟 살인 노스캐롤라이나로 둘을 데려갔다. (매사추세츠는 여성은 열여덟 살, 남성은 스물한 살에 결혼할 수 있었다.) 두 사람은 결혼했고 앤 하비는 앤 섹스턴이 되었다. 임신은 오해였지만 결혼은 여전히 유효했다. 젊은 부부는 양쪽 부모의 집을 오가며 살다가 마침내 웨스턴의 하비 가에서 불과 10분 거리인 코큐테이트 타운에 아파트를 발견했다. (하비 가는 1941년 웨스턴으로 이사했고 새로 지은 집에는 침실이 일곱 개, 차고가 다섯 개 있었다.)[6] 케이오가 한국전쟁에 참전한 동안 메리 그레이는 딸이 연애라는 유혹에 빠지지 않고 결혼생활에 집중하도록 단속했다. 휴가 기간에 남편을 만나러 샌프란시스코까지 날아갔던 섹스턴은 마침내 임신했고, 메리 그레이는 딸을 보살피며 함께 임부복을 사러 나가기도 하고 플로리다로 함께 휴가를 가거나 딸이 웨스턴 집으로 돌아올 수 있게 했다. 메리 그레이의 경제적 지원으로 젊은 섹스턴 부부는 뉴턴의 교외에 안락한 집을 샀다. 부부는 독립적인 성인의 삶 비슷한 것을 개척하기 시작했지만, 콜게이트대학에서 의학을 전공하다 중퇴한 케이오는 장인 아래서 양모 사업에 종사했다.

메리 그레이가 살아있는 동안 섹스턴은 끊임없이 어머니의 칭찬을 갈구하고 비판을 두려워했다. 메리 하비의 모진 말들은 랠프가 취했을 때 어린 앤에게 퍼부었던 모욕들보다도 더 얼얼했다. 어머니처럼 가족을 보살피고 집안을 꾸려갈 수 있다면 언제나 무엇이 최고인지 아는 것만 같은 이 냉정하고 속내를 모를 여성에게서 인정받을 수 있을 줄 알았다. 어머니는 최고의 드레스가 뭔지, 최고의 술이 뭔지, 자신의 교양을 증명해 줄 최고의 책이 뭔지 다 아는 것 같았다. 섹스턴은 훗날 이렇게 말했다. "나는 어머니처럼 무섭거나 어머니처럼 좋은 사람이 되어야 했다."7

어머니의 도움을 받은 섹스턴은 1955년 8월 무렵에는 꽤 버젓한 삶을 꾸려냈다. 교외에 집을 소유했고, 키 크고 아름답고 유복한 여성이었으며, 두 살 린다와 갓 태어난 조이, 두 딸의 어머니가 되었다.

그러나 섹스턴은 어머니 역할이 힘들었다. 아이들의 요구에 분노와 폭력으로 반응하기도 했다. 한번은 좌절감에 휩싸여 큰아이를 방 저쪽으로 던져버렸다. 결국 섹스턴은 산후우울증 진단을 받았다. "심장이 방망이질 쳤고 오직 그 소리만 들렸다. 아이들을 향한 애정보다 내 감정을 요구하는 아이들에게서 벗어나고 싶은 욕구가 더 컸다."8 언젠가 앤은 상담사에게 보낸 편지에 이렇게 썼다. 몇 달이 지나고 조이의 첫돌이 다가오자 섹스턴의 증상은 더욱 심해졌다. 아이들을 다치게 할까 걱정됐던 섹스턴은 수면제를 먹고 삶을 끝장낼 생각을 했다. 어느 어두운 밤 최악의 충동과 싸우다 결국 상담사의 권유에 따라 웨스트우드 로지에 스스로 입원했다. 아버지가 알코올의존증 치료를 받으러 들어갔던 병원이었다. 메리 그레이가 린다를 보살피고 케이오의 어머니 빌리가 조이를 맡았다. 2주일 뒤 퇴원했지만, 섹스턴의 정신건강은 계속 나빠졌다. 1956년 11월 스물여덟 번째 생일을 하루 앞두고는 진정제 바르비투르를 과다 복용했다. 새로운 상담사 마틴 오언 박사는 가족과 안전한 거리를 두기 위해 섹스턴을 암울한 정신병원 글렌사이드로 보냈다. "섹스턴의 가족은 그녀의 문제에 관해 그리 온정적이지 않았다."9 훗날 오언 박사는 이렇게 술회했다. 그는 섹스턴이 프로이트적 의미의 히스테리아증을 가졌다고 진단했다.

섹스턴은 몇 주일 뒤 글렌사이드에서 퇴원했다. 힘든 겨울이었다. 린다는 엄마 곁으로 돌아왔지만 조이는 계속 빌리 곁에 남았다. 섹스턴은 외롭고 무기력했다. "뭘 하면 좋을지 생각하며 이 방 저 방 돌아다녔어요."[10] 섹스턴은 오언 박사에게 편지했다. "내 안에는 이토록 끔찍한 에너지가 있는데, 어떤 것도 도움이 될 것 같지 않아요." 가사에 관해라면 배우는 족족 실패했다. 감자도 굽지 못했다. 아이가 부모에게 의존하듯 남편 케이오에게 의존했고 그의 부재가 두려웠다. 케이오는 꽤 참을성 있게 섹스턴을 대했지만 때로는 분노로 폭발했다. 가끔은 물리적인 폭력도 썼다(결혼생활 막바지에는 더 자주 썼다). 섹스턴은 딸들을 사랑했지만, 아이들이 자기 삶을 제한할 때면 분노했다. "누가 이런 감정을 느끼며 살고 싶겠어요?"[11] 1957년 2월 오언 박사에게 쓴 편지 속 이 질문이 매일 섹스턴의 마음에 울려 퍼졌다.

섹스턴은 절망 속에서도 계속 살아갈 이유를 찾았고, 뜻밖의 장소에서 그 이유를 찾았다. 바로 서정시였다.

오언 박사의 권유로 섹스턴은 교육방송을 보기 시작했다. 정신분석의는 교육방송 시청이 이성을 자극해 감정적 어려움으로부터 주의를 돌려주리라 생각했다. 자살을 시도한 지 한 달 만인 1956년 말 어느 목요일 저녁, 섹스턴은 지역 공공방송 WGBH 채널에서 〈시의 감각〉[12]이라는 프로그램을 시청했다. 대머리에 안경까지 모든 면에서 학자처럼 보이는 하버드대학교 영문과 교수가 화면에 나왔다. 대서양 양단에서 가장 영향력 있는 영문학자 중 한 사람인 I.A. 리처즈였다. 리처즈는 1920년대 케임브리지에서 가르치는 동안 역사적·전기적 배경에 의존하지 않고 시를 세밀하게 읽는 방법을 개발했다. 그가 "실제 비평"이라고 부른 이 비평 방식은 미국의 대학교들로 퍼져나갔고 1940년대와 1950년대에는 신비평으로 불렸다. 이 문학비평 방식은 문학 연구를 예술 애호적이기보다 과학적으로 보이게 해 세기 중반 각 대학 영문학과에서 인기를 끌었다. 또 가르치기 좋은 방식이어서 학부생들이나 공공방송 시청자들에게 완벽했다.

사실 〈시의 감각〉은 약간 지루했다. 리처즈는 경력 내내 몇 가지 교육방송 프로그램을 진행했지만(그러면서 대중매체를 향한 혐오를 고백하기도 했다), 딱히 역동적이지 않았다. 키츠의 「그리스 항아리에 부치는 노래」 같은 유명한 시들을 읽었는데, 시청자들이 시의 운율과 리듬을 들을 수 있도록 발음을 정확히 했다. 가끔 화면에 시 자막이 흐르기도 하고 관련 표가 나타나기도 했지만, 보통은 텔레비전 화면보다 라디오에 더 적당해 보이는 이 엄격한 남자를 고정으로 비추었다.

프로그램이 건조하고도 순수하게 교육적이라 섹스턴은 푹 빠져서 보았다. 리처즈가 소네트의 구조를 설명하면 14행, 세 개의 4행시와 하나의 2행시, ABABA CDCD EFEF GG 방식이라고 꼼꼼하게 필기했다. "나도 할 수 있겠어."[13] 이렇게 혼자 생각했다. 어두운 밤 프로그램이 끝나면 섹스턴은 자신의 소네트를 썼다. 그리고 인정받고 싶은 고등학생처럼 그 소네트를 메리 그레이에게 보여주었다. 이번에는 메리 그레이도 이 시를 섹스턴이 직접 썼다고 믿었다. 심지어 시의 감상을 더 잘 포착할 수 있는 이미지를 제안하기도 했다. 섹스턴은 고마웠다. 마침내 어머니의 인정을 받고 고통을 다스릴 새로운 방법을 찾았다. 시를 통해 정신의 무질서에 질서를 이루었다.

갑자기 시가 눈물보다 빠르게 흘러나왔다. 1957년 1월부터 12월까지 60편이 넘는 시를 썼다. 탁월한 생산력이었다. 대다수 시가 선도적인 중급 교양인 잡지 『새터데이 이브닝 포스트』에서 발견할 법한, 규칙적 리듬에 맞춰 메시지와 도덕을 끌어내는 것들이었다. 상담 치료나 프로이트주의를 언급하는 시가 많았고 「진료 예약 시간」 「심인성 위장」 「혼란한 적응」 등 오언 박사에게 직접 말하는 시들도 있었다.[14] 섹스턴이 자신의 시를 조심스럽게 타자해 오언 박사에게 보내면 박사는 섹스턴이 갈구하는 인정을 건넸다. 작법 교육을 받지 않았고 전통적인 문학 교육의 부담도 없었던 섹스턴은 '무의식적으로'(자신의 방식을 이 말로 자주 표현했다)[15] 배우며 본능적으로 시를 써나갔다. 그는 음절의 운 맞춰 쓰기, 각 행의 첫 글자나 마지막 글자를 짜 맞추면 하나의 말이 되는 회시 쓰기 등 스스로 도전 과제를 내고 성공하는지 봤다. 1957년 5월 말, 두 번째 자살을 시도했을 때 오언 박사는 시야말로 섹스턴이 살아갈 이유라고 말했다. "당신은 자살해선 안 됩니다. 줄 게 있잖아요."[16]

섹스턴은 시인으로서 자신이 무슨 일을 하고 있는지 완전히 이해하지는 못했다. 곧 그는 시적 기교를 '속임수'[17]라고 부르게 되지만, 아직은 책을 출간하지 않은 아마추어였다. 시 몇 편에 'A.M. 섹스턴 부인'이라고 서명해 출판사에 보내봤지만, 아무런 회신도 받지 못했다. 시를 배울 수 있는 교실을 찾고 배워본 적 없는 것을 배워볼 생각을 했다. 오언 박사가 보스턴대학교나 뉴턴주니어대학교에 등록해 보라고 권했다. 가족과 교사 모두에게 비난받고 유급과 추방을 경험했던 소녀에게 학교로 돌아가는 일은 도박 같았다. 아직 정신건강이 위태로웠지만, 가능한 보상과 위험 요소를 가늠해 보았다. 우선 집을 떠나 낯선 사람들을 만나야 할 터였다. 그건 무서운 일이었다. 하지만 어쩌면 이 낯선 이들 가운데 몇몇은 가족이 결코 해주지 않았던 방식으로 섹스턴을 이해해 줄지도 몰랐다. 두려움을 밀어낼 수만 있다면 '내 사람들'[18]이라고 할 만한 이들을 발견할지도 몰랐다.

섹스턴이 홈스의 시 워크숍에 나타났을 때 쿠민은 즉시 이 낯선 사람에게 "사로잡혔고"[19] 곧바로 "두려움에 빠졌다." 우선 쿠민은 새로 온 학생의 외모에 깜짝 놀랐다. 섹스턴은 "키가 크고 눈동자가 푸르고 놀랄 만큼 날씬했고, 분필과 젖은 덧신으로 가득한 교실의 분위기 속에서도 세련미를 뽐내는"[20] 여성이었다. 쿠민의 스타일은 이보다는 평범했는데, 스스로 표현하기로는 "훨씬 더 조용하고 자제하는"[21] 편이었다. 쿠민은 가끔 안경을 쓰고 머리를 뒤로 말아 올렸다. 30대였지만 쉽게 학생처럼 보일 수 있었다. 섹스턴이 "정말로 시크한" 반면 자신은 "최신 유행에 뒤처진 사람"이라고 느꼈다.[22]

외모는 달라도 두 여성은 생각보다 공통점이 많았다. 둘 다 자식이 많았다. 섹스턴은 두 아이, 쿠민은 세 아이의 어머니였고 둘 다 뉴턴에 살았다. 섹스턴은 시어머니의 도움을 많이 받았지만, 여전히 가정생활에 숨통이 조여들었다. 워크숍을 시작할 무렵이었던 1957년 2월, 오언 박사에게 편지를 쓸 때는 "그 어떤 것도 가치가 없어"[23] 보였다. "우리에 갇힌 호랑이 같아요." 쿠민도 비슷하게 느꼈다. "내가 직접 찾아간 가정이었지만, 가정중심주의와 심하게 마찰했다."[24] 쿠민은 훗날 이렇게 썼다. "결혼생활도 원만했고 두 딸도 기쁨의 원천이었다. 그러나 불만은 만져질 듯 생생했다." 섹스턴처럼 쿠민 역시 "엄청난 두려움과 떨림을"[25] 안고 워크숍을 찾아왔다.

쿠민은 시인이나 지식인으로 길러지지 않았다. 그는 숙녀로 길러졌다. 1925년 필라델피아에서 맥신 위너커로 태어나 스스로 '맥스'로 불리길 더 좋아했던 소녀는 의무적인 여성성과 어머니의 단속에 분개했다. 어머니 돌 위너커는 우아하고 세련된 여성이었고 미국 사회에 완전히 동화한 것처럼 보이길 갈망했다. (어머니는 자녀의 대화 중 몸동작을 금지했고 쿠민은 한동안 유대인만 손을 움직이며 말한다고 생각했다.) "어머니에 대한 최초의 기억은 중요한 사교 행사에 가려고 이브닝드레스를 차려입고 프랑스제 향수를 뿌리고 이제 막 출발하는 모습이었다."[26] 언젠가 쿠민은 이렇게 술회했다. 원래 버지니아 출신이었던 돌 위너커는 애정과 애무를 생득권처럼 요구하는 부류의 여성이었다.

맥스의 아버지 피터 위너커는 필라델피아시에서 가장 규모가 큰 전당포를 소유했다. 신분을 많이 의식했던 돌은 아이들의 학교 서류에 아버지 직업을 그냥 '중개인'이라고 쓰게 했다. 또 외동딸을 완벽한 숙녀로 키워내려고 했는데, 어린 맥스는 매번 저항했다. 어릴 때는 통통하고 청소년기에는 활력이 넘쳤던 맥스는 도회풍 또래 사이에서 바느질하고 사교하는 것보다 여름 캠프에서 미친 듯이 달리고 경쟁적으로 수영하는 쪽이 더 좋았다.

맥스는 고등학교 여학생클럽에 가입하라는 초대장을 거부해 우월한 교육만이 아니라 여러 사교 기회 때문에 공립학교에서 사립학교로 전학하라고 딸을 설득했던 어머니를 당황하게 했다. "청소년기는 외롭고 내향적인 시간이었다."[27] 훗날 쿠민은 썼다. "격주 토요일 밤이면 댄스 수업에 억지로 가야 했는데, 그곳의 인기 많은 여자애들은 전부 내가 듣는 프랑스어나 역사 수업에 관심이 없었다. 나는 시련이 끝날 때까지 여자 화장실에 숨어있었다." 학업은 쿠민의 불안을 달래주었다. "나는 공부에서 피난처를 찾았고 전부 A를 받는 것이 유일한 위안이었다."

쿠민은 열심히 공부했고 당시 전부 남자대학이던 아이비리그에 맞먹는 명성 있는 세븐 시스터스 대학 중 한 곳에 입학했다. 1942년 가을 맥스는 래드클리프대학에 합격했고 거기서 처음 시에 손을 댔다가 실망을 겪었다. 첫해의 자신감에 들떠서 영어 필수과목을 건너뛰고 월리스 스티그너가 가르치는 상급 문예창작 강의를 들었다. 싱클레어 루이스가 "미국에서 가장 중요한 소설가 중 한 명"[28]이라 칭한 바 있는 스티그너는 당시 자전적 소설이자 다섯 번째 장편소설인 『큰 바위 사탕 산』*The Big Rock Candy Mountain*을 집필 중이었다. 무엇이 좋은 소설을 이루는가에 대한 그의 관점은 확고했다. 작가는 경험에 관한 진실을 발굴하고, 그 진실을 조심스럽게 다루어야 하며, 진지하거나 놀라운 것을 담아내야 한다고 믿었다. "예상 밖의 혹은 적어도

(뭐라고 부를까?) 심오한 요소가 필요하다."[29] 그는 설명했다. 젊은 맥스는 그 심오함을 담아낼 수 없었다. 급우들이 스티그너의 마음에 쏙 드는 "좋고 풍부한 소설들"을 쓰는 동안 맥스는 산문과 시 양쪽에서 좌절하고 있었다. 훗날 맥스는 이렇게 술회했다. "나는 그저 허둥대고 있었다. 스티그너는 전혀 불확실하지 않은 표현을 동원해 내가 총체적으로 재능이 없다고 알려주었다. 행여 작가가 되겠다고 생각한다면 나는 커다란 실수를 저지르는 셈이었다. 시인이 되려고 노력하면 안 되었다. 내겐 그런 재능이 없었으니까."[30] 낙담한 맥스는 문예창작을 포기하고 문학사에 집중하기로 했다. 결국 문학사에 관한 졸업논문으로 상을 받았고 8년 동안 다시는 시를 쓰지 않았다.

그동안 맥스는 그 세대의 동부해안 중산층 백인 여성에게 마련된 길, 즉 결혼과 아이들과 케이프 코드의 식민지풍 저택의 길을 따라갔다. 훌륭한 성적으로 래드클리프대학을 졸업하고 12일 뒤 보스턴에서 맞선으로 만난 유대인 엔지니어 빅터 쿠민과 결혼했다. 빅은 제2차 세계대전 동안 로스앨러모스의 비밀 프로젝트에서 일했는데 (훗날 쿠민은 남편이 원자폭탄 쪽에서 일했음을 알게 되었다) 두 사람은 당시 필라델피아에 살았던 쿠민의 부모가 미래의 사위를 만나보기도 전에 서로 편지를 주고받으며 관계를 돈독히 했다. 젊은 부부는 빅의 직업적 전망에 따라 처음에는 우즈 홀로, 이후에는 보스턴 시내로, 마침내 워터타운으로 이사했다.

그러나 쿠민은 만족하지 않고 여전히 지적 열망을 추구했다. 쿠민이 "전당포 업자의 딸"이 아닌 다른 사람이 된 것은 학교 덕분이었다. 고등학교 라틴어 교사들이 쿠민의 삶을 바꿔낼 만큼 영감을 심어주었다. 그는 언제나 공부에서 위안을 찾았다.

그래서 전쟁이 끝난 후 쿠민은 빅의 격려를 받으며 자기가 저축해둔 돈으로 비교문학 석사과정을 밟으려고 래드클리프로 돌아갔다.

부부는 검소하게 살았다. 쿠민은 여름방학에도 일해야 했지만, 희생은 가치가 있었다. 1948년 쿠민은 석사 학위를 받고, 직후 첫딸 제인을 낳았다. 또 다른 딸 주디스는 1950년에 태어났다. 그러나 주부라는 정체성을 스스로 가졌음에도 여전히 불만스러웠다. 다른 여성들이 행복하게 브리지게임 모임을 주최하고 걸스카우트단을 움직이는 동안 쿠민은 평생교육센터에서 수업을 듣고 프리랜서 연구자로 일했다. 빅의 경력이 나아져 그의 수입만으로 워터타운에서 한 단계 올라선 뉴턴으로 가족이 이사하고 브래드퍼드 로드 40번지에 집을 살 수 있게 되었을 때도 쿠민은 프리랜서 일을 계속했다.

쿠민은 1953년 셋째를 임신한 몸으로 뉴턴의 케이프 코드 식민지 풍 집에 앉아서 일생을 바꿀 결심을 했다. 보스턴 잡지 『더 라이터』를 구독했고 리처드 아머의 작법서 『경묘시 쓰기』*Writing Light Verse* 를 샀다. 다시는 시를 쓰지 않겠다고 결심했지만, 진지하지 않은 시를 쓰는 기술을 배워보면 어떨까 생각했다. 쿠민은 『코스모폴리탄』과 『새터데이 이브닝 포스트』에서 보았던 4행시를 즐겼다. 훗날 그는 이 시절을 이렇게 떠올린다. "나 자신과 약속했다. 이 아이가 태어날 무렵 내가 글을 전혀 팔지 못한다면 창조적 불만 따위 다 토해내고 말겠다고."[31] 그는 스티그너의 잔인한 예측에 유의했다.

임신 8개월에 쿠민은 『크리스천 사이언스 모니터』에 첫 시를 5달러 받고 팔았는데, 아머의 지침서 가격보다 높았다. 투자금을 회수했다. 시는 학부 시절 좋아했던 르네상스 시와 비교해 약해졌다.

　　　장미는 결코 붉게 자라지 않고,[32]

• 경묘시는 느긋한 태도로 시의 주제를 유쾌하고 희극적으로 풍자하는 오락적인 시다.

둥근 토마토도 푹 익지 않네
3월의 카탈로그가 공개되고
나는 또 한 해 포로가 되었네.

그러나 소소한 탐닉을 이어가도 좋다는 허가증이자 검증으로 이 정도면 충분했다. 쿠민은 프리랜서 일과 자신의 뮤즈를 만족시킬 기회를 맞바꿨다. "나는 무한히 이동 가능한 직업을 발견했다. 식기세척기도 건조기도 없이 설거지하거나 빨래를 너는 동안, 아이를 음악 수업이나 치과에 데려가는 동안, 머릿속으로 시구를 떠올릴 수 있었다. 나는 아이가 수업을 받거나 진료를 받는 동안 자동차 안에서 기다리며 시를 짓는 일에 익숙해졌다."[33] 2년도 되지 않아 쿠민은 『월스트리트 저널』 『레이디스 홈 저널』 『새터데이 이브닝 포스트』에 시를 발표했다. 당시 선도적인 잡지였던 『새터데이 이브닝 포스트』에 시를 발표한 것은 진정한 대성공이었다. 그 과정에서 오래도록 쿠민의 마음을 괴롭힌 일이 딱 하나 있었다. 쿠민의 시가 독창적임을 보증하는 편지에 빅이 제 고용주의 서명을 받아 신문사에 제출해야 했다.[34]

1957년 쿠민은 시를 써서 꾸준히 돈을 벌었다. 수표는 계속 야망에 불을 지폈다. 활자로 된 자신의 이름을 볼 때마다 짜릿했다. 어쩌면 캘리포니아 어디에서 스티그너가 『새터데이 이브닝 포스트』를 넘겨 보다가 어느 페이지에서 쿠민의 이름을 발견하곤 깜짝 놀랐을지도 모른다.

시를 발표하면서 자기 의심은 줄었지만 외로움까지 치료되지는 않았다. "나는 계속 고립된 채 글을 썼다."[35] 훗날 쿠민은 집안일 중에 잠깐 짬을 내 시 몇 줄을 쓰고 다시 정신없는 집안일로 돌아갔노라고 회상했다. 빅과 세 아이와 함께하는 삶은 행복했지만 쿠민은 마음 한

편으로 지적인 공동체를 원했다. 그 공동체가 삶을 혼돈 속에 밀어 넣을 수 있다는 걸 잘 알면서도 그랬다. 이 무렵 어머니에게 보낸 편지에 드러나 있듯이 쿠민은 집에서도 이미 충분히 분주했다.

> 평소보다 일찍 일어났어요. 건조기는 고장 났고, 막내는 팬티도 안 입었어요. 속옷이 전부 젖은 채로 빨랫줄에 널려있어요. 비가 쏟아져요. 10분을 열심히 설득해서 (…) 바이올린 케이스를 덮을 비닐봉지를 찾았어요. (비가 더 쏟아지네요.) 바이올린 선생님에게 줄 수표를 써요. 초과 지출이냐고요? 아슬아슬하게 살고 있죠. (…) 둘째에게 줄 기침약을 찾아요. 아이가 기침을 하거든. (…) 남편 회사 영업부장이 저녁을 먹으러 온대요. 남편에게 깨끗한 셔츠가 있던가? 위스키 사워는? 호밀 위스키는 없어요. 누들 푸딩 요리법을 못 찾겠어요. 찾았어요. 푸딩을 만들어요.[36]

편지는 이런 식으로 계속 이어지고 벽돌을 쌓듯 집안일도 쌓여간다. 여기에 어떻게 또 다른 의무를 보태겠는가? 존 홈스에게 시를 배우는 평생교육 강좌를 신청하는 건 여기서 쇠락으로 가는 길이었지만, 쿠민은 그렇게 했다.

처음으로 함께 수업을 듣는 내내 쿠민은 섹스턴을 관찰했다. 섹스턴에겐 극적인 면모가 있었고 그 점이 딱히 마음에 들지는 않았다. 쿠민은 최근 자살로 친구를 잃었는데, 이 신입생에게서도 같은 방식의 불안정함이 감지됐다. 더 나쁘게 섹스턴은 불안정에 관한 자의식이 없는 것 같았다. 그가 보여준 수많은 시는 정신병원 경험에 관한 것이었다. 몇 주가 지나자 섹스턴은 수업 중에 자살 시도 경험에 대해 공개적으로 말하기 시작했다. 이런 부분에서는 어머니의 이상을 체현한 듯 남들 앞에 흉하지 않음을 자랑스럽게 여기고 부끄러운 비밀은 감추며 살았던 쿠민은 섹스턴의 태도에 경악했다. 쿠민은 래드클리프대학에서 세련된 지성인처럼 말하고 쓰는 법을 배웠다. 사회적 자아 밑에 숨은 온갖 엉망인 모습을 기꺼이 드러내겠다는 생각은 쿠민에게 혼란스러웠을 뿐만 아니라 반발심까지 느껴졌다. 그는 섹스턴과 거리를 두기로 마음먹었다.[37]

그 계획은 실패했다. 이어진 9월, 홈스의 워크숍이 2학기를 시작했을 때 쿠민과 섹스턴은 뉴턴 공공도서관에서 마주쳤다. 두 사람은 진솔하게 대화를 나누다가 서로 꽤 가까운 거리에 산다는 사실을 발견했다. 섹스턴은 뉴턴 로어폴스에 쿠민은 뉴턴 하이랜즈에 살았다. 두 사람은 보스턴까지 함께 통근하는 게 실용적이겠다고 생각했다. 보통 섹스턴이 자신의 낡은 포드를 몰아 함께 워크숍에 왔고 수업이 끝나면 다시 교외로 돌아갔다. 9번 국도를 따라 함께 차를 타고 몇 시간을 가는 동안 쿠민이 품었던 의심은 깨끗이 사라졌다. 곧 쿠민은 섹스턴에게 그레이터 보스턴 주변의 시 낭독회에 함께 가자고 제안했다. 그해 두 사람은 유명 시인 메리언 무어의 낭독회에 함께 갔다. 당시 무어는 일흔 살로, 망토와 환상적인 모자를 쓰고 낭독했다. 또 영국 시인 로버트 그레이브스의 낭독회에도 갔는데, '섬뜩하다'[38]는 게 두 사람의 공통된 의견이었다. 쿠민처럼 공식적으로 시를 배운 적 없는 섹스턴은 낭독회에서 시 교육을 받는 셈이었다.

워크숍에서도 배웠다. 홈스의 교습법은 기이했다. 학생들에게 시의 사본을 나눠주지 않고 자신이 큰 소리로 시 한 편을 낭독하면서 학생들이 시의 강점과 약점을 찾아 귀를 기울이게 했다. 이 기법으로 시인의 귀를 연마했다. 곧 섹스턴과 쿠민도 같은 기법을 이용해 그들만의 작은 워크숍을 꾸렸다. 한 사람이 전화를 걸어 상대방에게 시 한두 줄을 읽어준 다음 피드백을 기다리는 방식이었다.

주위에서 아이들이 뛰어다니는 동안 대화를 이어가기가 쉽지 않았다. 집에서 글을 쓰는 쿠민은 "허리케인의 눈"[39] 속에서 일하는 느낌이었다. 섹스턴 역시 비슷한 태풍 속에 있었다. 아이들이 몸 위로 기어오르면 조용히 시켜야 했다. "쉿! 시를 듣고 있잖아! 맥신이랑 통화 중이야!"[40] 섹스턴은 한쪽 귀를 손가락으로 막고 시 전체를 파악하려 귀를 기울였고, 여기 단어를 바꾸고 저기 행갈이를 하자고 제안했다. 두 사람은 나중에 서로의 시가 종이 위에서 어떻게 보이는지 확인하고 놀라곤 했다. 두 시인은 각자의 집, 각자의 책상에 앉아 있었지만, 서로 친밀하게 연결되어 있다고 느꼈다. 몇 시간이나 통화하는 날도 있었다.

1958년 눈 내리는 어느 겨울 일요일에 섹스턴은 쿠민에게 전화를 걸어 그쪽으로 건너갈 테니 글 하나만 봐달라고 부탁했다. 자신은 이걸 시라고 부를 수 있는지조차 확신할 수 없다고 했다. 글렌사이드 정신병원 시절이 떠오르는 오래전 노래를 레코드로 반복해서 듣고 있다가 그 장소에 관한 기억으로 글을 썼다고 했다. (섹스턴은 음악을 다시 재생하고 싶을 때마다 오디오 세트를 조립하고 있는 케이오를 타고 넘어가야 했다.[41]) 쿠민은 승낙했고 섹스턴은 자신의 포드에 올라탔다.

몇 분 뒤 쿠민은 섹스턴을 처음으로 제집에 맞아들였다. 그것은 새로운 차원의 친밀감이었다. 두 사람은 어색하게 소파에 앉았다. 교실이나 자동차 혹은 강연장 밖에서 보는 것은 처음이었다. 섹스턴이 「음악이 내게 헤엄쳐 돌아오네」의 초고를 건네며 "이게 시야?" 하고 물었다.[42]

시는 정신병원으로 추정되는 곳에서 일어나는 일이었다. 의자에 몸이 묶인 화자가 라디오에서 흘러나오는 노래를 듣고 익명의 "선생님"에게 집으로 가는 길이 어디냐고 묻는다. 화자는 "모두가······ 미처버린"[43] 곳에서 길을 잃었다. 기저귀를 찬 노부인들과 위협적인 그림자가 보인다. 화자는 이 낯선 곳에 처음 왔던 날 들었던 노래를 듣거나 듣는다고 상상한다. 시는 후렴구 "오, 라 라 라 / 이 음악이 내게 헤엄쳐 돌아오네"를 거의 끝까지 반복하며 벗어날 수 없는 순환에 붙들린 마음처럼 돌고 돈다. 시를 붙들어 매는 규칙적인 운율은 없다. 집으로 가는 분명한 길도 없다. 「음악이 내게 헤엄쳐 돌아오네」는 이상하고 거슬리는 리듬으로 평소 쿠민이 유치하다고 생각했던 섹스턴 초기 시의 약강 오보격에서 벗어난 작품이었다.

쿠민은 「음악이 내게 헤엄쳐 돌아오네」에 완전히 압도당했다. 이 새로운 시는 진지했다. 워크숍이 진행될수록 섹스턴은 더 복잡한 압운을 실험했다. 그해 겨울과 이듬해 봄까지 섹스턴은 「산부인과 병동의 이름 없는 여자아이」[44], 「이중 초상」 「마틴 박사, 당신은」 등 세 편의 빼어난 작품을 썼다. 아기는 "컵처럼" 엎어지고, 어머니의 품은 "소매처럼" 아이에게 꼭 들어맞고, 배우자가 없어서 부끄러운 어머니는 아이의 "올빼미 같은 눈"을 거부하려고 "마음을 단단히 여민다". 섹스턴은 이미지를 만드는 요령을 찾기 시작했다.

섹스턴이 시에 자신의 영혼을 풀어내는 모습을 보고 들은 쿠민은 요란했던 아버지, 우아하면서도 어린애 취급을 당하는 어머니 등 자신의 삶에 관해 더 써야겠다는 영감을 받았다. 쿠민은 섹스턴처럼 현재의 좌절에 관해 쓰고 싶지는 않았고, 대신 과거를 파헤쳤다. 「중간에」라는 시에서 쿠민은 저먼 타운의 언덕 중간 "수녀원과 정신병원 사이에" 있었던 필라델피아 옛집을 떠올렸다. 그곳은 성장하기에 이상한 곳이었다. 쿠민은 유대인이었지만 수녀들에게 교육을 받았고 가톨릭에 매료당하는 동시에 혼란을 느꼈다. 어린 시절 받은 여러 인상이 시에 스며들었다. 미사 소리와 "미친 사람들"의 비명이 공중에서 섞이고 화자는 어떤 소리가 어떤 소리인지 기억할 수 없다.

그 미사 소리는 수녀원에서 나온 걸까, 정신병원에서 나온 걸까? 비명은 수녀들의 기도였을까, 못 박힌 그리스도의 소리였을까? 화자는 오직 외부인만 가능한 시선으로 고통과 쾌락이, 가학주의와 금욕주의가 가톨릭 전통 안에서 뒤섞이는 것을 본다. "그러나 나는 가졌다 / 뒤섞인 동산들을."

자신의 죄악으로 두려움에 빠진 죄인을
지우라고 소리친 건 틀림없이
미친 자들이었다.
수녀들은 다정했다. 내게 케이크를 주었고
말뚝에 묶여 말없이 불에 타 죽은
성인들의 삶을 들려주었다.[45]

어린 화자는 그리스도의 전설을 듣는다. 화자는 "그들의 그리스도"를 보았다고 생각해 울기 시작한다. 시는 시작처럼 언덕 위 집에서 끝나며 여전히 파악할 수 없는 기억들에 선명함을 부여한다.

워크숍이 끝날 무렵 쿠민은 어린 시절에 관한 시를 몇 편 더 썼다. 어떤 시는 말할 수 없을 것 같은 사건들을 가져와 특별히 오싹하게 표현한다. 「백 번의 밤」에서 아버지는 집 안을 날아다니는 박쥐들을 때려잡는 "복수의 유령"[46]인데, "죽이려고" 그러는 게 아니라 "기절시키려고" 그러는 것이다. 어린 화자는 울면서 아버지가 "저 퍼덕거리는 쥐들"이 집 안에 들어오지 못하도록 굴뚝을 틀어막길 바란다. 부모님은 그런 일이 자주 일어나지는 않았다고 말했고 사실 제목이 암시하는 것처럼 박쥐와의 싸움이 "백 번의 밤"은 아니었지만, "겹겹의 그 밤들"은 화자의 마음에 큰 자리를 차지한다. "언젠가 아버지가 죽기 전에 / 나는 물어볼 것이다 / 어쩌자고 내 침대에 그 분노들을 풀어놓기로 했는지" 화자는 취약한 어린 자아에게 그토록 커다란 폭력이 가해진 결과를 똑똑히 보여주고자 한다.

「백 번의 밤」은 오만하고 침착한 어머니 돌이 음악실에 들어가 문을 잠그고 몇 시간 동안 스타인웨이 피아노를 연주할 때까지 아내를 쫓아 계단을 내려가며 싸웠던 아버지, 그 불뚝거리는 성격의 한 남자를 포착하려는 쿠민의 노력이었다. 쿠민은 또 모성에 관해서도 쓰기 시작했다. 「여정」이라는 시는 "열세 살 제인"[47]에게 바쳤는데, 화자는 딸에게 작별 인사를 건네며 자신도 한때는 열세 살이었고 "너처럼 거울에 비친 내 모습에 깜짝 놀랐다"라고 기억한다. 화자는 어린 시절의 자아에게 인사를 건네며, 또한 작별한다.

에즈라 파운드와 T.S. 엘리엇이 받들었던 시인 메리언 무어는 추상적 개념, 즉 자연 세계와 시 자체에 관해 어려운 시를 썼다. "나, 또한, 그것을 싫어한다."*[48] 아마도 무어의 시구 중 가장 유명할 이 문장은 시인의 돌연한 행갈이에 어리둥절하고 음절에 당황한 독자의 좌절감을 표현한 말일지도 모른다. 엘리자베스 비숍 같은 몇몇 시인은 무어의 발자취를 따라가면서도 좀 더 꾸밈 없는 시를 썼다. 섹스턴과 쿠민은 다른 방식을 택했다. 이들의 시는 부조화보다는 매끄러웠고 불가해하기보다는 솔직했다. 이들은 개인의 어려운 경험을 직접 표현하는 것이 예술의 의미에 관한 명상만큼이나 필요하다고 믿었다.

두 시인 모두 개인적인 경험으로부터 시를 썼지만, 작품의 어조는 서로의 기질만큼이나 달랐다. 섹스턴이 만개한 꽃을 향해 다가가는 벌들처럼 추종자들을 끌어들이는 활력 넘치는 여성이었다면 쿠민은 매력적이었지만 조심성이 있었다. 쿠민은 자신의 감정을 강렬하게

• 메리언 무어의 「시」라는 시의 첫 구절이다.

드러내는 성격이 아니었고, 사교에 너무 많은 시간을 들이는 것도 싫어했다. 뉴턴에 정착한 후 시골 지역의 평온함과 고요를 찾아 교외를 떠날 방법을 궁리했다. 섹스턴은 술로 불안을 다스리는 편이었고 파티장을 가장 늦게 떠나는 사람이었다.

그럼에도 두 사람은 친밀한 동료가 되었다. 거리가 가까운 덕이기도(두 사람의 집은 불과 몇 킬로미터 거리였다) 성격이 상호보완적인 덕이기도 했다. 섹스턴이 변덕스러운 곳에서 쿠민은 안정적이었고 섹스턴이 들뜬 자리에서 쿠민은 책임을 졌다. 쿠민은 대학에서 배운 지식을 섹스턴에게 주었고 섹스턴은 쿠민에게 생각보다 감정의 자리에서 글 쓰는 법을 보여주었다. 개인적 경험과 시의 용도와 가치에 관한 공동의 질문이 두 사람을 가까이 끌어당겼다. 두 사람이 우연한 계기로 부화시킨 유대감은 둘이 살아있는 동안 계속되었다.

2장
누가 내 경쟁자인가?

섹스턴과 쿠민은 미국 여성으로서는 이상한 순간에, 즉 열전이 끝난 후 냉전의 한복판에 성년이 되었다. 1940년대의 막바지에 이 나라 여성들은 밀려오는 낙관주의에 의해 한껏 추켜세워졌다. 우선 제2차 세계대전 당시의 배급 제도와 긴축재정이 끝났다. 국고는 비었고 전국의 문화 기관에 쌓아둔 현금이 넘쳐났다. 활기찬 시대였고 학교에 가야 할 시대, 군인과 키스할 시대, 사랑에 빠질 시대였다.

1950년대가 되자 문화는 풍요에서 신중으로 변했다. 또 다시 전쟁이 일어날 것만 같았는데, 이번 전쟁은 잠재적으로 훨씬 더 큰 재앙이었다. 1950년 미국인의 61퍼센트가 미국은 그다음 전쟁에서 원자폭탄을 사용해야 한다고 생각했고, 1956년에는 3분의 2가 또 다른 전쟁이 발발하면 미국이 폭격을 당할까 두려워했다.[1] 폭력적인 분쟁의 위험이 말할 수 없을 정도로 고조되자 미국은 공공연한 분쟁을 피해 문화라는 전선에서 싸우기로 했다. 미국은 다른 나라를 우방으로 만들기 위해 자국의 신념과 자유와 행복이라는 비길 데 없는 브랜드를 제시하고 홍보했다. 평화롭고 번영하는 미국의 가족은 국가 안보의 이미지가 되었다. 1947년 외교관 조지 F. 케넌이 공산주의에 대한 미국의 외교정책을 설명하며 '봉쇄'라는 용어를 처음 사용했는데, 이 단어는 국내 생활에도 똑같이 적용되었다. 일탈과 '부드러움'은 용인할 수 없었다. '빨갱이'와 '라벤더''의 위협은 중단되어야 했다. 동성애자, 공산주의자, 반체제 인사는 공개적인 치욕을 당했다. 한편 여성들은 대일전승기념일 이후 철저히 지켜왔던 활동의 자유, 복장의 자유, 관계의 자유를 포기하라는 요구를 받았다. 여자들은 책과 렌치를 내려놓고 주걱을 들었다. 우수수 대학을 떠났다.

그러나 쿠민과 섹스턴이 사는 보스턴 예술가들의 작은 무리 안에는 여전히 지켜보고 귀 기울이는 여성들이 소수 있었다. 그곳 시단은 꽤 규모가 컸고 생동하고 있었다. 국내 최고의 시인들이 이곳에 와서 수업을 하고 낭독회를 열었다. 이들은 뉴욕에서 기차를 타고 오거나 아이오와에서 비행기를 타고 국토를 횡단했다. 시끌벅적한 파티 소음 너머로 랜덜 재럴, 로버트 로웰, W.D. 스노드그래스의 음성이 들려왔다. 다가올 몇 년 사이에 유명해질 이름들이었다. 그리고 담배 연기와 트위드 재킷의 바다를 뚫고 시단의 몇 안 되는 여성들, 앤 섹스턴, 에이드리언 세실 리치, 실비아 플라스의 드레스 자락과 페이지보이 스타일 머리가 보였다. 이들은 입장권처럼 음료 잔을 꼭 쥐고 남자들의 목소리 너머로 소리쳤다.

수많은 선배 신인 작가들처럼 이들도 자기 시대의 대가 스승에게, 즉 세기 중반 문학·예술 운동 안에서 명성을 쌓은 매력적이면서 괴짜 같은 남성 천재 부류에게 경의를 표하기 위해 왔다. 신참 예술가들에게 이런 대접을 받은 작가는 잘생긴 로버트 로웰만이 아니었다. 훗날 "엄청나게 유명하지만 엄청나게 친절하지는 않은"[2] 사람으로 기억되는 파블로 피카소가 입체파의 한가운데 서있었다. 괴팍하고 별스러운 에즈라 파운드는 범대서양 지역 모더니즘의 대표 주자였다(이 시대에 미친 그의 영향력 덕분에 한 비평가는 양차 대전 사이

• 동성애를 상징하는 색. 1950년대 매카시즘은 공산주의와 동성애를 두 가지 대표 위협 요소로 보았다.

기간을 '파운드 시대'라고 부르기도 했다). 품위 있는 문학가 앨런 테이트는 남농민*을 책임지고 이끌었고 학생들과 교사들이 시를 이해해 온 방식을 바꿔냈다. 전후 시대에 이르자 대가 스승의 모습은 새로운 의미를 띠었다. 이 시기는 미국 대학의 전성기로 고등교육이 점점 민주적으로 변모하던 때였다. 제대군인 원호법의 지원으로 참전군인들이 대거 대학으로 몰려들었고 학부생 수가 늘어나자 주 정부로부터 더 많은 기금이 왔다. 학교마다 예술과 과학 양쪽에 투자하면서 실험실을 설립했으며, 순수예술 프로그램을 신설했다. 문예창작 과정 역시 증설돼 새로운 예술가 집단을 양성했고, 문학적 천재성에 새로운 시각으로 접근할 수 있게 되었다. (1975년 52개의 문예창작 과정이 신설되었는데 1940년대에 몇 군데뿐이던 걸 생각하면 극적인 증가였다.[3]) 1920년과 1936년 이후 몬태나대학교와 아이오와대학교에 문예창작 과정이 존재했지만, 본격적으로 상아탑에 들어선 것은 1950년대 말과 1960년대에 이르러서였다. 이제는 젊은 남녀가 똑같이 공식적으로 뛰어난 지성인과 함께 공부할 기회를 누렸다. 교실은 숭배의 전당이 되었고 때로는 한 세대와 다음 세대 사이 각축장이 되었다.

　1950년대 보스턴 문학판을 돌아다니다 보면 두세 명씩 모여 매력적인 남성들에게 배우며 주어진 기회에 찰싹 들러붙은 여성들을 목격할 수 있었다. 이들은 경쟁 상대를 평가했고, 계속해서 상대를 주시했으며, 때로는 믿을 만한 사람을 발견했고, 훨씬 드물게는 친구를 사귀었다.

• 1930년대 농경지 문학 선언문을 쓴 미국 남부인 12인을 말한다.

1959년 2월 어느 오후, 섹스턴이 긴장한 채 커먼웰스 애비뉴를 처음 걸어갔던 날로부터 거의 2년이 지났을 때 젊은 시인 실비아 플라스가 보스턴대학교의 작은 세미나룸에 들어섰다. 창밖으로 진창이 된 거리가 보였고 불과 몇 블록 떨어진 곳에서 찰스강이 보스턴과 케임브리지를 가르며 흘러갔다. 플라스의 금발은 평소보다 길었고 페이지보이 스타일이든 뭐든 유행하는 모양으로 자를 생각이었지만 아직 시간을 내지 못했다. 여태 낙타색 코트를 입고 강사가 앉을 자리 바로 맞은편에 앉아 수업이 시작되길 기다렸다. 아직 오후 2시가 안 된 시간이었다.

학생들이 하나둘 들어왔다. 외부인에게도 개방된 강좌였지만 수강생은 대부분 보스턴대학교의 대학원생이었고 주로 남성이었다. 사람들은 축축한 외투를 벗고 자리에 앉은 다음 시를 타자해 온 반투명 용지를 차례로 펼쳤다. 교실 안은 반투명 용지가 부스럭거리는 소리 말곤 조용했다.

오후 2시가 막 지났을 때 로버트 '캘' 로웰이 들어왔다. 로웰은 플라스가 최근 월로 스트리트의 아파트에서 주최한 어색한 만찬 자리에서 본 것처럼 키가 컸고, 각진 턱에다 숱이 줄어가는 머리카락과 두꺼운 안경에도 여전히 잘생긴 모습이었다. 로웰이 최근 육체적으로나 정신적으로 건강하지 않다는 소문이 돌았지만, 오늘 그는 꽤 안정적으로 보였다. 그는 천장 조명을 켜지 않고 한겨울의 우울함을 뚫고 천천히 걸어 들어와 테이블 상석에 앉았다. 학생들의 긴장감 때문인지 공기가 점점 빽빽해지는 것 같았다. 봄 학기 초반이었기 때문에 로웰은 학생들에게 좋아하는 시인의 이름을 묻는 것으로 수업을 시작했다. 청강생이었던 플라스는 윌리스 스티븐스의 이름을 대고 로웰의 인정을 받았다. 다른 학생들은 정전에 오른 위대한 시인, 존 키츠, 새뮤얼 콜리지, 존 던 등의 이름을 댔다. 몰래 에드나 세인트 빈센트 밀레이나 뮤리얼 루카이저 등 악명 높은 여성 시인을 흠모하는 학생이 있다 한들 다들 다른 이름을 대는 게 좋겠다고 생각했을 것이다. 로웰의 강의실에 '여성적인' 시의 자리는 없었다. 전 수강생이 돌아가며 시인의 이름을 대자 로웰은 19세기 시를 모은 가죽 장정의 시선집을 펼치고 그 위로 몸을 숙인 채 아주 작은 음성으로 시를 읽었다. 학생들은 그 소리를 들으려고 몸을 앞으로 더 기울여야 했다.

로웰이 수업을 시작한 지 몇 분 지났을 무렵 검은 머리의 한 여성이 어찌할 바를 모르며 강의실로 불쑥 들어왔다. 대부분의 학생보다 나이가 약간 더 많았고 목덜미가 깊이 파인 블라우스를 입고 눈에 띄는 화장을 했다. 확실히 예뻤지만 살짝 마무리가 덜 된 화장이었다. 지각생은 교실 뒤쪽으로 미끄러지듯 걸어갔는데, 걸음마다 팔찌가 짤랑거렸다. 빈 의자가 없어서 한 남학생이 일어나 자기 자리를 내주었다. 여자는 자리에 앉아 하이힐 한쪽을 벗고 담배를 피우기 시작하더니 구두 굽을 재떨이로 사용했다.[4] 앤 섹스턴이었다.

로웰은 거의 한 시간 동안 약강격으로 중얼거렸고 학생들은 억누르기 힘든 공황 상태에 빠져 그 소리를 들었다. 로웰은 수업 전반부를 자기가 좋아하는 윌리엄 워즈워스, 윌리엄 엠프슨, 그리고 절친인 엘리자베스 비숍의 시를 읽으며 보내길 좋아했다. 시 한 편을 읽으면 학생들에게 질문했다. 이 시는 무슨 의미인가? 이 행은 왜 좋은가? 그러면 주로 대학원생 중 하나가 대답을 시도했다. 플라스가 보기에 여자들은 언제나 침묵했다. 수업에 늦게 온 그 여자만 빼고.

"저는 그 행이 전혀 좋지 않아요!" 섹스턴은 로웰의 집요한 질문에 이렇게 응답했다. 로웰은 멍해져서 섹스턴이 계속 말하게 놔두었다. 두 사람은 어떤 지점에서 공감하는 것처럼 보였다.

수업 후반부에 로웰은 학생들의 시로 넘어갔고, 공황의 분위기가 한층 심해졌다. 로웰은 시 한 편을 살펴보고 잠시 후 한두 가지를 제안하는 형식으로 수업을 진행했는데, 임의적인 반응으로 보였다. "이 부분이 최고군."[5] 어느 한 연을 가리키며 말했다. 혹은 "이 마지막 부분을 앞부분으로 옮기고 시작 부분을 끝으로 옮겨봐요." 로웰의 한 마디는 신탁과도 같아서 어쩐지 불길하고 무게감이 있었다. 또래에게 통찰력 있는 말을 건네는 학생은 거의 없었다. "어제 로웰의 수업은 대단히 실망스러웠다."[6] 그날 저녁 비콘힐의 아파트로 돌아온 플라스는 일기에 이렇게 썼다. 플라스도 스미스대학에서 가르친 경험이 있고 좋은 강의가 어떤 건지 알았다. "나도 몇 가지 듣기 좋은 말을 했지만, 보스턴대학교 학생들은 내가 우리 스미스대학 신입생에게도 쉽게 허락하지 않을 말들을 아무렇게나 지껄였다. 로웰은 약간 '여성적'이고 비효율적인 분위기를 풍긴다. 퇴행이 느껴졌다. 주로 다른 학생의 시를 듣고 내 시에 대한 그의 반응을 듣는다. 나에게는 외부자가 필요하다."

이런 일기를 썼을 때 플라스는 스물여섯 살이었고, 문학적 야망으로 들끓었으며 완벽한 아내가 되고자 했다. 영국 시인인 남편 테드 휴스와 함께 "우리가 죽기 전에 책장 하나를 채울 만큼 책을 내자! 반짝이고 건강한 아이들을 한 묶음 낳자!"[7]라고 계획했다. 그러나 스미스대학교 재학 시절 『하퍼스』에 첫 시를 발표했던 플라스는 아직 문학적 성공에 이르지 못했다. *이미* 작가로서 이름을 떨쳤어야 한다고 여겼고, 자살 시도에서 회복하기 위해 1년을 허비하지 않았더라면 지금쯤 성공을 거두었을 거라고 믿었다. 플라스는 잃어버린 시간을 벌충하기 위해 한겨울 보스턴대학교로 향했다.

다음 주 플라스는 그 교실 최고의 여성 시인은 자신이라고 생각하며 로웰의 어두운 강의실로 돌아갔다. 플라스는 계속 일기장에 여성 경쟁자들의 목록을 기입하고 하나씩 체크 표시를 해나갔다. "오만하지만, 나를 미국 최고의 여시인으로 만들어 줄 시를 썼다. (…) 누가 나의 경쟁자인가? 음, 역사적으로는 사포, 엘리자베스 배럿 브라우닝, 크리스티나 로세티, 에이미 로웰, 에밀리 디킨슨, 에드나 세인트 빈센트 밀레이가 있지만 다 죽었다. 지금은 이디스 싯웰과 메리언 무어가 있는데, 이 거인이자 시의 대모들은 늙어가고 있다. 필리스 맥긴리는 빼자. 경묘시로 자신을 팔아치웠다. 그보다는 메이 스웬슨, 이사벨라 가드너, 가장 가깝게는 에이드리언 세실 리치가 있다. 이 사람도 곧 이 여덟 편의 시에 가려지고 말겠지만."[8] 플라스는 밀렵꾼이 사냥감을 추적하듯 열심히 경쟁자들을 따라다녔다. 부지런히, 그리고 적당히 위장한 채로. 플라스의 곧은 자세와 깔끔한 외모가 그 안의 거친 욕망을 가려주었다.

놀랍게도 플라스는 로웰이 다른 누구보다도 그 혼란스러운 모습으로 교실에 늦게 나타났던 섹스턴을 높이 평가한다는 사실을 곧 알아챘다. 로웰은 섹스턴에게 현혹된 것처럼 보였는데, 보통 예쁜 여자들에게 매혹되는 그런 식이 아니라(로웰은 무수한 연애를 했고 그의 아내이자 작가였던 엘리자베스 하드윅은 남편의 광적인 사건들 중에서도 특히 연애 문제에 능숙하게 대처했다) 그해 겨울 섹스턴이 연마 중이었던 고백하는 목소리에 진정한 경의를 보였다. 섹스턴은 오랫동안 글을 써온 사람이 아니었고 로웰의 수업도 1958년 9월부터 들었을 뿐이었지만 이미지를 구축하는 재능이 있었다. 섹스턴은 어려운 감정들을 꽤 단순하고 진솔하게 표현했다. "그 여자는 장점이 아주 많은데, 엉성한 점도 있지만, 점점 좋아진다."[9] 플라스는 일기에 이렇게 썼다.

로웰이 수업 중에 자기가 쓰는 시를 읽기 시작하자, 플라스는 섹스턴을 향한 로웰의 감탄을 더 잘 이해하게 되었다. 배운 것 많고 명망도 높은 이 시인이 자기 부모에 대해, 부부 침대에 대해, 심지어 자신의 정신병에 관해 쓰고 있었다. 예술의 "비인간성"을 가치 있게 옹호했던 시인 T.S. 엘리엇을 공부한 학생들에게 로웰의 신작은 충격적이고도 고무적이었다. 누군가의 소소한 가정생활도 서정시에 들어맞는 주제가 될 수 있을지 모른다!

로웰의 인정은 학생들에게 의미가 컸다. 로웰은 1959년 미국에서 가장 존경받는 시인이었다. 의회도서관의 시 자문위원이었고 1947년에는 퓰리처상을 받았다(1974년에 한 번 더 받는다). 딜런 토머스는 언젠가 로웰의 머리에 한 손을 얹고 인정했다. 과거 메이플라워호를 타고 미국으로 건너온 그의 가족 혈통은 이 속물적인 보스턴 사람에게 그가 쓴 소네트만큼이나 나무랄 데가 없노라고.

로웰의 후견 아래 세례받길 열망하는 플라스 같은 젊은 시인에게 로웰이 여성 작가를 별로 좋아하지 않는다는 사실은 방해가 됐다. 로웰은 작가를 두 부류로 나누었는데, 윌리엄 워즈워스, 딜런 토머스, 월리스 스티븐스 같은 '주요 작가' 아니면 '소수 작가'였다. 몇 안 되는 예외를 빼면 여성 시인은 거의 다 '소수 작가'였다. 로웰은 냉혹하고 날카롭고 빈틈없이 남성 정전에 침투한 친구 엘리자베스 비숍을 칭찬했고, 어느 행사장에서 로웰의 입으로 가장 훌륭한 '여자 시인'이라고 소개한 적 있는 메리언 무어를 칭찬했다(그 자리에 있던 랭스턴 휴스가 벌떡 일어나 무어는 가장 훌륭한 '흑인 여자 시인'[10]이라고 덧붙였다. 아마도 몇 명은 그 말의 아이러니를 알아들었을 것이다). 뮤리얼 루카이저와 드니스 레버토프처럼 여성의 삶에 관해 쓴 여성 시인들은 특히 비웃음을 샀다. 언젠가 섹스턴이 남성과 특히 로웰을 비판하는 시인 겸 편집자 캐럴린 카이저의 시를 둘러싸고 로웰과 맞섰을 때 로웰은 그저 이렇게 말했다. "캐럴린 카이저는 아름다운 여자지."[11]

이런 여성혐오*misogyny*는 그 판에서 흔했다. 플라스, 섹스턴과 함께 보스턴대학교에서 공부한 시인 캐슬린 스피백은 "모든 기득권층이 남성이었다!"[12]라고 술회했다. 여성들의 모습은 헌신적인 시인의 아내로나 드러날 수 있었다. 그들은 남편의 원고를 타자하고 남편의 불안정을 관리했다. 남자들이 하버드 스퀘어의 서점 소파에 느긋이 앉아 자기들끼리만 대화하는 동안 여자들은 그 주위를 종종걸음으로 지나갔다. 글을 쓰는 여성들은 서로를 경쟁자로 보았다. 1950년 누구나 탐내는 예일젊은시인상을 수상한 성공적인 시인 에이드리언 리치도 어느 젊은 신흥 시인에게 추월당할까 걱정했다. "문학계 제도권 안에서 경쟁은 내게 무척 반여성적으로 보였다."[13] 리치는 훗날 이렇게 회고했다.

보스턴만이 아니었다. 동북부 전체에서, 전국에서, 교육받은 여성들이 자신만만한 남성들의 벽에 맞서고 있었다. 대학을 안 나온 여성들은 타자수로 고용되지만, 학위가 있는 여성은 자격이 지나쳐서 그런 직업조차 갖지 못하는 시대였다. 그러나 대다수 공무원은 이런 여성들의 고용 재앙을 의식하지 못했다. 1955년 플라스가 포함된 스미스대학교 졸업생들에게 아들라이 스티븐슨이 말했듯이 "여성의 주된 임무는 가정을 꾸리고 자유, 인내, 자선, 자유로운 탐구 등 합리적인 가치가 뿌리 내릴 수 있는 온전한 인류를 만들어 내는 것이다."[14] 즉 여성은 시가 아니라 아기를 만들어야 했다.

그들은 그렇게 했다. 그러나 어떤 여자들은 여전히 의문을 품었고 듣는 법을 배웠다. 남자들이 서로 앞서려고 노력하는 걸 유심히 들었다. 서로 나누는 말들에서 한 조각 지식을 배우기를 희망했다. 작가 앤 로이프는 뉴욕 문학판에서 여자들은 "대화의 언저리에"[15] 있었다고 회상한다. "여자라고 불리지도 못하고 그저 여자애들이었던 우리는 전투가 끝난 후 청소하고, 재떨이를 비우고, 유리잔을 싱크대로 가져가는 그리스비극의 코러스 같았다. 주요 사건은 남자 대 남자,

작가 대 작가 사이에서 일어났다."

섹스턴은 코러스의 일원이 되고 싶지 않았다. 그는 작가가 되고 싶었다. 그러나 여성 작가가 되기란 어렵다는 게 드러났고, 그래서 끊임없이 걱정했다. "보스턴에 우리 같은 사람이 우글거린다(원문 그대로의 표현이다)는 사실을 제외하면 여기서 '시인'이 되는 건 그리 어렵지 않아."[16] 섹스턴은 그해 2월 친구에게 보내는 편지에 이렇게 썼다. "여긴 좋은 작가들이 그득하고 그건 무척 우울한 일이야." 섹스턴은 수업 중에도 수업 밖에서도 로웰에게 칭찬을 받았지만(로웰은 종종 섹스턴에게 전화를 걸어 그 재능을 언급했다) 섹스턴은 여전히 자신의 여성성을 억누를 수 없을까 봐 걱정했다. 안티오크대학의 한 작가 회의에서 만나 친구가 된 시인 W.D. 스노드그래스에게 보낸 편지에서 섹스턴은 "여자처럼 글쓰기"에 관해 걱정했고, 자신이 "에드나 세인트 빈센트 밀레이의 환생일까 봐 은근히 두렵다"라고 고백했다.[17] 정작 로웰은 아무 비교도 하지 않았지만 섹스턴은 자신의 여성성을 불안하게 여겼다. "내가 남자라면 얼마나 좋을까. 그러면 남자들이 쓰는 것처럼 쓸 수 있을 텐데." 섹스턴은 스노드그래스에게 말했다. 한동안 섹스턴은 "남자처럼 쓴다"는 게 최고의 칭찬이라고 믿었다.

섹스턴이 스노드그래스에게 두려움을 고백했던 그 3월에 로웰은 놀랍게도 수업 중에 섹스턴의 시 한 편을 읽어보라고 했다. 섹스턴은 그전 가을에 「이중 초상」을 썼고 이미 『허드슨 리뷰』에 발표하기로 했다. 그 시는 1958년 가을 로웰의 수업 첫 학기에 썼다. 그해 가을은 섹스턴에게 힘든 시기였다. 아버지가 뇌졸중으로 쓰러졌고 1957년 2월 암 진단을 받은 어머니 메리 그레이의 암 전이가 발견되었다. 처음 암 진단을 받았을 때 메리 그레이는 딸의 정신병을 보살펴야 하는 스트레스 때문에 암에 걸렸다며 섹스턴을 비난했고 그 후로 섹스턴은 어머니의 질병에 관해 어렵고도 복잡한 감정을 품었다. "어머니가 죽으면 내 일부분이 자유로워질 거예요."[18] 섹스턴은 오언 박사에게 고백했다. "동시에 끔찍하겠죠. 나는 녹아버릴 테니까요."

1959년 2월, 메리 그레이의 암은 말기에 이르렀다. 어머니와 함께 마지막 나날을 보내던 섹스턴은 보스턴대학교의 고요한 강의실에 앉아 세대 간 요구에 관해 쓴 자신의 시를 낭독했다. (메리 그레이는 그다음 달에 죽었다.) 「이중 초상」은 어린 나이에 어머니와 헤어져 오랫동안 자기를 부르는 어머니 목소리를 알아듣지 못하는 어린아이, 어린 딸에게 들려주는 시다. 시의 화자인 어머니는 소원했던 그 시기를 반추하면서("네가 여기 살지 않았던 세 번의 가을을") 제대로 어머니 역할을 하지 못했던 자신의 죄책감과 고통을 떠올린다. "못생긴 천사들이 내게 말을 걸었어."

내 탓이라고,
그들이 말하는 소리가 들렸어. 그들은 머릿속
녹색 마녀들처럼 마구 지껄이며, 고장 난 수도꼭지처럼
액운이 새어나가게 놔두었지.
마치 내 배에서 흘러넘친 파국이 너의 요람을,
내가 감당해야 할 오랜 빚을 가득 채우기라도 한 듯이.[19]

공포와 실수는 자양분을 주면서 동시에 운명을 떠안기기도 하는 피를 통해 어머니에게서 아이에게로 전해진다. 이 시의 화자 역시 딸이고 어머니의 미소를 물려받은 여성이기에 이 모계 혈통의 저주를 안다. 그녀는 어머니의 집에서 한 차례 광기로부터 회복했던 일과 ("일부만 수리된 물건, 몸만 커버린 어린아이") 어머니가 자신의 자살 시도 혹은 슬픔을 절대 용서하지 않았던 일을 떠올린다. 어머니는 용서 대신 딸의 초상화를 그리게 하고 그 초상화를 본가의 자기 초상화 옆에 걸어둠으로써 시의 제목인 '이중 초상'을 완성한다. 한 편 화자의 어머니는 역방향 유전으로 "죽음이 옮은 것처럼" 병에 걸리고("어머니는 나를 쳐다보며 / 나 때문에 암에 걸렸다고 말했다") 화자는 서서히 회복된다. 시는 일곱 곳에서 불규칙한 길이로 어머니와 자신의 관계와 자신과 딸의 관계를 번갈아 묘사하면서 어머니와 딸의 초상화라는 '이중 초상'을 중첩한다. 여기서 화자는 돌봄을 주고, 돌봄을 받고, 때로는 두 가지를 동시에 하는 접합부 역할을 한다. 「이중 초상」은 어머니들이 품는 이기심과 딸들에게 가하는 불가능한 요구에 관한 회상으로 끝난다.

> 나, 단 한 번도 여자아이임을
> 확신한 적 없는 나는, 또 다른
> 삶, 나를 일깨워 줄 또 다른 이미지가 필요했다.
> 이것이 나의 최악의 죄였다. 너는 치유할 수도
> 달랠 수도 없는 죄. 나는 나를 찾으려고 너를 만들었다.

로웰은 이 시를 사랑했다. 이 시는 단순하고도 어려운 진실을 표현해야 한다는 그의 생각에 부합했다. "*내 생각에는 로웰이 내 낭독이 좋아서 그 시를 더 좋아하게 된 것 같아.*"[20] 섹스턴은 스노드그래스에게 쓴 편지에서 그날 수업을 묘사했다. "*훨씬 더 말이야. 이 시는 대체로 극적인 구조가 좋은데, 뜯어보면 잘못된 부분이 많거든. 하지만 로웰은 시를 뜯어보지 않았어.*" 플라스 역시 이 시에 흥미를 느꼈다. 섹스턴은 당시 플라스가 쓰고 있던 그 어떤 시보다 더 고백적이었다. 이에 영감을 받은 플라스는 자신의 시집 초고에서 시 한 편을 뺐다. "*앤 섹스턴의 시집에서 낱장 하나만 가져와도 여길 충분히 채*

울 수 있을 것이다."[21] 플라스는 생각했다. "섹스턴의 시에는 내 시의 긴장감이 전혀 없고 오직 편안한 표현과 솔직함이 있을 뿐이다." 로 웰은 수업 중에 종종 두 시인을 한데 묶어 서로 영향을 주길 기대했 다. "앤은 더 자기 자신으로 남았고 덜 배웠다. 나는 두 사람이 서로 에게 영향을 미칠 거라고 생각했다. 실비아가 앤에게서 배웠다."[22] 훗날 로웰은 두 시인에 관해 이렇게 말했다.

섹스턴이 어머니와 딸의 관계에 관한 시를 낭독한 직후 플라스와 섹스턴은 각자 자기만의 이중 초상을 이루었다. 홈스의 워크숍에서 섹스턴과 친해진 호턴 미플린 출판사의 편집자이자 시인인 조지 스 타벅이 수업 후 두 시인과 어울리기 시작했다. 트리오는 화요일 저 녁이면 섹스턴의 포드에 우르르 올라타 언젠가 하드윅이 "보스턴에 서 똑똑하다는 소리를 들을 수 있는 유일한 공공장소"[23]라고 말했던 리츠칼튼 호텔로 향했다. 섹스턴은 종종 화물 적재구역에 불법 주차 를 했다. "괜찮아. 우리도 배 속에 술을 잔뜩 적재할 테니까!"[24] 섹스 턴은 이렇게 농담했고 스타벅은 양쪽 팔에 두 시인의 팔짱을 끼고 술집으로 들어갔다.

세 친구는 세 잔씩, 가끔은 네 잔씩 술을 마셨다. 여성 시인들은 서 로의 자살 시도를 비교하며 감자튀김을 씹었다. 그 무렵 섹스턴에게 완전히 빠져있던 스타벅은 이 음울한 대화에 귀 기울였다. (이 시기 섹스턴과 스타벅은 짧은 연애를 시작했다.) 이후 트리오는 바닥에 격자무늬 타일이 깔리고 커다란 커피 주전자가 있으며 저녁 메뉴 가 격이 70센트인 발도르프 카페테리아로 향했다. 친구들은 한가운데 소금통과 후추통이 깔끔하게 놓인 작은 사각형 테이블을 차지하고 베네치아 블라인드 너머로 보스턴 거리를 내다보았다. 섹스턴은 "강 렬하고, 기교 있고, 예리하고, 이상하고, 금발에, 사랑스러운 실비 아"[25]에게 매력을 느끼는 한편, 플라스가 시인으로서도 자기만의 방식을 완성하고 있다고 생각했다. "로웰에게 실비아가 요점을 피해 간다고 말한 적 있는데, 아마도 시의 형식에 몰두하기 때문이 아닐까 싶다."[26] 나중에 섹스턴은 이렇게 기록했다. "당시의 초기 시들은 모두 새장 안에 갇힌 듯 답답했는데 심지어 실비아 자신의 새장도 아니었다."

플라스는 일기에 쓴 대로 "미국 최고의 여시인"이 될 계획이었지만, 시인들의 목록을 아무리 다시 고쳐 써봐도 자신에게는 명성이 찾아오지 않았다. 한편 다른 사람들은 전부 성공과 만나고 있는 것 같았다. 그해 봄 섹스턴은 스타벅이 편집자로 일하는 호턴 미플린과 첫 시집을 계약했다(스타벅이 섹스턴의 시집을 계약하자고 출판사를 설득했다). 플라스는 섹스턴의 성공을 모욕으로 여겼다. 플라스의 말을 빌리자면 스타벅은 축하 만찬 자리에서 "크림을 먹여 키운 고양이처럼 잘난 척"[27]을 했고 섹스턴은 "어떤 면에서 나에게 한 스타벅의 대답"이었다. 그렇다고 스타벅이 개인적으로 성취한 바가 없었던 것은 아니다. 6월 그는 예일젊은시인상을 수상했다. 스타벅의 수상 소식을 들은 플라스는 자신의 자살 시도에 관해 소설을 쓰기로 마음먹었다(섹스턴과 스타벅의 연애 이야기를 소설로 써볼까 이리저리 궁리해 본 다음의 일이다). "정신병원 이야기 시장이 점점 늘어나고 있다. 그 이야기를 되살리고 재현하지 않는다면 나는 바보다."[28] 플라스는 이렇게 기록했다. "여대생의 자살"[29]에 관한 장편소설이 된 플라스의 이야기 『벨 자』는 1963년에 출간되었다. 플라스 생전에 출간된 마지막 작품이었다.

플라스가 계획한 대로 섹스턴은 서재에 스스로 갇혀 열정적으로 시집 원고를 고쳤다. 로웰은 그중 열다섯 편을 새 작품으로 바꿀 것을 제안했다. 섹스턴은 빠른 속도로 시를 쓰면서도 스승의 조언을 완전하게 확신하지는 못했다. "로웰의 말에 확신이 서지 않아."[30] 섹스턴은 자기를 비난하는 시를 썼던 시인이자 이제 친구면서 정기적으로 편지를 주고받는 사이가 된 카이저에게 이렇게 썼다. "로웰이 내 작품을 좋아하는 이유는 완전히 미친 시거나 미친 것에 관한 시이기 때문인데, 그건 그 사람이 나와 나의 '정신병원 시'에 연관성을 느끼기 때문일 거야."

로웰은 개인적인 분투에 관해 쓰려는 섹스턴과 관심사를 공유했다. 섹스턴이 시집을 계약한 5월에 로웰의 『인생 연구』*Life Studies*도 출간되었다. M.L. 로젠털은 『네이션』에 발표한 시집 서평에서 로웰의 시가 "영혼의 치료법"이라고 주장했다. "고백하는 시"라는 제목을 단 이 서평은 로웰이 "어떻게 가면을 벗는가"[31]를 설명했다. "화자는 명백히 그 자신이고, 『인생 연구』를 명예를 걸고 절대 감춰야 할 수치스러운 일이 아니라 오히려 개인적인 자신감의 연작으로 생각하지 않기가 어려울 정도다." 로웰은 이 시집으로 1960년 전미도서상을 받았고 로젠털의 이 서평 이후 이른바 '고백 시'는 미국 시단의 혁명적 변화를 알리는 신호탄이 되었다. 처음 목적은 조롱이었지만 『인생 연구』가 성공한 후 '고백 시'라는 말은 시인들이 차지하고 싶어하는 용어가 되었다.

수년간 커먼웰스 애비뉴의 그 작고 어두운 강의실에 앉아있던 섹스턴, 플라스, 그리고 로웰 같은 작가들이 모두 '고백 시' 작가로 묶였다. 어느 범주든 묶이는 걸 싫어했던 섹스턴은 언제나 그 이름표에 질색했다. 특히 자신이 로웰에게 그 시풍을 배웠다는 사람들의 생각에 분개했다. 섹스턴은 때로 로웰의 영향을 완전히 부인했고 그의 작품을 읽은 적도 없다고 주장했다. 어쨌든 자신이 그에게서 배운 것은 무엇을 쓰지 *말아야* 하는가였다고 설명했다. 로웰이 가르쳐준 것은 시에 관해 생각하는 방식, 태도였고 시 쓰기는 오로지 섹스턴 자신의 것이었다. "맙소사, 나는 정말 방어적인 짐승이야! 그리고 조증의 순간이 오면 나 자신에게 말하지. 내가 로웰보다 나아! *이 얼마나 대단한 시적 자만심이야!!!*"[32] 섹스턴은 1959년 6월, 스노드그래스에게 이렇게 썼다.

세미나가 끝나고 섹스턴은 원고를 마무리하며 여름을 보냈다. 원고가 인쇄소로 넘어갈 8월 무렵 섹스턴은 이전 10월에 느꼈던 "에드나 세인트 빈센트의 화신"에서 완전히 멀어져 있었다. 그는 시집을 계약했고 케임브리지 시인극장에서 낭독회를 열었다. 역시 시집 원고를 묶고 있던 쿠민과 스타벅도 섹스턴과 함께 행사장에 있었다. 섹스턴은 로웰의 세미나에서 느꼈던 불안과 비평들을 극복했다. 경쟁적이고 위태로운 문단의 분위기에서 섹스턴은 의기양양하게 떠올랐다.

다른 이들은 그만큼 번성하지 못했다. 플라스는 휴스와 단둘이 사는 삶이 어떤 의미가 될까 두려워하며 보스턴을 떠났다. "내겐 그와 분리된 삶이란 게 없고, 그저 액세서리가 될 것만 같다."[33] 플라스는 휴스와 함께 뉴욕 새러토가 스프링스의 야도 창작촌에 머물기 위해 보스턴을 떠난 뒤 몇 주 지나지 않아 이렇게 썼다. 플라스의 경쟁자 에이드리언 리치도 그동안 "몹시 실망스러운"[34] 삶을 살고 있었다. 세 아이를 돌보면서 계속 글을 쓸 방법을 찾을 수가 없었다. 삶이 끝장난 것만 같았다. 쿠민은 터프츠대학교에서 강의했다. 체육교육 전공자들과 치과기공사들만 가르칠 수 있었지만 쿠민은 1958년 그 대학 영문과가 고용한 최초의 여성이었다. 만만찮았던 하드윅조차 "다리가 길고 가는 (…) 신경성 억압과 지역적 편견, 지적 진지함 없는 열정만 가득해 살짝 미친"[35] 곳으로 생각했던 도시에 갇혀 불안과 분노를 느끼고 있었다. 하드윅과 로웰은 곧 뉴욕으로 떠났다.

여성 작가들이 남성 지배적이던 20세기 중반의 보스턴 문학판에서 서로를 발견해 나가고 있을 때조차 이들의 우정은 종종 경쟁과 질투에 사로잡혀 쉽게 깨졌다. 세미나 테이블에 마련된 좌석은 극히 적었고 인정받으려 아우성치는 젊은 작가들은 너무도 많았다. 그들이 이룬 결합 관계는 수명이 짧았다. 술집에서 보낸 밤이 끝나면 여성들은 남편이 기다리는 집으로 돌아갔다. 아침이 오면 압박감에도 불구하고(혹은 어쩌면 이 압박감 때문에) 결혼한 부부 사이가 여성 간 우정보다 더 안정적이었다.

재능과 미래의 명성으로 똘똘 뭉친 섹스턴, 리치, 플라스, 쿠민 등 여성 작가들의 단편적인 만남은 결코 진정한 공동체로 응집되지 않았다. 여자들의 결합이 얼마나 어려운가를 생각하면 처음에는 평생 교육센터 교실에서 이후에는 뉴턴 도서관에서 이루어진 섹스턴과 쿠민의 우정이 한층 더 대단해 보인다. 하지만 이들의 우정조차 때로는 위협에 처했는데, 강력한 남성 인물이 한 여성을 다른 여성의 곁에서 떼어놓는 게 자신의 권리라고 마음먹었을 때였다.

그 위협은 쿠민과 섹스턴이 친해진 지 몇 년 되지 않았던 1961년에 찾아왔다. 그해 여름부터 가을까지 홈스와 그의 세미나 출신 몇몇이 함께 비공식 세미나를 이어갔다. 시인들이 모여 쓰고 있는 작품들을 공유하고 농담과 한담을 나누는 자리였다. 그 모임에는 스타벅과 샘 앨버트, 테드 바이스, 그리고 당연히 홈스가 있었다. 참가자들은 저녁마다 돌아가면서 워크숍을 주최했고 반드시 술을 대접했다. 쿠민의 아이들은 어머니가 그 모임을 주최할 때마다 질색했다. 워크숍이 시작되면 그들은 불평했다. "아, 또 시인들이야! 오늘 밤은 다 잤어."[36] 아이들은 시끌벅적한 모임 장소에서 가장 멀리 떨어진 차고 위쪽 방에서 서로 자려고 싸웠다.

훗날 쿠민은 이 워크숍의 분위기를 이렇게 설명했다. "이 시기에 우리는 전부 활발하게, 경쟁적으로 쓰고 또 고쳤다. 마치 세상의 늑대가 전부 우리 뒤를 쫓아오는 것만 같았다. 분위기는 까끌까끌했고 강렬했으며 가끔 화가 나기도 했지만, 동시에 사랑스러웠다."[37] 시인들은 못마땅한 제안에는 반박했고, 필요한 교정 사항을 두고 논쟁을 벌였다. 섹스턴은 최악의 공격자였다. 그는 암사자처럼 흉포하게 자신의 시를 위해 싸웠고(훗날 "그들이 내게서 아기를 빼앗아가는 것만 같았다"[38]라고 술회했다) 집에 돌아가서는 동기들이 제안한 바로 그 지점에서 변화를 이뤄냈다. 섹스턴은 어떤 종류든 제공된 술을 실컷 마시고 방 안을 의기양양하게 돌아다니며 친구들의 멋진 시를 들으면 기쁨의 탄성을 질렀다.

홈스는 이런 저녁마다 섹스턴의 태도를 몹시 싫어했다. 그는 이 모습을 "집요하게 나-나-나밖에 모르는 태도"[39]라고 부르며 혐오했고 그 태도가 섹스턴의 시를 오염시킨다고 생각했다. 홈스는 섹스턴을 좋아해 본 적이 없었다. 1957년 자기 수업의 신입생일 때도, 시집을 출간한 시인이 된 지금도 좋아하지 않았다. 섹스턴이 술을 마시는 게 거슬렸고(홈스는 알코올의존증으로부터 회복 중이었다) 불안정한 분위기도 거슬렸다. 쿠민과 섹스턴은 정신병을 앓다 자살로 죽은 첫 번째 부인과의 유사점 때문에 홈스가 섹스턴을 싫어하는 거라고 추측했다. 섹스턴의 모든 면이 홈스의 분노와 방어심을 자극했다.

몇 년 사이 홈스와 섹스턴의 갈등이 점점 커졌다. 첫 분쟁은 1959년 섹스턴이 로웰의 수업을 들었을 당시 홈스에게 자신의 첫 시집 원고를 읽어달라고 부탁했을 때 벌어졌다. 홈스는 자신이 섹스턴의 지나치게 개인적인 시를(로웰이 그토록 감탄했던 바로 그 스타일의 시를) 싫어한다는 사실을 굳이 감추지 않았고, 이대로 시집을 출간하면 안 된다며 말렸다. 섹스턴은 스승의 반응에 놀라지는 않았지만, 그의 비판은 얼얼했다. 섹스턴은 홈스가 듣기에 좋은 말을 하면서도 자신이 상처받았음을 인정하는 편지를 썼다. 섹스턴은 서로의 차이에도 불구하고 홈스에게 많은 것을 배웠고 홈스는 섹스턴을 "굳건한 인내심과 친절한 미소로"[40] 가르쳤다고 썼다. 그랬던 그가 어떻게 섹스턴에게서 등을 돌릴 수 있단 말인가? 그러나 섹스턴은 그 편지를 부치지 않았다. 그토록 영향력 있는 남자에게 직접 도전장을 내밀 용기는 없었다.

편지 대신 섹스턴은 홈스에게 시 한 편을 보냈다. 시의 제목은 「더는 파고들지 말라고 간청하는 존에게」였다. 섹스턴은 광기의 경험에서 어떤 가치를 보았는지, 그리고 왜 그것이 시에 적합한 주제라고 생각했는지 홈스에게 보여주고 싶었다. 화자는 내면의 삶을 살펴보고 "뭔가 배울 만한 것"[41]을 보았다는 말로 시를 시작한다. 그리고 다양한 은유를 넘나들며 자신의 마음을 묘사한다. 그 마음은 처음에는 일기장이었다가 곧 정신병원이 되고, 가장 흥미롭게는 화자가 살펴볼 수 있는 "유리, 엎어놓은 그릇"이 된다. 이런 자문을 통해 화자는 타인을 이해하게 된다. 시의 끝부분에 이르면 한때는 자기가 봐도 "사사로운 것"으로 보였던 자신의 삶을 통해 화자는 개인적인 경험의 공유가 어떻게 개인 간의 결합을 이뤄낼 수 있는지를 이해한다. "그러다가 그것이 나만의 것이 아니게 되었다"라고 말하며 화자는 내면세계가 어떻게 읽는 이의 집, 혹은 읽는 이의 부엌(사적이고 가정적인 공간)으로 형상화될 수 있는지 상상한다. 화자가 거울에서 보는 얼굴은 쉽게 읽는 이의 얼굴이 된다. "나의 얼굴, 당신의 얼굴인." 이렇게 이 시는 개인적인 것이 얼마나 쉽게 공적인 것이 될 수 있는지를 보여주면서 고백 시를 옹호한다.

「더는 파고들지 말라고 간청하는 존에게」는 평화를 상징하는 올리브 가지였고 홈스는 이 가지를 옆으로 던져버렸다. 홈스는 시란 자기초월의 형식이어야 한다고 믿었다. 섹스턴의 시에서 존이 그러듯이 홈스는 고백 시가 보여주는 금 가고 어색한 아름다움을 "외면하는" 쪽을 선호했다. 섹스턴은 기꺼이 홈스에게서 배우려고 했으나 섹스턴은 자아의 초월에는 관심이 없었고, 그것이 바로 섹스턴 시의 주제였다. 두 사람은 절대 눈을 마주치지 않았다.

홈스의 인정을 받지 못했어도 섹스턴은 시집 출간을 결심했다. 『정신병원에 갔다가 돌아오는 도중』*To Bedlam and Part Way Back*은 1960년 4월에 호턴 미플린에서 출간되었고 『뉴욕 타임스』의 긍정적인 평가를 받았다. "섹스턴 부인의 기교는 재빠르고 능숙하다. 오래가는 은유도 공들인 비유도 없다. (…) 일시정지와 강조, 음운이 솜씨 좋게 펼쳐져 어떤 긴장감도 없다."[42] 섹스턴은 이 평가에 만족했고 자신의 작품에 대한 홈스의 인상에도 영향을 줄 거라고 생각했다. 섹스턴은 자신의 상담사에게 홈스가 실제로 "나의 '정신병원' 시에 대해 마음을 바꾸었고 (…) 자신(존 홈스)이 완전히 틀렸음을 인정했다"[43]라고 말했다.

하지만 홈스의 태세 전환에 대한 섹스턴의 생각이 틀렸음이 드러났다. 빛나는 『뉴욕 타임스』 서평 이후 약 1년이 지난 1961년 여름, 홈스는 섹스턴을 그 비공식 워크숍에서 쫓아내려 시도했고, 그러기 위해 섹스턴의 절친에게 의존했다.

홈스는 쿠민에게 약간의 영향력을 지니고 있었다. 그는 쿠민의 작품을 고무적으로 평가하고 격려했다. 쿠민이 처음 가르치는 일을 얻을 때 도움을 주기도 했다. 아마 홈스는 자신이 할 수 없는 영역에서 쿠민이 섹스턴에게 영향력을 행사하기를, 혹은 두 여성 사이가 틀어져 좀 더 취약한 섹스턴이 먼저 자신이 환영받지 못한다고 느끼기를 바랐을 것이다. 홈스는 쿠민에게 좌절감을 고백하는 편지를 썼다. 섹스턴이 "내가 느끼기에 불쾌할 정도로 우리 워크숍 안에서 너무 많은 시간을 차지한다"[44]라고 썼다. 또 "나는 더는 그 여자가 있는 모임을 참을 수 없다. 그 여자는 몹시 이기적이고 착취적이고 파괴적이며, 나는 단 한 순간도 그 여자에게 미안하지 않고, 오히려 함께 있으면 빌어먹을 정도로 지루하다"라고 덧붙였다. (여기서 홈스의 감정을 표현하는 데 '지루하다'가 최선의 형용사였을지 의문이다.) "그 여자는 내게 독약일 뿐만 아니라 다른 누구에게도 이롭지 않다." 홈스는 둘이 친하다는 것을 알고 있으며 쿠민에게 이런 자신의 생각을 알리는 게 유감이라고 말했다. 물론 전에도 이런 불만을 조금씩 다르게 표현해 왔다. 그러나 섹스턴이 나쁜 영향을 끼치는 건 분명한 사실이고 다른 사람들도 같은 생각이라고 말했다. 또 섹스턴이 쿠민에게 "너무 의존해 화가 난다"라고도 했다. "당신에게 그 여자는 무척 해롭다. 내가 만약 당신의 남편이라면 그 여자에게서 당신을 떼어내기 위해 맹세코 온갖 노력을 기울였을 것이다. 당신 남편이 정말로 어떻게 생각하는지 알고 싶다."

이 가부장적인 편지는 쿠민의 충성심을 시험했다. 쿠민은 이제 막 싹트는 시인으로서 경력에 타격을 줄 수도 있는 결정에 맞닥뜨렸다. 존경하는 스승이자, 쿠민이 강단에 설 수 있게 도와주고, 자신의 학부 수업에서 쿠민의 시를 가르치고, 편지에서 쿠민을 '달링'이라고 부르며 두 사람이 무척 닮았다고 말하는 이 남자에게 순종할 것인가? 아니면 한때는 너무 많은 것을 요구해 자신을 두렵게 만들었지만, 많은 것을 되돌려주기도 한 친구를 지지할 것인가?

"자비로운 학계의 아버지가 찾아와 내 친구가 내게 해로우니 멀어지라고 말했다."[45] 훗날 쿠민은 이렇게 술회했다. "그는 나의 후견인이었고 터프츠대학교에 일자리도 마련해 주었다." 홈스를 부인하면 재앙 같은 결과를 불러올 수 있었다. 쿠민은 며칠 동안 홈스의 요구를 숙고했다. 주말까지 답장이 오지 않자 홈스는 편지를 한 통 더 썼는데, 반은 사과이고 반은 쿠민이 섹스턴과의 유대를 끊어야 한다는 요구를 반복하는 내용이었다.[46]

마침내 쿠민은 답장을 썼다. 쿠민은 홈스가 본인의 "불만과 분노"[47] 안에 자길 끼워놓은 느낌이라고 말했다. 홈스는 그렇지 않다고 달래며, 워크숍이 깨지지는 않을 것이라고, 다시 말해 섹스턴을 쫓아내지 않을 거라고 말했다. 그러나 섹스턴의 창작 방향이 달라져야 한다고 주장하면서 그 책임이 쿠민에게 있다고 했다. "그 여자 혼자 이 일을 계속하게 놔두면 안 된다. 마땅히 해야 할 일을 하지 않는다면 그것은 당신의 양심, 그 맹렬하고 유명한 양심에 걸리고 말 것이다"라고 홈스는 경고했다.

쿠민은 시인으로서 싹트는 경력과 친구의 삶에 영향을 미칠 수 있는 선택을 했다. 그는 친구를 선택했다.

이후 13년 동안, 다시 말해 섹스턴의 남은 삶 동안 쿠민은 섹스턴이 홈스가 몹시 거슬려 했던 고백 시를 쓰게 도왔다. 쿠민은 섹스턴이 한 번에 한 행씩 시를 지을 때 수화기 건너에 있어주었다. 섹스턴의 딸들을 봐주었다. 섹스턴이 유럽으로 여행을 떠났을 때 섹스턴의 남편에게 들러주었고 여행이 너무 버거워졌을 때는 친구가 집으로 돌아올 수 있게 도와주었다. 쿠민은 섹스턴의 친구이자 믿음직한 절친, 협력자이자 동료였다. 쿠민이 건넨 지지와 사랑을 섹스턴은 몹시 귀히 여겼고 보답하기 위해 최선을 다했다. 쿠민의 양심에 무엇이 걸렸든지 이 이상 할 수 있는 친구를 상상하기란 쉽지 않다.

3장
작가 - 인간 - 여성

어떻게 보면 보스턴의 여성들은 운이 좋은 편이었다.

뉴욕이나 파리와 비교하면 지방색이 강한 편이지만 그래도 1950년대의 보스턴은 여전히 문화의 중심지라 할 만했다. 이곳엔 뛰어난 예술학교와 대학들이 많았고, 책을 구입하고 동굴 같은 홀에서 열리는 시 낭독회에 참석하는 교육받은 엘리트 인구가 굳건했다. 비슷한 생각을 하는 여성들이 시내를 돌아다녔고 몇 달 혹은 반년 동안 소규모 친구 집단이 형성되었다. 물론 보스턴은 냉혹하고 위협적이었다. 플라스, 섹스턴, 쿠민 같은 여성들이 남자들만 가득한 강의실에 들어가 불안과 열정을 동시에 느끼며 자신은 결코 위대한 작가가 될 수 없다는 사실을 새삼 깨달았다. 그러나 이 도시는 젊은 시인들에게 정말로 위대해진 수많은 본보기를 보여주었고 이 모범 사례가 짧고 복잡한 우정을 촉진했다.

다른 지역은 더 어려웠다. 동부해안에서 멀리 떨어져 사는 작가들, 특히 여성 작가들은 훨씬 더 외롭고 고립된 채 간절히 성공을 원하면서도 방법을 몰라 당황했다. 이들은 섹스턴 같은 작가에게 가능했던 기관과 관계망에 접근할 수조차 없었다. 이들은 아이들을 재운 뒤 조용해진 집에서 글을 썼고 초고는 서랍 속에서 시들어 갔다. 워크숍에서 다른 사람들에게 낭독하는 대신 이들은 침묵 속에서 자신이 쓴 문장을 다시 읽었다.

마음이 같은 여자를 만날 유일한 방법 역시 당연히 글이었다. 여성 작가들은 서로의 글을 읽고, 용기를 낼 수 있다면 존경하는 작가에게 편지를 썼다. 이렇게 고립된 여성들이 불가능해 보였던 연결을 이뤄냈고, 가능한 삶들을 상상하기 시작했다.

1960년 11월, 「이중 초상」 초고를 끝내고 거의 1년 후에 섹스턴은 몹시 가슴 뛰는 소포를 받았다. 스튜어트 리처드슨과 코를리스 M. 스미스가 편집한 문학 선집 『뉴 월드 라이팅』에 섹스턴의 첫 소설 작품이 실렸다. 메리 그레이의 그림자와 싸우고자 하는 또 한 번의 시도로 어머니와 딸의 이야기를 다룬 작품이었다. 「지그 춤을 추며」는 교외의 한 파티에서 미친 충동과 싸우는 여성이 진술하는 소설이다. 화자는 벌떡 일어나 춤을 추고 싶고, 갈등이나 혼돈이 찾아오길 기다리기보다 시간의 흐름을 재촉하고 싶다. 정신분석의 앞 소파에 누운 환자처럼 화자는 현재 자신 상태의 원인이라고 의심되는 어린 시절 만찬을 떠올린다. 기억 속에서 10대 초반 화자는 술에 취한 아버지와 적대적인 언니들, 어려운 고모(섹스턴 자신의 가족을 형상화한 게 분명한)와 마주한다. 가장 크게 다가오는 인물은 딸을 꾸준히 비판해 관심은 끌지만 개입하지는 않는 어머니다. 자기검열의 기술을 체득한 화자는 현재의 불안정을 어린 시절의 불안과 연결 짓는다. 스스로 재앙을 예측하고 결국 자신의 행동으로 재앙을 불러온다는 사실을 깨닫는다. '지그 춤을 추며'는 섹스턴이 메리 그레이에 대한 자신의 취약함을 묘사하기 위해 즐겨 쓴 표현 중 하나로, 이 작품은 산문으로 쓴 정신분석 시간이다.

처음 이 소설을 썼을 때 섹스턴은 이야기에 만족했다. 이 소설이 뛰어난 심리적 통찰을 보여준다고 생각했다. 그러나 노련한 작가들의 작품 사이에서 다시 보니 주눅이 들었다. 다른 작가들이 보여준

명민함과 비평 본능이 더 뛰어났다. "산문에는 보호장치가 없다."[1] 언젠가 섹스턴은 시라는 형식이 어떻게 압도적인 감정을 억제하는 가를 언급하며 이렇게 말했다. 산문은 삶과 마찬가지로 섹스턴이 원하는 만큼의 보호장치가 없고 덜 우아했다.

이 선집에는 섹스턴이 보기에 고통스러운 어머니를 이상적으로 재현한 긴 이야기가 한 편 실려 있었다. 틸리 올슨의 「수수께끼 내주세요」는 늙은 어머니의 마지막 몇 개월을 진술한다. 결혼한 지 47년 된 에바는 결혼생활 속에서도 고독을 찾는 일에 몰두한다. 남편 데이비드는 은퇴자 공동체로 이사하고 싶어 하지만 에바는 거절한다. 에바는 노년의 사생활을 보호받는 특권을 누리고 있다. "집이 계속 깨끗한 상태이므로 빈집이 더는 적이 아닌 데서 오는 고요가 있다."[2] 에바는 회상한다. "집이 곧 그의 가족이고, 그 안의 삶이고, 적으로 보였던 시절에는 그렇지 않았다. 적은 그를 추적하고, 얼룩을 묻히고, 더럽히고, 어지럽히며 끊임없이 패배하는 전투로 끌어들였다. 그리고 그 끊임없는 패배를 향해 비난을 쏟아부었다." 에바는 다시는 "다른 사람의 리듬에 맞춰 움직이지 않겠다"고 맹세한다. 에바가 말기 암 진단을 받았을 때 부부는 아이들과 손자들을 보러 순례를 떠난다. 집을 판 데이비드는 로스앤젤레스로 가고 그곳에서 손녀 지니와 함께 죽어가는 에바를 돌보는데, 에바는 러시아에서 보낸 어린 시절의 노래를 부르며 그때의 기억을 들려준다. 소설 막바지에 에바의 영혼은 떠나고 지니는 슬픔에 사로잡힌 데이비드에게 어서 아내의 침상으로 돌아가 "가엾은 몸이 죽을 수 있게 도우라고"[3] 간청한다. 소설은 서민의 일상어("나한텐 눈익은 곳이니까"[4]라는 말로 에바는 집을 떠나지 않으려는 이유를 설명한다)와 모더니즘 스타일을 대가의 솜씨로 섞어놓았다. 올슨은 환상과 의식의 흐름, 생생한 대화를 하나로 엮어 나이 든 부부의 초상을 감동적으로 그려냈다. 이 소설은 올슨 자신의 부모와 1956년 암으로 세상을 떠난 어머니 아이다를 바탕으로 썼다.

「수수께끼 내주세요」는 심금을 울렸다. 섹스턴은 작가로서 자신의 약점인 이미지 구사에 능숙한 올슨에게 감탄했다. 에바는 "새처럼 가볍고 펄럭이는 몸, 발톱처럼 오므린 작은 손, 그리고 얼굴에는 부리 같은 그늘이 있었다."[5] 여성이자 딸로서는 고통스러운 여성들을 향해 가족들이 느끼는 복잡한 사랑을 정교하게 표현한 것에 감동했다. 올슨의 솜씨에 감탄하고 약간은 질투하면서 섹스턴은 소설가이자 편집자인 놀런 밀러에게 편지를 썼다. "틸리 올슨의 소설을 읽고 울었어요. 내 소설이 부끄러워질 정도였어요. (⋯) 그 사람은 천재예요."[6] 섹스턴은 가르침을 받을 수 있는 다른 작가를 찾을 때까지 더는 산문을 쓰지 않겠다고 결심했다.

놀랍게도 섹스턴의 불안정한 성격이 부러운 이들을 향한 칭찬을 억누르지는 않았다. 결국 소설의 저자에게 편지를 쓰기로 했다. 섹스턴은 올슨을 전혀 몰랐지만 소설을 통해 잘 알게 된 것처럼 느꼈다. 섹스턴에게 팬레터는 전혀 새로운 일이 아니었다. 원래 편지를 열심히 썼고 존경하는 작가가 생기면 망설이지 않고 편지를 보냈다. 대개는 남자들이었다. 섹스턴은 스노드그래스, 로웰, 시인 앤서니 헥트에게 꾸준히 편지를 썼다. 이렇게 편지를 통해 파티에서 했을 법하게 상대를 구슬리고 매력을 발산했으며 자신을 매혹적이면서 동시에 취약해 보이게 만들었다.

모르는 사이이자 서로 아는 친구도 하나 없는 올슨에게 섹스턴은 다른 인상을 주었다. "당신 소설이 얼마나 감동적이었는지 말로 다 할 수가 없어요. 내 눈은 아직도 울고 있답니다."[7] 섹스턴은 이렇게 시작했다. 우선 "인간적인 어조"로 쓴 올슨의 완벽한 소설을 칭찬하고 이어서 자신 역시 그 선집에 소설을 발표했다고 고백했다. 하지만 올슨의 작품과 비교해 보니 자신의 작품은 당혹스럽기만 했다. 자신은 소설 쓰기 신참이고 산문을 출간한 적도 없지만 시는 조금 더 낫다고 설명했다. 그리고 전형적인 자기정당화 방식으로서 자신의 평가가 어느 정도는 가치가 있음을 보여주기 위해서만 자신의 재능을 언급한다고 말했다. 올슨의 소설이 매우 뛰어나고 다가올 몇 년 동안 오래 읽히는 소설이 될 거라고 평가했다. (이 특정 소설을 향한 섹스턴의 찬사는 끊이지 않았다. 몇 년 후 섹스턴은 붉은색 의자에 혼자 앉아 「수수께끼 내주세요」를 다시 읽으며 울었다.[8])

이 편지는 지리적으로나 정신적으로나 보스턴에서 멀리 떨어진 샌프란시스코의 미션 디스트릭트 레이들리 스트리트의 올슨에게 당도했다. 미션 디스트릭트는 올슨이 언젠가 "수많은 남미인, 니그로, 사모아인, 1세대 아일랜드인과 이탈리아인 가족이 사는"[9] 곳이라고 표현했던 인구가 과밀한 노동계급 동네였다. 한가운데 도시에서 가장 오래된 아름다운 어도비 교회가 서있고 서쪽 경계로부터 돌로레스 파크가 펼쳐졌다. 올슨은 버스를 타거나 아이들이 노는 모습을 지켜보면서 귓가에 스치는 다양한 방언에 귀를 기울이곤 했다. 흥미로운 구절은 종이쪽지에 기록한 뒤 뭉쳐서 바지 주머니에 넣고 온종일 가지고 다녔다.

보헤미안적 샌프란시스코와 답답한 보스턴이 다른 것처럼 올슨도 섹스턴과 달랐다. 섹스턴은 화장을 하고 보석을 걸치는 매력적인 외모였지만 올슨은 다림질이 필요 없는 바지를 입었다. 올슨은 열여덟 살부터 일했지만 섹스턴은 결혼 초기 소소한 일을 해본 게 다였다. 당시 섹스턴과 케이오는 생활비가 조금 모자라면 어머니의 원조를 받았다. 섹스턴은 부유한 집에서 태어나 평생 보스턴 지역에 머문 '집순이'였지만, 올슨은 1세대 노동계급 미국인이자 뜨내기 노동자에 활동가였다.

그러나 올슨은 섹스턴과 마찬가지로 작가였고 글쓰기는 삶의 상당 기간에 좌절감을 안겨주었다. 섹스턴의 편지를 받았을 무렵 올슨은 20년 만에 막 글 쓰는 삶으로 돌아와 있었다. 올슨은 1930년대 문학계의 유명 인사였다. 당시 그는 외모가 출중하고 활력이 넘치는 활동가였고 마르크스주의 이론가이자 활동가였던 로자 룩셈부르크에 비견할 만한 여성이었다. 올슨의 애정을 두고 두 남자가 싸웠다. 한 남자는 올슨과의 사이에 첫딸(카를 마르크스의 이름을 따서 칼라)을 낳은 에이브 골드파브였고 두 번째 남자는 결국 올슨의 남편이 되어 세 딸을 더 낳은 잭 올슨이었다. 출판사 랜덤하우스와 맥밀란도 올슨의 첫 장편소설 출판권을 두고 경쟁했다. 올슨은 잭 콘로이, 넬슨 올그런, 윌리엄 사로얀, 새너라 뱁 같은 문학계의 좌파 인물들과 친했다. 샌프란시스코 지역신문에 의하면 몇 년 동안 올슨은 "미국에서 가장 수요가 많은 작가"[10]였다.

1960년이 되자 그 시절은 전생처럼 느껴졌다. 올슨은 1940년대와 1950년대를 아이 넷을 키우고, 지역사회에서 조직 운동을 하고, 가족을 부양하기 위해 여러 본업을 전전하며 보냈다. 퇴근길 버스에서, 아이들이 잠든 후 등 가능할 때면 글을 썼지만, 어떤 소설도 완성하기 어려웠다. 가까스로 글을 쓰고 단편 몇 편을 발표한 것도 최근 5년 사이에나 가능했다. 「수수께끼 내주세요」를 발표했을 무렵 올슨은 저임금 과로 상태였고 쉰 살에 다가가고 있었다. 올슨은 오랫동안 소망해 왔던 훌륭한 프롤레타리아 작가가 될 기회를 놓쳐버렸을까 봐 두려웠다.

기억할 수 있는 오래전부터 올슨은 글을 쓰고 싶었다. 1912년 네브래스카 오마하에서 태어난 타이빌 '틸리' 러너는 타고난 지식인이었다. 어린 시절 집 책상에 버지니아 울프의 초상화를 놓았다. 울프와 거트

루드 스타인을 청소년기 글쓰기의 모범으로 삼았고 존 더스패서스와 윌라 캐더를 읽었다. 고등학생 시절 『스퀴스』라는 이름의 학생신문에 교사들과 의무적인 셰익스피어 과제를 풍자하는 칼럼을 썼다.

틸리는 문학만큼 정치에도 열정적이었다. 부모는 이디시어를 하는 러시아계 유대인이었고 자칭 사회주의자였으며, 아버지 샘 러너는 유진 데브스*의 팬이면서도 공산주의자들을 의심했다. 그러나 1930년에 공산당은 사회질서를 급진적으로 개혁할 수 있다고 믿는 젊은 이상주의 미국인들에게 꽤 호소력이 있었다. 전국에서 공산당 조직가들이 결집했다. 마르크스주의 예술가들과 지식인들의 조직인 존 리드** 클럽이 주요 도시마다 출범했다. 크고 작은 타운에 청년 공산주의자 연맹 회원들이 득시글거렸는데, 이들은 성적으로 정숙해야 한다는 부르주아적 개념을 벗어던지고 낭만과 혁명의 결합을 통해 번성했다. 틸리는 고등학교를 중퇴하고 계급투쟁에 뛰어들었고 1910년대와 1920년대에 수많은 불완전 취업 상태의 미국인들이 그랬듯이 화물차를 전전하며 노동력을 조직했다.

틸리와 틸리가 열여덟 살에 만난 에이브는 서쪽으로 이동하다가 마침내 센트럴 밸리에 있는 캘리포니아 스톡턴에 정착했다. 여기서 틸리는 문학적 관심사와 정치적 관심사를 통합해 공산당에서 발행하는 『데일리 워커』와 존 리드 클럽 뉴욕지부가 발행하는 새 잡지 『파르티잔 리뷰』에 글을 쓰기 시작했다. 『파르티잔 리뷰』는 1934년 와이오밍 석탄 광산에서 보낸 삶을 쓴, 장차 올슨의 장편소설 1장 절반이 될 원고를 받아주었다. 편집장 필립 라브는 프롤레타리아의 목

• 미국 노조 운동가이자 사회주의자.

•• 미국 기자이자 사회주의 운동가로 러시아혁명을 다룬 르포르타주 『세계를 뒤흔든 열흘』의 작가로 유명하다.

소리를 출간하는 일에 열정적이라 즉시 틸리의 발췌 원고를 받아들이고 「강철 목구멍」이라는 제목을 붙여주었다. 그해 나중에 발표된 글은 탁월했다. 틸리는 울프와 제임스 조이스가 사용한 의식의 흐름 기법과 1930년대 정치적 좌파가 요구한 사회주의 리얼리즘을 결합했다.

틸리는 소설 안에 펼쳤던 것과 똑같은 정치적 이상에 맞게 살고자 했다. 1934년 틸리와 에이브는 샌프란시스코 항만노동자 파업을 지지하기 위해 그 도시로 이주했다. 파업 도중 틸리는 잭 올슨이라는 노조 지도자를 만났다. 강인하고 미남에다 활기 넘치고 집회에서 편안하게 발언하는 그런 남자였다. 그들은 함께 수많은 프로젝트를 떠맡아 전단을 만들고 조직을 결성하고 유권자를 확보했다. (몇 년 후 잭은 샌프란시스코의 동네 거리를 걸어 다니는 성노동자들과 친구가 되었다. 잭은 그들을 모두 유권자로 등록했고 모든 선거 문제에 관해 대화를 나누었다.[11]) 틸리는 샌프란시스코 도심의 공산당 본부에서 숙식했다. 잭 가까이서 활동하고 싶었다. 두 사람은 틸리가 에이브와 헤어진 1936년에야 재결합하고 결혼하지만, 어쨌든 틸리의 관심은 보답받았다. 두 사람은 함께 세 아이를 낳았다. 1938년 태어난 줄리, 1943년생 케이시, 1947년생 로리다. 올슨의 전기작가 팬시아 리드에 따르면 잭의 동료 노동자들은 "내리 딸만"[12] 낳느냐며 잭을 놀렸다고 한다.

1930년대 올슨이 조직 활동을 하고 있을 때 기쁘게도 문학적 명성 역시 점점 높아졌다. 「강철 목구멍」은 『뉴 리퍼블릭』에서 '영재'[13]의 본보기라는 칭찬을 받았다. 대공황기 미국에 관한 여성의 시각을 소개하고 싶은 출판사들이 올슨의 연락처를 달라고 필립 라브를 압박했다. 랜덤하우스의 베넷 서프와 당시 『뉴 리퍼블릭』에서 일했던 유명 작가이자 편집자 맬컴 카울리가 올슨에게 연락해 다른 원고를 보여달라고 요청했고, 다른 편집자들도 관심을 표시했다. 올슨은 이런 제안에 전율했지만, 당시 그의 손은 다른 곳에 묶여있었다. 올슨은 파업에 개입한 혐의로 체포되어 투옥 중이었다. 변호사가 편집자와 출판사와의 연락을 도와주었다. 탐사 기자 링컨 스테펀스가 보석금 1000달러를 내도록 도와 올슨을 감옥에서 꺼내주었을 때, 올슨이 가장 먼저 할 일은 여름에 벌어진 수많은 파업 활동에 관한 보고서를 완성하는 것이었다. 『파르티잔 리뷰』 1934년 여름호 커버스토리가 된 「파업」이라는 제목의 글은 이렇게 시작한다.

> 내게 파업과 테러에 관해 쓰라고 요구하지 말라. 나는 지금 전투장에 있고, 점점 심해지는 악취와 연기 때문에 눈이 따가워 과거를 돌이켜 볼 수가 없다. 오늘 밤만은 피비린내 나는 오늘의 옷을 벗어 던지고 서로 충돌하는 거대한 사건들을 열어젖혀 첫 시작으로 들어가게 하라. 잠시 떠날 수 있다면, 시간과 고요가 주어진다면 할 수 있을지도 모른다. (…) 비틀걸음이나마 과거로 돌아가 천천히, 고통스럽게 이 우뚝 솟은 웅장한 구조물을 세울 수 있을지 모른다. 그러면 당시의 아름다움과 영웅주의, 공포와 의미가 당신의 심장으로 들어가 전망으로 심장을 영원히 뜨겁게 달굴지도 모른다.[14]

올슨은 항만노동자들의 "영웅주의와 공포와 의미"에 대해 말했지만, 동시에 자신의 공포와 문학적 역할에 관해서도 말했다. 이 글은 노동자의 권리에 관한 글이지만 작가로서 올슨의 분투에 관한 글이기도 하다. 노동하는 작가에게 시간과 고요가 얼마나 중요한지도 설명한다. 다가올 몇 년 동안 올슨은 이 두 가지를 모두 획득하는 것이 얼마나 어려운지 입증하게 될 터였다.

1961년의 올슨에게 계약 경쟁과 문학계 파티의 들뜬 나날은 머나 먼 과거가 되어버렸다. 파시즘과 맞서 싸우기 위해 하나가 되었던 좌파와 자유주의자들의 연합체 '인민전선'의 낙관은 매카시 시대의 공포에 굴복하고 말았다. 1950년대 내내 올슨 가족은 빈곤의 가장자리에 머물거나 파산 직전이었다. (잭은 인쇄기술 견습공이었고 올슨은 간간이 임시직을 전전하며 간혹 돈을 빌렸다.) 올슨은 글을 쓰는 대신 지역사회 조직가, 타자수, 비서로 일했다. "어머니는 아버지처럼 일했고 직업이 있었다."[15] 올슨의 둘째 딸 줄리가 말했다. "그러나 그 일들은 경력으로 쌓이지 않았다." 올슨은 대부분 자신의 성취가 아니라 그저 생계를 위해 일했다. 정치조직 활동처럼 어떤 일은 가치관과 맞았지만 아닌 일이 많았다. 올슨은 딸들을 최악의 반공주의와 복종으로부터 피신시켰다. 딸들의 생일을 위해 저축했고 여유가 있을 때마다 가능한 한 많은 책을 보여주었다. 심지어 1970년까지 올슨에 관한 파일을 가지고 있었던 FBI의 깜짝 방문에도 유머와 품위로 대처했다.[16]

그러나 올슨의 마음은 불만으로 들끓었다. 큰딸 칼라에 관한 글을 포함해 소설 아이디어는 넘쳤지만 글을 쓸 시간이 거의 없었다. 잭은 여전히 견습공 월급을 받았고, 올슨은 어쩔 수 없이 인쇄물 광고주들을 위한 모형 제작 일을 했으며, 빠듯한 예산에 맞춰 여섯 식구의 생계를 유지하는 일에 창조성을 발휘해야 했다. 딸들을 사랑했지만(1954년 당시 딸들은 스물두 살, 열여섯 살, 열한 살, 일곱 살이었다) 벌써 긴 세월 어머니 노릇을 하고 있었고 그 일을 끝내려면 아직 멀었다.

그 무렵 올슨은 일기장에 자신의 좌절감을 꾸준히 기록했다. 올슨은 공책을 거의 가지고 있지 않아서 조각난 종이에 불완전한 문장으로 생각을 타자했고 보통 날짜를 기입하는 걸 잊었다. "앉아서 생각할 시간이 거의 없다."[17] 어느 날 일기는 이렇게 쓰여있다. "창조적 과정이 죽고 (…) 나는 무너지고 있다." 또 다른 일기는 이렇다. "여전히 내가 글을 쓸 수 있을지조차 모르겠다. (…) 삶이란 (나를 너무 많이 차지하는 직업과 역시 나를 너무 많이 차지하는 가족) 자체로 무감각한 마취 상태다. 밤이면 육체적으로 너무 지쳐서 꿈도 없이 푹 잔다."[18] 또 다른 일기에서는 시간과 공간을 향한 갈망을 강렬하게 묘사했다.

> 가장 기본적인 힘(돈)에 밀려 글쓰기로부터 더욱 불가능하게 멀어졌다. (…) 밤이면 충동이 너무 사나워진다.
> 타자기 옆에서 줄리를 밀쳐내고 싶은 야만적인 충동.
> 아이들이 날 부르는 소리를—날 제발 가만히 놔두라고 구명 보트에서 내치는 손처럼 쳐내고 쳐내고 또 쳐낼 수 있다. (…) 나의 갈등은—삶과 일을 화해시키고 싶다. (…) 시간 그 것은 곪고 충혈되고 지연되고 미뤄지고 일단 미친 욕망이 다시 시작되면, 발정 난 여자처럼 (…) 내 안의 창조적 능력을 내가 감당할 수 있는 정도보다 더 의식하면 (…) 1953~1954년, 나는 계속 나를 나누고 나는 따로 떨어져 흘러 다닌다. 어느 강에서 흐르다가 거대해지고 싶은 내가.[19]

이 글은 쿠민이 어머니에게 편지로 써서 보낸 정신없는 생활의 올슨식 표현이다. 섹스턴식으로 말한다면 우리에 갇힌 호랑이처럼 왔다 갔다 하는 모습일 것이다. 그러나 이런 글을 썼을 당시 올슨은 쿠민이나 섹스턴과 달리 돈을 벌어야 하는 추가 부담이 있었다. (쿠민도 일했지만 올슨과 같은 경제적 압박은 없었다.) 올슨은 다른 두 시인이 상상할 수 있는 정도보다 훨씬 더 많은 방향으로 자신을 쪼개야 했다.

올슨은 원하는 만큼 천천히, 꼼꼼하게, 수없이 교정하며 작업할 시간과 공간을 확보할 수가 없었다. 그러던 1954년, 운명의 기이한 장난 덕분에 올슨은 필요했던 시간을 찾았다. 궤양성 대장염으로 입원하게 되었는데 정부 지원 보험으로 6주 동안 일시 노동 불능 휴가 지원금을 받아 그 시간에 글을 쓴 것이다. (올슨은 그 지원금을 '닥터 레이먼디 기금'이라고 불렀다.[20]) 올슨은 거의 1년 동안 붙들고 있던 소설을 완성했다. 다양한 직업을 전전하는 동안에도 아이들을 보살피기 위해 분투하는 노동계급의 "젊은 엄마 (…) 정신없는 엄마"[21]가 진술하는 극적인 독백이었다. 무명의 화자는 아이들에게 "편안한 성장의 토양"을 제공하지 못하는 점에 죄책감을 느낀다. 몇 년 전 기억을 떠올려보지만, 당장 해야 할 일들, 즉 끝내야 하는 다림질, 기저귀를 갈아달라고 우는 아기가 기억조차 방해한다. 소설은 일종의 세속적인 기도이자 아마도 이 독백의 대상인 아이의 학교 선생님 혹은 이 사적인 고통을 목격 중인 독자에게 제발 큰딸이 자신을 "다리미 앞에서 무기력한 모습으로 다림판에 놓인 이 드레스보다 나은" 사람이라는 사실을 믿게 해달라는 탄원이다.

올슨은 소설을 완성하고 「그 아이가 믿게 해주세요」라는 제목을 붙인 다음 사본 한 부를 큰딸 칼라가 다니는 샌프란시스코주립대학 문예창작 과정 교수 아서 포프에게 보냈다. 그러면서 포프 교수에게 어머니 역할과 글쓰기 사이 균형을 맞추는 게 얼마나 어려운지 설명했다. 예를 들어 올슨은 그즈음 중학교에 다니는 케이시가 귀와 목에 심각한 감염병이 생겨 병원에 데려가야 했고 회복하기까지 몇 주 동안 보살펴야 했다.[22] 이미 소설 초기 버전을 보고 올슨을 자기 수업 청강생으로 받아준 적 있는 포프 교수는 올슨에게 일과 가족의 의무에서 벗어날 시간을 줄 수 있는 진짜 지원금을 신청해 보라고 격려했다. 올슨은 포프가 써준 추천서와 함께 「그 아이가 믿게 해주세요」를 스탠퍼드대학교 문예창작 과정에 보냈다. 몇 주 후인 1955년 4월, 올슨은 낯선 남자의 전화를 받았다. 남자는 쿠민의 전 스승이었고 지금은 하버드를 떠나 스탠퍼드에 문예창작 과정을 설립한 저명한 소설가 월리스 스티그너였다. 스티그너는 올슨에게 다음 학년에 받을 수 있는 세 개의 존스 장학금(나중에 스티그너 장학금으로 이름이 바뀐다) 중 하나를 제안했다. 올슨은 할 말을 잃었다.

1955년 가을부터 1956년 봄까지 올슨은 일주일에 두 번 남쪽의 팰로앨토로 가는 버스를 타고 수업을 들으러 갔다. 스페인 목장 양식 건축물과 야자수가 늘어선 스탠퍼드의 넓고 호화로운 캠퍼스는 올슨 가족이 사는 붐비고 혼란스러운 미션 디스트릭트와는 완전히 다른 세상 같았다. 올슨이 워크숍을 듣는 붉은 지붕 건물까지 가는 길 양쪽에 부겐빌리아와 선인장이 늘어서 있었다. 가을 학기는 사회파 소설가 리처드 스카우크로프트가 가르쳤고, 봄 학기는 오래전 올슨과 편지를 주고받았고 현재는 바이킹 출판사에서 편집자로 일하는 맬컴 카울리가 가르쳤다. 올슨은 스탠퍼드에서 동료 학생들에게 격려를 아끼지 않았고, 가진 것 없고 운도 나쁜 한 선원에 관한 소설을 썼다. 올슨은 학생 중에서 자기가 가장 나이가 많고 잘 따라가지 못할까 봐 전전긍긍했지만, 예상보다 잘 적응했다. 다른 학생들은 1930년대 올슨이 이룬 성공에 대해 들었고 올슨이 보여주는 글에 감탄했다. 봄 학기가 끝날 무렵 올슨은 새 소설을 세 편 완성했다.[23]

올슨은 제2차 세계대전 이후로 작품을 발표하지 못했지만 1년 사이 각기 다른 잡지에 이 소설 세 편을 모두 발표했다. 올슨의 글쓰기 경력을 다시 시작하게 한 「그 아이가 믿게 해주세요」는 처음에는 『스탠퍼드 단편소설』에 실렸고 이후 『퍼시픽 스펙테이터』에 발표했다. 인종 관계에 관한 단편 「세례」는 『프레리 스쿠너』에 실렸고 「안녕 선원」은 놀런 밀러가 발행하는 『뉴 캠퍼스 라이팅』 2권에 실렸다.

전부 올슨이 1930년대 작품을 발표했던 유명 잡지가 아닌 소규모 캠퍼스 잡지였지만, 그래도 명백한 발전이었다. 게다가 올슨 가족에겐 마침내 새 세탁기를 살 돈이 생겼다.[24] (이 시점까지 올슨은 손잡이를 돌려 비눗물을 쥐어짜는 기구를 이용했고 이는 매우 강도 높은 노동이었다.) 올슨은 기쁨이 넘쳐흘렀다.

올슨은 글 쓸 시간을 더욱 열망하게 되었다. 가족과 직업의 의무가 다시 글 쓰는 시간을 부차적으로 만들었다. 스탠퍼드 장학생이 되기 직전과 학교에 다니는 동안에도 올슨은 부수적인 책임을 떠맡았다. 남편과 사별한 시어머니를 부양했고, 문제 가정 출신의 미션스쿨 학생이자 딸 줄리의 친구인 T. 마이크 워커를 몇 달 동안 집에 데려와 보살폈다. 올슨은 의무들을 작품을 쓰기 위한 영감으로 활용했다. 청소년이 된 딸 케이시와 아프리카계 미국인 급우 사이의 우정을 기록하고 단편 「세례」를 썼다. 또 다른 손님 휘터 글리슨은 「안녕 선원」에 영감을 주었다. 그럼에도 올슨은 메모와 쪽지를 소설로 발전시킬 시간을 찾기가 여전히 어려웠다. 가사 임무를 소홀히 한다는 걱정 없이 자유롭게 글을 쓸 시간이, 편안한 시간이 결코 찾아오지 않을 것만 같았다. 올슨은 일기에 이렇게 썼다. "지난밤, 솔직히, 다른 삶을 원했다. 그런 삶이 필요하다."[25] 이 "다른 삶"의 목록을 작성했는데 첫 번째 항목이 "고독"이었다.

다음 문제는 돈이었다. 전형적인(보편적인 것과는 다르다) 20세기 중반 핵가족과 달리 올슨 가족은 남성 가장에게 의존할 수 없었다. 결국 스탠퍼드에서의 공부가 끝나자 올슨은 비서 일로 돌아갔다. 사무실에 아무도 없는 날엔 그 시간을 이용해 글을 썼다. 어느 날은 "사업계 용어"와 "법률 용어" 때문에 자신의 산문에 불순물이 섞인다고 분개했다. 일이 숨 막힌다면 가정은 혼란스러웠다. 올슨은 포드 재단으로부터 또 다른 창작 지원금을 받았지만, 이 역시 스탠퍼드 장학금처럼 기한이 있었다. 임금노동은 언제나 올슨 가까이에서 불안하게 어른거렸다.

1961년 올슨과 섹스턴이 연결되었을 때 두 사람은 반대 방향으로 움직이고 있었다. 섹스턴은 상승 중이었다. 첫 시집 『정신병원에 갔다가 돌아오는 도중』을 출간했고 두 번째 시집 기획을 시작했다. 이제 여덟 살, 여섯 살이 된 딸들은 종종 다른 사람들이 보살폈다. 그에 비해 올슨은 절벽에 매달린 사람처럼 추락하지 않기 위해 온 힘과 집중력을 다해야 했다. 작은 출판사 리핀코트에서 단편 네 편을 모은 소설집 『수수께끼 내주세요』*Tell Me a Riddle*를 출간할 예정이었지만 섹스턴만큼 낙관적이지는 않았다. 올슨은 삶을 훨씬 더 많이 살았다. 이제 마흔아홉 살에 은발이 되었고, 외모는 인상적이었지만 더는 젊지 않으며, 올슨 자신의 표현에 의하면 "상당히 큰…… 14 사이즈 옷. 9-C 사이즈의 투박한 신발. 뭉툭하고 볼품없는 손"[26]이 되었다. 올슨은 수십 년간 글을 쓰고 싶다는 야망을 품었고(섹스턴은 같은 야망을 품은 지 몇 년 되지 않았다) 이제는 일과 가족 사이에 끼어 글 쓰는 시간을 놓치기가 얼마나 쉬운지 너무도 잘 알았다.

두 여성은 글쓰기에 열정적이었지만 접근법이 달랐다. 섹스턴에게는 엄청난 직업 정신과 시를 출간하는 요령이 있었다. ("맙소사! 당신은 모든 곳에서 책을 내는군!"[27] 섹스턴의 멘토였던 스노드그래스가 이렇게 말한 적도 있다.) 섹스턴은 시 한 편을 예닐곱 번 고쳤으나 완전히 만족하지 못해도 송고했다. 올슨은 더 느리게 작업했다. 그는 누구에게도 작품을 미리 보여주는 일이 거의 없는 완벽주의자였다. 선생에게도 편집자에게도 심지어 장래의 에이전트에게도 보여주지 않았다. 출간 전 교정지를 볼 때면 수없이 고쳤다. 심지어 이미 인쇄된 글도 책에 메모를 해가며 교정을 봤고 인쇄 후에 수정을 요구하기도 했다. 카울리를 포함한 일부 편집자들은 올슨의 완벽주의를 없애야 할 나쁜 습관으로 보았고, 밀러 같은 사람들은 올슨의 작업 과정을 지지했다. "혹자는 올슨이 너무 느리게 작업하는 게 단점이라고 말할지도 모르겠다. 그들은 성급한 사람들이 틀림없다. (…) 합성 다이아몬드를 보고도 진짜 다이아몬드처럼 만족하는 그런 사람들 말이다."[28] 언젠가 밀러는 이렇게 썼다. 그러나 올슨이 단편 하나를 너무 오래 붙들고 있거나 다른 사람에게 보여주지 않으려고 해 수많은 기회를 놓친 것도 사실이다. 올슨의 완벽주의는 생계를 위한 직업이나 어머니의 의무만큼이나 올슨을 방해했다. 후자의 조건을 없앤다고 전자가 개선된다는 보장도 없었다. 스카우크로프트는 올슨이 가장 조건이 나쁠 때 가장 생산적이라며 비판했다.[29]

이런 차이점에도 올슨은 멀리 떨어져 사는 이 시인과 자신의 공통점을 알아보았다. 올슨은 답장에서 섹스턴을 "친애하는 나의 동족"이라고 불렀고, 이야기를 더 나누고 싶다고 했다. 또 섹스턴의 시집 『정신병원에 갔다가 돌아오는 도중』에서 작가 사진을 잘라내, 정신 없는 자신의 책상 위 레오 톨스토이, 토머스 하디, 월트 휘트먼처럼 올슨이 "도움 주는 작가들"[30]이라고 부르는 이들의 초상화 곁에 걸어 두었다고 말했다. 이어진 어느 편지에서 올슨은 섹스턴이 지나치게 자기비판적이라고 나무랐다. "그게 당신의 첫 책이라는 게 놀랍잖아요. 그러니 가혹하게 굴지 말고 자부심을 가져요."[31] 올슨은 자신의 불안정과 모순되게 관대하고 겸손했다. 올슨은 언제든 또 편지하라고 섹스턴에게 말했다. 섹스턴은 거의 즉시 답장했고 이후 활기찬 서신 교환이 이루어졌다.

두 사람의 통신은 관대함과 솔직함이 두드러졌다. 두 사람은 기꺼이 자신의 두려움과 오류를 고백했다. 그리고 상대방이 지닌 재능을 구체적으로 알아보았다. 1961년 섹스턴은 두 사람 중 더 유명했을지는 몰라도 올슨처럼 조용한 자신감을 갖추지는 못했다. "작가로서 나는 당신 재능이 부러워요."[32] 언젠가 섹스턴은 올슨에게 썼다. "하지만 작가-인간-여성으로서 나는 당신의 재능이, 또한 그 재능으로 인해 무척 기쁩답니다." 섹스턴은 경쟁심 따위는 밀쳐내고 두 사람의 공생 관계에 뛰어들었다. 둘 다 상대방이 원하는 것을 가지고 있었다. 올슨에겐 작가이자 노동자로서 수년간의 경험을 통해 힘겹게 얻은 지혜가 있었다. 올슨은 편지에서 섹스턴을 위로하고 책을 추천했다. 그저 자신의 어려움을 쓰기만 해도 섹스턴에게 어떤 통찰을 주었다. 한편 섹스턴은 올슨 같은 연상의 작가에게 몹시 절실했던 것, 동부해안 지역의 문학계 인맥에 접근할 수 있게 해주었다.

올슨은 집 밖에 나가 일해야 하는 것을 포함해 온갖 의무들 때문에 글 쓸 시간을 확보하기가 얼마나 어려운지 이따금 토로했다. 『수수께끼 내주세요』 출간 직전인 1961년 5월에 쓴 편지에서 올슨은 "생계 때문에 글쓰기를 떠나야 하는"[33] 상황을 설명했다. 스스로 경제적 특권층이라는 자의식이 있었던 섹스턴은 올슨에게 동감하는 내용의 편지를 썼다. 섹스턴은 올슨의 손실이 이득이 될 수 있는 방식을 떠올리려 애썼고 어쩌면 역경과 노동 경험이 영감을 줄 수도 있을 거라고 말했다. 그러나 섹스턴은 자신이 얼마나 순진한가를 깨달았다. "소설을 쓰려면 엄청난 시간이 필요한데 시간이 없다면……어떻게 쓸 수 있을까요?"[34]

섹스턴은 자기도 모르게 올슨이 고민하는 주요 사회정의 사안 중하나에 다가갔다. 올슨이 보기에 사회적·경제적 불평등의 가장 큰 비극은 많은 이들이 예술에 접근할 수 없게 된다는 현실이었다. 노동하는 사람들은 책을 사거나 연극을 볼 여유가 없었고 스스로 예술을 창조할 시간도 낼 수 없었다(물론 예술 노동으로 버는 돈은 가족을 부양할 정도로 충분하지 않았다). 너무 많은 이야기가 말해지지 않은 채로 남았다. 올슨은 그래서는 안 된다고 생각했다. 1930년대 올슨은 경제 위기 시대에 연방정부가 공공사업진흥국을 통해 극장과 음악, 연극, 글쓰기, 사진 등 예술 세계를 지원했을 때 전혀 다른 세계가 펼쳐지는 것을 목격했다. 올슨은 만인이 예술과 문화를 향유하고 만인이 같은 예술을 생산할 수 있는 시대를 상상했다. 섹스턴은 올슨의 이런 꿈에 관해서는 아무것도 몰랐다. 섹스턴에겐 자유 시간이 *너무 많아서*, 오직 자신의 생각만으로 그 시간을 채워야 해서 고통스러웠다. 섹스턴은 글쓰기와 생계를 위한 돈벌이 사이의 균형을 찾을 필요가 없었다. 통신을 주고받으며 두 사람은 자신의 지옥과 상당히 다른 여러 지옥이 있음을 배웠다.

20세기 중반 미국에서 섹스턴과 올슨처럼 계급과 정치적 차이를 가로지르며 우정을 나누는 관계는 드물었다. 반공주의가 고조되었던 1950년대에 올슨 같은 노동계급 활동가들은 심각한 불안과 공포를 안고 살아갔고, 그럴 수밖에 없었다. 상원의원 조지프 매카시가 마녀사냥을 시작했고 J. 에드거 후버는 좌파적 생각을 조금이라도 표현한 사람을 전부 감시하고 파일을 만들어 관리했다. 할리우드 텐(의회 반미활동 조사위원회가 기소한 유명 시나리오작가들과 감독들의 블랙리스트)은 전국적인 뉴스거리가 되었다. 제2차 세계대전 이후 미국인의 3분의 1이 공산당원은 죽거나 투옥되어야 한다고 믿었고, 1950년에는 미국인의 1퍼센트만이 공산주의자가 사상의 자유를 누릴 수 있다고 생각했다.[35] 미국 노동자의 20퍼센트가 고용주로부터 사상 검증을 받았다.[36] 그러나 섹스턴은 올슨을 향해, 자신과 다른 올슨의 비범한 삶을 향해 마음을 열었고, 심문과 체포의 공포에 시달렸던 올슨은 이 통신 상대의 충성을 확신할 수 없었음에도, 국토의 반대편에 있는 이 여성에게 마음을 열었다.

이는 단순한 연민의 행위 이상이었다. 이것은 신뢰의 행위였다.

이어지는 편지를 통해, 또 시를 통해 여성 작가들의 관계망이 천천히 형성되기 시작했다. 관계망은 베이 에어리어에서 보스턴 교외까지 뻗어갔다. 또 대서양을 건너 플라스가 미국의 섹스턴과 또 다른 친구들로부터 소식을 기다렸던 런던까지 확장되었다. 이들은 조심스럽게 서로에게 다가갔고 격식과 공포가 혼재된 상태로 자신을 너무 많이 드러내기 전 어떤 신호들을 기다렸다. 오래된 전략을 이용해 방 안의 다른 여성들을 탐색했고 누가 적이고 누가 친구인지 가늠했다.

여성은 동지(기대어 울 어깨나 동감하는 귀)가 될 수도 있었고 아니면 변절자, 이중 첩자, 눈앞에선 웃으면서 상대의 불안정함을 이용하는 자가 될 수도 있었다. 문학계에서 여성들이 남자들이나 다른 여자들과 사악하게 경쟁하는 분위기는 꽤 오래전부터 서서히 형성되었다. 우정이 굳건해지려면 몇 달이 걸렸다. 사회적 지위와 연배가 같은 섹스턴과 쿠민은 사적인 우정이 공고했지만, 섹스턴과 올슨은 친구가 되기 위해 서로의 거리와 차이를 뛰어넘어야 했다. 결국 두 사람은 서로를 통해 많은 것을, 어떤 책을 읽을지 어떤 종류의 문학을 써야 할지 배웠지만 처음에는 신뢰하는 법부터 배워야 했다. 이는 1950년대 후반에 쉬운 일이 아니었다. 작가 재닛 맬컴은 이 시기를 "표리부동"의 시대로 기억한다. 특히 이 시기 여성들은 자신의 욕망과 행동에 관한 거짓말에 너무 익숙해서 기만이 필수불가한 정체성이 되어버렸다. "우리는 불안하고 어딘가 찔려 하는 눈빛을 지닌 세대였다. 우리는 부모에게 거짓말했고, 서로에게 거짓말했으며, 자신에게도 거짓말했다. 기만은 중독성이 강해 우리 자신이 되어버렸다."[37] 맬컴은 이 시대를 이렇게 회상한다. 그러니 한 사람의 진정한 투쟁을, 즉 진정한 자아를 드러내는 것은 이 시대의 모든 규칙과 관습에 어긋나는 일이었다.

섹스턴과 올슨은 서로 진실을 말했고 친구이자 절친이 되었다. 그러나 두 사람 사이에는 극복할 수 없는 지리적 거리가 있었다. 적어도 한동안은. 1960년대가 오자 또 한 여자가 교외의 집에 숨어있느라 세상 밖에 존재하는지 의심스러운 여성 집단을 한데 불러 모을 계획을 품은 채 움직이고 있었다. 이 집단은 아이들을 키우느라 경력이 단절된 고학력의 창조적·지적 여성들이었다. 그는 이 여성 집단에게 우정을 제공하지는 않을 것이다. 정확히 말하면 그 이상을 줄 것이다. 바로 함께 모여 서로에게, 지금은 마음속에 갇힌 생각들을 소리 내어 말할 공간을 줄 것이다. 그는 이것이 위대한 실험이 되리라고 다짐했다. 순전히 여성의 지성으로 이루어진 뛰어난 학자와 작가, 예술가의 지적 공동체. 이 공동체가 어떤 대화로 시작할 것인지는 오직 상상만 할 수 있을 것이다.

4장
어수선한 실험

1960년 11월 20일, 섹스턴은 일요신문을 펼쳤다가 혁명적인 프로그램을 소개하는 기사를 읽었다. '지적으로 추방당한 여성들'[1]을 위한 래드클리프 독립연구소 기사였다. 섹스턴이 이해하기로, 고학력에 학자와 예술가로 경력을 시작했지만 궤도를 벗어난 여성들이었다. 그 나이대 수많은 뛰어난 여성들처럼 이들은 미국의 다음 세대를 출산하고 양육하는 동안 제 연구 프로젝트를 휴경지로 놀리고 있었다.

기사는 대학원에 진학해 전망 있는 학업을 이어갔지만 첫 발견을 계속 추구할 수 없었던 30대 중반의 지적으로 추방당한 여성의 한 전형을 묘사했다. 또 다른 추방당한 여성은 화가였는데, 최고의 교육을 받았지만 여성으로서 첫 단독전을 열기 전에 아이들을 낳은 경우였다. 『뉴욕 타임스』 교육부 기자는 이런 여성들이 "장려책이 없으면 지속적인 지적 창조성으로 돌아가는 게 불가능하지는 않더라도 매우 어렵다"[2]라고 설명했다. 섹스턴은 인정과 경외심이 뒤섞인 마음으로 기사를 읽었다. 자신은 30대 여성이고 창조적인 전망도 있었지만, 박사 학위나 자기 이름으로 된 학계 출간물이 없었다. 섹스턴은 그 프로그램에 지원할 자격이 되는지, 자신처럼 사회적으로 불안한 사람도 할 수 있을지 궁금했다. 기사를 계속 읽었다.

래드클리프 독립연구소는 "재능이 있지만, 널리 인정받지는 못한 여성 집단"3에 필요한 장려책을 제공할 것이라고 했다. 1961년 9월에 학기가 시작되며, 박사 학위가 있거나 예술 분야에서 이와 '동등한' 성공을 거둔 여성 스무 명이 준장학생 명단에 오를 것이다. 이들은 작업 공간과 하버드의 광대한 자원을 이용할 권한, 그리고 연간 3000달러의 지원금(자체로 두드러진 금액은 아니었지만, 생활에 실용적인 변화를 가져오고 진지하게 받아들일 수 있는 금액)을 받을 것이다. 이 프로그램은 래드클리프 졸업생만이 아니라 그레이터 보스턴 지역에 사는 대학 졸업자를 대상으로 했다. 스무 명 중 하나가 되고 싶다면 지난 성취와 장래의 작업 계획을 제출해야 했다.

기사를 읽고 24시간도 안 지나 섹스턴은 래드클리프대학에 전화를 걸었다. 이 연구소라는 곳에 대해 더 자세히 알고 싶었고 자신의 예리한 관심을 표현하고 싶었다. 그런 사람이 섹스턴 혼자만은 아니었다. 기사가 나가고 업무일이 시작되자마자 래드클리프 총장 사무실 전화가 쉴 새 없이 울려댔고 결국 통화를 전담할 직원을 추가로 고용해야 했다. 섹스턴 같은 여성들이 수없이 전화를 걸어 자세한 정보와 지원 자격에 대해 물었다. 이런 생각을 해낸 래드클리프 측에 감사를 표현하고 행운을 빌기 위해 전화하는 사람들도 있었다. 절반은 수화기 너머로 아기 우는 소리가 들렸다.

섹스턴의 아이들은 이제 기저귀를 갈아달라고 우는 단계는 아니었다. 린다가 일곱 살, 조이가 다섯 살이었다. 시어머니 빌리가 육아에 큰 도움을 주었다. 시어머니는 아이들을 과외활동에 데려갔고, 저녁을 요리했으며, 섹스턴이 엄마 역할을 할 수 없는 시간에는 그 역할을 대신해 주었다. 훗날 린다가 1994년 회고록 『머시 스트리트를 찾아서』Searching for Mercy Street에 썼듯이 "시인이 정말로 잘하는 일을 할 수 있게 자유를 주었던 사람이 바로 그분(빌리)이었다."4 하지만 그런 상황에도 연구소는 섹스턴에게 특별히 매혹적이었다. 그는 시집을 출간했고 보스턴 시단에 자신의 길을 냈지만, 학문적 특권을 귀중히 여기는 이 도시에서 여전히 외부자처럼 느껴졌다. 쿠민처럼 학문적인 혈통이 없었고(쿠민은 래드클리프대학에서 학사와 석사 학위를 모두 받았다) 대학 졸업장도 없었다. 이 연구소는 확실히 학위를 주는 곳은 아니었지만 그래도 전국 최고의 대학과 제휴할 수 있었다. 래드클리프 독립연구소에 들어간다는 것은 어떻게 보면 보스턴 지식인 엘리트 집단에 들어가는 것을 의미했다.

1월 13일 공식적으로 연구소 지원 창구가 열린 지 2주일도 안 되었을 때 섹스턴은 조심스럽게 공식 지원을 요청하는 편지를 썼다. 그는 식당 테이블에 앉아 연구소를 향한 자신의 열정과 지원 의도를 표현하는 편지를 타자했다. "제 자격요건은 독특합니다. 독특하게 어긋나지요." 그런 자기비하는 적합하지 않을 것이다. 섹스턴은 좀 더 중립적인 언어로 다시 시도했다. "제 생각에 저의 지원은 귀하가 받을 지원서 가운데 가장 비정통적인 것이 될 것입니다. 저는 고등학교 졸업장만 갖고 있지만, 문예창작 분야에서는 자격을 얻었으니까요." 섹스턴은 특유의 방식으로 울타리도 치고 스스로 자격도 밝히면서 편지를 썼다. 그리고 공식 지원서를 제출하겠다고 약속했다.

한편 섹스턴은 재능 있는 여성들의 지적 혹은 창조적 경력에 재시동을 거는 연구소의 역할에 관해 자신의 의견도 제시하고자 했다. 언론 보도에서 연구소는 어떠한 확고한 약속도 할 수 없다고 조심스럽게 밝혔으며, 서류를 보면 행운의 준장학생들은 "일시적"으로만 작업을 재시작할 수 있다고 되어있었다. 섹스턴은 이에 동의하지 않았다. 32세 섹스턴에게 연구소는 강력하고도 지속적인 것을 제시했다. 이곳은 섹스턴의 불안정을 누그러뜨리고 경쟁적인 시단에서 영구적인 지위를 줄 프로그램으로 보였다. 이 프로그램은 아내가 말장난에 몰두하는 것에 여전히 분개하는 남편 케이오에게 이 일이 존중

받을 자격이 있는 경력임을 보여줄 것이다. 섹스턴에게 공동체를 줄 것이고, 쿠민에게 과하게 기대지 않고도 발작 같은 외로움을 극복할 방법을 제시할 것이다. 섹스턴의 결혼생활을 구원해 줄 것이다. 심지어 삶을 구원해 줄 것이다.

이렇게 삶을 구원할 기관을 설립할 계획은 가장 의외의 장소에서 처음 비롯되었다. 거의 완전히 남성으로만 구성된 국립전략회의실이었다. 플로리다 케이프 캐너버럴에서 인공위성 발사가 실패한 1957년 12월 6일, 미국국립과학재단NSF은 전국 학교를 조사할 위원회를 구성했다. 위원들은 자원을 보강하고 더 많은 학생들이 과학기술 분야를 선택하도록 장려할 방안을 탐색하기 위해 미국 교육에 관한 연구조사 결과를 살펴보기 시작했다. 첫 회의는 1958년 1월에 열렸다. 분위기는 불안했다. 한 위원이 회상하기로 "우리는 겁을 먹어 뻣뻣했다."[5]

바로 전해 10월, 소련이 인공위성 스푸트니크호를 성공적으로 발사하면서 미국과 서구 국가들이 뒤처졌다는 두려움에 시달렸다. 진주만 기습 공격에 비견할 만한 중대한 분기점으로 스푸트니크호가 발사되고 몇 달 후 미항공우주국NASA이 발족했다. 연방기금이 연구와 개발 쪽으로 쏟아졌다. (1957년부터 1967년까지 연방 연구개발 비용이 100퍼센트 이상 증가했다.[6]) 1958년, 의회는 국방에 도움이 될 분야의 교육을 강화할 목적으로 국가방위교육법을 통과시켰다. "국가안보를 위해 젊은 남녀는 정신적 자원과 기술을 완전히 개발해야 한다"[7]라고 주장하는 법이었다. 미국은 과학자를 더 많이 키워야 했고 그것도 빨리 키워야 했다. 국립과학재단 위원회의 임무는 그 방법을 알아내는 것이었다.

위원회 가운데 유일한 여성이 친구들과 가족이 폴리라고 부르는 메리 잉그레이엄 번팅이었다. 안경을 끼고 회색 머리카락을 짧게 자르고 스웨터를 무척 좋아하는 냉철한 마흔일곱 살 번팅은 럿거스대학교의 여자대학인 더글러스대학교의 학장이었다. 미생물학자이자 남편과 사별한 네 아이의 어머니 번팅은 1954년 남편 헨리가 뇌종양으로 갑자기 세상을 떠나자 우연히 대학 행정 일을 하게 되었다. 번팅은 학장이 되면서 더글러스대학에 중요한 변화를 불러왔다. 우선 공식 오찬과 '모자 착용 필수' 규정을 폐지했는데, 둘 다 신부학교에 티켓을 연상시켰다. 또 학생들에게 크게 꿈꾸라고 격려하고 싶은 마음에 앨런 긴즈버그, 존 케이지, 마사 그레이엄 등 유명 연사를 초대했다. 그러나 학부생들은 여전히 남편을 찾는 일에 몰두해서 주변의 지적 기회를 알아보지도 못하는 것 같았다. 학생신문이 최근의 '배지 받기'(여학생이 헌신의 상징으로 남자친구의 친목회 배지를 받는 일)와 약혼에 대해 보도했는데, 마치 대학이 시장이고 여대생은 누군가 청하길 기다리는 상품인 듯 보였다.

번팅은 국립과학재단 위원회가 대학에 못 가 어떤 식으로든 잠재성을 성취하지 못하는 똑똑한 아이들을 식별하는 일부터 시작해야 한다고 제안했다. 그러면서 성별에 따라 자료를 분석한 교육연구자 도널드 브리지먼의 연구를 살펴보았다. 브리지먼은 지능지수가 상위 10퍼센트에 들어가는 매우 영리한 학생들을 살펴보고 그 가운데 대학에 진학하지 않는 학생들을 식별했다. 대학에 안 가는 영리한 학생들 가운데 적어도 90퍼센트가 여성이었다.

훗날 번팅이 자신의 전기작가 일레인 야프에게 말했듯이 이 연구는 "그렇게 식별된 능력을 지닌 남성은 거의 전원이 교육을 계속 받았지만, 여성은 단 한 명도 그러지 못했"[8]음을 보여주었다. 번팅은 경악했다.

미국이 수많은 뛰어난 여고생을 잃고 있고, 장차 원자를 연구하거나 새로운 암호를 풀 여성을 잃고 있다는 뜻만이 아니었다. 번팅의 동료 위원들은 대체로 그 자료에 마음을 움직이지 않았다. 번팅은 동료 위원들이 "착한 남자들이고 성차별주의자가 아니"라는 것을 알았지만, 그들은 여성 두뇌의 유실을 막는 일에는 거의 관심이 없었다. 그저 연구 결과에 약간 당황한 것 같았고 자료를 옆으로 치웠으며 심지어 감추기도 했다.

"정말로 당혹스러웠다." 훗날 번팅은 회상했다. "모르는 사이 내 인생 내내 발밑에 있던 거대한 검은 동굴을 들여다보는 것 같았다. 그들의 발밑에도 있는 동굴이었다."[9]

몇 년 뒤 번팅은 국립과학재단 위원회 경험을 "각성"[10]으로 설명하곤 했다. 1957년 한 연설에서 고백했듯이 "전에는 그런 여성들에게 전혀 관심이 없었"[11]는데, 이는 부분적으로 자신의 삶이 비교적 성차별로부터 자유롭다고 느꼈기 때문이었다. 번팅은 여자는 개인적 성취와 직업적 성취 사이에서 선택해야 한다는 말을 반복적으로 들었던 시대에 그 두 가지를 매끄럽게 혼합해 낸 비범한 여성이었다.

고교 시절부터 과학에 열렬한 관심을 보였던 메리 잉그레이엄은 세븐 시스터스 엘리트 대학 중 한 곳인 바사대학에서 세균학을 공부했다. 1932년 졸업 후에는 위스콘신대학교에서 박사과정을 밟았고 거기서 의대 2학년인 헨리를 만났다. 결혼 후 부부는 메릴랜드 볼티모어에서 코네티컷 베서니까지 동부해안 전역에서 20년을 행복하게 살며 각자 경력을 추구하고 점점 불어나는 가족을 키웠다. 번팅은 베닝턴대학과 가우처대학에서 강의했다. 남편 헨리가 레지던트 과정 때문에 예일대학에 갔을 때 번팅은 예일의 한 실험실에서 파트타임 일을 구했다. 두 사람은 함께 집을 고치고 염소와 닭과 벌을 키웠다. 따뜻한 날이면 번팅은 상의를 벗고 붕대로 가슴을 가린 채 정원을 가꾸었다. 번팅은 요리와 살림에 명백한 자긍심을 느꼈다. "이런 집안일 게임은 식은 죽 먹기예요."[12] 번팅은 소포로 원치 않는 이브 닝드레스를 보내곤 했던 어머니에게 이런 편지를 썼지만, 가사가 세라티아 마르세센스균 연구보다 자신을 더 규정한다고 느낀 적은 없었다.

번팅 가족에게 가사는 공동의 과정이었고 양편 모두의 노력과 인내를 요구하는 일이었다. 경력에 관해서도 마찬가지였다.[13] 번팅은 헨리의 엑스레이들을 살펴봤고 헨리는 번팅의 수업을 위해 고양이를 해부했다. 두 사람의 결혼생활은 여러 면에서 여전히 전통적이었지만(헨리가 가장이고 번팅은 가족 부양의 부담 없이 과학을 추구할 수 있어서 안도했다) 이런 모습은 1930년대와 1940년대 대다수 여성이 경험했던 것보다는 훨씬 더 평등했다.

브리지먼의 자료를 본 후 번팅에게는 자신의 행복한 삶도 색이 바랜 사진처럼 다르게 보였다. 신속했던 대학원 교육, 예일대에서의 파트타임 일, 남성 동료들이 서명한 지원금, 적은 월급, 이 모든 것이 더 광범위한 문제의 징후로 보였다. 번팅은 자신에게 관심을 거의 기울이지 않는 권위자들의 눈을 느긋하게 통과했다. 국가는 자국 여성들에게 기대하는 게 거의 없었고, 심지어 가장 뛰어난 여성들에게도 그랬다. 그리고 번팅 자신은 운이 좋았다. 또래 대다수는 훨씬 더 나쁜 상황을 견뎠다. 코네티컷에 살 때 남편이 가족 소유 자동차를 몰도록 허락해줘서 고마워했던 이웃과 그가 보기에 목적의식이 부족했던 여성들이 떠올랐다. "나는 결혼을 할지 말지 고민할 필요가 없었다."[14] 훗날 번팅은 회상했다. "그저 언제, 누구랑 할 것인지만 정하면 되었다. 실제로 가족은 내가 당연히 결혼하고 가족을 꾸리고 더불어 다른 일도 할 거라고 기대했던 것 같다. 나는 그것을 당연하게 여겼다."

번팅은 대학에 진학하지 못한 뛰어난 젊은 여성들에 관한 통계를 보고 지적 추구를 방해하는 데 공모하는 요인이 얼마나 많은가 깨달았다.[15] 딸들이 '다른 일'을 하도록 격려한 적 없는 부모가 있었고, 대학 진학을 추천하지 않는 진학 상담사들이 있었으며, 약혼 사실은 조명하지만 우등생 명부에 오른 학점은 조명하지 않는 학생신문, 그리고 동료 위원들처럼 여성 수천 명이 중도 탈락하고 시야에서 벗어난다는 사실에 전혀 구애받지 않는 무수한 남성 전문가들이 있었다. 모든 사람, 모든 일이 미국의 여성들에게(번팅 세대 여성들과 후배 여성들 모두에게) 그들의 '진짜 삶'은 공적 영역에서 멀리 떨어진 가정에 있다고 말했다. 냉전에서 미국은 남성과 여성이 모두 연구와 혁신에 의존하는 나라에 패배할 것이다. 소련 여성들은 자국의 과학적 재능을 입증했다. 소련 기술자의 30퍼센트, 국가 의사의 75퍼센트가 여성이었다. 한편 미국은 기술자의 1퍼센트, 의사의 6퍼센트가 여성이었다. 미국은 귀중한 자원을, 훗날 번팅이 "교육받은 여성력"[16]이라고 부르게 되는 것을 낭비하고 있었다.

이런 문제를 생각하는 사람은 번팅 혼자가 아니었다. 수많은 행정가와 교육학자들이 국가의 여성 교육 방식에 문제가 있다는 것에 동의했지만, 무엇이 문제라거나 어떻게 해결할 것인가에는 동의하지 못했다. 1948년에서 1963년 사이 대학에 진학한 여성은 70만 명에서 극적으로 증가해 거의 170만 명이 됐다.[17] 그러나 역사학자 린다 아이젠만의 말을 빌리자면 여전히 여성 학부생은 대학 행정가들에게 '안 중요한 학생'[18]으로 보였다. 여성들은 연방기금의 유입 덕분에 탁월하게 성장 중이던 연구 기관에 온전히 속하지 않았고, 전문 교육의 혜택을 받지 못했다. 임신 징후가 보이자마자 곧바로 노동력에서 이탈하리라는 예상 때문이었다. 일부 교육개혁가들은 여성이 주부로서의 삶을 더욱 잘 준비할 수 있도록 결혼 상담이나 가사 기술에 관한 강좌가 더 필요하다고 생각했다. 또 다른 개혁가들은 집에 머무는 어머니들에게도 교양 과정 교육이 중요하다고 강조했다. 교육받은 여성은 기저귀를 갈면서도 소네트를 암송할 수 있으니 스스로 즐겁게 살 수 있다는 주장이었다.

번팅은 양쪽 진영에 모두 동의하지 않았다. 여성이 교육을 받아야 하는 이유는 연구와 혁신에 공헌할 수 있기 때문이라고 생각했다. 나아가 대다수 여성이 적극적인 남편을 찾아내 일정을 엄격히 고수하면 가족과 경력 모두를 추구할 수 있다고 믿었다. 더글러스대학에서 일할 때 번팅은 수많은 부모와 교사, 행정가, 졸업생들이 여성은 지적 목표를 추구할 수 없다거나 그러려면 개인적인 삶을 희생해야만 한다고 믿는 모습을 보고 당황했다.

미국 여성은 번팅이 "기대받지 않는 풍조"[19]라고 부른 것 속에서 살았다. 번팅은 이 풍조를 바꾸는 일에 착수했다.

번팅은 힘을 내어 더글러스로 돌아갔다. 그리고 비교적 나이가 많은 파트타임 학생들, 즉 결혼하고 아이가 있어서 하루에 한두 시간만 학교에 올 수 있는 소수 여성들에게 교육 우선권을 주자고 대학 이사회를 설득했다. 당시 파트타임 학업은 대체로 조소당했지만(파트타임 학생들이 퇴폐적이라고 생각하는 사람들도 있었다) 번팅은 이들이 성공할 거라고 확신했다. 열 명의 여성이 입학 허가를 받았고 성공을 거두었다. 이 집단은 평균 이상의 점수로 우등생 명단에 올랐다. 어떤 교수는 이들을 "더글러스의 병사들"[20]이라고 불렀다.

이 프로그램은 여성 교육의 궤적에 대한 번팅의 이해가 타당했음을 입증했다. 번팅은 여성의 교육이 시작되었다가 도중에 중단되는 일이 허다하고, 이런 일이 평생에 걸쳐 일어난다고 생각했다. 여성들은 이전 세대 여성보다 오래 살았고, 대다수가 30대 초반에 모성의 가장 힘든 시기를 끝마쳤다. 이후 채워야 할 빈 시간이 수십 년도 넘게 남았다. 번팅의 묘사대로 이 여성들은 고속도로에 드나드는 운전자들처럼 수많은 직장에 들어갔다 나오길 반복했다. 교육은 국가의 고속도로 체계보다 낮게 기능해야 한다고, 즉 여성들에게 자유로운 진입로와 진출로를 제공해야 한다고 번팅은 생각했다.

이렇게 여성들을 위해 온갖 활동을 감행했으면서 번팅은 자신을 페미니스트로 여기지 않았다. 1950년대의 수많은 여성이 그랬듯 번팅에게도 페미니즘이 급진적이고 심지어 사악해 보였고 공산주의, 보헤미안, 급진주의 냄새가 풍겼다. 더욱이 번팅 같은 여성들은 스스로 정체화한 페미니스트들과 사회 변화에 관한 생각이 달랐다. 페미니스트들이 사회를 지배하는 규칙을 바꾸고자 했다면 번팅 같은 개혁가들은 개별 여성들이 그 규칙을 더 빨리 습득하고 그 안에서 더욱 편안해지도록 도와주고 싶어 했다. 세라 로런스 여자대학 전 총장 에스터 라우셴부시가 회상하듯이 "그 시절 학업은 여성들의 적응을 도와주자는 방향이었고, 사회적 양식 자체를 바꿔야 한다는 사회의 책임에는 별로 관심을 보이지 않았다."[21] 사회 자체가 변해야 한다는 생각은 혁명적이었고 그런 생각의 시대는 아직 도래하지 않았다.

개혁가와 혁명가가 마주칠 때처럼 이런 차이가 극명해지는 순간은 없었다. 번팅이 더글러스대학을 개혁하면서 결혼한 여성들을 위한 진입로를 만들고 있을 때 비슷한 문제를 고민하던 또 다른 여성을 만났다. 베티 프리단은 프리랜서 저널리스트였고 세븐 시스터스 대학 중 한 곳을 졸업한 동기였다(프리단은 스미스대학을 졸업했다). 그리고 번팅이 훗날 회고한 대로 "매우 사납게 들끓는"[22] 여자였다.

두 사람이 만났을 무렵 프리단은 '성인 여성의 노동력 귀환'을 연구했고 튼튼한 오븐용 장갑과 질 좋은 진공청소기 말고는 만족스러운 생활을 위해 아무것도 필요하지 않은 '행복한 가정주부'라는 지배적인 신화에 몰두하고 있었다. 프리단은 그 주제에 관해 잡지 기사보다 긴 글을, 어쩌면 책 한 권을 쓰고 싶었다. 프리단은 번팅에게 책 집필 계획에 협조를 요청했고 번팅은 교육에 관한 자기 생각을 제공했으며, 프리단은 "여성들이 자기 삶을 살 수 없게 방해하는 온갖 방식들"[23]에 관해 강력한 글을 썼다.

프리단은 네다섯 차례 뉴욕주 로클랜드 카운티에서 통근 기차를 타고 뉴저지주 뉴브런스윅으로 와 번팅과 함께 "작은 책"(번팅은 이 프로젝트를 결코 거창하게 생각하지 않았다[24])의 계획을 논의했다. 두 사람은 번팅의 사무실에서 만나 한두 시간 동안 각 장의 초고를 읽었다. 두 사람이 서로를 여성이자 사상가로 더 잘 알게 되었을 때 번팅은 프리단을 경계하기 시작했다. 프리단은 거침없이 말했다. 프리단은 분노했다. 여성의 문제를 남성이 개입한 결과로 보았다. 번팅이 보기에 프리단은 "여성 대 남성의 관점에서 남성과 남성이 여성에게 한 일에 관해 매우 씁쓸하게 느꼈다."[25] 휴머니스트이자 행복한 아내였고 퀘이커교도의 후손이었던 번팅은 프리단의 논쟁적인 스타일과 신랄한 어조가 별로 호소력이 없다고 생각했다. (와스프가 유대인 여성을 지나치게 감정적이라고 생각하는 것은 그리 특별한 일이 아니었다.)

"나는 기대받지 않는 풍조의 관점에서 더 많이 생각했다."[26] 훗날 번팅은 설명했다. "여성과 남성 모두 이 풍조에 갇혀있었다. 프리단의 책에는 내가 진심으로 지지할 수 없는 극적인 주장이 꽤 많이 들어갈 예정이었다." 번팅이 보는 사회적 전망에는 악당과 피해자가 포함되지 않았다. 번팅은 여성의 문제에 관해 남성을 비난하길 거부했고 심지어 남성이 여성의 고통에서 이득을 볼 수도 있다는 생각도 거부했다. 번팅은 접근법을 바꾸고 이런 문제를 바라보는 방법이 한 가지만은 아니라고 인정하도록 프리단을 설득했지만, 프리단은 거절했다. 두 사람은 결별했다. 번팅은 교육기관 운영 일로 돌아갔고 프리단은 『여성성의 신화』를 마무리하러 달려갔다.

1960년 3월, 번팅은 마침내 교육받은 여성 노동력을 창출할 방법에 관해 보다 혁신적인 생각을 시험할 기회를 잡았다. 번팅은 이제 막 래드클리프대학 총장으로 임명되었다. 아직 총장 임기가 공식적으로 시작되지는 않았지만(래드클리프 이사회가 번팅의 스미스대학 연설을 들은 후 총장직을 제안했다) 번팅은 미심쩍어하는 이사회에 래드클리프 독립연구소 설립을 제안했다. 번팅은 소규모 여성학자 공동체를 지원한다면 연구소에 선발된 여성들만이 아니라 더글러스대학에서처럼 선배 여성들의 모범 사례에 영감을 받을 래드클리프 학부생들에게도 도움이 될 거라고 주장했다. 이 실험이 성공한다면 전국의 대학들이 모방할 거라고도 말했다.

번팅이 처음 이 계획을 제안했을 때 미국에는 이런 연구소가 없었다. 그나마 가장 가까운 것이 번팅이 더글러스대학에서 만든 "여성병사들" 프로그램이었다. (2년 뒤 미네소타대학교에서 비슷하게 연속적인 교육 프로그램이 시작된다.) 그러나 번팅에겐 모델이 필요하지 않았다. 바사대학 세균학 실험실에서 보낸 시간 이후 번팅은 언제나 아무도 답을 모르는 탐구적 질문을 사랑했다. 더글러스 시절 이후 연구소에 관한 생각이 마음 한쪽에서 형태를 잡아갔다. 사실 어느 날은 농장에서 일하고 어느 날은 연구했던 코네티컷 베서니에서 보낸 행복한 시절부터 시작된 것이었다.

한동안 가설로만 생각했던 것을(번팅에겐 수많은 가설이 있었고, 그 가설을 공책에 시간대별 일정표와 나란히 적어두었다) 성숙시켰다. 즉 교육받은 여성에게 시간과 돈과 대학의 자원이 주어진다면 지적 경력을 재시작할 수 있으리라는 가설이었다. 번팅은 젊은 시절 자신과 상당히 비슷한 여성의 모습을, 네 아이의 어머니이자 박사학위 소지자이며 어린아이들과 자신이 선택한 분야의 연구에서 똑같이 힘을 얻는 여성을 그려보았다. 이 여성에겐 예일대 실험실과 맞먹는 것이, 즉 생계유지의 부담 없이 느긋하게 연구에 몰입할 수 있는 통근 가능 거리의 장소가 필요했다. 번팅은 베서니 시절을 떠올렸다. "이 깔끔하고 작은 벽돌집마다 할 일이 충분치 않아 보이는 여성이 적어도 한 명씩은 있어요."[27] 번팅은 그곳에 살 때 어머니에게 편지를 썼다. "그들은 빨래 등등을 전부 직접 하고 계속 바쁠 수도 있겠지만, 그렇지 않아요. 그저 따분해서 주로 서로의 집을 방문하거나 아이들에게 고함을 질러요. (…) 그들이 말하면 저는 뒤쪽 창문으로 그 소리를 들어요. 일이 무척 힘들지만 사실 재미를 찾아 목적 없이 떠돌아다닌다는 말을요." 번팅은 미국 교외 지역의 이상적인 모습에 핵심적인 문제가 하나 있음을 발견했다. 즉 교육을 많이 받은 여성은 집안일에만 완전히 몰두할 수 없다는 문제였다.

뛰어나지만 따분해하는 여성에게 폴리 번팅이 젊은 아내 시절 즐겼던 모든 이점을 제공한다면 어떤 일이 벌어질까? 전국의 여성들이 교육을 계속 받고 집단적으로 노동에 뛰어들 수 있다는 것을 알게 되면 어떻게 될까? 여자들의 지성과 전국의 두뇌력이 어떻게 끓어오를까? 래드클리프는 이 "어수선한 실험"을 하기에 딱 알맞은 위치에 있었다.

아직 공식적으로 총장에 취임하지 않은 여성으로선 과감한 제안이었다. 그러나 번팅은 과감한 여자였다. 언젠가 익명의 하버드 교수가 번팅에 관해 이렇게 말한 적도 있다. "하버드에 번팅 부인 같은 남자 총장이 있다면 얼마나 좋을까요?"[28] 이사회는 관심을 가지고 귀를 기울였다. 만약 이것이 실험이라면 성공할 보장은 없었다. 래드클리프는 재단과 전혀 상관없는 여성들에게 수십만 달러를 쓸 수도 있지만, 왜 그래야 한단 말인가? 이 프로젝트가 래드클리프 학부생들에게 영향을 미칠 거라고 어떻게 확신할 수 있을까? 언뜻 보기에 너무도 많은 래드클리프 졸업생들이 행복한 주부로 보였다. 그들은 자신이 추방당했다거나 삶이 교착 상태에 빠졌다는 말을 들으면 화를 낼지도 모른다. 이사회는 번팅이 이 프로젝트를 위해 따로 기금을 마련해야 할 수도 있고, 기존 래드클리프 기부자들에게는 손을 벌릴 수 없을지도 모른다고 했다. 번팅은 이 도전을 환영했다.

아무것도 번팅의 발목을 잡지 못했다. 돈 문제도 여행의 피로도 심지어 남편의 죽음도 번팅을 막지 못했다. 번팅은 예산 확보와 계획 수립을 도와줄 여성 기획위원회를 모았다. 카네기 기업으로부터 5년간 15만 달러의 기금을 확보했고 이후 록펠러 브라더스 기금으로부터 5년치 지원금을 확보해 총 25만 달러를 모았다.[29] 또 하버드 교수진과 정책 담당 교수이던(장차 국가안보 자문위원이 될) 맥조지 번디를 포함한 공공 인사, 또 에이드리언 리치와 정치이론가 한나 아렌트, 극작가 릴리언 헬먼 등 탁월한 여성 작가들의 지원을 받았다. 특히 릴리언 헬먼은 연구소 자문위원회에 합류했다. 또 친구들이 코니라고 부르는 더글러스대학 정치학과 부교수 콘스턴스 스미스를 연구소장으로 발탁했다. 스미스는 검은 머리에 밝은 초록색 눈동자와 환한 미소를 지닌 여성으로 1961년 1월 9일, 1만 2000달러 월급을 받고 기꺼이 연구소장 자리에 정식 취임했다.[30]

어느 모로 봐도 스미스는 연구소장 자리에 타고난 사람이었다. 온화하고 세심했으며 다른 사람의 요구를 직관적으로 알아내는 "정력적 추진가 중 다정한 부류"[31]였다. 한 연구소 장학생은 스미스를 "그 자리에 앉힐 수 있는 최고의 인물이자 멋진 사람"[32]으로 기억했다. 스미스는 번팅의 보좌관 르네 브라이언트를 매혹시켰고, 세 사람이 멋지게 협업할 수 있을 거라고 번팅에게 말했다.

모든 게 맞아떨어져 갔다. 1960년 11월에 언론 보도가 나갔다. 기사에서는 "이 나라에 재능 있는 시민이 될 기회와 장려책이 부족함을 개탄"[33]했고 "적어도 10년 동안 주된 책임이 집에 있는 여성들에게 특히 제한적인" 이 나라의 "반지성적 분위기"를 비난했다. 역시 11월에 반짝이는 안내 책자가 출간되어 더 멀리 퍼져나가면서 여성의 지적 좌절이 어떻게 가족과 국가의 위기로 이어지는지 보여주었다. "이와 같은 의식의 침체는 최고의 결혼생활에도 악영향을 끼치는 요소가 될 수 있다"[34]라고 안내 책자는 경고했다. "재능 있는 여성들이 정신적으로 몰두할 방법을 찾다가 실패하거나 혹은 절반만 성공한다면 결혼생활 자체가 엄청난 좌절에 부딪힐 수 있다." 교육받은 여성이 무질서한 활동가가 될 필요는 없었다. 여성 교육의 선구자들이 "열정적이고 두려움 없이 자기 생각을 똑바로 표현하며 때로는 요란한 십자군이자 개혁가"가 되어야 했다면 오늘날 여성은 이런 전형을 따르지 않아도 됐다. 안내 책자는 결론으로 "여성의 권리를 향한 쓸쓸한 전투는 역사다"라고 선언했다. 그리고 그 시대 수많은 다른 여성 교육개혁처럼 연구소는 이미 올바른 방향으로 움직이고 있었던 삶의 경로에 부드러운 수정을 가하는 방안으로 만들어졌다.

연구소가 어렵게 사는 노동계급 여성들과 유색인 여성들의 삶에 특별히 관심을 표하지 않았던 것은 부분적으로는 연구소가 규범을 강화하고 비위협적이어야 했기 때문이었다. 무엇보다 파트타임 고용으로만 이루어진 프로그램이니 전업 임금이 필요한 여성 노동자에게는 아무것도 해주지 못할 것이다. 이 여성들에게 문제는 일할 기회가 없는 게 아니라 하는 일에 대한 보수를 충분히 받지 못한다는 점이었다. 성별에 따라 일자리를 광고하는 게 합법이던 시대에 여성들은 보통 보수가 낮은 직업을 받아들였다. (지금은 고용 성차별이 불법이지만 이런 경향성은 오늘날에도 여전하다.) 1960년 평균적인 여성 전업 노동자가 1년에 2만 4590달러를 벌었고 남성은 4만 586달러를 벌었다(2019년 인플레이션에 맞게 조정된 금액이다).[35]

한편 교육받은 흑인 여성의 상황은 백인 여성과 극적으로 달랐다.

역사학자 폴라 기딩스에 따르면 백인 여성이 대학을 그만두었던 1950년대에 흑인 여성의 졸업률은 늘어나고 있었다. 1952~1953학년도에 흑인 여성은 역사적인 '흑인대학'에서 학위의 62.4퍼센트를 취득했다.[36] 이들의 대학 졸업률은 전국 모든 대학 남성 졸업률과 맞먹었다. 그 결과 흑인 여성 전문가의 수도 증가했다. 곧 흑인 여성은 전문직과 준전문직에서 흑인 남성 비율을 능가했다. 그렇다고 흑인 여성들이 가정의 책임에서 벗어난 것은 아니었다. 1950년대에 신분 상승 중이었던 흑인 여성 다수가 집 밖에서 계속 일했지만, 대체로 중산층의 가사 수행 방식에 관해서는 혼란을 느꼈다.[37] 그들의 어머니가 그렇게 할 수단을 갖지 못했기 때문이었다. 중산층 흑인 여성은 백인 또래와 같은 압박과 기대에 직면했지만, 그들의 갈등은 다른 방식으로 드러났고 그만큼 다른 해결책이 필요했다. 요컨대 '침체'를 피하고 '진취성'을 가지라는 훈계는 평생 경제적 지위를 향상하고자 투쟁해 온 수많은 흑인 여성에겐 이상하고 별 매력 없이 들렸을 것이다.

그러나 백인의 관점을 기본으로 삼는 미국의 언론은 연구소 설립에 찬사를 보냈다. 연구소 설립 발표는 토론토에서 털사까지 신문의 헤드라인을 장식했다. "래드클리프, 머리 좋은 여성들을 부엌 밖으로 끌어낼 계획에 착수하다"라고 뉴욕주 가든시티의 『뉴스데이』는 보도했다. 오마하의 『월드 헤럴드』는 "여성 두뇌, 판로를 찾다"라고 썼다. 냉전식 수사에 유창한 번팅은 『뉴욕 타임스 매거진』에 자신의 실험을 국가의 외교정책 목표와 연결해 "고도의 재능 있고 교육받은 여성 인력의 낭비"[38]에 관한 긴 글을 썼다. 「거대한 낭비: 교육받은 여성 인력」이라는 글에서 번팅은 "교육기관은 더 유연한 일정으로 유능한 파트타임 학생, 즉 기혼 여성을 부양하고 격려하고 지원해야 한다"라고 주장했다. 또 "적당한 공부는 가사와 놀랍도록 잘 섞인다"

라고 설득하며 남성과 여성 사이에 '선천적 차이'가 있을지도 모르지만, 성장 조건을 규격화하지 않으면 확실하게 결정되지는 않는다고 말했다(번팅은 어쩔 수 없는 과학자였다).

나아가 지금까지 약술한 문제점의 해결책으로 연구소를 소개했다. 이 연구소는 "가족생활의 예측 불가한 혼란과 미완의 개념이나 꿈을 희생하고 일상을 추구해야 한다는 강박, 그리고 아이들을 거부하고 질문에 대답하지 않았다는 죄책감 없이 일할 자리"[39]를 제공할 것이다. 번팅은 사회에 공헌할 여성들을 향해 전형적인 여성의 이타심에 호소하며 글을 끝맺었다. "미국이 사려 깊고 단호하게 우리 사회에서 그 여성들의 자리를 검토할 때 물려받을 유산과 열망은 여성들에게만 돌아갈 결실이 아니다." 오직 자신만을 위해 연구소에 지원하지 마라, 당신의 조국을 위해 그렇게 하라는 말이었다. 개인의 성취가 애국적 의무와 겹치는 것은 오직 행복한 사건이었다.

연구소 설립 발표 후 몇 달 동안 스태튼 아일랜드, 샌프란시스코, 브루클린 피어폰트 스트리트, 뉴햄프셔 재프리의 그레이 구스 팜 등 전국에서 래드클리프 사무실로 편지가 도착했다. 편지는 케임브리지 구석구석에서, 또 해외에서 왔다. 대부분이 서명 아래나 봉투에 공식적인 혼인 후 성명을 기입하는 기혼 여성의 편지였다. 5달러나 10달러 등 소액 수표, 많게는 300달러(오늘날 가치로 2500달러) 수표를 보내기도 했다. 래드클리프의 1950년도 졸업생인 제인 M. 챔벌린(데이비드 B. 부인)은 5달러 수표와 함께 밝은 붉은색 잉크로 쓴 쪽지를 동봉했다. "친애하는 래드클리프, 사랑해요!"[40]

보통은 그보다 더 긴 내용의 편지가 왔다. 래드클리프 총장 사무실에 편지를 보내는 여성들의 연령대는 다양했지만 거의 모두 어머니였다. 이들은 편지에 가정생활의 어려움을 기술했다("아이들이 아프고 가전제품은 고장 났어요"[41]). 저마다 같은 단락에 미래와 과거 양쪽의 학업 계획을 제시했다. 이들의 편지가 번팅의 기억에 불을 지핀 게 분명했다. 번팅은 발밑에서 아이들이 뛰어다니는 가운데 분주하게 해치워야 하는 집안일에 관해 읽고 따뜻한 햇볕 아래 정원을 가꾸었던 베서니 시절을 생각했을 것이다. 그 시절은 번팅에게 가장 행복한 시간이었고 남편과 사별한 후 대학 행정가로 사는 두 번째 삶은 절대로 첫 번째 삶의 기쁨을 따라가지 못했다. 목가적인 코네티컷은 번팅의 삶 중 일부분에 불과했고 그 곁에는 언제나 실험실과 지적 동반자였던 헨리가 있었다. 베서니 시절이 번팅의 기억에 아름다운 모습으로 새겨진 것은 계속되지 않았기 때문일 것이다. 그러나 번팅에게 편지를 보낸 여성들에게 가정생활은 잃어버린 에덴동산이 아니라 피할 수 없는 수렁이었다. 그들에게 래드클리프 독립연구소는 출구 하나를 알리는 신호였다.

번팅은 이 소규모 장학생 집단을 여성 고등교육을 개혁하고자 하는 길의 디딤돌로, 일종의 선례로 생각했다. 그게 무엇이든 이곳에 참여할 장학생들에게 미칠 영향은 분명 일시적일 것이다. 그러나 뉴턴 집 식당 테이블에서 연구소 소식을 접한 섹스턴은 브래틀 스트리트 총장 관사에 있는 번팅은 볼 수 없는 어떤 것을 보았다. 섹스턴의 관심 어린 편지에서, 결국 보내지 않은 그 편지에서 섹스턴은 선견을 증명해 보였다. 그는 연구소의 영향력이 일시적이지 않으리라고 예측했다. 연구소는 어떤 것을, 그리고 어떤 사람들을 영원히 바꿔낼 것이다. 흥분하고 자극받은 섹스턴은 매일 하는 일을 했다. 즉 전화기를 들어 절친에게 전화를 걸었다.

5장
나 됐어요!

1960년이 끝나갈 무렵 코니 스미스와 번팅의 보좌관 르네 브라이언 트는 마닐라 봉투, 다양한 색깔 봉투 등 쌓여가는 우편물을 분류하 며 진지한 지원자들을 발굴했다. 연구소 설립이 발표된 지 아직 한 달이 안 되었지만 벌써 120명이 '예비 지원자'[1]로 분류되었다. 이들 은 필요한 자격을 갖췄고 준비가 끝나면 공식 지원서를 받게 될 것 이다. 번팅이 개인적으로 뽑은 사람도 있었다. 번팅은 탁월한 여성 학자들에게 지원을 독려하는 편지를 보냈다. 브라이언트에 따르면 "지원자들의 역량이 놀라울 정도였다."[2] 예비 지원자 중 41명이 박사 학위를 소지했고, 3명이 의학 박사였으며 19명이 석사 학위를 가지 고 있었다. (당시 학사 학위 소지자의 33퍼센트만이 여성이고[3] 박사 학위 소지자는 겨우 10.4퍼센트였다.) 잠재적 지원자 가운데 가장 어 린 사람이 28세, 가장 고령이 56세였으며, 평균연령은 30대 후반이 었다. 번팅이 예상하고 언론 보도가 강조한 대로였다. 이 여성 중 절 반 이상이 기혼이었고 1~5명까지 자녀가 있었다. (사별하거나 이혼 한 여성이 9명, 비혼이 16명이었다.) 전부 번팅이 상상했던 이들, 즉 고학력에 야심 차고 어머니이며 두 번째 삶을 살 준비가 된 여성들 이었다. 한 마디로 번팅의 젊은 시절과 똑 닮은 여성들이었다.

이렇게 열렬한 여성 중 한 명이 섹스턴이었다. 섹스턴은 2월에 공 식 지원서를 받았다. 3월 초에 제출한 지원서는 매력적인 자기절제와 짜증나기 직전의 오만 사이 어디에 있었다. 우선 섹스턴은 필요한 개인 정보, 즉 나이와 주소, 남편 이름과 직업, 아이들과 기타 부양가족의 이름과 나이를 나열했다. 이 장학 프로그램은 저소득층 위주가 아니었으므로 남편이 고소득자라고 해서 탈락하지는 않았다. 자녀가 다 커서 보살필 필요가 없더라도 마찬가지였다. 짐작하건대 아마도 연구소는 미국 여성의 생애 경로에 관한 번팅 이론의 시험 사례로 삼기 위해, 혹은 누가 가장 훌륭한 본보기인가 알아보기 위해 이런 개인 정보를 요구했을 것이다.

대학 학위가 없는 소수의 지원자 중 하나였던 섹스턴은 학력과 구사 가능 언어를 묻는 항목을 빈칸으로 남겨두었다. 그가 적은 유일한 재능은 시 낭독회 개최 능력이었다. 또 학문적 자격을 묻는 칸에 '빈혈'[4]이라고 썼지만, 스스로 성공적인 경력을 일구어 낸 독학 작가임을 강조했다. 호평받은 시집 서평 열 편을 선정위원회에 보낼 수도 있다고 넌지시 언급했다. (또 짐짓 수줍어하며 "형편없는 두 편의 서평은 보여드리지 않는 편이 좋겠네요"라고 덧붙였다.) 섹스턴은 후손을 위해 글을 쓰고 싶다고 했다. 동시대 독자의 덧없는 인정이나 판매량은 크게 신경 쓰지 않는다고도 했다. 단순한 숙녀 시인을 넘어서길 열망했고, "여성적 역할"을 초월하고 싶었다. (더불어 여성의 경력을 지원하는 연구소를 조심스럽게 칭찬했다.) 너무 큰 소리로 웃고 작품에 관한 말을 너무 많이 하는 문단 파티에 처음 온 어색한 손님처럼 섹스턴은 국가의 위대한 문인들 사이에 자리를 차지하고 싶다는 욕망을 강조했다. "저는 이미 자격 있는 시인이라고 생각합니다. 지금 제가 요청하는 것은 영원한 시인이 될 기회입니다." 여기 단연 특별한 사람이 되고자 했던 여성이 있었다.

섹스턴의 격려로 쿠민 역시 연구소에 지원했다. 쿠민은 지원서에 학문적 자격, 즉 래드클리프에서 받은 학사와 석사 학위, 학부 시절

받은 상들, 구사 가능한 네 가지 언어를 강조했다. 박사 논문 항목에 학부 시절 우수상을 받은 논문 제목, 「스탕달과 도스토옙스키의 소설 속 주인공과 부도덕」을 써넣었다.[5] 당시 쿠민은 이미 『하퍼스』 『애틀랜틱』 『뉴요커』에 거의 40편에 달하는 시를 발표한 시인이었지만, 자칫 자기과시로 보일까 두려워한 사람처럼 창작 성과는 강조하지 않았다. 대신 강사 경력을 강조했다. 쿠민은 파트타임으로 가르쳤던 터프츠대학교 학생들에게 헌신적이었고 연구소에서 1년간 읽고 연구한다면 더 나은 강사가 될 수 있으리라고 믿었다. "저는 전의식을 향한 콘래드와 솔 벨로의 여정을 비교하는 데 관심이 있습니다." 쿠민은 이렇게 연구 제안서에 썼다. "사르트르와 카뮈의 전작을 읽고 실존주의 철학이 미국 문학비평에 존재하는 프로이트적 개념에 미친 영향을 검토하고 싶습니다." 또 프랑스와 러시아 시를 번역하고, 창조 과정에 관해 쓴 에세이를 읽고, 창조적 이성이 어떻게 작용하는가에 관한 자신의 이론을 발전시키킬 바랐다. 한 페이지에 달하는 쿠민의 연구 제안서는 그가 추구하고자 했던 다양한 지적 수단을 거의 전부 담고 있었다. 다양한 배움을 열망하는 것처럼 보였다.

번팅은 처음 연구소를 구상할 때 이곳을 오직 여성 학자들을 위한 장소로만 생각했다. 기부자들과 이사회와 더불어 처음 논의할 때에도 박사 학위 소지자만 받아들일 거라고 제안했다. 그밖에 필요조건은 지리적으로 래드클리프 야드에 쉽게 올 수 있는 사람 혹은 그해 케임브리지로 이주할 수 있는 사람들이었다. 가혹하지만 필요한 입학 조건이었다. 그렇게 장벽을 세우지 않으면 연구소는 지원자로 범람할 것이다. 그러나 1960년 11월 언론 발표 무렵 연구소 행정가들은 박사 학위 소지와 '동등한' 자격을 갖춘 예술가들도 지원할 수 있다고 결정했다. 그 결과 작가, 작곡가, 시각예술가들도 지원할 수 있었다.

연구소 소식은 보스턴 서쪽 인근의 붐비는 교외 지역인 브루클린 웹스터 플레이스 32번지의 바버라 스완(직업상 이름)에게도 닿았다. 섹스턴처럼 스완 역시 뉴잉글랜드 토박이였다. 스완은 1922년 섹스턴이 현재 가정을 꾸린 뉴턴에서 태어났다. 어렸을 때부터 스케치를 시작했고 매사추세츠 미술대학에서 수업을 들었다. 연필 몇 획만으로 개인 초상을 그릴 수 있었다. 스완은 미국인 어머니와 스웨덴인 아버지의 얼굴을 그리고 나중에는 동료 화가들과 친구들을 그렸다. 몇 년 후 어떻게 미술을 시작하게 되었느냐는 질문을 받았을 때 스완은 멘토도 책도 말하지 않았다. 그에게 그림은 타고난 재능이었다. 화가는 피할 수 없는 운명이었다.

그러나 20세기 중반에 젊은 여성이 전업 예술가가 되기란 쉽지 않았다(지금도 쉽지 않다). 고등학교 졸업 직후 미대에 진학하고 싶었지만 완고한 아버지가 교양학부 학위를 따라고 고집했다. 아버지는 생계와 경력을 걱정하며 스완을 괴롭히고 "너도 보헤미안이나 되어 혐오스럽게 살 생각이냐?"라고 따져 물었다.[6] 스완은 아버지를 달래려고 웰즐리대학에 들어갔고 비용을 줄이려고 집에서 통학했다. 웰즐리의 작업실은 실망스러웠고(스완이 보기에 '아마추어 예술 애호가들'을 위한 공간이었다) 결국 스완은 예술사로 전공을 바꾸었다. 세븐 시스터스 대학이 제공하는 모든 것을 경험했지만 별다른 감동은 없었다.

슬라이드 자료를 외우는 사이 스완은 동료 여학생들의 초상화를 스케치했다. "사업체를 운영하는 사람처럼 기숙사 방에서 예약을 받아 그림을 그렸다. 파스텔화를 빠르게 그려 뉴턴 코어에 있는 액자 가게에 가져가면 (…) 3.98달러에 액자를 만들어 주고 (…) 배송도 해주었는데 (…) 어떤 그림은 캘리포니아까지 갔다."[7] 스완은 초상화 한 점에 15달러를 받았다. "아마 조금 비싼 가격이었을 것이다."

스완의 고객은 꾸준했다. 그 무렵 스완은 돈을 모아 아버지의 집을 떠날 생각을 하고 있었다.

스완은 진지한 예술가가 되고 싶었고, 그 당시 진지하다는 것은 남자들 사이에서 공부한다는 것을 의미했다. 1943년 웰즐리를 졸업한 후 당시 '박물관학교'라고 불린 보스턴 미술관학교에 진학했다. 도시 최고의 미대였다. 스완은 독일에서 망명한 초상화가 칼 저브에게 배웠다.[8] 저브는 국가사회주의노동자당*으로부터 '타락한' 예술가로 낙인찍힌 후 1934년 베를린에서 보스턴으로 망명했고 1937년부터 1955년까지 이 미술관학교에서 회화과를 이끌었다. 학생들을 엄격하게 훈련했고 고전주의를 뛰어넘어 감정과 소통하고 기본적으로 회화를 표현적인 매체로 보라고 독려했다. 그의 제자들은 전통과의 관계를 깨뜨리는 '구상적 표현주의자들'('새롭게 하기'에 몰두한 모더니스트 다음 세대)이었지만 인간의 형태 연구에 충실했다. 이런 상황 때문에 이들은 역설적으로 변절자가 되었다. 1940년대와 1950년대는 추상의 시대로 뉴욕시의 아방가르드 화가들(잭슨 폴록, 빌럼 더코닝, 재스퍼 존스 등)은 색채와 질감과 형체를 가지고 실험을 거듭했다. 아방가르드 예술은 재현적이거나 구상적이지 않았다. 아방가르드를 이론화한 예술비평가 클레멘트 그린버그의 말을 빌리자면 이 예술가들의 손에서 내용은 "완전히 혹은 부분적으로 예술작품이 자체가 아닌 어떤 것으로도 축소될 수 없을 만큼 형태에 완전히 녹아들었다."[9] 이 모든 일이 남쪽으로 네 시간 거리에서 일어나는 동안 보스턴 예술가들은 여전히 알아볼 수 있는 사람들과 장소들을 그렸다.

• 나치당.

1947년 『크리스천 사이언스 모니터』가 미술관학교의 "더욱 재능 있는 학생"[10]으로 호명한 스완은 저브의 내부 모임에 들어갔다. 이는 소소한 성취가 아니었다. 미술관학교에 여자는 극히 드물었다. 복도는 피로한 모습으로 쿵쿵거리며 심각한 분위기를 뿜어내는 미군 출신으로 가득했다. (전쟁이 끝난 이듬해 96명의 참전군인이 미술관학교에 입학했다.) 여자는 조교 자리를 거의 따내지 못했고 해외에서 공부하고 싶은 전도유망한 예술가에게 중대한 기회인 여행 장학금을 받는 여자는 훨씬 더 드물었다. "여학생을 파리에 보내면 프랑스 남자와 연애나 할 거라며 신뢰하지 않았다."[11] 스완은 훗날 이렇게 회상했다. 동료 여학생 로이스 탈로는 저브 교수가 "여학생 전원을 진지한 관심을 줄 가치가 없는 학생으로 분류한 게 틀림없다. (…) 저브에겐 총애하는 제자들이 따로 있었는데 그들은 여성이 아니었다"[12]라고 말했다. 그런데 섹스턴이 로웰에게 인정받았듯이 스완도 스승의 인정을 받았다. 저브의 마음을 움직인 것은 그 스스로 학생들에게 강조했던 스완의 뛰어난 소묘 실력이었을 것이다. 어쩌면 무슨 일이 있어도 예술가가 되겠다는 스완의 결단력과 조용한 끈기였을 수도 있다. "나는 예술가가 되겠다고 굳게 마음먹었다. 이는 부모님의 뜻을 거스르는 결정이었다."[13] 어쨌든 학교생활 막바지에 스완은 저브의 강의를 도왔다. 스완은 저브가 학교 지하 카페테리아 커다란 둥근 테이블에 불러 모은 이들 중 유일한 여성이이었다.

놀랍게도 스완은 파리 교환학생 자격을 따냈고 그곳에서 친구와 값싼 호텔 방을 빌려 겨울이면 손이 파랗게 곱을 때까지 난방이 허술하고 추운 그 방에서 그림을 그렸다. 파리 좌안의 한 식당에서 미래의 남편이자 모아둔 돈으로 유럽 여행 중이던 전직 회계사 앨런 핑크를 만났다. 아버지가 그토록 두려워했던 보헤미안이 된 스완은 핑크와 그의 친구들과 함께 프로방스로 여행을 떠났고 그곳에서 자칭 보스턴의 '음울한 색조'[14]를 떨쳐버리고 세잔의 밝은 파랑과 빨강으로 그림을 그렸다.

스완과 핑크는 1952년 보스턴으로 돌아와 결혼했다. (부모님의 소망과 어긋나는 결혼이었다. 그들은 핑크의 '경제적 전망'을 걱정했다.) 1년 후 스완은 첫 단독전을 열고 예술계에 자신의 등장을 선언했다. 전시회는 뉴베리 스트리트의 보리스 머스키 갤러리에서 열렸다(훗날 앨런이 이 갤러리의 관장이 된다). 머스키는 보스턴 미술계의 핵심 인사였고(스완의 미술관학교 동문이자 떠오르는 별들의 대표였다), 전시회는 크게 성공했다. 도시에서 가장 존경받는 비평가 도러시 애들로가 『크리스천 사이언스 모니터』에 스완을 칭찬했다. "이 그림들에는 떨리는 생동력이, 내면의 힘이, 남다른 차이점이 있다. 스완의 초상화를 보면 이토록 적은 직선 표현으로 어떻게 인물의 성격을 탐구해 내는지 놀라울 따름이다."[15] 애들로는 이렇게 결론지었다. "스완은 개인을 표현해 내는 비범한 재능을 가졌다."

그러나 곧 아이들이 생기면서 스완의 경력이 일시 정지했다. 스완에겐 아이가 둘 있었는데(1955년생 에런, 1958년생 조애나) 행복하고 느긋한 어머니였지만 아이들이 발밑을 지나다니는 마당에 회화는 거의 불가능했다. 대신 드로잉을 주로 했고 아이들을 많이 그렸다. 다시 단독전을 열기까지 4년이 걸렸다.

1960년 연구소 설립이 발표될 무렵 스완은 육아와 작업 사이에 드물고도 행복한 균형을 찾아냈다. 브루클린 집 2층에 작업실을 마련하고 그림 주제를 아이들로 바꾸었다. 이런 변화는 단순히 편의에 따른 것만은 아니었다. 아이들은 보통 스완의 이젤에서 몇 걸음 거리에 있었다. "내가 어머니-자녀 관계에 집중한 것은 그것이 자전적인 주제여서다."[16] 훗날 스완은 이렇게 회상했다. 그는 아이들이 함께 바닥에 누운 모습을 스케치했다. 엎드린 모습의 조애나는 호기심이 많았고 반듯이 누운 에런은 작았다. 스완은 가까스로 아이들 그림을 몇 장 그렸다. (아이들은 기기 시작하자 가만히 앉아있질 않았다.) 또 쭉 뻗은 남편 손에 앉은 에런이 매혹된 검은 눈으로 아래쪽 세상을 응시하는 모습을 풍부한 유화로 그렸다. 이 초상들은 스완의 모든 회화와 드로잉이 그랬듯 뛰어난 테크닉을 보여주지만, 초기 작품에 보였던 약간의 변형, 즉 많이 늘어진 팔다리와 커다란 눈 등이 사라졌다. 가족 초상화는 과감한 색채와 작법으로 감상을 배제하려 했지만, 그래도 따뜻하고 세심하고 애정이 깃들었다. 1957년 이 작품들 일부를 전시했을 때 『보스턴 글로브』는 "팔뚝에 맞는 인간성 예방주사"[17], 즉 냉전의 좌절감에 대항하는 필수 백신이라고 불렀다.

스완은 이 작품을 포트폴리오에 넣어 래드클리프에 보냈다. 스완이 가사 책임의 "수렁에 빠졌다"[18]고 생각한다는 걸 잘 아는 친구가 간곡히 권유해 지원했다. 아이들은 이제 다섯 살, 두 살이었다. 스완은 어머니, 예술가, 이따금 미술 교사 일을 "전부 해내는"[19] 방법을 찾고 있었지만, 여전히 "그 과정에 약간의 도움을 받을 수 있다면 만족스러울" 터였다. 스완은 1961년 2월 말, 연구소에 지원했다. 4월에 추가로 포트폴리오를 제출했는데, 거기에는 액자에 넣은 그림 두 점, 〈어머니와 아이〉Mother and Child라는 제목의 액자에 넣은 흐릿한 드로잉 한 점, 드로잉 포트폴리오, 다른 작품에 관한 사진과 정보를 담은 봉투 하나가 있었다.

액자에 넣은 그림 두 점 중 하나인 〈둥지〉Nest는 스완이 어떻게 모성과 예술을 결합했는지 보여주는 예시였다. 그림 속에서 반듯이 누운 한 여성이 붉은 기운이 도는 안락의자에 앉아있는데 머리는 액자 왼쪽 아래 귀퉁이를 향했고 다리는 위쪽 어둠 속으로 뻗어있다. 몸을 감싼 붉은 로브는 안락의자의 붉은색과 섞여서 어디서 여자의 몸이 끝나고 어디서 가구가 시작되는지 구별하기 어렵다. 푸른 천으로

생후 4개월 된 에런을 그린 〈아기〉, 바버라 스완, 1955년 작.

감싼 아기가 드러난 여자의 가슴을 빨고 있는데 아기는 눈을 크게 뜨고 있지만 아무것도 주의 깊게 보고 있지는 않다. 다정한 장면으로 보일 수도 있지만, 이 그림은 아기와 성모가 아니다. 과감한 데다 붉은색과 푸른색의 강렬한 대비와 명암법, 드러난 가슴, 어둠을 배경으로 부자연스럽게 빛나는 아기 등이 약간 불쾌한 느낌을 준다. 모성을 부자연스럽게 변신시키고 섬뜩한 느낌마저 주는 그림이다.

스완이 〈둥지〉에서 보여주고 연구소 지원서에 상세히 설명한 것은 모성의 낯섦(초현실성)이었다. 스완이 표현한 모성은 평범하거나 진부하거나 지루하지 않았다. 획기적이고 영적이며 당혹스러웠다. "여성 예술가는 아내이자 어머니로서 자신의 역할에서 엄청난 영감을 끌어낼 수 있습니다. 이는 심오하고도 신비한 경험이고 모든 면에서 삶을 향상하는 경험입니다."[20] 스완은 지원서에 이렇게 썼다. 이런 사고는 모성과 창조적 작업이 상호 지지할 수 있다고 믿는 연구소의 고무적인 정신과 완벽하게 들어맞았다.

완전한 지원서를 제출한 직후 스완은 자신이 예심을 통과했고 연구소 첫 1기생 자리를 두고 면접을 봐야 한다는 연락을 받았다. 그 자리에 오르기 위해 스완은 "그저 약간의 도움을 바랄 뿐인" 다른 본심 진출자들, 즉 경력 단절 중세 연구자, 아마추어 철학자, 국가에 복무하고 싶은 열망으로 가득한 왕년의 화학자 등과 자신을 차별화해야 했다.

한편 1961년 4월 29일 토요일 오전 10시에 섹스턴은 래드클리프 캠퍼스 페이 하우스로 면접을 보러 갔다. 섹스턴은 100여 명의 면접자 중 하나였고 이는 공식 지원서를 보낸 인원의 두 배에 달했다. 문의 편지와 축하 쪽지, 이 프로그램이 '특별한 여성'만 지원하고 나머지, 즉 대학 학위는 있지만 지적 잠재성을 증명할 확실한 증거가 없어서 집에 있는 어머니나 재정 지원이나 육아 도움이 절실한 노동계급 어머니, 애초에 학업을 단념할 수 밖에 없었던 여성은 무시한다는 부드러운 비판의 글을 보낸 사람은 수백 명도 넘었다. 번팅의 연구소가 집 밖에서 일하는 2200만 명의 여성에게 호소력이 있기는 했지만 이 장학 프로그램은 평균적으로 일하는 여성을 위한 게 아니었다. 이는 교육을 받았고 눈앞의 방해물에도 불구하고 많은 것을 성취한, 이른바 '특별한 여성'을 위한 프로그램이었다. 그런 여성들은 이미 자신에게 유리한 많은 요인들, 즉 돈이나 인종적 특권을 갖고 다양한 사회적 지원을 받았을 가능성이 컸다. 섹스턴은 특별해 보이는 것에 전율했다. 마음 한편으로는 자신이 본심에 진출했다는 사실을 믿을 수가 없었다. 또 다른 한편으로는 당연한 일이라고 생각했다.

섹스턴은 면접장 건물로 다가갔다. 가든 스트리트 10번지에 있는 페이 하우스는 언뜻 행정용 건물이라기보다는 일반 주택처럼 보인다. 한때 정말로 가정집이었기 때문이다. 페이 맨션은 1885년 래드클리프대학에 '영구 부속 건물'[21]이 필요해 구입한 집이었다. 20세기 초반 사진을 보면 주름진 보디스와 길게 끌리는 치마를 입고 외팔보 모자를 쓴 여자들이 현관문 바로 앞에 모여있다. 그들 위로 작은 옥상 망루가 보이는데, 보스턴의 어느 가모장이 그 좁은 망루에 올라 찰스강 쪽을 내다보는 장면이 연상된다. 이런 사진을 찍은 이후에 집이 개축되고 행정 용도로 변경되었다. 그 사이 래드클리프의 수많은 여성들이 이 건물 문턱을 넘어 계속 들어왔고 일부는 새로운 삶을 향해 나아갔다.

섹스턴은 어딜 가나 극적으로 입장했는데, 면접장 역시 예외는 아니었다. 그는 언제나 옷을 세심하게 골라 입었고 적절한 립스틱과 완벽한 보석류를 골랐다. 햇살이 비치는 그날 아침 섹스턴은 분명 반짝반짝 빛났을 것이다. 대학 학위가 없는 사람도 지원할 수 있도록 연구소 정책에 예외 조항을 만든 연구소장 스미스가 면접을 개시했다. 훈련이 잘된 여배우가 큐 신호를 받은 것처럼 섹스턴은 공연을 시작했다.

섹스턴은 때로는 두려워했지만, 관심에 대처할 줄 알았다. 에너지가 올라가고 생기가 넘쳤으며 말이 많아졌다. 시에 개인적인 고백을 했듯이 자신이 어떻게 시를 발견하게 되었는지(즉 자살 시도를 통해) 또 글 쓰는 법을 배우는 게 얼마나 힘든지 기꺼이 말했다. 어떤 것도 삭제하지 않았다. 죽음 충동도 글렌사이드 정신병원에서 보낸 날들도 빼지 않았다. 지원서에 학업 배경에 관해 쓴 문장들은 과민하게 들렸지만, 면접 자리에서는 연구소가 줄 교육 기회에 열정을 표했다.[22] 섹스턴은 수업을, 폭넓은 독서를 원했다. 자신의 기질과 개인사를 살펴보면 어쩐지 믿을 수 없는 투자로 보이겠지만, 현재 삶의 균형을 이루었고 시인으로서 전문적인 임무들에도 불구하고 좋은 어머니가 되는 일에 헌신하고 있다고 스미스를 설득했다. 실제로 섹스턴은 최근 갯버들을 보러 가기로 한 딸과의 약속 때문에 굉장히 중요한 출판사와의 면담을 취소하기도 했다. "와! 그 사람이 근처에만 있어도 알아챌 거예요. 활력이 엄청나고 열정이 넘치는 사람입니다!"[23] 스미스는 나중에 이렇게 메모했다. 스미스는 섹스턴의 입학 승인을 추천했다.

쿠민은 몇 시간 뒤인 오후 2시 직전에 페이 하우스에 도착했다. 쿠민에겐 익숙한 공간이었다. 1941년 가을 처음 래드클리프를 보고 쿠민은 그 아름다움에 감탄했다. 캠퍼스는 행정 건물들과 페이 하우스가 있는 래드클리프 야드와 기숙사가 속한 래드클리프 쿼드랭글로 이루어졌다. 래드클리프 야드는 하버드 캠퍼스가 있는 하버드 스퀘어 중심에서 걸어서 몇 분 거리였고 쿼드랭글은 걸어서 7분 거리인

가든 스트리트에 있었다. 쿼드는 광장의 소음과 분주함으로부터 떨어져 있었고 경계를 짓는 가로수길은 도시에서 가장 아름다웠다.

쿠민은 언젠가 래드클리프에 도착하자마자 경험한 변화를 묘사했다. "책벌레, 공부벌레, 기획위원회 등 나를 불렀던 별명들은 이제 영광의 배지가 되었다. (…) 래드클리프에서 내 삶은 새로 시작되었다. 나의 편협한 유대인성도 떨어져 나갔다."[24] 래드클리프 시절은 행복했다. 쿠민은 민첩하고 똑똑하고 예술과 정치에 열정적인 동료 '클리피'들 주변에서 편안함을 느꼈다. 고교 시절 여학생 클럽과는 달랐다. 쿠민은 세상에 자기 같은 여자들이 있다는 것을, 같은 "관심사와 태도와 가치관을"[25] 가진 여자들이 있다는 것을 몰랐다. 그는 학부 시절 자신을 내던졌다. 뜻이 같은 동기들과 노동 연맹에 가입했다. (아버지는 딸의 극좌 정치에 아연실색했다.) 졸업학년에 수영팀 회장이 되었고 풍자적인 연재 만화를 그렸으며 풋볼 경기와 댄스에도 참가했다. 수영은 쿠민의 오랜 열정이었는데, 처음에는 래드클리프의 지하 수영장에 실망했다가(고등학교 졸업반 때 방문한 적 있는 웰즐리의 수영장이 더 좋았다) 초반부터 수영을 즐기게 되었고, 심지어 졸업을 위해 수영 시험을 통과해야 하는 동료 클리피들에게 수영을 가르쳐주기도 했다. "8학년과 12학년 사이의 불행이 완전히 날아가 버렸다. 나는 새로운 나라에서 신선하게 출발하고 있었다."[26] 쿠민은 훗날 이렇게 썼다. 살면서 처음으로 쿠민은 "최상으로 숭고할 만큼 행복하다"[27]라고 느꼈다.

이제 아이들이 10대가 된 쿠민은 여러 가지 이유로 연구소에 지원했다. 우선 터프츠대학 강의를 잠시 쉬고 '준장학생' 프로그램의 특권을 누리며 최고의 친구와 같은 길에 머무르고 싶었다. 행복했던 대학 시절을 되풀이하고 싶은 욕망도 분명한 한 가지 이유였다.

어떻게 보면 쿠민이 면접 단계까지 진출한 것은 섹스턴보다 더 놀라운 일이었다. 진정한 학자도 눈부신 예술가도 아니었던 쿠민은(첫 시집이 이제 겨우 3월에 출간되었다) 문의 편지가 곧바로 연구소 사무실 휴지통으로 들어갔던 수많은 래드클리프 동창들과 더 비슷했다. 쿠민의 표현을 빌리자면 그는 "파트타임 작가, 파트타임 강사, 파트타임 주부의 삼중 역할을 담당하고"[28] 있었다. 터프츠대학교 상사는 쿠민을 "일등급" 학자이자 "좋은 교사"[29]로 설명했고 "뛰어난 창작 작업을 하면서" 이 모든 임무를 해낼 수 있는 사람이 얼마나 드문지 말했다. 확실히 쿠민은 신뢰할 만했고 분별력이 있었으며 천재까지는 아니더라도 연구소의 근본인 모성과 지적 작업이 매끄럽게 맞물릴 수 있음을 보여주는 매력적인 본보기였다.

쿠민이 입을 열자마자 곧바로 뉴턴의 동료 시인과는 꽤 다른 사람임이 드러났다. 섹스턴이 활발하고 강렬하며 자신의 작품에 관해 열정적이고 개인적인 고통을 솔직히 드러냈다면 쿠민은 그보다 더 씩씩하면서 더 진중했다. 쿠민은 터프츠대학에서 가르치는 일을 열정적으로 말했고 연구소에서 1년을 보낸 후 새로운 지식으로 무장해 강단으로 돌아가면 어떨지 설명했다. 또 시, 창작 과정, 프로이트 심리학, 실존주의 철학 등 수많은 관심사를 훑었는데, 스미스는 이 모습이 인상적이면서도 약간 어지럽다고 생각했다. 매력적이고 지적이며 시집을 출간한 시인인 쿠민은 연구소에서 보낼 1년을 잘 이용하겠다고 약속했다. 스미스가 보기에 쿠민은 열성이 지나친 신입생처럼 불안하게 이 영역에서 저 영역으로 넘나드는 사람처럼 보였다. "관심사가 많은 게 문제일 수 있음. 어떤 한 *가지에도* 집중하지 못할 수도"[30]라고 스미스는 메모했다. "진정한 창조적 재능보다 충동이 더 크다는 의심이 들지만, 추측일 뿐임." 쿠민은 여전히 매력적이고, 붙임성이 좋았으며, 대체로 같이 있으면 기분 좋은 사람이었다. 무엇보다 그는 교사였고 지역사회 강좌를 열거나 여성 학부생들에게 매력적으로 보일 수 있는 사람이었다. 결국 스미스는 쿠민의 입학을 추천하기로 결정했다.

스미스는 하버드 교수들에게 추천 명단을 보냈고, 이 일가를 이룬 학자들이 지원자들을 평가하고 잠재성을 결정할 것이다. 대학 교수진의 전형적인 성비 붕괴에 따라 대다수가 남성인 이 전문가들이 어떤 여성이 꿈을 추구할 기회를 잡을지 결정할 것이다.

수많은 열정적 지원자들이 페이 하우스에 도달하지 못했다. 심지어 정식 지원서조차 못 받은 사람도 많았다. 번팅은 탁월한 여성들과 연구소를 꾸리고자 했다. 명석한 유형, 청소년기부터 고교 상위 10퍼센트에 들었던 사람, NSF 위원회에 있을 때 번팅의 눈을 사로잡았던 유형의 여성들이었다. 그러나 번팅의 프로젝트는 미국에서 가장 평범한 여성들, 사무원, 가게 주인, 대학 학위가 있거나 없는 사람들의 마음을 울렸다. 학업을 이어가지 못하고 단념한 여성들이었다. 대학을 중퇴했고 일찍 결혼했다. 이런 장학 프로그램에 들어가지 못했거나 저런 실험실에서 해고당했다. 성차별이 여전히 합법이었고 1960년은 타이틀 세븐Title Ⅶ*과 직장 내 보호법들이 생기려면 아직 몇 년 남은 때였다. 번팅이 직접 연락해 지원을 독려한, 언젠가는 종신교수가 될 인상적인 교수들과 달리 이 여성들은 불리함을 극복하고 인상적인 경력을 획득할 운이 없었다. 이제 그들은 자신의 자격 여부를 문의할 때 한때 대학 강의실에서 어떤 식의 잠재력을 보였든 지금 선정위원회의 눈에는 포마이카 식탁 상판만큼이나 별 볼 일 없을 거라며 두려워했다.

• 인종, 피부색, 종교, 성별, 출신 민족 등을 근거로 한 직장 내 차별을 금지하는 1964년 민권법 제7편 조항을 말한다.

연구소 설립이 발표되고 처음 몇 주간 지원 자격에 못 미치는 여성들은 자신이 연구소가 찾는 '재능 있는' 지원자가 아니라는 사실을 의식하지 못하고 직접 번팅에게 편지를 썼다. 10년 전 대학 학위를 받았던 뉴저지 출신의 바버라 L. 로젠(제롬 G. 부인)은 "밝혀진 게 거의 없는 어느 거미 과에 대해"[31] 연구하고 싶었다. 그는 번팅에게서 학부 시절의 성과는 연구소 지원 자격에 해당하지 않는다는 말을 듣고 실망했다. (그 여성은 지원금을 받아 가정부를 고용할 희망을 품고 있었다.) 공식 교육을 받지 못한 뉴욕의 두 아이 어머니 로즈 페이본은 연구소가 고려해 주길 요청하는 편지를 썼다. 그는 "마침내 언젠가는 지식을 향한 저의 탐색을 이어가고 싶습니다"[32]라고 썼다. 그리고 알아보기 힘든 필체로 넓고도 많은 인문학적 관심사를 4페이지에 걸쳐 채웠다. 그는 사춘기가 안 된 아들 둘을 돌보고 남편과 함께 소유한 잡화점에서 일하는 틈틈이 편지를 썼을 것이다. 학문, 진정한 공식 학문에 관한 그의 열정이 단어 하나하나에 살아 움직였다. 언뜻 페이본의 처지에 별로 마음이 동하지 않은 듯한 번팅은 래드클리프 연구소는 학부 연구를 위한 곳이 아니라고 설명하는 명쾌한 답장을 썼다. 번팅은 집에서 가까운 대학을 알아보라고 독려했다.

상황을 눈치채고 아예 지원하지 않은 여성도 있었다. 매사추세츠 데덤의 메리 T. 블랜차드(존 A. 부인)는 래드클리프 학사 학위 보유자였다. 편지에 쓴 대로 오래전부터 학교로 돌아가 공부를 더 하고 싶었지만, 시간도 돈도 없었다. 아이가 다섯 명에다 청구서는 산더미처럼 쌓여있었다. 그는 연구소 설립에 환호했지만 교육받은 여성이면서 궁극적으로 주부인 자신은 연구소의 지원 혜택을 받지 못할 것을 인정했다. "이 프로그램이 언젠가는 저 같은 여성들도 받아줄 만큼 확대되길 바랍니다."[33]

이룬 게 많은 여성들도 자신이 연구소 지원 자격을 충족시킬 수 없다는 사실을 깨달았다. 서른일곱 살 영국 시인 드니스 레버토프는 가족을 포기하지 않아도 될 수입을 절박하게 찾았다. 레버토프는 탁월한 시인이었다. 다섯 권의 책을 출간했고 미국 문단의 아방가르드 일원으로 칭송받았다. 그러나 문학적 명성이 곧바로 물질적 안락으로 이어지지는 않았다. 레버토프가 시를 쓰고 남편이 잡지에 기고하며 부부는 맨해튼 도심에서 자칭 "소박한 삶"[34]을 살았고 아들을 사립학교에 보낼 만큼의 돈을 겨우 벌었다. (연구소에 문의할 당시 레버토프 가족은 막 그리니치 스트리트 277번지 햄 통조림 공장 위층으로 이사한 상태였다.[35]) 그러나 이른바 상주 회원이라고 부르는 가장 뛰어난 지원자들도 케임브리지에 거주해야 한다는 말을 듣고, 레버토프는 연구소에 지원하지 않기로 했다. 어린 아들에게 단기간에 이사와 전학을 겪게 할 수 없었다. 결국 2년을 더 기다렸다가 기꺼이 뉴욕을 떠날 정도로 연구소의 유혹이 강렬한지 지켜보기로 했다.

편지와 지원서의 쇄도가 증명하듯 이 시기는 번팅의 보좌관이 표현한 대로 "연구소의 잉태가 무르익은 시대"[36]였다. 여성의 대학 입학률이 1950년의 저점에서 다시 올라가기 시작해 1957년에는 여성의 20퍼센트가 대학에 진학했다. 1960년에 이르자 전 대학생의 37퍼센트가 여성이었다.[37] 이 여성들은 졸업하자마자 학위를 손에 들고 변화의 벼랑에 선 세계에 진입했다. 1950년대가 가정과 벽난로의 10년이었다면 그 10년을 지나면서 점점 더 많은 여성이 노동에 뛰어들고 있었다(물론 노동계급 여성은 한번도 이곳을 떠난 적이 없었다). 여성도 인생의 어느 단계에선 집 밖에서 일한다는 사실을 인정받기도 하고 기대받기도 했다. 아이가 생기기 전이나 그보다는 아이들이 학령기를 지난 이후였다. "여성들이 일로 돌아가고 있다. 광대한 새 여성 군대가"[38]라고 1956년 『우먼스 홈 컴패니언』은 썼다. 노동하는 여성의 4분의 3이 결혼했고 이 기혼 여성 중 절반에게 학교에 다니는 아이들이 있었다. 학사 학위와 교양 교육으로 무장한 이들도 있었고 파산의 절박함 말고는 가진 게 없는 이들도 있었다. 그들은 타자수였고 판매원이었다. 공장과 마트에서 일했다. 연구소 설립이 발표될 무렵 미국 여성의 거의 40퍼센트(2200만 명)가 집 밖에서 일했다.[39]

연구소는 장학생들의 삶이 더 자극적이면서도 덜 힘들 거라고 약속했다. 번팅은 여성들이 아이들과 함께하는 시간을 즐길 수 있도록 일부러 파트타임 프로그램을 계획했다. 여성들이 고된 집안일에 도움을 받도록 지원금을 주었으며, 어려움과 아이디어를 공유할 공동체를 약속했다. 연구소는 지적 호기심이 넘치는 여성들이 자신의 학사 학위를 활용할 수 있도록 세미나실과 강의실을 개방했다. 이 새로운 연구소는 명성과 재정 지원과 30대 주부에게 닥친 어려움을 인정한다는 측면에서 수많은 일하는 여성들에게 딱 맞는 프로그램으로 보였다.

그러나 평균적인 일하는 여성들이 축하와 호소의 편지를 보냈을 때 미처 몰랐던 점은 연구소가 이런 것들을 이미 많이 발견해 낸 특별한 여성들을 위해 만들어졌다는 사실이었다.

누구는 이런 사실을 깨닫고 실망했고 누구는 선별된 소수에게 주어진 혜택이 자신에게도 떨어질 거라 믿었다. "귀하가 하는 일에 관해 읽고 해방감을 느꼈습니다. 이곳이 이 나라와 모든 여대생에게 매우 커다란 긍정적 영향을 미칠 것으로 확신합니다."[40] 어느 래드클리프 졸업생이 이런 편지를 보냈다. "재능 있는 소수가 어떤 혜택을 받든지 나머지 우리에게도 유익한 결과를 가져올 것입니다." 또 다른 이도 말했다. 어떤 여성은 연구소를 "신이 준 선물"이라고 불렀고 또 다른 여성은 자신의 감정을 "첫아이를 낳은 이후로 내가 경험한 가장 강렬한 자긍심"이라고 표현했다.

모든 이가 만족하지는 않았다. 적지 않은 래드클리프 졸업생들이 총장이 "가정주부를 대좌에서 끌어내리고 있다"[41]라며 래드클리프 총장을 비난하는 악의에 찬 편지를 보냈다. 어느 편지는 번팅에게 그 모든 것 중에서 일하는 어머니가 무엇을 놓치고 있는지 일깨웠다. "일하는 어머니는 아이가 첫걸음을 떼는 순간이나 아이가 첫 단어를 내뱉는 순간을 놓치게 될 것이다."[42] 어느 네 아이의 어머니는 통렬한 비판을 써 보냈다. 이 여성은 대학이 자기 아이를 포기한 여성들을 지지할 게 아니라 "탁월한 직업을 수행하는 여성들에게 한 번도 주어진 적 없는 가정학 박사 학위를 수여할 것"[43]을 고려해야 한다고 주장했다. (이 편지는 23행의 서정시로 마무리되는데 모성의 짧고 덧없는 기쁨을 노래하는 찬가다.) 이 졸업생들은 번팅이 여성에게 가장 중요한 일을 포기하거나 과소평가할 것을 요구한다고 생각했다.

연구소를 비판하는 사람은 지원하지 않았다. 열망이 있지만 자격이 모자라는 사람도 지원하지 않았다. 그들이 없어도 지원은 계속 이루어졌고, 부러움을 품은 진영이든 경멸을 품은 진영이든 양쪽 모두 누가 연구소 1기생으로 뽑힐지 호기심을 품고 지켜보았다.

5월 말 어느 금요일 오후 쿠민은 우편물을 훑어보다가 청구서와 개인 서신 사이에서 래드클리프대학에서 보낸 편지 한 통을 발견했다. "쿠민 부인에게. 귀하를 래드클리프 독립연구소 준장학생으로 임명하게 되어 기쁩니다."[44] 편지를 쓴 스미스는 추후 더 자세한 소식을 가지고 연락하겠지만 우선은 축하와 인사를 전한다고 말했다. 이번 일은 쿠민에게 최초의 입학 장벽도 아니었고 이렇게 특별한 기관에 합격한 게 처음도 아니었다. 그러나 쿠민은 언제나 공부에서 위안을 찾았고 이번 기회에 교단에서 책상 앞으로 위치를 바꾸는 것도 좋을 터였다. 쿠민은 다시 학생이 될 준비를 마쳤다.

기쁘고 만족스러운 쿠민은 경력에 새로운 소식이 생길 때마다 늘 하던 일을 했다. 즉 몇 킬로미터 떨어진 곳에 사는 섹스턴에게 전화했다. 지금쯤 섹스턴도 오늘치 우편물을 받았을 테고, 아마 입학 통지서도 기다리고 있을 것이다. 섹스턴이 아직 전화를 걸지 않았다니 어쩐지 이상했다. 어쩌면 시를 쓰느라 바쁘든지 혹은 한 아이에게 매여있으리라. 섹스턴이 전화를 받았고 쿠민의 소식을 축하했다. 그리고 불안하고 조심스럽게 우편물을 확인하러 갔다. 편지는 없었다.

섹스턴은 최악의 경우를 예상하고 무너졌다. 훗날 회상한 대로 그는 평생 그 어떤 것보다 그 편지를 간절히 원했다. 출간, 편집자의 관심, 어머니의 애정 등 여러 측면에서 거부당한 바 있지만, 이번 일은 유난히 얼얼한 거절로 느껴졌다. 섹스턴은 '장학생'이라는 타이틀이 제공해 줄 검증을 오래도록 열망했다. 래드클리프 장학금은 섹스턴을 단념시키고 그의 지성을 의심했던 모든 교사와 가족들의 생각이 틀렸음을 입증할 것이다. 그러나 아무래도 그 장학금은 진짜 학자에게, 책을 좋아하고 자격을 갖춘 쿠민에게, 여러 언어를 구사하며 석사 학위도 있는 그 여성에게 간 것 같았다. 섹스턴으로선 충분히 예측 가능한 결과였고 그래서 한층 더 실망스러웠다. 만약 섹스턴이 질투심을 느꼈더라도, 절친에게 순간적으로나마 분개했더라도 그는 쿠민이 지난 몇 년간 내내 자신을 도와주었던 순간들을 재빨리 떠올렸을 것이다. 쿠민이 한 줄의 시에 귀 기울여주었던 시간을, 섹스턴에게 "그래, 이건 전도유망한 시야" "너는 정말 재능이 있어"라고 말해주었던 오후들을. 쿠민은 섹스턴의 창조적 동반자였고 진정한 친구였다. 쿠민과의 경쟁은 너무 위험해 마음에 품을 생각조차 못했을 것이다.

섹스턴은 친구를 위해 기뻐하기로 마음먹었지만, 자신에게도 한동안의 슬픔을 허락했다. 그는 남편에게 전화를 걸어 이웃집에 간 아이들을 데려와 달라고 말했다. 곧장 침대로 갈 생각이었다. 섹스턴은 위층 침대에 누워 실패를 곱씹었다. 분명 로저스 홀 기숙학교 시절 이후로 많은 것을 배웠고 열심히 작업도 했지만, 영원한 시인이 될 재능까지는 없는지도 몰랐다. (결국 부정적인 서평을 썼던 두 사람이 옳았단 말인가?) 섹스턴은 쿠민 같은 학생이 될 수 없을 것이다. 1960년 여름 브랜다이스대학교에서 공부했지만 겨우 몇 달로는 젊은 시절 놓쳐버린 시간을 메꿀 수 없으리라는 두려움이 몰려왔다. 자신이 평범하게 느껴졌다.

그러나 섹스턴에게 평범한 삶은 비극이 아니었다. 분명 정신병원에서 보낸 불안한 낮과 밤보다는 훨씬 나을 것이다. 자신의 삶은 전통적이고 평범하겠지만 그런대로 이점이 있었다. 우선 딸들을 되찾았다. 또 오언 박사에게 착실하게 상담을 받았다. 시를 습작했다. 1961년의 삶은 1956년보다 한결 나았다. 완전히 진정되지는 않았어도 조금 더 차분해진 섹스턴은 조이와 린다를 맞으러 아래층으로 내려갔다. 하루의 실망을 뒤로 밀치려는 안간힘으로 섹스턴 가족은 외식을 하러 나갔다.[45]

이어진 월요일 클리어워터 로드 40번지 집에서 섹스턴은 그날의 우편물을 수거했다. 놀랍게도 래드클리프에서 온 편지가 있었다. 거절 통보일까? 심장이 빠르게 뛰었다. 섹스턴은 봉투를 열었다. 섹스턴은 아찔한 심정으로 사흘 전 쿠민이 받았던 것과 똑같은 축하의 말을 읽어 내려갔다. 학위가 있든 없든 섹스턴은 해냈다. 장학생이 되었다.

섹스턴은 기쁨에 겨워 집 밖으로 뛰어나가 고요한 뉴턴 동네를 뛰어다니며 곧장 쳐들어갈 것처럼 이웃집 문을 두드렸다. "나 됐어요!"

섹스턴은 들어주는 이 누구에게나 외쳤다. "나 됐어요!" ("다들 내가 생리를 한다고 생각했을 것이다"라고 훗날 섹스턴은 농담했다.[46]) 그날 저녁 기분 좋은 상태로 섹스턴은 상담사 오언 박사에게 편지를 썼다. 이런 경우에 꼭 들어맞는 시 구절을 함께 적었다. "잘 들어라 종달새야 / 쳇 쳇 좀 들어라 / 올해 내 아이큐는 오케이란다."[47] 최종 발표는 6월 2일 금요일 신문에 실렸다. 가족들은 섹스턴이 해낸 것을 축하했다. 케이오의 부모는 지역신문을 몇 부 사 와서 섹스턴의 합격이 발표된 부분을 오렸다. 케이오도 아내를 자랑스러워했다(그리고 섹스턴이 식탁 말고 다른 작업 공간을 가지게 되어 감사했다). 이웃은 섹스턴의 성취가 뉴턴을 홍보해 주어 기뻐했다.[48] 섹스턴은 전국에서 가장 권위 있는 교육기관에 입학 허가를 받았다. 심지어 인상적인 아이큐를 자랑했던 어머니도 래드클리프의 인정을 받지는 못했다.

게다가 기쁘고 편안하게도, 섹스턴은 절친과 함께하게 될 터였다. 두 시인은 헤어지지 않을 것이다. 함께 이 새로운 모험을 떠날 것이다. 그해 12월, 쿠민이 훗날 표현한 대로 "감격과 소중함을 느끼며"[49] 두 사람은 마침내 집에 두 번째 전화를 설치했다. 남편들도 이제 전화기를 붙들고 있는다거나 요금이 많이 나온다고 불평하지 않을 것이다. 두 사람은 이제 지원금을 받아 집안에 '기여하고'[50] 있었다. 연구소는 장학생들에게 각각 3000달러의 지원금을 주었는데 오늘날 가치로 거의 2만 5000달러에 달했다. 이 돈은 맘대로 쓸 수 있는 그들의 것이었다.

남은 5월, 페이 하우스 사무실은 비교적 조용했다. 전화가 몇 번 울리기는 했지만, 주로 상을 받기 위해 연락한 연구소 미래 장학생들의 전화라서 1960년 겨울 그 열띤 몇 주간 울린 전화에 비하면 훨씬 적었다. 초상화가 스완은 5월 31일에 전화해 연구소에 다니게 되어 기쁘다고 말했다. 그는 1년간 지원을 받으리라는 생각에 들떴다. 어쩌면 오랫동안 탐색하고 싶었던 석판화를 실험할 수 있을지 모른다. 섹스턴과 쿠민은 둘 다 짤막한 수락의 편지를 썼다. 두 사람도 다가올 해를 고대했다. 합격 통지를 받은 사람 중 아무도 이 지적 모험의 기회를 반려한 것 같지는 않다.

래드클리프 독립연구소 1기 장학생으로 선발된 스물네 명의 여성 중 섹스턴과 쿠민, 스완이 있었다.[51] 이는 엄청난 성과였다. 합격률이 10퍼센트도 안 됐다. 장학생들의 배경도 놀라울 정도로 비슷했다. 다들 백인에 부유했고 섹스턴을 제외하면 고학력이었다. 그러나 전공 분야는 동시부터 내분비학까지 다양했다. 대다수가 자녀가 있었고 그 연령대도 10개월부터 스물여섯 살까지 다양했다.[52] 학자와 결혼한 사람이 아홉 명이었는데, 그중에는 하버드 교수도 있었다.[53] 거의 모두가 준장학생으로 인정받았다. 신학자 라인홀트 니부어의 부인이자 역시 신학자인 어슐러 니부어는 학문적 위상을 고려해 상임 연구 장학생으로 임명되었다. 장학생 중에는 코네티컷 그리니치 출신 변호사, 매사추세츠 알링턴의 음악가, 그레이터 보스턴 지역의 역사학자 셋에다 케임브리지에서 온 정치학자, 스페인 문학자, 신학자 등이 있었다. 스완 외에도 화가가 또 한 명 있었는데 예일대에서 예술 학사와 석사 학위를 받고 스완이 졸업한 웰즐리에서 가르치는 로이스 스워노프였다. 1기 장학생 중 선정위원회가 학자들과 '동등한' 자격을 갖췄다고 본 예술가는 모두 다섯 명이었다.

기혼 여성들은 함께 어울리며 새 친구들에게 남편을 소개할 날을 고대했다. 그러나 다음 학년도 내내 연구소 특별 행사에 홀로 참석하게 될 여성이 한 명 있었다. 바로 앨버커키 출신의 교육심리학자 앨마 위틀린으로 장학생 1기생 가운데 유일한 비혼이었다. 25세 이상 여성 중 결혼하지 않은 여성이 8퍼센트에 불과했던 1960년에 비혼 여성은 드물었고 쉽지도 않았다.[54] 비혼 여성의 피임은 불법은 아니었지만 이루기 어려웠다. 은행은 비혼 여성의 신용카드 발급을 거절할 수 있었다(어떤 은행은 남편의 서명을 요구했다). 게다가 사회적 냉대가 있었다. 이들은 초대를 '놓쳤고' 간섭하는 질문을 받았으며 이 방에서 저 방으로 지나갈 때마다 라디오 잡음처럼 동정의 속삭임이 들려왔다. 『맥콜스』에 기고하는 베릴 파이저는 비혼 여성들에게 "한 가지 무례한 질문에 여섯 가지 무례한 대답으로 무장하라"라고 권장했다.[55] 기혼 여성이 "왜 결혼을 안 했나요?"라고 물어보면 낮고 고요한 목소리로 "불륜이 더 좋아서"라고 대답하고 동시에 그 여자의 남편을 향해 탐욕스러운 시선을 던지라고 베릴 파이저는 제안했다. (다른 전략으로 몇 시간 동안 그 이야기를 질질 끌기, 질문자에게 커피 쏟기 등이 있다.) 1960년대 '노처녀'가 되는 것은 세상에 발을 디딜 때마다 사회적 관습과 전투를 벌인다는 뜻이었다.

위틀린은 교육심리학 분야에서 혼자 힘으로 경력을 쌓으며 버텼다. 번팅은 코니 스미스와 의논한 끝에 위틀린에게 동부로 이주하도록 특별 지원금을 주었고 애시 스트리트 6번지에 있는 대학원생 기숙사에서 살게 했다.[56] 많은 장학생이 저녁 시간에 맞춰 교외 집으로 돌아가려고 서두를 때 위틀린은 도서관에서 식당으로 걸어갔고 식사 후에는 개인 방으로 물러가면 됐다. 그는 고독한 여성에게 완벽하게 들어맞는, 절제하면서도 편리한 삶을 살 것이다.

7월이 되자 다음 학년도 계획이 거의 자리를 잡았다. 장학생 명단이 하버드대학교의 주도적인 이사회 두 곳 중 하나인 하버드 법인으로 넘어갔고 사무 공간도 확보되었다. 번팅은 독립연구소가 과학자들의 실험실이 모여있는 바이럴리 홀을 사용하길 원했지만, 과학 교수들이 반대했다. 대신 한때 하버드 건강센터가 있던 하버드 스퀘어의 한 공간에 임시 거처를 마련했다. 연구소 첫해는 대략 15만 달러(오늘날 가치로 대략 120만 달러)의 비용이 들 것이다. 이 정도면 가치 있는 투자라고 번팅은 생각했다. 학장들과 교수들이 돈 계산을 뛰어넘어 이 실험에서 뭔가를 배울 것이다.

장학생들이 무엇을 배울지는 예측할 수 없었다. 훌륭한 작품을 생산할까? 좋은 친구를 사귈까? 연구소에서 보내는 1~2년이 경로를 변경할 수 있게 해줄까? 그렇지 않으면 묶여있었을 삶에 아주 잠깐의 자유를, 어쩌면 막간에 불과할 일을 보태줄 뿐일까?

이런 질문이 번팅의 마음 앞자리를 차지하지는 않았다. 번팅은 비슷한 교육개혁을 시행하고자 하는 사람들에게 평가의 본보기를 마련하는 일에 더 관심이 있었다. 그런 질문은 장학생들의 상상을 차지했다.

그해 여름 그레이터 보스턴 지역과 그 너머에서 온 스물네 명의 여성은 공동의 사회적·지적 여정을 떠날 준비를 해나갔다. 9월이 오면 이들은 책을 꾸리고 아이들에게 입을 맞춘 후 케임브리지로 올 것이다. 많은 이들에게 가까운 거리였지만, 이들은 완전히 새로운 세계에 진입하게 될 것이다.

낭독을 마친 앤 섹스턴은 앞줄에서 듣고 있던 바버라 스완에게 말했다. "어때, 바버라? **우리 영원히 함께 갈 수 있을까?**" 섹스턴의 질문이 이 특정 시만이 아니라 앞으로의 협업 관계를 뜻하는 거라고 이해한 스완은 대답으로 그동안 전화로 들었던 섹스턴의 시 파편들을 바탕으로 작업했던 자신의 그림과 드로잉을 공개했다. "내 그림과 드로잉은 일종의 연장선이야. **내가 아직 만들어 내지 못한 이미지들이 당신 시에 있더라.**" 스완은 스스로 마법사처럼 말했다. "근친상간 같아." 누군가 속삭였다. 청중 사이에 동의와 의문의 속삭임이 퍼졌다. 스완과 섹스턴은 신경 쓰지 않았다. 마치 둘만 스완의 집 작업실에 와있는 것처럼 두 예술가는 각자 재현의 '진실'에 관해 논의를 시작했다. "이 이미지는 가짜야!" 섹스턴이 자신의 시가 역겹다는 듯 외쳤다. "시적 거짓말이야." 스완은 그렇지 않다고, 섹스턴이 올바른 일을 해냈다고 친구를 설득했다. "둘 다 **완전하게 진실해.**" 스완은 말했다.

1961 ~

~ 1963

6장
프레미에 크뤼

1961년 9월 13일 저녁 6시 직전 그날의 그림을 끝낸 바버라 스완은 케임브리지 하버드 스퀘어의 좁은 가로수길을 걸어 내려왔다. 여름 열기는 흩어지고 공기는 시원하고 흡족했다. 스완이 걷는 동안 젊은 남자들이 찰스강을 따라 서있는 하버드 기숙사를 드나들었다. 이들은 보트하우스와 식당, 강 북쪽으로 몇 블록 떨어진 학부 도서관을 향해 가고 있었다. 새 학년이 시작되었고 첫 만남과 새로운 출발의 시간이었다.

스완과 남편 앨런은 래드클리프 대학원 본원이 있는 애시 스트리트 6번지로 가는 중이었다. 캠퍼스 곳곳에서 흔히 볼 수 있는 오래된 벽돌 건물을 닮게 설계한 신축 건물이었다. 래드클리프 야드에서 한 블록, 하버드 스퀘어 중심에서 브래틀 스트리트 쪽으로 몇 블록 떨어져 있었다. 그 안에서 코니 스미스가 기다리고 있었다. 스미스는 연구소 1기 장학생과 그 남편들을 비공식 만찬에 초대했다. 스미스는 장학생들이 연구소 생활에 적응하기 전 사교장에서 서로 만날 기회를 마련해 주고 싶었다. 스완은 초대손님 명단에 오른 스물세 명의 다른 여성들 중 아무도 몰랐다.

부부들이 정문으로 다가갔다. 만찬에는 격식을 차려 입지 않아도 됐지만 손님들은 다들 맵시 있어 보였다. 하이힐을 신고 허리가 쏙 들어간 드레스 차림의 여자들이 평평하지 않은 보도를 조심스럽게 걸었다. 남자들은 캐주얼 정장을 자랑했다. 진주목걸이를 한 사람이 최소 한 명은 있었다.

스완은 전에도 이런 식의 순례를 한 적이 있었다. 10대 시절이었고 예술가가 되겠다고 굳게 다짐했던 때라 장차 꿈꾸던 미대에 갈 수 있을 때까지 기다리는 중이었다. 아버지의 고집으로 매일 웰즐리 대학까지 차를 몰고 다녔다. 다수가 하이힐을 신고 몇 명은 진주목걸이를 걸친 여성들에게 자신을 소개했고, 함께 공부할 9개월을 준비했다. 스완은 대체로 지루한 웰즐리 여성들 사이에서 혼자만의 시간을 찾았다. 미술관학교는 그보다는 좀 더 배우는 환경이었고 프랑스에서 방랑자 소년들과 보낸 시간은 예술에 영감을 심어주었다.

그로부터 20년도 더 지난 1961년 가을, 스완은 전원 여성인 이 공동체가 자신에게 무엇을 가져다줄지 확신할 수 없었지만 탐색자의 본능으로 무엇이든 기꺼이 찾아내고 말 작정이었다.

스완은 안으로 들어갔다. 사교적이고 매력적인 스완이었지만 대규모 파티를 좋아하지 않았다. 그보다는 모두가 진정한 대화를 나눌 수 있는 6~8명뿐인 오붓한 만찬이 더 좋았다.[1] 스완은 깨끗이 단념하고 수많은 창으로 햇빛이 비쳐드는 장학생들 사이를 헤치고 지나갔다. 저녁이 끝나갈 무렵에도 스완은 여전히 누가 누군지 알 수가 없었다. 뉴턴에 산다는 시인이 누구더라? 역사학자가 몇 명이랬지? 누구라도 좋아하게 될까? 스완은 이름과 얼굴을 연결 지을 수 있는 보다 편안한 모임을 갈망했다.

몇 주 후 스완은 갈망했던 모임을 위해 대학원 본원에 돌아와 있었다. 10월 3일 화요일 오후 3시, 스미스는 연구소 첫 공식 모임을 소집했다. 이미 우편으로 장학생들에게 지원금을 보냈다(오늘날 가치로 8165달러에 달하는 1000달러씩이었다).[2] 그날은 남성 동반자 없이 모였다. 스미스는 장학생들에게 연구소 정책을 소개하고 혜택을 검토했다. 현황은 간단했다. 장학생은 각자 작업 공간과 하버드의 중앙 도서관으로 하버드 야드에 위치하고 엄청난 소장량을 자랑하는 (현재 이 도서관은 350만 권의 장서를 소장했다) 와이드너 도서관 입장 권한을 받았다. 또 하버드의 다른 시설도 이용할 수 있었는데, 일차적으로 학부생을 위한 곳이고 여성의 출입이 금지된 하버드대학 레이먼트 도서관은 예외였다. 또 마음대로 사용할 수 있는 지원금도 받았다.

연구소 본부는 마운트 오번 스트리트 78번지에 있는 오래된 노란색 집에 있었다. 이 본부는 여러 사무실과 아래층의 커다란 개방형 거실로 이루어진 진짜 미궁이었다. 뒤쪽에 작은 정원이 있어서 쉬는 시간에 담배를 피우기에 완벽했다. 장학생들은 가족과 멀리 떨어진 박공지붕 다락방에서 숨을 쉴 수 있었다. 처음부터 홍보한 내용이라 다들 아는 바였지만 한 가지 새로 의논할 일이 있었다. 스미스는 각 장학생의 작업 진척 상황을 공유할 수 있는 세미나를 계획했다. 2월부터 격주 화요일 오후 1~3시에 마운트 오번 78번지 거실에서 세미나가 열릴 예정이었다. 장학생은 각자 점심을 준비해 와야 하지만 차와 커피가 마련되고, 스미스에게 시간과 에너지가 허락된다면 집에서 만들어 온 몇 가지 구움과자도 제공될 것이다. 세미나 분위기는 따뜻하고 친근할 것이다. 현재 진행 중인 작업을 평가하는 게 아니라 서로에게서 배우는 것이 핵심이었다.

스완은 첫 모임에서 서로의 얼굴을 더 잘 익혔다. 눈이 갸름하고 나이 든 여성은 오스트리아 출신의 교육연구자 앨마 위틀린이고, 놀라울 만큼 세련되고 눈매가 깊고 입술이 두꺼운 그리스 여성은 역사학자 릴리 마크라키스였다. 서로 대화를 나눌 시간은 거의 없었다. 스완은 이들과 친해지고 싶었다. 이들은 스완의 관객이 되어줄 것이고 어쩌면 앞으로 몇 달 동안 협력자가 되어줄 수도 있었다. 다른 장학생들도 비슷하게 느꼈다. 그 주에 또 열린 차 모임에서 여성들은 스완의 표현을 빌리자면 "서로에게 덤벼들었다."[3] 이들은 마음이 맞는 사람들을 찾아다니며 전화번호, 연구 분야, 아이들의 이름과 나이 등 핵심 정보를 교환했다.

스완은 모임 중 브루클린에서 온 역사학자 릴리언 랜덜과 대화를 나누었다. 랜덜도 스완처럼 세븐 시스터스 대학에서 학사 학위를 받았다(마운트 홀리오크 대학이었다). 그리고 역시 스완처럼 랜덜도 아이가 둘이었다. 이들은 고문서(랜덜은 오랫동안 13세기와 14세기 고딕 시대 문서 가장자리 장식 목록을 작성 중이었다)에 관해 대화를 나누었는데 예술사를 배운 적 있는 스완은 대화를 잘 따라갔다. 학부 공부를 마친 지 거의 20년이 지났지만 이제 스완은 젊은 시절에는 지루하기만 했던 학문적 토론에 기꺼이 뛰어들었다.

어느 순간 스완은 고개를 들었다가 검은 머리 여성 둘이 자신을 향해 다가오는 것을 보았다. 섹스턴과 쿠민이었다. 두 사람은 눈에 띄는 한 쌍이었다. 훗날 어느 장학생은 두 사람을 "이국의 새들 같았다. (…) 둘 다 검은 머리에 눈동자가 빛났고 빨간색 옷을 입었다"[4]라고 회상했다. 두 사람은 자주 옷을 바꿔 입었다.[5] 둘 다 잘 어울리는 흰색과 빨간색 폴리에스터 드레스는 서로 입겠다고 싸우기도 했다. 둘은 살짝 다르게 생겼지만 말이다. 몸이 반듯하고 머리가 짧고 평범한 스타일의 스완은 두 시인의 우아함을 위협적으로 느꼈을지도 모른다. 그러나 곧 이 매력적인 여성들이 스완을 만나고 싶어서 일부러 찾아왔다는 것을 알게 되었다. 두 사람은 시인이라고 소개했지만, 그림도 그리고 스케치도 했다.[6] 또 드로잉이 긴장을 푸는 데 도움이 된다고도 했다. 쿠민은 결혼 첫해에 수채화 수업을 들었고 지금은 지원금을 받았으니 그림을 더 그리고 싶다고 했다. 매주 화요일 오전은 그림을 그리기로 계획했다.

전문가들이 아마추어 열성자들을 만날 땐 종종 무시하기가 쉬우나 스완은 시인들의 관심을 환영했다. 시인들의 작품을 읽고 싶어 했고 시인들은 스완의 작품을 보고 싶어 했다. 시인들은 스완의 집 작업실을 방문하겠다고 약속했고, 스완도 언젠가 시인들의 낭독을 듣고 싶다고 청했다. 세 예술가는 전부 마운트 오번 78번지의 "토끼 사육장"[7]에 숨기보다 대다수 시간을 집에서 작업하기로 했다.

차 모임 며칠 후 스완은 시인들과 만났다고 스미스에게 이야기했다. 장학생들이 서로 관계를 형성하고 있다는 걸 알면 스미스가 기뻐할 것 같았다. 스완은 이 관계에 안도하는 쪽이었다. 어쩐지 여성 교육기관의 첫 번째 합격보다 두 번째 합격이 더 좋은 결과를 안겨줄 것만 같았다.

스완은 열 살 때 할머니 그림을 그렸다. "정말 할머니처럼 보였고 다들 깜짝 놀랐다." 스완은 이렇게 회상했다. 피아노 수업을 받을 때면 가만히 앉아있질 못했던 아이가 초상화는 완벽하게 똑같이 그리는 인내심이 있었다. 뉴턴고등학교에서 도면 그리는 법을 가르쳤던 스완의 아버지는 깊은 인상을 받았다. 비슷함을 포착하는 게 얼마나 어려운 일인지 그는 알았다.

스완은 한동안 초상화를 그렸다. 그것으로 대학 시절을 보냈다. 이제 새로운 학업 환경을 탐험하면서 다시 초상화로 돌아갔다. 스완은 연구소의 동료 장학생들을 스케치하면서 각 여성이 지닌 영혼의 정확한 색조, 즉 마음이 전하는 고유한 울림을 포착하기 위해 다양한 획을 실험했다. (그는 언제나 작품에 관해 신비로운 용어로 말했다.) 스완의 초상화는 겉모습이 비슷하더라도 각 여성의 독특함을 잘 보여주었다.

엘리자베스 바커가 초상화의 주인공이 되었다. 당시 보스턴대학교 영문학과 박사과정 학생이었던 50세의 바커는 에너지가 넘쳤고 강렬하게 발언하는 여성이었다. 말만큼 담배도 많이 피워서 담배가 마치 여섯 번째 손가락 같았다. 초상화 속에서 바커는 머리띠로 머리카락을 엄격하게 뒤로 넘기고 손은 느슨하게 주먹을 쥐고 눈앞의 허공을 붙잡고 있다. 말하는 도중을 포착한 것 같다.[8] 불안한 연필 선이 바커의 지적 역동성을 보여준다. 동료 예술가인 화가 로이스 스워노프도 스완의 앞에 앉았다. 웰즐리 출신 스워노프는 우아하고 깔끔한 그림을 그렸다(훗날 그는 채색화로 세계적인 인정을 받는다). 스완은 요란하고 지나친 초상화를 그리게 될까 두려워 (동료 화가가 그의 주제를 어떻게 생각하겠는가?) 순수하고 단순한 선에 의존했다. 연구소의 위협적인 존재였던 어슐러 니부어도 초상화를 그리기 위해 스완 앞에 앉았다. 스완은 니부어를 존경했는데, 이 신학자의 지성 때문이기도 했고 무척 유명한 남자의 부인이기 때문이기도 했다.[9] 골격이 강인한 니부어의 사랑스러운 영국인 얼굴을 포착한 초상화는 그물 모양 음영을 많이 넣어 스완이 느낀 만만찮음과 불확실성을 반영했다. 아무리 시도해 봐도 이 널리 존경받는 여성이 어떤 사람인지 제대로 파악할 수 없었다.

스완은 쿠민과 섹스턴이라는 두 시인을 그릴 때 특별한 기쁨을 느꼈다.

처음에는 이 매력적인 검은 머리 여성들이 무척 비슷해 보여서 두 사람을 구별하는 데 기민한 눈이 필요했다. 스완은 잘 손질한 머리와 깃 있는 드레스 너머로 두 사람의 기질을 탐색했다. 쿠민이 정적이라면 섹스턴은 긴장으로 가득했다. 섹스턴에게는 불안한 분위기가 있었고 어떤 감정으로 가득 차 있었다. 스완은 날카로운 연필 선을 사용해 섹스턴을 그렸다. 연필을 단단히 내리눌러 드레스의 주름을 두드러지게 했다. 그물 음영을 넣어 섹스턴의 피부가 하얀 드레

앤 섹스턴의 초상. 바버라 스완, 1961년 작.

스보다 더 어두운 색조로 날카롭게 대비되도록 했다. 섹스턴은 휴식하는 자세로 앉았지만(왼손으로 고개를 받치고 밝은 눈으로 먼 곳을 응시했다) 그림은 팽팽한 에너지로 가득하다. 동작 중에 곧바로 튀어나올 것 같다. 이와 대조적으로 쿠민의 초상화는 다정해 보인다. 선이 부드러워 연필로 획을 그었다기보다 붓질한 것처럼 보인다. 4분의 3 정도 옆모습을 보여주는 쿠민의 얼굴은 연기구름에서 나타나는 것 같다. 손가락 사이에 담배를 들고 생각에 잠긴 듯하고 그 순간에 만족한 것처럼 보인다. 초상화는 너무 느긋해 보인다. 어쩌면 스완은 쿠민의 자제력을 몰라보고 시인의 차분함이 의도적인 성취가 아니라 타고난 성정인 것으로 오해했을지도 모른다. 그러나 스완은 두 시인이 서로를 보완하는 방식을 알아보았다.

연구소에서 특별한 초상화의 주인공이 되어야 할 여성이 한 명 있었다. 스완은 언제나 장학생들이 요구하는 것을 찾아내 도와주는 기적의 일꾼 스미스야말로 사무실 벽에 걸어놓을 수 있을 정도의 전문적인 초상화를 그려주어야 한다고 생각했다. 스완은 이 초상화가 연구소 1기 장학생들에게 자신이 붙인 별명 '프레미에 크뤼'가 주는 선물이 되길 바랐다.[10]

어느 날 저녁 스완은 웹스터 플레이스 32번지 자택으로 스미스를 초대했다(스완은 칵테일 파티보다 일대일 만찬을 훨씬 더 이상적인 저녁으로 생각했다). 그날 밤 스미스의 초상화를 스케치할 생각이었다. 그러나 스미스는 무척 사교적이고 함께하면 즐거운 사람이라 두 사람은 칵테일을 마시는 동안 초상화 생각을 깜박 잊고 말았다. 그날 후세에 남길 초상화를 그리지 못한 건 아이리시 위스키 때문이었다. 두 사람은 머지않아 다시 초상화를 그리기로 했는데, 이번에는 진지하게 임하기 위해 술을 금지했다. 스완은 스미스가 적당한 자세를 취하도록 살펴주었고 특히 옷 주름에 신경을 썼다.[11] 늘 그렇듯이 이번에도 목적은 눈을 완벽하게 표현하는 것이었다. 스완은 스미스의 눈에 특유의 사랑스러움과 유머 감각의 빛을 넣고 싶었다. 그러나 결국 그 빛을 포착하지 못했다. 한쪽 눈은 괜찮았지만, 다른 눈은 별로였다. 입에도 결함이 있었다. 스완은 몇 년 안에 초상화를 보완할 수 있겠거니 생각했다. 여기에 선을 새로 넣고, 여기에 음영을 조금 넣는 식으로. 그러나 몹시도 열정적이었던 1961년 가을에 스미스에게 남은 시간이 많지 않다는 사실을 아무도 몰랐다.

연구소 장학생들을 유심히 살펴본 사람은 스완만이 아니었다. 그들은 연구소에서 첫해를 시작했을 때부터 관찰되고 있다는 걸 알아챘다. 언론은 어느 신문이 "래드클리프의 신생아"[12]라고 불렀던 이 획기적인 프로그램에서 눈을 떼지 못했다. 1961년 여름 내내 그리고 학기가 시작되자마자 신문과 잡지는 연구소와 그 설립자에 대하여, 기적 같은 기회를 거머쥔 여성들에 대하여 앞다퉈 보도했다. 전국 잡지들은 래드클리프 독립연구소를 여성 교육의 새로운 경향에 관한 사례연구로 보았다. 지역신문은 사진이 잘 받는 장학생들을 부각하면서 행복한 가정 풍경을 재현해 달라고 요청했다. 어느 사진을 보면 섹스턴이 소매 없는 상의와 줄무늬 치마를 입고 딸 조이, 린다와 함께 있다.[13] 또 어느 사진에서는 쿠민이 막내 대니얼을 한쪽 팔로 감싼 채 무릎에 책을 펴놓고 앉아있는데, 카메라 셔터 소리에 약간 놀란 것 같은 모습이다.[14] (스완은 더 나중에 지역 언론의 조명을 받았다. 1963년 어느 신문을 보면 스완의 프로필 사진 위에 "설거지를 하라고요? 아니, 그림을 그릴래요"[15]라는 헤드라인이 붙어있다.) "우리는 개척자인 동시에 실험용 쥐였다."[16] 쿠민은 훗날 이렇게 말했다. "서식지에서 하도 질문을 많이 받고 사진도 많이 찍혀서 우리 아이들은 누가 흘깃 쳐다보기만 해도 '치즈!'라고 할 정도였다." [11]

월, 지금껏 연구소를 취재한 매체 중 가장 규모가 큰 『타임』이 표지에 폴리 번팅을 실었다. 사진에 딸린 프로필 기사("한 사람의 여성, 두 개의 삶")에서 번팅은 여성 관련 사안에 관해 "합리적이고 건설적이며 겸손하고 조금 분노하는 입장"[17]을 취한다는 찬사를 받았다. 온건하고 겸손한 번팅이 별로 눈에 띄지 않았던 더글러스 시절을 떠난 지 불과 몇 년 만에 미국 여성의 밝은 미래를 보여주는 전국적 상징이 되었다.

번팅의 생각이 유명해졌다는 것은 여성들에 관한 미국인의 사고방식, 특히 가족 내 여성의 역할에 관한 생각에 주요한 변화가 일어났다는 의미였다. 1960년대 초반 노동의 성별 분업은 대체로 여전했지만(남성은 생계를 위해 돈을 벌어오는 사람, 여성은 집안일과 가족을 돌보는 사람) 여성에 대한 기대가 변화했다. (여성이 주로 혹은 단독으로 돈을 벌어오는 가정이 당시 11퍼센트였다면[18] 2015년에는 42퍼센트가 되었다.) 제2차 세계대전의 여파로 전문가와 광고주들이 어머니의 양육을 새롭게 강조했다. 이들은 백인 중산층 여성에게 세탁하는 데 시간을 덜 쓰고(이제 세탁기가 있으니까!) 바닥 걸레질에도 시간을 덜 쓰고 대신 자녀 양육에 더 많은 시간을 쓰라고 권장했다. (1964년 출간되어 중산층 가정의 필수품이 된 『유아와 육아 상식』*Common Sense Book of Baby and Child Care*의 저명한 저자 벤저민 스포크 박사 덕분이다.) 심지어 가정 밖에서 일하지 않는 중산층 여성도 파트타임 가사노동자를 고용해 빈 식품 저장실이나 더러운 침대보에 신경 쓰지 않고 더 많은 시간을 아이들 곁에 머무를 수 있게 되었다.[19] 연구소 장학생들이 스미스에게서 첫 지원금 수표를 받았을 때도 가사노동자 고용이 더는 사치로 보이지 않았고, 우월한 계급적 지위의 상징으로 여겨지지도 않았다. 오히려 필수이자 중산층 여성이 마땅히 누려야 할 일, 요구해야 하는 일이 되었다.

이렇게 광범위한 사회적 변화에 힘입어 거의 모든 연구소 여성들이 지원금을 가사노동 지원에 썼다. 누구는 시간을 아껴주는 가전제품을 샀다. 스완은 식기세척기를 샀는데, 기계가 벌어주는 노동 시간을 계산해 보고 투자할 가치가 있다고 결론지었다. 쿠민은 약간 다른 방향으로 지원금을 서류정리함과 녹음기, 국제식 자판이 있는 타자기를 사는 데 썼다. "내겐 이것들이 메르세데스 벤츠보다 더 높은 지위의 상징이다."[20] 쿠민은 말했다. 장학생 두 명은 지원금을 자녀의 과외활동 비용으로 썼고 대신 아이들 없는 시간을 벌었다.[21] 주로 유색인 여성 가사노동자나 베이비시터를 고용하는 사람도 있었다. 당시 흑인 여성은 미국에서 엄청난 양의 가사노동을 해주었다. 1960년 고용된 흑인 여성의 3분의 1이 가사노동자였다.[22] (이후 경제 상황과 노동력이 많이 변했지만, 흑인 여성은 평균에 못 미치게 보수가 적고 지위가 낮은 직군에 종사했다. 여성정책연구소에 따르면 "흑인과 히스패닉 여성은 백인 여성보다 두 배 이상 '서비스' 직군에 종사한다."[23] 이런 직업은 보수가 적고 비정규직에 불안정했다.)

연구소 여성들이 지원금을 가사노동자 고용에 썼다는 사실은 래드클리프가 어느 기사에서 밝힌 "재능 있는 여성들"[24]을 어떻게 상상했는지, 즉 그런 여성들은 어떤 사람들이고 어떤 자격이 있다고 생각했는지 일면을 보여준다. 재능 있는 여성은 대학 학위가 있을 것이다, 재능 있는 여성은 집 바닥을 청소하고 아이들을 돌보기 위해 다른 여성을 고용할 수 있다. 래드클리프는 가사노동자 역시 "재능 있는 여성"이자 창조적 이성의 소유자일 수 있다는 생각을 아직 못했다. 연구소가 재능 있는 노동계급 여성의 삶을 고려하게 된 것은 나중에 틸리 올슨이 세미나 발표를 통해, 수많은 뛰어난 경력을 고된 노동으로 잃어버리는 현실을 개탄했을 때였다. 학계 안팎에서 오래 이어진 인종 불평등 해결에 나선 것도 래드클리프 학부생들이 입시 제도 개선을 요구하면서부터였다. 독립연구소 첫해에 노동하는 여성은 잊혔고 중산층과 부유층 백인 여성들은 특권이 적은 사람들이 제공하는 노동으로부터 혜택을 보았다.

백인이면서 비교적 부유했던 섹스턴은 지원금으로 생활을 크게 향상시켰다. 다른 장학생들처럼 섹스턴도 가사노동자를 추가로 고용했다. 시어머니가 일주일에 한 번 비용을 내고 사람을 불렀지만, 섹스턴이 두 번으로 늘렸고 남편 케이오를 위해 매달 청소 서비스를 따로 받았다. ("남편은 집이 지저분한 걸 싫어했다. 일종의 완벽주의자였다"[25]라고 섹스턴은 설명했다.) 지원금의 상당 부분이 집의 개축에 들어갔다. 그는 포치를 서재로 바꾸었고 뒷마당에 수영장을 지었다. 이 수영장은 지역의 스캔들 같은 것이 되어버렸고 수십 년간 보스턴 문학계는 래드클리프 지원금을 개인 수영장을 짓는 데 사용한 뉴턴의 시인에 관해 뒷말을 했다. 장학생 한 명이 기금을 이런 식으로 썼다는 말을 들은 번팅은 적잖이 당황했다. 이는 경솔한 행위였고 진지하고 온건한 생활 방식이 아니었다.

그러나 섹스턴에게 수영장은 일상에 매우 귀중하고 치유의 힘이 있는 추가 장치였다. 수영은 매일의 의식이 되었다. 섹스턴은 길쭉한 몸으로 물을 가르며 느긋하게 수영했다.[26] 눈을 감고 새소리를 들으며 별 쓸모없는 교외 지역을 목가적인 전원 풍경으로 상상했다.

래드클리프 지원금 덕분에 클리어워터 로드 40번지 집은 안식처가 되었다. 섹스턴은 자칭 "무서운 세상"[27]에 나가는 걸 무척 싫어했다. 창작에 방해가 되는 일은 몇 차례 극복했지만, 불안 때문에 케임브리지로 나가는 짧은 여정도 만만찮은 일이 되었다. 이제 섹스턴에겐 적절하고 만족스러운 작업 공간이 생겼다. 더는 남편의 잔소리를 참아가며 문서와 책이 널린 식당 테이블에서 작업하지 않아도 됐다. 다시는 마음 깊은 곳에서 시를 끌어내려 케이오의 몸을 타고 넘어

녹음기를 만질 필요가 없었다. 이제·홀로 타자기 앞에 앉을 수도, 쿠민과 통화를 해야 하면 린다와 조이를 떼어놓을 수도 있었다. 마운트 오번 스트리트의 작업실까지 합하면 이제 섹스턴에게는 자기만의 방이 한 개가 아니라 두 개나 되었다.

이 첫해 가을에 집에 새로 만든 작업실에서 찍은 사진이 있다.[28] 섹스턴은 긴 다리를 작업실 책장에 올리고 의자를 뒤로 흔들고 있다. 검은 플랫슈즈를 신은 발은 발목에서 포개졌다. 무릎에 책이 펼쳐져 있고 손에는 담배를 들었다. 타자기에서 고개를 돌려 사진기쪽을 보고 있다. 입을 벌리고 활짝 웃는 온 존재가 긴장이 풀린 채 밝다. 그는 배움의 순간에 사로잡힌 것처럼 보인다. 무척 기뻐 보인다.

사진기는 거짓말하지 않았다. 그해 가을 섹스턴은 특별히 행복했고 새롭게 자신만만했다.[29] 새 시집 작업에 열중했고 생산력이 매우 뛰어났다. 11월까지 새 시집에 묶을 시를 20페이지나 썼다. 강사 자리도 구해서 하버드와 래드클리프 학생들에게 문예창작을 가르쳤다. "계획보다 일이 많아졌지만 어떻게 보면 즐겁다."[30] 그는 한 친구에게 이렇게 썼다. 집안일도 순조로웠다. 물리적 폭력과 분노를 휘두르던 케이오가 치료를 받기 시작했다. 부부 사이에 몰두했던 섹스턴의 경향도 줄었다, 부부 싸움을 덜 했고 딸들과 나들이를 더 즐겼다.

섹스턴은 연구소에 들어가면서 가족과 작업 사이에서 느꼈던 갈등을 덜었다. 모든 '프레미에 크뤼' 회원들과 방대한 인터뷰를 실행한 교육연구자 앨리스 라이어슨에게 섹스턴은 연구소가 "지위의 상징"[31]이라고 말하기도 했다. "이제 막 졸업한 것 같아요." 섹스턴은 연구소가 가족에게뿐만 아니라 시단에도 자신의 가치를 증명해 주었다고 느꼈다. "돈을 벌고 지위를 얻기 시작한 후 (…) 가정 경제에 도움이 되고 있으니까 죄책감을 느끼지 않아요. (…) 또 내겐 나를 인정해 주고 내가 이 일을 잘한다고 생각하는 사람들이 있어요." 섹스턴은 강연료를 250달러로 올리고(당시 그 이상을 받는 시인은 매우 드물었다) 『뉴요커』와 '첫 낭독회'[32] 계약에 서명했으며(다시 말해 그 잡지사가 낭독회 우선권을 가졌다) 이를 통해 새 작품의 시장을 마련했다. 섹스턴은 경력의 다음 무대를 향해 날아오르고 있었다.

그해 가을 어느 날 섹스턴은 딸 린다와 실내에 누워 낮잠을 자고 있었다.[33] 당시 여덟 살이었던 린다는 종종 섹스턴 자신의 삶을 돌이켜 보게 했다. 바깥은 단풍이 물들고 있었다. 모녀는 졸며 회상에 잠겼다. (아직 이른 저녁이었지만 저녁 식사 때 와인을 마셨다.) 섹스턴은 다정하게 린다의 기억을 고쳐주었다. 어머니들이 흔히 하듯이, "아냐, 네가 기억하는 그 일은 어제가 아니었어. 아주 오래전 일이었어" 하면서. 집 밖에서 나무들이 가을바람에 흔들렸고 새들이 잔디밭 위를 돌아다녔다. 이 회상과 휴식의 순간에 섹스턴은 어떤 영감을 받았다. 그는 린다에게 연필과 종이를 가져오게 하고는 침대에서 곧바로 시 한 편을 쓰기 시작했다. 이틀 만에 이 파편 같은 메모를 시로 조합해 냈고 마침내 「요새」라는 제목을 붙였다.[34]

「요새」는 여러 면에서 로웰의 세미나 시절 쓴 쌍둥이 같은 모녀의 초상이 등장하는 「이중 초상」을 닮았다. 먼저 쓴 시처럼 「요새」도 어머니가 딸에게 전해주는 세대 간 연속성에 관한 시다. 시 속에서 한 모녀가 사각형 침대 위 분홍 퀼트 이불을 덮고 누워있고 바깥의 숲은 여름을 지나고 남은 나뭇잎을 달고 있다. 시의 화자인 어머니는 계절의 변화와 자연 현상을 설명한다. 시구는 반쯤 진지하고, 완전히 우아하다. "나뭇잎들은 몰래 배를 채웠다 / 비트처럼 새빨간 염료 웅덩이에서."[35] 화자는 "반은 장난으로, 반은 두려워" 딸의 얼굴에 난 갈색 점을 손가락으로 눌러본다. 이 점은 "내 오른뺨에서 유전된 / 위험의 표식"이다. 딸은 어머니의 아름다움과 함께 불안정도 물려받게 될까? 두 사람은 서로에게 묶여있을까? 딸도 작가가 되어 고통스러울까? 꽤 자신 있게 외부 세계에 대한 딸의 인상을 수정해 주는 어머니지만 딸을 그 세계로부터 보호하기는커녕 미래를 설명하는 것조차 불가능함을 깨닫는다.

화자는 딸이 어느새 위안과 보살핌을 주는 사람이 될 것이고("네 가슴에 안긴 / 네 아이") 자신의 고통이 (어쩌면 유전된) 딸의 것이 되리라고 암시한다. 「요새」는 어떤 계절이든 무한하고 지속적인 사랑을 약속하며 끝난다. 이 시는 약속이면서 동시에 예언이고, 벗어날 수 없는 여성성을 고찰하는 한 방식이다.

섹스턴은 자신의 여성적 정체성 언급을 부끄러워 회피한 적이 없었다. 첫 시집에도 어머니들과 산부인과 병동에 관한 시들이 실려있다. 그해 가을 편집 중이던 두 번째 시집의 시들은 여성의 경험을 훨씬 더 공개적으로 다뤘다. 「탐욕스러운 자들에게 자비를」은 낙태 후 치유법으로 시를 제안한다. (1960년 섹스턴은 세 번째 아이를 낳지 않고 불법 낙태를 선택했는데, 남편이 아이 아버지라는 확신이 없던 게 한 이유였다.) 「거들 입은 여자」는 허리께가 축 늘어지고 허벅지가 굵은 여자가 속옷을 벗으며 부드러우면서 강인하고, 불완전한 동시에 아름다운 자신을 드러내는 시다. 「수술」은 세 부분으로 구성된 시인데 어머니 메리 그레이의 암 이미지들과 섹스턴 자신이 받은 난소낭종 제거술 이미지를 결합한다. 화자는 "여자는 반드시 / 계절마다 죽어간다"[36]라고 회상한다. 그리하여 「요새」는 섹스턴 시의 커다란 주제인 모성과 여성의 몸, 낭만적이든 아니든 사랑에 집중하고 이를 강화한다. 자기 아기들을 그렸던 스완과 어린 아들에게 읽어줄 수 있는 동시를 쓰고 싶어 했던 쿠민처럼 섹스턴 역시 예술가로서의 삶과 어머니로서의 삶 사이 갈등을 완화하기 위해 두 번째 삶이 첫 번째 삶에 영감을 주는 방식을 시도하고 있었다.

더불어 섹스턴은 여성의 글쓰기가 무엇을 의미하는가를 더욱 면밀하게 생각하기 시작했다. 로웰의 세미나 시절에는 자신의 여성적 정체성에 조바심쳤고, 진지한 남성 시인들에게 자신이 항상 열등하게 보일 거라고 걱정했다. 그러나 래드클리프에서 여성과 예술에 관한 시각이 변하기 시작했다. 어쩌면 연구소의 명백히 정치적인 책무, 즉 홍보 책자와 언론 보도에서 되풀이해 강조되었던 그 임무 때문일 수도 있다. 떠들썩했던 언론, 기사에 보도된 프로필들, 미국 대중이 보여준 인정의 태도 때문이었을 수도 있다. 어쩌면 그저 여자들 사이에 둘러싸여 있어서 그랬을지도 모른다. 섹스턴은 주로 집에서 일했고 케임브리지로 차를 몰고 나오면 전원 여성으로 이루어진 동료 장학생들 속으로 들어갔다. 마운트 오번 스트리트 78번지에는 잘난 척하는 존 홈스도 도무지 속을 알 수 없는 로버트 로웰도 없었다. 오직 자신과 같은 여자들뿐이었다. 섹스턴은 성적 긴장감이 넘치던 워크숍 공간 대신 서로를 지지해 주는 여성 공동체를 선택했다.

이유가 뭐든 섹스턴은 문단의 성차별주의에 대해 더욱 단호한 태도를 보이기 시작했다. 라이어슨과의 인터뷰에서 자신이 시단에서 불이익을 당했다면 그건 교육을 받지 않아서나 다른 결함 때문이 아니라 그저 여성이기 때문이라고 말했다. 또 남성 동료들이 "숙녀 시인들"을 경멸한다고 생각했고, 자신의 글쓰기를 특별히 확고하게 통제해야 한다는, 다시 말해 두 배로 잘해야 한다는 압박감을 느낀다고 했다. "열심히 해야 해요. 뭐랄까, 언어에 잔혹한 사람이 되어야 합니다."[37] 그는 남편과 시어머니가 자신의 시를 진지하게 보지 않았고 그저 취미로나 손대기를 바랐다고 말했다. 연구소 지원금을 받고 나서야 비로소 가족의 존경을 받는다고 느꼈다.[38] 또 인생 최악의 문제가 "시 쓰기처럼 대단한 일을 하는 여성으로 살기"[39]라고 했다.

그러나 동시에 섹스턴은 자신의 창조적 욕구가 자신의 삶과 아이들의 삶을 동시에 얼마나 충만하게 향상할 수 있는지 깨닫기 시작했다. 시를 쓰기 시작하면서 더 좋은 어머니가 되었느냐는 질문에 이렇게 대답했다. "예, 훨씬 더 좋은 어머니가 되었죠. 아이들에게 나를 위한 삶이나 어떤 이유를 위한 삶을 창조하라고 요구하지 않으니까요."[40] 여전히 "남자처럼 쓴다"라는 칭찬을 듣고 싶어 했지만, 동시에 "시 쓰기처럼 대단한 일을 하는 여성으로 살기"의 이점도 보기 시작했다. 어쩌면 글쓰기는 좋은 어머니가 되면서 결혼생활을 유지할 수 있는 유일한 방법이었을지도 모른다. 번팅의 주장처럼 여성은 가정의 삶과 전문적인 삶을 결합해야 하고 적어도 둘 사이를 번갈아 하는 방법을 찾아내야 했다.

1961년 말, 다른 장학생들처럼 섹스턴도 이 방식의 장점을 확신하게 되었다. 이제 세계의 나머지를 설득할 차례였다.

"연구소 시절…… 내 생각엔 우리 가운데 혁명가가 많지는 않았다."[41] 연구소 1기생이었던 그리스 출신 역사학자 릴리 마크라키스는 수십 년이 흐른 후 이렇게 술회했다. 연구소는 미국 여성이 지적·전문적으로 불이익을 당하고 있고, 교육·사회 기관들이 개혁되어야 한다는 정치적 전제조건 위에 설립되었다. 그러나 연구소 분위기는 그리 전투적이지도 정치적이지도 않았다. 마크라키스의 회상처럼 여성들은 그저 연구소에 온 것을 행운으로 여겼다. 그들은 감사의 마음을 품고 다녔다. "정말 근사하다." "정말 특별해." 그들은 서로에게 말했다. 시간이 더 흐른 뒤에야 마크라키스와 동료들은 왜 래드클리프 독립연구소 같은 곳이 더 많이 생기지 않는지 의문을 품었다. 연구소에 다닐 무렵에는 다른 질문을 품고 있었다. 왜 여성들은 지적인 작업을 하기가 이토록 힘든 걸까? 왜 여성 학자들은 연구소에서 일하기가 훨씬 더 어려운 걸까? 왜 래드클리프 연구소 같은 곳이 생기기까지 이토록 오래 걸린 걸까? "그래서 우리는 서서히 생각하기 시작했습니다. '이 일을 더 밀어붙이면 어떨까?'"

래드클리프 시절 마크라키스가 만난 여성들은 정치 선동가도 문화적 반항아도 아니었다. 그들은 1960년대 히피의 선배였던 1950년대 대항문화의 일원이 아니었다. 그들은 콜'로 눈꺼풀을 검게 칠하지 않았고 청바지도 입지 않았다. 반항적인 여성들의 학교였던 세라 로런스 대학도 피했다. 작가 앤 로이프와 함께 "모든 곳의 컨트리클럽에 반대한다"[42]라고 선언하지도 않았다.

1961년 9월 래드클리프에 모인 여성들은 대부분 앤 로이프 같은 여성이 거부했던 모든 것을 옹호했다. 자신을 "반反스미스 걸""[43]이자 "교외 잔디밭과 황금 팔찌, 각종 남성 친목회, 파시스트, 주식중개인의 적"으로 여겼던 로이프는 이들과 완전히 달랐다. 평균적인 연구소 장학생들은 주식중개인(혹은 세일즈맨, 엔지니어, 은행원)과 결혼했다. 그들은 교외에 근사한 집을 소유했다. 컨트리클럽에 지원했고 회원 자격을 따냈다. 많은 이들이 성인 초반기의 삶을 일반적인 문화가 미리 마련한 길을 따르며 살았다. 래드클리프에 오기 전 이들은 낮에는 아이들을 돌보고 밤에는 남편이 퇴근하길 기다렸다. 누군가의 표현대로 이들은 가끔 자문했다. "이런 게 내 삶이 될 것인가?"

마크라키스는 바로 이런 질문에 몰두한 여성이었다. 1960년 가을, 마크라키스는 케임브리지 서쪽의 쾌적한 교외 지역인 벨몬트 타운에서 남편 마이클과 어린 세 자녀와 함께 살면서 자신의 미래가 그

• 아라비아 등에서 여성이 눈꺼풀을 검게 칠하는 데 쓰는 가루.

•• anti-smith girl, 스미스는 미국 중산층 교외 가정을 대표하는 성으로 '반스미스 걸'은 전형적인 가정생활과 규범적 역할을 거부하는 여성을 뜻한다.

저 '벨몬트 부인'일까 불안했다. 평생 자신의 뛰어남을 증명했던 비관습적 여성에게 그것은 슬픈 운명일 것이다. 1928년 아테네에서 태어난 마크라키스는 영리하고 독립적인 젊은 여성으로 대다수 아테네 소녀들이 고등학교 졸업과 함께 결혼했던 시대에 역사와 고고학을 공부하러 대학에 갔다. 그는 결혼 전이었던 1953년 가을, 미래의 남편을 따라 뉴욕에 도착했을 때 또 한 번 관습에 저항했다. 부부는 함께, 미국에서 각자 원하는 것을 공부했다. 마이클 마크라키스는 MIT에서 수학 박사과정을 시작했고 이후 하버드로 옮겨가 졸업했다. 한편 릴리는 래드클리프 석사과정에 입학했다. 릴리는 소심한 편이었지만 다양한 언어 실력(프랑스어, 독일어, 이탈리아어, 현대와 고대 그리스어)과 우아한 태도로 교수들에게 깊은 인상을 심어주었다. 학기 첫 주에 릴리는 꽤나 만만찮은 비잔틴 역사 교수에게 선약이 있어 세미나 첫 시간에 참석할 수 없다고 고했다. 그날 결혼식이 있었다.

마크라키스는 1955년에 역사학 석사 학위를 받았다. 석사과정 당시 첫아이인 아들을 임신했다. 몇 년 후에는 쌍둥이 딸이 생겼다. 가족은 경제적으로 안정적이었고 가사노동자의 도움도 받았다. 그러나 릴리에겐 지성의 배출구가 없었다. 테니스를 쳤다. 추리소설을 읽었다. 남편이 늦도록 학위 공부하는 모습을 지켜보았다. 남편은 남자라서 자신의 일을 진지하게 여기는 거라고 받아들였다. 지루하고 불안해진 릴리는 아테네에 사는 어머니를 떠올렸다. 아름다운 드레스를 입고 머리 모양을 세련되게 가꾼 어머니를. 자신도 같은 부류의 여성이 되려고 노력했다. "그런 게 삶이라고 받아들이면 그대로 하게 되었다. 그게 삶이라고 말이다."[44] 훗날 마크라키스는 가정에 묶여 살던 시절을 돌이켜 보며 말했다.

그의 삶은 1960년 11월에 변했다. "오늘 신문에서 흥미로운 기사를 읽었어." 어느 날 마이클이 말했다. 남편은 『뉴욕 타임스』의 열혈 독자였고 여성 학자를 위한 새로운 프로그램의 발표 기사를 읽었다. 그는 아내에게 그 프로그램과 지원금, 작업실과 생각할 시간과 공간에 관해 설명했다. "그래서 뭐?"[45] 마크라키스는 대답했다. "난 박사학위가 없잖아. 게다가 다섯 살도 안 된 아이가 셋이나 있어." 그러나 마이클은 단호하게 지원을 설득했다. 그는 언제나 아내를 지지했다. 아내가 석사 논문을 마무리하는 동안에는 저녁 설거지를 전담하고 아내를 위층으로 올려보내곤 했다. ("남편은 내가 만나본 사람 중 가장 친여성적인 남자였다.") 마크라키스는 지원 자격이 안 된다고 확신했지만, 남편의 설득에 넘어갔다. 코니 스미스의 전화를 받고 100명의 면접자 명단에 들어갔다는 소식을 들었을 때 마크라키스는 더욱 확신하며 오히려 긴장을 풀었다. 최종 스무 명 안에 어떻게 들어가겠는가? 마크라키스는 자신의 이름으로 발표한 학술 발행물도 없었다. 훗날 스미스가 말한 대로 마크라키스가 가진 거라곤 선정위원회가 보았던 최고의 추천서들뿐이었다. 그는 섹스턴, 쿠민, 스완과 나란히 스물네 명의 연구소 1기생에 들었다(처음 계획보다 많은 인원을 뽑았다). 몇 년 후 마크라키스는 연구소를 "나의 구원자"라고 불렀다.

일부 연구소 장학생과 달리, 그리고 미국 전역 수십만 명의 다른 여성들과 달리 마크라키스는 연구소에 지원할 때부터 이미 가사노동자의 도움을 받고 있었다. 연구소가 그에게 제공한 것은 원래의 학술 연구로 돌아가는 길, 즉 방향감각이었다. 매일 아침 아이들은 작별 인사를 나누면서 "엄마는 큰 학교에 가고 우리는 작은 학교에 갈 거야"라고 말했다. 그는 차를 몰고 케임브리지로 나와 와이드너 도서관의 서고 사이에 파묻혔다. 책이 셀 수 없이 늘어선 서고는 어둡고 미궁 같았다. 먼지가 많았고 약간 불길한 느낌을 주었지만, 마크라키스는 여기서 작업하는 것이 무척 좋았다. 그는 줄지어 있는 개인 열람석 한 곳에 앉아 아무런 방해도 받지 않고 네 시간 동안 그리스 정치가 엘레프테리오스 베니젤로스에 관해 연구했다. 힘겹게 얻은 이 공간을 떠나기가 싫었다. 주차 요금기에 추가로 5센트 동전을 넣으러 가는 5분조차. 누구에게는 방종이나 사치로 보일 수도 있겠지만, 그는 연구소 지원금 일부를 케임브리지 거리에 내버려둔 자동차 주차 요금에 썼다.[46]

그 첫 학기에 마크라키스는 섹스턴과 쿠민과 우정을 쌓았고 두 사람을 '시인들'이라고 불렀다. 요리 솜씨가 뛰어난 마크라키스는 쿠민과 섹스턴을 정기적으로 벨몬트 집에 초대했다. 그들은 함께 그리스 요리를 즐기고 각자 작업에 관해 대화를 나누었다. 날이 저물고 와인이 계속 돌면 세 여성은 개인적인 좌절과 공포를 털어놓았다. 셋 다 기대받은 대로 살고자 노력했었다. 마크라키스는 "내 임무"[47]라고 생각했던 일들, 즉 요리와 남편과 아이들을 사랑하는 일을 자랑스럽게 여겼다. 쿠민은 카풀과 디너 파티 등 교외 생활자의 의례와 실천을 자신의 의지로 해냈다. 마침내 고등학교 졸업반 시절 자신을 괴롭혔던 그 여학생클럽 아이들에게 어쩐지 항복해 버린 느낌이 들었다. 섹스턴은 가정의 행복이라는 꿈을 열렬히 추구했다. "아이들이 생기기 전에는 가정과 아이를 갖는 게 정답이라고 생각했다."[48] 그는 언젠가 이렇게 말했다. "평생 원하는 것을 위해 분투하며 살았다. 다만 내가 원하는 것이 무엇인지 알지 못했을 뿐이다." 열세 살 이후 섹스턴은 자신이 결혼을 원한다고 생각했다. 적당한 남자를 만나 감사했고 아이들이 생기면 자신의 문제를 고칠 수 있을 줄 알았다. "이런 감정 혹은 좌절감 혹은 그게 뭐든지 그러면 사라질 거라고 생각했다."

함께 있을 때 그들은 아이들에게 느끼는 짜증과 가끔 찾아오는 남편에 대한 무관심을 고백했다. 브리지 파티와 비슷한 사교 모임이 지루하다고도 인정했다. "당신도 나처럼 느꼈나요?"[49] 그들은 래드 클리프에 오기 전의 삶을 돌이켜 보며 서로 묻곤 했다. "나도 죄수 같았거든요."

세 사람은 딸들이 크면 상황이 달라질 거라고 기대했다. 「요새」의 화자가 딸이 자신의 삶을 그대로 답습할까 두려워하는 것처럼 이들도 자신의 딸들이 똑같이 억압적인 기대에 직면할까 봐, 똑같이 순응하라는 압박을 받을까 봐 두려웠다. 그들의 딸들도 결국 우리에 갇힌 짐승이 되어 좁은 할당 구역을 오가며 살게 될까? 쿠민은 이제 아홉 살이 된 둘째 주디스가 "나와 정확히 똑같은 복사판"[50]으로 보여 걱정했다. 쿠민은 주디스가 제 어머니와 달리 사회적 관습의 억압에서 벗어나 다르게 살기를 바랐다. 그때부터 쿠민은 교외를 벗어나 어딘가의 농장으로 이주할 생각을 했다. 섹스턴도 비슷한 공포를 드러냈다. "나는 아이들이 작가가 되지 않기를 바란다."[51] 언젠가 섹스턴은 딸들에 관해 이렇게 말하기도 했다. "내가 되려고 그애들이 시도조차 하지 않으면 좋겠다."

이들이 자녀와 작업 사이에서 가끔 느끼는 갈등을 연구소가 없애 주지는 않았다. 섹스턴은 이런 갈등을 유난히 날카롭게 경험했다. 화요일과 목요일 오후마다 집에서 딸들을 보살폈는데, 아이들은 열 살 미만의 아이들이 흔히 하는 요구들로 섹스턴을 힘들게 했다. "같이 놀 수 있어요?" "엄마, 친구들 다섯 명만 더 데려와도 돼요?" "그애들에게 먹을 것을 줄 수 있어요?" "나 여기 들어와도 돼요?"[52] 아이들이 어렸을 때 곁에 없었다는 죄책감이 어른거려 섹스턴은 딸들의 요구를 들어주려 최선을 다했다. 때로는 작업을 중단하고 아이들과 놀거나, 책을 읽어주거나, 바이올린 실력이 얼마나 좋아졌는지 이야기를 나누었다. 또 끊임없이 울려대는 전화를 멈추기 위해서라도 아이들이 친구들을 초대하게 허락했다. 수영장을 새로 지어 좋아진 섹스턴의 집 뒷마당은 이웃 아이들이 모여 노는 장소가 되었다.

짜증이 끓어 넘칠 때도 있었다. "아이들에게 고함을 칠 때가 있다. 여기서 당장 나가. 엄마, 일하고 있잖아. 아니, 난 너랑 얘기 안 할 거야. 아니, 엄마는 바빠."[53] 그는 이렇게 고백하기도 했다. 서재로 들어간들 아이들이 그 작은 주먹으로 계속 닫힌 문을 두드릴 것이다. 11월이 되자 다시 불안이 치솟았고 섹스턴은 또 삶을 끝낼 생각을 했다. 어느 날 저녁 수면제를 과다 복용했다. 의도적인 행동이라기보다는 자살로 향하는 몸짓에 더 가까웠다. 그는 사후 출간을 위해 시 원고에 메모를 남겼다. 그는 불행하게도 살아남았다. 이 무렵 섹스턴은 올슨에게 편지를 썼다. "와, 지금 내 글은 끔찍해요. 나는 그저 평범한 사람에 불과하죠. 그게 아니라면 왜 내 삶의 물질들은 기록할 가치도 없는 걸까요?"[54]

섹스턴은 자기만의 공간을 개척해 냈지만, 여전히 이전 삶의 물질들에 둘러싸여 있었다. 남편의 서류 가방, 유리그릇, 아이들의 더러워진 양말과 신발 같은 것들. 심지어 책이 늘어선 그의 요새조차도 난공불락의 공간은 아니었다.

부유한 여성은 불평도 하면 안 되었다. 다수가 연구소에 들어오기 전 이미 뉴잉글랜드 사람이었고, 사회가 그들의 삶에 둘러친 한계에 반항한 적도 없었다. 심지어 그런 한계가 있음을 스스로 인정하지도 않았다. 미국 여성은 순응에 만족하며 지구상에서 가장 운 좋은 여성으로 여겨졌다.

1962년 『하퍼스』는 인정이라도 하듯이 미국 여성을 "자신의 어머니나 할머니와 크게 다르지 않으며, 성적 매력, 어머니로서의 헌신, 가정과 공동체 내 양육자 역할이라는 고전적인 여성의 가치관에 똑같이 몰두하고 있다. 공적인 삶이나 직업 측면에선 대단치 않다. 대다수 남성과 같이 구식 페미니즘의 슬로건에 반감을 느낀다"[55]라고 묘사했다.

그러나 이들은 쿠민이 연구소에 관해 "즉각적인 동감"이라고 부른 것을 경험하기 시작했고, 가지지 못한 모든 것에 관해 과거보다 과감하게 발언하기 시작했다.

그렇다고 누구나 그들의 불평을 듣고 싶어 한 것은 아니었다. 교육받은 여성, 특히 래드클리프 졸업생이 놀라울 만큼 적대적인 반응을 보였다. 연구소 첫해 어느 날 스미스는 마크라키스에게 지역 여성청년연맹Junior League˙ 오찬에 함께 가자고 초대했다. 기금을 모금하려는 스미스에겐 연구소의 장학 프로그램을 대표할 얼굴이 필요했다. 함께 택시를 타고 가는 길에 평소에는 장학생들의 두려움과 요구에 민감한 스미스가 마크라키스에게 행사장에서 연구소 경험에 관해 발표해야 한다고 불쑥 말했다. 젊은 역사학자는 공황에 빠졌다. 그는 대중 연설을 몹시 싫어했는데(봄에 자신의 세미나 발표 때에도 공황에 빠진 적이 있다) 스미스가 그냥 자신의 이야기를 들려주기만 하면 된다고, 즉 당신이 누구고 어떻게 해서 여기까지 왔는지만 말하면 된다고 달랬다. 마크라키스는 불안해하며 고개를 끄덕였다.

잠시 후 마크라키스는 50명의 부유층 여성 앞에 서서 떨었다. 아는 사람이 아무도 없었지만 여성청년연맹에 들어가려면 '명망 있는 이름'이 있어야 한다는 것 정도는 알았다. 이들의 가족은 보스턴에서 가장 권력 있는 사람들일 게 틀림없었다. 마크라키스는 더듬거리며 연구소에 관해, 또 자신의 작업과 가사노동자의 도움과 남편의 지지에 대해 말하기 시작했다. 연설을 거의 마치기도 전에 공격이

˙ 상류층 여성들로 이루어진 사회봉사 단체.

시작되었다. "아이들을 놔두고 간다고요?" 그들은 믿을 수 없어 하며 물었다. "당신의 야망 때문에 아이들의 행복을 희생하고 있다는 생각은 안 드나요?" 남편 마이클이 지지해 주든, 아이들이 엄마가 아침마다 나갔다가 오후에 돌아오는 모습을 보고 완벽하게 행복해하든 상관없었다. 여성청년연맹 여성들은 가정 안의 책임보다 여성에게 더 중요한 일이 있다거나, 연구소의 파트타임 프로그램이 관련자 모두에게 실행 가능한 해결책을 제공할 것이라는 말을 의심했다. 계속해서 비판적이고 잔인한 질문을 던졌다. 마크라키스는 잠깐씩 자기방어를 시도하기도 했지만, 대체로 그들의 반대에 굴복하고 있음을 깨달았다. "이것은 전쟁이다." 그는 혼자 생각했다. 마침내 청중의 시야에서 벗어났을 때 그는 안도했다. 그날의 행사를 잊을 수도, 가족과 아이들을 향한 자신의 성실을 의심하고 무례하게 군 그 여자들을 용서할 수도 없었다. 수십 년이 흘러 그날의 오찬을 돌이켜 보며 그는 시간이 흘러도 누그러들지 않은 반감을 표시했다. "그들은 끔찍했어요……. 정말 싫었어요. 그 여자들이 싫었어요."[56]

여성청년연맹 여성들의 불평은 앞서 터져 나온 연구소와 번팅에 대한 래드클리프 졸업생들의 비판과 크게 다르지 않았다. 이들은 번팅의 프로젝트가 개인적으로 자신을 무시한다고 느꼈다. 그들은 모든 일을 제대로 하고 있었다. 사회가 마련한 가사 임무를 완수했다. 그런데 이 이상하고, 지나치게 교육을 많이 받고, 여성스럽지도 않은 여자가 나타나 아이들에게 삶을 바치면 경력을 추구할 때보다 *더 나쁜* 엄마가 된다고 주장했다. 이 방정식은 터무니없었고 그들의 분노는 실제였다. 번팅은 가사가 중요하다고 반복해서 주장했지만(번팅 자신이 집에서 보낸 세월을 몹시 사랑했다) 일부 여성들은 연구소를 향한 입장을 절대 바꾸지 않았다. 공산주의와 동성애처럼 연구소도 미국 가족을 향한 또 하나의 위협이었다.

연구소 첫해 동안 장학생들은 감시당한다고 느꼈다. 옆구리에 책을 끼고 점심 도시락을 싸서 문밖으로 나오면 이웃의 시선이 느껴졌다. 쿠민은 전에도 이와 비슷한 치욕을 당한 적이 있었다. 결혼생활 초기에 일을 한다는 이유로 동네의 일부 여성들이 쿠민을 대놓고 비판했다. (훗날 쿠민은 선택의 여지가 없었다[57]고 회상했다. 부부는 돈이 필요했다.) 이제 쿠민은 연구소 입학에 대해 죄책감을 느꼈고 지원금을 받은 글을 쓰지 못할까 걱정했다. "진심으로 흡족해하는 친구와 이웃이 있었다. 그리고 인내심이 큰 순교자 남편이 다 참아주니 얼마나 운이 좋으냐고, 또 대학에서 강의하는 동안 이미 파트타임 엄마였는데 이제 아이들이 엄마를 더 많이 볼 수 없으니 얼마나 좋으냐고 악의에 차 말하는 친지들도 있었다."[58] 이웃들은 정작 아이들보다 쿠민의 부재에 더 관심을 보였다. 이제 많이 자란 아이들은 집 밖에 나가 있을 때가 많았다. 마크라키스처럼 쿠민도 미국 가정을 향해 범죄를 저지른다며 비난받았다.

마크라키스는 지지하는 남편이 있다는 게 얼마나 행운이고, 또 나쁜 결혼을 했거나 너무 일찍 결혼했다면 삶이 많이 달라졌을 것도 알았다. 연구소에서 1년을 보내고 처음으로 강의를 하게 되었을 때 마크라키스는 학생들의 약혼반지를 보고도 축하의 말을 거부하면서 그들을 충격에 빠뜨렸다. "너무 일러. 넌 고작 스물두 살이잖아!" 그는 이렇게 말하곤 했다. 졸업반 학생들에게 가정에 안착해 아이들을 가지기 전에 세상부터 봐야 한다고 말했다. "남편이 네가 하고 싶은 일을 하게 할지 말지 절대 알 수 없어." 그는 학생들에게 경고했다. "그러니 자유로운 편이 나아." 남은 일생 동안 마크라키스는 이른 결혼을 피해 삶이 얼마나 충만해질 수 있는지 보여줘 고맙다는 제자들의 편지를 받았다. "선생님이 저를 구해주셨어요." 래드클리프가 그의 구원자였던 것처럼 그는 제자들의 구원자였다.

세월이 흐른 뒤 1961년의 그 저녁들을 돌이켜 보면서 마크라키스는 자신과 시인들이 분노하고 공감하고 대안의 삶을 상상할 때 실제로 한 일이 무엇이었는지 규정해 보고 싶었다. 연구소에 오기 전의 자아 때문에 그토록 정치의식이 강해졌다고 말하고 싶지는 않았다. 실제로 그가 연구소에 있던 때는 여성해방운동이 시작되기 직전이었다. 케네디가 미국 여성의 지위를 조사하라고 지시한 게 1961년 12월이었다. 이 보고서는 "미국 여성의 법적·사회적·시민적·경제적 지위를 향상하기 위한 평가와 건의로 가득 차 있었다."[59] (엘리너 루스벨트가 1962년 사망할 때까지 이 위원회 의장을 맡았고, 그의 사후에는 미국 노동부 차관보 에스터 피터슨이 그 자리를 넘겨받았다.) 이 '자유로운' 국가에서 여성들이 직면한 불평등을 비판한 보고서는 마크라키스가 대학 강단으로 옮겨간 뒤인 1963년 10월에나 출간된다. 그해는 정말로 상황이 달라졌다. 베티 프리단이 마크라키스와 친구들이 직면한 문제에 이름을 붙였고 전국의 여성들 사이에 대화를 불러일으켰다. 이들은 몇 년 안에 조직을 만들기 시작했다. 페미니스트 조직들이 목표를 발표하고 의회에 로비를 시작했다.

이 고도로 가시화된 여성운동은 운동 안에서 누가 중요하고 누구를 위한 운동인지에 관해 새로운 질문들을 불러일으켰다. 여성해방은 오직 교외의 주부들을 위한 것인가? 여성운동이 가정부와 다른 가사노동자들도 해방시킬 수 있을까? 백인만큼이나 흑인 여성들을 위한 일이 될 수 있을까? 그러나 1961년의 연구소에서 그런 질문은 아직 일어나지 않았다. '프레미에 크뤼' 회원인 브리타 스텐달의 말처럼 "우리는 여성해방이 눈앞에 와 있고 페미니즘이 의식 분석의 도구로 출현하기 직전이라는 사실을 거의 알지 못했다."[60]

그러나 마크라키스는 그 평범한 저녁 시간 동안 그들이 뭔가를 알아채고 있었다는 것을, 다만 이 특별한 여성 집단에게 아직 표현할 언어가 없었다는 것을 인정했다. "음, 그것은 뭐랄까, 언어가 없는 페미니즘이었어요." 그는 말했다. 언어는 나중에, 마크라키스가 연구소를 떠나 대학 강단으로 나가고, 새로운 준장학생 집단이 그 노란색 집을 차지한 후에 왔다. 그사이 연구소 여성들은 계속해서 대화를 나누었고, 쿠민의 말을 빌리자면 서로에게 "기꺼이 들어주고, 주고, 듣고, 받을 마음"[61]을 선물했다.

7장
우리 수다만 떨지 말고

1962년 2월 13일 오후, 나무랄 데 없는 안주인 재키 케네디가 백악
관 투어로 언론의 주목을 받은 날, 연구소 여성 학자와 예술가들은
봄 학기 첫 세미나를 위해 마운트 오번 스트리트 78번지의 1층에 모
였다. 등받이가 단단한 의자를 끌어당겨 앉았거나 벤치에 앉았다. 가방
에서 점심 도시락을 꺼냈다. 손에서 손으로 커피가 전달되었다.

세미나는 의무 사항이 아니었지만(번팅과 스미스는 장학생들에
게 작업을 강제하고 싶지 않았다) 대다수가 참석했다.[1] 다들 이 모임
이 불안정을 극복하고 각자의 연구를 더 진지하게 받아들일 동기를
부여할 거라고 감지했다. 거기 시카고대학교에서 박사 학위를 받은
정치학자 셜리 렛윈이 있었다. 그는 우아한 코스모폴리탄 여성으로
푸른색 정장을 좋아하고 회색 페르시안 램 모피 모자를 썼다. 또 오
스트레일리아 출신의(1952년에 보스턴으로 왔다) 치과의사 빌마 헌
트도 있었는데 거의 매일 흰색 실험복을 입고 강의실에서 실험실로
종종걸음을 치며 캠퍼스를 돌아다녔다.[2] 그리고 "새끼들을 자랑스럽
게 바라보는 어미 닭"[3]처럼 보이는 스미스가 있었다.

장학생들은 쿠민과 섹스턴이 시에 관해 연합 세미나를 진행하는
자리에 모였다. 그 학기 첫 세미나였고 당연히 연구소의 첫 세미나
였다. 두 시인은 작시 방법을 논의하고 작품을 낭독하기로 했다.

쿠민은 준비를 잘 갖추고 침착했다. 할 말을 전부 적어두었고 바

꿀 부분은 파란색 펜으로 첨삭해 두었다. 또 낭독할 시에 주석을 달았고 청중에게 설명하고 싶은 다양한 시적 장치에 관해(받침점이나 강약격) 여백에 적어두었다.[4] 그날 읽을 시들을 등사판으로 인쇄해 왔다.「아침 수영」「모욕의 실천」「석양의 블루스」 등이었다. 전부 시가 어떻게 만들어지는가를 설명할 예시가 될 것 같아 선택했다.

이와 반대로 섹스턴은 엉망진창으로 불안한 상태였다. 원래 시 낭독은 서식지라 할 만큼 자연스럽기도(언제나 사람들 앞에서 또 페이지 위에서 공연을 펼쳤다) 동시에 자신의 긴장감을 시험하는 혹독한 시련이기도 했다. 공식적인 낭독회에 일부러 늦게 나타나 청중에게 자신의 도착을 기대할 시간을 주면서 어쩔 수 없이 무대에 올라야 하는 순간을 지연시켰다. 보통 낭독회 전에 술을 한두 잔 들이켰다. 이 겨울 화요일에 섹스턴은 세미나 전의 불안을 달래기 위해 맥스를 만났다. 할 말을 미리 준비하지도 않았고 강의를 하지도 않을 것이다. 그저 자신의 시를 읽고 삶을 예술로 바꿔낸 이상한 연금술에 관해 설명을 시도해 볼 것이다.

"이제 시작하는 게 좋겠어요."[5] 오후 1시, 스미스가 말하자 방 안이 조용해졌다. 스미스는 녹음기를 가리키며 "우리는 역사를 기록하고 있다고 확신하기 때문에" 이 세미나를 녹음할 거라고 설명했다. 수백 년 동안 학자들은 케임브리지 곳곳의 방에 모여 발표하고, 논쟁하고, 서로의 작품에 공을 들였노라고 주장했다. 그러나 이 행사는 비교적 드물게, 여성들만 예외적으로 참석하는 학술 심포지엄이었다.

쿠민과 섹스턴은 모든 걸 함께했기 때문에 세미나도 함께 연 것이지만, 이 사실을 아는 사람은 별로 없었다. 그들은 몇 년간 오래된 협력 관계를 비밀에 부쳤다. 물론 두 사람을 아는 사람이라면 누구나 둘이 친하다는 사실을 분명하게 알 수 있었다. 신중했던 이유는 몇 가지가 있었다.[6] 우선 두 사람의 친밀함은 자칫 부자연스러워 보일 수 있었다. 섹스턴과 쿠민은 그들의 우정을 남편들이 모욕적으로 여길까 걱정했다. 여자는 남편과 아이들을 우선해야지 각자 가정이 있는 여성 친구를 우선하면 안 되는 시대였다.

경력 초반에 둘은 인정받는 적법한 시인으로서 제 위치를 세우려고 분투했다. 만약 비평가들이 두 사람의 협력 관계를 알게 되면 서로의 작품을 구별하지 못하거나 혹은 둘을 전면 경쟁하는 사이로 만들 수 있다고 걱정했다.

물론 그들만 서로의 작품을 지지하는 사이인 것은 아니었다. 에즈라 파운드는 T.S. 엘리엇의 「황무지」를 개작했고 엘리자베스 비숍과 로버트 로웰은 항공우편으로 시를 교환했다. 나중에 고백하기로 두 시인이 부끄러워한 것은 전부 그들이 여성이라는 사실과 관계가 있었다. 20세기 중반 보스턴에는 지적인 여성들의 우정이 자리할 공간이 없었다. 시단은 남자들이 지배했고 문학 잡지의 지면을 대부분 차지했으며 수많은 상을 가로챘다. 1960년의 『포에트리』 잡지를 보면 남성 작가가 아홉 명, 여성 작가는 두 명뿐이었다(이 성비는 다른 산업에 비하면 아주 조금 나은 형편이었다. 당시 미국 의사 중 여성은 6퍼센트에 불과했고 변호사는 3퍼센트, 엔지니어는 1퍼센트 미만이었다[7]). 같은 해 남성 시인들이 퓰리처상, 라몬트 포에트리 상, 전미도서상 시 부문을 휩쓸었고 한 남성은 시 분야의 전국적인 자문가로 일했다. 시의 세계는 남성의 세계였고 여성이 그 세계에 설 자리를 마련하려면 남성들과 또 같은 여성들과 싸워야 했다. 두 시인 모두 나중에 여성해방운동 고조기에 관계가 형성되었다면 서로의 친밀감을 훨씬 덜 부끄럽게 여겼을 거라고 말했다.

시인들이 서로의 창조적 관계를 숨긴 데는 개인적인 이유도 있었다. 두 사람이 협력 관계를 비밀로 한 덕분에 그들은 우정의 좀 더 까다로운 면도 조용히 넘길 수 있었다. 1950년대 말까지 신인이었던 섹스턴은 연구소 시절 자신보다 훈련도 교육도 더 많이 받은 쿠민을 앞질렀다. 1957년 처음 홈스의 워크숍에 참가했을 때 섹스턴은 자신을 쿠민의 제자 비슷하게 생각했다. 그는 경험이 더 많은 시인에게 배웠는데, 그것은 섹스턴이 쿠민의 결점까지 복사했다는 뜻이기도 했다. 이제 자기만의 시 스타일과 주제를 개발한 섹스턴은 자신의 독립과 어쩌면 더 나아가 우월함까지 지키고자 했다. 한편 섹스턴에 대해 쿠민이 책임이 있다고 생각하는 홈스 같은 사람들에게 쿠민은 점점 짜증이 났다. 쿠민은 섹스턴의 보호자가 아닌 개별 예술가로 보이고 싶었다. 경력 후반부에 쿠민은 자신과 섹스턴이 동시에 시집을 출간하게 되자 몹시 싫어하기도 했다.[8]

한동안 두 사람은 비밀리에 함께 작업했다. 서로 통화하면서 시를 타자했고 종종 몇 시간씩 전화를 끊지 않기도 했다. 두 사람의 작업은 어머니들을 위한 워크숍이었다. 두 사람은 아이들을 돌보며 동시에 집에서 편집을 받을 수 있었다. 그러려면 듣는 이는 각별한 감정 이입 능력이 필요했다. 자신이 상대방인 것처럼, 다른 음역대로 시를 쓰는 상대 시인인 것처럼 상상할 수 있어야 했다. 섹스턴은 이를 다른 사람의 의식 속으로 들어가는 일에 비유했다. "시인의 목소리로 들어가는 겁니다"[9]라고 그는 설명했다. "그리고 나처럼 쓰는 방법이 아니라 더 낫게 쓸 방법을 생각하는 거죠."

연구소의 첫 가을, 쿠민과 섹스턴은 믿을 만한 일상을 구축했다. 각자 일어나면 이제 전부 학령기에 진입한 아이들과 아침을 먹고 집 안의 작업실로 물러났다. 둘 다 집에서 쓰는 것을 선호했다. 쿠민은 책과 종이로 분리된 자칭 "태풍의 눈 속에서" 작업했다. 섹스턴도 책이 늘어선 자신의 서재를 비슷하게 생각했다. "내 책들이 나를 행복하게 해준다."[10] 그는 이렇게 말했다. "책이 서기 않아 말한다. '음, 우린 쓰였고 당신도 쓸 수 있어요.'" 한 시인이 상대방에게 전화를 걸면 두 사람은 근황을 나누는 것부터 시작했다. 그게 뭐든 지난번 대화를 나눈 이후에 일어난 일들을 공유했다. 그러다 마침내 한 사람이 이렇게 말했다. "우리 수다만 떨지 말고, 제기랄, 글을 쓰자!"[11] 한 시인이 시 한 줄이나 개념 하나를 제안한다. 그런 다음 전화를 끊고 20분 뒤 다시 통화하기로 약속하거나 전화를 끊지 않은 상태로 한두 절을 수화기에 대고 속삭였다.

섹스턴은 이 20분 막간의 압박을 사랑했다. "가장 자극적인 순간이다."[12] 언젠가 그는 이렇게 말했다. "우린 이런 일을 많이 해왔고, 맙소사, 나는 거기서 뭔가를 얻고 만다." 필연적으로 다시 연결되었을 때 두 시인은 페이지에 단어들을 배치했다. 두 사람은 아이들이 점심을 먹으러 집에 올 때까지 작업했고 더 어린아이들이 반나절만 수업한 날 날씨가 좋으면 섹스턴 집 수영장에 모였다. 여섯 살에서 열세 살까지의 아이들이 마당을 뛰어다니는 동안 쿠민과 섹스턴은 물속에 다리를 담그고 앉아 섹스턴의 타자기를 앞뒤로 옮겨가며 함께 어린이책 작업을 했다. 남편들이 퇴근할 5시나 6시 무렵이 되면 각자 집으로 돌아가 칵테일을 만들고 저녁을 만들었다. 번팅이 제안한 대로 연구와 가정관리는 놀라울 만큼 잘 어울렸다.

쿠민은 그해 가을 자신의 삶이 이룬 리듬을 사랑했다. 가르칠 강의도, 견뎌야 할 통근도 없었다. 비로소 장편소설을 쓰기 위한 메모를 시작할 수 있었다. 다시 소설을 시도해 보고 싶었다(스티그너의 수업을 들었던 나날 이후로 성인용 소설을 쓰지 않았다). 또 첫사랑인 시로 돌아갈 수 있었다. 첫 시집 『중간에』*Halfway*가 1961년 홀트, 라인하트, 윈스턴 출판사에서 출간되었다. 시집에 쿠민의 관찰력이 드러났다. 그는 구체적이고 감각적인 세부 묘사로 시를 지어나갔다.

우유 항아리에 "윙크하며 샐쭉하게"[13] 들어가는 반딧불이, 얼굴이 유혹적인 은막 위 험프리 보가트, 수영하는 사람이 몸 뒤로 물을 퍼 나르며 지나가는 방식, 첫 봄비의 느낌 같은 것들. 섹스턴이 자신의 시작 과정을 '이미지 만들기'(감정 상태를 전달할 수 있는 적절한 이미지 떠올리기)라고 불렀다면 쿠민은 자신의 시작 과정을 '이미지 캐내기'로, 즉 이미 존재하는 세계에서 시에 완벽한 이미지를 찾아내는 일로 말할 수 있을 것이다.

『중간에』는 1000부 중 300부밖에 안 팔렸지만, 비평가들은 전위와 전통을 융합해 낸 쿠민의 능력과 더불어 서정시를 여러 형식으로 지을 줄 아는 재능도 칭찬했다.[14] 『코멘터리』의 신작 시 종합 비평에서 명망 있는 평론가 해럴드 로젠버그는 앨런 긴즈버그를 비롯해 비평의 대상이 된 모든 시인 가운데 쿠민이 "의심할 여지 없이 가장 재능이 뛰어나다"[15]라고 평가했다. 쿠민은 강의와 어린이책을 작업하는 동안 성인용 시를 밀쳐두었는데, 1961년에 계절을 주제로 어린이책 네 권을 출간했고 1962년에 또 한 권을 출간했다(모두 스물다섯 권의 어린이책을 썼는데, 그중 네 권을 섹스턴과 함께 썼다).

이제 자유 시간이 늘어난 쿠민은 다시금 물질세계를 자세하고 애정 있게 묘사할 수 있게 되었다.

쿠민은 래드클리프 세미나 발표 시간에 청중에게 관능적이고도 신비한 세계를 소개했다. 「아침 수영」에서 초록빛 호수에서 수영하는 것은 "미끈한 알몸으로 출발해 / 안개를 뚫고 쌀쌀한 고독으로 들어가는"[16] 것과 같다고 묘사했다. 이 시에서 쿠민은 가정의 심상과 자연의 심상을 혼합했다. 이른 아침 수영하는 사람은 "테리 직물처럼 두툼한 밤안개"에 덮인 "솜털 해변"을 지나간다. 수영하는 사람과 호수 사이 교감은 에로틱하다. 수영하는 사람은 "내 다리 사이에" 호수를 끼고 물을 가르며 나아간다. 들어보면 수영을 성적인 만남으로, 호수를 침대로 오해할 수도 있다. 쿠민은 자연 풍경에 인간의 욕망을 불어넣었다.

쿠민은 사랑과 자연 풍경의 노골적인 결합을 보여주기 위해 또 한 편의 물 시를 썼다. ("물과 나는 오래 이해하는 사이"[17]라고 쿠민은 아리송하게 썼는데, 청중은 고등학교와 대학 시절 쿠민이 수영을 했다는 사실을 모를 수도 있다.) 해변의 휴가에서 영감을 받은 「그 땅에서」는 식욕과 풍성함이 가득하다. "진과 함께 굴을 빨아먹고 싶은 갈급함에 / 우리는 해 질 녘 낮은 물로 간다"[18]라고 시작하는 시다. 화자와 동반자는 얕은 바닷속 돌을 밟고 지나가는데, 거기 굴들이 "서로의 몸 위에 붙어 / 입술과 입술을 포개고 미끄덩한 물풀과 얽힌 채 / 우리가 먹는 눈알을 덮고 자라는" 모습을 발견한다. 굴이 죽었거나 살았거나 굴을 향한 커플의 욕망에는 어딘가 폭력적인 면모가 있다. "우리는 굴 살해자다"라고 어느 순간 화자는 선언한다. 그날 밤 늦게 화자는 침대에 누워 연인의 몸에 감탄하며 그가 어서 짭조름한 냄새를 풍기는 침대로 돌아오길, 껍데기로 자신을 보호하는 생물처럼 자신의 몸으로 그의 몸을 휘감을 수 있길 기다린다. "우리는 한 번에 한 세계에 자신을 정박한다." 시는 이렇게 마무리된다. 그곳은 바다 소금과 여름의 굴이라는 세계, 분명히 지나가고 말 삶의 한 계절이다.

쿠민은 어떤 삶이 이 시에 영감을 주었는지 말을 아꼈지만, 「그 땅에서」에서 진을 마신 사람들이 자신과 남편이라는 사실은 인정했다. 쿠민에게 세미나는 고백이 아니라 가르치는 자리였다. 처음 발표를 시작할 때 "맥신 쿠민의 정신 분열적 세계에 대한 (…) 사과를"[19] 하겠다고 말하긴 했지만, 실제로는 시의 구성을 꼼꼼하게 가르쳤다. 시 한 편을 읽고 약강격이 어떻게 구성되었는지 설명했으며, 또 다른 시를 읽고 운율에서 벗어난 지점에 대해 말했다. 세 번째 시는 두운과 유운을 논의하는 기회로 삼았다. 교사 같은 태도였고 약간 현학적이기도 했다. 시를 낭독하는 목소리는 자신 있고 발음도 분명했으며 청중이 집중하길 바라는 단어는 강조해서 발음했다. "형식은 시인으로서 내게 지독할 정도로 중요하다." 쿠민은 자신의 세미나 발표가 미립자처럼 자세한 이유를 변명하듯 이렇게 말했다. 쿠민은 래드클리프 장학생으로 있는 동안 보다 자유로운 운문을 실험해 왔지만, "말하기 어렵거나 정말로 고통스러운 것"이 생기면 무의식 중에 복잡하고 미묘한 형식의 시로 돌아갔다. 형식은 쿠민이 감정을 통제할 수 있게 보장하는 장치였다.

45분 후 섹스턴이 친구의 자리를 이어받았다. 그는 경력 초기였지만 이미 재능 있는 공연자였고 곧 깊고 극적인 낭독으로 청중을 매료했다.

그러나 공연가로서 재능은 강렬한 불안과 모순될 수밖에 없었고 이날 오후 그의 불안은 훨씬 더 심각했다. 공식적인 낭독회는 청중과의 거리가 떨어져 있고 시인이 할 일은 거리감과 경외심을 번갈아 불러일으키는 것이었지만, 연구소 세미나는 그런 식으로 할 수가 없었다. 이 자리는 보다 친밀한 모임이었고, 청중도 섹스턴의 주요 주제를 이해하지만 극적인 스타일에는 반감을 느낄 수도 있는 여성들로 구성되어 있었다. 섹스턴은 그들에게 자신의 영혼을 드러내기가 불안했지만, 자신은 학자가 아니었고 서정시의 전통에 관한 토론 뒤로 숨을 수도 없었다. 결국 늘 하던 대로 해야 했다. 즉 섹스턴이면서 동시에 섹스턴이 아닌 여성이라는 페르소나를 만들어야 했다.

"오늘 무서울 만큼 준비를 제대로 하지 못했어요."[20] 섹스턴은 늘 그러듯 자신을 비난하며 시작했다. 그는 스스로 "기술적인 것"을 전혀 이해하지 못하기 때문에 쿠민처럼 강의를 하지는 않을 거라고 설명했다. 그에게 시적 장치들은 너무 "까다롭고 어려워서" 그냥 시 속으로 슬쩍 들어간다고 했다. 대신 청중에게 재미를 약속했다. 이야기를 들려줄 것이고 시의 세계에 빠져들 수 있게 할 것이다. 적어도 이야기는 매력적일 것이다. "시인으로서 스스로 몰래 지시하는 것 중 하나가 뭘 하든 지루하게 하지 말라는 거예요." 섹스턴은 말했다.

섹스턴은 "천 개의 문 이전"의 어린 시절 집을 배경으로 하는 「어린 날」이라는 시로 낭독을 시작했다. 이어서 부모의 집에서 아버지 장례식까지 청중과 함께 과거를 회상했다. 「죽은 이들은 아는 진실」은 부모에게 바치는 애가로 두 번째 시집에서 몰두 중인 자칭 "음울한 감수성들"[21]을 반영했다. 섹스턴은 11월에 탈고했고 시집은 5월에 출간 예정이었다. 시집 제목은 셰익스피어 「맥베스」 속 비탄의 말을 따서 『내 모든 어여쁜 것들』*All My Pretty Ones*이라고 지었다.

고요한 세미나실에서 섹스턴은 부모를 위해 쓴 시를 읽기 시작했다. 시는 묘지로 가는 "뻣뻣한 행진"[22]으로 시작한다. "용감해지는 데 지쳐버린" 화자는 매장을 건너뛰고 차를 몰고 케이프 코드로 가기로 마음먹고, 그곳에서 자신을 "키우기" 시작한다. 이 자기양성의 형식은 본래 시각적이고 촉각적으로 감각적이다. 화자는 태양의 빛을, 눈앞의 차가운 바다를, 다른 사람과의 접촉이 가져오는 느낌을 지켜본다. 시의 강세는 무겁고 불규칙하다. 네 연만으로 이루어진 시는 몇 군데 강강격만으로 화자의 상실감을 강조한다. 그러나 이 시는 전통적인 애가가 아니다. 영혼의 위로보다는 육체의 편안함으로 자신의 슬픔을 달랜다. 화자는 개인적인 접촉, 아마도 연인과의 접촉을 통해 위안을 구하는데, 이런 위안을 이제 "돌로 만든 배"에 갇힌 죽은 이들은 더는 누릴 수가 없다. 화자는 접촉을 축복이라고 부른다. 완전히 면죄해 주지는 않지만 견딜 수 있게 도와주는 그런 용서다. 몇 년 후 섹스턴은 이 시가 가장 큰 의미를 담아 썼던 두 편의 시 중 하나라고 말하기도 했다.

이 시의 화자 "나"는 분명 섹스턴이겠지만, 반드시 그런 것은 아니었다. 「저 깊은 박물관에서」는 그리스도의 목소리로 쓴 시로 시인이 얼마나 멀리까지 페르소나에 잠길 수 있는지를 보여주었다. 섹스턴은 청중을 향해 이 시를 낭독할 때 시의 배경이 아무리 개인적이더라도 결코 직접적인 고백은 아니라고 강조했다. 모든 시는 자신과 어느 정도 떨어진 거리에 존재했다. 다시 말해 시인은 시를 쓰는 과정에서 자신의 감정을 단단히 붙들고 통제할 수 있게 된다.

힘없는 겨울빛이 창을 넘어 들어오는 2월 오후에 섹스턴은 자기 나름의 글쓰기 강좌를 했다. 그가 이 학자 여성들에게 뭔가를 보여줄 수 있다면 그것은 바로 시 속 "나"가 흔히 생각하는 것처럼 단순하고 직접적인 존재가 아니라는 사실이었다. 실제로 그는 삶에서 끌어온 개인적인 시를 썼지만 종종 다른 캐릭터를 이용했다. 그것은 "내가 아닌 누구, 내가 될 수 없었던 누구, 혹은 내가 나라고 상상했던 누구"[23]였다.

섹스턴은 시에 관한 통찰력이 뛰어났지만, 동료 시인처럼 분석적인 성향은 부족했다. 그는 자신이 왜 그런 결정을 했는지 언제나 제대로 설명하지는 못했다. 그저 그게 적절해 보였다거나 순간 떠오른 이미지였다고 설명하곤 했다. 거의 반지성적으로까지 보이는 자신의 세미나 발표가 부끄러웠는지 섹스턴은 발표 내내 자신을 변명하고 방어했다. "오늘 낭독한 시가 전부 너무 진지한 것 같아요." "시가 너무 심각해서 죄송해요."[24] 그는 이렇게 말했다. (어느 순간에는 사과한 걸 사과했다.) 린다를 위해 쓴 시 「요새」를 읽으며 세미나를 마무리했다. 이 시를 공개적으로 낭독한 건 처음이었다. 시를 쓰는 며칠 동안 아침 8시부터 밤 11시까지 종일 책상 앞에 앉아있느라 "끔찍한 요통"을 앓았었다고 말했다. "이 시를 쓰는 동안 아이들은 주변을 뛰어다녔고, 청소하는 분이 들락날락했고, 아직 저녁을 준비하지 않았는데 남편이 퇴근했고, 이럴 때 아내라면 어떻게 행동해야 하는지 모범 사례도 없었죠." 그는 사과하듯 말했다. (다음 날 바로 케이오는 자기 사무실에서 비서의 의자를 훔쳐 왔다. 그는 섹스턴이 집중해야 한다는 걸 이해했다.) 전통적인 아내의 행동은 아닐지 몰라도 예술가나 학자의 행동이었다. 연구소의 수많은 여성이 이해할 수 있는 경험이었다.

"이건 우리 모두를 위한 시예요."[25] 섹스턴은 이 시를 다 읽고 말했다. "우리 어머니들, 대학원생 어머니들이요."

「요새」는 그날 오후 마지막으로 낭독한 시였다. 낭독을 시작하고 30분 만에 그는 시인들의 세미나 발표가 끝났다고 선언했다. 그날 시인들은 결국 둘이 다른 사람임을 드러내 보였다.

"녹음기를 꺼요!"[26] 누군가 소리쳤지만, 녹음은 계속되었다. 차가 돌았고 잠시 후에는 와인이 돌았다. 섹스턴은 와인을 마셨다. "나는 와인 저장고가 있다고 해서 반드시 알코올의존자가 된다고 생각하진 않아요." 그는 딱히 누구에게라고 할 것 없이 말했다. 오케스트라가 시작되는 것처럼 청중이 살아났다. 누군가 연구소를 다룬 지역신문 기사를 불평했다. "우리는 '녹슨 어머니들'이 아니야!" 섹스턴과 쿠민은 여기에 동의하지 않았다. 둘 다 침체기가 있었다. "우리는 정말로 녹슬었던 적이 있어요." 섹스턴이 인정했다. 그들은 이제야 책상 앞으로 돌아왔다. 때때로 아이들이 불만을 표시했지만, 아이들 역시 예술을 접하면서 혜택을 보았다. 섹스턴의 아이들은 어렸지만, 시가 뭔지 알았다. "엄마가 하루 종일 타자하는 거요."[27]

간혹 섹스턴은 질문이 너무 어지럽게 느껴진다며 쿠민에게 대답을 도와달라고 부탁했다. 그날 토론 중 섹스턴에게 누군가 자기평가 과정에 대해, 즉 뭔가 마무리되었다는 것을 어떻게 아느냐고 물었다.

"아, 그건 정말이지 복잡한 과정이죠."[28] 섹스턴은 대답하고 잠시 멈추었다. "맥신에게 전화해서 물어봐요."

청중이 와와 소리 지르며 웃었다. 섹스턴은 계속해서 두 사람의 작업 일정을, 즉 매일 통화하고 다시 전화를 거는 과정을 설명했다. 쿠민이 가볍게 끼어들었다. "우린 이렇게 몇 년 동안 해왔어요. 래드클리프에 오기 전부터요. 래드클리프에 지원할 때도 서로 아는 사이임을 알리지 않았어요. 학교 측에서 알게 되면 우릴 원하지 않을 거라고 생각했거든요."[29] 그들은 "아주 개별적으로", 각자의 슈퍼에고이자 비판적 자아인 두 여성으로 지원했다. 그러나 이제 비밀이 드러났다. 그들은 처음으로 각자의 창조적 생활에서 맡아온 중심 역할을 공개적으로 인정했다. 이 비밀이 어떻게 받아들여질지 걱정했는지 몰라도 그럴 필요는 없었다. 장학생들은 매료되었다. 연구소의 한 학기가 지난 후 여성들은 모두 자신의 작품에 관해 평가해 주고 어린 자녀에 관해 조언해 줄 수 있는 사람, 지지적인 여성 친구의 가치를 이해하게 되었다. 두 시인의 상호 협력은 연구소 여성 모두가 알아볼 수 있는 그런 것이었다. 시인들은 계속 말했고 고백했지만, 그 말들은 곧 애정 어린 웃음의 물결에 휩싸였다.

어느 순간 쿠민이 둘째 주디스와 싸웠던 일을 들려주었다. 그 싸움은 주디스가 방문 밑으로 쪽지를 밀어 넣으며 끝났다. "친애하는 쿠민 부인, 당신 책들이 형편없다고 생각해요. 구성은 엉망이고 라임은 더 나빠요. 진심을 담아, 당신의 행복을 비는 사람이."[30] 다른 어머니들이 웃음을 터뜨렸다. 다들 이해했다.

여성들은 영문학자 일레인 쇼월터의 주장대로 "서로를 파괴해야만 한다."[31] 이성애 시장의 희소 경제 안에서 여성은 남성의 애정과 남성이 제공하는 안정을 획득하기 위해 서로를 능가해야 한다는 말을 들어왔다. 기업형 법률회사, 기술계 스타트업 등 남성 지배적인 직업 환경에서 여성은 서로 경쟁하도록 부추김을 받는데, 그 이유는 여성에게 가능한 자리가 별로 없어 보이기 때문이다. 이런 여성들은 불안하고 괴로운 상태에 빠져 원 안의 남성들보다 더 공격적이고 살벌해진다. 자본주의와 가부장제가 결탁해 여성의 경쟁을 부추긴다. 여성은 경쟁하도록 훈련받는다.

동시에 미국 문화에는 오래전부터 여성 간 친밀감의 구체적인 형태가 안착해 왔는데 그중 최우선적인 것이 바로 어머니와 딸의 관계다. 어머니는 딸에게 여자로 사는 기술을 가르치고 딸에게 기만적인 세계를 헤쳐나갈 방법을 보여줄 책임이 있다. 그러나 이 관계는 그 자체로 위험이 깃들어 있다. 어머니가 딸을 자신의 이미지대로 형성하고자 할 때가 많고, 딸이 어머니의 결정에 회의를 품고 분리 및 독자 노선을 가면 이에 분노로 반응한다. 섹스턴과 쿠민은 각자 자신을 지배하려 들었던 어머니들의 지시에 고통받았다. 둘 다 독자적인 정체성을 확립하고자 했지만, 한편으론 어머니의 인정을 끊임없이 원했다. 두 경우 모두 여성 사이 친밀감이 어떻게 자아의식 자체를 위협할 수 있는지 보여주는 사례다.

이제 섹스턴과 쿠민에겐 친밀감을 계속 유지할 방법을 찾아낼 도전 과제가 생겼다. 이 프로젝트를 처음 시작한 것은 홈스의 세미나 시절이었지만, 여성들끼리 서로의 지적·창조적 작업을 지지하는 이곳 연구소에서 프로젝트를 완성했다. 이제 시인들의 친밀감은 부자연스럽거나 위험해 보이지 않았다. 래드클리프에는 이들의 시뿐만 아니라 우정까지 알아보는 청중이 있었다. 시인들은 또한 그들의 결속을 묘사할 적당한 단어도 찾아냈다. "맥신과 나는 아주 많이 비슷해요." 그해 봄 섹스턴은 말했다. "첫째, 우리는 좋은 친구 사이고, 둘째, 우리 둘 다 1분에 한 대씩 담배를 피우고, 저녁 식사 전에 칵테일을 마시고, 압운과 야망과 감정을 같은 방식으로 사용하지만 글을 쓰는 의도는 아주 다른, 정말로 무척 다른 시인들이죠." 래드클리프 연구소 시절 12년 후 쇼월터는 두 사람에게 글쓰기가 너무 비슷해질까 걱정한 적은 없느냐고 물었다.

> 맥스: 아뇨, 아뇨. 우린 달라요.
> 앤: 우리가 완전히 다르다는 걸 알 수 있을걸요?
> 쇼월터: 예, 하지만 갈등의 시기가 없었나요?
> 앤: 갈등은 없었어요. 자연스러웠고 어렵지 않았어요.
> 맥스: 아주 정상이죠. 문제가 된 적은 없었어요.
> 앤: 갈등 같은 거 전혀 없었어요.[32]

이 동일성과 개별성의 춤은 쉽게 범주화할 수 없다. 두 사람이 자매 같다고, 페미니스트 활동가 캐시 사라차일드가 1968년 "자매애는 힘이 세다"에서 페미니즘 제2 물결을 규정하는 말로 만들어 낸 '자매애'라는 용어의 탄생을 예감했다고 말할 수도 있을 것이다. 그러나 이런 말은 두 사람의 결정적인 차이점을, 그들의 우정이 서로의 대조적인 지점에 의존했다는 사실을 지울 수도 있다. "우린 한 번도 참견한 적이 없다고 말해야겠다."[33] 언젠가 쿠민은 두 사람의 협력 습관을 설명하며 이렇게 말했다. "우리 목소리가 서로 다르고, 우리가 서로 다름을 알고 그 차이를 존중했다는 것 말고는 그게 정확히 무슨 의미인지 설명할 방법을 모르겠다." 둘 다 상대방에게 권위적인 위치를 차지한 적이 없다. 사회운동에 참가하는 사람들이 그러듯이 둘을 통합하거나 한 사람이 다른 사람의 대표가 된 적도 없었다. 대신 번갈아 말하고 듣고 조언을 구하고 조언을 해주었다. 둘의 목소리는 다른 음을 내며 하나의 노래를 이루는 것과 같았다.

8장
합격 축하해요

1962년 1월, 섹스턴과 쿠민이 친밀한 협력 관계를 드러내기 불과 몇
주 전에 섹스턴은 또 다른 여성 작가에게 오래 지체된 답장을 썼다.
지난가을 올슨이 래드클리프 연구소에 관해 묻는 편지를 보냈었다.
사무용 편지지에 타자한 편지였다. 올슨은 다시 비서로 일하고 있었
다. 섹스턴은 자신의 친구가 이런 식의 생업을 얼마나 지긋지긋하게
여기는지 알았다. 올슨은 종일 사무용 편지와 메모를 타자하면서 언
어를 향한 자신만의 느낌이 망가지고 있다고 했다.

　섹스턴에게 편지를 썼을 때도 올슨은 분투 중이었다. 몇 년째 분
투 중이었다. 올슨은 1959년 포드 재단으로부터 2년간 매해 3600달
러씩 기금을 받았다(오늘날 가치로 3만 달러가 조금 넘는다).[1] 당시
수상자 명단을 보면 20세기 중반 미국 문학계의 주요 인사 목록을
읽는 듯 제임스 볼드윈, 솔 벨로, E.E. 커밍스, 로버트 피츠제럴드, 스
탠리 쿠니츠, 버나드 맬러머드, 플래너리 오코너, 캐서린 앤 포터, 시
어도어 로스케, 니콜로 투시 등이 보인다. 그러나 포드 기금이 있든
없든 올슨에게는 여전히 어머니로서의 의무와 책임이 있었다. 그는
섹스턴에게 보낸 편지에 기금을 받아 생활할 때의 일상을 자세히 묘
사했다. "6시에 일어나 교대로 아침을 먹고, 점심 도시락을 싸고, 아
픈 사람이 없거나 휴일이 아니거나 *달리* 할 일이 없으면 4시까지, 가
끔은 그보다 더 늦게나 저녁까지(집안일, 쇼핑, 볼일, 가족이나 친구

의 현재 위기에 따라) 작업을 해요."[2] 작업 속도는 느렸다. 도중에 끼어드는 일이 많았다. "이 집에는 너무 많은 삶이 들어온답니다." 그는 고백했다.

이제 기금 수령 기간도 끝나고 올슨은 샌프란시스코 종합병원의 생업으로 돌아왔지만 몇 년째 바이킹 출판사의 맬컴 카울리와 약속한 장편소설을 쓰지 못했다. 카울리는 올슨의 소설집 『수수께끼 내주세요』가 비평계의 환대를 받은 것에 만족했지만 출판사를 설득해 오직 장편소설만을 위한 선불 계약을 맺었다. 소설집은 팔리지 않았다. "이제 마무리해야 하는 책은 장편소설입니다."[3] 올슨이 단편을 발표하기 시작했을 때 그는 이렇게 편지에 썼다. "그럴 일이 없기를 신께 기도합니다만, 어떤 사건으로 장편소설 작업이 막혔을 때만 단편으로 돌아가야 해요."

섹스턴에게 쓴 올슨의 편지는 짧고 절박했다. 그는 내년의 계획을 세우는 중이고 글 쓸 시간을 확보할 다른 지원금을 찾아야 한다고 했다. 섹스턴과 올슨 양쪽 모두의 친구였던 놀런 밀러가 래드클리프 연구소를 가리켰다. "연구소 생활은 어느 정도 시간이 드나요?"[4] 올슨은 섹스턴에게 물었다. "자기만의 작업과 작업에 필요한 준비를 얼마나 자유롭게 할 수 있나요? 무엇이 필요하죠? 시간이 되면 자세히 써줘요."

섹스턴은 곧바로 답장하려고 했지만, 11월과 함께 생일이 다가오자(그 무렵은 언제나 힘든 시기였다) 자살을 시도했던 주기도 돌아왔다. 그는 우울에 빠졌다. 케이오와 싸웠고 또 자살을 시도했다. 새해가 찾아올 무렵에야 겨우 정신이 들었다. 섹스턴은 서재 타자기 앞에 앉아 올슨에게 너그럽고도 열정적인 답장을 썼다.

"연구소에 편지를 써봐요."[5] 섹스턴은 친구 올슨에게 말했다. 연구소 주소를 주고 주거에 관한 문제를 경고했다. 올슨이 자신보다 한 단계 높은 상주 장학생 과정에 지원할 수도 있지만 그런 자리는 보통 외부 인사들이 후보를 지명해 유명한 여성에게 돌아갔다. 섹스턴은 『수수께끼 내주세요』를 향한 찬사와 연구소 생활에 대한 안부를 전하며 편지를 마무리했다. 그리고 손글씨로 추신을 덧붙였다. "가능할 때 편지를 써줘요. 어쨌든 나는 외로워요."

올슨은 친구의 조언을 받아들였다. 샌프란시스코 미션 디스트릭트 스위스 애비뉴 116번지의 분주한 집에서 올슨은 래드클리프 연구소에 보낼 지원서를 꾸렸다. 평소 지원금과 장학금에 지원하는 과정을 몹시 싫어했지만(이런 기회가 운 좋은 소수에게 한정될 게 아니라 모두에게 자유롭게 가능해야 한다고 믿었다) 그래도 자신의 지원서가 두드러질 수 있게 노력했다.

그리고 성공했다. 올슨의 지원서는 평소 연구소가 생각하는 재능의 개념을 향해 던진 도전장이었다. '학력' 항목에 올슨은 지금까지 받은 창작 지원금을 나열했고 전통적인 교육과정 증명이 없음을 사과하지 않았다. 또 다른 항목에서 글쓰기 교육의 방법으로 사무원 일과 가사노동을 제시하며 그 일들을 통해 효율적이고 유능하며 고도로 기민한 사람이 되었다고 주장했다. 또 임금노동과 가사노동을 구별하지 않았다. 중산층과 상류층 여성들과 달리 올슨은 두 가지 일을 전부 했고 둘 다 똑같이 가치 있다고 생각했다. 기혼, 부양가족으로 4명의 자녀와 손녀 1명 등 요구받은 정보를 기입한 다음에는 1928년부터 계속해 온 '비숙련 노동'[6]을 모두 나열했다. "아머스, 매닝스, ㈜카펜터 페이퍼, 베스트 푸드, 칼 팍, 다양한 도매상점에서 돈 육가공원 (…) 베이커&해밀턴(도매상점)에서 계산대 직원. 시급 1.55달러(?) (…) 캘리포니아 내과학회 비서, 1년 반. 그래지아니&애플턴 법률회사 비서, 임시 사무직. 시급 2달러에서 월급 375달러까지(당시 시급 2달러는 오늘날 16달러와 맞먹는다)." 올슨은 교육,

언어, 논문에 관한 항목은 빈칸으로 남겨두고 학계 밖의 재능을 나열했다.

1. 작가로서 관찰력, 지각, 집중력을 훈련함.
2. 사무직에 종사해 빠르고 정확한 타자, 필경사, 다양한 사무 기기에 관한 지식, 법률 회사부터 산업 회사까지 다양한 직종을 경험함.
3. 자녀 양육, 아내로서 일, 생업을 위한 바깥일, 집안일 돌보기, 글쓰기 혹은 글쓰기 희망을 저글링 중.

이것들이 올슨의 신임장이었다. 그는 노동자이자 어머니로서 경험이 자신을 더욱 예민한 소설가로 만들었다고 생각했다. 어쩌면 평생을 대학 강의실에서 보낸 여성보다 올슨이 장편소설을 쓸 준비가 더 잘 되어있을 것이다. 다양한 공동체의 다양한 사람들 사이에서 조직가이자 활동가로 살았고 그들의 희망과 꿈과 두려움을 귀담아들어 왔다.

올슨은 지원서 마지막 장에 장래 작업 전망을 요약했다. 그는 여전히 위대한 프롤레타리아 소설을, 노동계급의 투쟁에 생명력을 불어넣을 책을 쓰고 싶었다. 독자들에게 연민을 주입하는 게 아니라 사회 변화의 촉매가 되는 게 목적이었다. "이것은 사회소설일 것이고 독자들이 이해를 바꾸고 행동하게 하는 것이 나의 목표다." 그는 "인간의 삶이 소진되고 완전한 발달이 가로막히는 모습"과 "대다수 사람들이 귀히 여겨지는 사회를 부정당하는 현실"을 소설을 통해 보여주고 싶었다. 1930년대부터 시작된 프로젝트(제임스 패럴이나 시어도어 드라이저, 존 더스패서스의 작품 같은 것)였지만 올슨은 또한 시대를 초월하길 바랐다. 이 책은 "삶을 향한 경의를 촉구할 것"이라고 그는 썼다. "그렇지 않으면 견딜 수 없을 테니까."

올슨은 자기 같은 작가에게 래드클리프 연구소가 어떤 혜택을 줄 수 있을지 열거하며 지원서를 마무리했다.

경제적 자유 확실히 시간 여유가 생기므로 글쓰기에 전념할 수 있음.

개인적 거리 자꾸 나를 끌어당겨 글쓰기를 방해할 소중한 이들의 사건과 요구로부터 떨어진 5000킬로미터의 거리.

망명의 의미로 비개인적 거리 잠시 일상을 벗어나 살 거리. 균형을 위한 거리.

문학적 분위기 시공을 초월한 것들에 접근할 수 있는 권한. 내게 자양분이 되어준 죽은 작가들의 문집을 볼 수 있고, 때로 강연과 낭독회에 참가할 수 있으며, 인생이 곧 문학인 사람들과 대화를 나눌 수도 있는 훌륭한 도서관을 이용할 권한. 평가와 교육의 중심지 가까이 있다는 의식.[7]

마지막 혜택(문학적 분위기)은 올슨에게 특히 매력적이었다. 올슨 가족은 언제나 책을 읽고 지적인 질문을 했다. 저녁 식사 자리에서 정치를 논했고, 휴일이면 중고 책을 교환하는 가족이었다.[8] "내가 직접 본 최초의 진짜 '가족' 같았다. 그들은 말하고, 웃고, 농담하고, 놀리고, 하루 이야기를 들려주고, 존중하며 듣고, 사랑으로 반응했다. 문학과 음악, 영화, 정치를 논의했다. 그들은 내가 무슨 생각을 하고 무엇을 믿는지, 어떤 작가를 읽는지 알고 싶어 했다."[9] 줄리의 친구인 T. 마이크 워커의 말이다. 학교 수업 시간에 대체로 노예제도를 옹호하며 설명한 교사에게 줄리가 분명히 반대 의견을 표했을 때 가족이 모두 축하의 의미로 외식하러 간 일도 있었다. 이런 올슨에게 문화적으로 엘리트 도시인 보스턴에 살면서 전국에서 가장 명망 높은 고등교육기관인 하버드에서 공부할 수 있다는 점은 무척이나 탐나는 기회였다.

올슨은 또 그동안의 출간물을 분명하게 나열했다. 『파르티잔 리뷰』에 기사를 썼던 경험과 그동안 발표한 개별 단편, 그리고 소설집 『수수께끼 내주세요』 출간에 대해 알렸다("이번 지원서의 핵심"[10]이라고 부르며 소설집 세 권을 보냈다). 이 소설집이 『타임』 선정 올해 최고의 책 아홉 권임을 알렸고 "전문적 성취"의 증거로 독자들에게 받은 "100통이 넘는 편지 반응"을 열거했다.

연구소에 지원서를 쓸 당시 올슨에게 고등교육의 세계는 여전히 수수께끼였다. 스탠퍼드에서 들은 수업은 전부 문예창작 프로그램이었고 이 '장학생' 공동체가 지원자들에게 정확히 무엇을 요구할지 확신할 수 없었다. 그러나 연구소에는 올슨이 말을 걸 수 있고, 그 또한 문학으로 삶을 구원받은 사람이 적어도 한 명은 있었다. 바로 섹스턴이었다.

올슨은 섹스턴에게 편지를 써서 지원서 제출 사실을 알렸다. "나 자신을 어떻게 설명해야 할지 몰라, 학위나 지위, 학력이 전부 빈칸인 허술하고 무능한 지원서를 보냈어요. 『수수께끼 내주세요』가 나 대신 진정으로 호소할 전부예요."[11] "절망감"으로 가득 찬 올슨은 기꺼이 가족의 곁을 떠나 케임브리지의 레지던스에 갈 거라고 썼다. 아이들에게 헌신하는 엄마였지만 어쩌면 고독이 도움이 될지 모른다고 생각했다. 스탠퍼드 문예창작 워크숍 시절 이후로, 심지어 그 전에도 올슨은 자신을 보증해 줄 사람들을 가까스로 찾아냈다. 강사들은 올슨을 편집자들에게 소개했고, 편집자들은 에이전시에 소개했다. 그들은 각자 파악하기 어렵고 신뢰할 수 없는 올슨을, 그럼에도 불구하고 재능 있고 투자할 가치가 있는 사람이라며 상대를 설득했다. 한 친구는 올슨이 "깊고 따스한 매력을 지닌 매혹적인 여성"[12]일 뿐만 아니라 공감할 수 있는 인물이라고 설명했다. 스탠퍼드에서 그는 모두의 사랑을 받았다. 지지를 구하는 일은 올슨에게 그리 어렵지 않았다. 그래서 섹스턴에게 편지를 쓰며 자신을 변론할 때 그는 섹스턴이 정확히 할 일을 할 것이라고 예감했을 것이다. 즉 섹스턴도 올슨의 입학을 옹호할 것이다. 섹스턴도 삶이 곧 문학인 사람과 대화하고 싶었다. 그리고 가족의 곁에서 멀리 떨어져야 하는 올슨의 필요를 이해했다.

래드클리프에서 교육받은 엘리트들과 함께 1년을 보낸 섹스턴은 이 친구의 사례가 연구소에 리트머스 시험지가 될 것을 알았던 것 같다. 1기 장학생들 가운데 노동계급 출신은 한 명도 없었고 올슨처럼 완전한 재정 지원이 필요한 사람도 없었다. 올슨은 완벽한 후보자였고, 동시에 그게 문제점이었다.

한편 올슨은 여성이 "예술가로서뿐만 아니라 아내이자 어머니로서 어떻게 동시에 헌신할 수 있는가"[13]에 관한 연구 사례였다. 이와 같은 묘사에 의하면 올슨은 연구소가 지원하고 싶은 부류의 창조적 여성이었다. 하지만 올슨은 주 바깥에 살았고 평생 생산한 작품이 아주 적었으며 학력도 부족했다. 연구소 측이 좀 더 유명한 장학생 한 명의 독려가 없었더라도 올슨의 면접을 위해 샌프란시스코까지 특사를 보내고, 전업 장학생 지위를 생각해 냈을지는 확실하지 않다. 1962년 늦겨울 올슨이 알았던 거라곤 여전히 마음 깊은 곳에 장편소설이 자리하고 있다는 것뿐이었다. 그는 오직 그 소설을 완성할 시간을 소망했다.

작가는 도대체 어떤 종류의 노동자인가? 올슨은 초기 르포르타주부터(「파업」에 썼던 작업에 관한 그의 설명을 떠올려보자) 이후 소설과 논픽션으로 이어진 경력 내내 그 질문과 씨름했다. 이는 루스벨트 대통령의 공공사업진흥국 덕분에 많은 수가 연방정부에 고용되었던 1930년대 작가와 예술가들이 진지하게 고민한 질문이었다.

작업 중인 작가는 게을러 보일 수도 있다. 공책에 몇 글자 끼적이고 멍하니 허공을 바라본다. 타자기를 두드리는 일에 육체적인 힘이 많이 필요하지도 않다. 그러나 예술가에게 작업은 육체적이고 노동이다. 화가는 캔버스를 만들고 석판화가는 돌을 누른다. 말 그대로 무거운 것을 들어올려야 한다.

그리고 여기에 조각이 있다.

실물 크기 조각상을 만드는 일은 길고 소모적이며 육체적으로도 힘든 과정이다. 우선 무거운 진흙 덩어리부터 시작한다. 조각가는 날카로운 도구로 고형의 덩어리를 자르고 모양을 만드는 것부터 시작한다. 임시 받침대가 일부 무게를 지탱해 준다. 나머지는 인간의 팔이 견딘다. 일단 모양이 만들어지면 조각가는 진흙 표면을 매끄럽게 다듬고(성형 과정에서 실수를 반복할 수 있다) 며칠에 걸쳐 진흙을 몇 겹의 고무층으로 덮고 석고나 레진 같은 물질로 견고한 외부 '재킷'을 만든 다음 외부 재킷과 고무층만 떼어내 '외형틀'을 만들고 거기에 뜨거운 왁스를 붓는다. 이 '왁스 모델'이 단단하게 굳으면 원래 진흙 모양이 된다. 왁스 모델 역시 작업이 필요하다. 불완전한 부분은 수정하고 막대를 삽입해* 세라믹 껍질을 만든다. 조각 전의 이 모든 과정을 청동으로 주조할 수도 있다. 대형 조각품은 이 과정을 여러 차례 반복해 개별 거푸집을 만든 다음 나중에 부분을 하나로 조합해 한 작품으로 완성한다.

• 주조 작업에서 용해된 금속을 주형에 부어 넣을 입구를 만드는 이른바 '탕구 작업'이다.

이것이 검은 머리에 다정한 태도를 지닌 세 아이의 어머니, 마리아나 피네다가 브루클린 로손 로드 164번지의 집 안 작업실에서 매일 하는 작업이었다.

피네다는 꽤 매력적인 삶을 사는 것처럼 보였다. 1977년의 한 구술사 자료를 보면 피네다가 자신의 삶을 "행운" "경이롭다" "환상적"[14]이라고 묘사한 게 보인다. 피네다의 뛰어난 유머 감각과 품위가 제멋대로 날뛰는 감정을 감춰주었다. 조각은 치유의 방법이었다. "조각은 다 때려 부수고 싶은 감정을 모두 없애주는 훌륭한 방법이다. 알다시피 뭐든 때리는 작업 아닌가!" 피네다는 스툴 위에 진흙을 올리고 덩어리를 자르고 도려내고 윤곽을 만들었다. 특별히 무거운 것을 들어올려야 하면 남편 해럴드 '레드' 토비시를 불렀다. 남편은 차고에서 조각 중이었다. 이는 주목할 만한 일이었다. 둘 다 상대방이 미완의 작품을 보지 못하게 하면서 각자 완성된 작품의 '비평'을 상대에게 의존할 수 있었다. 부름을 받은 토비시는 피네다를 도와준 다음 아내를 해가 잘 드는 2층 작업실에 남겨두고 자신은 더 허름한 차고의 작업실로 돌아갔다. 적절한 배치였다. 토비시는 비평계의 주목을 더 받았지만 언제나 피네다가 더 훌륭한 예술가라고 여겼다. 자신은 그저 아내의 눈에 들 만한 예술을 했다.

두 조각가는 1942년 뉴욕시에서 만났다. 당시 열일곱 살이던 피네다는 조각을 공부하던 베닝턴대학을 휴학하고 현대미술관 어린이 놀이방에서 일하고 있었다. 1925년 일리노이의 부유한 가정에서 태어난 피네다는 일찍 예술에 뛰어들었다. 주말마다 시카고 북쪽 근방의 타운 에반스턴에서 고가철도를 타고 시내로 나가 시카고 미술관의 소장품을 감상했다. 1938년에는 미시간과 가족이 영구 이주한 서던캘리포니아에서 미술 수업을 받았다. 이 시기 피네다는 인간의 형태에 매혹되었다. 일찍 부모를 여읜 노동계급 유대인 소년 토비시는 뒤틀린 유머 감각을 갖췄고, 피네다와 만났을 때 이미 전업 조각가였다. 10대 시절 공공사업진흥국에서 운영하는 미술 수업을 듣고 공예와 사랑에 빠졌다. 피네다가 토비시의 작업실을 방문했을 때 네 살 연상인 토비시는 피네다의 아름다움에 반했다. 피네다의 검은 눈과 활짝 웃는 미소, 말괄량이처럼 보이는 외모가 무척 여성스러웠다. 토비시는 피네다에게 구혼자가 많으리라 추측했지만, 마침내 데이트를 요청할 용기를 냈을 때에야 수많은 남자친구 지망생들이 피네다의 아름다움에 기가 꺾여 다가가지 못했음을 알게 되었다. 피네다는 대부분의 토요일 밤을 머리나 감으며 보냈다.

토비시는 징집된 상태였다. 토비시가 해외로 떠나기 전 두 사람이 서로를 알아갈 시간은 한 달뿐이었다. 1943년 토비시는 독일군과 싸우러, 피네다는 캘리포니아대학교 버클리 캠퍼스에서 공부하러 뉴욕을 떠났다. 피네다는 그곳에서 조각의 대가들에게 공식적으로 네 번째 실습을 받았다. 피네다는 바로 이곳 버클리에서 뛰어난 벽화가 에미 루 패커드와 혼동을 피하기 위해 원래 성 패커드를 다른 이름으로 바꿨다. 그는 19세기 스페인 해방운동의 여성 영웅 마리아나 데 피네다 이 무노즈의 생애를 그린 페데리코 가르시아 로르카의 희곡 「마리아나 피네다」에서 영감을 받았다.[15] 헤어져 있던 3년 중 어느 시점에 토비시는 관계를 끊었다. "우리의 배경이 너무 다르다고 느꼈다. 아내는 중상류 계급 출신에 퀘이커교도였고, 이 차이를 절대로 극복하지 못할 줄 알았다."[16] 훗날 토비시는 이렇게 말했다. 그러나 헤어진 지 얼마 지나지 않아 두 사람은 다시 편지를 주고받았고, 토비시는 "아아, 어쩌다가 이렇게 된 거야!"라고 생각했다. 그는 미국으로 돌아오자마자 피네다에게 연락했고 청혼했다.

피네다와 토비시는 결혼 초기 뉴욕에 살았다. 처음에는 컬럼비아대학교 근처에 있는 피네다의 아파트에서 살았고 이후 브루클린 가

워너스의 주택으로 이사해 친구들과 함께 살았다. 두 사람은 가워너스의 한 작업실을 같이 썼는데, 계속 부딪치느라 작업을 많이 하지 못했다. 그게 작업 공간을 공유했던 마지막이었다.

1946년 피네다는 첫딸 마고를 낳았다. 그때가 겨우 스물두 살이었는데 곧바로 둘째 에런을 낳았다. 남자 선생들은 어머니가 되면 조각가 경력도 끝장이라며 경고했다. "오, 자네가 지금 작업 중인 작품, 아주 근사해. 하지만 곧 아기를 낳을 거고 그러면 예술이고 뭐고 전부 잊게 될 거야."[17] 그들은 이렇게 말하곤 했다. 원치 않는 임신은 아니었지만 계획한 임신도 아니었다. "아이들은 그냥 생겼다. 그리고 우리는 기뻤다. 말 그대로 거의 1년 반 동안 작업을 중단했다. 그리고 나는 불행했다! 다시 작업으로 돌아가지 않는다면 아주 훌륭한 (…) 무엇도 될 수 없음을 깨달았다."

재정 문제가 생기겠지만, 두 사람 다 경력을 키우기로 결심하고 1949년 토비시 가족은 프랑스계 러시아 조각가 오십 자드킨의 작업실에서 일하러 프랑스로 떠났다. 비슷한 시기 바버라 스완이 그랬던 것처럼 파리는 피네다에게 이른바 "위대한 해방"[18]이 되어주었다(두 사람이 프랑스에서 마주친 것 같지는 않다). 큰아이는 유아원에 보냈고 가사노동과 에런을 보살펴 줄 사람을 고용했다. "쇼핑이나 요리 걱정은 안 해도 되었다." 피네다는 회상했다. 자드킨의 작업실에서 일하는 동안 피네다는 남자 선생들이 예술가의 문젯거리라고 생각했던 임신의 경험을 예술의 원천으로 바꿔냈다. 프랑스 체류 첫해에 만든 〈몽유병자〉Sleepwalker는 염려가 담겨있으면서도 동시에 모험적인 조형물이다. 임신한 게 분명한 여성 인물은 배가 부풀었지만 똑바로 서있다. 양발을 엉덩이 너비로 벌리고 불균형한 몸을 지탱한다. 얼굴은 위로 치켜들었고 손은 위쪽 허공에서 맞잡았다. 마치 미지의 공중으로 솟아오르기 직전으로 보인다. 당시 젊은 어머니였던 피네다 자신처럼 "인물은 새로운 존재 방식으로 향하는 자기만의 길을 더듬는다."[19]

감각적이고 신비하며 강렬한 여성의 몸은 피네다의 훌륭한 조각 주제가 되었다. 두 사람 가운데 토비시가 정치적인 목소리를 높이는 쪽이었지만(그의 별명 '레드'는 정치적 견해를 나타냈다) 어떻게 보면 피네다가 더욱 정치적인 예술가였다. 1950년대 성적인 쾌락을 경험하는 여성의 몸을 드러내는 일은 그 자체로 대항문화였다. 피네다는 납 조각 〈연인들〉Lovers과 목제 조각 〈젊은 연인들을 위한 초상〉Effigy for Young Lovers에서 그런 일을 했다. 〈젊은 연인들을 위한 초상〉은 1953년에 작업했는데, 같은 해 여성도 오르가슴을 느끼고 정사를 벌인다는 사실을 밝혀 전국을 충격에 빠뜨린 앨프리드 C. 킨제이의 보고서 『인간 여성의 성적 행동』Sexual Behavior in the Human Female이 출간되었다.

1957년 토비시가 브루클린에 도달했을 때(같은 해 쿠민과 섹스턴도 홈스의 워크숍에서 만났다) 부부는 파리, 미니애폴리스를 거쳐 업스테이트 뉴욕에서 토비시의 강사직을 얻었다. 보스턴에 오기 전 토비시는 강사 일을 잠시 쉬려고 1954년부터 1957년까지 3년간 가족과 함께 피렌체로 이사했다. 1957년에는 부부가 보스턴 미술관학교 강사로 채용되었지만, 피네다는 가르치는 일을 원치 않았다(내내 강사 일을 피했고 마침내 그 일을 받아들였을 때는 지나치게 혹독한 완벽주의자라며 학생들의 원성을 샀다). 토비시는 미술관학교 강사직을 받아들였고 가족은 브루클린 태편 스트리트로 이사했다.

주로 중서부 지역과 유럽에 살다 온 가족에게 대도시 보스턴은 사치스럽게 느껴졌지만 갤러리 대표 하이먼 '하이' 스웨트조프의 노력 덕분에 부부의 작품이 팔리기 시작했다. 1957년 4월, 같은 주제로 만든 수많은 작품 중 하나인 피네다의 〈어머니와 아이〉Mother and Child가

개인 수집가에게 300달러에 팔렸다(오늘날 가치로 2600달러이다).[20] 피네다에게 돌파구가 되었던 〈몽유병자〉의 청동 버전은 1960년 2000달러에 팔렸다(오늘날 1만 6600달러). 스웨트조프는 당시 표준 수수료였던 판매가의 3분의 1을 가져갔고 나머지는 피네다의 몫이었다.[21] 이어서 피네다는 시카고 미술관, 보스턴 현대미술관, 포틀랜드 메인 미술관에서 조각 부문 상을 받았다. 이제 그는 전업 예술가였고 신문 기사의 표현대로 "브루클린의 세 아이 어머니"였다. 1958년에 막내 니나가 태어났다.

수상작 중 하나인 〈전주곡〉Prelude은 피네다의 작품이 보여주는 우아하고 혁명적인 측면을 압축했다. 조각상은 분만 직전의 여성을 포착했다. 인물은 뒤로 누워있고 엉덩이 주변을 감싼 천 위로 부푼 배가 돌출해 있다. 긴장이 명백하다. 인물의 손은 등 뒤 바닥을 붙잡고 있고 몸은 고통으로 몸부림치고 있다. 그러나 위를 향한 얼굴은 거의 황홀에 빠진 것처럼 보인다. 표현력이 풍부하고 강렬하면서 위엄이 있는 조각상이다. 성모상보다 세속적인 〈전주곡〉은 임신을 인간적이면서 동시에 범우주적으로 중대한 일로 표현한다.

피네다는 선생들이 불가능하다고 말했던 일을 해냈다. 즉 아이들을 키우면서 동시에 예술을 했다. 피네다 스스로 열심히 노력했기 때문이기도 했고(경력 내내 풍부한 생산력을 보여주었다) 다양한 형태의 물질적·감정적 지원을 받은 덕분이기도 했다. 진보주의자였던 부유한 퀘이커교도 어머니는(인권운동이 주류가 되기 훨씬 전부터 활동가였다) 딸의 어린 시절부터 예술적인 노력을 독려했고, 토비시가 파산했을 때는 아주 요긴한 돈을 보내주었다. 아내의 재능을 존중하고 자신의 남성적 특권을 제대로 인지했던 토비시는 피네다가 작업하는 데 필요한 모든 것을 누릴 수 있도록 보장했다.

부부는 가사노동자도 고용했다. 동네는 안전했고 아이들은 자유롭게 뛰어놀았지만, 피네다는 작업하는 동안 누가 아이들을 지켜보고 있다는 사실에서 위안을 받았다.

그러나 저택과 공원, 조용한 거리로 이루어진 브루클린에는 약간의 고립감도 있었다. 이곳은 코스모폴리탄인 파리가 아니었고 중서부 지역의 대학가도 아니었다. 피네다와 토비시는 주로 서로에게 의지했지만, 그들에게 예술적 동반자 의식은 중요했다. 두 사람 다 자기만의 엄격한 기준이 있었고 쉬운 칭찬을 신뢰하지 않았다. 폴록이나 피카소만큼의 명성을 열망하지도 않았고 그저 예술가 공동체의 인정을 바랄 뿐이었다.

피네다는 구체적인 외로움을 느꼈다. "주부란 무척이나 외로운 직업이다."[22] 훗날 피네다는 이렇게 회상했다. "부엌에 있는데 완전히 고립되었다고 느꼈던 기억이 난다. (⋯) 다른 여성들과 어울리며 집단을 이뤘다거나 함께 혹은 교대로 아이들을 돌본다는 의식이 전혀 없었다. 모든 일을 오로지 혼자 해야 했다. 정말 벅찼다." 피네다는 같은 여성 예술가 친구들을 열망했다. 부엌에 앉아 이웃의 험담이나 늘어놓고 싶지는 않았다. 작업에 관해 말하고 싶었다.

피네다는 같은 브루클린에 살면서 막내와 동갑인 딸이 하나 있는 여성 예술가를 알았다. 바버라 스완 핑크였다.

두 여성이 서로를 아는 것도 그리 놀라운 일은 아니었다. 보스턴 예술계는 좁아서 공통점이 많지 않아도 예술가끼리 강연장이나 전시회 개막식이나 파티에서 마주치는 일이 흔했다. 그럼에도 이토록 비슷하게 미적으로 몰두하는 두 여성이 이토록 비슷하게 살고 있다는 사실은 꽤 놀라웠다. 두 사람 모두 한창 아이들을 키우는 가장 분주한 시간을 통과하면서 그 활동을 예술의 주제로 삼아 작업을 계속할 방법을 찾아냈다. 작품 스타일은 달랐지만 둘 다 우상파괴적이었다. 스완의 그림과 스케치는 표현주의에 초현실적이었고 질감과 감정이 풍부했다. 그가 그린 얼굴에는 성격이 나타났다. 피네다는 매끄럽고 깔끔한 선과 익명의 인물을 선호했다. 그가 표현하는 몸들은 비틀리며 몰입과 정지의 자세로 나아갔다. 피네다의 작품은 견고하고 단단했고 약간 세속적이었다. 스완이 어둡고 이상한 것을 끌어와 모성의 전통적이고 신비로운 이미지를 벗겨버렸다면 피네다는 모성이 숭고하고 자연스러워 보이게 했다.

두 사람이 유아원에서 딸들을 데려오는 길이나 전시회 개막식에서 샴페인 잔을 부딪칠 때 서로 작품 이야기를 나누었는지 궁금할 것이다. 혹은 스완이 피네다에게 케임브리지 강 건너에서 작은 실험에 참여 중이라고 말했는지도 궁금할 것이다. 분명히 지원금과 색채가 두드러지는 몇몇 사람에 관해서는 이야기를 했을지도 모른다. 그 초조해하는 문학계 장학생들과 수줍어하는 역사학자, 그리고 공기를 타고 오듯 방 안으로 휩쓸려 들어오는 검은 머리의 시인들에 관해서는 말했을 것이다. 피네다는 꽤 오랫동안 동료 예술가 한 명에게 의존했는데, 그 사람은 바로 함께 여행하고 아이들을 키우고 생활비를 분담한 남편이었다. 그랬던 피네다는 이제 다른 예술가들의 작품을 함께 논의할 수 있다는 생각에 매료되었을 것이고, 자신과 아주 비슷한 다른 여성들은 어떻게 아이들과 예술의 요구 사이를 헤쳐나갔는지 궁금했을 것이다.

피네다는 연구소에 지원하기로 했다. 지원금과 명성을 원했고(자신의 직업적 탁월함을 인정해 준다면 뭐든 고마웠다) 같은 지역에서 흥미로운 일을 하는 다른 여성들이 궁금했다. 또 학자와 예술가로 이루어진 공동체에 들어간다는 생각이 좋았다. 토비시 부부는 책을 많이 읽고 정치 활동에도 가담했는데, 피네다는 어머니의 영향이었고 토비시는 공공사업진흥국에 참여한 덕분이었다. 그들은 보스턴에서 케임브리지의 지식인 사회와 가까워졌다. 노엄 촘스키와 하워드 진과 친구였다.[23] 피네다는 선동가 스타일은 아니었지만, 지적이고 정치적인 논쟁을 좋아했다. 그는 래드클리프의 돈과 시간을 누리고 있는 성취도 높은 여성 학자들과 어울리고 싶었다.

1961년 10월, 피네다는 지원서 첫 페이지를 채웠다. 나이(36세), 자녀(14세, 12세, 3세), 학업, 수상 기록을 나열했다. 그는 자기를 홍보하는 일에 미숙했다. 그도 남편도 좋은 작품은 알아서 이름을 알려야 한다고 믿었고, 자신을 칭찬할 기회에 주저했으며, 그런 일을 쉽게 해치우는 사람을 미심쩍은 마음으로 바라보았다. 둘 다 완벽해지기 전에는 작품을 보여주지 않았다. 언젠가 토비시 부부가 현대미술관의 '신인 전시회'에 출품해 달라는 초청을 받았을 때도 아직 준비가 안 됐다며 거절했다. "실수였을지도 모르죠."[24] 훗날 피네다는 말했다.

그러나 전업 예술가가 되려면 무척 자주 자기 자신을 매력적인 상품으로, 즉 부자가 구입할 만한 물건으로 변신시켜야 했다. 피네다는 필요할 때면 자신을 가능한 최고의 모습으로 만들어 판매할 것이다. "내가 하고자 하는 일을 설명하려면 불필요하게 구체적이지 않으면 힘들다." 그는 이렇게 시작했다. "그저 상당한 크기의 조각품 몇 점을 완성하고 싶다고 말하는 것으로 충분하다면 좋겠다." 그는 자신의 방해물도 역시 불분명하게 설명했다. 그와 가족이 가사노동 비용이 싼 해외에서 돌아온 이후 "나의 산출량은 상당히 낮아졌다". 피네다는 올슨 같은 사람에 비하면 특권이 훨씬 많았다. 생계를 위해 일용직에 종사하지도 않았고, 가사노동자도 고용했으며, 이따금 어머니의 선물도 받았다. 그럼에도 피네다는 여전히 연구소의 지원이 필요했다. 실물 크기 조각상을 만들기는 어려웠다. 공예를 가르치는 미술학교는 거의 없었고, '건축 지원'이 감소하면서 필요한 재료를 구할 돈도 줄었다. 피네다는 재룟값으로만 500달러(오늘날 4000달러)를 쉽게 지출했다. (이 역사적인 여담이 피네다가 래드클리프 지원금이 필요한 이유와 변명에 가장 가까이 다가간 말이었을 것이다.) 그는 프로젝트 설명을 이렇게 마무리했다. "언젠가 집 밖이나 공공장소에 자리 잡을 작품을 만들기를 희망하고 이 웅대한 목표를 향한 적절한 실천 방식으로 우선 실물 크기의 탁월한 작품이 나오길 바란다. 청동 주조를 위한 진흙 작업과 목제와 석제 조각품을 만들 계획이다."[25]

피네다의 영업 능력은 형편없었다. 터퍼웨어 파티*나 메리 케이**의 판매 대리인으로는 실패했을 것이다. 남편처럼 전문용어를 사용해 소통할 수 있는 동료 조각가들과 함께 있을 때가 편했다. 실제로 이 겸손한 예술가를 지지해 준 사람들도 동료 조각가들이었다. 버클리 시절 스승이었던 레이먼드 푸치넬리는 추천서에서 피네다를 "내가 만난 사람 중 가장 뛰어난 사람"이라고 말했고 "눈에 띄는 정체나 생동력의 감소" 없이 아이들을 키우면서 내내 작품 활동을 지속한 점을 칭찬했다. 구겐하임 재단 예술진흥회 부회장 H. 하버드 아너슨은 그를 "오늘날 활동 중인 젊은 조각가 중 가장 성취도가 높은 사람"이라고 칭했고, 갤러리 대표 하이 스웨트조프는 푸치넬리처럼 피네다는 예민하고 완숙한 작품으로 말한다고 추천했다.

코니 스미스와 선정위원회의 눈에 피네다는 뛰어난 예술가이자 동료의 존경을 받는 완벽한 전문가로 보였을 것이다. 이는 지원자로서는 강점이자 동시에 약점이었다. 피네다의 지원서를 검토한 한 예술사학과 교수는 피네다가 "매우 강력한 후보자이지만 새로운 인재

---

* 미국의 저장 용기 회사 터퍼웨어는 판매자 여성들이 집에서 파티를 열어 중산층 주부를 대상으로 제품을 판매하는 방식으로 크게 성공했다.
** 미국의 다단계 마케팅 회사.

는 아니다"[26]라고 말했고 한 선정위원은 피네다가 "이미 유명하다"
라고 했다. 즉 피네다에게 지원금을 준다면 유리한 지점에서 경력을
시작한 여성에게 보상을 안기는 일이 될 것이다. 피네다는 부유층
출신이고 어머니로부터 꾸준히 생활비를 지원받았다. 생활이 절박
하지도 않았다. 연구소가 그에게 창조적 삶의 마지막 기회는 아니었
다. 지원금이 두 번째 기회가 되지도 않을 것이고 중도 탈락한 경력
으로 다시 돌아가는 진입로도 아닐 것이다. 그보다는 너무도 많은
여성 예술가들이 실패한 분야에서 성공을 거둔 것에 대한, 즉 피네
다의 성취에 대한 보상이 될 것이다. 피네다는 스스로 그런 보상을
받을 자격이 있는지 알려면 봄까지 기다려야 할 것이다.

1962년 봄, 섹스턴은 흥분으로 어지러웠다. 기온이 상승하면서 활력
도 올라갔다. 4월에 두 번째 시집 『내 모든 어여쁜 것들』이 호턴 미
플린 출판사에서 출간되었다. 연구소 세미나 발표 때 낭독했던 「죽
은 이들은 아는 진실」과 마찬가지로 이 표제 시도 부모를 추모하려
는 또 한 번의 시도로 읽힌다. 「내 모든 어여쁜 것들」 마지막 부분에
서 화자는 부모의 스크랩북과 일기를 읽다가 마침내 책을 덮고 책장
에 돌려놓는다. "당신이 어여쁘든 아니든, 나는 당신보다 오래 살아
/ 내 이상한 얼굴로 당신 얼굴을 굽어보며 당신을 용서합니다." 섹스
턴은 「죽은 이들은 아는 진실」 초고를 여전히 부모의 죽음이 마음에
어른거렸던 1961년 11월 올슨에게 보냈다. 이제 그 시가 관에 담긴
시신처럼 시집 표지 사이에 묶였다.
    5월 3일, 2기 장학생이 공식 발표되기 전 섹스턴은 스미스에게서
계속 기다렸던 작가(본인이 지원을 독려했고 오랫동안 보고 싶어 했
던 얼굴의 그 작가)가 연구소에 합격했다는 소식을 들었다. 섹스턴
은 타자기 앞으로 달려가 국토 건너편을 향해 반가운 소식을 전했

다. "친애하는 친구 틸리에게, 합격 축하해요!"[27] 섹스턴은 썼다. "당신, 됐어요! 됐어요! 되고 말았어요!"(1년 전 자신의 입학도 같은 말로 축하했었다.) 섹스턴은 편지 친구를 직접 만날 수 있다는 생각에 한껏 들떴다. 어떤 수줍음이라도 극복하고 몇 년간 편지로 나누었던 것과 똑같이 문학적이고 지적인 교환을 이룰 수 있을 거라고 믿었다. 게다가 글도 잘 쓰고 일도 열심히 하는 친구이자 한 여성이 창조적으로 자유로운 시간을 경험하게 된 것이 순수하게 기뻤다.

섹스턴의 편지가 베이 에어리어에 도착하기 전 합격 소식이 먼저 올슨에게 도착했다. 연구소는 준장학생들에게 약속했던 지원금의 두 배가 넘는 7000달러(오늘날 5만 6500달러 정도)를 올슨에게 주기로 했다. 올슨은 전업 장학생이 될 것이다. 이 정도는 전문 작가에게 주는 정식 보수였다. 올슨의 지원서를 살펴본 하버드의 한 교수는 올슨이 "의심할 여지 없이 남다른 후보자"[28]이고 "전도유망한 단계를 훌쩍 뛰어넘어 이미 성취의 영역에 도달했다"라고 평가했다.

마침내 구원의 기회(아마도 마지막 기회일)가 찾아왔다. 올슨은 자기만의 방과 책이 가득한 도서관과 적절한 책상(분주한 6인 가구에서 살고 일할 때는 가져본 적 없는 것들)을 가지게 될 것이다. 여러 요구들과 주의를 빼앗는 것들에서 자유로워진 상태로 올슨은 마침내 위대한 프롤레타리아 장편소설을 쓸 수 있을 것이다. 더는 소설가 지망생이 아니고 계급투쟁 이야기를 써야 하는 사회적 책무를 피하지도 않을 것이다. 오래전 끝냈어야 했던 프로젝트를 마치기로 했다.

글쓰기에 집중하겠다고 마음먹었지만, 올슨은 국가 최고의 대학교에서 공부할 수 있다는 생각에도 매료되었다. 그는 강의를 청강하기로 결심했다. 또 와이드너 도서관 서가를 오가며 시간을 보낼 것이다. 하버드가 후원하는 모든 콘서트와 강연, 낭독회에 참가할 것이다. 야망이 대단하고 취향은 더 대단한 올슨은 공부와 연구와 재창조와 반드시 써야 할 장편소설 쓰기를 모두 하겠다고 다짐했다.

그러나 여전히 해결해야 할 문제가 몇 가지 있었다. 주로 어머니 역할의 문제였다.

막내 로리는 누가 돌볼 것인가? 남편 잭도 함께 보스턴으로 와야 할까? 살 집은 어떻게 구할 것인가? 올슨은 포드 지원금을 받았던 몇 년 전에도 똑같은 어려움을 경험했다. 당시 올슨은 샌타모니카 산맥 남쪽 인근 로스앤젤레스의 해안 마을인 퍼시픽 팰리세이즈의 작은 예술창작촌 헌팅턴 하트퍼드 재단에 자리를 확보했다. 생산성을 극대화하려면 가족의 집에서 떠나있어야 한다는 걸 알았다. 통근 거리도 멀었다. 잭은 올슨을 그리워했고 매일 밤 전화를 걸었다. 아이들은 규칙적으로 올슨을 찾아왔다. 어느 날 셋째 케이시가 자신이 받은 인상을 기록했다. "우리 모두 여기 살았으면 좋겠다…… 엄마는 행복하다. 우리도 행복하다. 엄마가 정말로 좋아 보여서."[29] 어쩌면 연구소 때문에 생긴 문제를 해결하려면 케이시의 제안대로 하는 게 좋을지도 몰랐다. 즉 온 가족이 '엄마가 행복한' 곳으로 이사하는 것이었다.

5월 첫 주, 올슨은 연구소에 입학 승인 전보를 보냈다. "이토록 신성한 분위기에서 작업할 시간에 대해 보내주신 신뢰와 의무를 기꺼이 받아들입니다."[30]

나머지 합격생은 우편으로 통지를 받았고, 이제 올슨의 말대로 "신성한 분위기"에 들어갈 여성 열일곱 명이 확정되었다. 그중에는 케임브리지 출신 판화가, 뉴턴 출신 음악학자, 프린스턴 출신 수학자, 웨스트 포인트 출신의 중세유럽 문학 연구자가 있었다. 조각가 피네다는 극소수의 예술가 중 한 명이었다. 피네다는 가사노동과 양육

도움에 쓸 수 있는 지원금 1900달러를 받았고(오늘날 가치로 대략 1
만 5300달러) 조각 재료를 구입할 수 있는 개별 지원금도 받았다. 피
네다를 포함한 2기생은 스완, 섹스턴, 쿠민을 포함해 2년째 연구소
에 머무는 1기생 열다섯 명과 합류할 것이다. 섹스턴과 쿠민은 1월
에 함께 갱신 지원을 했다. 두 사람은 중등학교에서 사용할 수 있는
'살아있는 미국 시인 앤솔러지' 편찬을 제안했다. ('시인들'은 정말로
모든 것을 함께 했다.) 두 사람은 이듬해 각각 2000달러를 받았다.

그해 여름 새로운 장학생들은 최선을 다해 변화할 삶을 준비했다.

올슨은 누구보다 불안했다. 미국의 역사적인 고등교육 중심지에
서 멀리 떨어져 살았고, 학사 학위도 없었으며, 많은 여성들처럼 교
수 부인도 아니었다. 래드클리프가 제공할 신임장을 열망했지만, 동
시에 성인기의 대부분을 보냈던 베이 에어리어를 떠난다는 생각이
두려웠다.

올슨은 열아홉 살에 공책 한 권과 정의로운 분노만을 품고 네브래
스카를 떠났다. 화물차에 몰래 들어가 이 주에서 저 주로 옮겨 다녔
다. 이제 은발이 된 가모장은 다른 지역에서 살아야 한다는 생각에
불안감을 느꼈고, 혼자 산다는 생각에 기쁘면서 동시에 그런 삶을
상상할 수가 없었다. 처음에는 남편 잭을 집에 남겨두기로 했었다.
멘토 딕 스카우크로프트에게 보낸 편지에서 올슨은 잭에게 "당신을
사랑해(이 부분은 거짓말이 아니었다), 그리고 다시 돌아올게. 다시
는 당신 곁을 떠나지 않을게. 나 스스로 그 거짓말을 진실로 믿기 위
해 지옥처럼 노력할 거야"[31]라고 말할 거라고 썼다. 몇 주의 협상 끝
에 올슨은 잭과 함께 케임브리지로 가기로 했다. 극적으로 달라질
지적 독립의 매력에 푹 빠질 준비가 되어있었지만, 가족의 요구도
고려해야 했다.

올슨은 스미스에게 연달아 편지를 보내 질문을 퍼부었다. 도서관

에서 일자리를 구할 수 있을까? 청강을 위한 특별한 조정이 필요한 가? 대학원 본원이 가족에게 적당한 주거를 마련해 줄 것인가? 막내는 어느 학교에 다녀야 하나? 시간과 정보에 언제나 관대한 스미스는 올슨의 이주를 보다 쉽게 해주려고 자신의 영향력을 행사했다. 올슨이 연구소 본부에서 걸어 다닐 수 있는 거리에 주거지를 찾도록 도왔고, 당시 열네 살이었던 로리가 버몬트의 기숙학교인 퍼트니학교에 다닐 수 있게 해주었다.[32] 최근 고등학교를 졸업한 열여덟 살 케이시는 로리가 부유층이 다니는 기숙학교에서 소외감을 느낄까 봐 걱정했다. 결국 케이시도 속기사 일을 그만두고 겨울 어느 시점에 부모를 따라 케임브리지로 왔다.[33] 큰딸 칼라와 둘째 줄리는 당시 자녀가 있는 어머니였고 케임브리지로 오지 않기로 했다. 올슨과 같은 도시에 살면서 도움을 받았던 줄리는 어머니의 부재를 유독 날카롭게 느낄 것이다. "화가 났어요. 뭐랄까, '내가 아기를 낳았는데 엄마는 어떻게 나라 반대편으로 가버릴 수 있지?' 하는 생각이 들었죠."[34] 몇 년 후 줄리는 이렇게 회상했다. "한편으론 어머니가 믿을 수 없을 만큼 많이 자랑스러웠어요. 엄마랑 같이 살 때도 미국 최고의 단편집을 가지고 다니다가 사람들에게 주곤 했어요. 어머니가 글을 쓴다는 사실이 짜릿했죠." 훗날 어머니이자 학자로서 자신의 문제에 직면했을 때 줄리는 어머니의 작업이 얼마나 중요했는지 깨달았다.

그해 여름 북동부의 아이비리그 남성들이 연철로 꾸민 문을 지나 대학 졸업 후의 세계로 걸어 나갔을 때 올슨 가족은 국토를 가로지르는 이사를 준비했다. 가볍게 내릴 수 없는 크나큰 결정이었다. 가족은 스위스 애비뉴 집을 팔고 빚을 갚은 후 카울리에게 기부받은 500달러로 구한 U홀 트레일러에 짐을 가득 실었다. 진정한 평등주의자였던 잭은 아내의 경력이 향하는 곳이라면 어디든 따라갈 준비가 되어있었다. 가장은 무조건 남자였던 남성 지배적 시대에 그렇게 하는 남자는 드물었다. (동감해 주는 남편은 동료들의 삶에서도 흔히 볼 수 있었다. 1974년 토비시는 "마리아나 세대는 아직 '그대가 어딜 가든 나도 따라가겠어요' 주의였다. 남성에게는 아주 편리했지만, 여성에게는 별로 도움이 되지 않았다"[35]라고 회상했다.) 올슨은 신념의 도약 직전에 있었고 잭은 아내와 함께하기로 마음먹었다.

올슨과 잭과 로리는 보스턴을 향해 출발했고, 가는 길에 네브래스카와 펜실베이니아에 들러 올슨의 형제자매를 만났다. 세 사람은 연구소에서 가까운 아파트에서 살기로 했고, 잭이 인쇄공 일을 구하고 학기가 시작되면 부부가 차로 막내딸을 버몬트까지 데려다줄 예정이었다.

올슨 가족 모두가 약간 긴장했다. 그들의 삶은 극적으로 변화 중이었다. 불안을 누그러뜨리려고 올슨은 이 여행길에 재미와 놀이를 가미했다. 국토를 횡단하는 도중 캠핑을 했고, 로리와 올슨은 친척 집에 방문할 때마다 즉흥 콘서트를 열었다. 로리가 바이올린을 연주했고 올슨은 50세의 나이보다 어리게 들리는 고음으로 포크송을 노래했다.

이와 같은 기쁨은 올슨의 흥분을 자극하면서 불안감을 가려주었다. 올슨 가족이 자동차 뒤에 U홀 트레일러를 달고 동쪽으로 달리는 동안 '캘리포니아 드리머'였던 올슨은 국토 반대편 해안에서 무엇이, 그리고 누가 자신을 기다리고 있을지 생각했다.[36]

9장
동등한 우리

1962년 9월 21일 금요일, 올슨은 연구소 첫 번째 공식 차 모임에 앉아 긴장한 채 자기소개 차례를 기다렸다. 어쩐지 연구소에 제대로 적응할 것 같지 않았다. 무엇보다 이 여성들은 전부 보스턴 지역이나 적어도 동부에서 온 것 같았고, 자신만 이민자 같았다. 올슨과 잭은 이제 막 케임브리지 마운트 오번 스트리트 187번지의 아파트 3층에 정착한 상태였다. 게다가 이 여성들은 무척 인상적인 신임장을 갖추고 있었다! 그들에겐 박사 학위와 출간물과 유명한 남편이 있었다. 게다가 2년 차 장학생들은 늘 거기에 있었던 사람처럼 무척 편안해 보였다. 자기소개 차례가 오자 올슨은 불안할 때의 버릇으로 말을 더듬었다. 그는 자신의 미약한 신임장을 공유했다. 딸이 넷 있고, 수많은 직업을 거쳤으며, 단편소설 네 편을 썼다고 했다. 인상적인 학위나 유명한 남편은 없었다. 올슨은 연구소에서 편안하게 지낼 수 있을지 의문이 들었다.[1]

이후 올슨은 마운트 오번 78번지의 작업실로 갔다. 정리를 마쳤을 때 섹스턴이 들렀다. 섹스턴은 방 안을 둘러보다가 올슨이 벽에 붙여놓은 초상화들을 보았다. 이전 작업 공간에 붙여두었던 초상화들이었고 그중에는 시집 표지에서 잘라낸 섹스턴의 사진도 있었다. 섹스턴은 인상적인 동반자들과 함께한 자신을 보고 기뻐했다. 두 여성은 찰스강을 따라 산책했고(올슨은 신발을 신었고 섹스턴은 맨발이

었다) 시에 관한 대화를 나누었다.²

그날 저녁 섹스턴은 집으로 돌아와 몇 개월 전처럼 올슨에게 편지를 썼다. 비가 내렸고 서재에 혼자 있는 섹스턴은 숲속 어딘가 고독한 오두막에 사는 자신을 상상했다. 이제 장거리 통화요금이 적용되지 않으니 쿠민에게 하듯 전화를 걸 수 있는 사람에게, 그 시각 연구소 노란색 집 근처에 사는 여성에게 편지를 쓰려니 조금 어리석게 느껴졌을 것이다. 섹스턴은 공연가였지만, 낯선 사람 앞에서는 수줍었고 집단 안에서는 특히 더 그랬다. (섹스턴과 올슨은 종이 위에 자신을 더 유려하게 표현했다.) 섹스턴은 몇 시간 전의 대화에서 인용한 구절 몇 군데에 실수가 있었다고 편지에 사과했다. 그리고 이 편지를 자신을 더 잘 소개하고 친구에게 두 사람이 이미 공유한 유대감을 상기할 기회로 삼았다.

"오늘 당신을 만나고 함께 있었어요!"³ 섹스턴은 열정적으로 썼다. 언젠가 올슨이 섹스턴에게 카프카의 작품을 보낸 적이 있는데 섹스턴은 그 작품을 벌써 다 읽고 아주 좋아하게 되었다고 보고했다. 그리고 함께 대화할 때 말한 인용구를 수정했다. 두 번 결혼하고 두 번 이혼한 어느 유대인 지식인이 대학 총장과 정신분석의와 『뉴욕 타임스』에 화풀이 삼아 분노의 편지를 쓰게 된 이야기인 솔 벨로의 장편소설 『허조그』에서 인용한 구절이었다. 이 소설은 1964년 가을에나 출간되지만, 섹스턴은 어떤 식으로든 이미 원고를 읽었거나 적어도 인용한 부분을 읽었던 것 같다. 허조그가 시골의 집에서 일주일간 쉬려고 뉴욕시의 아파트를 떠날 준비를 하는 대목이었다. "그는 긴 숨을 한번 들이켜 가슴 속에 붙잡아두고는 고독한 삶을 향한 슬픔과 싸웠다. '울지마, 바보야! 살거나 죽거나 하겠지만, 모든 것에 독을 타지는 마!'"⁴ 섹스턴은 늙어가며 인간을 싫어하는 솔 벨로의 주인공과 공통점이 거의 없었지만, 그럼에도 이 약간 엄격한 혼잣말이 감동적으로 다가왔다. 그는 그 인용구를 책상 위에 붙여두었다(섹스턴에게 허조그는 올슨의 톨스토이보다 더 엄중한 판사였다). 편지를 쓰는 지금 섹스턴은 그 인용구를 정확히 옮겨 쓸 수 있었다. "살거나 죽거나", 이 구문이 섹스턴의 마음에 울렸다. 이 말은 언제나 자신에게 선택권이 있음을 일깨워 주었다.

섹스턴은 당분간은 삶을 선택했다. 올슨과 함께한 후 새로운 영감을 받았다고 느꼈다. "오늘 당신과 함께한 후 나는 다시 작가처럼 느껴집니다. 고독하지만 결코 포로는 아닌, 뭔가를 만드는 창조자요."[5] 어린아이처럼 낙관적이면서 동시에 세상 물정에 밝은 연상의 작가는 연하의 작가에게서 뭔가를 알아보았다. 그는 그저 과거와 현재의 문학에 대해, 살았거나 죽은 작가들에 대해 말하면서 그 존재를 확인해 주었다. 자신에게 경고하는 허조그처럼 올슨은 섹스턴에게 자신이 누구이고 무엇이 되기로 선택할 수 있는지를 일깨워 주었다. 정당성을 인정받고 새로운 희망에 가득 찬 섹스턴은 애정을 담아 편지에 서명했다.

래드클리프 독립연구소에 속한 모든 학자와 작가들처럼 올슨도 고독을 찾아 여기에 왔다. 그는 책이 늘어선 고요한 서가를 떠올리며 전율했고 자기만의 방을 가진다는 생각에 가슴이 뛰었다. 그러나 올슨이 케임브리지에서 발견한 것은 고요가 아니라 공동체였다. 그는 버지니아 울프가 되길 희망하고 여기 왔지만(최근 『자기만의 방』을 읽었다) 결국 일종의 블룸스버리 그룹에 들어가게 되었다.

케이시가 처음 마운트 오번 스트리트 78번지 낡고 삐걱거리는 집에 있는 어머니 작업실을 방문했을 때 이 젊은 여성은 방들 사이로 퍼져나가는 전기를 분명히 느꼈다.[6] 세미나실로 들어가다가 대화의 한 토막을 엿들었다. "요즘 무슨 작업해요?"[7] 장학생들은 서로 물었다. "어디서 막히고 있어요?" 그것은 '내가 무엇을 도와드릴까요?'라는 질문의 다른 형태였다. 케이시는 여성들이 서로 자료를 추천하는 소리를 들었다. "와이드너 도서관에서 이 책을 읽어봐요." "그 출판사의 이 편집자에게 제안서를 보내요." 장학생들이 찻잔에 차를 따르고 함께 출판 경제에 관해 대화하는 소리를 들었다. 이제 막 일의 세계에 진입한 젊은 여성 케이시는 이 여성들이 얼마나 서로의 작업에 신경을 쓰는지, 각자의 지적 야망이 아무리 특이하고 낯설어도 얼마나 진지하게 받아들이는지를 보고도 믿을 수가 없었다. 이들의 강렬함과 집중력은 일반적인 기쁨의 감각과 공존하며 증폭되었다. "절대적인 기쁨의 분위기였다. 절대적 진지함이자 동시에 기쁨이었다." 훗날 케이시는 이렇게 회상했다.

기적처럼 느껴졌을 것이다. 여성의 사회가 거의 없고 그 형태도 제한적이었던 세계였다. 당시 여성 공동체는 세븐 시스터스 대학 공동체나 근무 교대 사이에 공장 바닥에서 이뤄졌던 연대처럼 수명이 짧았다. 연구소 장학생 나이대 여성들은 칵테일 파티나 남편 회사 크리스마스 모임에서 분위기를 가볍게 띄우라거나 아니면 조용히 있으라는 주문을 받았을 것이다.

그러나 연구소는 달랐다. 연구소 초반기에 관한 증언을 보면 대학 캠퍼스나 동네 관계망을 휘저었던 사적 감정인 따분함이나 울분의 기억이 거의 없다. 초반부 연구소 여성들은 얼굴을 마주하고 원만하게 함께 작업했다. 육아에 관한 유용한 정보를 공유했고 남자들 험담을 나누었다. 서로 진지한 학자와 예술가로 존중했기 때문에 서로를 향한 진정한 애정을 키워나갔다. 케이시가 보기에 교외 여성들의 사교 생활과 래드클리프 연구소 여성들 사이의 지적 애정은 두드러지게 달랐다. "사람들은 컨트리클럽에 가려고 여기 온 게 아니었다. 그들은 작업을 위해 여기 있었다."[8]

케이시가 케임브리지에 온 이유는 여동생과 가까이 있으면서 미국 곳곳을 더 많이 둘러보며 흥미로운 일을 찾고 싶었기 때문이었다. 어머니를 응원하려는 목적도 있었다. 1963년 봄 케임브리지에 도착했을 무렵 케이시는 아직 스무 살이 안 되었고 베이 에어리어 말고는 아는 곳이 없었다. 아직 역사적인 건물과 단풍나무, 하버드 스퀘어 근처 옆길에 숨어있는 고서적 상점을 볼 준비가 되어있지 않았다. 첫눈이 내렸을 때 케이시는 어머니처럼 놀라고 기뻤다. 올슨은 네브래스카에서 보낸 소녀 시절 이후 눈을 본 적이 없어서 제 나이의 절반도 안 되는 사람처럼 열광하며 하얗게 변해버린 풍경 속을 마구 뛰어다니며 놀았다. 눈사람을 만들고 식구 수대로 눈덩이를 쌓고 패거리를 끌고 겨울철 뉴잉글랜드를 돌아다녔다. "어머니는 자연이 하얀 옷을 입은 모습을 보고 참 좋아했다."[9] 케이시는 회상했다. 그는 어머니 안에 아직 풀려나지 않은 에너지가 있음을 깨달았다.

1962년 가을부터 1963년 봄까지 올슨은 네 명의 창조적인 여성인 섹스턴, 쿠민, 스완, 그리고 조각가 피네다와 특별한 유대를 형성했고 가장 친한 친구 사이가 되었다. 피네다와 올슨은 남편들과 함께 무수한 저녁을 웃으며 보냈다. 쿠민과 올슨은 젠더와 문학사에 관한 생각을 교환했고 그들의 논쟁은 밤늦게 담배를 피우며 학우들과 정치를 논했던 쿠민의 학부 시절을 부활시켰다. 가장 중요하게 올슨은 오랜 편지 친구 섹스턴과 많은 시간을 함께 보냈다.

첫 1년의 어느 시점에 스완은 올슨의 초상화를 작업했다.[10] 스케치가 아니라 석판화였다. 스완은 올슨의 영웅이자 자신도 사랑하는 에밀리 디킨슨의 초상화를 작업하면서 동시에 올슨의 초상화도 만들었다. 스완은 올슨의 얼굴에 집중하기로 했다. 희미한 선으로 표현한 올슨의 몸은 판화 안에서는 잘 보이지 않지만, 얼굴은 뚜렷하게 드러난다. 눈매는 부드럽고 다정하게 다문 입은 미소를 짓고 있다.

스완은 선보다는 그림자와 음영을 이용해 전체 윤곽을 나타냈다. 그 결과 젊은 소녀처럼 보이는 주름 하나 없는 얼굴이 나왔다. 스완은 젊은 시절 올슨의 충만함을, 황야에서 야영하거나 늦은 시간 아파트에서 춤을 추곤 했던 여성의 젊은 정신을 포착했다. 그리고 이 50세 작가의 얼굴을 자신의 연구소 초상화 신전에 추가했다. 그것은 올슨이 자기 책상 위에 붙여두었던 것들과 비슷하게 서로를 '지지하고 평가하는' 여성들의 얼굴이었다.

그 1년을 보내며 다섯 명의 여성은 다 함께 친구가 되었고 일종의 '연구소 속 연구소'가 되었다. 그들은 서로의 작품에 협력하고, 논쟁하고, 축하했다. 무엇보다 서로를 예술가로 보았는데, 이 점이 학문을 좋아하는 학자 장학생들과 다른 점이었다. 이들에겐 박사 학위가 없었지만, 지원서의 요구대로 예술 분야에서 이와 '동등한' 훈련을 받았다. 연구소가 예술가들을 학자들과 비교하는 방식을 농담 삼아 이들은 자신을 '동등한 우리'라고 불렀다. 이는 느슨한 연합이었다. 정기적인 모임도 클럽하우스의 규칙도 없었다. 다섯 명의 여성과 그 가족은 주말이면 가끔 모여 어울렸고, 다섯 명은 마운트 오번 스트리트의 노란색 집에서 규칙적으로 만났다. '동등한 우리'는 이 긴밀한 다섯 명 집단에 붙인 공식적인 이름이라기보다는 서로의 비슷한 정신을 일컫는 말이었다.

처음 연구소에 왔을 때 올슨은 섹스턴과 가장 동질감을 느꼈다. 1962년 늦가을 어느 날 오후 올슨은 섹스턴을 설득해 함께 찰스강을 따라 산책했다. 뉴잉글랜드치고는 온화한 가을이라 10월 내내 기온이 15도와 21도 사이를 오갔다.[11] 게다가 올슨은 바깥에 나가는 걸 아주 좋아했다. 두 사람은 하버드 스퀘어를 출발해 마운트 오번과 브래틀 스트리트를 따라 걸으며 18세기에 지은 주택에 감탄했고 마운트 오번 묘지의 묘비명을 베껴 썼다. 섹스턴처럼 토박이가 아니었던 올슨은 이 지역의 깊은 역사를 마음껏 즐겼다.[12]

누가 그 모습을 봤다면 서로 다른 두 사람의 아름다움에 놀랐을지 모른다. 한 사람은 호리호리한 검은 머리에 카탈로그 모델처럼 화장했고 또 한 사람은 놀랍도록 젊어 보이는 얼굴 주위로 은발의 곱슬머리가 휘날렸을 것이다. 둘 다 예리해 보였다. 섹스턴은 꼭 맞는 블라우스를 입고 보석 걸치는 걸 좋아했지만, 올슨은 하버드 스퀘어의 디자인 리서치 상점에서 살 수 있는 핀란드 회사 마리메코의 옷을 입었다. (그 회사는 하버드 스퀘어 주변을 걸어 다니며 최신 스타일을 홍보하는 여성 고객에게 비용을 대줬다.[13]) 올슨은 가끔 그 회사에서 밝고 무늬 있는 천을 사서 자신의 치수에 맞는 블라우스와 드레스를 맞추었다.[14] 남에게 *자기 옷을 만들라고* 주문할 돈이 있다는 사실에 올슨은 크게 고무되었다. 주변 아름다움에 감동한 올슨은 사라 티즈데일의 시 몇 줄을 큰 소리로 낭송했다. 티즈데일은 아름다움과 사랑, 죽음에 관해 짧고 음악적인 서정시를 썼다.[15] 1918년 컬럼비아 포에트리 상을 포함해(나중에 퓰리처상으로 이름이 바뀐다) 생전에 많은 상을 받았지만, 남성 평론가들은 그의 시가 세련되지 않다고 여겼다. 티즈데일은 1933년 자살로 생을 마감했다. 그 운명은 티즈데일의 시 「응답」의 마지막 두 줄을 떠올리게 했다. "나는 슬픔 속에서 기쁨을 찾았어요 / 당신이 기쁨 속에서 찾을 수 있는 것보다 더 많은 기쁨을요."[16]

섹스턴도 아는 시였는데, 올슨이 티즈데일의 시를 언급하자 이상하게 마음이 동요했다. "아, 당신도 티즈데일의 시를 좋아하는군요!" 섹스턴은 감탄했다. "하지만 아무한테도 그 사실을 인정하면 절대 안 돼요." 그는 단속했다.

동부해안 문학계 남성들이 모든 취향 형성과 취사선택까지 장악하고 있던 당시 분위기에 익숙하지 않았던 올슨은 섹스턴의 말에 당황했다. "그게 무슨 뜻이죠?" 올슨은 섹스턴에게 물었다.

섹스턴은 언젠가 홈스의 워크숍에서 티즈데일을 좋아한다고 했다가 홈스에게 티즈데일은 형편없는 시인이고 기술적으로 볼품이 없으며 지나치게 감상적이라는 말을 들었다고 고백했다. 섹스턴은 당시 홈스가 정한 시인들의 위계질서를 맹목적으로 받아들였는데, 홈스에 따르면 티즈데일은 "저급한 가운데서도 가장 저급한"[17] 시인이었다. 그러나 올슨은 정전과 비평의 관점으로 생각하지 않았다. 작가가 진실과 자신의 생동력과 지성과 어떤 관계를 맺는가의 측면에서 생각했다. 올슨은 자신을 얼마나 살고 싶게 만드는가, 그리고 어떤 방식으로 그렇게 하는가를 통해 작가들을 평가했다. 나중에 올슨이 대중적 논단에 섰을 때 그는 남성과 여성, 흑인과 백인, 노동계급과 귀족을 망라하는 다양한 작가들에게 찬사를 보냈는데, 올슨이 평가하기로 그 작가들은 "삶의 지속"[18]이라는 힘들고도 필요한 작업에 몰두했다. 섹스턴과 함께한 그날 오후, 올슨은 두 사람의 마음을 움직이고 계속 살게 해준 작가들에 관해 수치심 없이 대화를 나누었다고 말했다. 티즈데일이 그중 하나였고 또 한 사람은 에드나 세인트 빈센트 밀레이였다. 섹스턴은 올슨에게 두 작가 모두 사랑한다고 인정했다.

섹스턴은 한때 자신이 부족한 밀레이가 될까 두려워했고 남성 시인들에게 자신이 숙녀 시인이나 소수의 작가가 아닌 그 이상이 될 거라는 확신을 구하는 편지를 썼다. 이런 공포는 래드클리프에 와서 주변 여성들이 섹스턴의 취향을(사랑과 경험과 두려움은 말할 것도 없고) 긍정하고 공감해 주자 서서히 약해졌다. 올슨의 말대로 "우리가 함께 있으면 사라 티즈데일이나 에드나 세인트 빈센트 밀레이를 향한 사랑이 부끄럽지 않았다."[19]

'동등한 우리'에게 '함께 있다'라는 말은 단순히 같은 공간에 있다는 뜻이 아니었다. 예술가이자 지식인으로서 감정적으로나 실천적으로 서로를 지지한다는 의미였다. 스완의 남편 앨런은 올슨의 딸 케이시를 과학교육 단체의 비서 자리에 소개했다.[20] (조합원 카드를 게시하고 일자리를 구했던 잭은 결국 『케임브리지 크로니클』을 찍는 인쇄소에서 직업을 구했고 오후 4시부터 자정까지 일했다.) 몇몇은 올슨에게 돈을 빌려주었다. 쿠민은 1100달러 넘게 빌려주었다. 쿠민과 섹스턴은 서로의 아이들을 봐주었고 서로의 딸들에게 개인교습을 해주었다. '동등한 우리'는 서로의 가족을 만찬에 초대했는데, 케이시의 말에 의하면 "어차피 저녁은 먹어야 하니까"[21]라는 말로 정당화한 편안한 모임이었다. 남은 시간은 작업을 위해 남겨두어야 했기 때문에 사교는 보통 식사를 중심으로 이루어졌다. 식사는 독립기념일 소풍처럼 친목적이었지만 비공식적이었다. 매번 '동등한 우리' 중 한 사람이 책임을 지고 친구들과 아이들을 먹임으로써 남은 친구들의 가사 부담을 덜어주었다.

이 시기에 올슨과 피네다는 특히 가까워졌다. 이 재능 있고 코스모폴리탄적인 조각가의 어떤 면이 올슨을 매료시켰는지 알기는 어렵다. 피네다의 진지함이었을 수도 있고 관대함이나 세속적인 여성성에 관한 관심이었는지도 모른다. (올슨의 둘째 딸 줄리는 올슨과 피네다의 우정이 꽃핀 이유를 꼭 집어 말하기가 어렵다고 보았다. "사랑에 빠지는 데 이유가 있나요?"[22] 하고 그는 되물었다.) 처음 만난 지 몇 주일도 지나지 않아 두 여성은 서로의 남편들과 함께 어울렸다. 저녁이면 올슨 부부가 아파트 3층으로 토비시 부부를 초대하거나 둘이 브루클린의 토비시 가로 갔다. 그들은 음악을 들었고(네 사람 모두 음악을 사랑했다) 잘 먹었다. 부부들은 당대의 정치를 논했다. 올슨 부부는 토비시 부부보다 훨씬 더 치우친 좌파였지만 네 사람 모두 미국의 군사제국주의에 반대했고 아프리카계 미국인의 인권을 옹호했다. 그리고 그들은 서로의 작업을 공유했다. 올슨은 토비시 부부에게 『수수께끼 내주세요』를 한 권 빌려주었다. 어느 날 저녁 브루클린 집에 돌아온 토비시 부부는 늦은 밤 표제작을 소리 내어 읽다가 울었다.[23] 부부는 이 새 친구가 정말로 재능 있다고 동의했다.

책 교환은 일상적이었다. '동등한 우리'는 서로 책을 돌려가며 자신들만의 정전을 만들었다. 이 정전에는 올슨이 가져온 카프카, 티즈데일과 디킨슨을 포함하는 숙녀 시인들의 시집, 그리고 버지니아 울프의 『자기만의 방』이 있었다. 작가에게 고독과 자원이 중요함을 강조하는 울프의 글이 이론이라면 래드클리프 연구소는 이 이론의 어수선한 실천이라고 말할 수도 있겠다.

어느 날 섹스턴은 뉴턴 공공도서관에서 울프의 책 한 권을 우연히 발견했다. 1929년에 도서관에 기증된 책이었다. 섹스턴은 그 책을 이동식 책상으로 가져갔고 그동안 이 책이 한 번도 대출되지 않았다는 사실을 알게 되었다. 책은 30년 넘게 책장에 꽂혀있었고, 그사이 뉴턴 여성들은 대학에 가고, 직장을 그만두고, 전쟁 산업에 동원되고, 다시 부엌으로 돌아왔다.

"화가 치밀었다."[24] 섹스턴은 훗날 말했다. "도서관에 여성들이 앉아있었는데, 그들은 그 책이 거기 있는지도 몰랐다. (…) 동네에 문제가 있었든지 혹은 학교의 제도나 기타 등등에 문제가 있었든지 아무튼 그 책은 도서관 밖으로 나간 적이 없었다. (…) 무엇보다 이 책은 여성이란 무엇인가에 관한 책이 아닌가! 그게 전부인 책이다!" 자기만의 공간이 필요하다는 울프의 주장은 섹스턴의 마음을 크게 흔들었다. 자기 서재가 글쓰기만 도와주는 게 아니라 더욱 행복한 가정을 만들어 준다는 사실을 깨달았다. 자기만의 방을 통해 섹스턴은 자기 안으로 들어간 것만 같았다. 그는 울프의 이 책을 "건강"[25]이라고 불렀다.

섹스턴은 자기만의 방에 환호했지만, 각자 방을 차지한 주변 여성들에 대해서도 기뻐했다. 섹스턴과 쿠민은 연구소에서 계속 작가의 시 쓰기와 협업 프로젝트에서 협력했다. 둘이 함께 쓴 어린이책 『세상의 알들』Eggs of Things[26]이 1963년 퍼트넘 출판사에서 나왔다. 레너드 쇼톨이 매력적인 삽화를 그린 이 책은 4인조 스키피, 버즈, 스키피의 여동생(별명이 페스트다), 그리고 개 카우보이의 모험을 따라간다. 이들의 임무는? 뿌리를 갉아 먹는 벌레들로부터 이웃의 채소밭을 지키는 것이다. 아이들은 두꺼비를 부화시키기로 한다("두꺼비 두 마리가 아침밥으로 뿌리벌레 100마리를 먹을 수 있대!"). 우선 근처 연못에서 두꺼비 알을 확보해야 한다. 그래서 책의 제목이 『세상의 알들』이다. 두꺼비는 채소밭을 구하지만, 곧 가엾은 카우보이를 괴롭히고 개는 어쩌다가 올챙이가 두꺼비로 자라 득시글거리는 욕조에 들어가게 된다. 이 책에는 쿠민의 인장 같은 자연주의, 즉 계절과 흙을 향한 사랑과 주변의 보이지 않는 풍성함에 몰두하는 태도가 깃들어 있다. 두 번째 어린이책 『세상의 더 많은 알들』More Eggs of Things은 1964년에 나왔다. 이 책들은 전부 섹스턴과 쿠민 가족의 행복한 시절을, 아이들과 어머니들이 발견에 마음을 열었던 한 시기를 보여준다.

연구소의 정신이기도 한 이런 발견 정신을 가장 잘 드러낸 것이 피네다가 장학생 시절 작업한 조각상 연작 〈신탁의 면모들〉Aspects of the Oracle이다. 고대 그리스의 가장 유명한 신탁인 델피 신탁에서 영감을 받은 피네다는 신탁 조각 연작을 만들어 황홀한 분위기, 기쁨에 겨운 분위기, 환희에 찬 분위기, 따져 묻는 분위기, 불길한 분위기, 지친 분위기 등 각기 다른 분위기를 표현했다.

피네다의 조각상은 팔다리와 몸통으로 말했고, 깊게 가라앉은 감은 눈 뒤로 미래를 보았다. 고통과 황홀경 속에서 오직 여성들만 이해할 수 있는 신비를 주고받았다. 〈황홀한 신탁〉은 마치 은총을 기다리듯 하늘을 향해 얼굴을 들고 있다. 〈기쁨에 찬 신탁〉은 동료와 달리 무릎을 접고 두 팔로 몸통을 감싼 자기보호의 동작을 하고 있지만 역시 위를 바라본다. 〈환희의 신탁〉은 찬양인지 기도인지 두 팔을 하늘로 쳐들었고, 〈따져 묻는 신탁〉은 자기 앞을 가리키고 있지만 사촌 같은 〈불길한 신탁〉과 그리 다르지 않은 자세를 취하고 있다. 〈지친 신탁〉은 앞으로 고개를 숙이고 앉아 발을 늘어뜨리고 있다. 무엇보다 이 마지막 신탁은 스스로 신들린 상태가 되어 종일 손님을 받았던 역사적인 여자 예언가 피티아의 모습을 포착했다.

이 조각들은 눈에 띄게 인간적이고 심지어 역사적 사실과도 일치했다(청동 삼각대와 형태 없는 드레스). 또한 감정과 사상을 동시에 표현했다. 피네다는 언젠가 이 연작에 대해 "뭔가를 내보내거나, 말하거나, 다른 사람에게 전달하려는 분투, 즉 창조적인 과정과 관계가 있다"[27]라고 말했다.

여성은 인물이자 사상이고 상징이자 개인이다. 피네다는 여성이 신화와 역사 속에서 어떻게 권력의 자리를 차지했는지에 관심이 있다고 말했다. "우리가 생각하듯 그들은 어쩌면 가부장제 이전의 사회에서 살았을지도 모른다."[28] 피네다는 여성 인물에서 다양한 세속적 힘을 보았고, 이 새로운 연작에서 여성의 몸과 그 몸이 불러일으키고 담아내는 감정들이 지식의 그릇(학식이 가장 뛰어난 남성들도 이해할 수 없는 종류의 지혜)이 될 수 있다고 주장했다. 피네다의 신탁은 초자연적인 여성이지만 그렇다고 마녀는 아니었다(마녀는 섹스턴이 자신의 시에서 사용했고 종종 무대 위에서 채택한 페르소나였다). 신탁은 강렬하지만 위협적이지는 않았다. 유령처럼 출몰하지도 않았다. 대신 이 신탁은 세계의 신비를 더 많이 알고자 하는 이들에게 도움을 주었다.

10장
나, 나도 역시

영적 교감의 자리는 많다. 교회도 그런 곳이고 도서관도 그렇다. 어떤 사람들은 교령회를 마련하여 영혼을 부른다. 또 어떤 이들은 오래된 책을 넘기며 죽은 자들과 접속하길 희망한다. 이 결합을 언어로 표현하기는 어렵다. 타인의 존재를 감지하는 사람이 있을지라도 이 타인은 소리 내어 말하지 않는다.

피네다는 여성들이 특히 영혼과 잘 조응한다고 믿었다. 그는 여성 사제와 여성 예언자의 조각을 만들었고 1980년에는 하와이 왕국의 마지막 군주를 재현한 〈릴리우오칼라니의 영혼〉The Sprit of Liliʻuokalani이라는 청동 조각상을 선보였다. 그는 이 작품들이 여성의 영적 힘을 포착한다고 생각했다. 여성 예술가가 불러낼 수 있는 다른 존재도 있다. 1962년 스완과 섹스턴은 함께 지하 세계로 여행을 떠났다. 둘의 협업은 언어를 초월한 공간에서 일어났다.

스완은 연구소 첫해에 판화 제작 학교인 보스턴 인상예술 워크숍을 설립한 석판화의 대가 조지 록우드와 함께 공부했다.[1] 스완은 새로운 매체를 배우고 "내가 말하고 싶은 것을 말할" 기회에 열광했고, 판화 제작에 들어가는 고된 노동을 감당할 건장한 콧수염 젊은이들을 록우드가 많이 고용해 줘서 정말 고마웠다고 친구에게 농담하기도 했다. 피네다는 이 젊은이들이 여성을 '병아리'[2]라고 부를 때마다 웃음을 터뜨렸다.

1962년 5월 1일, 스완은 석판화에 관한 세미나를 열었고 이 세미나를 "작은 시각적 에세이"[3]라고 불렀다. 마운트 오번 스트리트 78번지 세미나실 곳곳에 늘어선 스완의 작품들이 오후 햇볕을 받았다. 작품 크기만 봐도 석판화라는 게 스완의 말처럼 "허리를 부러뜨리는 노동"임을 알 수 있었다. (스완은 뉴잉글랜드 사람답게 마지막 '노동'labor이라는 단어를 '라바'labah라고 발음했다.) 그는 청중에게 자신이 선택한 새 매체의 구성품과 기술을 소개했다. 돌을 가져다가 산으로 그 위에 그림을 새기고, 압축으로 흰 부분을 덮어 검은 부분이 나타나게 하는 방식이었다. 석판화는 인쇄 사이에 작품을 고칠 수 있어서 작가에게 탁월한 매체였다. 화가가 먼저 그린 그림을 감추는 방식으로 덧붙여 그린다면 석판화가는 실수, 교정, 방향 수정 등 작업 과정을 고스란히 드러냈다. 스완은 키츠의 시구 "들려오는 멜로디는 달콤하나 / 들리지 않는 멜로디는 / 더 달콤하노라"에 영감을 받은 석판화 〈음악가들〉The Musicians 앞에서 멈추었다. 이 작품은 첫 번째 석판화 작업 중 하나였다. 두 인물이 탁한 배경을 등지고 악기를 연주하고 있다. 작품은 재현을 거부하는 예술 형태인 음악을 적절한 방식으로 표현하고 있다. 청중석 여성들은 감탄하며 작품을 바라보았고, 특히 섹스턴은 완전히 사로잡혔다.

〈음악가들〉은 섹스턴을 매료시켰다. 그는 스완한테서 초판본 작품을 한 점 사서 거실에 걸어두었다가, 나중에 서재로 옮겨 편지를 쓰고 시를 타자하는 사이 쳐다보았다. 섹스턴에게 이 작품은 마법의 감각이었고 어쩌면 악의 통증이었다. 스완의 초기 작품은 표현주의면서 구상적이었는데, 이 석판화는 가장 느슨한 측면으로만 인물을 표현했다. 섹스턴은 원래 스완의 작품을 좋아했지만, 다른 작품에서는 이런 모습을 본 적이 없었다. 만약 여유가 있었다면 스완의 석판화를 더 많이 구입했을 것이다. 섹스턴은 가끔 책상에서 일어나 석판화 쪽으로 슬며시 다가가곤 했다. 보통 예술작품 앞에 다가가는 정도보다 훨씬 더 가까이 갔다. (인상주의 그림을 가까이서 보면 얼마나 달라 보이는지 생각해 보라.) 섹스턴은 그게 뭔지도 모르고 뭔가를 찾고 있었다. 석판화 안쪽의 어떤 것, 어쩌면 거기 없을지도 모르는 어떤 것을 찾고 있다고 그는 혼자서 생각했다.

섹스턴은 쓰기 시작했다. 평소처럼 이미지로 시작했다. "오래된 궁전들"[4] 그리고 "잊을 수 없는 여자의 얼굴"을 한 산파이자 피리 부는 사람이 나오고, "인간적인 어떤 것처럼 벽에서 자라나는" 플루트는 "파이프 관처럼 벽 속으로 뚫고 들어간다". 섹스턴은 자신이 무엇을 묘사하는지 확신할 수 없었다. 이건 음악이 아니라 마법이 아닐까? 이미지들이 쌓여 그 사이에서 길을 잃은 기분이었다. 섹스턴은 길을 잃을 때마다 그랬듯이 수화기를 들었지만, 이번에는 가장 자주 통화하는 쿠민이 아니라 스완에게 전화를 걸었다. 섹스턴은 방금 자신이 쓴 것을 소리 내어 읽기 시작했다. 흥미롭고 어쩌면 재미있었을 스완은 섹스턴이 무엇을 추구하고 있는지는 잘 모르겠지만, 어떤 영감을 느꼈다고 말했다. 스완 역시 섹스턴의 시구에 대한 반응으로 뭔가를 끌어낼지도 몰랐다.

섹스턴은 계속해서 이미지를 쌓아갔고 그 과정 내내 스완에게 전화를 걸어 새로 쓴 시구를 어떻게 생각하는지 물었다. 시가 형태를 잡아가기 시작했다. 2인칭으로 진술되는 시의 항해자는 시공을 헤쳐 나가 "지구의 거대한 구멍"[5]인 어느 지하 석굴에 도달한다. 성별이 모호한 플루트 연주자가 〈안에 있다는 것〉이라는 마법의 곡을 연주한다. "이것은 당신이 기다렸던 음악 / 거대한 연주장에서 / 계절이 바뀌도록 / 그러나 결코 찾을 수 없었지." 화자는 말한다. 다른 여행자들도 피리 부는 사람에 이끌려 연주장에 도착하는데, 이 피리 부는 사람도 플루트 연주자처럼 여성이면서 동시에 남성이다. 죽은 자들도 도착하는데, "길게 자란 손톱"으로 흙을 파내며 관 밖으로 빠져나왔고 이어서 땅속 내장을 파고들었다. 연주회는 으스스하게 변한다. 시 전체에 등장하는 여행자, 당신은 절대로 이 동굴을 떠날 수 없다는 걸 알게 된다. 다른 목소리들이 제발 들어가게 해달라고 아우성치는데, 아마 그들도 언젠가는 입장을 허락받을 것이다. 화자는 약속한다. "그곳엔 고통이 없을 것이다."

몇 주일 후인 5월의 어느 오전에 섹스턴은 쿠민의 집 아침 식당에 앉아 더 많이 배운 친구에게 자신의 시에 짜 넣을 신화를 찾아달라고 부탁했다. 여기 뭔가…… 그러니까 뭔가를 탐색하는…… 이야기가 없지 않아? 땅 한가운데 말이야. 쿠민이 신화에서 출발해 시를 쓰는 시인이었다면 섹스턴은 시를 쓰고 나서 그에 어울리는 신화를 찾는 시인이었다. 쿠민은 아무 신화도 떠올리지 못했다. 섹스턴도 자신이 무엇을 찾고 있는지 솔직히 모른다고, 아니 무엇에 관해 쓰고 있는지도 모른다고 인정했다. 그 시는 자체로 완수하지 못한 임무였다.

섹스턴은 1966년에야 비로소 솔 벨로의 소설 구절에서 제목을 따온 시집 『살거나 죽거나』*Live or Die*에 이 시를 수록한다. 그때 시의 제목은 「지구를 잃다」로 바뀌지만, 1963년 5월 연구소 세미나에서 낭독할 때 제목은 「음악가들」이었다. 세미나가 시작되기 전 섹스턴은 뒤쪽 벽에 스완의 석판화 〈음악가들〉을 걸어두고 시인이 시를 낭독하는 동안 청중이 그 판화를 볼 수 있게 했다. 섹스턴은 늘 그렇듯 이번에도 사과를 했는데 "낭독하기 좋은 시가 아니다"[6]라고 사과했을 뿐만 아니라 시가 길다며 사과했다. 연구소 여성들은 등사본 시를 눈으로 따라 읽는 동시에 참을성 있게 귀를 기울이면서 섹스턴이 하룻밤 새 변화를 이뤄냈다는 사실을 알아챘다.

청중석 여성들은 자신이 시의 '당신'이 된 것처럼 느꼈다. 그들은 시를 타고 함께 땅의 내장으로 들어갔다. 시는 "유럽의 난파선"과

"유럽 공동 시장"을 떠나 "바다 옆에 지은 파라오"인 동굴로 들어가는데, 거기 음악가가 플루트를 연주하고 있다. 지하에서 죽은 자들이 벽을 뚫고 나온다. 이 지하 세계에 들어온 사람들은 자신이 이곳을 떠나고 싶은지, 떠날 수는 있는지 알고 싶어 한다. 하지만 음악은 너무도 매력적이고 연주하는 인물도 무척 신비롭다. 이 동굴 안에서 아주 오랫동안 즐거운 손님으로 남을 수 있을 것이다.

낭독을 마친 섹스턴은 앞줄에서 듣고 있던 스완에게 말했다. "어때, 바버라? 우리 영원히 함께 갈 수 있을까?"[7]

섹스턴의 질문이 이 특정 시만이 아니라 앞으로의 협업 관계를 뜻하는 거라고 이해한 스완은 대답으로 그동안 전화로 들었던 섹스턴의 시 파편들을 바탕으로 작업했던 자신의 그림과 드로잉을 공개했다. 그중 하나가 〈마법사들〉Sorcerers이었는데, 「음악가들」의 인물들이 섹스턴의 피리 소리에 반응해 모습을 바꾼 것처럼 보였다. "내 그림과 드로잉은 일종의 연장선이야. 내가 아직 만들어 내지 못한 이미지들이 당신 시에 있더라."[8] 스완은 스스로 마법사처럼 말했다.

스완은 예전 작품 옆에 새 작품을 놓았다. 그의 드로잉은 섹스턴 시의 연속처럼 보였고 시에 영감을 주었던 칙칙한 음악가 인물이 진화한 형태로 보였다. 섹스턴이 시에 묘사한 형태를 바꾸는 사람, 즉 여성이면서 동시에 남성인 음악가가 다시 변신한 모습이었다. 스완과 섹스턴은 이상한 예술적 주고받기에 참여했고, 음악가라는 인물을 주고받으며 그 인물을 변신시켰다.

"근친상간 같아."[9] 누군가 속삭였다.

청중 사이에 동의와 의문의 속삭임이 퍼졌다. 스완과 섹스턴은 신경 쓰지 않았다. 마치 둘만 스완의 집 작업실에 와있는 것처럼 두 예술가는 각자 재현의 '진실'에 관해 논의를 시작했다. "이 이미지는 가짜야!"[10] 섹스턴이 자신의 시가 역겹다는 듯 외쳤다. "시적 거짓말이야." 스완은 그렇지 않다고, 섹스턴이 지하라는 설정과 음악의 매혹적인 본질에 관해 올바른 일을 해냈다고 친구를 설득했다. "둘 다 완전하게 진실해." 스완은 말했다. 섹스턴은 아마 이 시점에 취해있었을 텐데, 다른 곳에 정신이 팔린 듯 천상의 설정과 발견되지 않은 어떤 것에 대해 마구 말하기 시작했다. "물론 우리 모두 날고 싶어 하지." 섹스턴은 거의 혼잣말처럼 말했다. 이성적으로 들리지는 않았다. 그러나 스완에게는 그 사실이 중요하지 않았다. 그들의 협업은 이성보다는 소리를 바탕으로 이루어졌다.

"내게 가장 위대한 예술은, 음악이야."[11] 섹스턴은 계속 말했다. "음악은…… 사람을 직접 때리거든. 심할 정도로 우리 안에 있는데…… 글쓰기는 그걸 못하지." 그림도 마찬가지였다. 글쓰기와 그림 그리기 모두 개인의 의식과 무의식 바깥으로 향했다. 음악은 종종 협업을 통해 출현했다. 악보를 쓰는 작곡가를 생각해 보자. 음악가, 어쩌면 작곡가는 작업에 생명을 불어넣으라는 요구를 받는다. 스완의 그림에 등장하는 음악가가 한 명이 아니라 두 명인 데는 이유가 있었다. 섹스턴이 작가도 화가도 음악가를 포착할 수 없다고 놀라워했을 때도 그는 음악가들처럼 협업이라는 행위에 참여했다.

결국, 이 작업은 근친상간 같은 것이 아니었다. 섹스턴과 스완은 서로 다른 두 전통 출신이고 그들의 결합은 이족 결혼 같은 사랑이었다. 두 사람은 연구소에서 함께 시간을 보냈고 이후로도 계속 협업을 하게 되지만, 언제나 서로에게 약간 이상한 존재로 남았다. 두 사람의 우정은 상호 오해를 견뎠고 심지어 그 오해에 의존했다. "바버라와 앤은 내가 본 여자들 관계 중에서 가장 아름다웠다. 바버라와 함께 있으면 앤은 자기 아이들과 있을 때처럼 가장 자연스러웠다."[12] 언젠가 올슨은 이렇게 말하기도 했다.

섹스턴과 스완이 공유한 것은 작업의 매체가 아니라 감수성이었다. 그들은 서로 영감을 줄 줄 알았다. "앤은 토네이도처럼 내 세계로 들어왔다."[13] 몇 년 후 스완은 썼다. "앤은 악마처럼 내 세계를 뒤흔들고, 휘젓고, 사로잡았다." 스완은 뭉크의 책을 펴고 〈절규〉를 보여주면 섹스턴이 매혹당할 것을 알았다. 또 섹스턴이 자기 그림의 "칙칙한 질감"에서 의미를 끌어오는 방식도 인정했다. "창조적 마음이 상상의 세계를 다룬다." 스완은 언젠가 이렇게 설명했다.

> 예술가와 시인은 이 세계를 머릿속에 넣어 다닌다. 그 안에 산다. 박사 학위를 가진 학자는 이 세계를 공부하고, 분석하고, 비평하고, 심지어 전기로 재현하고자 시도하지만, 학자는 예술가의 마음에 소용돌이치는 직관적이고 미친 헛소리를 결코 진정으로 알 수 없다.[14]

섹스턴과 스완은 이런 세계에 함께 살았다.

'동등한 우리'에게 '함께'라는 말은 통화하거나, 친밀한 편지를 쓰거나, 세미나실에 같이 앉거나, 늦은 오후 강을 따라 산책한다는 의미이기도 했다. 어떤 우정은 다양한 형태로 존재했다. 쿠민과 섹스턴의 통화는 대면 유대를 완성했다. 비슷하게 연구소에서 섹스턴은 올슨과의 편지 교환을 대면 우정으로 바꿔냈다.

한편 섹스턴과 실비아 플라스처럼 대면 우정이 대서양을 오가는 통신이 되기도 했다.

야도 예술창작촌 이후 플라스와 휴스는 미국을 떠나 런던으로 이사했고 딸 프리다를 낳았다. 1961년 2월 섹스턴에게 보낸 편지에서 플라스는 자신의 딸을 "경이로운 파란 눈 만화"[15]라고 묘사했고 부부에게 "왕조를 세우고 싶게" 만드는 아이라고 했다(플라스와 휴스는

1962년 둘째 니콜라스를 낳았다). "우린 런던에서 번성 중이야." 플라스는 편지에 단언했다. 섹스턴의 첫 시집 『정신병원에 갔다가 돌아오는 도중』을 칭찬했고 다시 읽고 있으며, 『뉴요커』에 발표한 쿠민의 "아가씨 시"에 대한 찬사를 전해달라고 했다. 편지를 쓸 무렵 플라스는 영국에서 시집 『거상』*Colossus, and Other Poems*을 출간했고 미국 출판사를 찾고 있었다. 언젠가 일기에 쓴 것처럼 "가장 깊고 풍성한 의미로 대지의 어머니"[16]가 되기 위해 분투하고 있었지만, 여전히 위대한 여시인이 되고자 했다.

이를 성취하기 위해 플라스와 휴스는 두 아이와 함께 잉글랜드 남서쪽의 데번주로 이사했다. 1959년 겨울, 플라스는 "우리 아이들과 작은 동물들과 꽃, 채소, 과일이 있는 집"[17]에 관한 꿈을 꾸었고 1962년 데번에서 그 꿈을 완성했다. "나는 시골에 정착했어."[18] 플라스는 8월에 섹스턴에게 편지를 썼다. "벌을 치고, 감자를 기르고, 가끔 BBC에서 방송을 해." 또 플라스는 자전적 소설 『벨 자』를 쓰고 있었다. 이 책은 1963년 빅토리아 루카스라는 가명으로 출간된다. 섹스턴에게 보낸 플라스의 편지들은 행복하고 수다스럽지만 동시에 고립을 드러냈다. "래드클리프 지원금은 어때? 정말로 고된 집안일에서 벗어나게 해주었어?" 플라스는 물었다. "어떻게 지내는지 알려줘. 맥신과 조지도. 요즘 누굴 만나? (…) 자기가 보낸 새 편지 한 통을 벽에 붙여놓고 싶어."

플라스의 아름다운 생활은 휴스가 다른 여자 때문에 그의 곁을 떠나면서 산산조각이 났다. 부부는 별거에 들어갔고 플라스는 복수를 생각했다. 그는 미친 듯이 열렬하게 썼다. 생의 마지막 몇 달 동안 시인으로서 가장 꾸준히, 가장 많이 썼다. 휴스를 비롯한 많은 이들이 플라스를 진정한 천재로 보게 한 작품을 바로 이 시기에 썼다. 1965년 유고 시집 『에어리얼』에 실려 논쟁을 불러일으킨 시 「아빠」는 파시스트의 이미지를 변용해 여성의 고통이 자체로 복수의 형태를 띨 수도 있음을 암시했다. "얼굴을 짓밟는 군화를, 짐승을"[19] 사랑하는 화자는 동시에 자신이 자신을 고문하는 사람을 죽이는 모습을 본다. "내가 한 사람을 죽였다면, 나는 두 사람을 죽인 거예요." 그는 경고한다. 같은 시기에 쓴 「레이디 라자로」는 자살을 암시한다. 시는 "나는 그 일을 다시 했다"[20]로 시작해 "두 번째"는 "끝까지 해내 절대 돌아오지 않을 작정"이었다고 말한다. 남성 독자들에게 전하는 경고로 구성된 마지막 두 연에서 화자는 자신에게 잘못한 사람들에게 가할 유령의 복수를 상상한다. "재 속에서 / 나는 빨간 머리를 하고 일어납니다 / 그리고 남자들을 공기처럼 먹어 치워요."

레이디 라자로의 예언은 실현되었다. 플라스의 유령은 복수했다. 1963년 2월 11일, 플라스는 집에서 자살로 죽었다. 2월에 플라스의 부고가 알려지자 보스턴 시단은 처음 보도된 것처럼 시인이 폐렴으로 죽었다는 말을 믿지 않았다. 그들은 플라스의 자살이 드러날 것을 알았기에 의혹이 확인되었을 때도 놀라지 않았다. 플라스는 오븐에 머리를 넣었고 (여성화된 가사노동의 현장에서) 질식사했다. 전기작가이자 비평가인 다이앤 미들브룩에 의하면 수많은 보스턴 시인들이 "이 자살을 그리스비극의 전형을 바탕으로 완성한, 가슴 아프고 고통스러운, 특별히 여성적인 복수로 보았다."[21] 2년 후 휴스는 플라스가 죽기 전 분노의 몇 달 동안 쓴 작품을 출간했다. 유작인 『에어리얼』은 바다 건너 친구들에게도 숨겨온 플라스의 온갖 분노와 배신감을 표현했다.

플라스의 죽음은 섹스턴을 뒤흔들었다. 이 죽음은 섹스턴 자신의 죽음 판타지를 일깨웠고 이후 기나긴 상실의 계절을 몰고 왔다. 이전 가을에 쿠민의 아버지가 세상을 떠나면서 자기 부모의 죽음을 상기하기도 했다. 플라스가 섹스턴에게 보낸 상쾌하고 발랄한 편지 어디에도 뭔가 잘못되었다는 기미는 보이지 않았다. 섹스턴이 자살 소식을 듣고 몇 달 후「실비아의 죽음」이라는 애가에도 썼듯이 플라스는 "데번주에서 / 감자를 어떻게 기르는지 / 그리고 벌은 또 어떻게 치는지" 편지에 써 보냈다. 이 애가에서 섹스턴은 자신의 자살 시도를 언급하며 질투에 가까운 감정을 표현한다. "이 도둑!"[22] 화자는 비난한다. "어떻게 기어들어 갔니 / 내가 몹시도 절박하게 그토록 오래 원했던 죽음 속으로 / 어떻게 홀로 기어내려 갔니." 플라스는 그 시대 자살한 여성 시인이라는 자리를 빼앗았다. 결국 이 시는 이전 친구와의 연결을 향한 노력이면서 동시에 자신의 문화적 위치를 되찾으려는 노력이기도 했다. "그리고 나, / 나도 역시." 화자는 말한다. 그는 자살이 어떤 의미인지 알고 있었다.

섹스턴은 이 시에 만족했다. 자신과 실비아가 공유했던 은밀한 지식에 관해 어떤 것을 표현한 시라고 생각했다. 1년 후에「죽기를 원하다」에도 썼듯이 자살을 생각하는 사람은 '목수'와 같아서 "*어떤 도구인지 알고 싶을 뿐 / 왜 짓는가*는 절대 묻지 않는다."[23] 장인의 언어가 두드러진다. 약간 이상한 감각이지만, 특별히 시들어가는 삶에 붙들린 여성에게 자살은 거의 전문적인 기술과 성취의 현장이 될 수 있었다. 섹스턴은 평소에 눈치가 빨랐지만, 이 경우에는 독자들의 의견에 크게 관심을 기울이지 않았다. 이 시는『뉴요커』에 게재를 거절 당했고 로버트 로웰과 시인 골웨이 킨넬 모두에게 비판의 편지를 받았지만 섹스턴은 계속해서 이 시가 꽤 좋다고 생각했다. "당신, 이 시를 벽에 붙여놔도 좋을 거야."[24] 섹스턴은 전 연인이자 수많은 밤을 함께 리츠에서 술을 마시며 플라스와 섹스턴의 자살 시도 이야기를 들었던 조지 스타벅에게 말했다. 적절한 지시의 말이었다. 스타벅은 이 애가에서 인간의 필멸성에 대해 자신보다 훨씬 더 많은 것을 알았던 두 여성 사이에 끼어 앉아 택시를 타고 갔던 '소년'으로 지칭된다.

섹스턴과 플라스는 그들만의 특별하고 고통스러운 과거에서 기인한 죽음의 소망을 공유했다. 각자 화학적인 불균형이 어떠했든지 간에 두 시인 모두 여성들이 전통적인 가정성에 순응하며 살아가는 엄격한 교외 지역에서 자랐다는 사실은 우연이 아니다. 섹스턴의 표현대로 둘 다 "죽음에 매혹"[25]되었던 것은 20세기 중반 미국의 구속적이고 폐소공포를 일으키는 문화 때문에 증강된 게 틀림없었다. 그 세계는 결혼과 육아가 여성의 유일하고도 최고인 소명이라고 몇 번이나 되풀이했다. 인생의 굽이마다 불행한 아내는 미친 게 틀림없다는 메시지와 마주쳤다. 섹스턴과 플라스는 그런 진단을 받았고 대본에 따라 행동했다.

"내게 최고로 중요한 것은 언제 아기를 가질 것인가가 아니라, 아기를 하나나 그 이상을 가질 것인가다."[26] 1959년 실비아는 일기장에 이렇게 썼다. "여성의 육체에 부여된 소임으로서 위대한 경험을 박탈당한다면 엄청나게 파괴적인 죽음과 같다." 피네다 같은 여성은 여성의 육체에 담긴 영감의 생성적 힘을 발견했다. 그러나 여성의 몸이 부담스럽고 끔찍하다고 생각하는 여성도 있었다. 그들은 다른 식으로 규정되기를 갈망했다.

11장
메시지에 열광하다

플라스가 죽은 지 단 8일 후인 1963년 2월 19일, 베티 프리단의 『여성성의 신화』가 출간되었다. 프리단은 책에서 여성들도 일해야 한다고 주장했다. 가정 밖에서 일하고 보수를 받아야지, 그렇지 않으면 깊은 우울에 빠지고 말 것이다. 여성의 제정신과 가족의 행복, 국가의 건강이 "자기 직업에 진지하게 몰두하는 여성들"[1]에게 달려있었다.

프리단의 책은 전쟁 후 몇 년 동안 뿌리 내렸던 '행복한 주부' 이데올로기의 분석이었다. 전후 여성의 대학 졸업률이 내려가고 결혼율은 올라갔다. 인구조사 설문지에 '직업: 가정주부'라는 대답이 점점 늘어났다. 이렇게 대답한 여성들은(다수가 백인, 중산층, 대학 졸업자였다) 지배 이데올로기에 맞게 세상에서 가장 행복한 여성이 되어야 했다. 그러나 많은 이들이 돈이나 정신분석으로도 고칠 수 없는 모호한 질병의 고통을 주장했고 누구는 이 병을 "이름 붙일 수 없는 문제"[2]라고 불렀다.

프리단은 이 문제에 이름을 붙이고("설거지, 다림질, 아이들을 벌주고 칭찬하기 '이상의 무언가'를 향한 정의되지 않은 모호한 소망"[3]) 그것이 가져오는 위험을 기술했다. 여성들은 "여성에게 가장 가치 있고 유일하게 몰두해야 하는"[4] 신념인 "여성성의 신화" 아래서 고통받았다. 이 '신화'의 지지자들은 서구 문화가 여성성을 평가절하한다고 주장했다. 여성은 남성처럼 되려는 노력을 중단하고 오히려 뚜렷하게 여성적인 특성을 받아들여야 하는데, 그 특성 중에는 "성적 수동성, 남성 지배, 자양분이 풍부한 모성애"[5]가 포함된다. 이 여성성은 여성은 열등하고 인간이라기보다 보호하고 교환해야 할 자산에 가깝다고 주장하는 역사적인 성차별주의와는 다르다. 여성성의 신화는 여성의 성적 쾌락을 인정했다. 남편과의 삽입 성교를 통해 질 오르가슴을 느끼는 것은(클리토리스 오르가슴과는 다르다) 적절한 일일 뿐만 아니라 여성성의 상징이기도 했다. 그러나 프리단이 주장하기로 여성성을 향해 새롭게 발견된 이 태도는 낡은 편견과 젠더 관습과 완벽하게 일치했다. 이 신화는 여성이 교육과 경력을 포기하고 "아늑한 가정의 벽" 속에 자기 세계를 축소하는 것만으로 만족하지 않았다. 여성성의 신화에 따르면 여성들은 스스로 전두엽 절제술을 받고 그것을 좋아해야 했다.

이 신화는 어떻게 확립되었을까? 프리단은 숙녀용 잡지와 광고주들, 지그문트 프로이트와 마거릿 미드 같은 일부 영향력 있는 이론가들이 전국에 '여성성의 신화'를 퍼뜨렸다고 주장했다. 잡지 칼럼니스트들과 단편소설 작가들도 이 신화가 정착하기 전 "1930년대와 1940년대에 활발히 경력을 이끌어 간 여성들"을 대체한 "행복한 가정주부 여주인공"[6]을 우상화했다. 한편 텔레비전과 인쇄 매체의 광고주들은 가정주부가 가정을 위한 제품을 사들임으로써 "자신을 표현할 수 있다"며 주부의 창조성에 호소했다. 광고주들은 노동력을 덜어주는 동시에 자신의 어떤 면에(주부도 '창조적'일 수 있다!) 기여할 것을 요구하는 주부 제품을 출시했다. 이런 제품들은 주부가 아이들과 더 많은 시간을 보낼 수 있게 해주었다(물론 집 밖에서 경력을 추구할 정도의 시간은 아니었다). 달걀과 우유, 버터만 첨가하면 되는 케이크 믹스가 전형적인 예였다. 가정에서 직접 만든 케이크는 기업에 수익을 창출해 주지 않았고 가게에서 사는 케이크는 여성들이 다른 일을 추구할 자유를 줄 것이다. 이런 전략을 "성적 판매"[7]라고 불렀던 프리단은 "여성이 주부로서 해야 하는 정말로 중요한 역할은 *집을 위해 더 많은 물건을 사는 것*"이라고 예리하게 분석했다. 다시 말해 여성들에게 고통을 안기는 원인은 자본주의 자체였다. 노동 저널리스트로 오래 일한 프리단은 이런 비평을 통해 급진적인 원인을 인식할 수 있었다.

다른 이론 몇 가지와 이론가들이 집중포화를 받았다. 인류학자 마거릿 미드는 성 차이를 주장했다. 프로이트와 그의 이론을 대중에 보급한 이들은 경제적·정치적 자유를 향한 여성의 열망을 '남근 선망'으로 오해했다. 프리단이 "성별지향 교육가"[8]라고 부른 고등학교와 대학 교사들은 학생의 성별에 따라 교육을 재단했고 여성이 학자나 전문가가 아닌 어머니와 아내가 되도록 가르쳤다. 프리단은 망설이지 않고 과장법을 사용했다. 그는 나치를 몇 번 상기하며 교외 지역 가정에 대해서라면 집단수용소가 유용한 비교점이 된다고 주장했다.

미국 중산층 여성이 이상한 심리적 문제에 직면했다고 주장한 것은 프리단이 최초가 아니었다. 이 주장은 프리단의 결론이 아니라 전제였다. 도입부에서 주장한 것처럼 프리단이 연구하고자 했던 문제는 1960년(래드클리프 독립연구소가 설립된 해)에 미국 곳곳에서 '들끓듯이' 터져 나왔다. 잡지는 "덫에 갇힌 가정주부" 같은 제목의 기사를 실었다. 『여성성의 신화』가 출간된 뒤 몇 달 동안 전국의 여성들이 프리단에게 편지를 써서 자기도 같은 주제의 책을 쓰고 싶었다고 말했다. 노턴 출판사 부사장은 출간 전 작가 펄 S. 벅에게 추천사를 받고자 연락하면서 "요즘 교육받은 미국 여성의 역경(혹은 그게 뭐든)에 관해 많은 글이 쓰이고 있습니다. 이 책은 덤불 숲을 헤치고 열심히 앞으로 나가야 할 것입니다"[9]라고 알렸다.

프리단의 책은 종합적이면서도 단호했기 때문에 성공했다. 그는 학문 연구와 문화 비평, 개인적 일화를 종합해, 진압해야 하는 위험한 유행병을 설명했다. 게다가 영원히 혁명적인 질문인 "무엇을 할 것인가?"에 대한 도발적인 대답을 제시했다. 남편도 육아와 가사노동의 책임을 져야 한다고 생각했던 사람이 거의 없었던 시대에 프리단은 여성들이 교외의 가정에서 탈출해 자신의 지성과 기술을 이용한 고무적인 유급 직업에 뛰어들어야 한다고 주장했다. (가사노동은 누가 책임질 것인지는 말하지 않았다. 전직 노동 저널리스트로선 심각한 누락이었다.) 번팅의 연구소에 관해 1면 기사를 쓰기도 했던 『뉴욕 타임스』의 한 교육부 기자는 이 책의 가치를 다음과 같이 요약했다. "비난은 타협하지 않고 종종 극단으로 치닫는다. 그러나 다소 과장이 있더라도 위험한 경향성의 징후는 결코 거짓이 아니다. 사실 이 책은 교육자들 자신이 사적으로 경고해 온 수많은 위험을 열정적으로 모아 독자에게 확실히 이해시킨다."[10]

수많은 독자가 프리단의 격렬함을 사랑했지만("감히 성역에 도전했다"[11]라는 측면에서) 이 이론을 뒤로 밀쳐버린 이들도 있었다. 『로스앤젤레스 타임스』의 한 서평은 이 책을 "표지 사이에 끼워놓은 가장 터무니없는 헛소리 뭉치"라고 했고, 여성들이 "덫에 갇히지"[12] 않았다는 증거로 점점 많은 여성이 학사 학위와 대학원 학위를 받고 있다는 사실(1962년 18만 650명으로 신기록을 달성했다)을 인용했다. (여성의 대학 졸업률은 이 시기 확실히 1950년대 저점에서 반등했지만, 아직 1920년대와 1940년대의 최고점에는 도달하지 않았다.) 『시카고 트리뷴』에 분노의 편지가 쏟아졌다.[13] "쓰레기로 가득한 책이다"라고 케네스 카펜터 부인은 썼다. "성욕이 지나치고 불행한 교외 주부들에 관해 읽다가 역겨워 죽을 것 같다"라고 해럴드 A. 뉴먼 부인은 불평했다. "이 와중에도 완벽하게 정상적인 삶을 살면서 단 한 번의 작고 소소한 혼외정사도 저지르지 않는 행복하고 적응

잘하는 아내이자 어머니들이 수백 명이 넘는다." 또 다른 독자는 물었다. "이 여자는 대체 무엇을 하려는 건가? 행복하고 적응 잘하는 아내이자 어머니들의 마음에 의심과 불만의 씨앗을 심으려는 건가?"

문제는 불만의 씨앗이 이미 오래전에 심어진 여성들이 수없이 많다는 사실이었다. 역사학자 스테퍼니 쿤츠의 말대로 『여성성의 신화』가 성공한 것은 기발하고 선견이 있어서가 아니라 다른 이들도 모두 생각하고 있던 것을 잘 말했기 때문이었다.[14] 프리단의 책은 이미 돌고 있던 생각을 반복하고 증폭시켰기 때문에 열렬한 독자층과 만났다. 『여성성의 신화』는 1964년 동안 100만 권이 넘게 팔렸고 논픽션 분야의 역사적인 베스트셀러가 되었다.[15]

쿠민이 『여성성의 신화』를 손에 넣었을 때는 책이 출간되고 몇 달 지나서였다. 쿠민은 자신이 "이 메시지에 열광"[16]한다는 것을 깨달았다. "이 모든 말에 그래, 그래, 그래라고 말하고 싶어." 쿠민은 섹스턴에게 편지를 썼다. "내가 3년 넘게 가르쳤던 대학 신입생들을 돌이켜 보면 어떤 식의 추상적인 사상에는 무관심하고 냉담하지만, 빨리 남자를 낚아채고 아기를 만들어야 한다는 여성의 목표에는 한결같은 게 너무 사실이었어." (연구소 첫해 동안 두 시인과 친구가 된 역사학자 릴리 마크라키스도 학생들 사이에서 같은 문제에 봉착했고, 이후 학생들의 약혼반지를 칭찬하지 않기로 결심했다.) 한때 정신분석 이론을 적극적으로 받아들였던 쿠민은 이제 그 이론의 핵심인 일부 성차별적 생각에 반대했다.

낡은 신조를 거부하고 의무적인 여성성에 반감을 품은 쿠민은 외롭지 않았다. 전국 곳곳의 여성들이 프리단의 책을 읽고 "숨이 가빴다." "베티 프리단이 내 마음과 이성, 정신을 들여다보고 (⋯) 내가 표현하지 못했던 설명할 수 없는 고통을 대신 표현한 것 같았다"[17]라고 한 독자는 말했다. 또 다른 독자는 책을 다 읽고 "마침내 내가 미치지 않았음을 깨달았다"[18]라고 했다. 또 다른 독자는 문제는 자신이 아니라 세계에 있음을 이해했다. "나의 곤경이 나만의 잘못이 전혀 아님을 깨닫고 얼마나 해방감을 느꼈는지 말로 표현할 수 없을 정도다."[19]

연구소 여성들 가운데 초판본을 구해 온 사람이 누군지는 명확하지 않지만, 그 사람은 곧 이 책을 동료 준장학생에게 빌려주었다. 책은 지하 비밀 출판물처럼 한 여성에게서 또 다른 여성에게 전달되었다. 린다 섹스턴은 어느 회고록에서 어머니 섹스턴이 주석을 단 『여성성의 신화』를 받았을 때의 이야기를 들려준다. 그 메모들은 "어머니가 프리단이 설명한 문제들을 알아보았다는 사실을 보여주었다."[20] 책에 담긴 메시지는 부분적으로는 프리단의 신념을 바탕으로 설립된 연구소에서 작업하는 이 여성들에게 울림을 주었다. 책의 마지막 장 「여성들의 새로운 인생을 계획하기 위하여」에서 프리단은 '행복한 가정주부' 이데올로기의 억압에서 벗어날 방법을 제시한다. "역설적이게도" 프리단은 이렇게 시작한다.

> 결혼과 모성을 아우르는 삶의 계획에서 능력 있는 여성이 자신의 능력을 완전히 깨닫고 사회에서 자신의 정체성을 획득하도록 해주는 유일한 방법은 여성성의 신화가 금지하는 일이다. 다시 말해 예술이나 과학, 정치나 전문직에 평생 헌신하는 일이다. 이런 헌신은 특정 직업이나 지역에 국한되지 않고, 해마다 바뀔 수 있으며, 어느 공동체에서는 전업이 될 수도 있고 또 다른 곳에서는 시간제가 될 수도 있다. 전업으로 직업을 갖는 일이 가능하지 않다면 임신 중이나 일찍 어머니가 되었을 경우 공부하거나 중요한 자원봉사 활동을 하며 전문 기술을 습득할 수도 있다. 실이 계속 풀려 나오듯이 이 나

라 어느 지역에서라도 계속 일하고 공부하고 그 분야에 접촉
할 수 있다.[21]

연구소 기금을 마련하기 위해 원고를 썼다고 해도 좋을 만큼 프리단
의 처방은 래드클리프 연구소의 신념과 무척 가까웠다. (1950년대
말 폴리 번팅의 메모 일부가 프리단의 최종 원고에 들어간 게 아닐
까 생각할 수도 있을 것이다.)

『여성성의 신화』에는 '동등한 우리'에게 말하는 것만 같은 예술가
를 위한 조언도 들어있다. 1949년에 출간된 『제2의 성』에서 여성 예
술가는 종종 예술애호가였다고 주장했던 시몬 드 보부아르의 작업
을 끌어와 프리단은 여성도 예술을 전문적으로 받아들여야 한다고
주장했다. "타인이 자신의 작품을 듣거나 보거나 읽기 위해 돈을 내
고 싶어 할 만큼 작품이 충분히 좋지 못한 아마추어나 예술애호가는
사회에서 실질적인 지위나 진정한 개인 정체성을 획득하지 못한
다"[22]라고 프리단은 경고했다. 아마추어리즘은 정치나 과학보다 예
술 분야에서 특히 위험했다. "예술은 언뜻 생각하면 여성에게 이상
적인 해답처럼 보인다. 집에서 연습할 수 있으니까. 또 전문성을 획
득하기에 부담스럽지 않고, 여성성에 잘 들어맞으며, 사회에서 보수
를 받기 위해 경쟁할 필요 없이 개인적 성장과 정체성에 무한한 가
능성을 주는 것처럼 보인다."[23] 프리단의 이 말은 식당 테이블에 앉
아 운어rhyme를 가지고 놀며 고통스러운 마음을 담아내려 했던 섹스
턴이나, '시 쓰는 법' 지침서를 읽으며 책에 투자한 돈을 절대로 회수
하지 못할 거라고 확신했던 쿠민을 떠오르게 한다. 프리단은 계속해
서 말했다. "여성들이 전문가가 될 정도로 유화나 조각에 몰두하지
않으면, 다시 말해 작업한 만큼 보수를 받는다거나 다른 사람을 가
르친다거나 다른 전문가들에게 동료로 인정받을 만큼 하지 않으면

조만간 이 '취미 삼아 하는 일'을 중단하게 된다."[24] 섹스턴도 비교되길 몹시 싫어했던 '숙녀 시인들'에 관해 상당히 비슷한 말을 한 적이 있다. "여성들은 [시에서] 진짜를 만들려고 애쓰지 않는다. 그저 취미로 삼을 뿐이다."[25]

이 지점에서 번팅과 프리단은 다시 한번 한마음으로 보인다. 연구소는 장학생이 방이나 기숙사 지원을 받지 않고서는 한 가족이나 심지어 여자 한 명을 부양할 수 없는 약소한 금액이더라도 지원금을 지급해야 한다고 보았다. 밖에서 보면 그 돈이 별로 필요하지 않아 보여도, 장학생들에게는 자신의 일이 무시당하느냐 아니면 진지하게 받아들여지느냐의 차이였다. 1기생 인터뷰를 했던 앨리스 라이어슨이 섹스턴에게 취미 삼아 하는 사람과 전문가의 차이를 물었을 때 그는 이렇게 대답했다. "돈이죠. 내가 사는 사회에서는 그게 유일해요."[26]

중요하게는, '동등한 우리'는 이미 프리단이 희망했던 길에 어느 정도 들어서 있었다. 이들은 여성의 실망과 가정의 고됨에 관해 썼다. 특히 문학은 프리단의 책이 당도하기도 전에 이 주제에 관해 영향력 있는 작품을 생산했다. 1962년 섹스턴은 압운 없는 열 개의 행으로 이루어진 짧은 시 「주부」를 썼다. 시는 집을 의인화하는데, 첫 줄에서 곧바로 집이 여성의 배우자임이 드러난다. 다음 두 행에서 집은 피부와 입과 내장이 있는 것으로 묘사된다. 시의 제목인 주부는 살아 숨 쉬는 이 감옥에 무릎을 꿇고 앉아 "자신을 씻어내고" 남자들이 "억지로 열고 들어오길" 기다린다.[27] 시는 집과 남편을 융합해 둘 다 여성을 무릎 꿇린다고 넌지시 말한다.

「주부」는 섹스턴이 쓴 수많은 서정시와 다르다. 여기에는 '나'가, 개인적인 세부가 없다. 시의 주부는 이름 없는 보편적 인물로 어떤 여성 독자든 자신을 투사할 수 있는 일종의 껍데기다. 프리단이 『여성성의 신화』에 인용했던 수많은 익명 여성들과 같고, 이 주부는 영원히 덫에 갇힌 것처럼 보이는 점만 다르다.

쿠민 역시 작품 안에서 결혼생활의 실망스러운 면모를 표현했다. 「연옥」이라는 시는 쿠민의 가족을 향한 좌절감에서 나왔다. 연구소 2년 차에 쿠민 가족은 〈로미오와 줄리엣〉 공연을 보러 갔다. 연극 마지막 장면에서 쿠민은 마지막 장의 파토스와 결말의 완벽함 때문에 울고 말았다. 그러나 남편 빅과 아이들은 미심쩍은 눈으로 쿠민을 보며 슬쩍 곁에서 물러났다. 쿠민은 거의 복수하는 심정으로 이루어질 수 없는 불행한 연인에게 이른바 해피엔딩을 안겨주는 시를 썼다.

"그리고 사랑하는 이들이 만토바에 간다면."[28] 시는 이렇게 시작한다. 로미오는 "턱에 달걀노른자"가 묻었고 "면도도 하지 않은" 상태다. 한때의 아름다운 연인과는 거리가 멀게 아프고, 옷도 입다 말았다. 줄리엣도 나을 게 없다. "라드 요리가 눈을 맵게 했다." 그리고 "자궁 속에는 (…) 또 다른 몬터규가 있다 / 첫아기 엉덩이가 아직 마르지도 않았는데." 연극의 4막까지 펼쳐졌던 로맨스는 맛이 갔다. "5막은 부지불식간에 길어진다." 쿠민이 시에 쓴 것처럼 가정생활은 지저분하고, 지루하고, 끝이 없다. 끊임없이 반복되는 임신의 절망감에 비하면 줄리엣이 마신 독약은 약하다. 차라리 그 지하실에서 끝내는 편이 나았다.

1962년 가을, 연구소 시인들은 이미 주부(프리단이 조사하고 옹호하고 구하려고 노력한 여성들)의 삶을 역겹고 비극적으로 표현했다. 그해 10월 쿠민은 『레이디스 홈 저널』에 시인이자 작가인 필리스 맥긴리˙의 글을 비판하는 원고를 게재했다. 쿠민은 래드클리프 연구

• 1905년생 미국 시인이자 에세이스트. 중산층 교외 가족의 삶에 관해 주로 쓰면서 '주부 시인'이라 불렸으며 냉전 시대 미국의 가정 수호를 주창하면서 베티 프리단을 비롯한 페미니스트들과 맞섰다.

소를 부정적으로 묘사한 맥긴리를 향해 "주부로 사는 일은 고귀하지도 유용하지도 보람되지도 않은 경력이다"라고 썼다. 또 "미국 여성들에게 부엌 아궁이를 보살피며 성취감을 찾으라고 조언하는 기사들을 (…) 정확히 반대로 하는 이들이 쓰고 있다"라고 지적하며 이런 기사를 "의심해야 한다"고도 했다(맥긴리 자신은 두 딸이 있고 퓰리처상을 받았다). 쿠민은 계속해서 다른 형태의 자극이 필요함을 설명해 나갔다. "사실 막내가 유치원에 들어가면 유능한 현대 여성에게 집과 가족을 돌보는 일은 전업 직업이 될 수 없다. (…) 아이들을 치과에 데려가고, 잼을 만들고, 남편의 응석을 받아주는 일과 아궁이를 강박적으로 청소하는 일은 꽤 다른 문제다."[29] 이런 글쓰기는 프리단의 책과도 잘 어울리는 글이 될 것이다.

쿠민과 섹스턴을 비롯한 여성들은 연구소, 즉 자신의 노력이 진지함을 입증하는 지원금과 집에서 벗어날 시간과 공간을 주는 연구소 프로그램이, 사랑하는 가정생활의 일부를 포기하지 않고도 오랫동안 갈망해 왔던 '다른 무언가'를 발견할 수 있게 도와주었음을 깨달았다. 이들이야말로 프리단 정신의 증거였다.

그러나 연구소에는 프리단이 전하는 메시지에 전율하지 않은 여성도 있었는데, 그중 한 사람이 노동계급 작가 틸리 올슨이었다. 처음에 올슨은 『여성성의 신화』 일부분에 설득당했다. 연구소가 프리단의 책으로 떠들썩했던 몇 주 동안 자신의 세미나 발표를 준비하던 올슨은 구체적으로 '여성들'에 관해 말해야겠다고 생각했다. 그는 자신의 가정 내 노동 분담에 대해 생각 중이었다. 올슨의 가족은 급진적이었지만, 그래도 여전히 이 시대의 가족이었다. 여러모로 잭은 믿을 수 없을 정도로 아내를 지지하는 남편이었다. 집안일 곳곳에서 도움을 주었고 아내를 무척 존경했다. 그는 아내를 동지로 여겼다.

그럼에도 올슨은 가사노동의 상당량을 자신이 책임지고 있음을 깨달았다. "아이들이 아프면 그건 엄마의 과제였다."[30] 올슨의 둘째 딸 줄리의 회고다. "식사도 엄마의 과제였고, 세탁도 엄마의 과제였는데, 우리 자매는 네 명이었다." 프리단처럼 올슨도 창조성의 가치를 믿었다. 창조적 표현을 가로막는 모든 사회적·정치적·경제적 걸림돌을 혐오했다. 아마도 여성들의 삶과 상실에 관한 이 모든 말 속에는 올슨이 활용할 수 있는 뭔가가 있었을 것이다.

그러나 결국 올슨은 프리단의 프로젝트를 완전히 승인할 수 없었다. 올슨에게 진정한 투쟁은 남편 잭과 마찬가지로 계급투쟁이었다. 올슨은 『여성성의 신화』를 다시 보면서 프리단의 책 안에서 자신을 발견할 수 없었다. 온종일 불안하게 진공청소기를 돌리며 집에 있는 이 여자들은 누구인가? 올슨의 가족 안에서 "여자는 일했고, 그것으로 끝이었다. 그러지 않으면 집세를 낼 수 없었다"[31]라고 줄리는 설명했다. 「나는 다림질을 하며 여기 서있다」의 화자처럼 올슨도 집에서 딸들과 함께 보낼 시간과 그 시간을 즐길 에너지가 늘어나길 갈망했다. "나는 어린 엄마였고, 신경 쓸 데가 많은 엄마였다."[32] 소설 속 화자는 어느 시점에 큰딸이 어렸던 과거를 떠올리며 말한다. "우린 가난했고 아이가 편안하게 자랄 환경을 마련해 줄 여유가 없었다." 고백이면서 동시에 방어이기도 한 「나는 다림질을 하며 여기 서있다」는 노동계급 어머니의 역경을, "여성성의 신화"에 갇힌 게 아니라 프리단 같은 작가들이 언제나 별생각 없이 해방으로 묘사하는 임금노동에 갇힌 여성의 어려움을 강렬한 목소리로 전달한다.

올슨은 나중에 노동계급 여성들과 유색인 여성들이 (그리고 두 공동체 모두에 속한 여성들이) 프리단에게 제기할 비판을 미리 알고 예상했다. 이들은 프리단이 임금노동의 부담을 충분히 인식하지 못한 점을 비판했다. 많은 여성에게 일은 문제의 해결책이 아니라 문제 자체였다. 1960년대 가사노동자의 상당수를 차지했던 유색인 여성들은 자신의 아이들이 아니라 다른 사람의 아이를 돌보며 살았다. 그들은 자기 가정으로 돌아가 자기 아이들을 위해 저녁 식사를 차릴 수 있길 갈망했다. 그들은 프리단의 불평을 인정할 수가 없었다.

그러나 노동계급 여성 가운데 일부는 일과 성취감의 관계에 대한 프리단의 주장에 진심으로 공감했다. 사회학자 마이라 막스 페리는 1960년대 집 밖에서 일하는 노동계급 여성과 그렇지 않은 노동계급 여성을 비교 연구하는 논문을 썼다. 그 결과 집 밖에서 일하는 여성이 그렇지 않은 여성보다 대체로 더 행복하고 만족한다는 것을 발견했다. 훗날 페리는 일하고자 하는 욕망으로 자신을 놀라게 한 매사추세츠 서머빌의 한 공장 노동자 인터뷰를 떠올렸다. "정말이지 이일을 그만두고 싶어요." 그 여성은 말했다. "하지만 일하지 않는 삶은 상상할 수가 없네요."[33]

이런 목소리들은 일반 대중에게 닿지 못했다. 프리단에게는 책을 쓸 시간과 자원이 있었고 교육을 받았기에 그의 책은 1960년대 주류의 관심을 받는 페미니스트 메시지가 될 수 있었다. 가사노동자와 공장 노동자는 그들만의 통찰력이 있을지언정 그 생각을 글로 쓸 시간도, 출간할 방법도 없었다. 올슨은 노동계급 여성으로선 드물게 문학적·지적 엘리트층에 다가간 경우였다. 연구소는 올슨에게 도서관 출입증과 작업실, 동료들과 보낼 자유로운 시간을 주었다. 노동계급에서 케임브리지의 지금 보금자리로 옮겨온 올슨은 친구들과 동료들을(결국 잘사는 여성들을) 사로잡은 당대의 지적 유행 너머를 보았다. 올슨은 거의 모든 직업에 고역이 따른다는 것을 알았다. 여성의 자아실현을 돕는 직업이 얼마나 드문지도 알았다. 유급 작업과 자유롭고 창조적인 표현을 결합했다는 측면에서 연구소는 정말로 특별했다. 이 두 가지의 결합을 결코 경험할 수 없는 사람이 대부분일 것이다.

올슨은 특권과 책임을 전부 가졌다. 그러므로 그렇지 못한 사람들을 위해 목소리를 내려고 노력할 수 있었다.

12장
천재 엇비슷한

1962년부터 1963년까지 올슨 가족은 매일 저녁 식사 시간을 가지고 씨름했다. 아무리 해도 틸리가 제시간에 집에 오지 않았다. 연구소 첫해에 올슨은 학교에서 오랜 시간을 보냈다. 책과 공책과 타자기를 아예 마운트 오번 스트리트의 작업실에 가져다 두었다. 올슨은 일과 가족 사이에 거리를 두고 싶어 했다. 작업실에 있지 않으면 와이드너 도서관 서가를 돌아다니며 자료를 찾거나 하버드 스퀘어의 그롤리어 시 서점에서 책을 찾고 사며 보냈다. 그는 넓게, 열렬히 읽었다. 브론테 자매, 멜빌, 릴케 등 위대한 작가의 작품을 곧바로 손에 넣을 수 있었다. 열정적으로 읽고 강렬한 문장은 필사했다. (평생 이 습관을 지속했고 좋아하는 문장은 종종 친구들에게 보내는 편지에 인용하기도 했다.) "어머니에게 사탕 가게 열쇠를 내준 것과 같았죠."[1] 케이시는 올슨의 도서관 출입 권한에 관해 이렇게 말했다. "어머니는 경이로워했어요. 도무지 도서관 밖으로 데리고 나올 수가 없었어요."

올슨은 잃어버린 시간을 보충하고 있었다. 이토록 풍성한 도서관에 출입해 본 적이 없었고, 읽고 생각할 자유 시간도 많지 않았다. 수많은 시간을 도서관 서가를 탐색하고 우연히 행복한 발견을 하면서 보냈다. 또 주변의 창조적인 여성들과 함께하는 시간에도 열중했다. 동료들의 작업실과 스튜디오에 들러 작업 중인 작품을 칭찬하곤 했다.

그러나 아내가 뛰어나다고 생각하고 아내의 예술을 지지하는 잭은 올슨이 귀중한 연구소 지원금을 받는 동안 '자기 작품'[2]은 쓰지 않는다고 실망한 것 같았다. 잭의 생각이 옳았다. 올슨은 실제로 꽤 오랫동안 미뤄온 장편소설을 쓰지 않았다. 소설의 역사적 배경을 조사 중이었고 메모를 하고 또 영감을 줄 만한 책을 읽고는 있었지만, 카울리와 연구소에 약속한 집필은 하고 있지 않았다. 가을 학기 막바지에 올슨은 정교한 산문보다 메모를 훨씬 더 많이 썼다.

올슨의 탐색에는 한 가지 논리가 있었다. 그해 가을 혹은 겨울에 장편소설을 쓰기 위해 두서없이 메모하는 동안 올슨은 오래도록 존경해 온 작가 리베카 하딩 데이비스의 "한동안 세상 빛을 보지 못한 오래된 책들"을 만났다. 1831년 태어난 데이비스는 한때 유명했던 리얼리즘의 선구자였다. 그의 중편소설 『제철소에서의 삶』*Life in the Iron Mills*은 1861년 한 해 동안 『애틀랜틱 먼슬리』에 익명으로 연재되면서 미국 산업 노동자들의 삶을 최초로 기술했다. (1861년 당시 독자들은 작품의 '엄격함'에 놀라 당연히 남성 작가일 거라고 추측했다.) 소설은 화제를 불러일으켰고, 몇 년 뒤에는 데이비스보다 9년 늦게 태어난 에밀 졸라의 작품과 비교되기도 했다. 그러나 데이비스는 문학의 전당에 오르지 못했다. 장편소설 『마그릿 호스』*Margret Howth*를 완성한 후 결혼하고 아이들을 낳고는 새로운 삶에 대한 단편을 주로 썼다. 계속 소설을 썼지만, 1910년 세상을 떠났을 때는 완전히 잊혀있었다.

올슨은 열다섯 살에 오마하의 한 중고상점에서 『제철소에서의 삶』을 처음 만났다.[3] 당시 올슨은 낡고 얼룩진 『애틀랜틱 먼슬리』 세 권을 사느라 가진 돈 전부였던 30센트를 썼다. 그는 자신과 상당히 비슷한 사람들의 묘사를 읽고 놀랐다. 이 낡아빠진 옛날 소설이 올슨에게 계속 성장하라고, *원하라고*, 그리고 어쩌면 글을 쓰라고 허락해 주는 것만 같았다. "문학은 무시당한 사람들의 삶으로도 만들어 질 수 있다."[4] 이것이 그때 올슨이 받았다고 느낀 메시지였다. "그러 니 당신도 써야만 한다." 이후 1958년, 「수수께끼 내주세요」가 될 단 편을 쓰던 도중에 올슨은 이 소설의 저자가 누군지 알게 되었다. 에 밀리 디킨슨의 편지들 속에 있던 길 잃은 각주 하나가 올슨에게 데 이비스의 방향을 알려주었다.[5] 샌프란시스코 공공도서관의 색인 목 록을 뒤졌지만, 그 작가를 발견할 수 없었다. 데이비스는 역사상 수 많은 여성 작가들처럼 홀연히 사라져버렸다.

데이비스를 처음 접한 지 35년 만에 올슨은 케임브리지의 서고에 서 그 책들을 꺼냈고 중편소설의 첫 페이지를 다시 읽었다. 소설 속 화자는 공장으로 향하는 '인간 삶의 물결'에 시선을 던진다.

> 무뚝뚝하고 멍한 얼굴을 땅바닥을 향해 숙이고, 밤새 들끓는 쇳물 가마 위로 연기와 재로 덮인 피부와 근육과 살을, 고통 과 교환함으로 여기저기 날카로워진 몸을 굽히고, 낮에는 취 기와 수치의 소굴에 숨어, 아깃적부터 죽을 때까지 영혼과 몸 에 모두 나쁜 안개와 기름과 그을음 가득한 공기를 마시는 남 자들의 무리다.[6]

데이비스의 언어는 일제히 한 방향으로 움직이는 수많은 육체의 무 리처럼 앞으로 돌진했다. 그럼에도 올슨은 데이비스가 노동자의 개 별성을 결코 부정하지 않았음을 알아보았고, 바로 이 지점에서 데이 비스의 탁월함이 드러났다. 데이비스는 노동계급의 세계를 현실적 으로 그려냈고 산업 노동자의 삶을 복잡한 인간성과 함께 보여주었 다. 올슨 역시 세계를 바꿔내는 작품이 될 소설을 쓰고 싶었다.

데이비스의 작품에 힘을 얻은 올슨은 자기도 모르게 두 가지 다른 방향으로 이끌렸다. 우선 장편소설 작업에 뛰어들어 데이비스처럼 쓰고 싶었다. 그러나 올슨의 연구 지향적인 면은 왜 데이비스처럼 재능 있는 작가가 문학사에서 사라질 수밖에 없었는지 알아내고 싶었다. 도대체 무엇 때문에 어떤 작가는 명성을 얻고 어떤 작가는 그러지 못하는가? 어떤 종류의 작가가 유산을 남기고 어떤 작가는 시작조차 못 하는가? 문학사 연보 안에 리베카 하딩 데이비스의 다른 작품도 묻혀있는 게 아닐까? 올슨에게 이런 의문은 순전히 지적인 질문이 아니라 개인적인 질문이기도 했다. 오랫동안 글 쓸 시간을 확보하려고 분투해 왔던 네 아이의 어머니로서 올슨은 상승 중이었던 데이비스의 경력이 모성의 방해를 받았음을 눈치채지 않을 수가 없었다. 얼마나 많은 어머니가 작가였고 얼마나 많은 작가가 어머니였는지 알고 싶었다. 데이비스처럼 뛰어난 여성들에게 무슨 일이 있었던 걸까?

올슨은 몇 주 동안 와이드너 도서관에 틀어박혀 문학작품 생산에 관해, 즉 무엇이 생산을 가능하게 하고 무엇이 방해하는지를 조사하며 보냈다. 글 쓸 시간을 찾는 일이 단지 여성들의 문제만은 아니라는 것을 깨달았다. 수많은 유명 작가들도 글을 쓰기 위해 분투했다. 검열을 당하거나 자기검열을 했다. 창조적 작업을 지속할 수 없을 정도로 사는 게 너무 어렵거나 험난해지면 이들은 침묵에 빠졌다. 시어도어 드라이저는 『시스터 캐리』*Sister Carrie* 이후 장편소설 『제니 게르하르트』*Jennie Gerhardt*를 발표하기까지 11년이 걸렸다. 이사크 바벨과 오스카 와일드는 감옥에 있는 동안 글을 쓸 수 없었다. 토머스 하디는 소설을 포기하고 말년에는 오직 시만 썼다. 멜빌은 자기 작품을 불태웠다. 랭보는 글쓰기를 완전히 멈추었다. 올슨은 이런 틈과 누락을 "침묵"으로 보기 시작했다. 다수의 작가가 필요로 하는 휴경기처럼 자연스러운 침묵이 아니라, 은유적으로 말하자면 토양이 나쁘거나 이른 서리가 내린 것처럼 뭔가에 의해 생긴 부자연스러운 침묵이었다. 올슨의 표현으로 그런 "훼방"[7]은 가슴 아프면서도 이상하게 위안이 되었다. 올슨은 자신의 글쓰기 분투가 혼자만의 일이 아니라 훌륭한 작가들과 마찬가지라는 사실을 깨달았다.

물론 기이할 정도로 생산적인 작가들도 있었다.[8] 뛰어난 자제력으로 글을 쓰고 글쓰기를 "지속적인 안간힘"으로 묘사한 발자크, 가족을 부양하기 위한 생업을 거부하고 "제한받지 않는 고독"의 가치를 설파한 릴케가 있었다. 올슨은 글쓰기에 관한 그들의 글을 읽으며 창조성을 확보하기 위한 그들의 처방을 추적했다. 우선 추가 임무가 없어야 하고, 외부와의 소통이 없어야 하며, 시간과 공간, 그리고 콘래드가 "일상생활의 순탄한 흐름"이라고 부른 예측 가능한 일정이 있어야 했다. 이 작가들이 찬양한 조건들이 래드클리프 연구소 체계와 상당히 비슷하다는 사실을 올슨도 틀림없이 알아보았을 것이다.

꾸준히 쓴 사람과 그렇지 않은 사람을 보면서 올슨은 일정한 양식을 알아챘다. 생산적인 작가 대부분이 남성이었다. 게다가 그들 대다수에게 아내가 있었다. 그 여성들은 남성 작가를 위로하고, 시끄러운 아이들이 남편 곁에 가지 않도록 막고, 힘들게 작업하는 남성 작가가 별생각 없이 소화할 수 있는 식사를 준비했다. 물론 다작하는 여성 작가도 소수 있었지만, 올슨은 이 작가들 가운데 거의 아무도 자녀가 없었다는 사실에 충격을 받았다. 위대한 19세기 소설가 조지 엘리엇도, 올슨의 동시대 작가 캐서린 앤 포터도 아이가 없었다. 대신 상당수에게 일상적인 가사를 보살피는 하인들이 있었다. 올슨은 남편과 함께 위대한 작가가 되길 갈망했던 캐서린 맨스필드의 글을 보고 놀랐다. "집은 너무 많은 시간을 차지한다. (…) 두 번 이상 청소해야 하거나 불필요한 물건들을 세탁해야 할 때면 엄청나게 초조해지고 계속 작업을 하고 싶어진다."[9] 여기서 작업이란 글쓰기를 말했다. 게다가 이 말은 자녀가 없는 여성에게서 나왔다!

봄 학기가 시작되고 주간 세미나도 시작되었다. 피네다는 1962년 12월, 가을 학기에 세미나 발표를 했다. 그는 기념비적 예술작품에 대해 발표하면서 세기 중반 미국에서는 그런 규모의 작품을 생산하기가 거의 불가능하다고 주장했고, 구상적 조각품은 기념비와 대조를 이룰 때만 완전하게 인정받을 수 있다고 말했다. 독특하면서도 강력한 예술사 논의였고, 일부 장학생들은 피네다의 주장 몇 부분에는 동의하지 않았지만, 세미나는 대체로 매끄럽게 진행되었다. 그리고 봄이 왔을 때 '동등한 우리' 가운데 자신의 작업을 발표하지 않은 사람은 올슨 뿐이었다.

세미나 발표가 다가오자 올슨은 공황에 빠졌다. 이전 가을 학기에 세미나 발표 제목을 물으면 올슨은 시인들이 "시에 관해" 말했듯이 자신은 "글쓰기에 관해"[10] 말할 거라고 대답했다. (시인들은 봄 학기에도 다시 세미나 발표를 할 예정이었다.) 세미나 발표 시간을 이용해 진행 중인 작업을 논의하고 장학생들에게 자신의 작업 과정을 보여주는 게 '동등한 우리'와 동료 예술가들 사이 일반적인 관행이었다. 스완은 1월에 열린 자신의 두 번째 세미나 발표회 제목을 "현역 화가가 말하는 회화의 몇 가지 면모들"이라고 지었다. 피네다도 비슷하게 2월 세미나 발표에서 "조각의 몇 가지 면모들"[11]에 관해 말했다. 올슨도 똑같이 할 계획이었다.

그러나 막상 세미나 발표가 다가왔을 때 올슨은 문학사와 자기계발을 결합한 연구계획 때문에 소설 쓰기를 거의 완전히 중단한 상태였다. 그는 부지런한 까치처럼 지난 몇 세기 동안 앵글로아메리칸 작가들의 생각과 인용문을 잔뜩 모아두었다. 혹시 소설 쓰기 대신 이 연구에 대해 발표할 수 있을까? 그러나 이런 생각을 하는 동안에도 올슨은 비공식적이고 마구잡이식인 자신의 연구가 문학평론을 수집하고, 추상적 이론을 만들어 내며, 적절한 작품을 인용하도록 제대로 훈련받은 학자 청중에게 어떻게 보일지 자신할 수 없었다. 올슨은 학자나 지식인이 아니라 창조적인 사람, 즉 '동등한 자격'을 갖춘 사람으로 연구소에 입학했다. 어쩌면 좋을지 알 수가 없었다.

세미나 제목이 매주 바뀌었다. 처음에는 프리단이 말한 "여성의 문제"에 관한 글쓰기를 생각했지만, 생각을 계속할수록 마음도 계속 바뀌었다. 올슨은 연구 과정에서 창조적인 불평등은 단순히 성차별만이 원인이 아니라고 생각하게 되었다. 성공적인 작가 목록을 샅샅이 살펴본 결과 올슨은 흑인 작가들이 부상하는 것처럼 보였던 1950년대뿐만 아니라 문학 정전 안에서도 노동계급 작가가 거의 없다는 사실에 주목했다. 여성 작가에 대해서만 말하면 빈곤한 작가, 흑인 작가, 그리고 당연히 빈곤하거나 흑인인 여성 작가를 무시하는 일이 될 것이다. 올슨은 반경을 전혀 좁히지 않고 이 모두에 관해 말하기로 마음먹었다. 정치적인 검열, 문맹, 빈곤, 다른 일에 정신을 뺏긴 어머니들, 리베카 하딩 데이비스, 데이비스의 사라진 소설, 그리고 거의 실패한 그의 경력에 관해 전부 말하기로 했다. 올슨은 스미스에게 세미나의 최종 제목을 제출했다.

연구소는 올슨의 세미나의 발표회를 "창조적 과정의 죽음"이라는 제목으로 홍보했다.

3월 15일 오후 1시 직전, 연구소 장학생들은 올슨의 세미나를 들으러 노란 집 1층에 모였다. 이때쯤 많은 장학생이 이미 자신의 세미나 발표를 마쳤고, 수줍음이 많은 일부 회원들은 청중석에 앉아 남은 학기를 잘 넘긴 것에 안도했다. 영상 1도 언저리의 화창하면서 추운 날이었다. 여자들은 따뜻한 트위드나 양모 재킷을 블라우스 위에 입고 있었다. 섹스턴은 올슨이 잘 보이는 자리를 찾아 앉았다. 분명히 긴장했을 친구에게 눈에 보이는 응원을 전하고 싶었다. 이 자리는 올슨이 연구소에 적응한 이후 첫 번째 공개 연설이 될 것이었다.

스미스는 평소대로 개회사와 발표자 소개를 했지만, 그날 오후 올슨이 구체적으로 무슨 이야기를 할지는 잘 설명하지 못했다. "제가 주제를 계속 바꾸는 바람에 그런 거예요."[12] 올슨이 끼어들었다. "여성성의 신화에 관해 야단법석이 일어났을 때 오늘 세미나 주제는 '여성들'이었어요." 방 안의 여성들은 '야단법석'이라는 말에서 약간의 거부감을 알아챘고 이제 어떤 이야기가 나올지 궁금했다. 언뜻 보면 올슨의 세미나는 창조성에 관해, 즉 창조성의 이상적 조건이 무엇이고 어떻게 가능하며 무엇이 방해하고 무엇이 완전히 죽여버리는지에 관한 이야기였다. 이 발표는 올슨의 남은 작업 활동을 차지하게 될 지적 프로젝트의 출발점이었다. 올슨은 창조적 여성의 문제점에 관해 완전히 새로운 의견을 제시했다. 이 자리는 작업하는 한 여성이 연구소 주최 측과 벌인 미묘하고 비판적인 교전이었다.

올슨이 보기에 번팅은 육아와 지적 작업이 퍼즐 조각처럼 완벽하게 맞물린다고 주장하며 둘 사이 갈등을 축소했다. 이와 대조적으로 프리단은 이 갈등을 지나치게 부풀렸고 해결책을 단순화했다. 프리단은 전문직을 모든 여성의 존재 이유로 들었고 전직 주부에게 당장 교외의 가정에서 출격해 사무실로 걸어가라고, 두고 온 아이들을 향한 죄책감으로 절대 뒤를 돌아보지 말라고 독려했다.

그러나 현재 진행 중인 구체적 작업물에 관한 세미나 발표에 익숙해진 장학생들은 두 시간 넘게 이어진 올슨의 광범위하고, 열정적이며, 지나치게 정치적인(그것도 순전히 메모에 의존한 마구잡이식) 연설을 들을 준비가 되어있지 않았다. 올슨은 수많은 자료 위로 은발의 머리를 숙이고 조용히 머뭇거리며, 때로는 더듬거리며, 도중에 길을 잃었다가 다시 몇 분 전 요점으로 돌아가길 반복하며 말했다. 긴 인용문을 읽었다가 즉석에서 즉흥적으로 말했다가 다시 핵심 구절을 반복했다. 청중 가운데 일부는 올슨이 이런 생각을 이 자리에서 처음 발표한다는 걸 알아챘다.

그러나 즉흥적인 발표라고 해도 올슨의 신념이 지닌 힘까지 감출 수는 없었다. 올슨은 마르크스주의자에 조직가였다. 그는 부르주아들 앞에서 계급정치에 관해 편안하게 말하고 있었다. 우선 올슨은 극적으로 시작했다. "저는 거의 말 없는 상태로 살았고, 내 안에 무엇이 존재해야 하는지 배우지 못했습니다. 저의 글쓰기 역사는 전부 방해와 죽음과 처음부터 다시 시작하기의 과정이었으므로 다른 사람은 어떻게 하고 있는가에 특별히 매료될 수밖에 없습니다."[13]

중요하지만 연구되지 않은 문제였다. 모든 어린아이는 창조적이나 어른은 거의 그렇지 못하다면 도대체 어른에게 무슨 일이 벌어졌고, 무엇이 그들의 창조적 잠재성을 빼앗아 가는가를 우리는 질문해야 한다. 올슨은 이 "혁명적 질문"[14]을 던진 사람이 별로 없다는 것은 정말로 혁명적이기 때문이라고, 다시 말해 "우리 사회 전체를 재정립해야 하는" 질문이기 때문이라고 주장했다. 오랫동안 혁명적이었던 올슨이 마침내 그 임무에 도달했다.

책상 위에 19세기 작가의 사진을 꽂아두었던 것처럼 올슨은 현재의 문제를 해결하기 위해 과거 작가들에게로 시선을 돌렸다. 그는 작가들의 회고록과 일기에서 긴 인용문을 발췌했고 이 인용문을 전부 읽으면서 청중의 인내심을 계속 시험했다. 올슨은 창조적 죽음에 관해 그 죽음을 가장 잘 아는 작가들의 말을 들어 설명하고 싶었다. 토머스 하디, 허먼 멜빌, 아르튀르 랭보, 제러드 맨리 홉킨스, 이 모두가 위대한 작가들이었고 전부 창조성이 왜, 어떻게 쇠퇴하는가를 말했다. 헤밍웨이는 "자신의 재능을 스스로 파괴했다"고 믿었으며, F.

스콧 피츠제럴드는 "자기 재능의 평범한 관리인"으로서 자신을 비난했다. 이사크 바벨 같은 작가는 검열당하며 "정치적 침묵"[15]의 상징이 되었다. 그러나 다른 작가들은 익명이었다. 올슨은 18세기 시인 토머스 그레이의 말을 인용하면서 글을 쓰거나 말을 할 위치를 확보하지 못했던 "목소리 없는 무명의 밀턴들"[16]에 관해 의문을 던졌다.

올슨은 이 침묵당한 작가들의 말을, 창조적 작업을 지속할 방법을 찾아낸 예술가들의 성찰과 비교했다. 그들의 자기성찰에 의하면 진정한 대가는 대다수 사람에게는 불가능한 총체적인 집중이 필요했다. 헨리 제임스, 발자크, 릴케 모두 작업에 몰두할 때의 가치에 관해 설파했다. 로댕은 "숲에 살 듯 자신의 작품에 살아야 한다"[17]라고 말했고, 열망하는 예술가들에게 "참을성 있게 일해야 한다. 다른 것은 전부 희생해야 한다"라고 경고했다. 이런 집중은 창조적 과정에 반드시 필요한 조건이었고, 노동계급, 무학자, 유색인, 여성 같은 이들에겐 주어지지 않았음이 입증된 조건이었다. "무엇이 창조성을 키우는가는 무엇이 창조성을 죽이는가를 함축할 뿐입니다."[18] 올슨은 설명했다.

청중도 올슨이 인용한 작가가 대부분 남성임을 알아챘을 것이다. 그 이유가 하나 있다. 창조적 작업을 완수하기 위해 반드시 필요한 조건의 혜택을 누렸던 여성이 거의 없었다. 그 소수는 거의 상류층 출신이었을 테고 돈이 있고 가사 도움에 의존할 수 있는, 역사상 래드클리프 연구소 여성들과 대등한 사람이었을 것이다. (올슨은 세미나 내내 '하인'이라는 단어를 사용했다.) "그러나 노동계급 안에도 천재 엇비슷한 게 존재하듯이 여성들 안에도 틀림없이 존재할 것입니다." 올슨은 확실히 자신의 무뎌진 총명함을 생각하며 이렇게 말했다.

때때로 에밀리 브론테나 로버트 번스 같은 이가 번쩍이며 존재를 증명합니다. 그러나 이들은 페이지에 도달하지 못합니다. 혹여 누가 악마에 사로잡힌 여성, 약초를 팔고 의사 노릇을 하는 현명한 여성, 심지어 어머니가 있던 매우 탁월한 남성에 관해 읽는다고 해도 우리는 사라진 소설가나 억눌린 시인, 혹은 목소리 없는 무명의 제인 오스틴, 자신의 재능을 펼칠 수 없는 고문에 미쳐 (…) 황무지에 머리를 박살 내버린 어떤 에밀리 브론테의 전철을 밟고 있을 뿐입니다.[19]

머리를 박살 내고, 물속에 걸어 들어가고, 오븐에 머리를 넣으며 자신을 파괴한 여성의 수는 인정받은 여성 천재의 수와 맞먹는다. 심지어 인정받은 여성도 남성은 이해할 수 없는 방식으로 고통받았다. 그래서 올슨이 처음 세미나 발표의 제목을 "여성들"이라고 지었을 것이다.

몇 안 되는 창조적 여성들 사이에서도 글도 잘 쓰고 아이들도 낳았던 여성을 발견하기는 어렵다. 창조적인 작업에 고독과 몰두가 필요하다면 당연히 "어떤 어머니도 위대한 작가가 될 수 없다"[20]라고 올슨은 주장했다. 어쩌면 청중 가운데 누구는 올슨의 절박한 주장에 망설였을지도 모른다. 올슨은 메모에 시선을 두느라 회의로 치켜올린 눈썹을 못 보고 지나쳤을지도 모른다. 올슨은 계속해서 증거를 제시하며 주장을 펼쳐나갔다. 지난 세기 유명한 여성 작가 중 대부분은 이른바 '노처녀'였고 소수는 결혼했으며 이 중에서도 극소수만 자녀가 있었다고, 또한 이 여성들 가운데 거의 전부가 가사에 대한 도움을 받았다고 올슨은 주장했다. 또 20세기가 되어서도 변한 게 거의 없어서 여성 작가 대부분이 여전히 비혼이거나 기혼이어도 자녀가 없다고 말했다. 올슨은 버지니아 울프의 말을 인용해 자신의 작품에 절박하게 몰두하는 여성은 진정한 소명을 방해당할까 두려워 아이 갖기를 단념하게 될 거라고 주장했다. 아마 이 대목에서 거의 기혼유자녀 여성이었던 연구소 여성들은 당혹감으로 앉은자리에서 몸을 움찔거렸을 것이다.

물론 올슨 역시 어머니였다. 자신의 단편소설 속 익명의 화자처럼 어리고 신경 쓸 데가 많은 엄마였던 올슨은 이제 은발의 가모장이 되어 작가로 살아갈 두 번째 기회가 너무 늦게 온 게 아닐까 두려워했다. 올슨은 자신의 일기 일부를 큰 소리로 읽어주며 어머니 역할이 자신의 창조적 삶을 어떻게 위협했는지, 또 모든 일이 어떻게 시간을 훔쳐갔는지를 보여주었다. "버스 안에서 몇 분 동안"[21] 글을 썼던 일, 밤마다 "아이들을 재운 뒤 다림질을 하고 뭔가를 끄적이며" 보냈던 시간을 묘사했다. 타자기 앞에서 자신의 딸을 밀쳐내고 싶었던 "야만적인 충동"을 털어놓았고, 어머니의 자아와 예술적 자아 사이에서, 즉 "강바닥에 뛰어들고 싶은 나와 위대한 작가가 되고 싶은 나" 사이에서 "분열하고" 있다고 느꼈던 일도 말했다. 중요하게는 자신의 좌절감과 상실감을 조절하지 않고도 아이들을 향한 사랑과 아이들을 돌보며 느낀 기쁨을 인정했다.

올슨은 어쩌면 아이들을 보살피는 일은 창조적인 삶과 양립할 수 없을지도 모른다고 말했다. "어머니 역할의 조건 자체가 창조적 작업의 조건과 일치한다"[22]라고 올슨은 주장했다. 바로 "강렬함, 몰두, 집중, 다양하고 무한한 자원의 시도와 사용과 요구와 촉구"라는 조건이다. 그러나 "아이들은, 그리고 이따금 남편도 관심을 요구한다". 올슨은 양육 초기에 창조적인 작업에 몰두하는 데 필요한 큰 덩어리 시간을 확보하기가 거의 불가능하다는 걸 깨달았다. 그러나 동시에 올슨은 아이 돌보기를 즐겼고, "나를 요구하고 필요로 하는" 아이들을 사랑했다고 인정했다. 다시 말해 올슨의 삶은 간단한 이분법이 아니었다. 올슨은 어머니 역할과 글쓰기 모두에서 충족감을 느꼈기 때문에 양쪽에 적절한 시간을 바칠 수 있는 삶을 열망했다.

앞다투어 몰려오는 삶의 부담감을 헤쳐나가는 올슨의 설명은 여성들이 직면한 문제에 대해 시대가 쉽게 내린 해결책이 얼마나 거짓인지 보여주었다. 여성들에게는 만족스러울 정도로 교육받는 방법, 자신의 여성성 안에 갇히지 않고도 여성성을 장려하는 방법, 아이들이 다 자란 후 "다시 궤도로 돌아가는" 방법이 필요했다. 그러나 올슨은 궤도로 돌아가는 방법이 없을까 봐 두려웠다. 특별한 그 단편소설을 썼던 한순간은 아이의 첫걸음을 놓쳐버린 것처럼 어느새 지나가 버렸을지도 모른다. 그 순간은 다시는 오지 않을 것이다. 기억력이 쇠퇴한다. 소재가 느슨해진다. 몇 년 전에 시작한 작업이 이상하거나 나쁘거나 더는 완성할 가치가 없어 보인다. 영감은 어린 시절처럼 쏜살같이 지나가고, 눈 깜짝할 사이에 전부 사라진다.

그러나 올슨은 비관주의자가 아니었다. 세미나 발표 내내 함께했던 올슨의 마르크스주의 휴머니즘은 더 나은 세계의 전망도 제시하도록 만들었다. 그는 각종 장학금과 재단 지원금의 "이상한 최저수준 체제"[23]의 종식을 제안했다. 이런 조건은 다른 일을 병행하게 해 작업을 방해했고 또 운 좋은 소수에게만 혜택을 주었다. (이 말들은 분명 연구소 청중 사이에 거북하게 다가갔을 것이다.) 올슨은 여성들이 자신을 희생하고 자신의 요구보다 타인의 요구를 우선하라고 배웠다고 인정했다. 이제 다르게 교육받을 수도 있을 것이다. 올슨은 적절한 환경만 주어진다면 기적적인 예술을 생산할 수 있는 모든 인종, 젠더, 계급의 재능 있는 사람들을, 그들의 삶을 "경배"하라고 설파했다. 그는 생계유지와 딸들과 함께 노는 시간과 자신의 소설 쓰기 사이에서 하나를 선택하지 않아도 되는 세상을 원했다. 모든 이가 자신의 창조적 능력을 탐색하고, 파산의 공포 없이 야망을 충족할 수 있는 세계에 살고 싶었다. 올슨의 꿈을 들으며 누군가는 "오늘 한 가지 일을 하고 내일 또 한 가지 일을 하며, 아침에는 사냥하고 오후에는 낚시하고 저녁에는 가축을 기르고 저녁 식사 후에는 토론하는 삶이 가능한"[24] 공산주의 사회에 대한 마르크스의 그 유명한 발언을 겹쳐 들었을 것이다. 올슨은 그 사이에 아이 키우기를 덧붙였다.

올슨은 몇 가지 굳은 다짐으로 자신의 발표를 강력하게 마무리했다. "저의 상충 지점은…… 일과 삶의 화해입니다."[25] 올슨은 예전 일기를 인용하며 말했다. "창조하는 곳에서 나는 진실합니다. (…) 작품의 실현 말고 다른 것은 추구하지 않습니다. (…) 저는 처음으로 돌아갈 것입니다. (…) 저의 마음을 앗아갔던 모든 것으로부터 저를 다시 모으고 너무 손쉬운 능란함으로부터 저를 되찾아 내 것인 자원을 아껴 쓸 것입니다." 올슨은 "나의 감옥, 나의 요새"인 고독한 방에 들어앉아 과거가 들려주는 목소리에 귀 기울일 것이다. 글쓰기를 회복하기에 너무 늦었을까 두렵지만, 노력할 것이다. 세미나 발표 앞부분에서 말한 것처럼 그는 실패보다 노력 부족을 더 혐오했다. 이제 남은 삶은 자신의 작품을 지키며 살아갈 것이다.

올슨의 연설은 번팅이 계획한 프로그램의 일부, 즉 번팅이 『뉴욕 타임스 매거진』에 발표한 "연구는 (…) 가정관리와 놀라울 만큼 잘 어울린다"라는 생각을 향한 명백한 비판이었다. 번팅은 꽤 오랫동안 모성과 창조적·지적 작업은 서로 지지하고, 여성은 하루를 시간 단위로 쪼개어 이 모든 전선에 참여할 수 있다고 주장해 왔다. 우선 번팅이 이렇게 해냈다. 매일 할 일 목록을 만들고 시간 단위로 일정을 짜며 연구와 가정관리를 병행했다. 대부분은 그렇게 할 수가 없었다. 번팅은 부유층 출신이었고 경력 초기에는 전문가인 남편의 수입에 의존했다. 남편이 죽을 때까지 번팅의 지적 생활은 돈 문제를 겪지 않았다. 더욱이 번팅은 예술가가 아니라 과학자였다. 그는 조직화와 합리를 중시했다. 허구의 세계를 상상하며 하루를 보내지 않았다. 올슨은 자신의 경험으로 번팅의 '상식적' 견해에 맞섰다. 올슨은 어머니 역할과 예술의 창조는 기본적으로 양립할 수 없다고 주장했다. 특히 번팅처럼 자원이 많지 않으면 그럴 수밖에 없었다. 올슨은 삶이란 달력처럼 나누고 구획을 지을 수 없다고 주장했다. 어머니 역할과 그것이 가져오는 모든 보상은 예술적인 영감과 실천을 앗아갔다. 장편소설을 집필하면서 동시에 아이들이 있는 세계를 살 수는 없다. 올슨은 래드클리프에서 보내는 시간을 고맙게 여겼지만, 연구소의 기본 전제에 동의할 수는 없었다.

올슨은 얼마 남지 않은 후반부 문장을 읽었다. 거의 두 시간째 말하고 있었고, 할당된 시간의 두 배가 넘었다. 청중석 여성들은 불안하고 불편했다. 일부는 세미나 발표가 제멋대로이고 올슨의 자기변명에 불과하다고 생각했다. 저 여자는 연구소에 들어온 지 거의 6개월이 되었는데 왜 아무 작업도 하지 않는지 설명하는 말이 너무 많이 비어있었다. 그들은 올슨의 장황한 말을 이해할 수 없었다. 대부분 전문가 계층에 속했던 청중석 여성들은 아마도 어떻게든 작업을 하려는 올슨의 분투에 별로 감화받지 않았을 것이다.

그러나 섹스턴은 올슨에게 매료되었다.

그는 두 시간 내내 자신보다 연상이자 더 현명한 친구에게 시선을 고정하고 집중해서 들었다. "누구라도 올슨을 막았다면 내가 당장 머리를 잘라버렸을 것이다."[26] 나중에 섹스턴은 이렇게 말했다. 그는 종교와 정신과 치료에 관해 쓴 희곡 「치료」가 생각보다 반응을 일으키지 못한 지난 몇 개월 동안 자신의 실패를 불안해하며 지냈다. 섹스턴 자신의 1961년 상담 치료 기록에서 모티브를 가져온 이 희곡은 어린 시절 트라우마(화재로 집이 불타고 가족이 죽은 밤에 집에서 도망쳤다)로 고통받으며 정신과 의사와 그리스도에게 도움을 구하는, 자살 충동에 시달리는 여성 데이지의 이야기다. 연구소 첫해에 찰스 소극장에서 이 희곡의 낭독회를 열었는데 결과가 좋지 않았고, 그 시점에 희곡 책을 자신의 폭스바겐 버그 자동차 글러브박스로 치워버렸다.

그런데 지금 올슨이 섹스턴이 왜 실패했는가의 한 가지 가설을, 창조성이 왜 그리고 어떻게 지연되고 약해지는가에 대한 설명을 제시하고 있었다. 올슨의 세미나 발표는 섹스턴의 실패한 희곡을, 생일 무렵의 힘든 시기를, 좌절된 시들을 조명해 주었다. 섹스턴은 자신의 창조적 힘은 통제를 벗어나 있다고 말하곤 했다. "천재성이 둥우리를 넘어 흘러나왔다"²⁷라고 1962년 잠잠했던 시기에 한때 동료이자 연인이었던 조지 스타벅에게 말하기도 했다. 그러나 올슨은 섹스턴에게 창조적 힘이라는 게 생각보다 덜 신비로운 것이라고 말하고 있었다. 섹스턴은 특히 예술가의 자기방해 행위에 관한 올슨의 설명에 감탄했다. 특히 실패에 관한 헤밍웨이의 문장이 마음을 울렸는데, 올슨은 헤밍웨이가 "재능을 사용하지 않아서, 자신과 자신이 믿는 바를 배신해서, 지나친 음주로 예리한 지각을 둔화시켜서, 게을러서, 나태해서, 속물근성 탓에, 그럭저럭해서, 평생 활력을 팔아 안정과 안락과 거래해서"²⁸ 자신의 재능을 파괴했다고 말했다. 섹스턴 역시 안락(마음속 악마로부터의 일시적인 휴식)과 창조적 성공 사이에서 분열을 느꼈다. 그는 창조적으로 성공하려면 자신을 괴롭히는 그런 감정들을 억누를 게 아니라 오히려 그에 *숙달되어야* 한다는 것을 알았다. "무엇이 창조적 본능을 죽이는가, 무엇이 도끼날을 무디게 하는가?"²⁹ 섹스턴은 나중에 올슨의 세미나 발표를 돌이키며 자문했다. 그는 술과 약 없이 살 방법을 고민했다. "어쩌면 나는 목발 없이 살아야 할 것이다." 작업을 위해서라면 삶의 조력자들을 걸어야 할지도 모른다.

세미나가 끝나고 청중이 흩어지자 섹스턴은 수줍게 올슨에게 다가가 메모를 빌려달라고 부탁했다. 그해 여름 섹스턴은 비서를 한 명 고용해「창조적 과정의 죽음」원고를 옮겨 썼다. 그들이 만든 이 이상하고 더듬거리는 듯한 문서는 공식 발표문이라기보다는 일기에 더 가까웠다. 온통 메모와 약어와 인용문이었다. 섹스턴이 이 문서를 편지와 공책과 시 초안 같은 사적인 문서 사이에 끼워놓은 것은 적절했다. 문서는 그곳에서 수십 년을 보내면서 올슨의 영향력과 두 예술가 사이 친밀함을 보여주는 증거가 되었다.

"틸리는 다시 몰두하게 한다." 언젠가 섹스턴은 이렇게 말하기도 했다. 어쩌면 섹스턴은 분투의 시기에 그 문서를 꺼내 몇 줄 읽고 다시 쓸 힘을 얻었을지도 모른다.

1963년 여름은 다섯 명의 '동등한 우리'가 전부 한 장소에 있었던 마지막 시간이었다. 올슨과 피네다는 연구소에 1년 더 머물 것이고 나머지 스완과 섹스턴, 쿠민은 연구소 생활이 끝났다. 그들은 다른 일을 하러 갈 것이다. 그들은 여행을 계획했고 가르치는 직업으로 돌아갈 준비를 했다. 옛 일상을 복원하거나 어쩌면 새로운 기회를 탐색할지도 모른다. 어쨌든 이 세 사람은 다가오는 가을이면 마운트오번 스트리트의 노란 집으로 돌아오지 않을 것이다.

그래서 그들은 남은 시간 대부분을 함께 보냈다. 그 여름 다 함께 케임브리지에서 차로 한 시간 반이 걸리는 매사추세츠 노스 쇼어의 록포트 타운으로 수영하러 갔다. 스완의 조상은 19세기에 스웨덴에서 이민 와 록포트에 정착했다. 그들은 한 세대 동안 그곳에 머무르며 채석장에서 일했다. 보스턴 미술관학교 시절 스완은 동료 화가들과 함께 피존 코브 채석장으로 소풍을 떠나곤 했다. 스완의 개인 문서 속 흑백사진을 보면 깃 달린 셔츠 위로 스웨터와 날염 치마를 입은 20대의 스완이 있다. 머리는 짧고 곱슬거린다. 두 화가 랠프 코번과 엘스워스 켈리 사이에 앉아있고 주변에는 종이 포장지와 남은 음식, 유리병에 든 음료 등 소풍 물품이 널려있다. 카메라가 포착한 웃는 스완은 아주 젊어 보인다.

이제 거의 20년이 지나서 스완은 새로운 친구들과 함께 이곳으로 돌아왔다. 이 모임의 사진은 없다. 적어도 '동등한 우리'의 자료 중에는 없다. 사실 어떤 자료를 보아도 '동등한 우리' 다섯 명이 다 함께 찍은 사진은 없다. 그들이 어떤 소풍을 즐겼는지, 그 여름 어떤 웃음을 나눴는지 역사는 모른다. 어쩌면 그들은 곧 다시 뭉칠 수 있으리라 생각하고 그날의 기억을 보존할 생각조차 하지 않았을지도 모른다. 또 어쩌면 그들은 어느 정도는 시간을 멈출 수 없으며, 함께 보낸 그해는 완벽하면서 동시에 짧았고, 복원할 수 없다는 것을 알았을 것이다.

1963년 7월 4일, '동등한 우리'는 소풍을 떠났다. 누가 주최했는지, 얼마나 오래 머물렀는지는 명확하지 않다. 그러나 어떤 모습이었을지는 상상할 수 있다. 아이들은 뛰놀고, 딸기 쇼트케이크를 먹고, 불꽃놀이를 했을 것이다. 아마 남자들은 이틀 전 자이언츠의 우승을 결정지은 윌리 메이스의 홈런 이야기를 나눴을 것이다. 그들에겐 얼마 안 되는 순수하게 사교적인 모임 중 하나였을 것이다. 가족과 즐거움이 일과 글쓰기보다 우선했던 시간이었을 것이다. 분명 아름다웠을 것이다.

그 여름 소풍의 기쁨은 복원할 수 없다. 이 여성들이 종이에 남긴 흔적은 제한적이었고 함께 보낸 시간 역시 마찬가지였다. 그런 시간을 위해 만들어지지 않은 사회에서 여성들의 동지애와 자율의 시간은 쏜살같이 지나갔다. 그러나 다른 면에서 '동등한 우리'가 함께한 시간이 어떤 의미였는지를 말하는 기록은 거의 무한대다. 그들이 작업한 에세이와 시와 조각과 그림에 남아있기 때문이다. 연구소에서 함께한 시간이 끝난 후에도 '동등한 우리'는 계속 예술을 했고 함께 협업했다. 서로의 출간을 축하했고 서로의 전시회 개막식에 갔다. 서로의 낭독회를 들었고 때로는 강연장의 청중으로 앉았으며 또 가끔은 라디오로 들었다.

다 함께 케임브리지에 있던 때처럼 언제나 쉽지는 않았다. 갈등이 더 쉽게 발생했고 수습도 더 어려워졌다. 누군가는 질투했고 누군가는 돌이킬 수 없는 모욕을 주었다. 불화 역시 '동등한 우리'가 헤어진 후 10년 동안 부풀었다 쪼개졌다 흩어진 이야기의 일부분이었다. 마치 불화가 여성해방운동 이야기의 일부분이었던 것처럼. 복잡함 없는 우정은 없고 내부의 이견이 없는 사회운동도 없다.

다섯 명의 여성은 미래를 향해 나아가면서도 앞으로 무엇을 성취할 것이고 그 과정에서 어떤 대가를 치러야 할지 늘 생각했다.

여행 내내 앨리스 워커는 조라 닐 허스턴의 사생아 조카인 척했다. 물론 나쁜 뜻 없는 거짓말이었고, 동시에 **과거와 현재의 흑인 여성 작가들이 정말로 낳은 것처럼 예술적 혈통으로 이어져 있다는** 워커의 생각을 반영한 거짓말이었다. 그들은 탐색 끝에 플로리다 포트 피어스 17번가로 향했고, 그곳에서 '천상의 휴식 정원'이라는 이름의 묘지를 발견했다. 워커는 치마를 허리까지 걷어 올리고 벌레와 돼지풀에 맨다리를 쏘이면서도 손으로 그린 지도를 붙들고 웃자란 잡초 사이를 헤치며 **아무 표지 없는 허스턴의 무덤을 향해 나아갔다.** 워커는 지역의 묘비 제작자를 찾아가 미래의 방문객이 찾아올 수 있도록 허스턴의 무덤을 표시하기로 했다. 워커는 다음과 같은 묘비명을 돌 위에 새겨달라고 부탁했다. "조라 닐 허스턴, '남부의 천재', 소설가·민속학자·인류학자, 1901~1960". 워커는 허스턴의 생년을 잘못 알았지만(1891년에 태어났다) 허스턴이 **역사에서 잊히지 않도록 했다.** 이 묘비는 오늘날에도 여전히 그 자리에 있다.

1964 ~

~ 1974

13장
죽기 살기로 쓸 거야

긴장한 채 존 홈스의 세미나실을 향해 커먼웰스 애비뉴를 걸어갔던 때로부터 6년이 흐른 1963년 어느 초여름 저녁, 섹스턴은 또 다른 시인들을 만나러 다른 도시의 거리를 걸어가고 있었다. 센트럴파크에서 가까운 맨해튼 어퍼 웨스트사이드 60번대 거리였다. 한쪽에는 상징적인 식당 태번 온 더 그린이 있고 반대편에는 새로 지은 링컨센터가 있었다. 섹스턴은 네오르네상스, 아르데코, 보아트, 이따금 보이는 퀸앤 양식 등 다양한 건축양식으로 지은 아름다운 역사적 건물에 감탄하며 걸었다. 섹스턴은 동반자와 함께 걷고 있었다. 아내의 문학적 성공에 적응해 이 특별한 여정에 함께하기로 한 남편 케이오였다. 두 사람은 문단 엘리트들의 모임에 가는 길이었다.

마침내 두 사람은 목적지에 도착했다. 웨스트 67번가 15번지 로버트 로웰과 엘리자베스 하드윅의 집이었다. 6년 전에는 없었던 자신감을 품고 섹스턴은 남편과 함께 침실 하나짜리 아파트로 올라갔다. 그곳은 시인으로서 처음 공개적인 장소에 들어갔던 평생교육센터 교실과는 아주 달랐다. 작아도 우아한 아파트는 작가의 집임이 자명했다. 붙박이 책장에 책이 가득했고 천장 가까이 꽂힌 책을 꺼낼 때 쓰는 사다리들이 벽에 기대어 있었다. 커다란 창 너머로 도시의 거리가 내려다보였다. 유명 작가들이 거실 안에서 움직였다.

『시선집』*Selected Poems*으로 1959년(섹스턴이 로웰의 워크숍을 들었

던 해) 퓰리처상을 수상한 스탠리 쿠니츠가 있었다. 얼마 전 섹스턴
과 쿠민이 낭독회에 찾아갔던 '위대한 숙녀 시인' 메리언 무어도 있
었다. 당시 섹스턴은 수많은 익명의 청중 중 한 명이었는데 이제는
무어와 한 테이블에 앉게 되었다. 다들 만찬 테이블에 앉았을 때 케
이오는 자신의 옆자리에 주눅이 들 만큼 어마한 극작가 릴리언 헬먼
이 앉은 걸 보았다. 섹스턴이 연구소에서 기쁨의 2년을 보낼 수 있게
해준 운영위원 중 한 사람이었다. 그러나 예술가들 사이에서 혼자
세일즈맨이었던 케이오는 자신의 테이블 메이트가 어떤 사람인지
몰랐다.

섹스턴은 수상 작가이자 계관시인이고 뉴욕 지식인 계층의 전현
직 구성원인 쿠니츠와 무어와 로웰과 하드윅을 아는 것처럼 헬먼이
누군지도 알았다. 그리고 섹스턴 역시 더는 학생도 아마추어도 아닌
유명한 출간 시인의 자격으로 이 자리에 함께했다. 혹여 두렵고 위
축되는 순간이 있더라도 이제 섹스턴은 새로 발견한 신임장을 소환
할 수 있었다. 그것은 호평받은 두 번째 시집 『내 모든 어여쁜 것들』,
래드클리프 연구소에서 보낸 2년의 시간, 그리고 가장 최근 신임장
으로 업계 최고인 미국예술문학아카데미에서 받은 상이었다.

섹스턴은 연구소에서 보낸 마지막 달이었던 5월에 상을 받았다.
아카데미는 두 권의 시집이 보여준 강점에 대해 6500달러(오늘날
가치로 5만 달러 이상)의 여행 지원금을 수여했다. 심지어 섹스턴은
지원금을 신청하지도 않았다. "아카데미가 현금을 줬고 나는 거절할
수 없었을 뿐이다"[1]라고 그는 옛 멘토 스노드그래스에게 썼다. 이 상
은 1963년 여름부터 1964년 여름까지 1년간의 유럽 여행을 지원하
게 된다. 섹스턴은 여행 지원금으로 프랑스, 이탈리아, 스위스, 그리
스, 이집트, 베이루트, 스페인, 포르투갈 등 유럽 전역을 여행하며 오
래전 사랑하는 할머니가 방문했던 온갖 장소를 찾아갈 수 있게 되었

다. 그는 오래전에 죽은 유럽 작가들에게 영감을 받아 시를 쓸 것이다. 여행은 미지의 땅에서 고독하게 여행하는 것보다 친밀한 동반자와 집의 편안함을 선호하는 여성에겐 만만찮은 일이었지만, 꿈 같은 일이었다. 케이오는 섹스턴이 당장 이 기회를 붙잡아야 한다고 주장했다. "당신 인생의 기회야. 잡아!"[2]

섹스턴의 승리는 연구소의 승리이기도 했다. 제도권의 어느 기관이 연구소 첫 1기생의 탁월함을 인정했고 그리하여 선정위원회의 선택이 옳았으며 번팅의 가설도 타당했음을 입증했다. 래드클리프 총장 번팅은 자신이 설립한 프로그램이 명성 있고 중요한 전문가가 될 진입로 역할을 할 수 있다고 주장했고, 섹스턴에게는 실제로 그런 역할을 해냈다. 섹스턴은 연구소의 첫 번째 성공 신화였다. 『뉴욕 타임스』는 섹스턴의 지원금 수상을 보도했고 『보스턴 글로브』는 아카데미의 수상 발표 후 섹스턴에 관한 인물 단평을 실었다. 1963년 5월, 섹스턴과 쿠민이 함께 시에 대해 발표한 그해 마지막 세미나에서 코니 스미스가 섹스턴의 수상 소식을 발표했고 장학생 전원이 환호했다.

'동등한 우리' 사이에서 연구소를 새로운 탐험 발사대로 삼은 사람은 섹스턴만이 아니었다.

쿠민은 1961년 가을 연구소에 입학했을 때 스스로 두 가지 목표를 세웠다. 하나, 교외 지역의 질식할 것 같은 사교 생활에서 탈출로를 찾을 것. 둘, 소설 쓰기에 도전할 것. 1963년 여름 쿠민은 두 가지 모두에서 진척을 보았다. 그해 여름 쿠민 가족은 1년의 탐색 끝에 1962년 초가을 1만 1500달러를 주고 구입한 농장의 '오지에서' 주말을 보냈다. 시골로 탈출할 꿈을 꾼 것은 못해도 1961년부터였다. 그는 자칭 "매일매일 위험한" 교외 생활에서, 즉 "양말은 사라지고, 흰색 블라우스는 한 번도 세탁한 적 없는 빨간색 운동복과 함께 빨아 분홍색으로 물들고, 개 목줄과 함께 길 잃은 개도 사라지며, 아내들이 끝없이 이어지는 토요일 만찬마다 기발한 전채요리와 석류와 파인애플 주스로 만든 칵테일을 가지고 경쟁하는"³ 삶에서 벗어나고 싶었다. 쿠민은 이런 협소한 임무에서 벗어나 "진지한 여성 시인"이 될 수 있는 시간과 공간을 찾기로 했다. 남편 빅은 시골 생활에 큰 욕심은 없었지만, 아내를 따라갈 만큼 행복했고 뉴멕시코 주둔 당시 배웠던 스키를 다시 탈 수 있겠거니 기대했다. 쿠민 부부가 각자 5000달러를 상속받았을 때(쿠민은 할머니로부터, 빅은 어머니로부터) 두 사람은 보스턴 교외 지역에서 멀리 떨어진 장소를 물색하기 시작했다.

1963년 봄, 부부는 1800년에 지은 농장 주택을 발견했다. 비포장 도로에서 약 800미터 떨어졌고 블랙베리 덤불로 담을 두른 집이었다. 가축용으로 쓴 것 같은 커다란 헛간과 넓은 땅도 있었다. 쿠민은 그 고립감에 놀랐다. 처음 그 집을 보았을 때 쿠민은 "이 이름 없는 도로에 다른 집은 없었다. 멀리서 탈것 지나가는 소리가 하나도 들려오지 않았다. 사람 목소리도 없었다. 그 침묵을 새소리가 채웠다"⁴ 라고 생각했다. 지역에서 '올드 해리먼 플레이스'⁵라고 부르는 이 집을 쿠민 가족은 '희망의 다이아몬드'라고 불렀다. 쿠민의 부모는 달가워하지 않았다. 쿠민의 아버지는 언덕 위 집은 사는 게 아니라고 가르쳤는데, 아마 겨울에 집 앞까지 차를 몰고 가기가 힘들어서 그랬던 것 같다. 쿠민의 어머니는 딸의 꿈이 전부 혼란스럽기만 했고, 왜 쿠민이 보스턴이 줄 수 있는 모든 것을 스스로 벗어던지려고 하는지 이해할 수 없었다. 그러나 쿠민은 확신했다. 부부는 우선 죽은 들쥐를 깨끗이 치우고 지붕을 수리하고 나서 세 아이를(이제 아홉 살, 열한 살, 열네 살이었다) 데리고 주말을 지내러 갔고 이런 일상은 1962년부터 1963년으로 넘어가는 겨울에 시작해 이어지는 여름까지 계속되었다. 막내 대니는 뉴햄프셔 집이 사실상 어머니의 프로젝트라고 느꼈지만, 그 나이 아이답게 시골을 맘껏 뛰어다니는 일상을 반대하지는 않았다.

매주 금요일 저녁, 가족은 자동차에 짐을 싣고 해가 지는 동안 북쪽으로 향했다. 늦게나 도착했다. "9시 30분이면 바퀴 자국 투성인 언덕이 무시무시할 정도로 어두웠고, 왼쪽에는 커다란 헛간이 오른쪽에는 커다란 검은 집이 웅크리고 있었다."[6] 그러나 가족은 곧 전등과 텔레비전을 켜고 "모두가 즐거웠다". 낮이면 딸기를 따고("초원의 풀숲 아래 숨은 아주 작은 빨간색 꼭지를" 찾았다) 소나무숲을 탐험했다. "안으로 들어갈수록 덤불 속으로 조금씩 들어가는 기분이었다. 일단 숲에 들어서면 거꾸로 뒤집힌 지하 세계에 온 것 같았고 햇빛은 소나무 우듬지 몇 킬로미터 위쪽에나 겨우 보였다. 발밑에는 아무것도 자라지 않고 오직 갈색으로 변한 솔잎만 수북이 쌓여 매끄럽고 미끄러웠다." 이곳은 쿠민의 시적 감수성을 키워주었고, 심지어 밉살스런 블랙베리 가시덤불도 시에 영감을 주었다. 하루의 상당 시간을 바깥에서 가시덤불을 치우며 보냈는데, 아마 여름 캠프에서 보낸 10대 시절 이후 가장 행복한 나날이었을 것이다.

쿠민은 또 첫 장편소설 작업도 열심히 했다. 쿠민에게 산문으로 돌아간다는 것은 월리스 스티그너가 열일곱 살 쿠민을 소설로부터 멀어지게 했던 래드클리프 강의실로 돌아간다는 뜻이었다. 이제 석사 학위와 시집 한 권, 그리고 래드클리프 독립연구소의 인정을 갖춘 쿠민은 스티그너의 생각이 틀렸음을 증명해 보이기 시작했다. "나, 죽기 살기로 쓸 거야."[7] 쿠민은 섹스턴에게 보낸 편지에 이렇게 썼다.

쿠민은 뉴저지의 전당포 업자와 그의 "래드클리프 볼셰비키" 딸에 관한 반半자서전 소설을 쓰기 시작했다. 주로 플롯을 구상하며 보냈고 그 플롯이 점점 좁아져 "보석처럼"[8] 될 때까지 압축해 나갔다. 섹스턴이 외국에 나간 9월에 쿠민은 친구의 솔직한 평가를 바라고 긴 플롯 개요와 각 챕터의 요약을 써서 보냈다. 섹스턴은 친구의 첫 독자로서 자신의 역할을 매우 진지하게 받아들였다. 그는 쿠민에게 이렇게 답장했다. "우리의 훌륭한 비평 본능은 우리를 하나로 묶어주는 결혼 서약과 같아."[9]

섹스턴은 쿠민의 장편소설 첫 부분을 읽고 울었다. "내 목구멍을 조이는 단어들로 이루어진 소설이었다. 쿠민이 해냈다!"[10] 섹스턴은 피렌체에서 이렇게 썼다. 섹스턴은 어머니의 자랑스러움 비슷한 걸 느꼈다. "마치 내가 해낸 것 같은 기분이 들었는데, 그건 꽤 다른 내가 아니라 좋은 상태로 뻗어 나온 확장된 나였다." 이어지는 편지들에서 섹스턴은 쿠민에게 등장인물들의 삶에 흐르는 감정에 집중하라고 조언했다. 아버지가 딸을 때리는 장면에서 섹스턴은 딸의 이성적인 반응에 이의를 제기했고, 딸의 감정은 "장점에 대한 평가를 마음에 담아둘 게 아니라 오히려 자기혐오가 되어야 할 것"[11]이라고 봤다. 소설 속 딸은 쿠민을 바탕으로 만들어진 인물이었으므로 영리하고 자신을 통제할 줄 알았으며 자기 방식으로 문제를 다루는 성향이었다. 친구의 합리적인 설득에 자주 도움받았던 섹스턴은 이번에는 제멋대로 날뛰는 감정의 현실을 파악할 수 있도록 조언을 해주었다.

쿠민의 소설은 『사랑의 파국을 통해』*Through Dooms of Love*라는 제목으로 1965년에 출간되었다. 소설은 다채로운 평가를 받았다.[12] 『보스턴 글로브』는 "감동적인 이야기"라고 평가했고, 『로스앤젤레스 타임스』는 "부족한 첫 장편"이라고 단언했다. 『타임스』의 서평가는 이 장편의 "장황한 산문은 압축이 절박하고 (…) 시인으로서 쿠민의 과거 기록과 모순되며, 지금으로서는 진 스태퍼즈와 유도라 웰티의 반열에 오를 수 없다"라고 썼다. 쿠민은 아직 소설가로서 할 일이 있었다. 산문을 정교하게 다듬고 인물을 개발해야 했다. 쿠민은 괭이를 휘두르

는 일이든 펜을 휘두르는 일이든, 절대로 힘든 일을 회피하는 사람이
아니었다. 그는 곧 두 번째 장편소설을 쓰기로 마음먹었다. 그는 착수
한 일을 완수했다. 계획한 일을 전부 해냈으며 아직 죽지 않았다.

쿠민의 성취는 꽤 오래 계획한 일이었다. 이는 선견과 노력과 꾸준
함의 산물이었다. 이와 대조적으로 올슨의 성공은 뜻밖이었다. 첫 번
째 놀라운 일은 올슨이 3월 세미나 발표회를 열고 몇 주일 뒤에 찾아
왔다. 시모어 로런스라는 이름의 출판인이 연락을 해왔다. 친구들에
게 '샘'으로 통하는 로런스는 보스턴을 기반으로 출판사를 열 생각
이었다. 그는 올슨이 연구소에 있다는 소식을 듣고 점심 식사에 초
대했다. 베넷 서프(장차 올슨을 담당하게 될 랜덤하우스 출판인)의
방식을 따르는 출판인으로서 로런스는 상업적으로 잠재력이 있는
뛰어난 작가를 알아보는 눈이 있었다. (그는 1969년 커트 보니것의
『제5 도살장』을 출간한다.) 올슨에게 연락할 무렵 로런스는 이제 막
앞으로 20년 넘게 출판될 캐서린 앤 포터의 『바보들의 배』*Ship of Fools*
를 출간했다. 올슨은 포터의 작품을 높이 평가했는데, 글쓰기를 괴로
워했던 포터가 올슨 자신 같았던 게 한 이유였다. 로런스는 포터와
의 작업을 통해 어떤 작가들은 작업과 휴식을 반복하며 위대한 작품
을 쓰기까지 수년이 걸리기도 한다는 사실을 알았다. 올슨은 로런스
의 관심에 우쭐해졌지만, 아직 바이킹 출판사의 카울리와 계약 상태
였다. 올슨은 연구소 생활이 끝날 때까지 원고를 주기로 약속했었다.
올슨은 로런스의 점심 초대를 거절했지만 두 사람의 관계는 시작되
었다.
　한편 맬컴 카울리는 점점 좌절하고 있었다. 그는 오랫동안 올슨을
지적으로, 감정적으로, 심지어 재정적으로 지원해 왔는데 투자한 바
가 빛을 발하지 못할까 봐 걱정했다. 그는 올슨에게 오래전 약속한

장편소설에 관해 묻는 다정한 탐색의 편지를 보냈다. "애정을 품고 당신을 생각합니다. 브래틀 스트리트의 순결한 창작 보금자리에서 당신이 어떤 식이든 작업을 해나가고 있다는 소식이 반가워요."[13] 그는 1963년 1월에 이렇게 썼다. 몇 개월이 지난 4월, 카울리는 올슨과 올슨 남편의 건강을 묻고 당연히 책에 관해 묻는 후속 편지를 보냈다. "당신의 장편소설에 관해 여쭤봐야겠어요."[14] 그는 자신이 올슨의 편집자임을 상기시켰다. "편집자로서가 아니라 친구로서 소설 소식을 듣고 싶지 않은 것은 아니랍니다." 그리고 1963년 9월에는 이렇게 썼다. "당신은 내가 지금 애쓰고 있는 일을 해야만 해요. 그 모든 걸 종이에 옮기고 인쇄하는 것 말입니다. 당신 작품을 향한 칭찬의 말을 종종 들어요. 우리는 그런 것을 점점 더 많이 해야 합니다."[15]

올슨은 카울리뿐만 아니라 서프로부터도 이런 말들을, 혹은 비슷한 말을 들었다. 그러나 이런 신념과 자신감의 고백에도 불구하고 올슨은 마감일까지 소설을 완성해야 한다는 생각에 압박감을 느꼈다. 올슨은 3월에 카울리에게 새 소식을 전하며 장편소설 작업에 진척이 있다고 말했다. 그러면서 봄의 도착을 알리는 신호이면서 자신의 회춘의 상징이기도 할 갯버들을 동봉했다.[16] 그래놓고 어느 순간 올슨은 그 책이 죽었다고 주장했다.

올슨이 속한 에이전시의 주니어 사원 해리엇 워서먼은 올슨이 에세이든 단편소설이든 뭔가를 출간해 초고 쓰기와 교정 반복의 악순환을 깨뜨려야 한다고 주장했다. 결국 올슨은 세미나 발표회 원고였던 「창조적 과정의 죽음」을 제출했다. 워서먼은 이 원고를 명망 있는 뉴욕 잡지 『하퍼스』에 보냈고, 『하퍼스』는 이 원고를 출간하는 데는 동의하지만 다만 올슨이 크게 교정을 봐야 한다는 전제를 달았다.

그 소식을 들었을 때 올슨은 아직 보스턴에 있었다. 기적을 일으키는 코니 스미스가 여름 작업 지원금 2500달러를 찾아냈다.[17] 올슨 가족은 연구소 첫해를 마치고 케임브리지 경계의 노동계급 타운인 알링턴으로 이사했다. 가족은 연못과 공원에서 더 가깝고 더 싼 아파트를 원했다. 연구소 지원금과 잭의 수입이 있어도 올슨 가족은 여전히 친구들에게 돈을 빌렸다. 올슨은 여전히 장편소설을 위한 자료 조사 중이었지만 이제 『하퍼스』에 발표할 원고로 관심을 돌렸다. 온통 메모로 이루어진 원고를 이제 완전한 문장으로 다듬어야 했다. 『하퍼스』소식을 듣고 얼마 지나지 않은 9월 말 무렵 올슨과 잭은 비행기를 타고 샌프란시스코로 돌아갔고, 알파인 테라스에 새로 집을 구해 이사했다. 케임브리지 시절 내내 올슨에게 돈을 빌려주었던 피네다는 하버드 스퀘어의 그롤리어 시 서점에서 상당량의 책값을 내주었다. "값을 걱정은 하지 말아요"[18]라는 말과 함께.

하지만 동부해안이 그리웠던 올슨은 샌프란시스코로 돌아온 뒤 몇 달 지나지 않아 1965년 4월 다시 동부로 갔다. 한 친구의 추천으로 뉴햄프셔 피터버러에 있는 유명한 맥다월 예술 창작촌에 지원했고, 2개월간 머무르게 되었다. 이 창작촌은 메리언 맥다월이 오직 침묵과 고독과 작업실 오두막 포치 위에 살포시 내려놓은 점심 바구니만을 뮤즈로 요구했던 작곡가 남편을 기리며 20세기 초반에 설립했다. 이곳은 1960년대에 미국의 작곡가 에런 코플런드가 이끄는 강건한 문화재단이 되었다. 손턴 와일더, 윌라 캐더, 제임스 볼드윈, 앨리스 워커가 그곳의 숲을 걸으며 고요한 오두막에서 작업했다(혹은 마음을 졸였다). 매일 포치 위에 점심 바구니가 올라왔다.

올슨은 맥다월 창작촌에서 자기만의 방만이 아니라 오두막 전체를 가졌다. 이곳은 세미나 발표를 하는 대신 매일 아침과 저녁을 같이 먹었다. 남녀 공용 창작촌이었지만 다른 면은 대부분 고독과 공동체를 결합한 래드클리프 연구소와 비슷했다. 연구소는 올슨이 이런 환경에서 작업할 수 있게 준비를 시켜주었을 뿐만 아니라 직접 이런 곳에 접근할 수 있게도 해주었다. 올슨의 명예가 눈덩이처럼 불어났다. 문학계는 늘 어떤 책을 출간하고 누구에게 상을 줄 것인가를 결정할 때 명성이 있는 이들에게 의존했고, 이제 다양한 지원금을 받은 올슨은 점점 더 많은 지원금을 받아 글 쓸 시간을 확보하게 되었다.

그해 봄 올슨은 깜짝 놀랄 손님을 맞았다. 샘 로런스였다.[19] 첫 만남 이후 로런스는 뉴욕으로 이사해 자신의 임프린트와 델라코트 출판사 사이에 관계를 구축했다. 그리고 바이킹 출판사와의 계약을 파기하고 자신과 새로 계약하자고 올슨을 설득하려고 피터버러까지 내내 차를 몰고 왔다. 로런스는 올슨에게 위대한 사회소설에 대한 선금으로 3500달러를 제시했고(송고 일에 지급될 같은 금액의 수표와 함께) 올슨의 딸 로리의 대학 학비 지원도 함께 약속했다. 올슨은 그의 제안을 묵묵히 따르고 바이킹과의 계약을 파기했으며 새로운 마음으로 장편소설 원고를 전달하겠노라고 약속했다. 올슨에겐 새 출발 혹은 제3의 인생 같은 일이었다.

1965년 10월 『하퍼스』는 창작 과정에 관해 쓴 올슨의 원고를 포함해 '작가의 삶'이라는 제목의 2부 부록 중 첫 회를 게재했다. 이 부록은 『코멘터리』 잡지 편집장 노먼 포드호레츠가 쓴 편집을 옹호하는 에세이, 소설가 아이작 바셰비스 싱어의 성찰, 특유의 자신감으로 자신을 인터뷰한 고어 비달의 사색 등을 특집으로 다루었다. 여성 기고자는 올슨 하나였다. 「침묵: 작가들이 글을 쓰지 않을 때」라는 제목이 붙은 올슨의 에세이는 래드클리프 세미나 발표 원고를 수정한 것이었다. 길었던 인용문은 줄었고 모든 문장을 완전하고 문법적으로 정확하게 고쳤다. 올슨은 잡지사 측의 편집을 거절했지만(타당한 자료가 삭제되는 것을 보고 있을 수 없었다) 결국 승복했다. (강박적으로 쓰고 또 쓰는 올슨은 이번에도 교정쇄에 수정을 가했다.) 많이 삭제했지만 기사는 7페이지를 차지했다. 이 기사는 글 쓰는 생활의 회복과 올슨이 어떻게 '해변에서 덜덜 떠는 쇠약한 생존자'에서 책 한 권을 출간한 작가가 되었는지에 대한 올슨 자신의 통렬한 개인적 성찰로 마무리된다. "가장 해로운 나의 침묵은 끝났다."[20] 올슨은 래드클리프에 들어가기 직전을 언급하며 이렇게 썼다. "나는 아직 발견되지 않았지만, 눈앞에 숨겨진 침묵 대신 한 권의 책이 될 수 있을지도 모른다."

「수수께끼 내주세요」처럼 「침묵」도 논쟁보다는 예술에 가까운 아름답고 서글픈 글이었다. 이 글은 문학하는 삶에 대한 의무적이고 평범한 설명에서 조금 벗어난 것처럼 보였다. 그러나 고급 정기간행물보다 캠퍼스 잡지와 문학 저널에 더 자주 발표해 온 작가에게 『하퍼스』에 글을 실은 것은 큰 성공이었다.

누구보다 그 세미나 발표를 좋아했던 섹스턴은 올슨에게 축하의 편지를 보냈다.[21]

연구소는 장학생들에게 힘을 주고, 현재와 미래의 다양한 기회에 접근할 수 있게 보장하며, 각 여성에게 필요하고 또 자격 있는 장려책을 제공하자는 제 목적에 복무했다. 또 장학생들도 그 거래 관계에서 제 몫을 갚았다. 그들은 책을 출간했고, 성공했고, 연구소의 투자가 현명한 일이었음을 입증했다. 1963년 단독 전시회를 성공적으로 개최한 스완은 코니 스미스에게 보낸 편지에서 이런 공생 관계를 묘사했다. "제 전시회는 래드클리프 지원금과 맞먹는 수익을 이미 이뤘어요. 모든 연구소 동기들이 자신의 책을 출간하고, 기사와 시를 발표하고, 그리하여 스스로 수여하는 지원금을 획득하길 진심으로 바랍니다."[22]

연구소가 모든 문제를 해결할 수는 없었다. 올슨은 여전히 고통스러울 만큼 천천히, 꼼꼼하게 쓰는 작가로 남았다. 그는 장편을 완성하지 못하고 연구소 생활을 마쳤다. 쿠민은 여전히 형편과 책임 사이에서 분열하며 균형을 추구하고 있었다. 농장 생활에 푹 빠지지는 못했고 보스턴까지 차를 몰고 다니며 집 수리와 산문 쓰기를 병행했다. 또 커가는 아이들을 돌보는 한편 애정에 굶주린 친구 섹스턴이 물에 빠지지 않게 보살폈다. 결단력으로 모든 글쓰기 프로젝트를 마쳤지만, 아직 진정 훌륭한 작품을 생산하지는 못했다.

분명 영향력이 최고조에 올라 성공과 성취를 거머쥔 섹스턴은 또 다른 붕괴의 조짐을 보였다. 여행 지원금을 받자마자 그는 가족과 정신과 의사와 쿠민에게서 떨어져 1년이나 살아갈 수 있을지 걱정했다. 결국 그는 1957년 보스턴 평생교육센터에 함께 갔던 이웃 샌디 로바트에게 유럽 여행 동반을 요청했다. "나는 혼자서는 보스턴 거리도 못 건너는 사람이에요…… 알프스는 말할 것도 없고요!"[23] 섹스턴은 8월 초에 놀런 밀러에게 편지를 썼다. 섹스턴은 밀러뿐만 아니라 많은 이들에게 자신의 공포심을 드러냈다. 그는 지원금 수상에 맞춰 인물 단평 기사를 실은 『보스턴 글로브』에 이렇게 말했다. "무섭다. 나의 가정생활과 남편과 딸들이 지닌 규칙성이 나와 내 안정감에 너무도 큰 의미라 그들을 떠날 생각을 하면 편안치 않다."[24] 임박한 삶의 변화를 곰곰이 생각하던 5월, 섹스턴은 옛 멘토 W.D. 스노드그래스에게 연락했다. 섹스턴이 처음 시를 쓰기 시작했을 때는 몹시 지속적이고 요긴했던 두 사람의 통신은 점점 줄어들었고 섹스턴은 그를 대신할 다른 통신 친구들을 선택했다. 섹스턴은 가장 세심하고 자주 답장을 보내는 친구들과 가장 가깝게 연락하며 지냈다. 아이처럼 편지를 많이 보냈고, 공공장소에서 길을 잃으면 지나가는 어른 누구에게든 손을 내밀었으며, 그중 한 명은 길을 멈추고 자신의 두려움을 들어주길 희망했다. 그해 여름 공황에 빠진 섹스턴은 옛 친구와 새 친구 모두에게 평소보다 많은 편지를 보냈다. "내가 타자기 위로 몸을 숙이고 「이중 초상」을 쓰고, 쓰고 또 쓰려고 노력했던 그 절박하고, 외롭고, 심지어 가슴 아팠던 옛날로 돌아갈 수 있다면 얼마나 좋을까요?"[25] 그는 스노드그래스에게 썼다. "그때 나는 '진실'했어요." 섹스턴은 시를 익명으로 발표해야 한다고 주장했다. 그러면 자신 같은 시인도 명예의 압박을 피할 수 있을 거라고.

섹스턴이 '진실'이라는 말을 쓴 것은 과거에는 현재 낭독회에서 보여주는 페르소나를 아직 개발하지 못했다는 뜻이었지만, 더 일반적으로는 전문성에 관한 이야기, 즉 자신을 치유하고 보호하며 내향적인 활동이었던 것을 일종의 책무이자 임금노동으로 바꿨다는 말이기도 했다. 섹스턴은 연구소 초기 앨리스 라이어슨과의 인터뷰에서 자신에게는 대가의 지불을 통해 전문적인 시인으로 인정받는 것이 얼마나 중요한지 말하는 한편, 그 전문성이 주는 압박감을 토로하기도 했다. 섹스턴에게 시는 더 이상 자기탐구나 카타르시스만을 위한게 아니었지만, 여전히 그런 것이기도 했다. 시는 그가 가족을 부양하는 방식이었고(인생의 상당 부분을 케이오보다 더 많이 벌었다) 찬사받고 평가를 받아야 하는 대중 공연이었다.

이제 익명의 시간은 끝났다. 섹스턴은 대단한 인물이었고, 사람들 앞에서 공연해야 했다. 유명 시인들의 아파트에서 열리는 만찬에 참석해야 했고 중요한 작가들과 교류해야 했으며 그들 사이 어디에 자신의 자리를 마련할지 결정해야 했다.

이게 유럽으로 떠나기 직전 섹스턴이 하던 일이었다. 로웰 부부의 집에 간 그날 밤, 식사 도중 작가들이 팔꿈치를 괴고 있던 테이블이 갑자기 설명할 수 없는 이유로 쪼개졌다. 어질러진 것을 치우는 데

익숙한 케이오가 곧바로 행동에 나섰다. 섹스턴은 바닥에 앉아 깨진 조각을 모으려고 헛된 노력을 하는 남편의 모습에 놀랐다.

"지진의 한가운데서 케이오가 일을 수습하려고 애썼지만 당연히 상황을 더 악화하기만 했던 그날의 테이블을 잊지 못할 거예요."[26] 6월 초 섹스턴은 로웰에게 다소 무심하게 편지를 썼다. "테이블이 고쳐져서 당신도 한 조각으로 돌아가길 바랍니다." 섹스턴 자신도 그 어느 때보다 하나로 견고하게 붙여졌다. 이제 시험처럼 느껴지는 보상을 받을 준비가 되었다.

14장
우린 이겨낼 거야

자유는 그것을 위해 싸울 때조차 두려운 일이다. 자유가 도착하자마자 의심과 파열이 찾아오기도 한다. 그 누구보다 섹스턴은 자기 앞에 찾아온 기회를 두려워했다. 감정적인 안정과 안전을 지키기 위해 삶의 제한 요소들, 즉 요구 많고 시끄러운 아이들과 까다롭지만 기댈 수 있는 남편에 의존했다. 구속복을 입는 것은 갓난아기를 속싸개로 감싸는 것과 크게 다르지 않았다. 그렇게 제한되고 조여질 때의 편안함이 있었다. 1950년대가 여성들에게 평등이나 기회, 자율을 주지는 않았지만, 그 10년은 일련의 규칙과 명백한 삶의 진로를 주었다. 이 시대는 여성들에게 지적·창조적 성취는 아니어도 도덕적·사회적·존재론적 확신을 약속했다. 1960년대가 시작되었을 때 '동등한 우리'와 그 또래들은 오랫동안 해결할 수 없다고 느껴왔던 문제점들을 고민해 볼 수밖에 없었다.

1963년 8월 22일, 자칭 섹스턴의 '사형집행일'[1]이 다가오자 그는 대양 하나를 사이에 두고 자신의 생명유지장치와 멀어졌다. 섹스턴과 로바트는 외양선 갑판 위에 서있었다. 두 사람은 섹스턴의 아이들이 바라보고 있는 해안선을 향해 비눗방울을 불었다. 출발일이 다가올수록 섹스턴의 불안은 커졌다. 언젠가는 너무 긴장해 오언 박사의 상담실에서 기절하기도 했다. 그러나 마음을 달래줄 것들을 챙기며 힘을 냈다. 우선 타자기가 있었고 22킬로그램이 넘는 책들이 있었으며(옷가지는 30킬로그램이었다) 무척 가까웠던 할머니가 보내준 편지 묶음이 있었다. 또 쿠민에게 정기적으로 케이오와 딸들을 살펴봐 달라고 부탁했다. 쿠민에게 매일 전화할 수는 없겠지만(대서양 횡단 국제전화 요금은 너무 비쌌다) 서로 편지를 쓰기로 약속했다. 출발 전날 섹스턴은 절친과 마지막 통화를 했는데, 그 정도 작별인사는 만족스럽지 않았는지 타자기 앞에 앉았다.

쪽지는 짧았다. "내가 할 말은 오직 너를 사랑한다는 것, 그리고 편지를 쓸 것이고, 죽지 않겠다는 것, 여전한 모습으로 집에 오겠다는 것, 그게 다야."[2] 섹스턴은 쿠민에게, 그리고 자신에게 자기가 누구인지 상기시키겠다는 듯 "앤(나)"이라고 서명했다. 편지를 받은 쿠민은 "발꿈치에 박힌 굳은살까지 전율했다."[3]

섹스턴은 시집 한 권 분량의 시를 새로 쓸 기대감을 품고 해외에서 보낼 1년을 향해 떠났다.[4] 릴케와 랭보의 땅만큼 시를 쓰기에 좋은 곳이 어디에 있겠는가? 섹스턴과 로바트는 파리의 좁은 거리를 정처 없이 걷다가(섹스턴은 매만지지 않은 머리에 수건을 둘렀다) 다리가 아프면 카페에 들어갔다. 그들은 특히 벼룩시장을 좋아했다. 두 번째 경유지 벨기에에서 짐을 도난당하는 바람에 유럽풍 블라우스로 옷장을 다시 채웠다. 새 옷과 새로 발견한 카페 문화에 대한 사랑으로 섹스턴은 유럽에 스며들어 갔다.

그러나 글을 쓰는 것은 거의 불가능했다. 적절한 고독을 찾을 수가 없었다. 늘 누군가, 주로 로바트가 방 안에 함께 있었다. "나는 지옥처럼 외롭지만, 동시에 너무 붐벼."[5] 그는 10월 이탈리아에서 쿠민에게 편지를 썼다. 어떤 시를 써도 시시해 보였다. 대서양 횡단에 관한 시를 썼지만, 나중에 보니 실망스러웠다. 베네치아에 관한 시 초고를 썼는데 이내 "가짜 기록"으로 보였다. 그는 유럽 역사에 사로잡혔다. 유럽의 문학적 표현이 그를 짓눌렀고 창조성과 자신감의 목을 졸랐다. "내가 베네치아에서 쓴 시가 어디가 문제인지 알겠지?"[6] 그는 쿠민에게 편지를 썼다. "베네치아에서 읽은 메리 매카시의 시와 너무 닮았잖아." (매카시는 1956년 『베네치아 관찰』*Venice Observed*이라는 시집을 출간했는데, 매카시 스스로 "세계에서 가장 사랑스러운 도시"[7]라고 부른 곳에 관한 온갖 특이한 생각들로 가득하다.) 이 대륙에 관해 의견을 제시한 미국 작가들이 너무 많았다. 그런 상황에서 섹스턴이 무슨 새로운 생각을 말할 수 있겠는가?

왕성하게 활동적인 사람이 못 되었던 서른네 살 섹스턴은 육체적으로나 정신적으로나 지쳤다. 여행을 떠나고 첫 몇 주일 동안 그와 로바트는 몇 킬로미터씩 걸어서 온갖 유적지를 찾아다녔고, 식당과 카페에 갔다. 머리 모양도 직접 매만지기 시작했는데, 결과는 늘 불만스러웠다.[8] 섹스턴은 그런 활동에 익숙하지 않았다. ("내가 보스턴까지 걸어가는 모습을 상상할 수 있겠어?"[9]라고 쿠민에게 쓰기도 했다.) 그러나 몸을 움직일수록 회오리치는 생각들을 다독이고 여행의 불안을 달랠 수 있다는 사실을 깨달았다.

방랑하는 시인에게 진짜 문제는 절친이 곁에 없다는 것이었다. "맙소사, 너에게 전화 대신 편지나 써야 하는 게 얼마나 끔찍한 일인지 모르겠어."[10] 섹스턴은 10월 베네치아에서 쿠민에게 편지를 썼다. "글 쓰는 삶에 절친과의 우정이 얼마나 큰 기쁨을 가져다주는지 뼈저리게 깨달았어." 창조적인 공동체(래드클리프 연구소, 워크숍, 두 시인 사이에 형성된 협력 관계)가 없다면 섹스턴은 글을 쓰는 게 거의 불가능함을 깨달았다. 섹스턴은 유럽을 여행하는 상당 기간 동안 시를 쓰는 대신 시 쓰기에 필요한 조건에 관해 명상했다. 이는 섹스턴이 지난여름 베껴 쓰기를 마친 올슨의 세미나 발표 원고의 주제와 비슷했다. 9월 초 암스테르담에서 보낸 편지에서 섹스턴은 "시인의 진정한 본성은 차단하는 것, 그리고 언제나 자기 삶의 관찰자가 되는 것"[11]이라고 썼다. 전부 좋은 말이었지만, 그는 "함께 의논할 사람이 없다면 차단이 무슨 소용이 있을까?" 생각했다. 국제우편을 통한 의논은 너무 느렸다. 섹스턴은 전화 통화나 대면이 줄 수 있는 즉각적인 만족을 갈망했다.

쿠민과의 이별은 섹스턴에게 심각한 영향을 끼쳤다. 우선 그의 일상이 깨졌다. "오, 맥스. 우리의 아침 대화가 얼마나 그리운지 몰라."[12] 섹스턴은 프랑스에 도착한 지 얼마 되지도 않은 8월 말에 이렇게 생각했다. "한쪽 팔을 잃고서 계속 사용하려고 애쓰는 사람처럼 애석하기 짝이 없어." 수화기를 드는 행위는 이제는 억눌러야 할 제2의 본능이자 반사작용이 되어버렸다. 섹스턴은 다른 사람한테는 할 수 없을 정도로 쿠민에게 솔직했다(오언 박사는 어린애 같고 일관성도 부족한 남다른 솔직함을 권장했다). 섹스턴은 케이오와도 애정 가득한 편지를 주고받았지만 쿠민에게 보내는 편지에는 진실과 고통도 담았다. 케이오의 편지는 "자기의 공주님이 돼달라고 내게 애원"[13]하는 편지라고 섹스턴은 10월에 친구에게 말했다. "케이오는 언제나 받아줄 거야. (…) 하지만 이해도 해줄까? 드물게라도? 나를 알아줄까? 절대 아닐걸." 쿠민에게는 자신의 불안과 무능을, 그리고 자신이 정말로, 실제로 정신적으로 아프고, 그래서 끊임없이 정신과 치료를 받아야 한다는 두려움을 말할 수 있었다. 섹스턴은 케이오가 자신을 여행 보낸 것도 부분적으로는 '치료되었다'는 것을 증명하기 위해서라고 생각했고, 사실은 그렇지 않고 앞으로도 그러지 못할까 두려웠다.

가장 중요하게 섹스턴은 오랫동안 쿠민에게 안정성과 자아의식을 의존해 왔다. "오 맥신, 이 모든 수다는 다만 '안녕, 나 여기 있어'라고 말하기 위한 거야."[14] 섹스턴은 피렌체에서 쓴 편지에서 이렇게 말했다. 섹스턴은 쿠민과의 대화를 통해 자신이 정말로 존재하고, 다음 날도 그다음 날도 계속 존재할 것을 확인했다. 이제 친구가 없는 섹스턴은 불안하고 정신없음을 느끼기 시작했다. "나는 거의 살아있지 않다는 느낌이…… 강하게 들어." 섹스턴은 '나'라는 일인칭 대명사로 쓴 편지를 계속 쿠민에게 쏟아부었는데, 이 '나'는 섹스턴의 인내심을 보여주는 상징이었다. 쿠민은 "타자기 리본 말고 변하는 건 없어"[15]라는 말로 섹스턴을 위로했다. 특유의 확신을 품고 쿠민은 친구에게 말했다. "우린 이겨낼 거야." 이 말은 섹스턴에게 일종의 만트라가 되어주었고, 이후 섹스턴은 편지마다 자신은 살아남을 거라고, 살아서 집에 돌아갈 거라고, '이겨낼 거라고' 말했다.

9월 말, 베네치아의 어느 고요한 밤에 섹스턴은 쿠민을 처음 만났던 해를 돌이켜 보았다. 두 사람은 존 홈스가 백 베이에서 연 그 이상한 워크숍에서 만났지만, 홈스는 쿠민과 섹스턴의 우정을 갈라놓으려고 했다. 그때를 떠올린 섹스턴은 자신과 쿠민이 홈스 때문에 거의 헤어질 뻔했다는 사실에 놀랐다. (섹스턴이 쿠민 혼자 래드클리프 지원금을 받게 되었다고 생각했던 그 72시간을 포함해) 그 후로도 다른 시험이 찾아왔지만, 섹스턴은 초기 몇 년이야말로 진짜 시험이었음을 깨달았다. 쿠민에게 보낸 편지에서 섹스턴은 그 당시의 시험에 대해 말했다. "존 홈스도 갈라놓지 못한 우리 우정을…… 누가 갈라놓을 수 있을까? 맥신, 우리는 시험을 당했고, 다시는 그러고 싶지 않아…… 봐, 우리 우정은 살아남았어."[16]

가정과 교실과 정신분석 연구를 남성이 지배하던 시대에 섹스턴과 쿠민은 예외적인 여성의 결속을 이루었다. 남성들은 그들의 삶에 압력을 가했지만, 그들은 그들만의 사랑을 발명해 냈다.

행여 멀리서 이런 돌봄을 원망했더라도, 어쩌면 섹스턴이 해외에 나간 1년이 휴식이 되길 희망했더라도, 쿠민은 편지에 그런 마음을 드러내지는 않았다. 다만 약간의 질투심을 인정했다. "내가 널 부러 위한다고는 생각하지 않았어."[17] 그는 8월에 섹스턴에게 썼다. "그런데 부러워하고 있더라고." 섹스턴이 브뤼셀에서 암스테르담으로, 취리히로 놀러 다니는 동안 쿠민은 요리하고 까다로운 몇몇 가족을 초대하고 허리 통증을 치료해야 했다. "누구는 대도시에서 파라플뤼*를 들고 모험을 하지만, 누구는 집에서 빌어먹을 젤리나 만들지."[18] 쿠민은 9월 초 편지에 약간 울분을 터뜨렸다. 섹스턴이 니그로니 칵테일을 마시고 곤돌라를 타러 가는 동안 쿠민은 "크렘 드 카카오를 삼키고"[19] 섹스턴의 편지를 다시 읽으며 "나도 거기 있으면 좋겠다"라고 생각했다.

쿠민은 시금석이자 친구로서 자기 의무를 능숙하게 수행했지만 때로 자신이 어떻게 누군가의 친구이자 동시에 보모, 비평가이자 보호자가 될 수 있을까 생각했다. 섹스턴이 해외에 나간 그 가을 쿠민은 캐서린 맨스필드의 일기를 읽었다. 맨스필드는 올슨이 좋아하는 작가였고 아마도 이 연상 작가의 추천으로 읽었을 것이다. 1923년 서른네 살에 죽은 맨스필드는 삶의 상당 시간 동안 결핵을 앓았다. 남편인 비평가이자 작가 존 미들턴 머리는 맨스필드를 잘 돌보지 못했고 맨스필드는 대신 여성 친구이자 맨스필드가 "L.M."이라고 불렀던(친구의 이름을 '레슬리 모리스'라고 다시 지었다) 아이다 베이커에게 의존했다. 베이커는 특별히 헌신적인 친구였다. 케이티 로이프가 썼듯이 베이커는 "주기적으로 모든 일을 중단하고 캐서린에게 필요한 능력이라면 뭐든지(가정부, 재봉사, 친구, 동료, 요리사, 간호사) 발휘해 캐서린에게 헌신했다."[20] 맨스필드는 종종 친구에게 고마워하고 애정을 보였지만("우정은 결혼만큼이나 모든 면에서 신성

• paraplui, 우산의 프랑스어.

하고 영원하다"²¹라고 쓰기도 했다) 훗날 베이커의 도움을 거절하고 돌연 우정을 끝낸다.

쿠민은 "이 감동적인 깊은 우정이 (…) 공통의 악감정으로 악화해 수년간의 동반자 의식과 돌봄, 일반 가정 같은 보살핌을 끝장내고, 결국 캐서린 맨스필드가 베이커를 무시하고, 베이커의 모든 면을 거슬리고 불쾌하고 불편하다는 식으로 과장하는 모습"²²에 당혹감을 느꼈다. 쿠민은 맨스필드의 일화를 오래된 우정이 새로운 단계로 나아가는 일이 얼마나 어려운가를 말해주는 기회로 보았지만("낡아빠진 우정을 교환하고 다른 우정을 시도하려면 공개적인 교환이 이루어져야 해"라고 그는 썼다) 이 이야기 속에서 경고를 느끼지 않을 수가 없었다. 너무 지속적이고 쉽게 의존할 수 있는 사람은 당연하게 여겨질 수 있다. 완전한 보호자의 외피를 쓴 사람은 동시에 진정한 친구가 될 수 없다.

쿠민은 보호자 이상이 되길 바랐다. 그는 보모가 아닌 친구였고, 그에게도 역시 요구가 있었다. 그에게도 섹스턴의 지적인 동반자 의식과 이해심이 필요했다. 쿠민도 섹스턴이 자신을 뒤흔들어 늘 버젓하고 조심스러워하는 자아('아름다운 숙녀'의 책임감 있는 딸이라는 페르소나) 밖으로 끌어내 주길 바랐다. 쿠민의 자아가 안정적이고 단단하다면 섹스턴의 자아는 반대로 폭풍처럼 바람에 휘날렸다.²³

섹스턴은 언젠가 자신이 쿠민의 첫 번째 진정한 여자 친구라고 농담했다. 이 무렵의 편지에서 쿠민은 그 말이 사실이라고 인정했다. "나는 너를 가방에, 짐에, 선물과 거추장스러운 여행 짐에 받아들였어." 쿠민은 이런 "소중한 감정들"을 시로, 한 친구가 다른 친구를 슬퍼하지 못하게 하는 고별사로 바꾸었다. 이 시는 "우리만의 상수가 있지"로 시작한다.

우리 사이에 물의 세계가 있고

그 사이에 혹등 같은

밍크고래의 언덕이 있고

우리가 다시 말하기까지 몇 달이 있어

딸각거리는 기계음이나

툭툭 끊기는 전선을 통하지 않는 말이야

그때까지 우리에게 가능한 것은

대서양 너머로

반투명 용지에 대고 말하는 거야.[24]

'반투명 용지'는 섹스턴에게 로웰의 세미나를 떠올리게 했다. 반투명 용지가 바스락거리는 소리가 조용한 강의실을 채웠다. 그곳에서 섹스턴은 지금은 세상을 떠나고 없는 플라스를 만나 친구가 되었다. 이제 섹스턴이 살아남고자 분투하고 있었다.

10월, 섹스턴은 로마에서 쿠민에게 직접 만나서 설명하지 않으면 안 되는 위기가 있었다고 넌지시 암시하는 절박한 편지를 보냈다. (섹스턴이 이탈리아에서 짧은 연애를 했고 케이오에게는 비밀이라는 말이었다.) 그는 쿠민에게 케이오를 찾아가 섹스턴이 곧 돌아올 수 있을 것 같고 돌아오는 게 최선이라고 생각한다는 언질을 주라고 부탁했다. 섹스턴은 친구에게는 자신이 치유할 수 없을 정도로 아프고, 케이오가 뭐라고 하든 지금 당장 상담이 필요하다고 털어놓았다. "맥스, 온 신경이 너덜너덜해. 지금 당장 집에 가지 않으면 죽을 거야. 어떤 와인은 멀리 돌아다니면 품질이 떨어져. 나는 그런 와인이야."[25]

10월 27일 일요일, 섹스턴과 로바트는 보스턴으로 돌아왔다. 섹스턴은 12개월 일정의 여행을 단 두 달 만에 중단했다. 9일 뒤에는

1959년에 처음 입원했던 웨스트우드 로지 정신병원으로 돌아갔다. 보스턴에 돌아오자마자 자살 사고가 심해졌고 오언 박사는 섹스턴에게 탐문 치료보다는 휴식과 안정이 필요하다고 보았다.

섹스턴은 래드클리프 시절을 마감했을 때 자신이 치료와 가족과 이 나라의 보수적인 면들로부터 자유를 얻은 줄 알았다. 그러나 그 자유는 그가 감당할 수 있는 정도를 넘어섰다. 이제 그는 거의 죄수처럼 별로 좋아하지도 않는 정신병원에 (섹스턴은 로웰이 신경쇠약으로 입원했던 맥린 병원을 더 좋아했다) 자신의 의지와 상관없이 입원했고 남편의 실망감만 샀다.

그러나 비록 두 달뿐이었을지라도 섹스턴은 여행 경험을 기뻐했다. 새로운 장소를 돌아보았고, 시 한두 편을 쓸 소재를 모았다. (집으로 돌아오자마자 시를 한 편 썼는데, 유럽에서의 연애를 암시하는 「마흔 살의 월경」이다.) 더 중요하게는 여행을 통해 쿠민과의 우정의 가치를 새롭게 보았다. 그들이 주고받은 편지는 서로가 서로에게 어떤 의미인지 새로운 방식으로 표현했다. 섹스턴은 아마 무너지기 직전 로마에서 보낸 편지에 그 의미를 가장 잘 표현했을 것이다. "오 맥신. 나를 나처럼 사랑하는 친구가 있다는 건…… 정말 소중하고, 그 자체로 포옹 같아."[26]

이는 정확히 올슨이 연구소에서 발견했고, 1964년 9월 베이 에어리어로 돌아갔을 때 잃는 것을 참을 수 없어 했던 그런 우정이었다. 올슨은 이사 몇 달 전부터 집중하지 못했고 생산성도 떨어졌다. 1964년 5월 8일, 올슨은 "2년"이라는 제목의 두 번째 세미나 발표회를 열었다. 찌는 듯 더운 날씨여서 퀴퀴한 1층 세미나실에 장학생들이 모였을 때 스미스가 더위를 사과했다. 올슨의 발표는 같은 말을 반복하기 일쑤였고 자주 더듬거리고 주제에서 벗어났다. "음"과 "어"로 가득했다. 올슨은 왜 글을 쓸 수 없는가가 아니라 글을 어떻게 써야 하는가를 말해야 한다는 걸 잘 아는 사람처럼 사과하는 어조로 말했다. 그는 간접적으로 계급과 인종을 언급했고, 자신의 계급 지위 변동이 그와 무수히 많은 무명의 타인이 글쓰기를 어려워하는 한 가지 이유라고 주장했다. 이제 그는 우상 에밀리 디킨슨의 말처럼 "가능 속에 살 수" 있어 기뻤지만, 자신과 같은 기회를 누릴 수 있는 사람이 극소수라는 사실이 안타깝고, 그렇게 말하지는 않았지만, 그런 기회를 가지고도 한 일이 거의 없다는 사실을 부끄러워했다. 어떻게 보면 그는 자신처럼 행운을 거머쥐지 못한 사람들을, 스스로 도움을 주고 싶어 하는 사람들을 배신했다고 느꼈을지도 모른다.

올슨은 그 여름의 끝자락에 소설을 쓰기 위한 메모들과 갚아야 할 빚을 가지고 보스턴을 떠났다. 샌프란시스코로 돌아오자마자 외로움이 습격해 왔다. 잭은 다시 직장에 나갔고 로리는 버몬트의 기숙학교로 돌아갔다. 올슨은 잭과 로리가 먼저 캘리포니아로 돌아갔던 지난여름의 고독한 몇 주를 사랑했고("내 인생 처음으로 혼자 있었어"[27]라고 한 친구에게 말했다) 경이로운 장서를 갖추고 몇 시간이나 살펴보도록 해줬던 보스턴의 서점들에서 멀리 떨어져 서부해안으로 돌아왔다는 사실이 싫었다. 자기가 없어도 친구들은 여전히 사교 중이었고 그들의 탈선행위도 오직 편지 속 회상으로만 접했다. 어느 가을 저녁, '동등한 우리'는 남편들과 함께 만찬 파티에 모였다. 유일하게 빠진 사람이 캘리포니아의 예전 삶으로 돌아간 올슨이었다. 섹스턴은 저녁 식사 도중 올슨에게 전화를 걸 생각이었지만 깜박 잊고 말았다고 나중에 편지에 썼다. "어쨌든 우리는 당신을 아주 많이 생각했어요."[28]

상처 입고 고립된 올슨은 자주 전화하고 편지했다. 동부해안 친구들에게 색깔이 화려한 빈티지 엽서를 보냈고 그보다 더 긴 편지를 타자해 보냈는데, 이 습관은 몇 년 동안 이어졌다. "가끔은 너무 외롭고 쓸쓸해서 아직 마치지 못한 일에 묶여있지만 않으면 당장 비행기를 타고 일주일 동안 그곳으로 날아갔을 거야."[29] 올슨은 쿠민에게 이렇게 쓰기도 했다. 또 다른 편지에는 "언젠가 당신[맥신]과 앤(시인들)이 날 보러 오면 좋겠어. 아니면 내가 (어느 날이든) 케임브리지에 갈게. (어쩌면)".[30] 올슨은 종종 장미 꽃잎, 진달래꽃, 봄에 자란 나뭇가지 등 작은 상징물을 동봉했다. 받은 사람 대부분이 고마워했지만 섹스턴 같은 사람은 이 정체 모를 선물과 올슨의 이상한 어조가 '당혹스럽다'[31]고 생각했다. 올슨은 극적이면서 종잡을 수 없는 사람이라 이상한 순간에 받으면 번쩍거리는 도금 카드나 말린 꽃이 과하거나 감상적으로 보일 수 있었다.

고독과 공동체의 장점을 모두 간절히 바라는 올슨은 다른 방향으로 갔다. 그는 맥다월 창작촌에서 일부 작가들과 친해졌다. 그러나 장편소설은 진척이 없었다. 연구소 시간이 끝나고 창작촌에 들어가 추가로 시간을 겨우 벌었지만, 여전히 소설은 못 썼다. 노화와 불안과 여행의 피로가 작업을 방해했다. 한동안 올슨은 직장 상사나 아이들을 향한 의무 때문에 글을 쓸 수 없다고 주장했다. 잠시 그런 책임에서 벗어난 지금도 글을 쓸 수 있을 것 같지 않았다. 지원금 수령 기간이 또 끝나가고 있었다. 올슨은 자신이 "다 됐다"[32]라는 생각에 두려웠다.

올슨이 "다 됐다"라고 썼을 때 그는 글쓰기 경력의 끝을 상상하고 있었다. 한편 섹스턴은 삶의 끝을 계획하고 있었다. 1964년 말, 올슨이 보스턴을 떠나고 한 달 후 섹스턴과 케이오는 섹스턴이 성장한 웨스턴 타운의 블랙오크 로드 14번지에 집을 샀다. 더 큰 집, 더 좋은 학군, 이상적으로는 전업 가사노동자를 원했다. "내게 필요한 것은 어머니야. 렌트 어머니 급구!!! 미국…… 이렇게 광고를 내고 싶어."[33] 섹스턴은 한 친구에게 보내는 편지에 이렇게 쓰기도 했다. 집은 너무 컸고, 섹스턴의 작업실은 사생활을 충분히 보장해 주지 않았다.[34] 최악으로 이 집에는 수영장이 없었다. 섹스턴 부부는 나중에 수영장을 지었다.

섹스턴의 정신건강은 결혼생활이 무너지면서 악화했다.[35] 오랫동안 꽤 성공적으로 상담해 온 정신과 의사 오언 박사가 1964년 필라델피아로 이주했다. 1965년 여름 자살 시도 후 독한 항정신병 약물인 소라진을 처방받았는데, 몸무게 증가 등의 부작용이 강했다. 섹스턴은 이 약을 복용하면서 글을 쓸 수 없었고 햇볕 아래로 나갈 수도 없었다. 무기력감, 무감동, 몸무게 증가로 섹스턴은 이른바 제정신을 지키기 위해 대신 언어 능력을 내준 게 아닐까 걱정했다. "올여름 M.G.M.에서 먹기 시작한 g.d. 안정제가 독창적인 생각을 완전히 막아버렸어요."[36] 그는 올슨에게 썼다. 섹스턴은 집 안에 틀어박혀 지냈다. 연구소가 주었던 모든 것(집 안 작업실, 마운트 오번 스트리트의 작업실)이 사라졌다.

그는 1966년이 시작되고도 내내 슬럼프에 빠져 지냈다. 결혼생활은 "금 간 달걀처럼 깨지기 직전"[37]이었고 그는 달걀이 완전히 깨지지 않도록 아픈 사람이라는 자기 역할에서 벗어나길 두려워했다. 1965년 10월 자살 시도 후 올슨에게 편지를 쓰면서 막상 썼을 때보다 지금의 삶에 더 들어맞는 시 같다며 「1958년의 나」를 동봉했다.[38] "나는 석고 인형, 자세를 취하지." 화자는 시의 도입부에서 이렇게 선언한다. 예전의 어두운 곳에서 화자는 공허했고 생기도 없었다.

섹스턴은 감정적으로는 후퇴하는 중이었지만 평단에서의 명성은 끊임없이 부상하고 있었다. 옥스퍼드대학교 출판부가 두 권의 시집에서 시를 추려내 『시선집』*Selected Poems*을 출간한 후로 섹스턴은 그의 시가 지나치게 개인적이라고 생각한 영국 서평가들의 비평에 직면했다. 1963년 시인 제임스 디키는 섹스턴의 『내 모든 어여쁜 것들』의 출간을 기회 삼아 최근 시에 담긴 "고백적 특성"을 공격했다. 그의 눈에 이 특성은 "새로운 종류의 정통성"으로 보였다. 그는 로웰과 스노드그래스도 비판했지만 그중 최악으로 섹스턴을 꼽았다. "이러면 글쓰기가 더욱 진짜가 된다는 듯이 육체적 경험의 애처롭고도 역겨운 면에 이토록 집요하게 매달리는 작가를 찾기가 어려울 정도다."[39] 그는 『뉴욕 타임스 북 리뷰』에 이렇게 썼다. 섹스턴은 이 동료 시인을 한동안 용서하지 않았다. 그때까지는 포켓북에 이 서평을 한 부 넣어 다니며 벌을 받고 싶을 때마다 제 옆구리를 때릴 박차로 삼았다.[40]

섹스턴의 우울과 시와의 관계는 복잡했다. 보통 정신병이 심해지면 글을 전혀 쓸 수 없었다. 이 시기에는 침대 밖으로 나가지 않거나 병원에 입원했다.[41] 이런 에피소드가 끝나고 그 여파로 글을 썼다. 또 이렇게 나쁜 상태에 있을 때의 감정과 경험에서 시의 소재를 많이 가져왔고, 글쓰기가 치료책까지는 아니라도 개선 기능이 있었던 것도 사실이었다. 어떻게 보면 그의 질병은 실제로 영감을 주었다. 병과 창작은 결코 쉽게 공존할 수 없었지만, 그는 병 때문에 시를 만났다.

섹스턴은 마지막 자살 시도로부터 안정되어 가면서 다시 시로 돌아왔다. 1957년에 그랬던 것처럼 자신의 우울증과 고통을 소재로 채굴했다. 약물이 안겨준 무기력감에서 잠시 벗어난 틈에 훗날 "죽음" 시들이라고 부르게 될 시들을 썼다. 이 중 최고라 할 수 있는 「당나귀를 타고 달아나」는 정신병원으로 돌아간 경험을 묘사한다. 화자는 지치고 지긋지긋하다. "똑같이 오래된 사람들 / 똑같이 망한 장면이다."[42] "영구 손님"은 그곳에 어떤 변화도 가하지 않지만, 의사들은 "풋내기"에게 전기충격요법을 실시한다. 화자는 이 신참들보다는 경험이 많아, 별로 충격받지 않는다. "나는 돌아왔고," 화자는 이어 말한다.

> 다시 투옥되었고,
> 욕실용 배관 청소기처럼 벽에 묶였고,
> 너무도 가난해
> 감옥과 사랑에 빠져버린
> 죄수처럼 붙들렸다.

섹스턴의 진정한 첫 예술작품 「음악이 내게 헤엄쳐 돌아오네」 같은 광기에 관한 초기 시의 서정성은 사라졌다. 대신 지독한 비유(환자는 "욕실용 배관 청소기" 같고, 더러운 공간에 영원히 묶여있다)와 생기 없는 어조가 시를 차지한다. 시가 묘사하는 비극은 광기 자체가 아니라 화자가 죽음을 통해서든 치료를 통해서든 광기를 버리지 못한다는 사실이다. "당나귀를 타고 달아나 / 이 슬픈 호텔에서 달아나", 시 막바지의 "한 번은 신중하게 결정을 내려봐"라는 말은 쉽게 자살의 호소로 읽힌다. "뭐가 되었든 네게 익숙한 방식으로" 병원을 빠져나가라고. 화자는 탈출 전략에 관해서라면 인지 불능 상태다. 이미 운명이 예견되었다고 느끼기 때문이다. 가족의 모든 이들이 다른 방법을 찾았고 "바보의 병"으로 죽었다.

글쓰기는 섹스턴에게 행복의 신호였고 행복을 키워주었다. 1965년 봄, 그는 모퉁이 하나를 돌았다. "처음으로 나는 살고 싶고, 정말로 살고 있어요."[43] 그는 올슨에게 썼다. 이제 삶을 주제로 시를 쓰기 시작했다. 어떤 시는 자라는 딸들을 위해 썼다. 「아이야, 나의 줄콩아,

사랑스러운 내 여자야」는 린다를 위해, 「복잡할 것 없는 찬송가」는 조이를 위해 썼다. 또 사랑 시도 썼다. 「개의 목에 묻은 당신 얼굴」은 샌프란시스코에서 활동하는 정신과 의사이자 올슨의 친구인 애니 와일더를 위해 썼다. 섹스턴이 프랑스로 떠나기 직전 케임브리지를 방문한 애니 와일더는 "채찍처럼 작고 재미있고 똑똑한 사람"[44]이었다. 두 명의 '앤'은 즉시 강렬하게 만났고 '낙뢰 같은 사랑'에 빠졌다. "나는 벌써 당신과 사랑에 빠졌어요."[45] 섹스턴은 처음 만난 날 와일더에게 속삭였다. 와일더는 보답했다. 섹스턴을 '이카로스'라고 부르기 시작했고, 그에게 이카로스는 '붙잡는 사람'을 뜻했다. 두 사람은 맹렬한 통신을 시작했다. 훗날 함께 여행을 떠나기도 했으며, 섹스턴의 전기작가 미들브룩에 의하면 성적인 관계에도 가담했다. 섹스턴은 자기를 떠받들고 감정을 지탱할 원천을 또 하나 발견했다.

섹스턴은 이 시들을 1966년 호턴 미플린 출판사에서 출간한 시집 『살거나 죽거나』에 수록했다. 시집을 닫는 마지막 시[「살아라」]는 솔 벨로의 『허조그』에서 제사를 가져왔다. "살거나 죽거나 하겠지만, 모든 것에 독을 타지는 마!" 연구소에서 처음 만난 날 올슨에게 쓴 편지에도 인용한 문장이었다. 추한 이미지와 상스러운 언어로 이루어진, 예쁘지 않은 시다. 화자는 묘사한다. "접시에 담긴 아기 / 요리가 되었지만 여전히 인간 / 함께 요리된 작은 구더기들 / 아마도 누군가의 어머니가 꿰매 붙였겠지 / 빌어먹을 년!"[46] 그러나 시의 메시지는 인내심이다. "그렇다 해도 / 나는 그저 계속했지 / 일종의 인간적 진술을."[47] 둘째 연은 이렇게 시작된다. 뒷부분에서 화자는 삶이 "내 안에서 알처럼 열린다"라고 아마도 자신의 아이 중 한 명에게 말한다. 시는 의기양양하게 끝난다. "나는 말한다 *살아라*, *살아라* 태양이 있으니 / 꿈이 있으니, 흥분하기 쉬운 재능이 있으니."[48]

반복과 약약강격으로 이루어진("살아라, 살아라") 결말은 분명한 메시지를 전달한다. 절대로 애매하지 않은 결말이고, 그래서 시는 약해진다. 어쩌면 플라스에게 영향받았을 홀로코스트 이미지는 빈약한 취향까지는 아니라도 그리 독창적으로 보이지 않는다. 그러나 섹스턴 자신은 강한 감정을 느끼고 있고, 마지막 연의 확신은 그가 새로 발견한 힘을 나타낸다. 「당나귀를 타고 달아나」의 병원은 자연 세계로 대체되었고, 환자의 이동은 태양으로 바뀐다.

섹스턴은 이 시집과 그 긍정주의에 꽤 만족했다. "훌륭한 시들이라고 생각해요."[49] 그는 에이전트 신디 디제너에게 썼다. "작가는 누가 발행했든 누가 좋아하든 상관없이 자기 작품에 대해 그런 감정을 품어야 해요." 섹스턴은 시집의 수록 순서가 절망에서 기쁨으로 가는 자신의 여정을 분명하고도 안정적으로 보여주길 바라며("심각한 멜랑콜리 사례의 체온기록표처럼 보인다는 사실에 마땅한 사과를 드리며"[50]) 시들을 연대순으로 배치했다.

그러나 출판사가 계획한 표지 디자인에는 별로 만족하지 않았다. 호턴 미플린 출판사는 분홍색과 파란색 꽃, 초록색 개구리가 보이는 표지를 제안했고 섹스턴은 어린이책 표지 같다고 생각했다.

절망한 섹스턴은 친구이자 동료 예술가이며 한때 협업자였던 스완에게 연락했다. "아주 끔찍한 표지를 제안받았어. 혹시 책 표지로 사용할 만한 게 있을까?"[51] 이 무렵 스완은 1950년대에 매료되었던 초상화에서(특히 부모-자녀 초상화에서) 멀어졌다. 대신 병, 유리, 정물을 그렸다. 계속 어머니와 아이의 초상화를 그리길 희망하는 팬들에게 좌절했다. "나는 거기서 벗어났는데 때로 관람객들은 그러지 않았다."[52]

게다가 건강 문제와도 씨름 중이었다. 루푸스였다. 스완은 전에도 건강에 문제가 있었다. 선천적 내반족이었는데 사는 데 큰 영향을 주지는 않았다. 아주 어렸을 때 교정 수술을 받았고, 양발 신발 크기가 다르다는 것 말고는 별다른 게 없었으며, 스스로 큰 제약이라고 생각하지도 않았다. 루푸스는 이보다 훨씬 더 심각한 방해물이었다. 연구소 생활을 끝낸 직후 루푸스 진단을 받았다. 자가면역질환인 루푸스는 전신에 염증을 일으키고 종종 관절통, 피로, 발진이나 병변이 나타난다. 그럴 때면 몇 주일씩 입원했는데, 당시 연구소 2년 차였던 올슨이 규칙적으로 문병을 왔다. 스완은 1965년 3월 퇴원해 브루클린의 다른 집으로 이사했다. 계속 병원에 다니고 휴식을 취하고 약을 복용했다.[53]

그럼에도 스완은 여전히 헌신적인 예술가이자 좋은 친구였다. 자신의 그림들을 뒤져 〈고딕형 머리들〉Gothic Heads이라고 부른 그림을 찾아냈다. 과감하고 표현주의적인 초기 초상화와는 꽤 다른 섬세한 그림이었다. 아마도 남성과 여성일 두 얼굴이 서로 바라보는 그림이었는데, 정확한 성별은 알아보기 어렵다. 한 얼굴은 눈을 감았고 또 한 얼굴은 공포나 경외로 보일 만하게 눈을 크게 뜨고 있다. 각 얼굴의 눈, 코, 입, 턱은 정확히 표현되었지만, 얼굴 윤곽과 헤어라인은 점점 희미해진다. 마치 두 모델이 보이지 않는 차원으로 들어가 반대편에 머리 절반만 남겨둔 것 같다. 시집의 이중성, 즉 표현하는 게 목표인 쌍둥이처럼 대립하는 욕망들을 나타내는 이미지였다.

섹스턴은 호턴 미플린 출판사를 설득해 이 이미지를 책 표지에 썼다. 스완의 말을 들어보면 디자인팀이 인물을 수직으로 배치하고 그 위로 커다란 글자를 배치해 이미지를 망칠 뻔했지만, 그래도 출판사가 처음 제안한 색감이 화려하고 귀여운 이미지보다는 훨씬 나았다. 스완은 그 후 출간되는 섹스턴의 거의 모든 책에 표지 이미지를 그리게 된다. 『변신』Transformations(1971), 『우화집』The Book of Folly(1972), 『죽음 공책』The Death Notebooks(1973), 사후에 출간된 『신을 향해 무섭게 노를 저을 것다』 *The Awful Rowing Toward God*(1975)까지.

　그림 형제의 옛이야기에서 영감을 받은 시집 『변신』이 가장 깊이 협업한 작품이었다. 실제로 식당 테이블에서 그림 형제의 이야기를 읽고 또 읽었던 당시 청소년이었던 린다에게서 영감을 받았다.[54] 1971년 출간된 『변신』은 섹스턴의 가장 유명한 작품 중 하나였다. 평론가 헬렌 벤들러에 의하면 공식적으로 가장 성공한 작품이었다. "가장 많이 실현된 어조는 정확히 심술궂고 경박한 어조다"[55]라고 벤들러는 1981년 『뉴 리퍼블릭』에 썼다. 이 시들이 안겨주는 "옛이야기에 대한 음울한 보복"과 "깔끔한 궤적"이 섹스턴의 마음에 들었고, 덕분에 풍자가 역할을 할 수 있었다. "당신이 어떤 삶을 살고 있든지 / 처녀는 사랑스럽지"[56]라고 「백설공주와 일곱 난쟁이」는 시작한다.

　　　권련 종이처럼 연약한 뺨,
　　　리모주 도자기로 만든 팔과 다리,
　　　론 계곡의 포도주 같은 입술,
　　　청자 색깔 인형 눈을 굴리며
　　　눈을 떴다 감았다.

이 아름다운 처녀는 대충 모아놓은 물건들, 만족을 안겨주는 상품, 즉 와인, 도기, 자기 모음이다. 사거나 팔 수 있는 것, 망가뜨리거나 보존할 수 있는 것이다.

　「신데렐라」 같은 시에서는 옛이야기의 낙관주의를 흉내 낸다. 이야기 속 공주에 관한 시는 이렇게 시작한다. "너는 항상 읽었지 / 아이가 열둘인 배관공 / 아일랜드 내기 경마에서 우승했다는 / 화장실에서 부자로 변했다는 / 그런 이야기를."[57] "그런 이야기"의 또 다른 버전은 다음과 같다. "기저귀에서 디올로" "균질우유에서 점심용 마티니로" "대걸레에서 본위트 텔러 백화점으로". 이런 성공담 목록에는 침체된 면이 있다. 낭만이나 기적으로 보이기보다 평범하고 심지어 약간 조악해 보이기도 하다. 섹스턴은 1979년 페미니즘 이야기책을 출간한 영국 작가 앤절라 카터의 작품을 예견했다. 두 작가는 옛이야기라는 장르를 이용해 덕망 있는 여성들과 그들에게 요구되는 수행에 관한 신화를 폭발시켰다.

이 마녀 같은 시들의 삽화를 스완이 그렸다. 시 한 편을 섹스턴이 우편으로 보내면 스완이 이미지를 제안했고, 이후 두 사람이 의견을 주고받으며 디자인을 잡아나갔다. 스완은 시에 대한 아무 지식도 없다고 했지만, 어쩔 수 없이 섹스턴의 시에서 시인이 보지 못한 것들을 보았다. 그건 마치 〈음악가들〉의 협업을 둘러싸고 스완과 섹스턴이 서로의 작품에서 새로운 것을 발견했던 것과 같았다. 「아이언 한스」라는 옛이야기를 바탕으로 한 어느 시에서 섹스턴은 세계의 위험과 혼돈에 관한 경고를 담았지만 스완은 보살핌과 보호의 이야기로 읽었다.[58] 결국 스완은 이 시의 삽화로 다정한 거인의 등에 안전하게 업힌 소년의 이미지를 그렸다.

섹스턴은 1973년의 한 편지에서 "내가 날 신뢰하는 것 이상으로"[59] 스완을 신뢰한다고 고백했다. 섹스턴은 스완이 "시인의 언어에 무척 민감한" 사람이라고 했다. 훗날 스완은 쿠민과도 협업했다. 쿠민의 1972년 시집 『오지에서』 *Up Country*의 표지 이미지와 삽화 17장을 그렸다. 스완은 자신의 건강과 남편의 갤러리 개업, 아이들의 복잡한 청소년 시절 등 자신과 가족 모두 가장 어려운 시기에 이 모든 일을 해냈다. 스완이 작업 속도를 늦추었던 것은 60대 초반 계단에서 넘어지는 바람에 발을 다쳐 기동에 제한이 생겼을 때뿐이었다. 그는 말년에도 모든 일을 헤쳐나가며 꾸준히 그림을 그렸다. 스완의 마지막 전시회는 별세 10주기였던 2013년 매사추세츠 프래밍엄의 댄포스 미술관에서 열린 회고전이었다. 사랑하는 친구 섹스턴의 초상화를 비롯해 초기 초상화들도 전시되었다.

"두 시인과의 우정 때문이었다."[60] 훗날 시집 표지 디자인에 대해 스완은 이렇게 말했다. "내겐 에이전트가 있어서 책 작업을 하게 해주세요, 하고 출판사를 쫓아다니지도 않았다. 그런 건 내 방식이 아니었다. 그저 우정 때문에 한 일이었다."

『살거나 죽거나』는 1967년 퓰리처상을 받았다. 1000달러 상금과 문학계의 인정이 따라오는 이 상은 디키의 평대로 "육체적 경험의 애처롭고도 역겨운 면에" 관한 모든 시를 포함해 섹스턴의 전 작품을 격상시켰다. (오늘날 상금은 1만 5000달러다.) 쿠민은 축하하기 위해 웨스턴의 집으로 달려갔다. 케이오는 꽃을 사왔다. 평소 소원했던 섹스턴의 언니조차 전보를 보냈다. "우리 둘 다 커다란 축하를, 유명 인사의 친척이라 영광이야."[61]

섹스턴은 언니가 부여한 '유명 인사' 지위를 받아들이고 자신의 강연료를 700달러로 올렸다. 남은 인생 동안 섹스턴은 강연료가 가장 높은 시 낭독자 중 하나인 디키의 수준에 맞게 자신의 요금을 책정했고, 에이전시에도 그 정도에 맞추라고 요구했다.[62]

그는 또한 순간적으로나마 죽음에 대한 충동도 이겨냈다. 시는 죽음 충동에 목소리를 주었고 동시에 그 목소리를 잠재웠다. "언어"(그가 작시에 관해 말할 때 선호했고 언제나 대문자로 시작했던 단어)는 그의 생명력이었다. 언어는 그가 1950년대 말 자신의 모습과 비슷한, 젊고 여성적이며 정신적으로 고통스러워하는 수많은 독자에게 주었던 것이었다. 명성이 비슷한 다른 작가들과 달리 섹스턴은 독자들이 보낸 시와 편지에 답장했고, 그들의 작품에 사려 깊으면서 솔직한 비평을 보내주었다. 이전 편지에 꽤 혹독한 작품 비평을 써 보냈던 어느 여성 독자에게는 신중한 언어로 격려의 말을 써주었다. "당신 시는 민감해요. 꽤 큰 내면의 힘을, 세계에 대한 깊은 이해를 보여줍니다. 그러니 계속 써요."[63]

이는 섹스턴의 양육 방식으로, 젊은 어머니 시절에는 무척 힘들어했던 임무였다. 그는 쿠키나 감자를 구울 수는 없을지 몰라도 시 한 줄을 평가하고, 자신의 원고를 공유하고, 제 어려움을 솔직히 말할 수는 있었다. 그것이 나중에 작가가 되는 큰딸 린다에게 주었던 바다. "어머니는 글쓰기에 관해 아는 모든 것을 너그럽게 가르쳐 주었다."[64] 린다는 회고록에 썼다. "또한 타자기로 쓴 시들에 대해 내 의견을 물어보기 시작했고, 내가 생각해 낸 어떤 반응이라도 신중하게 받아주었다. (…) 한 번도 나의 순진함, 나의 클리셰, 청소년기 멜로드라마 같은 열망을 비웃지 않았다." 그는 대화 상대에게 진지하게 받아들이는 태도를 선물로 주었다. 협력과 비평을 통해 "외로운 예술을 그리 외롭지 않게 만들고자"[65] 노력했다.

15장
상처받고 열받고 당황하고 화가 날지

1966년 11월, 『살거나 죽거나』가 출간되고 두 달 후에 베티 프리단이 센트럴 파크 웨스트의 자기 아파트에서 기자회견을 열었다. 한때 폴리 번팅의 공모자였고 지금은 베스트셀러 작가이자 순회 강연계의 주요 인사인 프리단은 라일락색 벨벳 의자에 앉아 말했다. 모피 깃이 달린 깔끔하고 여성스러운 검은색 맞춤 정장을 입은 그는 "수전 B. 앤서니 유형의 운동가보다는 시크한 커리어우먼처럼"[1] 보였다. 목소리는 거칠고 낮았다. 그토록 작은 사람에게서 나오기엔 놀라운 목소리였다.

프리단은 침착하면서도 자신감 있게 말하기 시작했다. 여성들은 아직 진정한 평등을 이루지 못했다고 기자들에게 설명했다. 여성은 직장 내 성차별에 직면했고, 적당한 보육시설을 찾을 수가 없다. 꾸준히 저임금 상태다. 존슨 대통령이 자신의 '위대한 사회'가 주변부 시민을 모두 미국 생활의 주류로 데려가겠다고 약속했지만, 프리단이 보기에는 여성의 권리를 인정하거나 여성을 뚜렷한 하나의 계층으로 보려는 집중적인 노력이 없다. 이런 혐오를 더는 용인할 수 없으며, 여성들은 당장 정부의 행동을 촉구한다. 프리단은 결전을 준비하는 복서처럼 사방으로 공중 주먹질을 하며 선언했다. "우리는 다음 선거를 향해 강력한 발걸음을 내디딜 것이고, 여성의 평등권 문제를 진지하게 받아들이지 않는 후보자는 패배하고 말 것입니다."[2]

3주일 전 프리단을 비롯한 수백의 여성들은 워싱턴 DC에 모여 약칭 NOW로 알려진 전미여성기구에 참석했다. 이 약칭은 프리단의 생각이었다. 그는 지난 6월 역시 워싱턴 DC에서 열린 여성의 지위에 관한 어느 위원회의 제3차 전국대회에 참석해 칵테일용 냅킨에 급히 "NOW"라고 휘갈겨 썼다. 프리단은 정부의 무대책과 자신의 영향력 부족에 좌절했고, 그 대회에 참석한 예일대 로스쿨 출신의 법학 박사이자 활동가 폴리 머리에게 다가가 정부의 행동을 촉구할 방법을 물었다. (머리는 예일대 로스쿨에서 법학 박사 학위를 취득한 최초의 아프리카계 미국인이었다.)

프리단이 머리에게 도움을 구한 건 이번이 처음이 아니었다. 프리단은 인권운동가들이 이제 막 시작한 워싱턴 행진에 여성들도 참가해야 한다고 말한 머리의 『뉴욕 타임스』 기사 인용문을 읽고 1965년 뉴헤이븐으로 먼저 전화를 걸었다. 두 사람은 통신을 시작했다. 두 활동가의 목표는 비슷했다. 둘 다 1965년 7월에 설립된 연방기관 평등고용기회위원회EEOC'가 성차별에 맞서 더 진보한 행동을 취하기를, 직장 내 모든 형태의 차별을 금지하는 1964년 민권법 제7편 조항이 강화되기를 바랐다. 인권운동 행진과 비슷한 여성 행진을 먼저 제안한 사람은 프리단이 "인종차별과 성차별이라는 두 종류의 차별에 맞서 하나의 조직을 강력하게 요구"[3]한다고 표현한 바 있는 흑인 퀴어 여성 머리였다. 프리단은 머리의 주장에 매료되었고 전략을 세우기 위해 자신의 호텔 방에 열두 명이 넘는 여성을 모았다. 회의가 끝날 무렵 이 여성들은 "여성을 위한 일종의 NAACP""" 같은 새로운

• Equal Employment Opportunity Commission, 고용 차별금지 집행을 위해 창설되었다.

•• National Association for the Advancement of Colored People의 약어로 전국유색인종지위향상협회 등으로 번역된다. 미국에서 가장 오래된 흑인 인권 단체.

조직을 결성하기로 했다.

NOW는 서른 명의 회원으로 시작했다. 프리단이 11월 자신의 응접실에서 기자간담회를 열었을 때는 500명으로(남성도 소수 포함되었다) 늘어났다. 미국 곳곳의 도시에 지부가 생겨났다. 이 그룹의 수사는 과격했고 목표는 구체적이었다. 이들은 유급 출산휴가, 보육을 위한 소득세 차감, 민권법 7편 조항의 강화, 그리고 낙태금지법 폐지를 원했다. 또한 정부의 교육, 빈곤, 복지 프로그램 내 성차별에 반대했다. 특히 임신한 뒤 통신사에서 해고당했다고 주장한 프리단에게는 개인적인 대의명분이기도 했다. 그들은 자칭 여성의 "진정한 평등"을 쟁취하기 위해 연좌 항의, 피켓 시위 등 "독창적인 새로운 저항 방식"[4]을 이용할 거라고 선언했다.

NOW 여성들은 걱정할 필요가 없었다. 1966년에 저항과 항의는 미국 공공 생활의 특징이었다. 1963년 일자리와 자유를 위한 워싱턴 행진은 20~30만 명을 수도로 데려왔다. 1964년 12월, 자유언론운동 리더 마리오 사비오는 캘리포니아대학교 버클리 캠퍼스 군중을 향해 "우리 몸을 기어와 바퀴와 핸들에 던져넣어 멈춰야만 합니다"[5]라고 연설했다. 1965년 미국의 베트남 파병 반대 운동 중에 분신이 세 건 이상 일어났고 반전 시위는 수년간 계속되었다. 사회의 다양한 분야에서 사람들이 모여 변화를 요구하며 압박을 가했다.

그리고 이제 오래 침묵했던 여성들이 (큰소리로) 말하기 시작했다. 새로운 사회운동이 공식적으로 진행되고 있었다.

전국의 여성이 함께 모이는 동안 '동등한 우리'는 친구 집단의 와해를 목격했다. 붕괴는 천천히, 부지불식간에 시작되었다. 일정이 맞지 않고, 방문이 무산되고, 편지를 주고받는 간격도 멀어졌다. 전화도 예전보다 뜸하게 울렸다. 이윽고 작은 의견 충돌이 일어나기 시작했다. 올슨은 친구의 침묵을 의심했고 섹스턴은 제멋대로 행동하는 올슨에게 분개했다. 섹스턴과 쿠민은 쿠민이 교외 지역을 떠나 시골에서 더 많은 시간을 보내는 동안 우정의 거리를 유지하기 위해 무리했다. 시각예술가들은 이 작은 승강이에 휘말리지 않은 것처럼 보인다. 1960년대 내내 스완은 두 시인과 가깝게 지냈고, 피네다는 올슨 및 그 딸들과 자주 연락하며 지냈다. 그러나 세 명의 작가들은 서로 긴장하기 시작했다.

'동등한 우리'는 이제 다른 미국 여성들과 발걸음을 맞추지 못하고 있었다. 올슨과 피네다는 둘 다 페미니스트로 정체화했지만, 다른 세 명은 자신이나 그 작품을 '페미니스트'의 것이라고 생각하지 않았다. 물론 그들의 작품을 읽고 보는 어떤 사람들은 그 생각에 동의하지 않을 것이다. 쿠민의 아들 대니얼에 의하면(어렸을 때는 대니였다) 쿠민은 페미니즘이라는 단어를 여성운동이 절정에 다다랐을 때야 비로소 사용했다.[6] 스완의 딸 조애나는 어머니 스완이 스스로를 "자기 해방적이고 앞서 해방된"[7] 사람으로 여겼다고 술회한다. 스완은 "자기 나름의 일을 했고" 그가 이해하기로 그 일은 예술적으로 중요하고 형식적으로 급진적이지만, 반드시 정치적인 것은 아니었다. 섹스턴도 비슷했다. 그는 "자신에게 절대로 '페미니스트'라는 말을 붙이지 않았다"[8]라고 린다는 회고록에서 말했다. 그러나 섹스턴은 지역의 페미니스트 모임에는 호기심을 보였다. 섹스턴은 1960년대 말부터 1970년대까지 내내 자신을 이런 식으로 바라보았다. 1974년에는 "내가 여성해방문학 선집에 수록되는 게 정말 싫다. (⋯) 그들은 '남성혐오' 시들만 추려내고 나머지는 버린다. (⋯) 페미니스트들은 이것만을 보여주기 위해 스스로를 학대하고 있다"[9]라고 말하기도 했다.

독자들은 다르게 느꼈다. 1960년대 말과 1970년대 초에 여학생,

비평가, 교사들은 플라스와 섹스턴의 시를 이용해 여성의 경험을 찬양했다. 섹스턴의 시집『내 모든 어여쁜 것들』에 수록된「거들 입은 여자」는 무수한 활동가들이 바랐던 대로 여성의 몸을 현실적으로 그려냈다. 이 시는 "모든 걸 상쇄하는 피부"[10]를 타고난 여성을 찬양하는 말로 끝난다. 이 시는「마흔 살의 월경」과「외롭게 자위하는 사람의 발라드」처럼 섹스턴의 노골적인 자화상을 그린 작품이다. 이런 시들에서 섹스턴은 아직 공개적으로 발화된 바 없는 여성의 경험에 관해 썼다. 1960년대 낙태가 분명히 언급되기 전이고,『우리의 몸, 우리 자신』*Our Bodies, Ourselves*과 여성 중심 부인과학이 나타나기도 전의 일이다. 섹스턴의 시적 개입(지저분한 여성의 경험을 예술로 재현하기)은 정치적인 일이기도 했다. 이런 주제가 공적 담론이 되기도 전에 시로 쓰면서 섹스턴은 시대를 앞선 영감이 되었다.

　'동등한 우리'에게 있어서, 그들이 탄생을 도운 운동에 그들이 완전하게 참여할 수 없다는 사실은 슬픈 모순이었다. 연구소는 미국 사회가 훨씬 더 급진적으로 변화할 수 있도록 초석을 마련한 선구자였다. 하나의 기관으로서 이곳은 더 큰 일의 출발점이었지만 1기 장학생들에게는 경력 중간의 행보였고, 학업의 마지막 단계였으며, 더 많은 의뢰가 들어오기 전까지의 임시방편이었다. '동등한 우리'는 너무 일찍 태어났다. 여성운동이 전속력으로 흘러갈 때 그들은 이미 자기 인생과 방식의 기초가 확고했다.

　다섯 명 중 유일하게 자신을 꾸준히 페미니스트로 정체화하고 창작 경력도 주로 정치적인 관점에서 보았던 사람은 올슨이었다. 그러나 그조차 '여성해방'이 예술과 문학의 세계에 침투하는 일부 방식에는 눈썹을 치켜올렸다. 1965년 어느 저녁 올슨은 "시의 새로운 발전: 가정의 숙녀 시인들"에 관한 라디오 프로그램을 틀었는데 렐라 로시라는 평론가가 이런 시인들을 "예이츠가 일상다반사에 대한 시인들의 채워지지 않는 허기라고 불렀던 것을 충족시키는 주제, 즉 여성으로 사는 일, 아이들, 가정적 주제에 집중하는 시인들"[11]이라 규정했다고, 나중에 섹스턴에게 보낸 편지에 썼다. 루이즈 보건, 캐럴린 카이저, 실비아 플라스가 명백히 이 범주에 속했다. 섹스턴 역시 마찬가지였다. 그 평론가는 섹스턴이 "우리 시대의 가장 전망 있고 두드러진 가정의 숙녀 시인"이라고 주장했고 올슨은 섹스턴에게 이 라디오 프로그램 이야기를 전하며 짓궂게 "당신 표정이 보고 싶네"라고 썼다. 이 평론가는 『정신병원에 갔다가 돌아오는 도중』에 수록된 「산부인과 병동의 이름 없는 여자아이」를 섹스턴의 걸작으로 꼽았다. 사실 이 시는 섹스턴의 최고 시라기보다 약간 멜로드라마적이면서 체험보다는 상상에 기반한 시였다. 섹스턴은 시의 화자가 처한 상황을 경험한 적이 없었고, 의사들은 "나를 버리고 떠난 남자를 추측하지 / 만삭인 여자를 두고 떠나는, 남자들의 길을 간 / 어떤 흔들리는 영혼을 추측해"[12] 속 병원에 혼자 누운 비혼의 어머니가 아니었다. 올슨은 누가 섹스턴이 쓴 최고의 시가 뭐냐고 묻는다면, 그 한 편을 말하기 전 다른 시 열일곱 편을 말할 수 있다고 썼다. 올슨은 섹스턴에게 보낸 편지에서 그 라디오 프로그램을 냉소적으로 묘사했다.

올슨이 이 여성 시에 대한 찬양에 반대했다는 사실은 조금 놀랍다. 특히 그 시기 올슨은 다른 무엇보다 여성 작가들이 역사적으로 어떻게 억압당했는지를 말하는 에세이 「침묵」을 교정 중이었다. 그러나 당시 올슨은 평론가들이나 문학을 학문적으로 연구하는 것을 별로 좋아하지 않았다. 독자의 즉각적이고 감정적인 반응에서 나오지 않은 모든 가르침을 반대했다. 또한 그는 각기 다른 인종과 젠더의 작가들 사이에서 많은 공통점을 보았다. 그래서 첫 세미나 발표 때도 울프와 맨스필드만이 아니라 카프카와 헤밍웨이도 언급했다.

올슨은 동시대 작가들 사이에서 여성 작가만 따로 골라 논의하고 싶지 않았다. 그 자신이 릴케, 티즈데일, 멜빌, 울프 등 많은 작가를 좋아했고, 작가를 바라보는 유일한 기준은 그들이 인간의 경험을 얼마나 잘 포착했느냐였다.

사실 올슨이 쿠민과 섹스턴, 친구들과 동료 작가들을 그들이 바라는 대로 지지하지 않은 것은 예술적인 탁월함을 무척 중시했기 때문이었다. 올슨이 친구를 칭찬하는 이유는 탁월함 때문이었고, 계속해서 탁월함을 성취하도록 밀어붙였다. 언젠가는 쿠민에게 편지를 쓰다가 계속해서 수상과 대중의 찬사를 추구하라고 강력히 권고했다. "자기가 잘하는 걸 하는 것도 좋지만, 당신에겐 인정이, 그래, 명예가 없었잖아."[13] 연구소 생활을 마치고 얼마 후 구겐하임 기금에 지원했을 때도 올슨은 그 과정을 "당연히 마감 직전에 말 그대로 코를 잡아쥐고 (그 후로도 줄곧 구역질을 불러일으켰던) 불쾌한 일을 가능한 한 빨리 해치웠다"[14]라고 표현했다. 경제 전반이 올슨에겐 추악해 보였다. 그래서 쿠민과 섹스턴을 포함한 모든 친구에게 자신은 절대 추천사를 청탁받고 싶지 않다고 확실히 못 박아두었다.

갈등은 쿠민의 두 번째 장편소설을 출간한 하퍼&로 출판사가 올슨에게 추천사를 부탁한 1968년 2월에 시작되었다. 쿠민의 소설 『억스포트의 열정』*The Passions of Uxport*은 1968년 4월 출간 예정이었다. 쿠민은 뉴턴을 허구화한 게 분명해 보이는 보스턴에서 29킬로미터 떨어진 교외 지역 억스포트에 사는 두 여성과 그 가족을 면밀히 살피며 "모두를 괴롭히는 커다란 열정"을 묘사하고자 했다. "억스포트라는 교외 지역은 친구들과 칵테일 파티, 연좌 농성, 모금을 위한 포크송 모임, 정치적인 대의명분이 가득한 곳이었다."[15] 소설은 정신분석을 받는 사려 깊고 강렬하며 억눌린 교사이자 작가 할리 피크스와 불안정하고 열정적이며 아픈 아이와 헌신적인 남편을 둔 화가 수키

데이비스의 삶을 따라간다. 주요 사건은 수키 딸의 죽음이고 아이는 백혈병으로 죽는다. 조역으로 로드킬당한 동물을 묻는 일에 집착하는 정신질환자 남성 어니와 할리를 치료하는 구 프로이트파 정신분석학자인 오지프 젬스트포프 박사, 그리고 할리와 짧은 연애에 휘말리는 신뢰할 수 없는 동료 티조가 있다. 베트남전쟁이 발발하고 얼마 되지 않은 시기(소설은 1965년부터 시작한다)를 배경으로 일종의 교외 지역 멜로드라마가 펼쳐진다. 한 서평가는 유명 텔레비전 드라마를 언급하며 이 소설을 "보스턴 버전 〈페이턴 플레이스〉"[16]라고 불렀다. 『억스포트의 열정』은 이따금 재미있지만, 사회적 관습이나 예의범절에 관해 특별한 통찰력을 보여주지는 않는다.

원칙적이었던 올슨은 추천사를 쓰고 싶지 않았다. 아무리 친구를 위한다지만, 심지어 첫 번째 장편소설이 잘 팔리지 않아서 올슨 말대로 "인정"과 "명예"를 받아야 하는 친구를 위한다지만, 추천사는 쓰고 싶지 않았다. 올슨은 하퍼&로에 "책 커버와 홍보용 인용문 관행이 계속 품위를 떨어뜨리지 않기를 바랍니다"라고 썼다. "제 판단이 의미 있을 소수에게 완전히 다른 이 두 권의 책을 알게 되는 기쁨을 선사하고 싶네요." 올슨은 이렇게 말하며 출판사가 따로 보내주었던 제임스 리의 장편소설 『램지 가의 아래층』*Downstairs at Ramsey's*을 언급했다. 올슨은 쿠민의 소설이 "그럼에도 문학적인 명성을 얻게 될 것이다"[17]라고 말했지만, 공개적으로 돕지는 않겠다고 말했다. 대신 "이 책이 이룬 성취를 인정받는다면 (…) 작가에게도 분명 도움이 될 것이다"라는 희망과 함께 주변 친구들에게 이 책을 열심히 소개하겠다고 말했다. 『억스포트의 열정』을 그리 좋아하지 않았던 올슨이 이

• 1964년부터 1969년까지 방영된 미국 ABC 방송국의 멜로드라마.

런 계획을 실천에 옮겼는지는 몰라도, 올슨은 이른바 풀뿌리 홍보에 나서겠다고 했다.

우아한 거절이었지만, 몇 주 후 이 사실을 알게 된 쿠민은 올슨이 화가 났을까 두려웠다. 결국 쿠민은 올슨에게 사과하고 (쿠민으로서는) 감정적인 편지를 보냈다. 쿠민은 방광염 합병증 때문에 입원 중이었고, 올슨이 추천사 쓰는 것을 싫어한다는 걸 알기에 교정지 보낼 사람 명단에서 올슨의 이름을 일부러 뺐다고 말했다. 쿠민은 출판사의 실수를 자기 탓으로 돌렸지만, 그 또한 상처받았다. 올슨은 수년간 쿠민의 작업물을 지켜봤으면서도 이번 소설에 관해 아무 말도 하지 않았던 것이다. "꽤 슬픈 느낌이에요."[18] 쿠민은 자신의 감정을 거의 드러내며 말했다. "당신이 내 책을 어떻게 읽었는지 모르니까⋯⋯ 지금 이 순간 침묵은 어쩐지 위협적으로 느껴집니다." 쿠민은 "순간적이나마 날카로운 망상에 빠져있지만, 그럼에도 나는, 다정한 인사를 보내요"라며 편지를 마무리했다.

올슨은 쿠민의 편지를 받자마자 전보를 보냈다. 그가 개인적인 갈등에 처할 때마다 종종 그러듯이 메시지는 극적이고 자아비판으로 가득했다. "방금 당신 편지 받았어. 친애하는 맥스, 용서받을 수 없는 침묵으로 당신을 괴롭혔네. 부끄러운 건 당신의 멋진 책이 아니라 나의 소용돌이 같은 무능이지. 조만간 다시 읽어볼게. 잘 지내고 난 당신이 이룬 일들이 자랑스러워. 이미 그럴 권리도 사라졌고 아무 소용없겠지만."[19] 올슨은 그 후 서둘러 편지를 보내 다시 사과하면서 "생각해 보니 내가 그토록 공들여 만든 책을 교정지 두 부로 나눠 당신에게 보냈는데 몇 주 몇 달째 아무 소식이 없었다면 얼마나 큰 상처를 받고 열받고 당황하고 화가 났을까⋯⋯ 좋은 책이야, 맥스"[20] 하며 공감했다. 올슨은 친구들이나 그들의 작품에 관해 제3자로서 아무리 부정적인 인상을 받았더라도 애정과 사랑을 마구 쏟아붓는 경향이 있었다. 올슨은 갈등을 드러내기보다 회피하는 쪽을 선호했다.

쿠민은 차분히 답장을 보냈고, 순간적으로 상처가 봉합되는 것처럼 보였다. 그런데 얼마 후 여전히 불안해 쿠민의 마음을 만회하고 싶었던 올슨이 자신의 침묵을 지나치게 변명하는 두 번째 편지를 보냈다. "건너 건너로 '올슨은 맥스의 책이 마음에 들지 않아서 편지를 쓰지 않았다'라는 말을 전해들었어. 그렇지 않아, 맥스. 정말로 그랬다면 난 당연히 당신에게 그렇다고 말하고 그 이유까지 말했을 거야. 당신이 아는 나를 기억해, 맥스."[21] 올슨은 다소 말을 돌려가며 책을 칭찬했다. "『억스포트의 열정』이 쓰였다는 사실 자체가 기적적인 성취야. 당신이 겪은 몇 달간의 고통과 허리 통증을 생각하면…… 그 모든 일에도 불구하고 당신은 어떻게든 해냈잖아." 올슨은 쿠민의 묘사력을 칭찬했고 책에서 자연 세계가 생생하게 살아나는 가장 아름다운 몇몇 장면을 인용했다. "눈꽃 벌들이 헤드라이트 빛을 향해 날아들었다."

그러나 올슨은 자신이 쿠민보다 소설을 먼저 썼고 상대적으로 성공을 거두었다는 사실 때문에 선생 노릇을 해도 된다는 듯이 멘토의 태도로 말했다. "어떻게 된 일인지 알 것 같아.[22] 당신이 늘 맞서 싸워야 하는 약점들, 너무 떨고, 너무 겸손하고, 너무 공손하고, 너무 자신 없어 하고, 자신이 무엇을 가졌는지 미처 깨닫지 못하는 점에 덧붙여서 말이야." 올슨은 쿠민이 소설 안에서 계속 "가장 깊은 것을 외면하고" 쉬운 것에 안주했다고, 다시 말해 죽음을 재현하지 않고 사소한 인물을 구축하느라 시간을 다 써버렸다고 생각했다. 『억스포트의 열정』에서 쿠민은 "결혼 우정 인간적 친밀함"을 더 깊이 파고들려는 노력을 회피했다.

빈틈없는 소설 독자로서 올슨의 말은 틀리지 않았다. 당시 쿠민의 정치적 관심이 높아졌음에도 『억스포트의 열정』은 가볍게 읽힌다.

"요즘 부쩍 미래가 비관적으로만 느껴져요."[23] 출간 즈음 쿠민은 올슨에게 보낸 편지에서 이렇게 썼다. "투쟁과 평화주의에 열렬히 참여하는 똑똑하고 분노하는 제자들을 완전히 외면하기가 무척 어려워요." 그는 『억스포트의 열정』 속 인물들이 시대의 혼란을 돌이켜 보는 정치적인 장면을 마련했다. "하지만 현재 블랙파워 운동은 자유주의 백인의 지지에서 멀어졌다."[24] 어느 순간 소설 속 인물 할리는 생각한다.

> 미국은 지금 하이퐁의 물류창고를 폭격하고 있다. 도시가 아니라 교외 지역을. 민간인 사상자 수는 경미하지만 피할 수 없다. 친한 친구의 아이가 암으로 죽어간다. 하지만 그럼에도, 아니 그 사실 때문에, 자신이 기꺼이 마틴 데이비스와 잤다고 생각한다. 미군 병사 50명이 베트남 정글에 포위당했고 대장은 공습을 요청한다. 그는 병사 대부분이 죽을 것을 잘 안다.

그러나 정치는 인물의 행동에 거의 영향을 끼치지 않는다. 할리 피크스와 수키 데이비스의 가족은 위험과 떨어져 있다. 소설 속 문제는 주로 계획에 없던 임신이나 잘못된 불륜처럼 가정적인 것이다. 물론 이것들도 문학작품의 훌륭한 주제가 된다. 올슨의 우상 중 하나인 톨스토이도 『안나 카레니나』에서 이런 주제를 다루었다. 그러나 쿠민은 이 위대한 소설가의 특징인 심리적 예리함을 보여주지 못했다.

쿠민이 제대로, 혹은 거의 제대로 다룬 것은 자신과 섹스턴의 분신인 두 주인공의 우정이다. 할리가 "손톱을 물어뜯는 아웃사이더에 (…) 인색하게 태어났다면"[25] 수키는 "야생의 숙녀 예술가로 풍만한 몸매에 붉은 입술을 가졌고, 유대인이라고 해도 좋을 만큼 시끄러웠다." 할리는 러퍼츠대학(터프츠대학의 대역)에서 강의하기 위해 '오지'의 농장에서 성실하게 통근했지만 수키는 "차가운 붉은색 물감 피로" 그린 실패한 그림을 파괴하고 정신병원인 브레이스랜드에 입원한다. "신경쇠약이야. 예술가들이 많이 걸리지."[26] 코러스적 인물이라고 할 만한 어니가 말한다. 할리는 어쩔 수 없이 수키의 남편 마틴을 연민한다. 마틴은 대부분의 육아를 도맡아 하고, 일요일 아침 자신과 함께 침대에 있어달라고 아내를 설득하지도 못한다. 할리는 수키가 힘든 시기를 지나갈 수 있게 도와주고, 브레이스랜드에 면회를 가며, 그들의 딸이 죽은 뒤에는 수키와 마틴을 위로한다. 할리는 동료 티조와 하룻밤을 보내지만, 곧바로 이 불륜이 만족스럽지 않음을 깨닫는다. 보호자가 분명한 할리는 (마지막 순간 유산으로 낙태를 모면하지만) 조카의 불법 낙태를 주선하고 다양한 가정의 임무를 수행하며 바람을 피우는 남편에 대한 분노를 승화한다. "할리, 일어나서 눈 씻어!"[27] 어느 순간 할리는 자신을 책망한다. "이제 닭고기를 양념하고, 크림을 젓고, 나뭇조각과 거름 사이에 말파리 물린 자국이 허옇게 난 발목을 묻은 채 양쪽 무릎이 까져 부어오른 린다(딸)를 슬픔에서 꺼내주고 위안을 받아." 시에서처럼 쿠민에게 자연 세계와 그것이 안기는 감각적인 기쁨은 해방감을 주었다.

할리의 자존감은 책임감과 통제력을 유지하며 변덕스러운 친구와 자신을 차별화해야 지킬 수 있었다. 물론 할리는 감정적으로 자유롭고 여유로운 수키가 부럽지만(소설이 진행되는 대부분 동안 할리는 스트레스성 복통을 앓는데, 이는 내면의 정신적 갈등을 나타낸다) 그는 결코 자유분방한 수키가 될 수 없다. 할리는 불륜을 후회하고 부부 사이 문제를 해결해 나간다. 안타깝지만 할리는 헛간을 불태워버리기보다 고쳐 쓰는 여성이다.

주요 플롯 가운데 상당 부분이 두 시인의 실제 삶과 무관하지만
(게다가 쿠민은 두 사람이 공유한 역사도 수정했다) 우정의 질만큼
은 진짜처럼 보인다. 소설 전반에 걸쳐 쿠민은 두 사람의 유대감을
공들여 묘사한다. 첫 부분에 두 사람의 끊임없는 통화를 묘사하면서
"그들은 자매보다 더 잘 맞는 사이였다. 한 사람에게 두통이 생기면
다른 사람이 아스피린을 먹었다"[28]라고 썼다. 뒷부분에서 이 묘사는
더 세밀해졌다. "그들이 함께하는 일은 전부 아귀가 딱 들어맞았다."
할리는 두 사람이 킹 박사의 공개 강연을 들었던 날을 회상하며 이
렇게 진술한다. "그들은 서로를 보완했고, 공감대가 맞물렸으며, 긴
여정도 가벼운 나들이가 되었다. (…) 그들은 자매라기보다 자매의
이상 같았다. 비방하고, 칭찬하고, 먹이고, 빼앗았다. 서로 의존했
다."[29] 사랑스러운 초상화이자 아마도 이상적인 초상화였다. 예리한
독자라면 결국 누가 누구에게 의존했을까, 생각하게 될 것이다.

올슨이 용서할 수 없을 만큼 비판한 게 바로 이 우정이었다. 소설
의 깊이가 부족하다고 지적한 그 편지에서 올슨은 소설이 묘사한 우
정에 관해 이상한 혹평을 했다. 올슨은 쿠민에게 쓴 편지를 섹스턴
도 읽을 거라 보고 섹스턴에게 직접 말했다. "당신을 사랑해."[30] 올슨
은 이렇게 시작했다. "그리고 맥신을 향한 당신의 우정도 사랑해. 하
지만 당신은 맥신이 최선의 최선을 다해 스스로 이해한 바를 존중하
고 꾸준히 밀어붙여 가장 솔직하고 고유하게 말해야 할 것을 말하게
하지 않고, 오히려 당신이 말하고 싶은 것, 당신이 거기 있어야 한다
고 생각한 것을 뒤섞어 얄팍하고 산만하게 만들고, 그래, 표면의 무
늬 같은 잡동사니 기법에 주목하게 만들면서 둘의 우정을 망쳐버렸
어(맥신, 당신이 그렇게 만들었어)."

쿠민이 창조한 분신 인물에 섹스턴의 책임이 있다는 불평은 어딘
가 이상했지만, 완전히 틀린 말은 아니었다. 실제로 수키라는 인물을

구축하는 데 섹스턴은 강력한 영향을 주었다. 1967년 고관절 골절에서 회복 중이었던 섹스턴은 쿠민에게 매일 전화를 걸어 소설의 진척 과정을 묻고 수키의 대사를 제안했다. 부부간 문제와 의도하지 않은 임신에 대한 통화를 엿들은 방문간호사가 오해할 정도였다.[31] 섹스턴은 허구화된 이 우정을 사랑했다. 초상화에 일가견이 있는 여성으로서(「이중 초상」을 떠올려보라) 섹스턴은 『억스포트의 열정』이 좋은 초상화라고 생각했다.

할리와 수키의 우정에 관한 올슨의 비평은 단순히 소설 작품 하나에 대한 비평을 넘어섰다. 이는 소설의 진행 과정에 대한 비판이었고, 이따금 섹스턴이 쿠민을 지배하는 방식과 쿠민이 이를 허용하는 방식에 대한 비판이기도 했다. 올슨은 『억스포트의 열정』을 읽으며 "할리와 수키의 대화에 끼고 싶다"[32]고 갈망했다. 또 쿠민에게 자신은 "외롭다"라고 말했다. 섹스턴과 쿠민에게는 언제나 서로가 있었지만 올슨은 아무도 없다고 느꼈다.

쿠민은 빨리 답장하지 않고 침묵했다. 충격을 받은 섹스턴도 마찬가지였다. 섹스턴은 몇 년이 지나서야 올슨의 "얄팍하게 만들었다"라는 말에 맞섰다. 그때가 되자 섹스턴은 쿠민이 결코 하지 못했던 방식으로 자신의 상처를 분명히 표현했다.

"몇 년 전 내가 맥신의 책을 얄팍하게 만들었다는 당신의 말에 무척 충격을 받았어요."[33] 1970년 7월, 섹스턴은 이렇게 썼다. "아니요, 틸리. 나는 당신이 무슨 말을 하는지 전혀 이해할 수 없었어요. (…) 내가 당신을 사랑하고 존경하지 않는다면 전혀 문제가 되지 않겠지만, 나는 당신을 사랑하고 존경하니까 여전히 문제가 됩니다." 그는 쿠민이 좋아하는 작가 존 치버도 올슨이 감지한 그 얄팍함을 비난할지 의문을 표했다. 올슨이 쿠민의 다음 소설을 더 좋아하게 될 거라고도 썼다. (그 소설은 1971년 출간되는 『유괴』*Abduction*로 "쿠민의 장편소설 중 가장 약하다"[34]라는 평가를 받았다.) 이어서 올슨의 안녕을 빌고 자신은 "헌신적인 독자"[35]로 남겠다는 말로 편지를 끝맺었다. 올슨을 "천재이자 좋은 여성"[36]이라고 불렀던 이전의 편지와 비교할 때 섹스턴의 인사는 차갑게 들렸다. 이제 헌신적인 친구가 아니라 헌신적인 "독자"로 남겠다고 했다.

쿠민에게 했듯이 올슨은 이번에도 일을 바로잡을 편지를 쓰려고 했다. "앤, 소중하고 소원해진 이에게"[37]라고 시작했다. 올슨은 섹스턴이 대립각을 세운 그 편지를 보내기 전인지 후인지, "이상하게 형식적이고 서명도 안 된 메시지에서" 전화번호부에 실리지 않은 번호를 알려주어 고맙다고 했다. 또 자신의 감정을 표현할 말을 찾을 수 없어 소로의 구절을 조금 빌렸다고 했다. 막바지에 이르러서는 섹스턴이 자신에게 전했던 것보다는 좀 더 진심 어린 안녕을 빌었다. "소원해졌든 아니든, 나는 언제나 당신의 소망을 소중히 여기고, 당신의 꿈에 호의를 느끼며, 내 정원을 모색하듯 당신의 자연스러운 모습을 바라볼 거야. 당신과(당신의 책과 당신 사진과 내 일부인 추억과) 떨어지고 싶지 않아. 잘 지내고 건필하길. 안녕(작별의 안녕은 아니야), 친애하고 친애하는 앤."

『억스포트의 열정』은 모두에게 나쁜 시기에 도착했다. 고관절 골절에서 회복된 섹스턴은 해외에서 온 부정적인 평가와 마주했다. 영국 편집자인 옥스퍼드대학교 출판부의 존 스톨워디는 섹스턴의 새 시집 『사랑 시』*Love Poems*를 고치기를 원했다. 새로 쓴 이 시들이 너무 느슨해 섹스턴 초기 시집의 깔끔하고 형식적인 특징이 없다고 했다. 쿠민은 계속 방광염 통증과 싸우고 있었다. "지독한 한 해를 보내고 있다."[38] 『억스포트의 열정』 출간 직후인 4월에 쿠민은 이렇게 썼다. "통증 없는 날이 거의 없지만, 이런저런 검사를 더 받으려고 다른 병원을 다시 찾아가는 일은 끔찍할 정도로 견딜 수가 없다." 통증이 삶의 중심을 차지했으니, 『억스포트의 열정』 속 할리 피크스가 겪는 주요 드라마가 정체불명의 위통인 것도 당연했다. 한편 올슨은 기괴하게 아프고, 낙담한 상태였다. 1968년 2월 하퍼&로에서 추천사 청탁을 받았을 무렵 올슨은 섹스턴에게 자신의 고통을 상세히 묘사하는 어두운 편지를 보냈다.

> 바지를 내리면
> 피가 섞인 배변으로 아픈
> 나는 늙은 여자
> 허리 통증이 아스피린 광고처럼
> 잔소리를 퍼붓지
> 나는 점점 더 광고의 언어로 말하네
>
> 나는 작업실로 돌아가
> 작업하지 않는 작업실로
> 아픈 톨스토이가(1904년) 나를 노려보고
> 에밀리 하디 체호프 앤이
> 숄을 움켜쥔 두 손을 외면하네.[39]

그러나 올슨은 친구의 외면을 원하지 않았다. 자신이 얼마나 망가졌는지 섹스턴이 봐주길 바랐다. 올슨의 문장은 마른 가지처럼 두 동강이 났다. 이렇게 연이 나뉘고 구가 걸쳐진 겨울 편지를 읽으며 섹스턴은 소설가인 올슨이 시를 썼네, 하고 생각했을지도 모른다.

분명 이런 환경 때문에 『억스포트의 열정』을 둘러싸고 세 여성이 불화를 겪게 되었을 것이다. 다들 건강했다면 올슨의 비평도 보다 차분하게 논의될 수 있었을 것이다. 그러나 이들의 불화에는 예상 가능한 요소가 또 있었다. 올슨이 이 작가 친구들과 사이가 틀어진 것은 한두 차례의 사건 때문만은 아니었다. 세 작가의 유대는 애초부터 놀라운 것이었다. 부유층 출신의 섹스턴은 올슨 같은 노동계급 어머니가 어떻게 사는지 잘 몰랐다. 그들은 공통의 목표 때문에 한순간 하나가 될 수 있었지만, 정치적이고 예술적인 실천 때문에 다시 멀어지고 있었다.

올슨과 섹스턴은 결코 이전의 애정 어리고 친밀한 우정을 회복하지 못했다. 친구들에게 보살핌과 지지를 의존했던 섹스턴은 올슨이 어떻게 그리 아무렇지 않게 자신과 쿠민을 모욕할 수 있는지 이해할 수 없었다. 자신을 포함한 모든 예술가에게 높은 기준을 적용했던 올슨은 우정 때문에 솔직한 비평을 포기하고 싶지 않았다. 세 친구는 올슨이 동부를 방문한 어느 시기에 보스턴에서 함께 점심을 먹었지만, 다시는 각자의 원대한 문학 사랑을 공유하고 죽이 잘 맞았던 연구소 시절의 편안함을 느낄 수 없었다. 그나마 회복에 가장 가까이 다가간 것은 편지를 통해서였다. 어쨌든 그들은 다른 무엇보다 작가였다.

언어가 실망을 안겨줄 때마다 자연 세계가 도움을 주었다. 올슨은 종종 자연에서 위안을 구했고 쿠민도 마찬가지였다. 쿠민은 늘 시와 산문 속에서 시골을 감각적으로 묘사했다. 때로는 언어 대신 압화나 나뭇잎이 말했다. 『억스포트의 열정』을 둘러싼 불화 후 어느 시점에 강연이나 강의를 위해 어딘가를 여행하던 올슨은 자기도 모르게 나뭇잎 세 장을 주워서 각각 하디와 디킨슨 시집 사이에 끼워놓았다. 쿠민은 동부에 가을이 왔음을 알리는 신호로 올슨에게 나뭇잎을 보냈다. "이 나뭇잎을 당신에게 상처를 주었던 나를 용서한다는 뜻으로 받아들일게."[40] 올슨은 이렇게 썼다. "고마워, 맥스. 마음이 다독여지네."

16장
누구나 그 특권을 가지지 않은 게 잘못일 뿐

"중심이 버티지 못했다."[1] 『새터데이 이브닝 포스트』에 처음 발표한 조앤 디디온의 1967년 에세이 「베들레헴을 향해 웅크리다」는 이렇게 시작한다. 그는 "1967년 추운 늦봄의 미합중국"을 묘사한다.

> 파산 선고와 경매 공고와 일상적인 살인 사건 보도와 미아들과 버려진 집들과 심지어 낙서한 쌍욕의 철자조차 틀리는 기물 파손자들의 땅이었다. 가족들이 부도 수표와 압류증서만 남기고 홀연히 사라지는 땅이었다. 청소년들은 뱀이 허물을 벗듯이 과거와 미래를 모두 벗고 이 도시에서 저 도시로 떠돌았다. 이 아이들은 사회를 하나로 묶어주었던 규칙을 배운 적 없고 앞으로도 영영 배우지 못할 것이다. 사람들이 사라지고 있었다. 아이들이 사라지고 있었다. 부모들이 사라지고 있었다. 남겨진 사람들은 두서없이 실종 신고서를 내고 다시 자신의 일상으로 돌아갔다.

예이츠의 시처럼 모든 것이 무너지는 가운데, 디디온은 샌프란시스코("사회의 출혈이 드러나는 곳")에 가 히피와 탈주자들을 인터뷰하고 망가진 그들의 삶을 묘사했다. 그는 히피들과 나눈 대화와 직접 목격한 대항문화에 대해 진술한다. 에세이는 어느 집 세 살 아이가 일으킨 작은 화재 이야기로 끝나는데, 히피 커플은 "화재에 손상된 마룻널 사이로 우수수 떨어진 굉장히 질 좋은 모로코산 하시시를" 줍느라 정신이 없다. 명백히 건전하지 않은 구조다.

디디온이 묘사하는 세계는 '동등한 우리'가 성년이 되었던 1950년 대와는 완전히 달라 보였다. (디디온은 섹스턴과 쿠민보다 대략 10년 후에 태어났지만, 태도와 생활 방식은 더 어린 세대보다 오히려 이들 세대에 가까웠다.) 1957년에서 1967년까지 10년 동안 합의와 속박으로 규정되었던(적어도 그런 환상으로 규정되었던) 나라가 분열과 혼란의 나라로 변했다. "침묵의 세대"(자랑스러운 제2차 세계대전 참전군인과 진주목걸이를 두른 정숙한 주부)에게서 태어난 베이비붐 세대는 부모 세대의 스타일과 습관, 관습을 거부하고 인권과 성적 자유를 외쳤다. 1967년은 "사랑의 여름"*을 보았고 샌프란시스코로 향하는 젊음의 엑소더스를 목격했다. 치마 길이가 짧아졌다. 백인의 머리는 긴 직모가 되었고 흑인의 머리는 더 크고 과감해졌다. 음악은 더 요란하고 이상해졌다. 6월에 미국 최초의 록페스티벌이었던 몬터레이 국제 팝페스티벌이 열렸고 제퍼슨 에어플레인, 그레이트풀 데드, 지미 헨드릭스 익스피리언스 등이 출연했다. 연구자이자 사이키델릭 복용 옹호자였던 티머시 리리의 조언에 따라 젊은이들이 "취하고, 깨닫고, 떨쳐냈다". 섹스턴과 플라스가 리츠 칼튼에서 마티니를 마셨던 때로부터 10년도 안 되어 젊은이들이 마약을 선택했고, 산**이 알코올을 대체했다.

이 시기에는 여성운동도 나라처럼 분열했다. 분열은 1968년 5월

• 10만여 히피들이 샌프란시스코 헤이트-애시버리에 운집해 베트남전쟁에 반대하고 정부와 소비주의에 저항한 문화 현상.

•• LSD의 속어.

에 시작되었다고 말할 수 있다. 1년 전인 1967년 (극작가이자 레즈비언임을 밝힌) 밸러리 솔래너스라는 페미니스트가 『SCUM 선언문』(Society for Cutting Up Men, SCUM은 남성 거세를 위한 단체의 약어로 보인다)을 자비 출판했다. 솔래너스는 자신을 급진주의 페미니스트(직장 내, 혹은 법 아래 형식적인 평등이란 남성 지배 사회에서 아무런 의미도 없다고 본다는 면에서 프리단 같은 자유주의 페미니스트와 구별되는 그룹)로 정체화했다. 『SCUM 선언문』에서 솔래너스는 정부의 전복과 화폐제도 철폐와 함께 남성의 완전한 말살을 주장했다. 이 책을 출판하고 1년 뒤 마틴 루서 킹 주니어 박사의 암살 두 달 후, 솔래너스는 예술가 앤디 워홀을 저격했고, 워홀은 겨우 목숨을 건졌다. (솔래너스는 자신의 연극을 제작하기 위해 앤디 워홀의 도움을 원했었다.) 프리단이 설립한 NOW의 핵심 구성원이자 금발의 전 공화당원 티그레이스 앳킨슨이 수감 중인 솔래너스를 면회했다. 앳킨슨은 재치 있는 흑인 변호사 플로린스 케네디를 고용해 솔래너스 재판을 맡겼는데, 이에 대해 프리단이 분노의 전보를 보냈다. "어떤 식으로든 당장 솔래너스에 관여하는 일을 중단할 것"[2] 앳킨슨과 케네디는 곧바로 NOW에서 탈퇴해 그들만의 급진주의 페미니스트 그룹 '더 페미니스트'를 결성했다.

이런 갈등은 전략과 전술을 둘러싼 오래된 의견 충돌을 드러냈다. '여성해방주의자들'은 법률에 호소하고 정책적 개혁을 추구해야 하는가, 아니면 거리로 나가야 하는가? NOW는 결혼, 낙태, 핵가족에 관한 공식 입장을 발표해야 하는가, 아니면 이와 같은 사회적 이슈에 침묵하면서 잠재적 불화를 피해야 하는가? 레즈비언은 여성해방운동의 일부인가? 페미니스트는 남성들과 어떤 관계를 맺어야 하는가? NOW는 앳킨슨과 케네디 같은 여성들이 만족할 만한 대답을 내놓지 않았다. 이 기구는 특히 레즈비어니즘에 관해 문제적이었다. 프리단은 한때 레즈비언을 '라벤더 위협'이라고 부르고 그들이 1969년 뉴욕시에서 열리고 NOW가 후원한 '제1차 여성단결대회'에 오지 못하도록 막았다. 슐라미스 파이어스톤, 엘런 윌리스, 캐시 사라차일드, 로빈 모건, 퍼트리샤 메이너디 등 급진주의 페미니스트들은 목표를 멀리 두었다. 이들은 정부와 법 제도에 협력하기보다 대항하기로 했다. 곧 뉴욕에 경쟁적인 급진주의 페미니스트 단체가 여러 개 생겨났다. 뉴욕에서 이제 막 여성해방운동을 시작한 열혈 여성이라면 레드스타킹, 더 페미니스트, 뉴욕래디컬페미니스트, 셀 16 중 한 곳을 선택할 수 있게 되었다. 이 단체 중 상당수가 1968년 사라차일드가 용어를 만든 '의식 고양 모임'을 실천했다. 역사학자 루스 로즌은 이 의식 고양 모임을 "소규모 그룹에 속한 여성들이 개인적인 삶에서 정치적인 면모를 탐색할 수 있게 해주는 과정"[3]으로 규정했고, "권력을 향해 진실 말하기"라고 불렀던 인권운동에서 빌려온 방법이라고 주장했다. (미시시피주 인권운동 조직가로 활동했던 사라차일드는 그때 이 조직화 전술을 접했다.) 의식 고양 모임은 자신의 일상을 말하면서("자신의 경험을 말해보세요, 자매.") 여성들이 어떻게 억압받아 왔는지를 깨닫게 해주었다. 이들은 모임 중에 의식의 스위치가 "딸깍" 켜지는 것을 경험하게 될 터였다.

급진주의 페미니스트들은 자유주의 페미니스트와 자신을 구별하면서 동시에 올슨처럼 노동계급 혁명과 자원 재분배가 성차별을 없애줄 거라고 믿는 정통 사회주의 페미니스트와도 갈라섰다. 급진주의 페미니스트는 젠더 억압을 자본주의보다 우선하는 개별 요소로 보았다. 물론 젠더 억압은 자본주의와 협력했다. 급진주의 페미니스트들도 젠더의 우선성과 여성운동의 필요에는 전부 동의했지만, 그 밖에 다른 중요한 문제들에 관해서는 의견이 나뉘었다. 누구는 의식 고양 모임의 가치를 믿었고 누구는 그것이 운동에 방해가 된다고 생각했다. 어떤 이는 결혼 제도가 적어도 혁명 이후까지 지속되어야 한다고 믿었지만, 어떤 이는 결혼 제도의 즉각 철폐를 주장했다. 또 페미니스트에게 정치적으로 일관된 성적 실천은 오직 레즈비어니즘 뿐이라고 믿는 이들도 있었다. 이렇게 지도부 체제, 직접 행동의 가치, 각계각층 출신의 무수한 구성원을 환영하는 그룹보다 전위적인 그룹이 더 효율적인가 등을 둘러싼 의견 충돌은 조직을 분열시켜 다른 그룹의 증식을 불러왔다. 역사학자 앨리스 에콜스의 말처럼 1970년에서 73년 사이 "여성운동은 엘리트주의, 계급, 레즈비어니즘 이슈를 둘러싼 강렬한 분파주의로 황폐해졌다."[4]

특히 레즈비어니즘 이슈에 관한 갈등이 뜨거웠다. 1970년 5월 1일 일단의 시위자들이 레즈비언 권리 문제를 제기하기 위해 프리단의 NOW가 주최한 뉴욕시 제2차 여성단결대회에 난입했다. 일부는 프리단이 한때 여성운동 내 레즈비언에게 던진 비방의 말이었던 '라벤더 위협'이라고 쓴 티셔츠를 입었다. 애초에 행동을 계획한 그룹은 핵심적 소수였지만 이들이 무대에 오르자 더 많은 이들이 시위에 가담했다. 그해 12월 글로리아 스타이넘을 포함한 탁월한 페미니스트 그룹이 여성해방과 동성애자 해방 모두 "공동의 목표를 향한 투쟁"[5]이라고 선언하는 기자회견을 열었지만, 많은 이들이 보기에 부적절하고 너무 늦은 선언이었다. 이 시점부터 많은 레즈비언이 운동을 떠났고, 여전히 동성애를 혐오했던 프리단은 계속해서 NOW 뉴욕 지부에서 레즈비언 회원을 추방했다. 역사학자 에콜스는 이 분열에 관해 쓴 자신의 글 챕터를 "차이의 폭발"[6]이라고 불렀다.

차이의 폭발은 불안정할 수 있지만 유익한 점도 있었다. 때로 폭발은 낡은 건물의 기초를 뒤흔든다. 낡은 구조를 파괴하고 새로운 것이 들어설 길을 열기도 한다.

정치적 자유주의의 명성에도 여전히 학계는 여러모로 보수적인 세계다. 옷차림까지 격식을 따질 만큼 위계질서는 이 분야의 법칙이다. 교과과정은 더디게 변하고 정전은 압력이 가해질 때만 겨우 변하고 확장된다. 이런 보수주의는 노년층에게 권능을 주고 청년층을 취약하게 만든다. 대학원생은 전통에 반하거나 급진적인 자신의 작업에 방해될 수 있는데도 우선 나이 많은 조언자를 만족시켜야 한다. 이런 요인이 모두 학계의 변화를 더디게 만든다.

그러나 1960년대 후반, 대학들은 강력한 변화의 압력에 시달렸다. 흑인 학생들은 아프리카계 미국인의 학업을 위해 움직였고, 어떤 그룹은 1969년 4월 코넬대학교에서 농성을 벌였다. 학생과 교수진 모두 학과 인력 채용과 강의 계획안에 여성의 비율을 늘려야 한다고 주장했다. (1971년 어느 대학의 영문학과 강사 보고에 따르면 현대 언어와 문학을 가르치는 교수진 가운데 여성은 10~11퍼센트였다.[7]) 1968년, "정치적으로 불안정한"[8] 연례 대회로 기억되는 어느 자리에서 문학과 언어(영어를 포함하되 여기에만 국한되지 않는) 분야의 대학원생과 교수, 학자들로 구성된 현대언어협회Modern Language Association, MLA가 '전문직 내 여성의 자리에 관한 위원회'를 설립하자는 결의안을 통과시켰다. (이 위원회가 케네디 대통령이 전국의 여성 지위에 관한 대통령 직속 위원회를 구성한 지 8년 후에 나타났다는 사실은 학계의 시간이 얼마나 지체되었는지를 보여준다.) 위원회는 1년 후 활동을 시작했다. 현대언어협회 회장 헨리 내시 스미스는 일곱 명의 여성을 위원으로 임명했는데(이제 '전문직 내 여성의 지위에 관한 위원회'로 이름이 바뀌었다) 이 중 "여성학계의 엘리자베스 케이디 스탠턴"[9]이라고 불리는 플로렌스 하우가 있었다. 스미스대학을 졸업한 하우는 가우처대학에서 학생들 덕분에 정치적으로 각성했고, 그 대학에서 1960년대 초반 조교수로 일했다. 그리고 남편 때문에 박사과정을 중퇴했다(당시에는 박사 학위가 없어도 조교수로 가르칠 수 있었다). 하우는 인권운동에 참가했다가 나중에 여성운동에 참여했다. 이런 사회운동 경험이 하우를 급진적으로 만들었다. 그는 "마침내 결혼 제도로부터 자유로워졌고 심지어 논문을 다시 쓰기 시작했다".[10]

하우는 인문학 분야에서 여성이 과소 대표되는 이유가 두 가지라고 믿었다. 첫째는 문학 강의 계획안에 따라 문학을 꾸준히 남성의 소명으로 제시해 왔기 때문이고, 둘째는 상급 과정으로 올라갈수록 여성의 존재가 감소하기 때문이었다. 하우의 집계에 의하면 1960년대 말 영어와 현대 언어를 공부하는 대학생 중 여성이 80퍼센트를 차지했지만, 박사과정에 지원하는 여성은 20퍼센트에 불과했다.[11] 박사과정에 들어가서도 눈앞의 길이 험하고 평평하지 않다는 것을 금세 깨달았다. 박사 학위를 소지한 여성 대다수가 학자가 되고자 했지만(여성 학자에 관한 어느 연구를 보면 박사 학위 취득 후 8, 9년이 지나 논문을 한 편 발표한 여성이 75퍼센트였고, 많이 발표하면 3, 4편이었다) 여성 박사과정 학생은 전문적인 학자가 될 생각이 없다는 인식이 여전했다. 그 결과 많은 여성이 종신직이 아닌 강사직으로 밀려났다. 박사 학위 소지 여성은 연구 중심 종합대학교보다 2년제나 4년제 단과대학이나 커뮤니티 칼리지에서 가르칠 확률이 훨씬 높았다. 결국, 여성 박사과정 학생들은 아홉 명 중 한 명이나 열명 중 한 명만이 여성 지도교수를 만날 가능성이 있었다.[12] 통계를 보면 여성들은 문학과 언어를 공부하면서 그 과목의 교수가 되고 싶은 마음을 갖더라도 도중에 낙담하고 경로를 바꾸거나 낙오되는 경우가 많았다. 미래 세대의 여성 학자들은 문학에서나 삶에서나 자기 앞에 가는 롤모델이 거의 없었다.

하우는 박사과정을 마치지 못했지만 계속해서 전공을 살려 나아갔다. 어떻게 보면 선견지명 덕분이었다(하우는 그런 범주가 생기기도 전에 '여성학'을 가르쳤다). 일찍이 급진적이 된 하우는 학계에 여성 작가와 학자, 편집자 비율을 늘리기로 마음먹었다. 여성 대학원생과 여성 작가의 처우를 바꾸고 싶었다. 그리고 줄곧 목소리를 내왔고 이제 새롭게 눈에 띄고 있는 틸리 올슨이 이 변화의 일부분이 될 것이다.

계절에 맞지 않게 포근했던 1971년 12월 말, 문학의 삶에서 제2의 기회를 맹렬히 붙들고 있던 올슨은 현대언어협회 연례회의에 참석하고자 시카고에 도착했다. 이 전문가 협회는 19세기 후반부터 며칠씩 모여 공개 토론회와 좌담회, 채용 면접을 진행해 왔다. (현대언어협회 연례회의는 오늘날까지 지속되고 있다.) 회의는 대학 대다수가 방학에 들어가 교수들이 자유롭게 여행할 수 있는 크리스마스와 새해 첫날 사이 사흘간 열렸다.

대개 학자들이 선점한 문학비평과 분석을 몹시 싫어했던 올슨이 어쩌다가 이 학회에 참석하게 되었을까?

1968년 신좌파(인권운동, 페미니즘, 반자본주의)의 정치적 관심사가 학계를 관통하기 시작하면서 올슨은 매사추세츠 서부의 작고, 전원 남성에 백인으로 구성된 교양대학 애머스트대학교에서 강사직을 제안받았다. 영문학과장 리오 막스는 좌파 성향의 하버드 졸업생으로(하버드에서 석사와 박사 학위를 모두 받았다) 동료 좌파이자 여성인 올슨이 대학을 쇄신해 학부생들이 변화하는 세계에 제대로 진입할 준비를 거들 수 있으리라 생각했다.

애머스트로부터 제안을 받았을 때 올슨은 두 번째 창작촌인 맥다월에 있었다. 뉴햄프셔에서 버스를 몇 번 갈아타고 대학에 면접을 보러 갔고, 면접 도중 주눅 들지 않고 도발적인 모습을 선보였다. 올슨은 교수들이 전형적인 정전에 의존해 가르친다고 비판했고, 학생들이 미국 문학 연구를 통해 미국의 불평등에 대해 배울 수 있으며, 반드시 배워야 한다고 주장했다. 올슨의 통렬한 비판은 일부 교수진의 반감을 샀지만 학과장 막스를 사로잡았고, 결국 막스는 남성 교수와 등등한 봉급을 약속한 뒤 운전사를 수소문해 올슨을 뉴햄프셔까지 데려다주게 했다. (1975~1976학년도 평균적인 남성 대학교수는 9개월 일하고 1만 7414달러를 벌었으나 평균적인 여성 대학교수는 같은 시간 일하고 1만 4308달러를 벌었다.[13]) 올슨은 1969년 가을 학기에 1년 계약 강사로 강의를 시작하자는 제안에 응했다.[14] 예기치 않았던 올슨의 두 번째 경력이 시작되었다.

그해 여름 올슨과 잭은 애머스트대학 영문과에서 두 블록 떨어진 스넬 스트리트의 커다란 집에 들어갔다. 널찍한 집의 월세는 220달러(오늘날 가치로 대략 1535달러)로 샌프란시스코 월세보다 비쌌다. 잭은 샌프란시스코 세인트 프랜시스 스퀘어의 성노동자들과 잡담하는 대신 아름다운 나무들과 터무니없을 정도로 아름다운 집들이 늘어선 애머스트 거리를 달리기로 했다.[15] 또 마운트 홀리오크 대학이 위치한 사우스 하들리에서 16킬로미터 정도 떨어진 치코피 타운에 사무실이 있는 『월 스트리트 저널』에 직장을 구했다. 한편 올슨은 평소 우상으로 여기는 톨스토이, 울프, 섹스턴 등의 초상화를 벽에 붙이고 연구소 시절 스완이 완성한 에밀리 디킨슨의 석판 초상화를 걸었다. 이렇게 올슨은 또 하나의 자기만의 방을 만들었다.

그 시절 어느 사진 속에서 온통 검은 옷을 입은 올슨이 책장에 팔꿈치를 괴고 양손을 앞으로 내린 채 디킨슨 초상화 앞에 서있다. 시인은 초상화와 같은 자세를 취했고 마치 뭔가를 교묘히 피한 듯 개구쟁이 같은 미소를 짓고 있다. 올슨은 자신의 영웅 디킨슨이 격리된 생활을 했던 타운에서 마법 같은 삶을 살게 되었다는 사실에 고

무되었다. 그해 올슨은 학생들과 함께 박물관이 된 디킨슨의 집으로 답사 여행을 떠났고, 시인이 유령처럼 존재하는 그곳에서 울었다. 디킨슨의 집 문턱을 넘기도 전에 올슨은 타운과 타운의 역사에 감동했다. 어쩌면 애머스트에서 새로운 일을 성취할 수 있을지도 몰랐다.

애머스트대학교에서 올슨은 문학 강의를 두 개 맡았는데, 하나는 스스로 '빈곤 문학'(작가가 목격한 것이든 경험한 것이든 빈곤에 관해 쓴 작품)이라고 생각했던 것에 관한 강의였고 또 하나는 『하퍼스』에 발표한 원고 「침묵」을 바탕으로 한 "쓰려는 투쟁"이라고 부른 강의였다.[16] (강의안에 이 원고에서 언급했던 제임스, 하디, 콘래드 등의 몇몇 작가가 포함되었다.) 학생들은 특히 올슨의 빈곤 문학 강의에 관심을 보였는데, 정작 올슨은 전국에서 경제적으로 가장 큰 특권을 누리는 학생들에게 불평등에 관한 문학을 가르치는 게 어쩐지 이상하다고 생각했다. 올슨의 딸 줄리의 기억에 의하면 올슨은 처음으로 학계를 경험하면서 급진주의자가 되었다. 애머스트 강사 경험이 "계급 차이를 더욱 강력하게 이해하게 했다. 어머니는 곳곳에 산재한 비상근 교수와 전임 교수의 차이, 남성 교수와 소수 여성 교수와의 차이에 경악했다."[17] 올슨이 애머스트 학생과 교수들이 입은 좋은 재킷이나 멋진 블라우스를 시샘했던 것은 아니었다. 실제로 올슨은 학생들과 다정한 관계를 맺었고, 학생들도 읽기와 쓰기가 중요하다는 올슨의 열렬한 신념에 강사의 산만한 성격을 너그럽게 보아 넘겼다. 올슨은 이렇게 말하기도 했다. "특권에는 잘못이 없다, 누구나 그 특권을 가지지 않은 게 잘못일 뿐."[18]

올슨의 강의는 절충주의와 여성, 노동계급, 유색인 작가들을 대표했다는 점에서 혁명적이었다. 이게 올슨 강의의 결정적 특징이었다. "빈곤, 억압, 혁명, 자유를 향한 투쟁의 문학"[19]이라는 제목의 강의에는 W.E.B. 듀보이스의 『흑인의 영혼』*Souls of Black Folk*, 리처드 라이트의

『흑인 소년』*Black Boy*, 제임스 에이지의『이제 유명한 남자들을 칭송하게 하소서』*Let Us Now Praise Famous Men*, 애그니스 스메들리의『대지의 딸』*Daughter of Earth*이 포함되었다. 올슨의 강의가 학생들에게 인기 있었던 이유는 강의 자체가 격동기에 호소했기 때문이었고(학생들은 그 강의를 신청한 이유로 1970년 5월 발생한 켄트주립대 총격 사건과 반전 시위를 언급했다) 또 부분적으로는 주류에서 벗어난 새로운 작가들을 소개했기 때문이었다. 올슨의 강의는 학생들의 독서를 다양화했다.

교수들과 학자들도 올슨을 칭찬했다. 활동가이자 학자였던 폴 라우터는 교수들이 올슨의 "영향력 있는"[20] 빈곤 강좌를 더 나은 대학을 만들기 위한 비밀 청사진처럼 여겼다고 술회했다. 라우터와 그의 아내였던 다름 아닌 플로렌스 하우도 올슨을 존경하게 되었다. 부부는 올슨이 애머스트대학에서 강의를 시작하기 전 뉴욕시의 한 아파트 건물 로비에서 만났다. 당시 올슨은 건강 문제로 뉴욕에 와있었는데, 서로 아는 지인이 그 만남을 주선했다. 올슨은 라우터와 하우 부부에게 리베카 하딩 데이비스의『제철소에서의 삶』을 한 권 건넸다. 올슨은 밤에 자려면 반드시 낮에 읽어야 하는 소설이라고 말했다. 두 사람 다 데이비스의 작품에 무척 감동받았고 이 책이 절판되었다는 사실을 믿을 수 없었다.『제철소에서의 삶』은 과거 문학 가운데 여성이 쓴 중요하고도 인상적인 작품이 꽤 많지 않을까 하는 올슨의 의심이 정확했음을 증명했다.

여성과 유색인 작가로 구성된 올슨의 강의안은 정전을 바꾸고 그리하여 학과 교실의 구성 자체를 바꾸게 될 것이다. 하우는 학부 시절 영어를 전공한 여성 수에 비해 박사과정을 밟은 여성이 소수인 이유 중 한 가지가 독서 목록에서 여성이 재현되는 모습을 보지 못했기 때문이라고 믿었다. 이들이 만나는 여성 인물은 경멸당하거나 성적인 특징이 도드라졌다. 당시 더글러스대학 교수였던(번팅이 학장으로 있었던 학교다) 학자이자 평론가 일레인 쇼월터도 하우의 생각에 동의했다. 1970년 뉴욕에서 열린 현대언어협회 총회에서 쇼월터는 "여성과 문학 커리큘럼"(훗날 『대학 영어』*College English*에 수록된다)이라는 제목의 연설을 했다. 쇼월터는 브린모어대학 시절을 떠올리며 2학년부터 4학년까지 21개의 영문과 강의[21]에서 남성 작가 313명을 만나는 것에 비해 여성 작가는 겨우 17명을 만난다고 주장했다. 이디스 워튼과 크리스티나 로세티 같은 작가는 어디서도 발견할 수 없었다. 이런 비율은 장차 학자가 되고 싶은 여성에게 파괴적인 영향을 미친다고 쇼월터는 주장했다. "그리하여 여학생은 문학이 (…) 사회의 모든 것이 남성의 시각이 정상이고 여성의 시각은 정상에서 벗어났다고 말하는 바가 사실임을 확인해 준다고 생각할 것이다." 여성은 소수, 남성은 다수였다. 강의실은 남성 작가와 남성 교수로 가득한 남성의 공간이었다. 그리하여 여학생은 자신과 남성을 동일시하고, 자신의 경험과 인식을 믿지 말라고 요구당한다. 쇼월터는 물었다. "여학생들에게 '스스로 생각하라'고 가르치는데 그들은 왜 그렇게 자주 소심해지고, 조심스러워지고, 불안정해할까요?"[22]

쇼월터의 해결책은 간단했다. 여성이 쓴 문학을 가르쳐라. 더글러스대학에서 쇼월터는 신입생을 대상으로 "문학계의 교육받은 여성"이라는 제목의 강의를 했다. 더글러스대 학생은 여성 작가의 작품을 읽었을 뿐만 아니라 읽은 것들을 자신의 논리적·사회적 발달과 연관시켰다. 쇼월터는 자신의 강의를 일종의 의식 고양 모임으로 여겼다. 하우 역시 가우처대학에서 같은 일을 했다. 그는 여학생들에게 소설 속 여성들과 동일시하고 마치 의도하지 않은 임신이나 까다로운 남편을 만난 것처럼 문학적 딜레마에 반응해 보라고 했다. 하우의 강의에 관해서는 자신이 문학이 아닌 "의식"[23]을 가르치고 있다고 주장한 『크로니컬 오브 하이어 에듀케이션』 1면에 잘 나타나 있다.

이런 형식의 수업이 정말로 급진적이었던 것은 명백히 정치적인 면 때문이기도 했지만 1950년대 이후로 대학 영문과를 지배했던 I.A. 리처즈가 개척한 독서법이자 교수법인 신비평의 중심 원리를 일부 흔들었기 때문이기도 했다. 리처즈는 섹스턴에게 소네트에 관해 가르쳐 주었던 텔레비전 프로그램의 진행자였다. 신비평가들은 텍스트를 세계와 별개로 논리 정연한 예술작품으로 보았다. 학생이나 학자는 작가의 생애나 역사에 의존하지 않고 텍스트를 분석해야 했다. 신비평가들은 텍스트의 가치를 이성적으로 평가하는 게 최우선이므로 절대 감정적 반응을 허락할 수 없다고 주장했다. 이 과학적인 기법은 냉전 시대 대학교에 완벽하게 들어맞았다. 그러나 하우와 쇼월터는 학생들에게 감정적으로 반응하고, 이런 반응을 진지하게 받아들이도록, 그리하여 예술작품과 일반 세계 사이의 장벽을 무너뜨리도록 독려했다. 이들은 삶의 경험이 문학의 가치를 은유와 환유의 날카로운 이해로 평가하는 훌륭한 바탕이 된다고 믿었다. 다시 말해 이들은 문학이 삶에 영향을 준다고 생각했다.

올슨도 동의했다.

12월의 포근했던 날, 올슨은 현대언어협회 총회에서 "우리 세기 여성 작가들: 열두 명당 한 명"이라는 제목의 연설을 했다. 이 연설은 훗날 『대학 영어』에 수록되었다. "열두 명당 한 명"에서 올슨은 1963년 래드클리프 세미나 발표의 중심 주제(불평등한 환경, 글쓰기의 상실, 개인적·직업적 분투)를 동시대 정치와 연관시켰다. "우리 성별의 글쓰기와 작가에 관해 (…) 새로운 관심을 불러일으키고 오늘의 공개 토론을 불러온 것은 바로 여성운동 덕분입니다."[24] 올슨은 이렇게 연설을 시작했다. 하우와 쇼월터처럼 올슨도 대학 영어 관련 강의의 여성 수를 나름대로(비과학적이기는 하지만) 세어보았고, 대략 남성 작가 열두 명당 여성 작가가 한 명이라는 사실을 발견했다.

이 성취와 인정의 차이는 무엇으로 설명할 수 있을까? 예상대로 올슨은 여성의 역사적 불리함, 특히 육아의 부담이 문학 생산을 방해하거나 문학적 명성이 아예 시작되지도 못하게 막았다고 주장했다. 비평가 다이애나 트릴링(남성과 여성 간의 성취 격차는 생물학적 차이를 나타낸다고 믿었다)이나 엘리자베스 하드윅(여성 예술가가 남성 예술가보다 더, 혹은 다른 어려움을 겪는다는 생각을 인정하지 않았다) 같은 저명한 동시대 여성 작가에 맞서 올슨은 한 사람이 어느 환경에 태어나느냐에 따라 그 운명이 결정되는 부당함과 억압에 대해 목소리를 높였다. 올슨은 울프를 넌지시 언급하며 "집 안의 천사"(이상적으로 보살피는 여성)가 어떻게 여성 안의 창조적 야망을 좌절시키는가를 논의했다. 누구나 그 천사를 죽일 수 있는 것은 아니었다. 어떤 여성은 결국 자신을 죽였다.

다시 말해 곳곳에 억압이 있었다. 이 세계에도, 마음속에도. 심지어 특권계층으로 태어난 여성도 성차별주의에 맞서 분투했다. "그들도 고립되어 있습니다. 답답하게, 좁은 곳에 갇혀, 사적 영역에 감금 상태입니다. 코르셋을 입고, 과잉보호를 받으며, 화려하게 장식된 채, 자신의 몸을 부정당한 상태로 발이 묶여있습니다. 무기력합니다. 강간과 남성의 힘에 대한 공포가 있습니다. 닥쳐, 넌 계집애잖아…… 온갖 역할들이 불연속하게 이어지고, 자아도 시간도 토막이 납니다."[25] 올슨은 "오직 이런 환경과 역사의 징벌적 차이를 통해서만" 왜 문학적 인정을 성취한 여성이 "남성 열두 명당 한 명"일 뿐인지 이해할 수 있다고 했다. 그는 연설 내내 "열두 명당 한 명"이라는 통계를 애도의 주문처럼 반복했고, 그 연설은 마치 만가처럼 들렸다.

올슨이 제안한 해결책은 단순하면서도 혁명적이었다. "가르치는 여러분부터 여성 작가를 읽으세요."[26] 그는 청중에게 도전했다. 특히 전기적 비평을 권장했다. "여성의 책만이 아니라 그 책을 쓴 여성의 삶을 통해 여성의 삶에 대해 가르치세요. 또 자서전, 전기, 일기, 편지를 통해서도 가르치세요." 올슨은 또 자신을 포함한 "살아있는 여성 작가들"도 읽고 그들의 말에 귀를 기울여 달라고 했다.

그들은 정말로 귀를 기울였다. 그 연설을 통해 올슨은 학계에서도 명성을 쌓았는데, 전례 없는 주장이어서가 아니라(1970년 총회에서 쇼월터도 비슷한 주장을 했다) 시기적절하고 정열적이며 강력한 주장이었기 때문이다. 더욱이 올슨 자신이 그동안 과소 대표되었던 여성 작가이자 노동계급 작가의 산 예시였다. 여전히 개인적인 것은 정치적이었고, 다른 학자들과 달리 올슨은 스스로 살아오며 분투한 이야기를 할 수 있었다. 그날 저녁 공개 토론을 마친 후 참석자들은 올슨의 호텔 방에 몰려가 교과과정과 교수진을 다양화할 방도를 논의했다. 그들은 목마른 나그네가 물에 끌리듯 지칠 줄 모르고 열정적인 올슨에게 끌렸고, 올슨은 그들에게 전국의 대학 교육자로서 독립적인 여정을 이어갈 용기와 힘을 주었다.

이후 몇 년 동안 올슨도 여행을 시작했다. 계약됐던 강의 기간이 끝나고 몇 달 후인 1970년 8월, 올슨과 잭은 버몬트의 퍼트니산 정상에 올랐다. 당시 교육학을 공부하고 있었던 로리가 그 산에서 결혼식을 올렸다. 올슨은 사랑을 사랑했지만,[27] 지나치게 형식적인 결혼식에 많은 돈을 쓰는 문화는 싫어했기에 기쁜 마음으로 로리의 검소하고 보헤미안적인 결혼식을 다룬 신문 기사 스크랩을 래드클리프 연구소에 보냈다. 이어지는 몇 달, 몇 년 동안 올슨은 각종 연설 일정, 맥다월 창작촌의 지원, 매사추세츠대학교 애머스트 캠퍼스와 MIT의 단기 강사직 등을 받아들였다. 또 뉴욕, 네브래스카, 뉴햄프셔, 메릴랜드 등 광범위한 지역에서 강연회와 낭독회를 열었다. 나중에는 중국과 영국, 이탈리아까지 갔다. 올슨은 어디에 있든 어떤 텍스트를 낭독하든 1971년 현대언어협회 총회 때의 그 기억할 만한 메시지를 전달했다. "문학의 위대함은 위대하고 훌륭한 작가들에게만 달린 게 아니라, 많은 것을 설명하고 말하는 것에도 달렸다. 그게 위대한 작가들이 싹트는 토양이다."[28] 올슨은 전국의 토양에 여성 학문의 씨앗을 심은 것이다. 추종자들은 올슨을 "사과 씨앗 틸리"[29]라고 부르기 시작했다.

1978년, 올슨은 『침묵』*Silence*을 출간했다. 책에는 1971년 현대언어협회 총회 연설을 개정한 「열두 명당 한 명」, 『하퍼스』에 발표한 「침묵」, 대학에서 가르쳤던 읽기 목록, 그리고 기타 다양한 글과 '메모들'이 수록되었다. 온갖 것이 담긴 일종의 스크랩북 같은 책으로 에세이들의 주제와 목소리는 연결되어 있지만, 책의 전체 구조나 모든 것을 망라하는 주장은 없다. 어떻게 보면 그게 바로 요점이었다. 올슨은 글 쓰는 삶이 버스 안에서, 다림질하기 전에, 단속적으로 일어난다면 어떤 모습이 될지 보여주고자 했다. 『침묵』에 담긴 상당수 원고가 이미 발표된 것들이었지만, 올슨은 다시 한번 뭐라도 출간해야 했고, 새로운 출판을 위해 지난 과거의 작업에 의존했다.

놀랍게도 『침묵』은 성공했다. 마르크스주의 비평과 페미니즘 비평이 학계를 잠식해 들어온 1970년대 말은 불평등이 어떻게 문학의 정전을 형성했는지 보여주었던 올슨의 주장과 딱 맞아떨어졌다. 작가 마거릿 애트우드가 『뉴욕 타임스 북 리뷰』에서 이 책을 칭찬했다. "천재에게 다락방이 좋고 예술가는 천국에서 만들어지며, 신이 그들을 보살필 거라는 믿음이 위안을 줄 수도 있다. 그러나 틸리 올슨처럼 작가는 지상에서 길러지고, 누구도 반드시 그들을 보살피지는 않는다고 믿는다면, 사회는 문학의 길에서 무엇을 생산하고 무엇을 생산하지 못하는가에 관한 책임을 면할 수 없다."[30] 젊은 작가 샌드라

시스네로스는 『침묵』을 "성경"이라고 불렀다. 이 책은 대학 교과과정에 포함되었고 수십 년 동안 대학 강의실에서 쓰였다. (지금은 그 빈도가 줄어들었다.) 학자 셸리 피셔 피시킨이 25주년 기념판 서문에 썼듯이 『침묵』은 우리 학계가 읽고, 쓰고, 중시하는 대상을 바꾸었고 더불어 현재의 문학적·사회적·경제적·정치적 침묵과 미래의 잠재적 침묵의 원인을 더 많이 이해할 수 있게 해주었다."[31]

이는 올슨이 상상했던 삶이나 경력이 아니었다. 샌프란시스코 파업을 다루었던 젊은 열혈 작가 시절에도, 오직 책 한 권으로 무장한 중년 여성으로 래드클리프로 처음 출발했을 때도 이런 미래는 상상하지 못했다. 올슨은 강의를 하던 때도 여전히 장편소설을 쓰고 싶어 했고, 창작 지원금에 계속 지원했다. 또한 와이오밍 광산촌의 노동계급 투쟁에 관해 1930년대에 썼던 원고를 포함해 오래전 소설을 계속 고쳤다. 이 원고는 1974년 『요논디오: 30년대로부터』*Yonnondio: From the Thirties*라는 책으로 출간되었다. 또 중편소설 『레쿠아』*Requa*를 출간했고, 이후 원래 서사가 불완전했음을 말하듯 『레쿠아 I』을 출간했다. 그러나 그는 대부분 시간을 글쓰기가 아닌 강연과 강의로 보냈다. 페미니즘 비평이 학계를 휩쓸던 시대에 존경받는 페미니스트 학자이자 비평가가 되었다. 그러나 이런 면을 올슨의 가족이 늘 편안하게 받아들였던 것은 아니었고, 여행을 못 하는 올슨에게도 역시 편안하지만은 않았다. "엄마는 아이들 곁에 있지 않았어요……자주 나갔어요."[32] 줄리는 기억했다. 잭 역시 아내의 부재를 아쉬워했다. 그러나 줄리처럼 잭 역시 스스로 지식인의 명성을 쌓아가고 마침내 받을 만한 인정을 받는 올슨을 "빌어먹게 자랑스러워"[33]했다.

17장
창조성의 샘

올슨은 '동등한 우리' 다섯 명 가운데 의식도 활동도 가장 정치적이었다. 사는 동안 가장 성공하지도 않았고 가장 다정하지도 않았으며 가장 재능이 있었다고도 말할 수 없다. 그러나 다른 네 여성과는 다르게 세상을 보았다. 그는 창조성이란 물질적인 환경에서 생겨나고, 권력은 취약 계층을 향해 행사되며, 가장 중요하게는 계급과 젠더와 인종이 교차한다고 보았다. 다른 네 명도 각자 정치적 통찰력을 보여주었지만(특히 남편과 함께 브루클린 자택 거실에서 '베트남전쟁 종식을 위한 모라토리엄' 계획을 도왔던 피네다[1]) 누구도 올슨에 견줄 수는 없었다.

올슨은 래드클리프 연구소의 백인성에 실망한 게 분명했다. '동등한 우리' 가운데 일부도 역시 연구소의 인종 문제를 알아챘을 가능성이 있다. 피네다는 인권운동에 마음을 썼고, 쿠민도 몇 년 뒤 공적으로나 사적으로나 유색인 작가들을 지지했다. 그러나 올슨은 자신의 주장을 분명하게 기록으로 남겼다. 연구소 1기생 중 유색인 여성은 한 명도 없었다. 물질적인 환경과 마찬가지로 인종은 연구소 선정위원회의 고려사항이 아니었고 연구소의 출범을 축하하는 언론 보도 가운데 아무데서도 인종 구성을 언급하지 않았다. 또한 여성의 창조성을 촉진하기 위한 계획 중 중대한 부분을 차지하는 래드클리프의 관대한 지원금이 백인 여성에게 주어졌다가 다시 그 장학생이 일할 수 있도록 육아와 가사노동을 맡아주는 유색인 여성에게 간다는 사실을 언급하는 사람도 없었다.

올슨은 1964년 연구소 두 번째 세미나 발표 때 인종차별에 관해 다루고자 했지만, 결국 그 주제를 빙 둘러서 말할 수밖에 없었다. 그는 샌프란시스코에 살던 시간과 비교해 자신은 "내가 아는 거의 모든 이들이 존경받는 전문 직종에서 일하는 전원 백인인 공동체"[2]에 살고 있다고 지적했다. 나아가 연구소를 "게토"로 칭했으며, 장학생들은 "자신 밖으로 벗어나는" 게 좋을 것이라고 주장했다. 그러나 올슨의 비평이 특별히 명징하거나 강력하지는 않았다. 자신이 무례하거나 연구소에 별로 고마워하지 않는 것처럼 보일까 봐 걱정했을지도 모른다. 연구소는 올슨에게 다른 장학생들보다 훨씬 더 많은 것을 주었기에 그는 비판하기 전에 망설였을 것이다. 어쩌면 성격상 수줍음이 많고 준비가 부족했을 수도 있다.

다행히 다른 이들이 더 크게 목소리를 냈다. 1968년 12월 10일, 래드클리프의 흑인 여성 학부생 스물네 명이 페이 하우스를 점거했다. 페이 하우스는 번팅의 사무실이 있는 곳이자 8년 전 섹스턴과 쿠민, 스완이 독립연구소 입학을 위해 면접을 봤던 곳이었다. 이 학부생들은 입학 제도의 개선을 요구했다. 1955년부터 1964년까지 이 대학의 흑인 비율은 졸업 학년 300명 중 대략 한 명꼴이었다. 이들은 인종 대표를 늘리고, 흑인 입학 담당관을 지정하고, 흑인 학생을 통합 입학시키기를 원했다. "래드클리프는 지금 당장 노력하라!" 그들은 피켓도 만들었다. 대학은 곧바로 반응했다. 이듬해 서른 명의 흑인이 입학했고 이는 최고 기록이었다.

1971년, 1975년도 졸업반이 입학했을 때 대학의 흑인 학생 비율은 8.68퍼센트까지 올라갔다(1968년 흑인 학생은 전체 학부생의 4.24퍼센트였다).[3] 과거와 현재의 활동가 모두 이 승리를 축하했지만, 학생 활동가들은 계속해서 변화를 촉구했다. 1969년 4월, 하버드와 래드클리프 학생들은 유니버시티 홀을 점거하고 대학 측은 학생들의 도움을 받아 아프리카계 미국인 학과를 위한 교수진을 채용할 것을 촉구했다. 이들이 최종적으로 추구한 목표는 래드클리프와 하버드 모두에서 흑인 학생 비례대표가 균형을 이루는 것이었다.

대학과 보조를 맞춰 래드클리프 연구소도 준장학생 집단을 다양화했다. 그동안 흑인 여성의 입학이 공식적으로 금지된 적은 없었지만, 그들을 채용하거나 입학시키자는 협의의 노력을 기울인 적도 없었다. 그랬던 것이 1960년대 하반기에 변화를 맞았다. 1966년 랭스턴 휴스의 시를 개작해 무대에 올린 적 있는 흑인 극작가이자 소설가 앨리스 차일드레스가 연구소에 입학했다. 래드클리프에서 보낸 2년 동안 차일드레스는 제1차 세계대전 말기에 사우스캐롤라이나 찰스턴에서 금지되었던 인종 간 연애를 그린 희곡「결혼반지: 흑인과 백인의 사랑/증오 이야기」를 썼다. 1970년 연구소는 적어도 한 명의 흑인 여성을 입학시켰는데, 환경 심리학자 플로렌스 래드였다. 이듬해 연구소는 앨리스 워커라는 이름의 스물일곱 살 작가 겸 교사에게 지원금을 수여했다.[4] 워커는 1971년 가을부터 1973년 봄까지 연구소에서 지내게 된다.

앨리스 워커가 연구소에 온 이유는 다양했지만, 큰 이유 하나는 인권변호사 남편 멜 레번솔과 어린 딸과 함께 살았던 미시시피 잭슨에서 멀어지기 위해서였다. 워커는 그곳에서는 글을 쓰기가 어렵다고 판단했다. 워커의 글쓰기 경력은 1967년『아메리칸 스콜라』가을호에 인권운동에 관한 에세이를 발표하면서부터 시작되었다. 같은해 워커는 맥다월 창작촌에서 2년간의 지원금 중 첫 번째 지원금을 받았다. 그리고 얼마 지나지 않은 1968년에 첫 책이 나왔다. 첫 시집 『한번』*Once*에 수록된 많은 시는 워커가 세라 로런스 대학에 다닐 때 쓴 것들이었다. 그 전에는 스펠먼대학에 다녔는데 거기서 하워드 진과 함께 공부했다. 대학 졸업 후 뉴욕시에 살면서 쓰기 시작한『그레인지 코플런드의 세 번째 인생』*The Third Life of Grange Copeland*은 백인의 억압이 어떻게 흑인 사회의 가정 폭력을 일으키는가를 묘사한다. 이 책은 1970년에 출간되어 다양한 평가를 받는데, 이중 인종차별적 평가도 있었다.

이 경력이 미시시피에서 중단되었다. 워커는 흑인, 남편 레번솔은 백인이었고 둘 다 인권 투쟁에 헌신했지만 워커는 미시시피에서 맞닥뜨린 폭력의 위협과 협박으로 더 고통받았다. 첫 소설『그레인지 코플런드의 세 번째 인생』출간 인터뷰에서 워커는 "잭슨은 매우 위협적인 곳이다. 적대적인 사회에서 살면 창조성이 말라붙을 수도 있다"[5]라고 말했다.

워커는 장편소설이 출간된 직후인 1970년 가을, 래드클리프 연구소에 지원했다. 지원서에 동아프리카로 여행을 떠났다가 한 남성과 사랑에 빠진, 스펠먼대학 같은 흑인 대학에 다니는 젊은 흑인 여성에 관한 장편소설을 쓰겠다는 계획안을 제출했다(워커도 학부 시절 케냐를 방문했다). 그는 그 소설을 "연인이 남성이면서 동시에 대륙이기도 한 사랑 이야기"[6]라고 설명했다. 이듬해 3월 워커는 지원금 5000달러를 받게 되는데, 그중 상당량을 아직 두 살이 안 된 딸 리베카와 래드클리프 쿼드랭글 근처 리네언 스트리트의 아파트로 이사하고 집세와 보육비를 감당하는 데 썼다.[7] 엄마 역할의 의무로부터 완전히 자유롭지는 못했지만, 래드클리프 지원금 덕분에 글을 쓰기 위한 보다 평온한 환경을 마련할 수 있었다. 케임브리지라면 창문을 뚫고 벽돌이 날아올까 봐 두려움에 떨며 창쪽을 살피지 않아도 될 것이다. 대신 언어와 문학사와 씨름하게 될 것이다.

그러나 막상 래드클리프에 와 보니 케임브리지에서도 글쓰기가 어렵다는 사실을 깨달았다. 첫해는 질병과(워커와 리베카 모두 독감을 앓았다) 글쓰기를 향한 좌절감으로 얼룩졌다. 워커는 두 번째 장편소설을 끝내기 위해 두 번째 연구년을 신청하며 "새로워진 장학 프로그램이 요원했던 자유와 가능성의 감각을 안겨줄 것이다"[8]라고 설명했다. 한편 워커는 웰즐리대학에서 흑인 여성 작가에 관한 강의를 했다. 그는 한 인터뷰에서 이렇게 말하기도 했다. "가족이 없으면 종종 외롭지만, 집약적인 시간에 더 많은 일을 할 수 있다."[9]

워커의 연구소 생활은 흑인 페미니스트들의 끈기 있는 힘과 새로운 가시성을 예고했다. 흑인 페미니즘이 1970년대에 시작된 것은 아니었다. 흑인 여성 조직화의 역사는 유구하며, 노예제 폐지 운동과 길었던 인권운동 와중에 점점 가시화되었다. 1970년대 흑인 여성이 주류의 주목을 받았다고 해서 반드시 이 시기에 흑인 페미니즘이 시작되었다는 뜻은 아니다.

　인종과 대표성에 관한 질문은 페미니스트 조직뿐만 아니라 정부와 교육기관의 관심을 끌었다. 워커가 연구소에 입학했을 무렵 여성운동 안에 인종을 둘러싼 분열이 일어나고 있었다. "수많은 흑인에게 여성운동의 부상은 이보다 더 시기 부적절하고 생뚱맞았다."[10] 역사학자 폴라 기딩스의 말이다. 기딩스의 책 『나는 언제 어디로 들어가는가』When and Where I Enter는 미국 흑인 여성운동의 역사를 추적한다. 1960년대 성차별과 임금 불평등 문제가 처음 전국적인 이슈로 떠올랐을 때 (『여성성의 신화』가 묘사한 여성들과 달리 오래전부터 집 밖에서 일해온) 흑인 여성들은 백인 여성이 버는 돈의 절반 조금 넘게 벌었다(전업 고용의 경우). 프리단이 교외 지역의 가정중심주의에 대항하는 논쟁적 책을 출간했을 때, 수많은 흑인 여성이 별로 감동하지 않았다. 이들은 그 문제를 인정할 수 없었고(프리단의 글이

"다른 행성에서 온 것 같았다"라고 기딩스는 말한다) 물질적인 문제가 훨씬 더 다급한 상황에서 개인의 성취가 부족하다는 점에 신경 쓰기는 어려웠다. 그렇다고 유색인 여성이 여성운동 초기에 전혀 관심을 보이지 않았다는 말은 아니다. 프리단의 친구였던 폴리 머리, 노조 조직가 에일린 허낸데즈, 정치인 셜리 치점은 모두 NOW의 창립 회원들이지만, 그중 많은 이가 백인 '자매들'을 회의적으로, 심지어 의심스럽게 바라보았다. "흑인 여성들이 여성해방론자들을 어떻게 생각하냐고요? 불신하죠."[11] 1971년 소설가 토니 모리슨은 결론 지었다. "흑인 여성들은 여성해방론자들이 흑인의 최대 이익에 복무한다거나 흑인 여성만의 고유한 경험에 대처할 수 있으리라 확신하지 않는다." 1971년 5월, 시인 니키 조반니가 여성해방운동을 어떻게 생각하느냐고 물었을 때, 전직 『에센스』 편집장 아이다 루이스는 "백인 여성과 백인 남성 사이 집안싸움이다. 대체로 가족 간 분쟁에는 끼어들지 않는 게 좋다"[12]라고 말했다.

그럼에도 흑인 여성들은 1960년대와 1970년대 내내 백인 여성들과 나란히, 가까이서 움직였다. 갈등은 피할 수 없었다. 1970년 8월 26일, 제3세계여성연맹TWWA*이 여성참정권 운동 50주년 기념으로 열린 뉴욕시 여성해방일 행진에 참가했을 때 상징적인 갈등의 순간이 찾아왔다. 이 그룹은 이날의 행진을 이용해 감옥 봉기를 지원했다는 이유로 체포를 피해 은신 중인 급진주의 흑인 활동가 앤절라 데이비스의 기소에 항의하고자 했다. TWWA 회원들은 "앤절라 데이비스에게서 손을 떼라"라고 쓴 깃발을 들었다. TWWA의 리더 프랜시스 빌에 의하면 당시 프리단이 설립한 NOW의 어느 리더가 분

• Third World Women's Alliance의 약어. 유색인 여성을 위한 사회주의 페미니스트 조직이었다.

노하며 "앤절라 데이비스는 여성해방과 아무런 상관이 없다"[13]라고 말했다. 이에 빌은 "당신이 말하는 해방과는 아무 상관이 없지만, 우리가 말하는 해방과는 완전히 상관이 있다"라고 대답했다.

흑인 여성들은 여성운동에도 적극적이었을 뿐만 아니라 계속해서 인권운동에 뛰어들었고, 1960년대 말과 1970년대에는 흑인자결권을 주장했던 흑표당이 이끈 흑인해방운동에도 나섰다. 이 시기 흑인 여성의 조직화는 가장 중요하게는 부담스러운 규정에 얽매이지 않고도 국가 복지 프로그램의 혜택을 받을 권리를 위한 운동이었고, 기나긴 흑인 여성운동의 역사 속에서 하나의 챕터에 불과했다. 흑인 여성운동은 1890년대의 린치를 기록한 아이다 B. 웰스로 거슬러 올라가 각각 1940년대와 1950년대에 활동했던 인권운동가 엘라 베이커와 NACW* 수장 메리 매클라우드 베순을 망라한다. 활동가로서 앨리스 워커는 흑인 여성 운동가들의 기나긴 전통의 일부였다.

그러나 1970년대에 접어들면서 흑인 여성들은 젠더 정치에 관해 속박 상태에 있음을 깨달았다. 백인 여성들이 여성해방운동에 착수하기 위해 인권운동을 떠나는 사이 흑인 여성들은 흑인해방운동에 헌신할 것과, 운동 내부와 일반 세계 모두에서 젠더평등을 이루고자 하는 욕구 사이에서 갈라졌다. 백인 남성을 억압자로 악마화한 일부 백인 또래와 달리 흑인 여성들은 흑인 남성에게 분개하지 않았고 오히려 그들의 권능을 희망했다. 또 피임 운동이 역사적으로 우생학과 겹쳐졌던 것을 고려하면 흑인 여성들은 낙태에 관해 백인 여성들과 똑같이 느낄 수 없었다. 최초의 피임클리닉을 설립한 마거릿 생어는 다소 우생학적 견해를 보였다. 노예와 자유민 모두 흑인 여성은 불

---

* National Association of Colored Women의 약어로 전국유색인여성협회로 옮길 수 있다.

임수술과 낙태를 강제당했다. 또 흑인 여성은 순종과 여성성, 다산을 가르쳤던 이마무 아미리 바라카처럼 두드러진 흑인 남성들이 전하는 칙령에도 분노했다. 기딩스가 말하듯 일부 블랙파워 지도자들이 제 갈 길을 가는 동안 흑인 여성은 "정치적으로 맨발이었고 글자 그대로 임신한 상태"[14]였다. 흑인 여성에겐 그들의 지위를 옹호할 수 있는 그들만의 기관과 선언이 필요했다.

1970년, 흑인 작가 토니 케이드(훗날 토니 케이드 밤바라)가 『흑인 여성』*The Black Woman*이라는 앤솔러지를 출간했다. 흑인 여성의 시와 소설, 에세이를 모은 이 앤솔러지는 이 시기 해방운동 안에서 흑인 여성이 담당할 수 있는 역할을 묘사하고 잘 설명했다. 「역할 문제에 관하여」라는 글에서 케이드는 대체로 "역할상 성 차이는 정치의식에 방해가 되며" 혁명적인 개인은 반드시 "총체적 자율권"을 가져야 한다고 주장했다.[15] 이 선집에 수록한 에세이에서 프랜시스 빌은 흑인 여성들이 직면한 독특하면서도 서로 얽혀있는 억압을 분명하게 표현하고 "이중 위험"[16]이라고 불렀다(미완성 상태의 교차성 이론이었다). 워커는 이 책에 종교와 종교가 권장하는 억압을 비판한 단편소설 「한 아프리카 수녀의 일기」를 실었다. "이 책을 제대로 살펴보면 왜 흑인 국수주의자가 토니의 머리에 원자폭탄을 투하하지 않는지 궁금해질 것이다"[17]라고 밤바라의 친구이자 시인인 해티 고싯은 말했다. 이 책은 흑인 여성이 더는 혁명 운동 안에서 부차적 역할을 맡지 않을 것임을 보여주었다. 그들은 충분히 오래 타인을 위해 일했다. 이제 그들의 순간이 왔다.

이 앤솔러지는 흑인 페미니스트를 위한 혁명적 출판 시리즈의 첫 번째 책이었다. 1970년대와 1980년대에 오드리 로드(『흑인 여성』에 작품을 수록했다), 벨 훅스, 바버라 스미스 같은 이론가들이 흑인 페미니스트 운동의 주도적인 목소리로 떠올랐다. 1974년 토니 모리슨은 사진과 기사, 스케치, 기타 아프리카계 미국인 물질문화의 다양한 형태를 모은 『흑인 책』*The Black Book*의 편집과 수집에 협업했다. 이 10년 동안 『모든 여성은 백인이고, 모든 흑인은 남성이지만, 우리는 용감하다』*All the Women Are White, All the Blacks Are Men, but Some of Us Are Brave*와 같은 보다 급진적인 앤솔러지가 출간되었고 유색인 여성을 위해 유색인 여성이 설립한 출판조직 '키친테이블: 유색인 여성 출판사'가 설립되었다. 1980년대 초반 키친테이블은 의미심장한 두 권의 앤솔러지를 출간하는데, 바로 셰리 모라가와 글로리아 안잘두아의 『내 등이라고 부르는 이 다리』*Bridge Called My Back*와 바버라 스미스의 『홈 걸』*Home Girls*이다. 수많은 흑인 여성 활동가들에게 출판문화는 정치적이었다. 즉 흑인 여성의 삶에 대해 쓰고, 그들의 경험을 재현하고, 이런 이야기를 위한 공간을 만들어 내는 것은 그 자체로 정치적인 작업의 한 형태였다.

앨리스 워커는 누구보다 이런 윤리의 예시였다. 연구소 시절 그는 세 가지 다른 방식으로 흑인 페미니스트 정치학을 발전시키는 일에 몰두했다. 첫째는 자신의 문학적 글쓰기였다. 훗날 『사랑과 갈등으로』*In Love and Trouble*와 『혁명적 피튜니아들』*Revolutionary Petunias*에 각각 수록되는 단편소설 몇 편과 시를 쓰는 한편, 연구소 시간을 이용해 장편소설을 작업했다. 연구소 2년 차에 1976년 『메리디언』*Meridian*으로 출간되는 장편소설을 상당 부분 집필했다. 인권운동을 배경으로 하는 『메리디언』은 흑인 여성, 백인 여성, 백인 남성 사이 삼각관계에 의존한다. 메리디언은 "거짓말을 못 하고, 생각이란 오직 실제여야 하고 삶으로 실행되어야 하는 흑인 여성"[18]이다. 워커처럼 메리디언은 인권운동에 헌신하고 역시 실제 작가처럼 예기치 않은 임신을 하고 가족을 향한 헌신과 대의명분을 향한 헌신 사이에서 균형을 이루고자 분투한다(훗날 그는 자발적으로 난관을 묶는다). 소설은 궁극적으로 어머니 됨과 여성 됨에 대한 정치학과 나란히 가면서도 운동의 이름으로 자신을 희생하는 것은 어리석고 반드시 대가를 치르는 행동임을 경고한다. 『메리디언』은 좋은 평가를 받았다. 소설가 마지 피어시는 『뉴욕 타임스』 서평에서 "뛰어난 성취를 이룬 세련되고 곤두선 소설"이라며 긍정적으로 평가했다. 이 소설로 워커는 미국 문단에 군건한 입지를 마련했고, 더불어 문단을 변화시켰다.

워커의 두 번째 행동은 웰즐리대학에서 업계 최초로 흑인 여성 작가에 관해 강의한 것이었다. 래드클리프처럼 웰즐리대학 역시 다양화를 도모 중이었다. 이제는 1940년대 초반 스완이 학사과정을 마쳤을 때의 근엄하고 전원 백인으로 이루어진 대학이 아니었다. 그러나 올슨의 지적처럼 학생의 다양화가 반드시 영문학과의 다양화나 교과과정의 다양화와 동의어는 아니었다. 그러므로 워커의 강의는 흑인 여성 문학이 『베오울프』나 낭만주의 시인들과 똑같이 주목받을 가치가 있다고 주장한다는 면에서 의의가 있었다. 시와 산문이 섞인 워커의 강의안에는 워커의 친구들이자 동시대 작가들인 준 조던과 토니 모리슨을 포함해 필리스 휘틀리, 궨덜린 브룩스, 넬라 라슨이 실려있었다. 하우와 올슨처럼 워커 역시 학생들에게 자신이 경험한 인종차별에 관한 개인적인 글을 쓰게 하는 과제를 냈다.[19] 자신과 같은 여성들이 자신과 같은 삶에 관해 쓴 텍스트를 읽으며 학생들은 워커가 "부정당했던 우리 역사의 일부를 발굴했다"[20]고 느꼈다.

놀랍도록 적절한 평가인 것이, 실제로 워커는 그 순간 숨겨진 역사의 또 다른 부분을 탐색하고 있었고, 그것이 바로 그의 세 번째 활동이 된다. 연구소에 있는 동안 워커는 아프리카계 미국인 소설가이자 인류학자였던 조라 닐 허스턴에게 관심을 가지게 되었다. 하워드대학과 바너드대학을 졸업했고 명망 있는 인류학자 프란츠 보아스의 제자였던 허스턴은 할렘 르네상스의 핵심 인물이었고, 아름다움으로 남자들을 당황시켰으며, 남성의 문학적·사회적 기대치에 순응하길 거부함으로써 그들을 분노시켰다. 허스턴은 69세로 사망하기 전까지 일곱 권의 책을 출간했는데, 가장 탁월한 두 권이 1935년 출간된 민담 모음집 『노새와 남자들』*Mules and Men*, 그리고 자메이카 답사 여행 동안 재빨리 써서 1937년에 출간한 장편소설 『그들의 눈은 신을 보고 있었다』이다. 흑인 방언으로 쓴 『그들의 눈은 신을 보고 있었다』는 두 번의 결혼과 가정 학대, 허리케인, 친구와 친지의 험담과 복수에서 살아남고 결국 자신으로 돌아온 흑인 여성 재니 크로퍼드의 이야기다. 소설은 하나의 긴 회상으로 이루어졌는데, 그 형식상 혁신은 언어적으로나 시기상으로나 허스턴의 민족지학 공부와 모더니스트 감수성의 증거다. 백인 비평가들은 대체로 이 소설을 칭송했지만, 흑인 독자와 비평가 사이에서는 흑인 공동체 재현 방식 때문에 논란이 되었다. 1960년 허스턴이 세상을 떠났을 당시 그의 책은 모두 절판 상태였다. 그는 기부를 받아 아무 표지도 없는 무덤에 묻혔다.

워커는 래드클리프 연구소에 들어와 허스턴을 발견했다. 당시 어머니가 들려준 이야기에서 영감을 받아 부두 신앙을 포함하는 단편소설을 쓰고 있었다. (이 단편은 「해나 켐허프의 복수」가 되고 1973년 발표한다.) 이야기를 조사하는 과정에서 워커는 어느 백인 작가의 작품 안에서 허스턴의 인류학적 업적을 말하는 각주를 하나 만났다.[21] "내가 사용할 수 있는 모든 흑인 민담을 수집한 사람이 조라였다"[22]라고 훗날 워커는 썼다. "그 조라를 발견하고 (…) 나는 빠져들었다." 워커에게 허스턴은 하나의 영감이자 롤모델이었고, 워커가 보기엔 범죄 수준으로 인정받지 못한 작가였다. 『그들의 눈은 신을 보고 있었다』는 걸작이었다. 훗날 워커는 자신에게 이보다 더 중요한 책은 없었다고 술회했다.[23] 올슨이 리베카 하딩 데이비스에게 영감을 받고 『제철소에서의 삶』을 복원하기로 마음먹었던 것처럼 워커 역시 조라 닐 허스턴을 부활시키는 일에 몰두했다.

1973년 8월 15일, 연구소 2년 차를 마치고 몇 주일 후에 워커는 보스턴에서 플로리다 중앙부로 날아갔다. 하늘에서 보면 그곳은 평평하고 변함없었고, 먼 거리 때문에 다양한 지형도 그저 납작해 보였다. 땅 위 공기는 뜨겁고 습했지만, 조지아의 물납 소작인 부모에게서 태어난 워커는 미국 남부의 여름에 익숙했다. 워커는 그곳에서 백인 대학원생이자 여행 동반자 샬럿 헌트를 만났고, 학자이자 탐정이자 탐험가로서 두 여성은 허스턴의 고향 플로리다 이턴빌로 차를 몰았다(허스턴은 앨라배마에서 태어났지만, 꽤 어릴 때 가족이 역사적인 흑인 마을 이턴빌로 이사했다). 그곳에서 두 여성은 허스턴이 어떻게 살았고 어디에 묻혔는지 알아낼 수 있길 바라면서 시청 공무원과 허스턴의 옛 친구들을 찾아갔다. 여행 내내 워커는 허스턴의 사생아 조카인 척했다.[24] 물론 나쁜 뜻 없는 거짓말이었고, 동시에 과거와 현재의 흑인 여성 작가들이 정말로 낳은 것처럼 예술적 혈통으로 이어져 있다는 워커의 생각을 반영한 거짓말이었다.

그들은 탐색 끝에 플로리다 포트 피어스 17번가로 향했고, 그곳에서 '천상의 휴식 정원'이라는 이름의 묘지를 발견했다. 워커는 치마를 허리까지 걷어 올리고 벌레와 돼지풀에 맨다리를 쏘이면서도 손으로 그린 지도를 붙들고 웃자란 잡초 사이를 헤치며 아무 표지 없는 허스턴의 무덤을 향해 나아갔다. 어느 개작된 이야기에서 워커는 조상의 영혼 같은 것이 자신을 푹 꺼진 무덤 자리로 이끌었다고 말했다.[25] 또 다른 이야기에서는 지역 여성 로절리가 그 자리를 찾을 수 있게 도와주었다고 공을 돌리기도 했다. 만족한 워커는 지역의 묘비 제작자를 찾아가 미래의 방문객이 찾아올 수 있도록 허스턴의 무덤을 표시하기로 했다. 워커가 원한 묘비는 너무 비싸서 조금 더

저렴한 묘비에 만족해야 했다. 워커는 다음과 같은 묘비명을 돌 위에 새겨달라고 부탁했다.

조라 닐 허스턴
"남부의 천재"
소설가 민속학자
인류학자
1901~1960

워커는 허스턴의 생년을 잘못 알았지만(1891년에 태어났다) 허스턴이 역사에서 잊히지 않도록 했다. 이 묘비는 오늘날에도 여전히 그 자리에 서있다.

연구소 2년 차 동안 워커는 여전히 허스턴의 삶을 탐색하고 휘틀리처럼 잘 연구되지 않은 흑인 작가들에 대해 가르치면서 문학 정전에 다른 흑인 여성 작가가 누락되었을지도 모른다고 생각하기 시작했다. 그는 열일곱 살에 달아나 결혼하고 여덟 아이를 키운 자신의 어머니를 생각했다. 어머니에게 어떤 창조적 충동이 있었다면, 어떤 억눌린 예술정신이 있었다면, 그것은 어머니의 스토리텔링 리듬이나 꽃꽂이 능력으로 흘러나왔을 것이다. 어머니는 이런 능력을 딸 앨리스에게 물려주었고 앨리스는 어머니는 결코 받지 못했던 예술가로서의 인정을 받게 될 것이다.

그해 5월, 연구소 장학 프로그램이 끝나기 불과 몇 주일 전에 워커는 래드클리프의 한 학술 토론회에서 "흑인 여성: 신화와 현실"이라는 제목으로 연설했다. 하버드대학교에 채용된 최초의 흑인 행정가이자 래드클리프의 학장이었던 도리스 미첼이 워커를 초대했다. 미첼은 공식적으로는 흑인 학생 모집을 책임졌고, 그 밖에 흑인 학생 멘토링, 곤란에 처한 흑인 학생 상담, 롤모델 역할, 또 새로 재정지원 부장으로 임명된 흑인 여성 실비아 시먼스와 함께 "만능 기계장치 여신"[26]의 역할을 맡는 등 다른 책임도 많았다. 1960년대 말보다는 흑인 학생 비율이 늘었지만(1976년 졸업반 총원 150명 중 흑인 학생이 45명이었다) 그들은 여전히 하버드에서 소외감을 느꼈다. 자신의 문화도 지적 성향과 관심사도 인정받지 못한다고 느꼈다. 예를 들면 학내 소울 음악에는 시끄럽다는 불평이 따랐지만, 컨트리 음악이나 클래식 음악에 대한 불평은 없었다. 흑인 학생들은 함께 살고 함께 식사하길 원했지만, 백인 학생들은 이를 "분리주의 행동"으로 여겨 분개했다. 또 대학 교수진의 다수가 백인이라는 문제도 있었다. 1973년 대학교수 760명 중 흑인은 13명이었다. 그나마도 1969년 봄의 3명에 비해 증가한 것이었다. 흑인 학생에게 백인 교수와의 공부는 때때로 부정적인 영향을 미쳤다. 미첼은 『래드클리프 쿼터리』 기자에게 의대에 가고자 하는 흑인 학생에게 부정적인 추천서를 쓴 어느 교수 이야기를 들려주었다. "백인의 기준으로 보면 아마 그 여학생은 덜 적극적이고 자신감도 모자랐을 것이다. 하지만 그 교수가 이 여학생이 이곳에서 공부하기 위해, 그리고 예과 집중으로 졸업하기 위해 기울였어야 했던 학문적·사회적·경제적·감정적 투쟁을 고려했다면, 그 교수 역시 이 여학생이 대다수 백인 학생보다 훨씬 더 성숙하다는 사실을 깨달았을 것이다."[27] 수많은 흑인 학생이 1970년대 초반 하버드 경험을 "믿을 수 없을 지경"[28]이라고 묘사했다.

앨리스 워커의 "흑인 여성" 연설은 이런 흑인 학부생에게 중요한 의미를 갖고 영감을 줄 만한 흑인 여성들을 소개함으로써 학생들이 자신의 경험을 돌이켜 보고 자신의 꿈을 추구하도록 독려할 예정이었다. 1973년 5월 4일부터 5일까지 주말 동안 페이 하우스가 있는 래드클리프 야드의 애거시 하우스에 200여 명이 찾아와 52명의 발표자가 신화를 허물고 새로운 롤모델을 제시하는 연설에 귀 기울였다.

워커는 기조연설자였다. 그는 1923년 출간된 서정적이면서 거의 분류가 불가능한 책인 진 투머의 『사탕수수』*Cane*를 인용하며 연설을 시작했다. 워커는 그 언어와 남부 풍경에 대한 애정 때문에 투머를 좋아했다. 워커가 허스턴의 묘비명에 쓴 "남부의 천재"를 발견한 것도 투머의 작품 속이었다. 그러나 워커는 투머가 흑인 여성의 온전한 인간성을 고려하지 못한 것처럼 보이는 대목에서 좌절감을 느끼기도 했다. 『사탕수수』의 화자는 제사에서 졸고 있는 창녀를 "본연의 기질이자 본성"이라고 묘사하고, 자신의 감정과 생활 방식과 내면의 삶을 이해하는 방법을 가르쳐준다. 그러나 화자가 말하는 도중 이 창녀는 잠이 드는데, 이는 화자의 오만함과 함께 예술과 상관있는 그 어떤 것에도 창녀가 무관심함을 나타낸다.

그러나 워커는 이런 여성들이(흑인에 남부 출신에 교육받지 못하고 성애화된) 예술가가 아니라는 생각에 파란을 일으키고 싶었다. "우리의 할머니들과 어머니들은 성인이 아니라 예술가였다."[29] 워커는 주장했다. "그들 안에 출구 없는 창조성의 샘이 있어서 망연자실하게 피 흘리는 광기에 이끌렸다. 그들은 정신적으로 낭비하는 삶을 산 창조자들이었다. 예술의 기초라고 할 수 있는 정신세계가 너무도 풍부한데, 쓰이지도 요구받지도 않는 재능을 견뎌야 하는 긴장감 때문에 그들은 광기에 이끌렸다." 워커는 어머니 할머니의 퀼트나 영가, 자신의 어머니가 만들었던 꽃다발을 언급했다. 워커는 사는 동안 돈이 없고 자기만의 방도 없이, 심지어 자신을 합법적으로 소유할 수도 없었던 필리스 휘틀리 같은 흑인 여성의 글쓰기에 관해 말했다. "중요한 것은 당신이 부른 노래가 아니라 그 노래를 통해 우리의 수많은 조상 안에 노래의 *개념*을 이어간 점이다."[30] 워커는 휘틀리에게 직접 말했다. 워커는 아무도 하지 않았던 문학적 전통을 만들고, 저자와 영향력의 계보를 형성하고 있었다.

연설 막바지에서 워커는 페미니스트 비평가들의 원전인 버지니아 울프의 『자기만의 방』으로 돌아갔다. 워커는 울프가 노동계급 여성들 속에 존재했으리라 상상한 천재가 노예들 사이에, 또 소작인의 아내와 딸들 사이에도 분명 존재했을 거라고 본다. 워커의 요점은 흑인 여성이 겪은 역사적 억압은 부유층의 손아귀에서 빈곤층이 겪었던 억압을 닮았으면서도 기본적으로 차이가 있다는 것이었다. 흑인 여성에겐 그저 자원만 부족한 게 아니었다. 그들에겐 자율권과 인간성의 인정 자체가 부족했다. 그들의 투쟁은 노동자의 투쟁이자 여성의 투쟁이지만 동시에 다른 것이었다.

처음 200명에게(대부분 여성이고 흑인이었던) 전해진 워커의 연설은 곧 더욱 광범위한 청중을 향해 뻗어 나갔다. 이 연설은 1974년에 글로리아 스타이넘과 도러시 피트먼 휴스가 창간한 비교적 새로운 잡지 『미즈』에 「우리 어머니들의 정원을 찾아서: 남부 흑인 여성들의 창조성」이라는 제목으로 실렸다. (1974년 12월, 앨리스 워커는 객원 편집자로서 『미즈』에서 일하기 시작한다.) 이후 이 글은 1983년 출간된 워커의 첫 논픽션 모음집에 표제작으로 수록된다. 당시 「우리 어머니들의 정원을 찾아서」는 올슨의 「침묵」과 비슷했다. 문학 정전과 자신과의 관계를 가장 잘 표현했고, 자신을 포함한 선배 작가들이 이름을 올릴 수 있는 새로운 정전을 추구하는 글이었다. 워커와 올슨은 침묵당하는 현실을 설명하면서 동시에 침묵당한 목소리들을 회복하고자 했다. 두 에세이 모두 영향력을 가지고 이후 몇 년 동안 읽기와 교수법의 체계를 형성했다.

워커와 올슨은 1974년 워커가 우연히 샌프란시스코를 방문했을 때 올슨이 파티에 초대하면서 만났다. 두 작가는 마음이 잘 맞았다. 문학과 삶에 대한 관점이 비슷했다. 둘 다 평등과 정의를 중시했고 둘 다 활동과 예술을 융합했다. 워커의 "우머니즘"(워커가 만들어 낸 능력과 힘을 강조한 흑인 여성 중심 페미니즘 용어)은 어떻게 보면 올슨의 공산주의 휴머니즘과 닮았다. (언젠가 워커는 "우머니스트와 페미니스트의 관계는 '퍼플'과 '라벤더'의 관계•와 같다"[31]라고 말했다.) 두 사람은 통신을 시작했다. 다른 편지 친구들에게 하듯이 올슨은 다정한 선물을 보내는 편지와 '일종의 정신쇠약'[32]과 다른 고통에 관한 놀라운 일화를 알리는 편지 사이를 오갔다. 워커는 위로의 답장을 보내며 모두가 소유하지는 못한 올슨의 기복을 향한 인내심을 증명해 보였다. "나는 우리 우정의 굴곡을 소중하게 생각해요."[33] 언젠가 워커는 이렇게 썼다. "그건 *무척이나 살아있는* 일이니까요. *정말 삶과 똑 닮았어요.*"

서로 편지를 보내면서 영감을 주고받은 것과 더불어 두 작가는 여성이 쓴 잃어버린 문학을 되찾을 출판 프로젝트에서 함께 작업했다. 1972년 더 페미니스트 출판사(1970년 설립되어 애머스트대학 시절 이후 올슨의 팬이 된 플로렌스 하우와 폴 라우터가 운영했다)는 올슨이 쓴 긴 "전기적 해석"을 수록한 리베카 하딩 데이비스의 『제철소에서의 삶』을 재출간했다. 이 책은 출판사의 두 번째 출간물이었고 『뉴욕 타임스』는 독자들에게 "이 책을 읽고 당신의 마음이 무너지게 놔두어라"[34]라고 촉구했다.

이후 이 출판사는 애그니스 스메들리의 『대지의 딸』, 샬럿 퍼킨스 길먼의 『누런 벽지』, 1979년 워커가 편집한 조라 닐 허스턴의 작품

• '퍼플'은 흑인 및 유색인 여성을, '라벤더'는 동성애나 페미니즘을 상징하는 색이다. 그만큼 출발이 같은 자매관계라는 의미로 보인다.

집 『나는 웃을 때 나를 사랑하고…… 또 내가 비열하고 인상적으로 보일 때도 사랑한다』*I Love Myself When I Am Laughing … and Then Again When I Am Looking Mean and Impressive*를 비롯한 중요한 책들을 연달아 출간한다. 워커는 허스턴을 문학사에 집어넣기 위해 지칠 줄 모르고 싸웠고 마침내 정치적으로 의식 있는 다른 여성들과 협력해 성공했다.

18장
새로운 외래종

1970년대에 문학계의 뒤늦은 인정은 그리 특별한 일이 아니었다. 리베카 하딩 데이비스, 조라 닐 허스턴, 샬럿 퍼킨스 길먼 등 죽은 여성들이 오래 지연되었던 찬사를 받고 있었다. 심지어 1971년 출판된 실비아 플라스의 두 번째 사후 시집 『겨울나무』*Winter Trees*도 있었다. 학계 안팎의 페미니스트들이 여론에 호소한 덕분에 여성의 글쓰기가 새롭게 유행했다. 이는 젊거나 나이 들었거나 처음의 인정이나 오래 기다린 성공을 바란 여성 작가들에게는 은혜였다. "여성들은 최근 새로운 외래종이 되었다."[1] 1973년 쿠민은 대학생들에게 말했다. "백인 중산층 남성이 그동안 여성들이 취급당해 온 방식에 죄책감을 느끼기 시작해, 이제 상황이 한결 수월해졌다. 여성들은 예술 분야에서 거대한 잠재력을 지니게 되었다."

1973년 5월, 쿠민과 섹스턴이 해가 잘 드는 세미나실에 나란히 앉아 동료 장학생들에게 시를 읽어주던 때로부터 10년이 지나 쿠민은 시로 뒤늦은 상을 받았다. 1972년 출간된 쿠민의 네 번째 시집 『오지에서』가 퓰리처상을 받았다. 1973년 퓰리처상 심사위원이었던 섹스턴은 『오지에서』를 강력히 밀며 이 삶을 바꾸는 귀한 상을 쿠민에게 줘야 한다고 동료 심사위원 윌리엄 앨프리드와 루이스 심프슨을 설득했다. 6년 전 쿠민은 친구가 퓰리처상을 받게 된 걸 축하해 주려고 웨스턴의 섹스턴 집까지 달려갔었다. 이제 48세가 된 쿠민이 같은 상을 받게 되었다. "완전히 감격했다. 그냥 믿을 수가 없다."[2] 반가운 소식을 접한 직후 쿠민은 한 기자에게 말했다.

그의 삶이 변했다. 훗날 그는 이렇게 썼다. "나는 갑자기 업계에 들어섰다. 시라는 업계에."[3] 상을 받을 무렵 쿠민은 근처 새크리드 하트의 뉴턴대학 강사 일을 잠시 쉬고 있었다. 연구소 생활을 끝내고 그는 교직으로 돌아갔고 매사추세츠대학교 애머스트 캠퍼스뿐만 아니라 터프츠대학에서도 가르쳤다. 여전히 왕성하게 글을 썼지만 다른 시인들처럼 널리 비평되지는 않았다. 이제 퓰리처상 수상 시인이 된 쿠민을 모든 곳에서 원했다. 그는 미주리의 스티븐스대학에서, 텍사스대학교 오스틴 캠퍼스에서, 코네티컷 하트퍼드의 트리니티대학에서 강연 요청을 받았다. 컬럼비아대학교는 세미나를 이끌어 달라고 했고(이는 새크리드 하트에서 큰 약진이었다) 결국 매주 화요일 뉴턴에서 뉴욕시까지 통근했다. 잡지에 실렸고, 종합면(「여성의 문학」 「시인과 와인」)에 언급되었으며, 인터뷰를 많이 했다.[4] 쿠민은 적극적인 기자들이 오래된 『뉴요커』가 구석마다 쌓여있고 스완의 스케치가 벽에 걸린 자신의 집을 촬영하지 못하게 막았다. "나는 '시인'이 되면서 따라오는 이 모든 소란이 정말로 싫다."[5] 그는 설명했다.

섹스턴과 달리 쿠민은 명성을 추구하지 않았다. 기회를 잡고 존경받는 것까지는 몰라도 언론의 스포트라이트는 절대로 원하지 않았다. 쿠민은 섹스턴이 연구소 지원서에 썼듯이 "영원한 시인"이 되려고 시작하지 않았다. 그는 퓰리처상을 받기 전에도 비교적 행복했고 또 다른 20, 30년도 그렇게 사는 일에 만족했을 것이다. 그러나 그게 불가능함을 금세 깨달았다. 이제 그는 전문적인 시인의 세계에 속했고(쿠민이 농담으로 "포비즈"PoBiz 산업이라고 불렀던) 넉넉한 대가를 받는 낭독회와 강연과 창작촌을 누비며 살아갈 것이다. 이제 강

연구소 시절 이후 바버라 스완이 그린 맥신 쿠민. 1977년 작으로 추정.

사직을 좀 더 까다롭게 고를 수 있게 되었고 더 많은 시간을 농장에서 보낼 수 있게 되었다. 쿠민은 농장 이름을 "포비즈 농장"으로 다시 붙였고 농가로 향하는 흙길에 새 이름을 쓴 간판을 걸었다. 쿠민이 섹스턴을 뒤에 남겨두고 문학 세계에서 벗어날 수 있게 해준 위대한 농장 일에 붙인 모순적인 오마주였다.

"네 번째 시집으로 퓰리처상을 받은 것은 실로 대단한 일이었지만, 온통 불안감이 차올랐다." 훗날 쿠민은 이렇게 술회했다.

> 각광받는 일은 두려웠다. 흔히 명성은 글쓰기를 방해한다고 한다. 그 순간 나를 기다리고 있을 것만 같은 마비가 두려웠다. 다시 글을 쓸 수 있을까? 나는 가능할 때마다 농장으로 도망쳤다. 그곳에서 캉디드의 조언에 따라 나만의 정원을 가꾸고 그 계절 처음으로 서리를 견딘 근대와 상추, 시금치를 수확했다. 흙 속에 비료를 파묻고, 갈퀴질하고, 양동이 가득 돌멩이를 모으고, 다시 갈퀴질을 했다. 손톱 밑에 흙이 끼자 드디어 균형을 회복했다.[6]

쿠민이 산문에 묘사한 경험들(계절의 리듬에 자신을 맞추고 자연 세계에 침잠해 들어가기)은 그가 『오지에서』에 표현한 경험과 같다. 하퍼&로에서 출간한 이 시집은 뉴햄프셔 숲에서 흔히 볼 수 있는 풍경들, 즉 소나무, 동물 발자국, 긴부리새들을 스케치한 스완의 삽화를 담았고 초기 시도 몇 편 수록했다. 쿠민이 래드클리프 연구소 첫 세미나 발표 때 낭독한 「아침 수영」과 첫 번째 시집 『중간에』에 수록한 아버지에 관한 시 「백 번의 밤」도 들어갔다. 그러나 상당수는 쿠민의 시골 생활과 헨리 데이비드 소로에게서 공동으로 영감을 받아 새로 쓴 시들이었다. 시집 곳곳에 소로의 『월든』이 출몰하고, 한두 편의 제사로 등장했다. 소로처럼 쿠민도 방해받지 않고 자연 세계를 가까이서 탐구하면 자신과 동료 인간에 관해 많은 것을 배울 수 있다고 믿었다.

　시집의 가장 큰 장점은 놀라운 이미지들인데, 이는 쿠민의 상당한 관찰력을 보여준다. 어느 시에서 한 무리의 돌은 굴과 버섯, 포유류 떼에 비교된다. 그것들은 "곰처럼 다루기 어렵다."[7] 또 다른 시에서 암말의 배는 "포갠 손들의 교회"[8]다. 어떤 시에서 올빼미의 말은 "불에 탄 아기들의 울부짖음"[9]인데, 마지막 시의 분위기에 꼭 들어맞는 진실로 무서운 은유다. 모든 묘사가 효과적인 것은 아니지만(말의 목을 빅토리아풍 가구와 비교한 것은 어색하다) 대체로 자연 세계의 아름다움과 잔인함이 놀랍고도 예리하게 표현된다. 여러 작가처럼 쿠민 역시 은유와 비유를 통해 주제가 낯설게, 심지어 충격적으로 보이길 원했다. 특히 시골 생활의 아름답지 않은 부분을 공들여 묘사했다. 자연 세계의 부패와 폭력은 인간 존재의 추악함으로 들어가는 그만의 방식이었다. "사람들은 자연 시에 관해 들으면 곧바로 신과 나비를 생각한다. 그러나 만물은 본성상 아름답지만은 않고 나는 속지 않는다. 아름다움은 수거위를 죽이는 너구리나 말의 입에 생긴 종기나 벌레가 들끓는 배설물 같은 것의 가치를 훼손하지 않는다."[10]

　총 4부로 나뉜 『오지에서』는 한 벌의 은둔자 시 「은둔자는 새소리에 잠을 깬다」 「은둔자의 기도」 「은둔자에게 손님이 왔다」로 시작하고 농장과 시골 생활의 다양한 특징을 표현한 일련의 서정시로 이어진다. 진흙에 관한 시가 한 편 있고, 콩에 관한 시가 있으며, 암말의 죽음을 애도하는 정교한 애가가 한 편 있다. 시집은 날짜를 제목으로 삼은(「6월 5일」 「8월 9일」) 연작시 「욥바의 일기」로 마무리된다.

쿠민의 농장은 뉴햄프셔 워너의 욥바* 지구에 있으므로 일기는 분명히 그곳에서 보낸 시인의 활동을 기록한 것이겠지만, 동시에 성경에 등장하는 이스라엘의 도시 욥바를 암시한다. 이 암시를 통해 쿠민은 열매 따기, 망아지 출산, 마못 사냥 등의 세속적 경험을 감정적·정신적 영역으로 상승시킨다.

이 시들 구석구석에, 심지어 식물이나 동물의 삶에 초점을 맞춘 시들에도 인간의 영혼이 스며든다. 소로 시의 오마주인 「콩」은 성적 욕망에 관한 시로 마지막 연에서 화자는 "7마일 구획"에 콩을 심은 부지런한 소로 같은 "정원사"이자 연인의 손길에 "자라는 것들의 / 새싹처럼"[11] 흔들린다. 「마못」은 충격으로 끝난다. 22구경 소총으로 골치 아픈 짐승을 제거하는 화자는 유해동물이 "나치의 방식으로 조용히 지하에서 가스로 / 보이지 않게 죽는 것에 모두 동의하길"[12] 소원한다. 이 노골적인 제2차 세계대전 언급에도 시가 담은 폭력성을 네이팜탄이 쏟아지고 죽음이 조용하고 보이지 않는 것과 거리가 멀었던 베트남전쟁의 맥락으로 읽지 않기가 어렵다. 「쏙독새」의 결말도 역시 비극이다. 이 "버릇없는 새"[13]의 소리를 들으며 화자는 자기 역시 "버림받았고 / 그리고 당신"(옛 연인)은 "저 새의 목구멍 속에 갇혔다"는 걸 깨닫는다. 시들은 섬세하고, 사랑과 상실과 부활의 경험을 오직 간접적으로만 탐사한다. 한 비평가의 말처럼 이 시집은 "심오함의 장악을 추구하지 않고 우회적인 방식으로 획득하며, 독자를 행복하게 심오함 안으로 끌어들이는 통제된 열정과 연민, 정확한 용어 선택의 집약체"[14]이다. 우회적으로 심오함을 획득했다는 말은 절친과 달리 각광 밖에 머무는 쪽을 선호했던 내성적인 중년의 시인

---

* 영어식 표기는 '조파'이지만, 성경 속 표기인 '욥바'로 통일해 옮겼다.

에겐 상당히 기쁜 해설이었다.

시가 너무 좋아 평론가들은 가만히 있을 수가 없었다. 소설가 조이스 캐럴 오츠는『뉴욕 타임스』에서 1971년 출간된 실비아 플라스의『겨울나무』와 쿠민의 시집을 나란히 칭찬했다(최초로 섹스턴과 플라스가 아닌 쿠민과 플라스가 나란히 읽혔다). 오츠는 쿠민의 대담함과 다양한 관점, 진정성을 칭찬하며 비록 소로의 시에서 영감을 받았다지만 쿠민이 그 초월주의자보다 더 낫고, 쿠민의 시에는 "종종 소로의 시에서는 볼 수 없어서 화가 나는 날카롭게 벼린, 단호하고, 이따금 악몽 같은 주체성이 있다"[15]라고 강조했다. 오츠는 또 쿠민과 섹스턴을 비교하기도 했는데, 대다수 비평가가 차이점을 본 반면 오츠는 두 시인에게 비록 그 방식은 다르지만 "보편적 여성"의 목소리를 극적으로 표현하는 공통점이 있다고 했다. 이 비교는 각 시인의 고유함을 지켜주면서 동시에 이전 비평가들이 한 번도 시도하지 않은 방식으로 이 두 여성 시인을 동일시했다. 오츠는 "『오지에서』가 초월주의적 시각은 사실상 창의적인 실존의 삶이고, 누구나 이런 삶을 추구할 수 있다는 것을 아름답게 보여준다"라고 결론지었다. 이 서평에 감격한 쿠민은 오츠에게 "세심하게 읽어주어서 진심으로 기쁘다"[16]라는 내용의 짧은 편지를 썼다.

쿠민은 퓰리처상 수상의 흥분 중에도 그와 같은 좋은 기분을 계속 지켜나갔을 것이다. 타인을 배려하고 보살피는 일에 익숙한 여성에게 세밀한 비평적 관심을 받는 일은 틀림없이 근사한 변화였을 것이다. 그런 관심이 그의 삶을 바꿔버렸을지라도, 혹은 바꿔놓았기 때문에.

『오지에서』가 출간된 1972년, 쿠민은 농장에서 점점 더 많은 시간을 보냈고 영구적인 이주를 고민하고 있었다. 계절마다 가족들과 함께 농장에 머물렀다. 겨울에는 스키를 타고 들판을 누볐고 여름에는 수영하고 말을 타고 소나무숲을 다녔다. 쿠민 가족에겐 보살핌이 필요한 농장 동물도 꽤 모였다.[17] 거트루드 스타인과 앨리스 B. 토클러스라는 양이 있었고 시저라는 이름의 달마시안이 있었으며 주니퍼와 타샤라는 말이 두 마리, 그리고 올리버라는 이름의 오만한 염소가한 마리 있었다. 쿠민은 농장이 주는 고요와 아름다움을 사랑했다. 그는 뉴햄프셔에서 작가와 지식인들에게(자신을 포함해) 흔한 신경증으로부터 벗어날 수 있는 휴식을 발견했고, "반들거리는 은촛대, 다림질한 테이블보, 근사한 디저트"[18]와는 완전히 다른 편안한 사교방식을 발견했다. 한 이웃이 보스턴 교외 지역 만찬의 특징이었던격식과 과시 없이 쿠민 가족을 저녁 식사에 편안하게 초대했을 때쿠민은 안도감으로 어지러울 지경이었다. "리즈의 초대가 얼마나 매끄럽고 우아하게 펼쳐지던지" 그는 감탄했다. 그것은 허물없고 자연스러우며, 쿠민의 어머니가 열심히 가르치고자 했던 사교의 규약도없는, 쿠민이 살고 싶었던 방식이었다.

남편 빅에게 직업이 없고 쿠민 역시 강의가 없었다면 곧장 농장으로 이사했을 것이다. 그러나 그들의 삶은 뉴턴에 정박해 있었고, 쿠민은 1971년에서 1972년 사이 안정기를 거쳐 다시금 자신의 악마와싸우고 있었던 섹스턴 가까이 머물렀다. 섹스턴과 케이오의 결혼생활이 무너지고 있었다. 섹스턴은 술을 너무 많이 마셨고 약도 너무많이 먹었으며 오언 박사처럼 자신을 안정시켰던 상담사를 아직 찾지 못했다. 10대인 딸 린다에게 너무 기대기 시작했고 자신이 아이인 양 딸에게 부모 노릇을 요구했다. 최악으로, 창조적인 힘이 줄어드는 것 같았다. 초기 시들은 여전히 훌륭하게 공연했지만, 옛 작품에 견줄 만한 새 작품을 쓰지 못했다. 섹스턴의 제정신을 지켜주는것은 시였다. 「탐욕스러운 이들에게 자비를」에서 말했듯이 섹스턴에게 시는 종교적 신앙 대신이었다. 시가 혀를 설득하고 마음을 위로하지 않으면 죽음이 다시 고개를 쳐드는 것 같았다. 오래된 죽음 충동이 되돌아왔다. 섹스턴은 「죽기를 원하다」에서 던졌던 오랜 질문을 다시 던졌다. 즉 "어떤 도구로".[19]

쿠민도 섹스턴이 여전히 자신을 필요로 하는 한 시골로 이사할 수 없다는 걸 어느 정도는 알았다. 섹스턴은 야외를 별로 좋아하지 않았다. 쿠민의 농장에 찾아가는 일도 별로 없었고 농장 방문 시기도 딸들이 근처 캠프에 머무를 때 연락할 수 있는 시간으로 조절했다.[20] 어느 여름 주말, 쿠민의 말에 올라탄 섹스턴을 찍은 사진이 한 장 있다. 사진 속 그는 책상 앞이나 실내의 안식처에서 찍은 수많은 사진에서보다 훨씬 덜 편안해 보인다.

쿠민은 뉴턴으로 돌아오면 이 불안정한 친구와 계속 연락했다. 쿠민은 섹스턴의 기분이 갑작스럽게 변하거나 자해를 암시하면 가장 먼저 알아챘다. 섹스턴이 필요로 하면 언제까지나 그 곁에 머무를 것이고, 섹스턴은 여전히 쿠민을 필요로 했다. "앤은 우리 어머니가 가장 예뻐하는 아이였지요."[21] 쿠민의 큰딸 제인이 이렇게 농담한 적도 있다. 쿠민은 섹스턴의 곁을 너무 오래 떠나있다가 위기의 마지막 순간을 놓치고 말까 봐(전화기가 울려도 못 받고, 문 두드리는 소리도 못 들을까 봐), 그래서 너무 늦어버릴까 봐 걱정했다. "그건 끔찍한 책임이었다. 나는 그 책임의 어마어마함을 느꼈지만, 받아들였다."[22] 그는 훗날 이렇게 술회했다.

『오지에서』는 이 끔찍한 책임에 관한 시로 끝난다. 타인의 마음을 통제하는 것은 말할 것도 없고 제대로 아는 것도 불가능함을 말하는 시다. 1963년 섹스턴이 배를 타고 프랑스에 갔을 때 써서 "먼바다에 나가 있는 내 친구에게" 보내는 시라고 부르며 섹스턴에게 초고를 보냈다. 시 안에는 예전 강의실에서 사용했던 반투명 용지를 언급하

며 "우리에겐 우리만의 상수가 있지"라고 말하는 대목이 있다. 섹스
턴은 그 시를 좋아했고 「9월 1일」이라고 부르며 여백에 "완전 좋
음"23이라고 썼다. 섹스턴은 쿠민이 뉴햄프셔의 농장 근처 언덕을 가
리키며 "우리 사이에 혹등 같은 / 밍크고래의 언덕이 있고"라고 묘사
한 행을 특히 좋아했다.

시집에 수록한 「9월 22일」은 1963년의 이 작별을 고쳐 쓴 형태다.
마치 연인에게 쓴 것처럼 읽힌다. "친구에게"라는 호칭이 "달링"으로
바뀌었고 화자는 먼바다에 나간 수수께끼의 Q에게 말한다. 화자는
여전히 "깔따구들이 있는 시골에" 있고 여전히 올빼미의 말에 귀를
기울이면서 바다에 나간 배와 그 소리를 상상한다. "달링, 당신의 소
음은 뭐지?" 화자는 묻는다. "배 수영장에서 / 춤도 추고 셔플보드 내
기도 해?" 화자는 친구가 구명보트를 골랐는지 궁금해하는데, 이는
섹스턴 스스로 살아서 유럽에서 돌아올 수 있을까 공공연하게 걱정
했던 1963년의 쿠민에게는 적절한 궁금증이었다. 그러나 10년 후 다
시 보면 이 질문은 한가롭고 다소 냉담해 보인다. 화자는 친구의(혹
은 연인의) 운명을 아주 멀리 떨어진 곳에서 걱정한다. 누군가를 직
접 구명보트까지 데려가기엔 너무 멀리 떨어져 있다.

시의 막바지에서 화자는 상대방에게, 그리고 자기 자신에게 분개
한다. "나는 이 상실의 역사가 지긋지긋해!"

> 어떤 북을 두드려야 너에게 닿을까?
> 이성적이려면
> 불을 꺼야겠지.
> 이성적이려면 놓아주어야겠지.
> 달의 눈은 새로 만든 버터처럼
> 풍미가 없지. 윙크하거나 인사를 건넬

다른 빛이 없으니

이제 나는 너에게 가장 요란한 소리를 보낼게

그건 잘 익은 버터넛 열매의 솜털이

오늘 밤 욥바에 떨어지는 소리

마치 9월 말 대지에

떨어져 쌓이는

희귀 공룡의 타원형 노란 눈물처럼.

연인의 탄식처럼 읽히는 시는 달콤쌉싸름하다. 화자는 자신과 자신이 욕망하는 사람 사이의 거리를 인정하고 그만 자러 가는 게 '이성적임'을 알지만, 어쩔 수 없이 주변에서 들려오는 소리를 알린다. 마치 부재한 연인이 자신의 북소리를 들을 수 있다는 듯이. 그러나 이 시가 무엇보다 섹스턴에게 쓴 것임을 고려하면 다르게 읽힌다. "어떤 북을 두드려야 너에게 닿을까?"는 애절하고도 자책감을 드러낸다. 화자가 친구를 위로하려고 수없이 노력을 기울였지만, 아직 적절한 전략을 찾아내지 못한 것 같다. "이성적이려면"이 반복되는 것 역시 섹스턴이 보여준 모든 비이성적인 모습을 상기시킨다. 또한 쿠민이 계속 외면해 왔지만, 그가 선택할 수 있는 한 가지 길을 보여준다. 그것은 쿠민이 한때 "아주 요구가 많은 친구"라고 불렀던 섹스턴을 "이성적이려면 놓아줘야" 하는 것, 그리고 욥바 지구의 고요한 소리들을 향유하는 것이다. 그러나 쿠민은 시의 화자처럼 이성적이기를 거부하고, 혹은 적어도 이 한 가지 길을 거부한다.

처음 시의 초고를 읽었을 때 섹스턴은 마지막 두 연의 배치를 바꿀 것을 제안했다. 여백에 쓴 메모로 보건대 섹스턴은 시행의 재배열을 제안하는 것 같았다. 여백 메모를 보면 그는 시가 초고의 "젖은 9월의 대지" 대신 상실로, 즉 상실의 소리로 끝나길 원했다. 쿠민은

"젖은 9월" 대신 "9월 말"의 대지로 바꾸긴 했지만, 원래 배열을 고집했다. 즉 시가 피로나 상실로 끝나지 않고 연결의 노력으로 끝나게 했다. 그것은 바다 건너로 보낸 소리, 오지로부터 당시 섹스턴이 살던 보스턴으로 내려보낸 소리를 통한 연결이었다.

19장
집으로 가는 길이 어디죠?

1973년 10월 11일, 독립연구소 동창들이 래드클리프 쿼드랭글로 돌아왔다. 잔디는 여전히 푸르고 나뭇잎은 이제 막 물들기 시작한 화창한 가을 12시 30분이었다. 참석자 중 일부는 쿼드랭글에서 몇 블록 떨어진 곳에 살았고, 일부는 기차나 비행기, 자동차를 타고 와야 했다. 10년 만에 처음으로 래드클리프에 돌아온 사람도 있었다.

이들은 1970년 11월, 암으로 세상을 떠난 사랑하는 연구소장 코니 스미스를 추모하기 위해 모였다. 당시 스미스는 불과 마흔여덟 살이었다. 스미스를 깊이 아꼈던 친구들과 동료들을 뒤흔든 상실이었다. 장례식은 하버드 야드의 메모리얼 교회에서 거행되었고 쿠민이 추도사를 낭독했다. 사후 수십 년이 지난 후에도 연구소 장학생들은 스미스의 온화함과 비범한 수행 능력을 떠올렸다. 이들은 누구든 연구소의 특성이나 운영 목적 등에 관심이 있다면 반드시 코니 스미스의 삶에 주목하라고 주장했다.

돈만큼이나 작품에도 관대했던 피네다는 〈신탁의 면모들〉 연작 가운데 한 점을 전 연구소장에게 헌정하면서 스미스의 삶을 기리고자 했다. (동료 예술가 스완도 1967년 연구소에 석판화 두 점과 드로잉 한 점을 기증했다.) 피네다는 스미스가 1기 입학생을 선발하던 페이 하우스 근처 래드클리프 야드에 자신의 작품이 설치되길 바랐다. 현재 연구소장 앨리스 킴벌 스미스는 피네다가 작품을 제공해 준 것에 기뻐했지만, 연구소는 명성 높은 예술가에게서 커다란 조각품을 구입할 여유가 없었고 설치 비용도 감당할 수 없었다. 예전에도 몇 번이나 그랬듯이 피네다의 어머니가 이번에도 나서서 조각품 비용을 대 주었다.

마침내 헌정식 날이 왔다. 피네다는 연작 가운데 왼손을 공중으로 치켜들고 우아하게 앉아있는 〈불길한 신탁〉을 택했다. 조각상은 래드클리프 야드 구석, 슐레진저 도서관(1965년 새롭게 이름이 바뀌었다)과 브래틀 스트리트로 향하는 작은 문 사이에 설치되었다. 헌정식에 참가한 사람들이 모두 조각상을 둘러싸고 섰다. 그날 행사 사진을 보면 최소 스물네 명이 보이는데, 다들 카메라를 등지고 조각상을 향해 서있다. 위에서 빛이 내려와 조각상과 에워싼 사람들을 비추고 있다. 헌정식 행사 중 무늬 드레스를 입은 젊은 곱슬머리 여성의 플루트 연주도 있었는데, 조각상 바로 옆의 연주자를 보면 작품 크기가 어느 정도인지 짐작할 수 있다. 실로 거대한 기념비였다.

헌정식에서 찍힌 피네다의 사진이 있다. 사진 속 그는 연구소 시절보다 머리가 더 짧고 깃이 큼직한 셔츠를 입은 채 활짝 웃고 있다. 몸짓으로 말하는 플루트 연주자 쪽으로 돌아선 피네다의 얼굴에 빛이 떨어진다. 특별히 행복해 보인다.

피네다는 계속해서 더 많은 조각상을 만들었다. 가장 중요한 성취는 아마도 하와이 주의회 의사당 남쪽에 설치된 릴리우오칼라니 여왕의 조각상일 것이다(1980년에 완성한 의뢰 작품이다). 피네다는 이 작품을 특히 자랑스러워했고, 이 작품을 탐색하고 제작하는 과정을 담은 다큐멘터리 〈여왕을 찾아서〉를 제작하기도 했다. 피네다와 토비시는 케임브리지 포터 스퀘어에 새로 작업실을(물론 따로) 구했고 경력을 마칠 때까지 그곳에서 계속 작업했다.

피네다 역시 스미스처럼 1996년 암으로 세상을 떠났다. 향년 일흔

한 살이었다. 남편 토비시는 몹시 슬퍼했다. 피네다가 떠나고 아내에게 쓴 편지에서 토비시는 공동의 작업에 관해 이렇게 술회했다. "할일이 없어지면 어떨까, 생각만 해도 떨리는군. 작업실에서 석고를 배합하고 주형을 고치는 등 우리 직업이 허락하는 온갖 허드렛일을 하면서 순간적으로나마 당신 생각에서 벗어나고 있어. 하지만 당신은 금세 돌아오고 언제나 환영이야."[1] 토비시는 2008년까지 살았다.

피네다가 스미스에게 헌정한 조각상은 지금도 래드클리프 야드에 서있다. 인간이 작게 우뚝 솟은 벤치에 앉았고 조그만 돌의 정원 위로 발을 내려뜨리고 있다. 한쪽 팔은 내린 상태로 손으로 벤치 귀퉁이를 붙잡고 있고 다른 팔은 숙인 머리 위로 뻗어 마치 공중에서 뭔가를 잡아당기는 것 같다. 얼굴에는 이목구비가 거의 없지만 그럼에도 여성임을 알아볼 수 있다. 몸에 드리운 천 위로 가슴이 도드라졌다. 노출된 표면은 눈과 비를 견디느라 산화해 주변 덤불과 어울리는 초록색으로 변했다. 명상적인 자세지만 비틀린 몸통과 하늘로 뻗은 팔은 긴장으로 가득하다. 마치 침착하게 다음에 올 것을 기다리며 준비하는 것 같다.

1974년 3월의 어느 날, 쿠민의 전화가 울렸다. 아직 봄이라고 할 수 없는 뉴잉글랜드는 그리 어둡지 않은 저녁 5시 무렵이었다. 블랙오크 로드에 다급한 일이 생겼다. 섹스턴은 지금 우유 한잔과 약 한 무더기를 앞에 두고 부엌에 앉아있다고, 약과 자신 둘 다 사라질 때까지 계속 한 알씩 먹고 있다고 쿠민에게 말했다.

쿠민은 웨스턴으로 달려가 섹스턴을 태우고 곧장 병원으로 차를 몰았다. 지난 12개월 중 섹스턴의 네 번째 입원이었다. 섹스턴은 안도감을 느끼기보다 방해를 받았다며 울분을 터뜨렸다. "넌 다음에는 절대로 날 구할 수 없을 거야."[2] 그는 친구에게 말했다. 이런 섹스턴의 위협에 관해 듣자마자 쿠민은 대답했다. "그래, 애니, 네 의도를 알게 하면 내겐 어떤 선택권도 없어. 난 널 구할 수밖에 없지." 광란의 상태에도 섹스턴은 그 메시지를 알아들었다. 네가 정말로 자살하고 싶다면 의도를 숨기고 감춰야 할 거라는, 건강하고 회복력 있는 사람인 척 굴어야 할 거라는 메시지였다. 즉 페르소나를 만들어야 한다는 말이었다.

섹스턴은 언제나 훌륭한 공연자였다. 자살을 시도한 그 달에 1000석 규모의 하버드 샌더스 극장 낭독회를 매진시켰다. 무릎 높이까지 절개선이 있는 흑백의 치마를 입은 섹스턴은 "유작"이라고 부르길 좋아했던 신간 시집 『죽음 공책』*The Death Note*과 나중에 출간될 『신을 향해 무섭게 노를 저다』에 수록될 시들을 낭독했다. (후자는 정말로 사후에 출간된다.) 『죽음 공책』 표지를 디자인한 스완은 섹스턴에게 보낸 편지에 이 시집의 "정신"[3]을 사랑한다고 했다. "네가 우리 삶의 아랫배를 다룬다는 생각이 들어. 넌 우리가 절대 언급하지 않을 영역을, 우리의 똥을, 우리의 쓰레기를 두려움 없이 묘사하지." 그날 저녁 섹스턴은 샌더스 극장에서 새로운 시들과 16년 전 겨울 오후 쿠민에게 보여주었던 첫 시 「음악이 내게 헤엄쳐 돌아오네」를 포함한 예전 시 몇 편을 낭독했다. 낭독을 마쳤을 때 그는 기립 박수를 받았다.

하지만 무대에서 내려온 섹스턴은 몹시 떨고 있었다. 침착하고 믿을 만한 쿠민도 압도감을 느꼈다. 섹스턴을 걱정하는 친구에게 편지를 쓰면서 쿠민은 "17년 동안 앤과 함께 많은 일을 겪었지만, 이번처럼 무섭고 당혹스러운 적은 없었어"[4]라고 말했다.

섹스턴의 하강은 1973년 케이오와의 이혼으로 시작되었다. 수십 년 동안 결혼생활은 폭력적이었고 다툼으로 얼룩졌다. 섹스턴은 케이오가 분노로 폭발할 때까지 자극하는 법을 알았다. 그는 섹스턴을 한 번 이상 때렸다. 린다 그레이 섹스턴의 회고록에는 케이오가 섹스턴의 머리를 벽에 박는 끔찍한 장면이 포함되어 있다.[5] 그러나 회고록은 양쪽 모두 폭력을 획책하는 적극적인 가담자였다고 묘사한다. 케이오가 섹스턴의 일차적인 보호자라는 사실이 상황을 더욱 복잡하게 만들었다. 케이오는 앤의 저녁 식사를 만들고, 앤이 수년간 의존했던 수면제를 알맞은 양으로 복용하게 하는 사람이었다. 결혼생활 도중 섹스턴은 요구 많은 아이처럼 행동했는데, 케이오의 분노를 막고 적당한 보살핌을 받기 위한 행동이었다(섹스턴은 자신의 진짜 감정을 표현하면 케이오가 분노할 거라고 걱정했다.) "내가 아기처럼 말하면…… 우린 꽤 잘 지낼 수 있어. 진짜 대화란 건 할 수가 없어, 제기랄. 노력은 하지. 하지만 안 돼."[6] 섹스턴은 언젠가 쿠민에게 이렇게 설명했다. 결혼생활은 섹스턴의 유아 같은 약점과 케이오의 능력, 인내심, 참을성을 전제로 했다. 섹스턴은 연인들과 함께 있을 때만 온전한 어른이 될 수 있다고 느꼈다.

케이오와 섹스턴은 1973년 2월 섹스턴이 이혼을 결정하기까지 이런 상호의존의 춤에 계속 빠져있었다. 작업은 순조로웠다. 보스턴대학교에서 강의했고, 시를 썼으며, 낭독회로 자신과 아이들을 부양할 만큼 돈을 벌었다. 혼자 사는 삶을 준비하며 의기양양했고 자신을 독립적으로 느꼈다. 게다가 그는 혼자가 아니었다. 여성운동과 여성운동이 완벽해 보였던 핵가족의 꿈에 구멍을 뚫는 모습 덕분에 전국의 여성들이 결혼생활에서 벗어나 새롭고 신나고 멋진 삶으로 걸어들어가고 있었다. 1969년 캘리포니아에서 합의이혼이 처음 시행되면서 어느 한쪽의 명성을 망치지 않고도 결혼생활에서 벗어나기가 한결 더 쉬워졌다. 다른 주들도 합의이혼을 선택했다. (매사추세츠는 1976년 합의이혼을 채택했다.) 이혼율이 빠른 속도로 늘어나 1962년(섹스턴의 『내 모든 어여쁜 것들』이 출간된 해)에서 1973년 사이 두 배가 되었다. 1975년에는 이혼 건수가 미국 역사상 처음으

로 백만 건을 넘어섰다.[7]

케이오와 처음 별거했을 때 섹스턴은 친구 집을 전전했고 초기에는 쿠민과 함께 지냈다. 그러나 영원히 방랑자로 살 수는 없어서 3월에 수영장도 없는 웨스턴 블랙오크 로드의 커다란 집으로 돌아왔다. (케이오는 혼자 살 아파트를 구했고 린다는 대학에, 조이는 메인의 기숙학교에 있었다.) 섹스턴은 함께 살 부부를 구했고 그들이 마당 일과 요리를 거들었다. 친구와 이웃이 보기에 섹스턴은 강인하고 독립적으로 새 출발을 시작하는 사람처럼 보였다.

그러나 결국 씩씩함은 사라졌다. 여름이 되자 10시까지 자고 점심 식사 때 보드카를 서너 잔 마시고 오후는 낮잠으로 날리고 저녁에 다시 술을 마시고 최대 여덟 알의 수면제를 먹었다.[8] "결혼할 사람 없이 이혼의 고난 한가운데서 나는 그리스도의 시간을 보내고 있어."[9] 섹스턴은 9월 초에 1970년 남편 곁을 떠난 적이 있는 시인 에이드리언 리치에게 편지를 썼다. (리치의 남편은 별거 직후 자살했다.) 섹스턴은 열아홉 살 이후 혼자 지내본 적이 없었다.

이혼은 섹스턴이 자신이 먼저 시작한 그 과정을 후회하게 된 11월에 마무리되었다. 또 한 번 그는 자신의 내적 자원을 과대평가했던 것이다. 10년 전 상담가 없는 외국으로 여행을 떠나도 될 만큼 충분히 강인해졌다고 믿었던 때와 비슷한 실수를 저질렀다. 그러나 이번에는 존재하지 않는 집으로 돌아올 수가 없었다. 「음악이 내게 헤엄쳐 돌아오네」의 서정적 화자처럼 섹스턴도 자문했다. "집으로 가는 길이 어디죠?"

혼자서 새 삶을 출발하고자 분투하는 동안 섹스턴은 악몽을 꾸고 어떤 목소리들을 들었다. 알코올과 수면제로 자가 치료했고 1950년대 말 오언 박사와 처음 경험했던 것과 같은 해리성 둔주(배회증) 상태에 빠졌다. 친구들은 술에 취해 요구가 많아진 섹스턴과 갈등을 겪었고 점점 거리를 두었다.

이제 하버드 3학년인 린다는 어머니를 완전히 버리지 않으면서도 자신의 개별 정체성을 지키고자 분투했다. "상황이 격렬해질수록 어머니에게 점점 더 화가 났다. 어머니의 괴상한 행동을 피해 여름 몇 달 동안 인먼 스퀘어에 있는 아파트로 이사할 수 있었지만, 조이는 아직 고등학생이었다."[10] 린다는 자신의 회고록에 이렇게 썼다. 여름 방학을 맞아 집에 돌아와 있던 조이는 어머니를 더 경계했고 린다만큼 어머니와 관계가 깊지 않았기에 결국 한여름에 집을 나와 케이오와 함께 지냈다. 스물한 번째 생일 직전의 7월, 린다는 저녁을 먹으러 어머니 집에 왔다가 이상한 생일선물을 받았다. 1000달러 수표와 섹스턴의 유저 관리자로 지정된 유언장 사본이었다.[11]

절친이 계속 곁에 있어줄 수 있었다면 섹스턴이 케이오의 부재를 헤쳐나갈 수 있었을지도 모른다. 그러나 1973년은 쿠민이 퓰리처상을 수상하고 각종 워크숍과 창작촌에 다니기 시작한 해였다. 두 친구는 여전히 매일 대화했고 시를 발표할 때마다 가장 먼저 상대방에게 의논했지만, 대면보다 전화 통화는 아무래도 불편했다. "내 삶에도 대응해야 할 약간의 명성이 있었다. 퓰리처상을 받았고 낭독회도 훨씬 더 늘어났다. 할 일이 많아졌다. 여행을 훨씬 더 많이 다녔고, 예전처럼 앤 곁에 물리적으로 머무를 수가 없었다. 앤은 그런 내 상황을 배신으로 여기지는 않았지만, 분명 약간의 소외감을 느꼈을 것이다."[12] 훗날 쿠민은 이렇게 술회했다.

쿠민에게도 나름의 배신감이 있었다. 그는 간호사 역할을 요구받는 데 분개했다. 몇 년 전 섹스턴에게도 암시했듯이 쿠민은 둘의 우정이 캐서린 맨스필드와 아이다 베이커처럼 "공통의 악감정"으로 미끄러지길 원치 않았다. 그러나 섹스턴의 상태가 나빠질수록 쿠민은 자신의 경력이 솟구쳐 오르던 그때 더 자주 보호자 역할로 밀쳐졌다. 쿠민은 섹스턴에게 이용당한다고 느낀 적 없고(섹스턴의 고통은 확실히 진짜였다), 친구와 완전히 결별하겠다고 위협한 적도 없었다. 그렇다고 친구의 편의에 맞추기 위해 항상 자신의 계획을 바꾸지도 않았다. 쿠민은 켄터키주 댄빌의 창작촌에 몇 주간 머물기로 했다(쿠민과 섹스턴은 미리 장거리 통화요금을 분담하기로 약속했다). 또 거의 매 주말, 시골 농장에 내려갔다. 1974년 섹스턴이 늘 특별한 보살핌을 필요로 했던 생일 주간에는 유럽, 이스라엘, 이란으로 가는 3주간의 여행을 계획했다. 쿠민에게 점점 "도시 생활과 시골 생활의 이분법"[13]이 날카롭게 다가왔다. 이제 쿠민을 뉴턴에 붙들어 매는 유일한 존재가 섹스턴임을 마침내 깨달았다.

쿠민과 섹스턴의 경력은 서로 다른 모습으로 진행되었다. 전자가 무명으로 시작해 명성을 향해 올라갔다면, 후자는 혜성처럼 등장해 주목과 갈채를 받다가 유성처럼 어둠으로 떨어졌다. 두 사람의 궤적이 반대 방향을 향하고 있었어도, 그들은 여전히 서로의 작품에 깊이 마음을 쏟았다. 섹스턴이 시단에 불꽃처럼 등장한 것과 쿠민이 무관하지 않았기 때문이었다. 섹스턴의 진정한 첫 시를 읽은 사람이 쿠민이었고, 한창 싹트는 시인이 수완 있고 명망 높은 시인들의 낭독회에 갈 때 동행한 사람도 쿠민이었다.

마찬가지로 섹스턴도 계속 쿠민을 지지했고 친구의 작품을 보증했다. "그 친구는 두뇌가 내장과 강력하게 섞여야 한다는 사실을 보여주었다."[14] 언젠가 쿠민은 섹스턴에 대해 이렇게 말했다. 쿠민이 더 많이 더 잘 쓰기 시작하자 섹스턴은 친구가 자신을 뛰어넘어 자기만 뒤에 남겨둘까 봐 두려워했다. 섹스턴은 두 시인 모두 여러 시기에 가르쳤던 브래드로프 영어학교에 쿠민을 만나러 가는 꿈을 꾸었다. 꿈에서 쿠민은 곁에 있어달라 애원하는 섹스턴을 남겨놓고 강의하러 갔다. "제발. 이렇게 멀리까지 널 보러 왔잖아."[15] 섹스턴은 말했지만, 쿠민은 덜덜 떠는 친구를 남겨두고 계속 걸어갔다.

두려움이나 질투심 때문에 친구의 작품을 향한 판단이 영향을 받지는 않았다. 쿠민에게 퓰리처상을 받을 기회가 생겼을 때 섹스턴은 그 수상을 위해 열심히 싸웠다. 쿠민이 상을 받으면 "나는 친구를 잃을 것"[16]을 알았기에, 어떻게 보면 자기희생의 행위였다.

섹스턴은 쿠민을 완전히 잃은 적이 한 번도 없었지만, 두 사람의 숨겨진 질투심과 울분과 공포는 (오랫동안 사랑과 상호 존중의 표면 아래 묻혀있던) 1974년 4월, 결국 수면 위로 올라왔다. 섹스턴이 자살을 시도했던 날로부터 한 달이 채 지나지 않아 두 시인은 더글러스대학에서 낭독회를 했다. 섹스턴은 더는 자살을 생각하는 사람처럼 보이지 않았지만, 그렇다고 최상의 상태도 아니었다. 두 사람은 학자 일레인 쇼월터, 캐럴 스미스와 인터뷰를 약속했는데, 처음 시작은 원활했지만 금세 섹스턴이 마치 정신과 의사의 진료실 소파에 누운 것처럼 대화를 점령하고 장황하게 이야기하기 시작했다. 섹스턴은 어머니, 할머니와의 어려웠던 관계를 말했고, 부적절한 접촉을 언급했다. "내가 이 인터뷰를 장악하고 있는 것 같네요." 그는 인정했고 쿠민이 짜증스럽게 대답했다. "정말이야, 앤."[17] 섹스턴은 고백했다. "내가 힘든 시간을 보내서 그래."[18]

쿠민은 평소 섹스턴의 자아도취를 참아주었지만, 이번에는 자제력을 잃었다. 인터뷰가 끝나고 쿠민은 섹스턴이 이기적이고 징징거린다고(인터뷰 중에도 이후 몇 달 동안에도) 비난했다. "이기적" "징징거림" 같은 말이 섹스턴의 마음에 와 박혔다. 열흘 동안 섹스턴은 이 말들을 마음에 담아두고 자신이 정확히 무엇을 잘못했는지 생각했고, 자신이 정말로 쿠민이 넌지시 암시한 마녀일까 두려워했다. 낭독회와 수치스러운 인터뷰를 남기고 웨스턴으로 돌아온 섹스턴은 친구에게 자신을 설명하려고 타자기 앞에 앉았다.

편지는 메모처럼 시작했다. "주제: 이기적, 징징거림."[19] 그는 모두가 이기적이며 자신도 예외가 아니라고 인정했다. 그러나 이런 속성에 대한 쿠민의 짜증은 최근 들어 생긴 거라고 주장했다. 처음에는 이혼이 쿠민과 자신의 관계를 변화시켰을지 모른다고 생각했지만, 어쩌면 친구 사이 관계를 바꿔놓은 것은 쿠민의 퓰리처상 수상이었을 거라고 편지에 썼다. 섹스턴은 자신이 쿠민을 도와주고 쿠민의 요구에 민감하려고 노력했던 모든 방식을 상기시키고, 그 예시마다 "(이기적이라고?)"라는 괄호 질문을 붙였다. 마치 쿠민이 자기 생각을 다시 검토해 주길 촉구하는 것 같았다. "그래, 나는 징징거려." 섹스턴은 인정했다. "하지만, 맥스, 너도 징징거렸고, 나는 단 한 번도 그런 점에 화를 낸 적이 없어." 섹스턴은 쿠민이 디스크 수술을 받은 후 옆에서 말을 걸어 재워주었고, 정신분석에 관한 쿠민의 불평도 들어주었다. 쿠민이 오지로 달려가 약속한 시에 관해 전화 걸기로 약속한 걸 깜박 잊었을 때도 섹스턴은 이해했다. 이제 그는 뉴햄프셔의 농장이 쿠민의 창조적 정신을 얼마나 키워주는지 잘 알면서도 둘의 이별에 동요했던 사실을 털어놓았다. "그것 때문에 나는 더욱 징징거릴 수밖에 없었지만, 적어도 난 이해했어. 그러니 너도 나를 이해하려고 노력할 수는 없을까?"

사실 쿠민은 누구보다도 섹스턴을 이해했다. 친구의 재능을 인정했고 다시 못 볼 "독창적인"[20] 사람이라고 불렀다. 또 섹스턴이 아무리 요구가 많은 사람일지라도 나름대로 사려 깊고, 베풀 줄 아는 사람이라고 생각했다. "애니는 받은 만큼 줬다. 엄청나게 관대하고, 베풀며, 사랑했다."[21] 쿠민은 언젠가 이렇게 말했다. 섹스턴은 쉽게 사랑했고(너무 쉬웠다) 요란하게 사랑했다. 그가 쓴 편지들은 손으로 그린 꽃들과 애정의 표현으로 가득했다. 청소년과 보호시설에서 오는 팬레터에 답장을 썼다. 쿠민의 딸에게 시를 가르쳐 주었고(쿠민도 린다에게 똑같이 했다) 딸이 웨스턴 집에 수많은 친구를 초대하게 해주었다.

이런 관대한 행위에 사심이 전혀 없지는 않았다. 섹스턴은 지속적으로 사람들과 접촉해야 했다. 이 꽃에서 저 꽃으로 날아다니는 벌새처럼 이 사람에서 저 사람으로 옮겨 다니며 애정과 보살핌을 빨아먹었고, 결국 현재 파티 주최자가(혹은 학생이, 친구가) 지쳐 떨어지는 모습을 보았다. 섹스턴은 나름대로 다른 사람의 요구와 제한에 무척 민감했고, 그런 의식 덕분에 자신의 일부 행동을 점검하기는 했지만, 그렇다고 사람들이 줄 수 있는 정도보다 더 요구하는 일까지 완전히 막을 순 없었다(확실히 아이들에게는 너무 많은 것을 요구했다). 케이오와 결별 후 쿠민의 집에 머물다가 불과 닷새 만에 쿠민의 집을 떠났던 것도 이런 민감한 의식 때문이었다. 그는 쿠민 부부에게 "내 존재가 얼마나 성가신지"[22] 알 수 있었다. "그래서 다시는 그 집에 머물지 않았어. 너와 너의 사람들에게 고통을 주고 싶지 않았거든." 훗날 그는 설명했다.

섹스턴이 겪는 속박은 엄청났다. 다른 사람에게 고통을 일으키지 않으면서 자신의 큰 고통을 감내해야 했고, 누구에게든 너무 많은 것을 요구하지 않고 필요한 도움을 요청해야 했다. 1974년, 외로움과 음주가 동시에 늘자 더는 이 상충되는 요구를 처리할 수 없게 되었다. 친구와 가족을 지치게 하지 않고 자신을 지킬 수 있는 유일한 방법은 첫 시집의 정신병원으로, 예술이 탈출을 도와주었던 그곳으로 돌아가는 것뿐이었다. "정신병이 여전히 점잖 빼는 멸칭"이던 시대에 "정신병원에서의 삶의 질"[23]에 관해 썼던 섹스턴은 병원 안의 삶이 어떤지 너무도 잘 알았다. 그 삶은 "멸균된 터널"[24]이자 "움직이는 죽은 자들"의 세계이고, 직접 만든 모카신(정신병원에서 흔한 수 공예 활동)과 나이프 없이 먹는 저녁 식사의 세계이다. 정오면 병원 잔디밭을 산책하고 종들이 울리며 "적으로 가득한 (…) 세계"[25]이자 "어디도 안전하지 않은 장소"다. 섹스턴은 다시는 이런 곳에 머물지 않을 것이다.

1974년 10월 4일 금요일, 섹스턴은 병원에서 상담사를 만난 후 곧바로 뉴턴 쿠민의 집으로 차를 몰았다. 두 시인은 함께 점심을 먹고 진행 중인 작업을 논의했다. 섹스턴은 보드카 네 잔과 참치 샌드위치 하나를 먹었다. 오후 1시 30분, 두 사람은 헤어졌다. 쿠민은 3주일간 여행을 떠날 여권을 찾으러 가야 했다. 섹스턴은 친구를 안심시켰다. "걱정 마. 난 아직 베리먼이 아니니까."[26] 그는 1972년 자살한 시인을 언급하며 이렇게 말했다. 쿠민은 섹스턴이 자살을 시도했던 3월 이후로 특별히 걱정하지는 않았다. 섹스턴은 "*치유된* 것처럼, 적어도 그 끔찍한 강박의 순간만은 치료된 것처럼"[27] 보였다고 훗날 쿠민은 한 편지에 썼다. 섹스턴은 쿠민에게 빌려간 드레스를 돌려달라고 상기시킨 다음 차를 몰고 집으로 돌아가, 옷장에서 어머니의 모피코트를 꺼냈다. 코트로 온몸을 감싸고 손에 보드카 한 잔을 들고 곧장 차고로 가 자기 차에 올라탔다.[28] 웨스턴 집의 밀폐된 차고 안에서 섹스턴은 홀로 자동차 시동을 걸었다.

섹스턴의 죽음은 친구들과 가족이 두려워할 정도로 큰 사건이 되었다. 연합통신은 긴 기사를 발표했다. 전국의 강의실에서 추도식이 거행되었다. 섹스턴을 잘 알았거나 몰랐거나 전국의 시인들이 그 죽음을 언급했다. 시인이자 비평가 J.D. 매클래치는 섹스턴에 관해 쓴 비평 글을 시인의 사후 추모 작품집으로 바꾸었다.

시인들은 이 죽음에 반응해야 한다고 느꼈다. 드니스 레버토프는 격렬하게 시와 자살을 연관 짓지 말자고 주장했다. "이 두 가지를 뒤

섞으려는 경향성이 너무도 많은 희생자를 낳았다. 앤 섹스턴 역시 이 두 가지의 혼합으로부터 깊이 고통받았던 것으로 보인다"[29]라고 그는 애도했다. 이제 하드윅과 이혼하고 캐럴라인 블랙우드와 재혼한 로웰은 섹스턴을 "아마추어"라고 부르고 하강했던 섹스턴의 궤적을 탄식하는 이상한 논평을 제시했다. "시집 한두 권은 더욱 탁월해졌다. 그러다가 글쓰기가 너무 쉽거나 혹은 너무 어려워졌다. 섹스턴은 빈약해지고 과장되었다. 가장 당혹스러운 시 중 상당수는 작가 자신이 아닌 일부 캐릭터를 표현하기 위해 인용되었더라면 오히려 매력적이었을 것이다."[30]

섹스턴의 유산에 관해 이상하리만큼 과묵했던 시인이 쿠민이었다. 연합통신에 재빨리 몇 마디를 언급하고 나서 쿠민은 입을 다물었다. 쿠민은 섹스턴의 죽음을 둘러싼 세부 사항을 알고 싶어 하는, 그 스스로 "시체애호가"[31]라고 불렀던 사람들에게 몹시 시달렸다. 섹스턴의 죽음 직후 연합통신과의 인터뷰를 허락한 후 쿠민은 앞으로 모든 요청을 거절하기로 마음먹었다. 쿠민에게 섹스턴의 죽음은 한 친구에게 썼듯이 "매일매일 지니고 살아가야 하는 벌어진 상처"였다. 쿠민은 남편과 함께 3주일 동안 미국을 떠나 있었다. 낮에는 여기저기 돌아다니고 밤에는 섹스턴 꿈을 꾸었다. "주머니에 앤의 죽음을 넣고 다녀"[32]라고 그는 스완에게 썼다.

누구나 쿠민이 섹스턴의 삶에서 어떤 역할을 맡았는지 알았다. 그 죽음 후 몇 달 동안 쿠민은 자신의 친구와 친지뿐만 아니라 섹스턴의 팬들과 친구들, 전 연인들로부터 메시지 폭격을 받았다. 쿠민은 자기만의 애도 과정이 침해당했다고 느끼며 그 순간에도 온정을 베풀기 위해 꽤 노력을 기울여야 했고, 답장 받을 자격이 있다고 느끼는 사람들에게는 답장을 주려고 의무적으로 노력했다. 무수한 메시지 중에서 쿠민은 특히 섹스턴의 자살 사고를 "더 적극적이고 공공연한 적으로"33 삼았어야 했다고 쿠민을 책망한 올슨의 이상하고 비탄에 잠긴 편지에 화가 났다. 쿠민은 부드럽게 응대하면서도 "내가 읽을 수 없는 책망의 편지는 더는"34 원치 않는다고 분명히 밝혔다. 3년 후 "책망의 편지"를 몇 통 더 받은 후 쿠민은 더 솔직한 편지를 썼다. 쿠민은 올슨이 피해자인 척하는 것에 신물이 났고, 또 올슨이 여러 지원금과 장학금을 받은 후에도 빚을 전혀 갚지 않는다는 사실에도 짜증이 났다. 쿠민은 올슨이 고통을 전시하고 "자기 혼자 피를 흘린다"35고 한 주장에 분개했다. 올슨의 '공연'은 섹스턴의 공연과 완전히 다르지는 않았지만, 쿠민은 올슨의 협력자가 되겠다고 서명한 적이 없었고, 올슨이 섹스턴처럼 "받은 만큼 주는 사람"이라고 느끼지도 않았다. 쿠민은 짜증이 나서 썼다. "섹스턴의 시구 가운데 당신의 행동과 정확히 들어맞는 한 행이 있어요. '나의 고통이 더 귀하지.' 다른 사람들한테는 이런 말을 공언할지 몰라도, 부디 날 끌어들일 생각은 하지 말아요."36 이후 쿠민이 올슨에게 다시 편지를 쓴 것 같지는 않다.

결국, 쿠민은 섹스턴과의 우정을 대중에 공개했다. 『신을 향해 무섭게 노를 젓다』의 서문을 쓴 것이다. 섹스턴은 죽기 전 시집 표지에 피네다의 조각상을 넣어달라고 요청했다. 피네다의 작품 중 추상에 가까운 조각상으로 섹스턴이 보기에 이 실물 크기 조각상은 노를 젓듯 몸을 숙인 여성으로 보였다.37 (이런 설명에 들어맞는 피네다의 작품으로 〈다른 인물 위로 몸을 숙인 인물〉과 〈쓰러지는 인물을 끌어안으려고 몸을 숙인 여성의 조각〉이 있다.) 피네다와 섹스턴은 이 시집을 통해 처음으로 협업할 예정이었고, '동등한 우리'가 각자의 예술 매체를 떠나 서로 영감을 주는 또 다른 예가 될 계획이었다. 그러나 섹스턴이 죽은 뒤 호턴 미플린 출판사 디자인팀은 섹스턴의 요청에 퇴짜를 놓았다. 조각상을 책 표지에 넣으면 형체를 알아보기 힘든 덩어리로 보인다는 이유였다. 결국 출판사는 섹스턴의 다른 시집들과 꽤 다른, 텍스트만 올린 표지 디자인을 제안했다. 그러나 어머니의 유저 관리자로서 유작 출간에 결정권과 책임이 있었던 딸 린다가 디자인팀을 설득해 스완이 그린 섹스턴의 초상화 스케치를 표지에 넣자고 했다. 스완이 친구에게 준 마지막 선물이었다.

몇 년 후 쿠민은 1981년에 출간된 섹스턴의 『시 전집』*Complete Poems*에 서문으로 「어땠는지」라는 제목의 감동적인 추모글을 실었다. 이 에세이에서 쿠민은 처음 섹스턴을 만났을 때를 회상하고, 섹스턴의 시가 어떻게 변화해 왔는지 살펴보았으며, 막바지에 섹스턴이 겪었던 힘든 일들을 언급했다. 그는 획기적인 여성 시인들(급진적인 글쓰기와 1970년대 여성운동의 길을 닦았던 이들)의 정전에 친구의 이름을 넣으면서 글을 마무리했다. "여성운동이 있기 전 이미 지하로 강이 흘러가며 보건, 레버토프, 루카이저, 스웬슨, 플라스, 리치, 그리고 섹스턴의 시들을 다양한 화물로 실어 나르고 있었다."[38]

섹스턴이 죽고 거의 2년이 흐른 1976년 초, 쿠민과 빅은 보스턴 교외를 영영 떠났다. "우리는 화목난로 중앙난방과 폭풍우로 인한 잦은 정전에 대비한 안정적인 전력량, 아래층 커튼뿐만 아니라 모든 창의 가리개가 주는 안락함을 버리고 무방비 상태의 생활을 향해 떠났다."[39] 훗날 쿠민은 회고록에 이렇게 썼다. 그들은 이제 뉴햄프셔주의 영구 거주자가 되었다. 쿠민은 자유를 느꼈다. 이제 까다로운 사교 생활과 디너 파티와 초대손님 명단과 온갖 뒷말이 끝났다. 섹스턴의 자살 욕구 신호를 읽고 섹스턴의 경보에 응답하며 매시간 부름에 응답해야 하는 생활도 끝났다. 1973년 3월, 섹스턴의 자살 시도 이후 쓴 어느 시에서 쿠민은 친구를 살려두어야 하는 이 끔찍한 책임에 대해 묘사했다. "나는 너를 열두 번 막았어, 나는 / 네 손에서 수면제를 뺏어가는 라인배커 / 침착하게 구급차를 부르고 / 네 강의를 대신 가르치고 / 널 대신하고 매번 분노하고 / 네가 날 버리고 떠나길 원한다는 사실에 화가 치밀지."⁴⁰ 쿠민은 섹스턴이 "한 번 더 정신을 놓아버릴" 것을 늘 알았다.

쿠민은 섹스턴이 몹시 그리웠다. "즉각적인 비평도 (…) 내가 어떤 부분을 짚어내도 계속해서 완전한 격려를 베풀어 주었던"⁴¹ 것도 그리웠지만, 쿠민은 친구의 상실이 새로운 삶의 단계로 나아가게 해주었다는 사실도 인정했다.

"애니의 죽음이 마침내 시골로 이사할 자유를 주었다고 말하지 않는다면, 이는 진실을 못 본 척하는 것과 같겠지."⁴² 쿠민은 북쪽으로 이사한 후 가을에 한 친구에게 썼다. "이곳의 생활양식은 우리와 잘 맞아. 둘 다 곧바로 10파운드씩 살이 빠졌고 피부는 갈색으로 그을렸고 또 야외 일로 튼튼해졌어. 말들은 잘 자라고 우리는 섬에 사는 것 같아." 쿠민은 2014년 세상을 떠나는 순간까지 이곳 포비즈 농장에서 열매를 따고 가축을 기르며 살게 된다.

"우리에겐 자살한 여성 시인도, 자살한 여성도 너무 많으며, 여성에게 허락된 유일한 폭력의 형태로 자기파괴도 충분히 보았습니다."⁴³ 1974년 에이드리언 리치는 섹스턴을 추모하여 이렇게 썼다. 자살 소식을 들었을 때 리치는 뉴욕시에 살면서 뉴욕시립대학에서 가르치고 있었다. 리치의 학생들과 친구들은 섹스턴의 추도식을 열고자 했고 그 자리에서 리치는 "언제나 자살이 일으키는 공감대의 문제점에 대해 말하고자" 했다. 다시 말해 리치는 섹스턴의 자기파괴 충동과 동일시할지도 모르는 여성들에게 해줄 말이 있었다.

섹스턴과 리치는 같은 보스턴 시단에서 활동했지만, 가깝게 지내지는 않았다. 출판기념회나 시상식에서 한두 번 만나 서로 축하해준 게 다였다. 언젠가 리치는 섹스턴에게 남아프리카공화국 시인의 시 번역을 도와달라 부탁한 적이 있었고(아프리칸스어로 쓴 시였다) 섹스턴은 리치에게 구겐하임 추천서를 부탁했다.[44] 쿠민과 스완처럼 섹스턴의 친한 친구들이 개인적인 추도사를 썼다면 리치는 섹스턴을 페미니스트 의식의 대표 주자로 자리매김하는 추도사를 썼다(섹스턴은 자기도 모르게 정말로 페미니스트 대표 주자가 되었다). "섹스턴은 남성들이 장악한 문학 제도권이 지켜보는 가운데, 그런 주제가 여성의 집단의식으로 검증되기 훨씬 전에 낙태, 자위, 완경, 무력한 어머니의 딸을 향한 고통스러운 사랑을 암시하는 시를 썼습니다."[45] 리치는 추도사에 이렇게 썼다(그는 오래전 대가들을 똑똑히 기억했다). "섹스턴의 머리는 종종 가부장적이되 그의 피와 뼈는 페미니스트임을 그는 잘 알았습니다."

이제 섹스턴은 플라스처럼 죽었다. 리치는 자살이 여성 자신을 파괴하는 유일한 방법은 아니라고 주장했다. "첫 번째는 스스로를 하찮게 여기는 것으로 여성이 중요한 창조를 할 수 없다는 거짓말을 믿는 것이다."[46] 또 하나는 "수평적 적대심"으로, 리치는 이를 "다른 여성이 *바로 우리 자신이기* 때문에 다른 여성을 두려워하고 불신하는 행위"라고 설명했다. 리치는 계속해서 열거했다. "엉뚱한 곳에 쏟아붓는 공감"과 희생적인 사랑과 섹스와 약물과 우울증을 향한 중독에 대해 말하면서 리치는 이를 "끝까지 여성 존재로 살아가는 가장 널리 인정받는 방식"이라고 말했다. 리치는 다른 여성들이 스스로 이 "사중의 독"으로부터 벗어나 "생존과 더 나은 삶의 재건 행위에 적합한 몸과 마음을 지닐 수 있도록" 하기 위해 이런 자기파괴적 충동에 이름을 붙였다. 섹스턴은 "우리 안에서 그리고 가부장제가 우리에게 부여한 이미지 안에서 우리가 무엇과 싸워야 하는지를 말해주는 작품을 썼고, 그의 시야말로 우리 여성들이 어떻게 살아왔고 더는 살지 않도록 거부해야 하는 삶이 무엇인지 알려주는 폐허로 이

끄는 길잡이였다"[47]라고 리치는 말했다.

리치의 추도사는 이론적으로나 실천적으로나 투쟁적인 페미니즘이 문학계에 침투했다는 신호였다. 섹스턴이 한때 출산과 신체 부위에 관한 시들로 비판을 받았다면("육체적 경험의 애처롭고도 역겨운 면"이라고 했던 디키의 비평을 떠올려보자) 이제 그는 선견과 길잡이로 찬사를 받았다. 쿠민이 사적인 편지에서 말했듯이 섹스턴은 여성운동이 일어나기 훨씬 전부터 여성의 삶에 대한 진실을 시로 써왔다. 「마흔 살의 월경」과 「낙태」 같은 시들은 "인습 파괴자이자 개척자, 노출광의 감각에서 나온 게 아니라 그런 말을 해야만 하는 직접적인 필요에서 나왔다. 그는 내가 아는 사람 중 가장 솔직한 사람이었다"[48]라고 쿠민은 한 친구에게 설명했다. 리치는 1974년이면 개인적인 경험으로부터 시를 써도 된다고 인정될 뿐만 아니라 정치적으로도 필요한 일이 되었다고 주장했다. 여성이 자기파괴적 충동을 억제할 수 있는 한 가지 방식은 "가부장제가 우리에게 부여한 이미지"를 확고하고 완벽하게 보여주고 나서 한 줄 한 줄 무화시키는 섹스턴의 시를 읽는 것이다. 여성에게 글쓰기는 자아의 표현을 뛰어넘고 치료를 뛰어넘었다. 이는 삶과 죽음의 문제였다. 언젠가 올슨이 말한 대로 "글 쓰는 여성은 모두 생존자다."[49]

리치는 페미니스트 실천으로서 시에 관해 말하려고 섹스턴의 작품을 예로 들었지만, 자신의 작품을 예시로 삼아도 좋았을 것이다. 수많은 미국 여성처럼 리치 역시 1960년대를 개인적·정치적 변혁의 시기로 겪었다. 리치는 참된 보스턴 시인이자 고요함과 정숙함으로 호평받은 형식주의자로 경력을 시작했다. 섹스턴이 부모와의 관계에 대한 시들로 상당 부분을 채운 시집 『내 모든 어여쁜 것들』을 출간하고 1년 후인 1963년, 리치는 앞선 작품들보다 훨씬 더 개인적인 내용을 담고 상당수가 무운시였던 『며느리의 스냅사진들』*Snapshots of a*

*Daughter-in-Law*을 출간했다. 리치는 예술과 사상에 관한 남성적 기준과 기사도 정신에 맞선 십자군 운동으로 쓴 표제시에서 이렇게 선언했다. "생각하는 여자는 괴물과 함께 잠잔다."[50] 리치는 같은 세대 다른 여성들과 나란히, 그리고 어쩌면 그들보다 한두 해 앞서서 페미니스트로 변모하고 있었다.

리치는 가족과 함께 뉴욕으로 이주해 대학에서 강의를 시작하면서 적극적인 정치 활동에 나섰고 도시의 인종차별 반대 및 반전 운동에 참여했으며, 곧 가까운 친구들에게 "여성해방에 관해 지껄이기"[51] 시작했다. 1970년에는 남편과 별거했다. 별거 직후인 1971년에서 1972년 사이 리치는 강력한 페미니스트 시인으로서 명성을 굳히는 시들을 썼고 나중에 시집 『난파선 속으로 잠수하기』*Diving into the Wreck*에 묶었다. 특히 표제시는 수많은 여성 독자에게 무언가를 깨뜨려 열어주었다. 작가 마거릿 애트우드는 리치가 그 시를 낭독하는 것을 처음 들었을 때 "때로는 얼음송곳으로 때로는 더 둔탁한 도끼나 망치로 정수리를 맞는 것 같았다."[52] 리치는 이 시집으로 전미도서상을 받았는데, 앨리스 워커와 오드리 로드와 함께 시상식 무대에 올라 모든 여성을 대표해 상을 받았다.[53] 이 모습은 다른 무엇보다 일종의 근위병 교대를 상징하며 큰 공명을 일으킨 행동이었다.

1977년 2월, 리치는 올슨에게 두 사람이 공통으로 좋아하는 작가 버지니아 울프에 관해 편지를 썼다. 현대언어협회 총회에서 연설한 바 있고 섹스턴이 죽기 몇 달 전 쿠민과 함께 인터뷰를 진행하기도 했던 페미니스트 문학자 일레인 쇼월터가 이제 막 영국의 여성 소설가들에 관해 쓴 『그들만의 문학』*Literature of Their Own*을 출간했다. 리치는 쇼월터가 19세기 자기희생적 여성의 이상형이었던 "'집 안의 천사'의 학계 버전"에 사로잡히지 않았다면 책을 조금 다르게 쓸 수 있지 않았을까 생각했다. (『자기만의 방』에서 울프는 여성 작가가 글을 쓰려면 반드시 이 천사를 죽여야 한다고 주장했다.) 이 책은 결론으로 "'우리만의 방'만으로는 충분하지 않다. 우리는 반드시 공동체를, 집단을 찾아야 한다"라고 설명했고, 리치는 이에 동의했다.

> 나는 여성 예술가가 자신의 공간을 찾고, 그 안에서 스스로 생계를 꾸려갈 수 있게 되더라도 고립된 채 일하려 들거나 고립된 채 일하는 함정에 빠져서는 안 된다고 깊이 믿어요. 울프조차도(…) 반드시 여성 공동체가 존재해야 한다고 암시하지 않았던가요.[54]

1960년대에 올슨은 이런 여성 공동체에 스며들었다. 맥다월 창작촌에서, 샌프란시스코에서 또 전국 학회에서 올슨은 다양한 창조적 공동체를 발견했지만, 래드클리프 독립연구소 같은 공동체는 찾을 수 없었다. 실제로 올슨은 1980년대 중반 두 번째 장학생이 되어 래드클리프로 돌아왔지만, 첫 번째만큼의 작품도 우정도 생산하지 못했다. 올슨 인생의 어떤 관계도 '동등한 우리'와 맺었던 관계와 비교할 수 없었다.

1960년부터 1999년까지 39년 동안 연구소 안에 여성 공동체가 번성했다. 래드클리프 독립연구소는 1978년에 설립자 이름을 따 번팅 연구소로 바뀌었다. 번팅은 1972년까지 총장으로 일했던 래드클리프를 떠났고 이후 번팅처럼 남녀공학 교육에 관심이 많았던 프린스턴대학교 총장 윌리엄 보언의 특별보좌관으로 몇 년 일했다. 번팅은 총장 재직 시절 래드클리프와 하버드의 통합을 희망했고 하버드 총장 네이선 퓨지도 그 대의에 우호적이었지만 정작 양쪽의 졸업생들이 전부 변화에 반대했다. 결국 1971년 6월, 래드클리프 부지와 기금

통제권을 보존하면서 두 기관의 많은 면을 통합하는 이른바 '비통합 통합'[55]이 시행되었다. 하버드대학은 래드클리프 대학생 전원의 학부 교육과 급식, 거주, 남녀공학 교육을 담당하지만 이 여학생들은 래드클리프대학의 이름으로 입학하고 졸업하게 된다. 다소 불완전한 해결책이었지만 남녀공학 경험을 원했던 래드클리프와 하버드 양쪽의 수많은 현재와 미래의 학생들을 만족시킨 해결책이었다. 비통합 통합은 독립연구소와 마찬가지로 번팅이 남긴 유산의 일부가 되었다.

언제나 활력이 넘쳤던 번팅은 계속해서 새로운 경험을 추구해 나갔다. 1979년 지난 18년 동안 친구로 지냈던 소아과 의사 클레멘트 A. 스미스와 결혼했다. 두 번째 결혼 당시 68세였던 번팅은 "클렘"과의 삶이 "무척이나 환상적이다"[56]라고 깨달았다. 두 사람은 케임브리지와 버몬트 사이 시간을 쪼개며 함께 나이 들었고, 공식 만찬과 학계 행사 대신 정원 가꾸기와 탐조를 했다. 번팅은 1998년 1월 21일 세상을 떠날 때까지 수많은 변화를 목격하고 불러왔다.

번팅이 학계를 떠난 1980년대 초반 미국 고등교육은 번팅이 처음 더글러스대학에서 학장으로 일했을 때와는 사뭇 달라져 있었다. 아이비리그 대학의 대다수가 남녀공학으로 바뀌었고, 타이틀 나인이 통과되었으며, 이런 사건들이 불러온 첫 번째 부분적 결과로 세븐 시스터스 대학들의 명성이 기울었다. 이제 여성들을 위한 개별 학교나 개별 영역이 존재하지 않았다. 여성들은 예일과 프린스턴의 고딕 건물을 향해, 권력의 전당을 향해, 싸우며 길을 냈다.

그러나 래드클리프 연구소는 여전히 여성들이 함께 생각하고 작업하는 장소로 남았다. 고립에서 빠져나온 여성들이 래드클리프 야드에 모여 협업하고 불평하고 작품과 애정을 교환했다. 여성 전용 공간으로 존재하는 과정 내내 연구소는 수많은 주요 학자와 예술가를 배출했는데, 그중 극작가 애나 디버리 스미스, 활동가 캐슬린 클리버, 소설가 제인 앤 필립스, 철학자 마사 누스바움, 또 이곳에서 『침묵에서 말하기로』라는 획기적인 젠더 차이 이론을 집필한 심리학자 캐럴 길리건이 있다. 대다수 지역 여성으로 구성된 스물네 명의 "어수선한 실험"으로 시작한 것이 전국적인 명성을 지닌 제도권 기관이 되었다.

섹스턴이 죽은 지 2년이 지나 1976년 10월 쿠민은 "제도로서의 모성"[57]에 관한 획기적인 저서 『여성으로 태어남에 대하여』*Of Woman Born*가 이제 막 『미즈』에 인용된 리치에게 편지를 썼다. 이 급진적인 저서에서 리치는 모성을 "신성한 소명"으로 묘사하는 모성에 관한 가부장적 시각과 실제로 아이들을 돌보는 경험을 구분했다. "이성애 제도가 친밀함이나 성적인 사랑과 동일하지 않은 것과 마찬가지로 제도로서의 모성도 아이들을 낳고 사랑하는 일과 같지 않다"라고 리치는 설명했다. "둘 다 선택이 이루어지거나 선택이 가로막히는 상황과 조건을 만들어 낸다. 즉 그것들은 '현실'이 아니고 우리 삶의 환경을 형성해 왔다." 리치는 여성이 더욱 자유롭게 사랑하고 살아갈 수 있도록 모성 이데올로기를 해체하고자 했다.

『여성으로 태어남에 대하여』는 획기적인 책이었지만, 리치보다 먼저 모성에 관해 쓴 사람들이 앞서 길을 닦아놓았다. 바로 섹스턴과 올슨, 그리고 쿠민이었다. 쿠민은 '동등한 우리'에 대해 거의 드러내지 않았지만, 이들 덕분에 개인적 경험을 시의 소재로 사용하게 되었고, 함께 금기를 깼으며, 작가들과 예술가들이 같은 일을 할 수 있게 해준 여성 공동체의 일원이었다. 쿠민은 리치의 말에 감동했고 쿠민의 아카이브에서 좀처럼 발견하기 어려운 팬레터를 쓰기에 이르렀다. "정말이지 명쾌하고 정확하고 공정해요!"[58] 쿠민은 리치에게 자신을 내내 방해했던 어머니에 관한 기억을 말하지는 않았지만, 리치가 왜 이 프로젝트를 시작했는지 알 수 있었기에 책과 책을 쓴 여성 모두에게 찬사를 보냈다.

쿠민은 편지에 로웰과 홈스의 시절 이후 보스턴이 얼마나 변했는 지 말했다. 더는 남성이 시단을 지배하지 않았고 여성들도 리치가 수십 년 전 불평한 것처럼 서로 경쟁하는 게 여성적이지 않다고 느 끼지 않았다. 여성의 불안 대신 여성의 연대가 점점 늘어났다. 편지 와 애정을 통해 창조적인 여성 공동체가 모였다, 해체했다, 다시 모 였다. 쿠민은 '동등한 우리'와 래드클리프 연구소의 여성들이 서로에 게 느낄 감사의 마음을 담은 말들로 편지를 마무리했다. "그냥, 당신 이 쓴 책을 향해 '만세'라고 말하고 싶었어요."[59]

나가며

1999년 10월 1일 자정 직후 하버드와 래드클리프는 공식 통합되었다. 『하버드 크림슨』은 "우리 사회 교육받은 여성들이 더 많이 인정받는 역사의 특별한 상황 덕분에 래드클리프는 계속해서 자기 역할을 재정의할 수밖에 없었다"[1]라고 썼다. '비통합 통합' 이후 래드클리프 학부생은 일종의 '이중 시민권' 지위를 즐겼다. 그들은 래드클리프대학에 입학했지만, 하버드 학생들과 함께 하버드 강의실에서 하버드 교수진에게 배웠다. '비통합 통합' 이전에는 래드클리프 학부생 전원이 래드클리프 쿼드랭글에 살았지만, 이제 남녀공학 기숙사에 살았다. 래드클리프 졸업생은 양쪽 대학에서 두 개의 학위를 받았다. 그러나 통합이 발표되면서 3071명의 래드클리프 학부생 전원이 하버드대 학생이 되었다.[2] 이제 래드클리프는 독립적인 대학으로서 제 존재를 끝냈다. 『워싱턴 포스트』는 이번 통합을 다루면서 "래드클리프는 오래전 학부의 역할을 끝냈기에 감상적인 '클리피'들의 감정적 후유증이 이 아이비리그 캠퍼스의 실제 변화보다 더 극적으로 보인다"라고 썼다.

그러나 한 가지 큰 변화가 있었다. 래드클리프대학은 번팅의 연구소를 여성만이 아니라 남성에게도 개방된 교육기관인 래드클리프 고등연구소로 대체했다. 래드클리프가 하버드와 통합되고 타이틀 나인이 통과한 후로 더는 단일 성별 교육기관을 유지할 수 없었다.

그렇게 고집하면 연방기금 지원을 받을 수가 없었다. 흥미로운 의외의 전개로 이 합병 덕분에 연구소에 기금이 흘러들어왔다. 래드클리프는 통합과 함께 2억 달러 자산을 전부 하버드에 넘겼지만, 이후 하버드 기금 가운데서도 상당량인 1억 5000만 달러를 남녀공학 고등연구소 기금으로 돌려받았다.[3] 래드클리프 7대 총장 린다 S. 윌슨은 이 모든 게 "축하할 명분"이라고 단언했다. 통합 이후 윌슨은 10년 동안 재직했던 래드클리프 총장직에서 내려왔다. 그는 래드클리프의 마지막 총장이었고, 그 후로 래드클리프 고등연구소는 하버드대학교의 여러 전문학교처럼 학장이 이끌었다.

연구소 첫해 섹스턴과 쿠민의 친구였던 역사학자 릴리 마크라키스는 윌슨의 발언에 동의하지 않았다. 그는 연구소의 변화를 애통해하는 분노의 편지를 보냈다. 왜 이 공간에 남자들을 데려와야 한단 말인가? 어떻게 남자들이 더 도움을 바랄 수 있단 말인가? 남자들에게는 이미 문이 열려있지만, 여성들은 21세기의 전환기임에도 여전히 지지가 필요하다고 그는 주장했다. 그는 통합 결정이 마무리되기 전 『하버드 크림슨』에 우려를 표현한 전 장학생들의 불만의 합창에 동참했다. "환경이 완전히 달라질 것이다."[4] 남녀공학 연구소의 가능성에 대해 한 장학생이 말했다. "원래 연구소에서 전원 여성 중 한 사람으로 지내는 쪽이 한결 나을 것이다"라고 또 다른 장학생은 말했다. 변화를 인정한 윌슨조차 무엇이 사라졌는지 수긍했다. 윌슨은 전원 여성 연구소를 언급하며 이렇게 말했다. "거의 마법 같았다. 그곳은 편안한 공동체였다."

오늘날 래드클리프 고등연구소는 온갖 정체성을 지닌 사람들이 수행하는 "인문학, 과학, 사회과학, 예술 등 모든 학문에서 창조적인 작업을"[5] 지원하는 일에 헌신하고 있다.

17년이 흐른 뒤 만난 마크라키스는 여전히 여성 전용 연구소의 종식에 분노했다. 그는 "남자들이 다 가졌다"라며 울분을 터뜨렸다. 2016년 봄, 마크라키스와 나는 하버드 스퀘어에서 불과 몇 블록 떨어진 케임브리지의 거실에 앉았다. 여전히 나무랄 데 없는 주인답게 마크라키스는 좋아하는 동네 빵집에서 그리스 페이스트리를 사 왔고 진한 커피를 준비했다. 내가 커피를 한 모금 마실 때마다 거의 매번 잔을 채워주려 했다.

마크라키스는 자신이 사랑하는 삶을 추진할 수 있게 해주었다는 점에서 연구소를 향한 깊은 애정을 느꼈다. 장학생 시절을 마치고 웨스턴의 가톨릭 여자대학인 레지스대학에서 임시 강사직을 구했는데, 그게 영구 직업이 되었다. 마크라키스는 자신이 가르치는 일을 사랑한다는 사실을 깨달았고 레지스대학에서 40년을 머물렀다. 그후 브루클린의 작은 그리스정교회 대학이자 신학교인 헬레닉대학의 학장이 되었다. 우리가 만났을 때 그는 명예교수이자 손주들이 있는 할머니였다.

대화 내내 그는 연구소가 자기처럼 요구하기보다 얌전하고 조심스러운 여성에게 얼마나 중요한 존재였는지 강조했다. 자신이 얼마나 소심했고 많은 일을 기꺼이 수긍했는지 떠올리며 놀라워했다. "나는 투사였다고는 말할 수 없어요."[6] 그는 고백했다. 살면서 더 많은 것을 요구하게 해주고, 도전적인 직업을 받아들일 자신감을 주고, 헬레닉대학의 학장직을 제안받았을 때 40퍼센트 임금 인상을 요구할 수 있게 해준 곳이 바로 연구소였다. 그는 변화한 여성처럼 느꼈다.

그러나 이 세계가 우리가 생각하는 것만큼 많이 변했는지는 확신할 수 없다고 했다. "우리는 남자들에 관해 정말로 많이 말해야 해요." 그는 더 심화한 젠더평등 요구를 언급하면서 이렇게 말했다. "당신을 인정해 줄 좋은 남자들을 어떻게 찾을 거죠?"

"대단한 질문이네요." 나는 그 분야에서 내가 겪은 어려움을 떠올리며 대답했다.

"나는 전혀 확신하지 않거든요." 그는 계속 말했다. "남자들은 이런 일이 벌어져야 한다고 아직 확신하지도 않아요. 그건 확실히 말할 수 있어요."

나 역시, 확신하지 않는다.

대통령 선거운동의 마지막 광란의 몇 달이었던 2016년 봄에 이 책의 연구조사를 시작했다. 그리고 다수의 성폭행 혐의를 받았던 남자, 도널드 트럼프가 당선된 그해 늦가을에 책을 쓰기 시작했다. 취임식 당시 나는 워싱턴 DC에 있었다. 대학교 겨울방학을 이용해 스미소니언 박물관의 미국예술아카이브를 찾아갔고, 그곳에서 마리아나 피네다와 바버라 스완에 관한 문서를 파고들었다. 박물관을 오가는 20분의 산책 시간에 애국주의자들의 장식 수레와 항의 피켓을 스쳐 지났다. 거리의 이방인들 사이에서 수많은 주장이 들려왔다.

취임식 다음 날 아카이브 조사를 끝내고 워싱턴에 모인 다른 20만 명과 함께 제1차 여성 행진에 참가했다. 한편으로는 인종과 계급과 성적 지향점의 차이 때문에 일관된 '자매애'라는 생각이 이상적으로만 보였다. 그럼에도 또 다른 한편으로는 피상적이나마 이렇게 많은 이들이 여성평등에 관심을 보이는 모습을 처음 보았다. 어쩔 수 없이 자료를 조사하며 읽었던 과거의 여성 행진을 떠올렸다. 뉴욕시에서, 샌프란시스코에서, 그리고 바로 이곳 워싱턴 DC에서 벌어졌던 여성 행진을 생각하자 시간의 경계가 허물어지고 있다는 느낌이 들었다.

지난 3년간 같은 느낌이 반복되었다. 일하면서 한쪽 눈은 현재의 성차별에, 또 다른 눈은 과거의 성차별에 두었지만 여전히 내 시야가 놀랍도록 하나로 통합된 것처럼 느껴졌다. '동등한 우리'가 어떻게 남성 지배적이었던 시 워크숍과 미술학교를 헤쳐나갔는지에 대해 쓰면서, 동시에 #METoo 해시태그가 붙은 직장 내 성 착취에 관한 트윗을 읽었다. 1950년대 기혼유자녀 여성을 괴롭혔던 우울증과 가정 폭력에 관해 읽으면서 조던 피터슨 같은 '대중 지식인'이 '강제적 일부일처제'를 주장하고 자칭 '인셀'(비자발적 독신주의자)이 여성의 성적 자유에 격렬히 항의하는 모습을 보았다. 전국적으로 낙태가 어려워지고 로 대 웨이드 판결이 위협받는 동안 급진주의 페미니즘에 관해 쓴 챕터를 고쳤다.

70년에 걸친 이 유사성이 연구소가 설립된 후 세상이 얼마나 변했는가 질문하게 했다. 확실히 직장 내 성차별과 가정 폭력은 1950년대와 1960년대만큼 만연하지는 않고, 혹은 적어도 중산층과 상류층 백인 여성에게는 만연하지 않다. 타이틀 세븐과 타이틀 나인 같은 법이 보장하는 공식적인 평등은 상당한 의미를 지닌다. 예를 들어 임신 때문에 직장을 잃은 사람은 이제 소송을 걸 수 있다(프리단에게 같은 일이 일어났을 때 그에겐 법적 수단이 없었다). 그러나 법률 소송은 비싸고, 종종 패소한다. 때로 소란을 일으킬 위험 때문에 그럴 가치가 없어 보인다.

해시태그 미투 운동을 통해 학대와 착취 이야기를 공유하는 여성들을 보면서 나는 타이틀 세븐과 타이틀 나인이 제공하는 법적 보호 장치가 얼마나 많은 고통을 알아보지 못하고 그냥 지나칠까 생각했다. 할리우드, 학계, 연방정부, 뉴욕 문학계 등의 업계는 정말로 여성에게 개방적인가? 오늘날 우리는 한때 쿠민처럼 자기 글을 출간하기 위해 남편의 승인이 필요하지는 않지만, 여전히 우리의 진지함을 옹호하고 포식자를 물리쳐 줄 남성 은인 혹은 보호자가 필요하지 않나? 트위터를 훑어보고 뉴스를 읽으면서 미국을 지금보다 훨씬 더 나은 곳으로 만들기 위해 목숨 걸고 싸웠던 여성들을 생각했다.

내가 사는 시대와 1960년대부터 1970년대 사이의 온갖 유사점들이 전부 두려웠던 것은 아니었다. 어떤 유사점은 오히려 힘을 주었다. 이 책을 쓰는 동안 전국에서 운동이 부활했다. "흑인의 생명도 소중하다"Black Lives Matter 시위와 대학과 미디어 산업 전역에 걸친 파업과 동맹파업, 그리고 수도와 기타 곳곳에서 벌어진 여성 행진이 있었다. 비교적 평온했던 클린턴 정부 아래 성장한 사람으로서 나는 꼬박꼬박 거리로 나가는 사람들을 보고 놀랐다. 1960년대의 생동력 넘치는 저항이 예전처럼 상상할 수 없는 먼일로 느껴지지 않았다.

더욱이 지난 몇 년간 섹스턴과 쿠민, 올슨의 작품을 바탕으로 구축된 문학을 목격했다. 도처에서 고백적인 글쓰기가 일어나고 있었다. 여성들이 웹사이트에 올린 회고록과 사적인 에세이를 읽었고, 일부러 자서전과 소설 사이의 경계를 흐리며 쓴 '오토픽션' 작품들을 읽었다. 고백적인 글쓰기가 워낙 만연하고 게다가 그런 글을 출판하는 곳에 수익성까지 있어서 이 책을 마무리할 무렵에는 오히려 백래시가 시작되었다. (2017년 두 명의 비평가가 사적인 에세이는 죽었다고 선언했다.) 또한 2010년대에 들어서자 모성에 관한 문학이 새로운 전환점을 맞이했다. 여성 작가들이 모성의 지저분함을(물리적으로나 감정적으로나) 솔직하고 복잡하고 묘사하기 시작했다. 엘레나 페란테, 리브카 갤천, 실라 헤티, 미건 오코넬, 매기 넬슨 등은 매력적인 소설과 논픽션을 통해 임신과 출산, 육아를 그려냈다. 이들의 이야기는 전통에서 벗어났다. 갤천의 책은 풍자적이면서 형식상 혁신적이었다. 넬슨의 서사는 젠더와 이성애, 가족에 관한 생각들을 폭발시켰다. 이들이 모성을 예술의 소재로 사용한 최초의 작가는 아니었지만, '동등한 우리'와 달리 크게 호평받았고, 성공을 거두었으며, 섹스턴처럼 너무 "사적이다"라고 비난받지 않았다. 내가 보기에 이제 비평의 스포트라이트를 받는 여성의 혁신적이고 내밀한 글쓰기의 초석을 닦은 사람들이 바로 '동등한 우리'였다.

역사학자로서 나는 문학적 혁신과 불안정한 인권의 시대였던 1960
년대와 1970년대에 가능하면 가깝게 다가가고자 노력했다. 여러 책
을 읽고, 아카이브를 추리고, 다큐멘터리를 보았다. 스완의 딸 조애
나 핑크를 앨런 핑크가 설립한 알파 갤러리에서 만났다. 이 갤러리
는 원래 섹스턴이 처음으로 시 강의를 들었던 건물과 가까운 보스턴
백베이의 뉴스베리 스트리트에 있었다. 추운 1월의 오후, 보스턴 사
우스엔드로 옮겨간 갤러리에 앉아 몇 시간 동안 스완과 미술관학교
동기들이 그린 그림에 감탄하며 조애나와 함께 어머니 스완의 경력
에 관해 이야기를 나누었다.

　2017년 겨울에는 한 친구와 함께 캘리포니아 소켈에서 올슨의 딸
줄리와 그의 남편 로버트를 만났다. 그들은 올슨이 말년에 거주하며
작업했던 작은 집에 아직 살고 있었다. 노동 역사학자이자 조합 활
동가인 내 친구와 나는 우리보다 연상인 부부와 함께 노동의 역사와
좌파 정치에 관해 솔직한 대화를 나누었다. 허브차를 마시며 간혹
서향 창문 너머로 바다를 바라보았다. 나처럼 학부생을 가르치는 줄
리에게 동질감을 느꼈다. 나 역시 교사이자 작가이자 조합 활동가로
서 작게나마 이 나라 페미니즘이 이어온 긴 전통의 일부가 되고 싶
었다.

　폴리 번팅, 베티 프리단, 앨리스 워커, 그리고 다섯 명의 '동등한
우리'가 어려운 조건 아래서도 자신의 삶과 주변의 사랑하는 여성들
의 삶을 바꾸기 위해 열심히 싸워 길을 냈다는 사실을 알게 되었다.
그들이 품은 가장 중요한 통찰은 여성의 창조적이고 지적인 삶은 물
질적 조건에 의해 형성되며, 여성이 예술가, 작가, 어머니, 그리고 원
하는 지성인이 되려면 반드시 이런 조건부터 바꿔야 한다는 사실이

었다. 페미니즘의 명분에 헌신한 사람들, 그중에서도 올슨은 분열과 사회적 백래시가 페미니즘 운동을 주류 밖으로 밀어낼 때도 결코 명분을 포기하지 않았다.

이런 작업은 오늘도 계속된다. 역사가 달라진 만큼 거기에 들어맞는 새로운 전략과 전술이 필요하다. 이제 래드클리프 독립연구소 같은 여성 전용 공간은 젠더 이분법이 도전받고 있는 21세기에는 들어맞지 않을지도 모른다. 이론가 킴벌리 크렌쇼의 주장처럼 여성은 인종과 계급에 따라 성차별을 다르게 경험한다. 그러므로 단 하나의 정책적 해결책이 모든 여성에게 똑같이 도움이 된다고 말할 수는 없다(물론 국가 지원 보육 정책이 그에 근접할 것이다). 그렇다고 이런 사실이 연구소 같은 기관을 무조건 부인할 이유는 되지 않는다. 오히려 그와 같은 기관을 이해하고 그들이 품었던 생각과 방식을 우리 시대에 적용해 볼 이유가 될 것이다. 교육기관 및 기타 기관이 여성을 더욱 잘 지지하려면 어떻게 해야 할까? 지속적인 젠더 격차를 근절하려면 대학들은 어떤 일을 할 수 있을까? 작가이자 사상가로서 우리는 어떻게 과감하고, 창조적이며, 심지어 혁명적이 될 수 있을까?

훗날 폴리 번팅은 이 "어수선한 실험"에 이토록 많은 여성이 응답한 이유가 무엇이냐, 여성들은 왜 그렇게 사무실에 끊임없이 전화를 걸고 편지를 보내고 또 보내며 해마다 지원을 했느냐는 질문을 받고 겸손하게 대답한다. "그들이 사는 조건을 향해 호소했으니까요."[7] 오늘날 여성들은 새로워진 조건 아래 산다. 이제 또 다른 어수선한 실험과 새로운 여성 집단이 목소리를 낼 때가 왔다.

감사의 말

래드클리프 독립연구소는 단 한 가지 생각을 바탕으로 설립되었다. 기관이 지원하는 지적 공동체가 주어진다면 예술가, 작가, 학자는 혼자 있을 때보다 더 훌륭한 작품을 생산할 수 있다는 생각이었다. 나 역시 이 생각이 얼마나 타당한지 입증할 수 있다. 『동등한 우리』를 작업한 4년 동안 수많은 이들과 기관의 지원을 받았다. 그들의 도움 덕분에 책의 질이 무한히 좋아졌다. 어떤 실수나 오류가 있다면 전적으로 내 탓이다.

가장 먼저 통찰력 있는 편집으로 더 진실하고, 더 똑똑하고, 더 매력적인 책을 만들어 낸 루앤 발터에게 감사드린다. 캐서린 텅은 놀랍고도 철저한 편집을 가능하게 했고 참을성 있게 책의 제작을 거들어 주었다. 중간에 점검을 맡아주고 책의 결론을 이끌어 준 애나 코프먼과 엘리 프리쳇에게 감사드린다. 처음부터 이 프로젝트를 신뢰해 주었던 일라이어스 올트먼에게 무한한 감사를 전한다. 힘든 시기를 통과할 수 있게 이끌어 준 점, 대단히 감사드린다.

리나 코언은 자료 조사를 훌륭히 지원해 주었고 이 책의 많은 부분을 도와주었다. 지니 라이스는 꼼꼼하게 사실 확인을 해주었고 여러 오류를 바로잡아 주었다. 댄 노박은 귀한 법률 자문을 해주었다.

아카이브를 분류하고 연구자의 자료 이용을 도와주는 도서관 사서들과 아카이비스트들이 없었다면 이 책은 존재하지 못했을 것이

다. 해리 랜섬 센터, 슐레진저 도서관, 바이넥 레어 도서&문서 도서
관, 스탠퍼드 특별 소장품 및 대학 아카이브, 미국예술아카이브의 사
서들과 아카이비스트들에게, 특히 다이애나 캐리, 팀 녹스, 앨런 시
어의 도움에 감사드린다.

래드클리프 연구소에 대해 직간접적인 경험을 나눠주신 분들을
만나 영광이었다. 특히 대화를 나눠준 '동등한 우리'의 친척들에게
감사드린다. 줄리 올슨 에드워즈, 조애나 핑크, 대니얼 쿠민, 릴리 마
크라키스, 캐시 올슨, 린다 그레이 섹스턴, 니나 토비시에게 깊은 감
사를 전한다. 특히 올슨의 미출간 원고에서 많은 부분을 인용하도록
허락해 준 줄리에게 큰 감사의 마음을 전하고 싶다.

애너스타샤 컬리, 머브 엠레, 앤드루 마틴, 찰스 피터슨, 게이브리
얼 위넌트, 스티븐 스퀴브는 전부 원고의 부분들을 함께 읽어주었다.
친애하는 똑똑한 친구들이 책을 훨씬 좋게 만들 훌륭한 제안을 해주
었다.

이 책은 수많은 학자, 비평가, 역사학자의 작업을 바탕으로 만들
었다. 전부 주석에 표시했지만 몇몇은 이 자리에 특별히 언급하고
싶다. 스테퍼니 쿤츠, 앨리스 에콜스, 폴라 기딩스, 일레인 타일러 메
이, 팬시아 리드, 조앤 마이어로위츠, 루스 로즌이 그들이다. 다이앤
미들브룩의 작품은 이 프로젝트를 추구할 영감을 주었다. 또 이 책
에서는 광범위하게 다루지 못했지만, 큰 영향을 준 페미니스트 사상
가와 작가들, 특히 킴벌리 크렌쇼, 낸시 프레이저, 실비아 페데리치,
알리 혹실드를 언급하고 싶다.

하버드대학교에도 감사를 전할 수많은 이들이 있다. 2014년부터
하버드 글쓰기 프로그램에서 강의했는데, 여러모로 이 작업을 지원
해 주었다. 특히 캐런 히스, 톰 젠, 리베카 스콜닉에게 감사드린다.
더불어 이 프로젝트는 원고 준비와 전문적 개발을 위해 퓌르브링거

지원금을 받았다.

젊은 학자로서 가르치고 작업하기에 이상적인 장소를 마련해 준 하버드 역사&문학과에 감사드린다. 특히 케빈 버밍엄, 조던 브라워, 제니 브래디, 케이틀린 케이시, 알렉스 코리, 토머스 디히터, 로런 케이민스키, 린 필리, 팀 매카시, 크리스틴 루피니언, 던컨 화이트에게 감사드린다. 페미니즘의 과거와 미래에 관해 날카로운 관찰력을 보여준 학생들과 지도학생들에게 감사드린다. 특히 탁월한 졸업논문에서 '키친테이블: 유색인 여성 출판사'를 소개해 준 메건 존스에게 많이 배웠다.

하버드대학교 영문학과의 교수진과 대학원생들에게 감사드린다. 책의 연구와 집필에 필요한 많은 기술을 배웠다. 특히 로런스 뷰얼, 글렌더 카피오, 필립 피셔, 루크 메넌드에게 고맙다. 메넌드는 스토리텔링을 통해 어떻게 학문적 주장을 펼칠 수 있는지 가르쳐 주었다. 또한 미국 콜로키엄 회원들에게, 특히 닉 도노프리오에게, 그리고 뉴잉글랜드 아메리카니스트 워크숍 참석자들에게, 특히 데이비드 홀링스헤드와 제니퍼 셰네프에게 감사드린다. 앨리슨 채프먼과 캐스린 로버츠는 대학원 시절 이후로 무한한 지지를 보내주었다.

케임브리지의 사려 깊고 뛰어나며 열정적인 사람들 사이에 사는 것은 큰 행운이다. 팀 바커, 제임스 브란트, 존 코널리, 카트리나 포레스터, 로라 콜비, 제이미 마틴, 레이철 놀런, 벤 타노프, 크리스틴 웰드, 모이라 와이걸은 전부 지적 영감을 불어 넣어주었다. 또 이 공동체의 일원인 애냐 카플란-심은 업스테이트 뉴욕의 한 농장에 임시로 나를 위한 글쓰기 안식처를 마련해 주었다.

밍치 추, 제시카 루디스, 레이철 만하이머, 해나 로즈필드, 애니 와이먼은 내게 책 속 여성들이 추구하고 발견했던 여성 공동체를 안겨 주었다. 그들을 알게 되어 다행이다.

부모님 다이앤과 제이는 어렸을 때부터 젠더평등에 관해 가르쳐 주었고 책을 사랑할 수 있게 격려해 주었다. 자매 애나와 형제 잭은 내 삶을 유머와 애정과 수많은 재미로 채워주었다.

뛰어난 사상가이자 재능 있는 작가 맥스 라킨은 이 책의 모든 페이지를 읽어주었고(상당 부분을 여러 번 읽었다) 각 페이지가 어떻게 더 좋아질 수 있을지 말해주었다. 이 프로젝트와 스토리텔링을 향한 그의 열정 덕분에 나는 약해졌을 때도 계속 앞으로 나아갈 수 있었다. 그와 함께 있으면 나는 더 깊이 생각하고, 더 열정적으로 말하고, 더 즐겁게 웃게 된다. 그에게, 또 우리가 함께 이룬 삶에 깊이 감사드린다.

주

들어가며

1 린다 그레이 섹스턴, 저자와의 인터뷰, 2019년 2월 12일.

2 섹스턴이 데니스 패럴 신부에게, 1962년 7월 16일, in *Anne Sexton: A Self-Portrait in Letters*, ed. Lois Ames and Linda Gray Sexton (Boston: Mariner Books, 2004), 142.

3 같은 글.

4 같은 글, 143.

5 Diane Middlebrook, *Anne Sexton: A Biography* (Boston: Houghton Mifflin, 1992), 128.

6 섹스턴이 패럴에게, 1962년 7월 16일, *in Self-Portrait in Letters*, 143.

7 Middlebrook, *Anne Sexton*, 157.

8 "One Woman, Two Lives", *Time*, 3 Nov. 1961, 68.

9 Fred M. Hechinger, "Radcliffe Pioneers in Plan for Gifted Women's Study", *New York Times*, 20 Nov. 1960.

10 같은 글.

11 Elaine Yaffe, *Mary Ingraham Bunting: Her Two Lives* (Savannah: Frederic C. Beil, 2005), 176.

12 Betty Friedan, "Up from the Kitchen Floor", *New York Times*, 4 March 1973.

13 Yaffe, *Mary Ingraham Bunting*, 171.

14 릴리 마크라키스, 저자와의 인터뷰, 2016년 5월.

15 Ruth Rosen, *The World Split Open: How the Modern Women's Movement Changed America* (New York: Penguin Books, 2007), 196.

16 Middlebrook. Anne Sexton, 197. 이 기회를 빌려 유일하게 현존하는 앤 섹스턴의 전기를 쓴 미들브룩에게 이 프로젝트의 씨앗을 심어준 점에 감사드린다. 내가 아는 한 미들브룩은 래드클리프 연구소에서 이 다섯 명의 여성이 융합한 사실에 주목한 유일한 학자 혹은 작가다. 섹스턴의 전기를 개작해 *Listening to Silences: New*

Essays in Feminist Criticism, ed. Shelley Fisher Fishkin (New York: Oxford University Press, 1994)에 수록한 미들브룩의 에세이 "Circle of Women Artists: Tillie Olsen and Anne Sexton at the Radcliffe Institute"가 이 책에 영감을 주었다.

17 래드클리프 독립연구소에 보낸 앤 섹스턴의 지원서, 1961년 3월 7일, Institute Archives.

18 마리아나 피네다와의 구술사 인터뷰, 1977년 5월 26일~6월 14일, Archives of American Art, Smithsonian Institution.

19 스완이 콘스턴스 스미스에게, 1963년 8월 27일, Institute Archives.

20 연구소에 관해 논의한 학자들이 몇 있는데 주로 연구소에 관여한 여성들에 관해 쓴 글을 통해서다. 예를 들어, 미들브룩, 팬시아 리드(틸리 올슨 전기 저자), 일레인 야프(메리 잉그레이엄 번팅 전기 저자), 이블린 화이트(앨리스 워커 전기 저자) 등의 전기작가들은 전부 연구소와 연구소가 전기 주인공에게 지닌 중요성에 대해 기술했다. 연구소 역시 *Radcliffe Institute, 1960 to 1971* (published by the Institute in 1972), *Voices and Visions: Arts at the Mary Ingraham Bunting Institute, 1962–1967*, edited by the former fellows Iris Fanger and Marilyn Pappas (and published in 1997)처럼 자체 역사를 많이 출간했다. 그러나 이런 역사는 연구자들에게는 도움이 되지만 기념과 홍보의 측면이 강해 객관적이지는 못하다. 이 책을 쓰면서 연구소의 장점과 단점을 객관적으로 바라보는 동시에 그곳에 모인 여성들의 눈을 통해 연구소를 바라보고자 노력했다.

21 Stephanie Coontz, *A Strange Stirring: The Feminine Mystique and American Women at the Dawn of the 1960s* (New York: Basic Books, 2012), 148.

22 노동 역사학자들과 페미니스트 역사학자들은 전쟁 직후 시기를 어떻게 이해해야 할지 생산적으로 고민해 왔다. Dorothy Sue Cobble's *Other Women's Movement: Workplace Justice and Social Rights in Modern America* (Princeton, N.J.: Princeton University Press, 2004)는 세기 중반 여성 노동의 조직화가 어떻게 지속되었는지 보여준다. *Not June Cleaver: Women and Gender in Postwar America, 1945-1960*, ed. Joanne Meyerowitz (Philadelphia: Temple University Press, 1994)에 수록된 에세이들 역시 간호사, 낙태 지지자, 비트족, 이민자, 활동가들이 모두 당대의 젠더 규범에 어떻게 도전했는지 보여준다. 스테퍼니 쿤츠는 *The Way We Never Were: American Families and the Nostalgia Trap* (New York: Basic Books, 1992) 프로젝트에 참여해 세기 중반의 삶에 관한 수많은 신화에 구멍을 뚫었다. 이 책은 이 분야의 중요

한 책들 가운데 한 가지 표본일 뿐이다.

23 Virginia Woolf, *A Room of One's Own* [버지니아 울프, 『자기만의 방』] (1929), re-
    trieved from victorianpersistence.files.wordpress.com.

24 Ariane Hegewisch and Heidi Hartmann, *The Gender Wage Gap: 2018 Earnings Differ-
    ences by Race and Ethnicity* (Institute for Women's Policy Research, 2019).

1장   작고 하얀 나무 울타리

1 이 도입부는 미들브룩의 전기와 일레인 쇼월터와 캐럴 스미스가 진행한 쿠민과 섹
   스턴의 인터뷰 "A Nurturing Relationship: A Conversation with Anne Sexton and
   Maxine Kumin, April 15, 1974", *Women's Studies* 4, no. 1 (1976): 115-135, 그리고
   쿠민이 쓴 섹스턴의 『시 전집』(*Complete Poems*) 서문 "How It Was" 등을 참고했다.

2 Sexton, interview by Barbara Kevles, in *No Evil Star: Selected Essays, Interviews, and
   Prose*, ed. Steven E. Colburn (Ann Arbor: University of Michigan Press, 1985), 84.

3 Sexton, interview by Alice Ryerson and Martha White, Jan. 1962, Radcliffe Institute Ar-
   chives. Details about Harvey household from Middlebrook, *Anne Sexton*, 9, and from
   the interview.

4 앤 섹스턴과의 인터뷰, Institute Archives.

5 섹스턴은 인터뷰에서는 이 부분을 자세히 말하지 않았고 세부 내용은 미들브룩의
   전기 *Anne Sexton*, 20-21에 수록되어 있다.

6 Middlebrook, *Anne Sexton*, 13.

7 앤 섹스턴과의 인터뷰, Institute Archives.

8 Middlebrook, *Anne Sexton*, 36에서 재인용.

9 같은 책, 34.

10 같은 책, 36.

11 같은 책, 37.

12 Mark Garrett Cooper and John Marx, "New Critical Television", *Openvault*, WGBH,
    2015, openvault.wgbh.org

13 앤 섹스턴과의 인터뷰, Institute Archives.

14 Middlebrook, *Anne Sexton*, 52.

15 앤 섹스턴과의 인터뷰, Institute Archives.

16 같은 글.

17 1958년에는 이 주제로 시를 한편 쓰기도 했다. "An Obsessive Combination of On-
tological Inscape, Trickery, and Love", in *Selected Poems of Anne Sexton*, ed. Diane
Wood Middlebrook and Diana Hume George (Boston: Houghton Mifflin, 1988), 4.

18 Sexton, interview by Kevles, in *No Evil Star*, 87.

19 Showalter and Smith, "Nurturing Relationship", 116.

20 Maxine Kumin, "How It Was", introduction to *The Complete Poems: Anne Sexton*
(Boston: Houghton Mifflin, 1981), xix.

21 Showalter and Smith, "Nurturing Relationship", 117.

22 같은 글, 116.

23 Middlebrook, *Anne Sexton*, 36에서 재인용.

24 Maxine Kumin, *The Pawnbroker's Daughter: A Memoir* (New York: W. W. Norton,
2015), 72.

25 Showalter and Smith, "Nurturing Relationship", 121.

26 Kumin, *Pawnbroker's Daughter*, 21.

27 같은 책, 28.

28 James R. Hepworth, "Wallace Stegner, the Art of Fiction", *Paris Review*, no. 115 (Sum-
mer 1990)에 인용된 싱클레어 루이스의 말.

29 같은 책에 인용된 스티그너의 말.

30 Kumin, interview by Alice Ryerson and Martha White, Jan. 1962, Institute Archives.

31 Showalter and Smith, "Nurturing Relationship", 120.

32 Kumin, *Pawnbroker's Daughter*, 73.

33 같은 책.

34 같은 책, 75.

35 같은 책.

36 같은 책, 77-78.

37 Showalter and Smith, "Nurturing Relationship", 121.

38 같은 글, 118.

39 Phillip Newton, "Years of Study, Writing Cheers Newton Lady Poets", *Boston Traveler*,
7 June 1961.

40 Showalter and Smith, "Nurturing Relationship", 123.

41 같은 글, 121.

42 같은 글, 122.

43 Anne Sexton, "Music Swims Back to Me", in *The Complete Poems* (Boston: Houghton Mifflin, 1981), 6.

44 같은 책, 24.

45 Maxine Kumin, "Halfway", *Harper's Magazine*, 1 Jan. 1959, 37.

46 Maxine Kumin, "A Hundred Nights", *Harper's Magazine*, 1 June 1960, 73.

47 Maxine Kumin, "The Journey", *Harper's Magazine*, 1 Feb. 1961, 49.

48 Marianne Moore, "Poetry", in *Others for 1919: An Anthology of the New Verse*, ed. Alfred Kreymborg (New York: N. L. Brown, 1920).

2장 누가 내 경쟁자인가?

1 Elaine Tyler May, *Homeward Bound* (New York: Basic Books, 1988), 23.

2 Alan Riding, "Grandpa Picasso: Terribly Famous, Not Terribly Nice", *New York Times*, 24 Nov. 2001.

3 Mark McGurl, *The Program Era: Postwar Fiction and the Rise of Creative Writing* (Cambridge, Mass.: Harvard University Press, 2009), 24.

4 섹스턴과 함께 수업을 들었던 캐슬린 스피백의 기억이다(다음 인용 출처 54-55쪽 참고). 스피백은 에세이 "Classroom at Boston University", in *No Evil Star*, 3-5에서 섹스턴이 수업 중에 담배를 피우며 토론했다고 말한다.

5 Kathleen Spivack, *With Robert Lowell and His Circle: Sylvia Plath, Anne Sexton, Elizabeth Bishop, Stanley Kunitz, and Others* (Boston: Northeastern University Press, 2012), 48.

6 Sylvia Plath, 25 Feb. 1959, *The Unabridged Journals of Sylvia Plath*, ed. Karen V. Kukil (New York: Random House, 2000), 471. 로웰의 세미나에 관해서는 여러 자료를 참고했다. 우선 섹스턴의 회고록인 "Classroom at Boston University"가 있다. 플라스의 일기는 강의실과 당시 플라스의 정신적·육체적 상태에 관한 세부적인 정보를 주었다. 또 스피백의 회고록 *With Robert Lowell and His Circle*도 참고했다.

7 Plath, 25 Feb. 1957, *Journals of Sylvia Plath* [실비아 플라스, 『실비아 플라스의 일기』], 270.

8 Plath, 29 March, 1958, *Journals of Sylvia Plath*, 360.

9 Plath, 20 March 1959, *Journals of Sylvia Plath*, 475.

10 Kumin, *Pawnbroker's Daughter*, 79에서 재인용한 휴스의 말.

11 섹스턴이 카이저에게, 1959년 4월 1일, in *Self-Portrait in Letters*, 68. 로웰의 강의실에 관한 세부 사항은 스피백의 회고록을 참고했다.

12 Spivack, *With Robert Lowell and His Circle*, 57.

13 Middlebrook, *Anne Sexton*, 111에서 재인용.

14 Adlai E. Stevenson, "A Purpose for Modern Woman", *Women's Home Companion*, Sept. 1955, 30-31.

15 Anne Roiphe, *Art and Madness: A Memoir of Lust Without Reason* (New York: Anchor Books, 2011), 141.

16 섹스턴이 카이저에게, 1959년 2월 5일, in *Self-Portrait in Letters*, 56.

17 섹스턴이 스노드그래스에게, 1958년 10월 6일, *Self-Portrait in Letters*, 40.

18 Middlebrook, *Anne Sexton*, 47에서 재인용.

19 Anne Sexton, "The Double Image", in *Complete Poems*, 35-42.

20 섹스턴이 스노드그래스에게, 1959년 3월 11일, in *Self-Portrait in Letters*, 65.

21 Plath, 23 April 1959, *Journals of Sylvia Plath*, 477.

22 Ian Hamilton, "A Conversation with Robert Lowell", in *Robert Lowell: Interviews and Memoirs*, ed. Jeffrey Meyers (Ann Arbor: University of Michigan Press, 1988), 170.

23 Elizabeth Hardwick, "Boston", in *The Collected Essays of Elizabeth Hardwick* (New York: New York Review Books, 2017), 74.

24 Anne Sexton, "The Bar Fly Ought to Sing", in *No Evil Star*, 7. 이런 밤들의 세부 묘사는 이 에세이를 참고했다.

25 같은 책, 10.

26 같은 책, 9.

27 Plath, May 20, 1959, *Journals of Sylvia Plath*, 484.

28 Plath, June 13, 1959, *Journals of Sylvia Plath*, 495.

29 같은 책.

30 섹스턴이 카이저에게, 1959년 4월 1일, in *Self-Portrait in Letters*, 70.

31 M.L. Rosenthal, "Poetry as Confession", *Nation*, 19 Sept. 1959, 154.

32 섹스턴이 스노드그래스에게, 1959년 6월 9일, in *Self-Portrait in Letters*, 79.

33 Plath, 7 Nov. 1959, *Journals of Sylvia Plath*, 524.

34 Middlebrook, *Anne Sexton*, 111에서 재인용.

35 Hardwick, "Boston", 70.

36 Showalter and Smith, "Nurturing Relationship", 127-128에서 재인용.

37 Kumin, "How It Was", xxiv.

38 Showalter and Smith, "Nurturing Relationship", 128에서 재인용.

39 홈스가 쿠민에게, 1961년 8월 6일, Kumin Papers, Beinecke Library, Yale University, and hereafter.

40 홈스에게 보낸 것으로 추정되는 편지가 다음 책에 수록. Paula Salvio, *Anne Sexton: Teacher of Weird Abundance* (Albany: State University of New York Press, 2007), 67.

41 Sexton, "For John, Who Begs Me Not to Enquire Further", in *Complete Poems*, 34.

42 Thomas Lask, "Books of the Times", *New York Times*, 18 July 1960.

43 Middlebrook, *Anne Sexton*, 125에서 재인용.

44 홈스가 쿠민에게, 1961년 8월 6일, Kumin Papers.

45 Showalter and Smith, "Nurturing Relationship", 122에서 재인용.

46 홈스가 쿠민에게, 1961년 8월 13일, Kumin Papers.

47 홈스의 답변에서 추린 내용이다. 홈스가 쿠민에게, 1961년 8월 16일, Kumin Papers.

3장 작가-인간-여성

1 Middlebrook, *Anne Sexton*, 146에서 재인용.

2 Tillie Olsen, "Tell Me a Riddle", in *Tell Me a Riddle, Requa I, and Other Works* (Lincoln: University of Nebraska Press, 2013), 60-61.

3 같은 책, 98.

4 같은 책, 58.

5 같은 책, 92.

6 섹스턴이 밀러에게, 1960년 11월 14일, in *Self-Portrait in Letters*, 116.

7 섹스턴이 올슨에게, 1960년 4월 5일, Sexton Papers, Harry Ransom Center, University of Texas at Austin, and hereafter.

8 섹스턴이 올슨에게, 1964년 3월 1일, Sexton Papers.

9 올슨이 섹스턴에게, 1월 26일 [1961년으로 추정], Sexton Papers.

10 Panthea Reid, *Tillie Olsen: One Woman, Many Riddles* (New Brunswick, N.J.: Rutgers University Press, 2010), 88에서 재인용.

11 줄리 올슨 에드워즈, 저자와의 인터뷰, 2016년 1월 30일.

12 Reid, *Tillie Olsen*, 174에서 재인용. 올슨의 20대에 관한 세부 사항은 출처가 다양하다. 리드의 전기, 올슨의 딸 줄리와 케이시와의 인터뷰, 1930년대 자료에서 읽은 개인적인 인상, 그리고 이 시기 올슨이 쓴 르포르타주에서 읽은 내용 등을 참고했다.

13 Robert Cantwell, "Literary Life in California", *New Republic*, 22 Aug. 1934.

14 Tillie Lerner, "The Strike", *Partisan Review* 1, no. 4 (1934): 3-9.

15 줄리 올슨 에드워즈, 저자와의 인터뷰.

16 Reid, *Tillie Olsen*, 250.

17 Undated scrap of paper (possibly a journal entry), Olsen archives, Special Collections & University Archives, Stanford University, and hereafter.

18 같은 글.

19 Reid, *Tillie Olsen*, 190에서 재인용. 올슨의 종이 쪽지에 날짜를 기입하고 정확한 순서대로 정리한 전기작가 리드의 노고를 인정하고 싶다.

20 같은 책에서 인용, 191.

21 Tillie Olsen, "I Stand Here Ironing", in *Tell Me a Riddle*, 5-14. Olsen retitled "Help Her to Believe" for publication in *The Best American Short Stories 1957*, ed. Martha Foley (Boston: Houghton Mifflin, 1957).

22 Reid, *Tillie Olsen*, 195.

23 올슨의 스탠퍼드 시절에 관해서는 같은 책 참고, 197-203.

24 줄리 올슨 에드워즈와 케이시 올슨, 저자와의 인터뷰, 2016년 6월 13일.

25 Undated scrap of paper (possibly a journal entry), Olsen archives.

26 올슨이 섹스턴에게, 1월 26일 [1961년으로 추정], Sexton Papers.

27 Middlebrook, *Anne Sexton*, 94에서 재인용.

28 Nolan Miller, Letter of Recommendation in Olsen application, 10 Jan. 1962, Institute

Archives.

29 Dick Scowcroft, Letter of Recommendation in Olsen application, 12 Jan. 1962, Institute Archives.

30 올슨이 섹스턴에게, "11월 늦은 밤의 메모" [1960년으로 추정], Sexton Papers.

31 올슨이 섹스턴에게, 1월 26일 [1961년으로 추정], Sexton Papers.

32 섹스턴이 올슨에게, 날짜 미상 [1961년], Sexton Papers.

33 올슨이 섹스턴에게, 5월 20일 [1961년으로 추정], Sexton Papers.

34 섹스턴이 올슨에게, 날짜 미상 [1961년으로 추정], Sexton Papers.

35 May, *Homeward Bound*, 12.

36 Ralph Brown, *Loyalty and Security: Employment Tests in the United States* (New Haven, Conn.: Yale University Press, 1958).

37 Janet Malcolm, *The Silent Woman: Sylvia Plath and Ted Hughes* (New York: Vintage, 1993), 41.

4장 어수선한 실험

1 Hechinger, "Radcliffe Pioneers".

2 같은 글.

3 같은 글.

4 Linda Gray Sexton, *Searching for Mercy Street: My Journey Back to My Mother, Anne Sexton* (Boston: Little, Brown and Company, 1994), 36.

5 Yaffe, *Mary Ingraham Bunting*, Kindle ed에서 재인용.

6 Laura Micheletti Puaca, *Searching for Scientific Womanpower: Technocratic Feminism and the Politics of National Security, 1940-1980* (Chapel Hill: University of North Carolina Press, 2014), 86.

7 National Defense Education Act of 1958, Title 1: General Provisions, sec. 101.

8 Yaffe, *Mary Ingraham Bunting*, Kindle ed에서 재인용.

9 Mary Bunting, speech to Annual Women's College Conference at Douglass, 7 March 1981, 같은 책에서 재인용.

10 Mary Ingraham Bunting-Smith Oral History, Bunting Personal Papers, Schlesinger

Library, Radcliffe College, 87.

11 Mary Bunting, "New Patterns in the Education of Women" (speech at Old Guard Summit, 22 Oct. 1956), Bunting Professional Papers, Schlesinger Library, Radcliffe College.

12 Yaffe, *Mary Ingraham Bunting*, Kindle ed에서 재인용.

13 번팅의 전기와 경력을 기술하기 위해 몇 가지 출처에 의존했다. 하나는 슐레진저 도서관에 소장된 메리 잉그레이엄 번팅-스미스 문서(1959~1972)에 포함된 구술 사이고, 야프가 쓴 전기와 『타임』에 실린 번팅의 프로필도 있다. 『타임』의 프로필 기사 제목은 다음과 같다. "Education: One Woman, Two Lives", *Time*, 3 Nov. 1961, 68-73.

14 Bunting-Smith Oral History, 17.

15 "One Woman, Two Lives", 68.

16 Mary I. Bunting, "A Huge Waste: Educated Womanpower", *New York Times*, 7 May 1961.

17 Linda Eisenmann, *Higher Education for Women in Postwar America, 1945-1965* (Baltimore: Johns Hopkins University Press, 2006), 44.

18 같은 책, 5.

19 번팅-스미스 문서의 구술사에 따르면 번팅이 이 표현을 처음 쓴 것은 1957년 미국 교육위원회 회의에서다. 번팅은 이후 이 표현을 자주 썼는데, 1960년 2월 미국여성협회 연설이 한 예다.

20 Katheryne McCormick, Yaffe, *Mary Ingraham Bunting*, Kindle ed에서 재인용.

21 Esther Raushenbush, *Occasional Papers on Education* (Bronxville, N.Y.: Sarah Lawrence College, 1979), Eisenmann, *Higher Education for Women in Postwar America*, 1 에서 재인용.

22 Bunting-Smith Oral History, 87.

23 같은 글.

24 같은 글.

25 같은 글, 88.

26 같은 글.

27 Yaffe, *Mary Ingraham Bunting*, Kindle ed에서 재인용.

28 "Down-to-Earth College President: Mary Ingraham Bunting", *New York Times*, 29

April 1969, 28.

29 Press release, 20 April 1961, Institute Archives.

30 번팅이 스미스에게, 1961년 1월 17일, Bunting Professional Papers.

31 케이시 올슨, 저자와의 인터뷰, 2016년 6월 16일.

32 릴리 마크라키스, 저자와의 인터뷰, 2016년 5월.

33 "Radcliffe Institute for Research or Radcliffe Center for Continuing Scholarship", press release, Nov. 1960, Institute Archives.

34 "The Radcliffe Institute for Independent Study", brochure, Nov. 1960, Institute Archives.

35 U.S. Census Bureau, Current Population Survey, 1961 to 2009 Annual Social and Economic Supplements, census.gov.

36 Paula Giddings, *When and Where I Enter: The Impact of Black Women on Race and Sex in America* (New York: Amistad, 2006), 245-246.

37 같은 책, 251.

38 Bunting, "Huge Waste".

39 같은 글, 112.

40 체임벌린이 번팅에게, 1961년 1월 21일, Bunting Professional Papers.

41 루시 헤이니어가 번팅에게, 1960년 11월 22일, Institute Archives.

5장 나 됐어요!

1 브라이언트가 연구소 집행위원회에게, memo, 1960, Institute Archives.

2 브라이언트가 번팅에게, memo, 30 Dec. 1960, Bunting Professional Papers.

3 Eisenmann, Higher Education for Women in Postwar America, 44.

4 래드클리프 독립연구소에 보낸 섹스턴의 지원서, 1961년 3월 7일, Institute Archives.

5 래드클리프 독립연구소에 보낸 쿠민의 지원서, 1961년 2월 29일, Institute Archives.

6 바버라 스완과의 구술사 인터뷰, 1973년 6월 13일~1974년 6월 12일, Archives of American Art, Smithsonian Institution.

7 같은 글.

8 저브와 미술관학교, 구상적 모더니즘 운동에 관한 묘사는 다음 책을 참조했다. Ju-

dith Bookbinder's *Boston Modern: Figurative Expressionism as Alternative Modernism* (Durham: University of New Hampshire Press, 2005).

9 Clement Greenberg, "Avant-Garde and Kitsch", in *The New York Intellectuals Readers*, ed. Neil Jumonville (New York: Routledge, 2007), 146.

10 Dorothy Adlow, "Barbara Swan Shows Group Show of Portraits", *Christian Science Monitor*, 6 Nov. 1947, 4.

11 Bookbinder, *Boston Modern*, 221에서 재인용.

12 같은 책에서 재인용, 219-220.

13 같은 책에서 재인용, 221.

14 스완과의 구술사 인터뷰.

15 Dorothy Adlow, "Artist's First Solo Display at the Boris Mirski Gallery", *Christian Science Monitor*, 23 March 1953, 7.

16 스완과의 구술사 인터뷰.

17 Edgar J. Driscoll, "This Week in the Art World: Barbara Swan's Exhibit Humanistic Shot in the Arm", *Boston Globe*, 10 Nov. 1957.

18 Barbara Swan, "Premier Cru", *Radcliffe Quarterly*, June 1986, 17.

19 스완이 메리 번팅에게, 1960년 11월 22일, Institute Archives.

20 래드클리프 독립연구소에 보낸 바버라 스완의 지원서, 1961년 2월 24일, Institute Archives.

21 "Fay House Reopens After Renovations", Radcliffe Institute for Advanced Study at Harvard University, 9 May 2012, www.radcliffe.harvard.edu

22 섹스턴의 지원서, Institute Archives.

23 섹스턴 면접에 관한 코니 스미스의 메모, 1961년 4월 29일, Institute Archives.

24 Kumin, *Pawnbroker's Daughter*, 39.

25 Kumin, interview by Alice Ryerson and Martha White, Jan. 1962, 30, Institute Archives.

26 같은 글.

27 같은 글, 31.

28 쿠민의 지원서, Institute Archives.

29 Frank A. Redinnick, Letter of Recommendation in Kumin Application, Institute Archives.

30 쿠민의 지원서에 관한 스미스의 메모, 1961년 4월 29일, Institute Archives.

31 로즌이 번팅에게, 1961년 5월 18일, Bunting Professional Papers.

32 페이본이 번팅에게, 1961년 7월 23일, Bunting Professional Papers.

33 블랜차드가 번팅에게, 1960년 11월 23일, Bunting Professional Papers.

34 레버토프가 번팅에게, 1960년 12월 5일, Institute Archives.

35 Donna Krolik Hollenberg, *A Poet's Revolution: The Life of Denise Levertov* (Berkeley: University of California Press, 2013), 173.

36 르네 브라이언트가 번팅에게, 1960년 12월 30일, Institute Archives.

37 Eisenmann, *Higher Education for Women in Postwar America*, 44.

38 "The Married Woman Goes Back to Work", *Woman's Home Companion*, Oct. 1956, 42, repr. in *Women's Magazines, 1940-1960: Gender Roles and the Popular Press*, ed. Nancy A. Walker (Boston: Bedford/St. Martin's, 1998), 87.

39 1960년 11월에는 여성의 38.2퍼센트가 노동 인구였다: U.S. Bureau of Labor Statistics, Civilian Labor Force Participation Rate: Women [LNS11300002], retrieved from FRED, Federal Reserve Bank of St. Louis, fred.stlouisfed.org

40 이 졸업생들의 말은 다음에 익명으로 인용되어 있다. A memo from Rene Bryant to Bunting, 2 Dec. 1960, Institute Archives.

41 베서니 M. 해밀턴이 번팅에게, 1961년 3월 23일, Institute Archives.

42 린 게인스가 번팅에게, 1961년 1월 13일, Institute Archives.

43 베서니 M. 해밀턴이 번팅에게, 1961년 3월 23일, Institute Archives.

44 코니 스미스가 쿠민에게, 1961년 5월 27일, Institute Archives(합격 통지서마다 같은 문구로 되어있다).

45 섹스턴과의 인터뷰에서 나온 일화, 1962년 1월, Institute Archives.

46 같은 글. 섹스턴은 이 인터뷰에서 당시의 실망감과 들뜬 마음을 꽤 솔직하게 말했고 덕분에 섹스턴이 장학금을 거의 놓친 줄 알았다가 받게 되었을 때의 감정이 어떠했는지 알 수 있었다.

47 Middlebrook, *Anne Sexton*, 145에서 재인용.

48 앤 섹스턴과의 인터뷰, 1962년 1월, Institute Archives.

49 Showalter and Smith, "Nurturing Relationship"; detail about December telephone line installation from Maxine Kumin and Anne Sexton, "On Poetry", Seminar for Radcliffe Institute, 13 Feb. 1962, Radcliffe College Sound Recordings.

50 앤 섹스턴과의 인터뷰, 1962년 1월, Institute Archives.

51 Institute press release, 2 June 1961, Kumin Papers.

52 "Ages of Children of Affiliate and Associate Scholars, 1961-1962", Institute Archives.

53 Press release, 2 June 1961, Bunting Professional Papers.

54 Wendy Wang and Kim Parker, "Record Share of Americans Have Never Married", Pew Research Center's Social & Demographic Trends Project, 14 Jan. 2015.

55 Beryl Pfizer, "Six Rude Answers to One Rude Question", in Walker, *Women's Magazines, 1940-1960*, 142.

56 Wittlin biography from press release, 2 June 1961, Bunting Professional Papers.

6장 프레미에 크뤼

1 Mary Lawlor, "Do Dishes? No, Rather Paint", *Boston Traveler*, 13 May 1963.

2 스미스가 스완에게, 1961년 9월 26일, Institute Archives.

3 스미스가 스완에게, 1961년 10월 6일, Institute Archives.

4 Brita Stendahl, "On the Edge of Women's Liberation", *Radcliffe Quarterly*, June 1986, 16.

5 Diane Middlebrook, "Remembering Anne Sexton: Maxine Kumin in Conversation with Diane Middlebrook", ed. Nancy K. Miller, PMLA 127, no. 2 (2012): 292-300.

6 Kumin and Sexton, "On Poetry".

7 Swan, "Premier Cru", 17.

8 Portrait accompanied Elizabeth Barker, "Typically Atypical", *Radcliffe Quarterly*, June 1986, 6.

9 Swan, "Premier Cru", 17-18.

10 같은 글.

11 같은 글.

12 Ian Forman, "Motherhood End Career? Not with Radcliffe's New Baby", *Boston Morning Globe*, June, 1961, Institute Archives.

13 Newton, "Years of Study, Writing Cheers Newton Lady Poets".

14 같은 글.

15 Lawlor, "Do Dishes? No, Rather Paint".

16 Untitled reflection, Kumin Papers.

17 "Education: One Woman, Two Lives", *Time*, 3 Nov. 1961, 68.

18 이 통계의 출처는 다음 세 군데다. Wendy Wang, "Breadwinner Moms", Pew Research Center, 29 May 2013, www.pewsocialtrends.org; Sarah Jane Glynn, "Breadwinning Mothers Are Increasingly the US Norm", Center for American Progress, 19 Dec. 2016, www.americanprogress.org; and "Black Women and the Wage Gap", National Partnership for Women and Their Families, April 2019, www.national partner ship.org

19 Premilla Nadasen, *Household Workers Unite* (Boston: Beacon, 2016), 65.

20 Untitled reflection on Institute, Kumin Papers.

21 These and other details from "Women of Talent", *Newsweek*, 23 Oct. 1961.

22 Nadasen, *Household Workers Unite*, 2.

23 *The Gender Wage Gap by Occupation 2017 and by Race and Ethnicity*, report, Institute for Women's Policy Research, April 2018, iwpr.org

24 "Women of Talent", *Newsweek*, 23 Oct. 1961.

25 앤 섹스턴과의 인터뷰, 1962년 1월, Institute Archives.

26 Pool details from Middlebrook, *Anne Sexton*, 150-151.

27 같은 글에서 재인용, 151.

28 "Women of Talent", Newsweek, 23 Oct. 1961.

29 섹스턴이 올슨에게, 1961년 11월 11일, Sexton Papers.

30 섹스턴이 올슨에게, 1962년 1월 5일, Olsen Papers.

31 앤 섹스턴과의 인터뷰, 1962년 1월, Institute Archives. 앤의 큰딸 린다는 케이오와 앤의 시어머니가 앤의 시를 어떻게 바라보았는지에 관한 앤 자신의 평가에 이의를 제기한다. 린다가 기억하기로 아버지와 할머니 둘 다 앤의 작업을 이해하지는 못했어도 지지했다. 래드클리프 지원금을 받은 후로 두 사람의 관점이 극적으로 바뀌었다는 기억은 없다. See Middlebrook, *Anne Sexton*, 152.

32 Middlebrook, *Anne Sexton*, 152, 161.

33 Kumin and Sexton, "On Poetry".

34 섹스턴은 다음에서 이 구성을 설명한다: 앤 섹스턴과의 인터뷰, 1962년 1월, Institute Archives.

35 Anne Sexton, "The Fortress", in *Complete Poems*, 66-67.

36 Anne Sexton, "The Operation", in *Complete Poems*, 57.

37 앤 섹스턴과의 인터뷰, 1962년 1월, Institute Archives.

38 린다는 이 생각에 이의를 제기한다: 주 31 참조.

39 앤 섹스턴과의 인터뷰, 1962년 1월, Institute Archives.

40 같은 글.

41 릴리 마크라키스, 저자와의 인터뷰, 2016년 5월.

42 Roiphe, *Art and Madness*, 73.

43 같은 책.

44 마크라키스 인터뷰.

45 같은 글.

46 "Women of Talent", *Newsweek*, 23 Oct. 1961.

47 마크라키스 인터뷰.

48 앤 섹스턴과의 인터뷰, 1962년 1월, Institute Archives.

49 마크라키스 인터뷰.

50 쿠민과의 인터뷰, 1962년 1월, Institute Archives.

51 앤 섹스턴과의 인터뷰, 1962년 1월, Institute Archives.

52 같은 글.

53 같은 글.

54 섹스턴이 올슨에게, 1961년 11월, Sexton Papers.

55 Foreword to "The American Female: A Special Supplement", *Harper's*, Oct. 1962.

56 마크라키스 인터뷰.

57 "A Literary Woman 'at Home' in Newton", *Newton Times*, 15 Nov. 1972, 12-14.

58 Untitled reflection, Kumin Papers.

59 Elizabeth Singer More, *Report of the President's Commission on the Status of Women: Background, Content, Significance*, report, History and Literature, Harvard University.

60 Stendahl, "On the Edge of Women's Liberation", 16.

61 Kumin, untitled reflection, Kumin Papers.

1 Stendahl, "On the Edge of Women's Liberation", 16.

2 Untitled news clipping, Institute Archives.

3 Stendahl, "On the Edge of Women's Liberation", 16.

4 Maxine Kumin, mimeograph of "Morning Swim", Kumin Papers.

5 Kumin and Sexton, "On Poetry".

6 Sexton and Kumin discuss their wariness in Showalter and Smith, "Nurturing Relationship", 129-131.

7 Gail Collins, Francine Prose, "Women's Progress: Gail Collins's 'When Everything Changed'", *New York Times*, 20 Oct. 2009에서 재인용.

8 A sentiment expressed in Showalter and Smith, "Nurturing Relationship".

9 같은 글, 125.

10 Middlebrook, *Anne Sexton*, 151에서 재인용.

11 Showalter and Smith, "Nurturing Relationship", 127.

12 같은 글.

13 Maxine Kumin, "A Hundred Nights" and "Casablanca", in *Selected Poems, 1960–1990* (New York: Norton, 1997), 24.

14 Maxine Kumin, *Always Beginning: Essays on a Life in Poetry* (Port Townsend, Wash.: Copper Canyon Press, 2000), 98.

15 Harold Rosenberg, "Six American Poets", *Commentary*, Oct. 1961.

16 Kumin, "Morning Swim", in *Selected Poems*, 31.

17 Kumin and Sexton, "On Poetry".

18 Maxine Kumin, "In That Land", in *Bringing Together: Uncollected Early Poems, 1958-1989* (New York: W. W. Norton, 2005).

19 Kumin and Sexton, "On Poetry".

20 같은 글.

21 같은 글.

22 Anne Sexton, "The Truth the Dead Know", in *Complete Poems*, 49.

23 Kumin and Sexton, "On Poetry".

24 같은 글.

25 같은 글.

26 같은 글.

27 같은 글.

28 같은 글.

29 같은 글.

30 같은 글.

31 Showalter and Smith, "Nurturing Relationship", 129.

32 같은 글, 125.

33 쿠민이 어빙 와인먼에게, 1975년 1월 13일, Kumin Papers.

8장 합격 축하해요

1 래드클리프 독립연구소에 보낸 틸리 올슨의 지원서, 1962년 1월 13일, Institute Archives.

2 올슨이 섹스턴에게, 1월 26일 년도 미상, Sexton Papers.

3 카울리가 올슨에게, 1960년 2월 2일, Olsen Papers.

4 올슨이 섹스턴에게, 날짜 미상, Sexton Papers.

5 섹스턴이 올슨에게, 1962년 1월 5일, Olsen Papers.

6 올슨의 지원서, Institute Archives.

7 같은 글.

8 케이시 올슨과 줄리 올슨, 저자와의 인터뷰, 2016년 6월.

9 Reid, *Tillie Olsen*, 194에서 재인용.

10 올슨의 지원서, 5, Institute Archives.

11 올슨이 섹스턴에게, 날짜 미상, Institute Archives.

12 Hannah Green, Letter of Recommendation in Olsen Application, 15 Jan. 1962, Institute Archives.

13 Anne Wilder, Letter of Recommendation in Olsen Application, 12 Jan. 1962, Institute Archives.

14 피네다와의 구술사 인터뷰.

15 "Marianna Pineda", Sartle, 30 April 2018, www.sartle.com

16 해럴드 토비시와의 구술사 인터뷰, 1974년 6월 24일과 1977년 3월 17일, Archives of American Art, Smithsonian Institute.

17 피네다와의 구술사 인터뷰.

18 같은 글.

19 Patricia Hills, "Marianna Pineda's Sculpture", in *Marianna Pineda: Sculpture, 1949 to 1996* (Boston: Alabaster Press, 1996), 2에서 재인용.

20 Marianna Pineda Papers, 1943–1998, Archives of American Art, Smithsonian Institution.

21 니나 토비시, 저자와의 인터뷰, 2016년 6월 23일.

22 피네다와의 구술사 인터뷰.

23 니나 토비시, 저자와의 인터뷰.

24 피네다와의 구술사 인터뷰.

25 래드클리프 독립연구소에 보낸 마리아나 피네다의 지원서, 1961년 10월 15일, Institute Archives.

26 같은 글.

27 섹스턴이 올슨에게, 1962년 5월 3일, Sexton Papers.

28 Anonymous evaluation, 5 April 1962, Institute Archives.

29 Reid, *Tillie Olsen*, 215에서 재인용.

30 Telegram from Tillie Olsen, 2 May 1962, Institute Archives.

31 Reid, *Tillie Olsen*, 224–225에서 재인용.

32 FBI file, Olsen Papers.

33 케이시 올슨, 저자와의 인터뷰, 2016년 6월 16일.

34 줄리 올슨 에드워즈, 저자와의 인터뷰, 2016년 6월 3일.

35 해럴드 토비시와의 구술사 인터뷰.

36 Reid, *Tillie Olsen*, 225.

9장 동등한 우리

1 Reid, *Tillie Olsen*, 226.

2 같은 책.

3 섹스턴이 올슨에게, "월요일 밤" 날짜 미상, Olsen Papers.

4 같은 글.

5 같은 글.

6 케이시 올슨, 저자와의 인터뷰.

7 같은 글.

8 같은 글.

9 같은 글.

10 이 초상화는 다음 책에 인쇄되어 있다. Reid, *Tillie Olsen*.

11 "Boston, MA Weather History, October 1962", Weather Underground, www.wunder-ground.com

12 자세한 내용은 Reid, *Tillie Olsen*, 225, 케이시 올슨, 저자와의 인터뷰.

13 Jane Thompson and Alexandra Lange, *Design Research: The Store That Brought Modern Living to American Homes* (San Francisco: Chronicle Books, 2010), 76.

14 케이시 올슨, 저자와의 인터뷰.

15 "Sara Teasdale", Poetry Foundation, accessed July 14, 2019, poetryfoundation.org

16 Sara Teasdale, "Morning", *Poetry Magazine*, Oct. 1915, poetry foundation.org

17 Middlebrook, *Anne Sexton*, 196에서 재인용.

18 Tillie Olsen, *Silences* (New York: Feminist Press at CUNY, 2014), 34.

19 Middlebrook, *Anne Sexton*, 196에서 재인용. 일화 전체를 이 책에서 가져왔다.

20 케이시 올슨, 저자와의 인터뷰. 자세한 내용은 다음 참고: Reid, *Tillie Olsen*, 227.

21 케이시 올슨, 저자와의 인터뷰.

22 줄리 올슨, 저자와의 인터뷰.

23 Reid, *Tillie Olsen*, 227.

24 Kumin and Sexton, "On Poetry".

25 Middlebrook, Anne Sexton, 197에서 재인용. 1963년 5월 섹스턴의 세미나 녹음본을 참조했다. Radcliffe Sound Recordings.

26 Maria Popova, "Eggs of Things: Anne Sexton and Maxine Kumin's Science-Inspired 1963 Children's Book", *Brain Pickings*, 18 Sept. 2015.

27 피네다와의 구술사 인터뷰.

28 같은 글.

1 "Art of George Lockwood at the Library", *Duxbury Clipper*, 4 March 1971.

2 Lois Swirnoff and Barbara Swan, "On the Fine Arts", Institute seminar, 1 May 1962, Radcliffe College Archives Sound Recordings.

3 같은 글.

4 "The Musicians", mimeograph from Kumin and Sexton, "On Poetry".

5 같은 글.

6 같은 글.

7 같은 글.

8 같은 글.

9 같은 글.

10 같은 글.

11 같은 글.

12 Middlebrook, *Anne Sexton*, 197에서 재인용한 올슨의 말.

13 Barbara Swan, "A Reminiscence", in *Anne Sexton: The Artist and Her Critics*, ed. J. D. McClatchy (Bloomington: Indiana University Press, 1978), 82.

14 같은 책, 81.

15 플라스가 섹스턴에게, 1961년 2월 5일, Sexton Papers.

16 *Journals of Sylvia Plath*, 500.

17 같은 책.

18 플라스가 섹스턴에게, 1962년 8월 21일, Sexton Papers.

19 Sylvia Plath, "Daddy", in *Ariel: The Restored Edition* (New York: Harper Collins, 2004), 75.

20 Sylvia Plath, "Lady Lazarus", in *Ariel*, 14.

21 Middlebrook, *Anne Sexton*, 198.

22 Anne Sexton, "Sylvia's Death", in "The Bar Fly Ought to Sing", in *No Evil Star*, 11.

23 Anne Sexton, "Wanting to Die", in "The Bar Fly Ought to Sing", in *No Evil Star*, 8.

24 Middlebrook, *Anne Sexton*, 200에서 재인용.

25 "Bar Fly Ought to Sing", 11.

26 *Journals of Sylvia Plath*, 495.

1 Betty Friedan, *The Feminine Mystique* [베티 프리단, 『여성성의 신화』] (New York: W. W. Norton, 2001), 477.

2 같은 책, 66.

3 같은 책, 114.

4 같은 책, 91.

5 같은 책, 92.

6 같은 책, 93.

7 같은 책, 299.

8 같은 책, 227.

9 Coontz, *Strange Stirring*, 144에서 재인용.

10 Fred M. Hechinger, "Women 'Educated' Out of Careers", *New York Times*, 6 March 1963, 7.

11 Charlotte Armstrong, "The Feminine Mystique Explored", *Los Angeles Times*, 2 June 1963, B17.

12 Jean Litman Block, "Who Says American Women Are 'Trapped'?", *Los Angeles Times*, 6 Oct. 1963, C10.

13 Letters from readers, "In Defense of Today's Woman", *Chicago Tribune*, 9 June 1963, H40.

14 쿤츠의 말대로 "어떤 책이 베스트셀러가 되는 것은 시대를 앞섰기 때문이 아니다. 사람들이 이미 고민하는 문제를 가져다가 아직 전문가들 밖으로 퍼지지 않은 생각과 자료를 종합하고 다른 사람들도 쉽게 이해하고 설명할 수 있게 정리할 때 베스트셀러가 된다."

15 Coontz, *Strange Stirring*, 145-149.

16 쿠민이 섹스턴에게, 1963년 8월 23일, Kumin Papers.

17 Coontz, *Strange Stirring*, 81에서 재인용.

18 같은 책.

19 같은 책, 83.

20 Linda Gray Sexton, *Searching for Mercy Street*, 98.

21 Friedan, *Feminine Mystique*, 476.

22 같은 책, 477.

23 같은 책, 476-477.

24 같은 책, 477.

25 앤 섹스턴과의 인터뷰, 1962년 1월, Institute Archives.

26 같은 글.

27 Anne Sexton, "Housewife", in *Collected Poems*, 77.

28 Maxine Kumin, "Purgatory", in *Selected Poems*, 43.

29 Letter from Maxine Kumin, *Ladies Home Journal*, 1 Oct. 1962, Kumin Papers.

30 줄리 올슨 에드워즈, 저자와의 인터뷰.

31 같은 글.

32 Olsen, "I Stand Here Ironing", 298.

33 Coontz, *Strange Stirring*, 132에서 재인용.

12장 천재 엇비슷한

1 케이시 올슨, 저자와의 인터뷰.

2 같은 글.

3 Olsen, *Silences*, 117.

4 Olsen, afterword to *Silences*, 117.

5 같은 글.

6 Rebecca Harding Davis, "Life in the Iron-Mills; or, The Korl Woman", in *Life in the Iron Mills, and Other Stories*, ed. Tillie Olsen (New York: Feminist Press at the City University of New York, 1985), 12.

7 Olsen, *Silences*, 6.

8 같은 책, 12.

9 같은 책, 8.

10 Seminar Schedule, Kumin Papers.

11 Marianna Pineda, "Some Aspects of Sculpture", 1 Feb. 1963, Institute seminar, Radcliffe College Archives Sound Recordings.

12 "Death of the Creative Process", transcript of a seminar talk given by Tillie Olsen, Rad-

cliffe Institute for Independent Study, 15 March 1963, Sexton Papers.

13 같은 글.

14 같은 글, 2.

15 같은 글, 3.

16 같은 글, 7.

17 같은 글.

18 같은 글.

19 같은 글.

20 같은 글.

21 같은 글, 31.

22 같은 글.

23 같은 글, 9.

24 Karl Marx, "Opposition of the Materialist and Idealist Outlook", *The German Ideology* (1845).

25 Olsen seminar transcript.

26 Middlebrook, *Anne Sexton*, 168.

27 섹스턴이 스타벅에게, 1962년 11월 18일, in *Self-Portrait in Letters*, 149.

28 Olsen seminar transcript.

29 Middlebrook, *Anne Sexton*, 198에서 재인용.

13장 죽기 살기로 쓸 거야

1 섹스턴이 스노드그래스에게, in *Self-Portrait in Letters*, 163-164.

2 같은 책.

3 Kumin, *Pawnbroker's Daughter*, 97.

4 같은 책, 100.

5 같은 책, 91, 101.

6 쿠민이 섹스턴에게, 1963년 6월 24일, Kumin Papers.

7 쿠민이 섹스턴에게, 1963년 9월 9일, Sexton Papers.

8 같은 글.

9 섹스턴이 쿠민에게, 1963년 9월 29일, Kumin Papers.

10 섹스턴이 쿠민에게, 1963년 10월 4일, Kumin Papers.

11 섹스턴이 쿠민에게, 1963년 10월 6일, Kumin Papers.

12 Millicent Bell, "Newton Poet's Novel Offers Moving Story", *Boston Globe*, 12 April 1965, 12; Irvin Gold, "First Novel Falls Short", *Los Angeles Times*, 4 April 1965, N15.

13 카울리가 올슨에게, 1963년 1월 22일, Olsen Papers.

14 카울리가 올슨에게, 1963년 4월 15일, Olsen Papers.

15 카울리가 올슨에게, 1963년 9월 4일, Olsen Papers.

16 카울리가 올슨에게, 1963년 5월 21일, Olsen Papers.

17 Reid, *Tillie Olsen*, 231.

18 같은 책, 233.

19 같은 책, 234-235.

20 Tillie Olsen, "Silences: When Writers Don't Write", *Harper's*, Oct. 1965, 161.

21 섹스턴이 올슨에게, 1963년 10월 2일, Sexton Papers.

22 스완이 스미스에게, 1963년 11월 4일, Institute Archives.

23 섹스턴이 밀러에게, 1963년 8월 5일, in *Self-Portrait in Letters*, 172.

24 Herbert A. Kenny, "Commitment Necessary to Be a Poet", 19 May 1963, *Boston Globe*, B16.

25 섹스턴이 스노드그래스에게, 1963년 5월, in *Self-Portrait in Letters*, 164.

26 섹스턴이 로웰에게, 1963년 6월 6일, in *Self-Portrait in Letters*, 170.

14장 우린 이겨낼 거야

1 섹스턴이 데니스 패럴에게, in *Self-Portrait in Letters*, 170.

2 섹스턴이 쿠민에게, 1963년 8월 21일, Kumin Papers.

3 쿠민이 섹스턴에게, 1963년 8월 23일, Sexton Papers.

4 섹스턴이 쿠민에게, "일요일 오후 3시", Kumin Papers.

5 섹스턴이 쿠민에게, 1963년 10월 6일, Kumin Papers.

6 섹스턴이 쿠민에게, 1963년 10월 9일, Sexton Papers.

7 Charles Poore, "Books of the Times", *New York Times*, 27 Nov. 1956에서 재인용.

8 섹스턴이 쿠민에게, 1963년 10월 9일, Kumin Papers.

9 섹스턴이 쿠민에게, 1963년 8월 30일, Kumin Papers.

10 섹스턴이 쿠민에게, 1963년 10월 3일, Kumin Papers.

11 섹스턴이 쿠민에게, 1963년 9월 13일, Kumin Papers.

12 섹스턴이 쿠민에게, 1963년 8월 30일, Kumin Papers.

13 섹스턴이 쿠민에게, 1963년 10월 17일, Kumin Papers.

14 섹스턴이 쿠민에게, 1963년 10월 9일, Kumin Papers.

15 쿠민이 섹스턴에게, 1963년 8월 23일과 9월 4일, Sexton Papers.

16 섹스턴이 쿠민에게, 1963년 9월 29일, Kumin Papers.

17 쿠민이 섹스턴에게, 1963년 8월 23일, Sexton Papers.

18 쿠민이 섹스턴에게, 1963년 9월 4일, Sexton Paper.

19 쿠민이 섹스턴에게, 1963년 10월 3일, Sexton Papers.

20 Katie Roiphe, *Uncommon Arrangements: Seven Marriages in Literary London, 1910-1939* (London: Virago, 2009), 75.

21 같은 책.

22 쿠민이 섹스턴에게, 1963년 9월 9일, Sexton Papers.

23 두 사람의 관계에 대한 나의 분석은 부분적으로 린다 그레이 섹스턴과의 인터뷰를 참고했다. 2019년 2월 12일.

24 Maxine Kumin, "September 1", Kumin Papers.

25 섹스턴이 쿠민에게, "10월 모일" 1963년, Kumin Papers.

26 섹스턴이 쿠민에게, 1963년 10월 12일, Kumin Papers.

27 Reid, *Tillie Olsen*, 232에서 재인용.

28 섹스턴이 올슨에게, 1965년 10월 2일, Sexton Papers.

29 올슨이 쿠민에게, 생일 메모, 날짜 미상, Kumin Papers.

30 올슨이 쿠민에게, 5월 15일 [년도 미상], Kumin Papers.

31 섹스턴이 올슨에게, 1965년 10월 2일, Sexton Papers.

32 Reid, *Tillie Olsen*, 233에서 재인용.

33 섹스턴이 애니 와일더에게, in *Self-Portrait in Letters*, 255.

34 섹스턴이 올슨에게, 날짜 미상 [발렌타인데이 즈음], Sexton Papers.

35 섹스턴이 올슨에게, 1965년 10월 2일, Sexton Papers.

36 섹스턴이 올슨에게, 1965년, Sexton Papers.

37 섹스턴이 올슨에게, 1966년 1월 초 추정, Sexton Papers.

38 섹스턴이 올슨에게, 1965년 10월 2일, Sexton Papers.

39 James Dickey, review of *All My Pretty Ones*, by Anne Sexton, *New York Times Book Review*, 28 April 1963.

40 Linda Gray Sexton, *Searching for Mercy Street*, 102.

41 린다 그레이 섹스턴, 저자와의 인터뷰, 2019년 2월 12일.

42 Sexton, "Flee on Your Donkey", in *Collected Poems*, 97-105.

43 섹스턴이 올슨에게, 1965년 5월 17일 또는 18일, Olsen Papers.

44 케이시 올슨, 저자에게 보낸 이메일, 2018년 1월 20일.

45 Middlebrook, *Anne Sexton*, 213을 참조.

46 Sexton, "Live", in *Complete Poems*, 167.

47 같은 책.

48 같은 책, 170.

49 섹스턴이 디제너에게, in *Self-Portrait in Letters*, 287.

50 섹스턴, "작가의 말", in *Complete Poems*, 94.

51 섹스턴, "작가의 말", in *Complete Poems*.

52 스완과의 구술사 인터뷰.

53 스완이 코니 스미스에게, 1965년 3월 11일, Institute Archives.

54 린다 그레이 섹스턴, 저자와의 인터뷰.

55 Helen Vendler, "Malevolent Flippancy", *New Republic*, 11 Nov. 1981.

56 Anne Sexton, *Transformations* (Boston: Houghton Mifflin, 1971), 3.

57 같은 책. 53-54.

58 조애나 핑크, 저자와의 인터뷰, 2019년 2월 9일.

59 Swan, "Reminiscence", 85.

60 스완과의 구술사 인터뷰.

61 Middlebrook, *Anne Sexton*, 272에서 재인용.

62 같은 책.

63 섹스턴이 도리앤 괴츠에게, in *Self-Portrait in Letters*, 263.

64 Linda Gray Sexton, *Searching for Mercy Street*, 96-97.

65 섹스턴이 올슨에게, 1965년 10월 2일, Sexton Papers.

1 Dolores Alexander, "NOW May Use Sit-Ins, Pickets to Get Equality", *Newsday*, 25 Nov. 1966, 2B.

2 Lisa Hammel, "They Meet in Victorian Parlor to Demand 'True Equality' NOW", *New York Times*, 22 Nov. 1966, 44.

3 Alexander, "NOW May Use Sit-Ins, Pickets to Get Equality", 2B.

4 같은 글.

5 Mario Savio, "Sit-in Address on the Steps of Sproul Hall" (speech, Free Speech Rally, University of California, Berkeley, 2 Dec. 1964).

6 대니얼 쿠민, 저자와의 인터뷰, 2019년 1월 15일.

7 조애나 핑크, 저자와의 인터뷰, 2019년 2월 9일.

8 Linda Gray Sexton, *Searching for Mercy Street*, 98.

9 Showalter and Smith, "Nurturing Relationship", 129.

10 Sexton, *Complete Poems*, 70-71.

11 올슨이 섹스턴에게, [1965년으로 추정], Sexton Papers.

12 Sexton, "Unknown Girl in the Maternity Ward", in *Complete Poems*, 24.

13 올슨이 쿠민에게, 날짜 미상, Kumin Papers.

14 올슨이 섹스턴에게, [1965년으로 추정], Sexton Papers.

15 Maxine Kumin, *The Passions of Uxport: A Novel* (Westport, Conn.: Greenwood Press, 1975), 19.

16 Fortunata Caliri, "Boston Version of Peyton Place", *Boston Globe*, 23 April 1968, 3.3.

17 올슨이 M.S. 와이어스에게, 1968년 2월 25일, Kumin Papers.

18 쿠민이 올슨에게, 1968년 3월 12일, Kumin Papers.

19 올슨이 쿠민에게 전보, 날짜 미상, Kumin Papers.

20 올슨이 쿠민에게, 날짜 미상, Kumin Papers.

21 올슨이 쿠민에게 보낸 두 번째 편지, 날짜 미상, Kumin Papers.

22 같은 글.

23 쿠민이 올슨에게, 1968년 4월 30일, Kumin Papers.

24 Kumin, *Passions of Uxport*, 175.

25 같은 책, 8.

26 같은 책, 9.

27 같은 책, 60.

28 같은 책, 45.

29 같은 책, 70-71.

30 올슨이 쿠민에게, 날짜 미상, Kumin Papers.

31 Middlebrook, *Anne Sexton*, 269.

32 올슨이 쿠민에게, 날짜 미상, Kumin Papers.

33 섹스턴이 올슨에게, 1970년 7월 21일, Sexton Papers.

34 "Review of The Abduction", *Kirkus Reviews*, 22 Sept. 1971.

35 섹스턴이 올슨에게, 1970년 7월 21일, Sexton Papers.

36 섹스턴이 올슨에게, 1961년 11월, Sexton Papers.

37 올슨이 섹스턴에게, 10월 7일 [년도 미상], Sexton Papers.

38 쿠민이 올슨에게, 1968년 4월 30일, Kumin Papers.

39 올슨이 섹스턴에게, 1968년 2월, Sexton Papers.

40 올슨이 쿠민에게, 날짜 미상, Kumin Papers.

16장 누구나 그 특권을 가지지 않은 게 잘못일 뿐

1 Joan Didion, "Slouching Towards Bethlehem", *Saturday Evening Post*, 23 Sept. 1967.

2 Andrea Long Chu, "On Liking Women", *n+1*, no. 30: *Motherland* (Winter 2018), nplusonemag.com

3 Rosen, *World Split Open*, 197.

4 Alice Echols, *Daring to Be Bad: Radical Feminism in America, 1967-1975* (Minneapolis: University of Minnesota Press, 2019), 202.

5 같은 책에서 재인용, 217.

6 같은 책, 203.

7 Florence Howe, "A Report on Women and the Profession", *College English* 32, no. 8 (May 1971): 848.

8 "CSWP Is Born", cdn.knightlab.com

9 Florence Howe Biography, www.florencehowe.com

10 Howe, "Report on Women and the Profession", 849.

11 "VFA Honors the Founder of the Feminist Press, Florence Howe", Veteran Feminists of America, archive.constantcontact.com

12 Howe, "Report on Women and the Profession", 848.

13 National Center for Education Statistics, https://nces.ed.gov/programs/digest/d10/tables/dt10_267.asp

14 애머스트대학의 제안에 대한 설명은 Reid, *Tillie Olsen*, 241-242를 참조.

15 성노동자 일화는 케이시 올슨, 저자와의 인터뷰에서. 달리기 일화는 Reid, *Tillie Olsen*, 245.

16 Reid, *Tillie Olsen*, 246.

17 "The Tillie Olsen Project", Amherst College, www.amherst.edu

18 같은 글.

19 Tillie Olsen, Syllabus for "Literature of Poverty, Oppression, Revolution, and the Struggle for Freedom", 1969, Olsen Papers.

20 "Tillie Olsen Project".

21 Elaine Showalter, "Women and the Literary Curriculum", *College English* 32, no. 8 (May 1971): 856.

22 같은 글, 857.

23 "VFA Honors the Founder of the Feminist Press, Florence Howe".

24 Tillie Olsen, "Women Who Are Writers in Our Century: One out of Twelve", *College English* 34, no. 1 (Oct. 1971): 6.

25 같은 글, 7-8.

26 같은 글, 16.

27 Reid, *Tillie Olsen*, 221, 250.

28 Olsen, "Women Who Are Writers", 17.

29 Reid, *Tillie Olsen*, 263에서 재인용.

30 Margaret Atwood, "Obstacle Course", *New York Times*, 30 July 1978, 27.

31 Shelley Fisher Fishkin, "Reading, Writing, and Arithmetic: The Lessons *Silences* Has Taught Us", introduction to Olsen, Silences, xii.

32 줄리 올슨 에드워즈, 저자와의 인터뷰.

33 같은 글.

1 니나 토비시, 저자와의 인터뷰, 2016년 6월 23일.

2 Tillie Olsen, "Two Years", Institute seminar, 8 May 1964, Radcliffe College Archives Sound Recordings.

3 Marcia G. Synnott, "The Changing 'Harvard Student': Ethnicity, Race, and Gender", in *Yards and Gates: Gender in Harvard and Radcliffe History*, ed. Laurel Thatcher Ulrich (New York: Palgrave Macmillan, 2004), 203.

4 연구소 초기에는 장학생들의 인종을 기록하지 않았고, 다만 결혼 여부, 자녀 수, 학위만 기록했다.

5 Evelyn C. White, *Alice Walker: A Life* (New York: Norton, 2006), 284.

6 같은 책에서 재인용, 208.

7 같은 책, 217-218.

8 같은 책에서 재인용, 286.

9 Sara Sanborn, "A Woman's Place", *Harvard Bulletin*, June 1972, 29, Institute Archives.

10 Giddings, *When and Where I Enter*, 299.

11 Toni Morrison, "What the Black Woman Thinks About Women's Lib", *New York Times*, 22 Aug. 1971.

12 같은 글.

13 이 언쟁은 Peniel E. Joseph, *The Black Power Movement: Rethinking the Civil Rights-Black Power Era* (New York: Routledge, 2006), 141에서 재인용.

14 Giddings, *When and Where I Enter*, 318.

15 Toni Cade, "On the Issue of Roles", in *The Black Woman*, ed. Toni Cade (New York: New American Library, 1970), 101.

16 Frances Beale, "Double Jeopardy: To Be Black and Female", in Cade, *Black Woman*.

17 White, *Alice Walker*, 217에서 재인용.

18 Marge Piercy, review of Meridian, by Alice Walker, *New York Times*, 23 May 1976.

19 White, *Alice Walker*, 224.

20 같은 책, 222.

21 Alice Walker, "Saving the Life That Is Your Own", in *In Search of Our Mothers' Gardens: Womanist Prose* (San Diego: Harcourt Brace Jovanovich, 1983), 10.

22 같은 글, 12.

23 White, *Alice Walker*, 249.

24 Alice Walker, "Looking for Zora", in *In Search of Our Mothers' Gardens*, 94-95.

25 같은 글, 105.

26 Aida Kabatznick Press, "The Black Experience at Harvard", *Radcliffe Quarterly*, June 1973, 7.

27 같은 글, 8.

28 같은 글, 10.

29 Walker, *In Search of Our Mothers' Gardens*, 233.

30 같은 책, 237.

31 같은 책, xii.

32 워커가 올슨에게, 1978년 5월 3일, Olsen Papers.

33 워커가 올슨에게, 1979년 1월 23일, Olsen Papers.

34 Norma Rosen, "The Ordeal of Rebecca Harding", *New York Times*, 15 April 1973, www.nytimes.com

18장 새로운 외래종

1 Pat Murphy, "Poems Bring Instant Fame", *St. Louis Tribune*, Kumin Papers.

2 "Newton Poet's Book: A 'Bony Stare,' Lyrical Look", *Boston Globe*, 8 May 1973, 22.

3 Kumin, *Pawnbroker's Daughter*, 131.

4 Helen C. Smith, "Women of Letters: Female Writers Discuss the New Literature", *Atlanta Constitution*, 12 June 1976; Charles A. Brady, "Poets and Wine", Kumin Papers.

5 Yvonne Chabier, "From the Hermit to Amanda: A Conversation with Maxine Kumin", Kumin Papers.

6 Kumin, *Pawnbroker's Daughter*, 127.

7 Maxine Kumin, *Up Country: Poems of New England, New and Selected* (New York: Harper & Row, 1972), 21.

8 같은 책, 40.

9 같은 책, 80.

10 Maria Karagianis, "Maxine Kumin: A Poet Awakens", *Boston Globe*, 19 Aug. 1974, 10.

11 Kumin, "Beans", in *Up Country*, 26.

12 Kumin, "Woodchucks", in *Up Country*, 29.

13 Kumin, "Whippoorwill", in *Up Country*, 39.

14 Herbert A. Kenny, "A Gifted Poet in Top Form", *Boston Globe*, Kumin Papers.

15 Joyce Carol Oates, "One for Life, One for Death", *New York Times*, 19 Nov. 1972, BR7.

16 쿠민이 오츠에게, 1972년 11월 19일, Kumin Papers.

17 Karagianis, "Maxine Kumin".

18 Kumin, *Pawnbroker's Daughter*, 126.

19 Sexton, "Wanting to Die", in *Complete Poems*, 142.

20 린다 그레이 섹스턴, 저자와의 인터뷰.

21 Middlebrook, *Anne Sexton*, 185에서 재인용.

22 Middlebrook, "Remembering Anne Sexton".

23 Kumin, "September 1", 1963, Kumin Papers.

19장 집으로 가는 길이 어디죠?

1 토비시가 피네다에게, 1997년 1월 5일, Pineda Papers.

2 Middlebrook, *Anne Sexton*, 392; Middlebrook, "Remembering Anne Sexton", 298에서 재인용.

3 스완이 섹스턴에게, 1973년 7월, Sexton Papers.

4 쿠민이 필 레글러에게, 1973년 10월 18일, Kumin Papers.

5 Linda Gray Sexton, *Searching for Mercy Street*, 44–45.

6 섹스턴이 쿠민에게, 1964년 5월 26일, Kumin Papers.

7 Alexander A. Plateris, "Divorce and Divorce Rates, United States", United States, National Center for Health Statistics, April 1980, www.cdc.gov

8 Middlebrook, "Remembering Anne Sexton", 297.

9 섹스턴이 리치에게, 1973년 9월 19일, Sexton Papers.

10 Linda Gray Sexton, *Searching for Mercy Street*, 178.

11 같은 책, 180-181.

12 Middlebrook, "Remembering Anne Sexton", 298.

13 같은 글, 296.

14 같은 글, 294.

15 섹스턴이 쿠민에게, 1969년 8월 22일, Kumin Papers.

16 Middlebrook, Anne Sexton, 368에서 재인용.

17 Showalter and Smith, "Nurturing Relationship", 134.

18 같은 글, 126.

19 섹스턴이 쿠민에게, 1974년 4월 25일, Kumin Papers.

20 Middlebrook, "Remembering Anne Sexton", 293.

21 같은 글, 296.

22 섹스턴이 쿠민에게, 1974년 4월 25일, Kumin Papers.

23 쿠민이 어빙 와인먼에게, 1975년 1월 13일, Kumin Papers.

24 Anne Sexton, "You, Doctor Martin", in Complete Poems, 3.

25 Anne Sexton, "Noon Walk on the Asylum Lawn", in Complete Poems, 28.

26 쿠민이 브루스[브루스 벌런드 추정]에게, 1974년 10월 16일, Kumin Papers.

27 쿠민이 스완에게, 1974년 11월 20일, Kumin Papers.

28 Details from Middlebrook, Anne Sexton, 396-397; and Kay Bartlett, "Death of a Poet", Associated Press, in Kumin Papers.

29 McClatchy, Anne Sexton, 74.

30 같은 책에서 Lowell, 71.

31 쿠민이 어빙 와인먼에게, 1975년 1월 13일, Kumin Papers.

32 쿠민이 스완에게, 1974년 11월 20일, Kumin Papers.

33 올슨이 쿠민에게, 날짜 미상, Kumin Papers.

34 쿠민이 애니 와일더에게, 1975년 1월 16일, Kumin Papers.

35 쿠민이 올슨에게, 1978년 8월 15일, Kumin Papers.

36 Middlebrook, "Remembering Anne Sexton", 296.

37 린다 그레이 섹스턴, 저자와의 인터뷰, 2019년 2월 2일.

38 Kumin, "How It Was", xxxiii.

39 Kumin, Pawnbroker's Daughter, 133.

40 "The Lifetime Friend", 1973, Kumin Papers.

41 Middlebrook, "Remembering Anne Sexton", 293.

42 쿠민이 로이스 에임스에게, 1976년 9월 2일, Kumin Papers.

43 Adrienne Rich, *On Lies, Secrets, and Silence: Selected Prose, 1966-1978* (New York: W. W. Norton, 1995), 121.

44 섹스턴이 리치에게, 1967년 6월 28일, Sexton Papers.

45 Rich, *On Lies, Secrets, and Silence*, 121.

46 같은 책, 122.

47 같은 책, 123.

48 쿠민이 어빙 와인먼에게, 1975년 1월 13일, Kumin Papers.

49 Rich, *On Lies, Secrets, and Silence*, 123에서 재인용.

50 Adrienne Rich, "Snapshots of a Daughter-in-Law", in *Collected Poems*, 1950 – 2012 (New York: W. W. Norton, 2016), 118.

51 Michelle Dean, "The Wreck", *New Republic*, 3 April 2016, newrepublic.com에서 재인용.

52 Margaret Atwood, "Diving into the Wreck", *New York Times*, 30 Dec. 1973, www.nytimes.com

53 "Adrienne Rich", Poetry Foundation, 2012, www.poetryfoundation.org

54 리치가 올슨에게, 1977년 2월 5일, Olsen Papers.

55 Robin Freedberg, "Merger Yielded to Non-merger Merger", *Harvard Crimson*, 17 Sept. 1973.

56 Yaffe, *Mary Ingraham Bunting*, Kindle ed에서 재인용.

57 Adrienne Rich, *Of Woman Born: Motherhood as Experience and Institution* (London: Virago, 1979), 32.

58 쿠민이 리치에게, 1976년 10월 20일, Kumin Papers.

59 Dean, "The Wreak".

나가며

1 Adam A. Sofen, "Radcliffe Enters Historic Merger with Harvard", *Harvard Crimson*, 21 April 1999.

2 Pamela Ferdin, "Radcliffe to Merge with Harvard, to Become a Center for Advanced Study", *Washington Post*, 21 April 1999.

3 Katherine S. Mangan, "Radcliffe College Will Merge into Harvard", *Chronicle of Higher Education*, 30 April 1999.

4 같은 글.

5 "About Us", Radcliffe Institute for Advanced Study, Harvard University, www.radcliffe.harvard.edu

6 릴리 마크라키스, 저자와의 인터뷰.

7 Yaffe, *Mary Ingraham Bunting*, Kindle ed.

옮긴이의 글
'자기만의 방'을 찾아간 길에서 '우리'를 발견하다

"잠긴 문밖에 있는 것이 얼마나 불쾌한 일인가 생각했고, 어쩌면 잠긴 문안에 있는 게 더 나쁜 일일지도 모른다는 생각이 들었습니다."

1929년 9월 처음 출간된 버지니아 울프의 『자기만의 방』 화자는 옥스브리지의 어느 남자대학 도서관에 입장을 거부당한 경험을 위와 같이 술회한다. 자신의 능력 혹은 필요와 관계없이 오로지 어느 한쪽 성별에 속했다는 이유만으로 제한을 받거나("잠긴 문밖에 있는 것") 속박을 당하는 것이("잠긴 문안에 있는 것") 모든 것을 떠나 얼마나 '불쾌한' 일인지 환기하는 적확한 진술이다. 울프는 1928년 10월 케임브리지대학교의 여자대학인 뉴넘대학과와 거턴대학에서 진행한 두 차례의 강의를 기반으로 여성이 픽션을 쓰려면, 다시 말해 창작이나 예술 활동을 하려면 어떤 조건이 마련되어야 하고 그 일은 얼마나 어렵고 요원한지 호소하는 시대를 초월한 저서를 남겼다.

울프가 '자기만의 방'의 필요를 말한 지 40년도 더 흐른 1970년 8월, 미국의 레즈비언 페미니스트 시인이자 활동가 에이드리언 리치는 각각 두 살 터울의 아들 셋과 남편의 곁을 떠나 오로지 혼자서 시에 집중할 수 있는 '방'을 찾아 나섰다. 당시 류머티즘 관절염으로 다리에 깁스를 하고 목발을 짚고 다녀야 했던 리치는 15년 동안의 임신과 출산, 육아에서 벗어나 '자기만의 방'을 발견하겠다는 희망으로 인파에 밀려 넘어질 위험을 감수하고 붐비는 뉴욕의 거리를 헤맸다. 8월 말, 마침내 가족의 집에서 2킬로미터도 안 되는 거리에 자신만의 집을 찾아 이사한 직후 리치는 친구에게 쓴 편지에서 독립의 기쁨을 아래와 같이 표현한다.

"오늘 도시의 공기는 완연히 맑고 티끌 하나 없어. 늘 그랬던 것처럼 신선하고 시원하고 화창해. 마치 세상의 첫날 같아.*"

언뜻 물질적으로 부족할 것 없어 보이는 중산층에서 나고 자란 앤 섹스턴은 첫아이를 낳은 직후 심각한 우울증에 시달렸고 치료를 위해 찾아간 정신과 의사의 권유로 시를 쓰기 시작했다. 섹스턴이 주로 시를 썼던 공간은 집 안 식당의 테이블이었고, 정리정돈을 중시했던 '완벽주의자' 남편 케이오는 섹스턴이 가족의 식탁을 책과 종이로 어지럽히는 것을 못마땅하게 여겼다. 마침내 섹스턴에게 자기만의 작업실이 생긴 것은 그가 시를 쓰기 시작했을 때가 아니고, 첫 번째 시집이 문단의 인정을 받았을 때도 아니었다. 래드클리프 독립연구소 장학생이 되면서 순전히 자신의 이름으로 지원금을 받았을 때에야 비로소 섹스턴은 집 포치를 개조해 서재 겸 작업실을 만들었다. 섹스턴과 함께 지원금을 받은 대다수 독립연구소 장학생 여성들은 가사노동과 육아 지원에 돈을 썼고 그 대신 확보한 시간을 연구와 예술 활동에 썼다.

래드클리프 독립연구소를 설계하고 설립한 래드클리프대학 총장 메

• 에이드리언 리치의 전기. Hilary Holladay, *The Power of Adrienne Rich: A Biography by Hilary Holladay*, 2020.

리 번팅은 '여성이 픽션을 쓰기 위해' 연간 500파운드의 돈과 자기만의 방이 반드시 필요하다고 말한 버지니아 울프의 통찰을 1960년대 미국 보스턴에 실현했다. 번팅의 처음 계획은 자신과 비슷한 기혼유자녀 여성 학자 중 경력 단절에 처한 이들을 지원해 당시 미국이 낭비 중이었던 '여성력'을 키우고 이로 인한 국가의 과학기술 역량을 증대하는 것이었다. 독립연구소 설립 계획이 언론에 발표되자마자 각지의 다양한 여성들이 예상 밖의 뜨거운 응원과 기대를 보내면서 20명의 학자를 선발하기로 계획했던 1기 장학생은 24명으로 늘어났고 그중에는 학자가 아닌 예술가도 포함되었다. 여기에 1년 후 2기 장학생으로 선발된 예술가들까지 합류하면서 번팅이 "어수선한 실험"이라고 부른 이 프로젝트는 문학과 예술 분야에서 시대를 초월한 작품(과 이름)을 남긴 다섯 명의 여성 예술가—앤 섹스턴, 맥신 쿠민, 틸리 올슨, 바버라 스완, 마리아나 피네다—로 구성된 '동등한 우리'를 길러냈다. 그러므로 '어수선한 실험'을 처음 떠올리고 계획한 출발점은 번팅이라는 한 과학자 여성이었지만 래드클리프 독립연구소가 '연간 500파운드의 돈과 자기만의 방'이라는 필수조건이 되어 한 시대를 풍미한 여성 예술가 집단을 양성해 낸 것은 이 참신한 계획에 응원과 지지와 기대를 보내준 당시 미국의 무수한 '경력 단절' 여성들 덕분이라고 해도 과언이 아닐 것이다.

번역 작업 내내 가장 자주 떠올린 단어는 '연결'과 '확장'이었다. 처음 누군가의 작은 손이 댕긴 성냥불 하나가 수천 수백의 촛불로 옮겨붙는 것처럼 번팅의 생각이 맥신 쿠민을 자극하고, 쿠민이 섹스턴에게 지원을 제안하고, 섹스턴이 틸리 올슨에게 지원을 독려하며 여성 예술가들이 창작의 길에서 서로 영향을 주고받았다. 게다가 이들의 연결은 동시대 여성끼리의 수평적 연대에만 국한되지 않았다. 섹스턴이 올슨과 함께 당시 남성 지배적이었던 미국 문단에서 '저급한 중에서도 가장 저급하다'고 무시당했던 선배 여성 시인 사라 티즈데일을 흠모하면서 조심스럽게 그의 시에 관해 이야기하는 장면이나 앨리스 워커가 고고학자처럼 오래전 잊힌 흑인 여성 작가 조라 닐 허스턴의 흔적을 찾아다니는 장면, 그리고 틸리 올슨이 어린 시절 우연히 발견하고 큰 감동을 받았던 리베카 하딩 데이비스의 『제철소에서의 삶』을 되살리고자 애쓰는 장면 등은 여성의 연결과 연대는 횡으로만이 아니라 시대를 거슬러 종으로도 가능함을 보여주었다. 이렇게 '동등한 우리'는 유난히 여성 억압적이었던 미국의 1950년대와 여성해방운동이 도래한 1960년대 사이에서 이음매 혹은 가교 역할을 담당하며 종횡으로 여성을 연결하고 연대를 확장했다.

언뜻 소설처럼 읽히는 이 책을 우리말로 옮기면서 크리에이티브 논픽션(혹은 내러티브 논픽션)이라는 장르가 갖는 효용과 의의에 대해 생각했다. 미국의 문학평론가 바버라 라운즈버리는 크리에이티브 논픽션의 요건을 다음 네 가지로 정리했다. 첫째, 소재와 주제를 현실 세계에서 선택할 것. 둘째, 주제에 대한 새로운 관점을 허용하되 철저한 연구와 검증 가능한 참고 자료로 진술의 신뢰성을 획득할 것. 셋째, 장면을 통해 사건의 맥락을 설명하고 재현할 것. 넷째, 세련된 글쓰기로 문학적 산문 양식을 완성할 것.' 이 요건을 염두에 두고『동등한 우리』를 다시 읽어보면 저자 매기 도허티는 원서의 부제이기도 한 '예술과 여자들의 우정과 1960년대 여성해방 이야기'를 오늘날 우리에게 생생하게 들려주는 완벽한 한 편의 크리에이티브

• edited by Kevin Kerrane and Ben Yagoda, *The Art of Fact: A Historical Anthology of Literary Journalism*, 1998.

논픽션으로 완성해 냈다는 생각이 든다. 그러므로 우리가 '지금 이곳'에서 역사이기도 하고 집단의 전기이기도 하며 문학이기도 한 이 책을 읽는다는 것은 도허티가 고고학자이자 역사학자이자 작가의 마음으로 재현해 낸 '그때 그곳'의 여성들과 연결된다는 것을 의미하고, 그 연결은 '자기만의 방'을 찾아 고군분투하는 과정에서 해방의 1960년대를 열어젖힌 여성들이 애타게 발견하고 복원한 이전 세대 여성 예술가들과 우리의 만남으로 확장된다. 작은 불꽃이 커다란 공간을 빛으로 채우듯, 역사적 사실에서 출발한 한 편의 논픽션이 무수한 여성들의 연쇄적 만남을 가능하게 하는 것, 그것이야말로 한 손에 잡히는 이 작은 책이 행하는 큰 기적일 것이다. 여기서 더 바라도 된다면, 이 책에서 거의 처음 소개되다시피 하는 많은 여성 작가들, 일테면 사라 티즈데일, 리베카 하딩 데이비스, 틸리 올슨, 맥신 쿠민 등의 귀한 작품들이 더 많이 국내에 번역 소개되어 또 다른 연결과 확장을 불러왔으면 좋겠다.

찾아보기

인물

ㄱ

가드너, 이사벨라Gardner, Isabella 54
가르시아 로르카, 페데리코García Lorca, Federico
186
갤천, 리브카Galchen, Rivka 384
고싯, 해티Gossett, Hatti 333
골드파브, 에이브Goldfarb Abe 75
그레이, 토머스Gray, Thomas 245
그레이브스, 로버트Graves, Robert 42
그레이엄, 마사Graham, Martha 94
그린버그, 클레먼트Greenberg Clement 112
글리슨, 휘티Gleason, Whitey 83
기딩스, 폴라Giddings, Paula 105, 330, 331, 333,
388
긴즈버그, 앨런Ginsberg, Allen 94, 168
길리건, 캐럴Gilligan, Carol 377
길먼, 샬럿 퍼킨스Gilman, Charlotte Perkins 342,
344
넬슨, 매기Nelson, Maggie 384

ㄴ

니부어, 라인홀트Niebuhr, Reinhold 130
니부어, 어슐러Niebuhr, Ursula 130, 140

ㄷ

더스패서스, 존Dos Passos, John 76, 180
더코닝, 빌럼de Kooning, Willem 112
던, 존Donne, John 51
데브스, 유진Debs, Eugene 76
데이비스, 리베카 하딩Davis, Rebecca Harding
237~239, 242, 319, 336, 342, 344
데이비스, 앤절라Davis, Angela 331, 332
듀보이스, W.E.B. Du Bois, W.E.B. 257
드라이저, 시어도어Dreiser, Theodore 137, 188
디디온, 조앤Didion, Joan 309, 310
디제너, 신디Degener, Cindy 286

디키, 제임스Dickey, James 283, 290, 373
디킨슨, 에밀리Dickinson, Emily 54, 204, 209,
238, 280, 308, 317, 318

ㄹ

라브, 필립Rahv, Philip 76, 77
라슨, 넬라Larsen, Nella 335
라우터, 폴Lauter, Paul 319, 342
라이어슨, 앨리스Ryerson, Alice 147, 150, 230, 269
라이트, 리처드Wright, Richard 318
랭보, 아르튀르Rimbaud, Arthur 239, 244, 272
러너, 샘Lerner, Sam 76
레버토프, 드니스Levertov, Denise 55, 124, 367,
370
레번솔, 리베카Leventhal, Rebecca 330
레번솔, 멜Leventhal, Mel 328, 329
렛윈, 셜리Letwin, Shirley 163
로댕, 오귀스트Rodin, Auguste 245
로드, 오드리Lorde, Audre 333, 374
로런스, 시모어 (샘)Lawrence, Seymour 'Sam' 263,
266
로바트, 샌디Robart, Sandy 27, 268, 271~273, 278
로세티, 크리스티나Rossetti, Christina 54, 320
로스케, 시어도어Roethke, Theodore 177
로시, 렐라Lossy, Rella 296
로웰, 로버트Lowell, Robert 10, 49, 51~65, 73,
113, 148, 150, 165, 221, 257, 258, 269, 278,
279, 283, 368, 378
로웰, 에이미Lowell, Amy 54
로이프, 앤Roiphe, Anne 56, 152
로이프, 케이티Roiphe, Katie 276
로젠, 바버라 L.Rozen, Barbara L. 123
로젠버그, 해럴드Rosenberg, Harold 168
로젠털, M.L.Rosenthal, M.L. 62
로즌, 루스Rosen, Ruth 312, 388
록우드, 조지Lockwood, George 212
루스벨트, 엘리너Roosevelt, Eleanor 161
루스벨트, 프랭클린 D.Roosevelt, Franklin D. 184

432

동등한 우리
집 안의 천사, 뮤즈가 되다

초판 1쇄 인쇄 2024년 5월 3일
초판 1쇄 발행 2024년 5월 16일

지은이 매기 도허티
옮긴이 이주혜
펴낸이 최순영

출판2 본부장 박태근
논픽션 팀장 강소영
편집 강소영
디자인 김태수
일러스트 손은경

펴낸곳 ㈜위즈덤하우스 **출판등록** 2000년 5월 23일 제13-1071호
주소 서울특별시 마포구 양화로 19 합정오피스빌딩 17층
전화 02) 2179-5600 **홈페이지** www.wisdomhouse.co.kr

ISBN 979-11-7171-184-0 03800